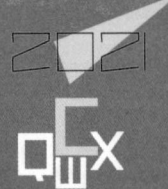

青春文学

岩层书系

人民文学出版社

图书在版编目（CIP）数据

2021青春文学／人民文学出版社编辑部编．—北京：人民文学出版社，2022
（"岩层"书系）
ISBN 978-7-02-014498-3

Ⅰ.①2… Ⅱ.①人… Ⅲ.①中国文学—当代文学—作品综合集 Ⅳ.①I217.1

中国版本图书馆CIP数据核字（2022）第033816号

选题策划　付如初
责任编辑　欧阳婧怡
装帧设计　黄云香
责任印制　宋佳月

出版发行　人民文学出版社
社　　址　北京市朝内大街166号
邮政编码　100705

印　　刷　三河市鑫金马印装有限公司
经　　销　全国新华书店等

字　　数　357千字
开　　本　710毫米×1000毫米　1/16
印　　张　29.25　插页4
印　　数　1—4000
版　　次　2022年4月北京第1版
印　　次　2022年4月第1次印刷

书　　号　978-7-02-014498-3
定　　价　65.00元

如有印装质量问题，请与本社图书销售中心调换。电话：010-65233595

出版说明

我社多年来坚持出版各类年度文学选本，在文学界和读者中具有广泛影响。这些选本，视线多集中于成年作家队伍，在青年作家、青春文学这一领域，一直较少涉及。21世纪以来，"80后""90后"群体的创作渐成一股引人注目的潮流，从中发掘新人力作，为富有潜力和才华的作者搭建展示平台，成为我社亟待完成的工作重点。基于此，我社决定推出"岩层"年选，以便及时总结年度青年文学创作的成绩，向读者集中推荐优秀作品，也为21世纪的文学积累做出贡献。

"岩层"年选拟每年出版一本，以小说为主。所选为年度最具代表性的青年文学作品，力求反映该年度青年作家队伍最主要的创作流派、题材热点、艺术形式上的微妙变化。更多关注成名作者以外的新人，探索青年文学新现象、新发展、新风貌。坚持精品至上原则，不排斥网络作品。

"岩层"年选的编选工作得到许多著名文学评论家和编辑家的支持和帮助，他们应我社之邀，对当年的青年创作状况进行深入、广泛的研讨，提出许多极有价值的选目。我们在广泛阅读的基础上，充分参考专家们的意见，严格进行编选。在此，谨向诸位专家深表谢忱。

人民文学出版社编辑部

最后的夏天 / 宋　迅	003
孔　雀 / 叶昕昀	031
飞往温哥华 / 蒋　在	061
星　星 / 周婉京	083
黑　金 / 何喜东	101
原路返回 / 阿微木依萝	123
她的云 / 丁东亚	137
远　行 / 三　白	155
四季流年 / 张春莹	191
南山小站没有山 / 张　林	219

目　录

目 录

真　的 / 徐小雅　245

一无所有的春天 / 彭　湖　269

识　字 / 沈轶伦　297

水中蝴蝶 / 杨　沁　315

李北的一天 / 贾若萱　337

六旗手 / 王若虚　355

月亮都市电台 / 瑠　歌　375

双眼沉降在后脑 / 唐　糖　409

阳台上的布莱克 / 王晨蕾　431

麒麟踏雾来 / 付淇琳　451

宋 迅

宋迅，1986年生于贵州习水。2013年获台湾《联合文学》短篇小说新人奖，创作迷雾河系列小说十余篇。作品见于《山花》《青年作家》《十月》《收获》，代表作《去南方》《绿血》《最后的夏天》《瀑布旅馆》，现筹备长片电影处女作《去南方》。

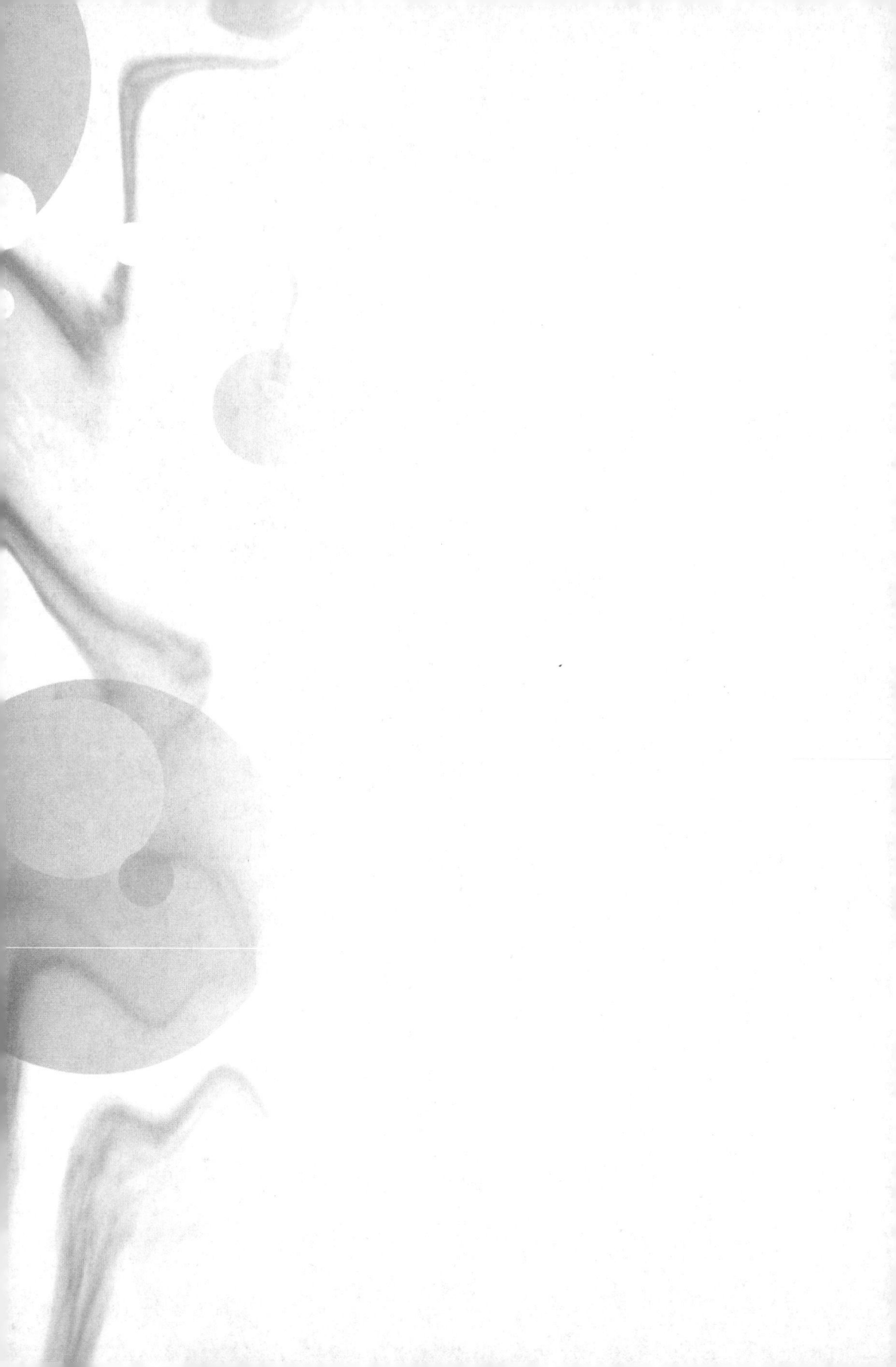

最后的夏天

一九九七年，我十五岁。

那时我生活在贵州迷雾河县，迷雾河到这里变成了可以行船的宽阔水道，河水穿城而过，向东蜿蜒几十公里后在四川合江县汇入长江。

我爸那时在县国营钢厂做销售，常出差，我一年到头也见不了他几面。那两年他主要去的是广东、深圳一带，有时候回来会给我带一些电子表、游戏机、随身听之类的新潮玩意儿。

我爸喜欢穿带花纹的衬衫，抽三五烟，头发三七分，用摩丝固定住，看上去颇有些意气风发。当他和他那些狐朋狗友一起喝酒时，总是最神采飞扬的一个。

我妈在县工会当干事，她对仕途毫不热衷，也从不参与同事朋友间那些家长里短的议论。我妈身材高挑，长得也漂亮，喜欢跳舞，曾经业余学过几年舞蹈，功底不输科班，周末经常被各单位邀请去文化馆教跳舞，我妈舞教得好，对学生也很有耐心，因此颇受尊敬，大家都叫她谭老师。谭老师每次跳完舞回到家心情都很愉快，脸上看不到一丁点疲惫。因为跳舞，我妈容易给人一种开朗乐观的印象，但我知道她内心其实有点多愁善感。她喜欢看电视剧，暑假前好几个地方台在放《鬼丈夫》和《孽债》，每天晚上我在房间里假装做作业，她就在客厅调小音量看电视，好几回我出来都发现她眼睛通红。

据说我爸妈曾经感情很好，他们是在贵阳上大专时的同学，所有认识他们的人都说他们是郎才女貌的一对。我爸当年是个才子，写过不少诗和小说，但我外婆并不同意他们在一起,她觉得我爸野心大,不是踏实过日子的人,将来一定不会对我妈好。即使如此,我妈还是坚定地和我爸结了婚,结婚前他俩甚至还私奔过一回。

对这些事我一直有所怀疑,因为我从没觉得他们有多恩爱,也看不出外婆对我爸有任何不满,更没见过我爸看书写作。直到后来有一天我发现他们卧室书桌那个平时上锁的抽屉钥匙没拔,趁着没人在家,我打开了它。

抽屉里放着存折、国库券、旧粮票、我的婚嫁险保单、我妈的集邮册、获奖证书、避孕套之类的东西。我找到一个档案袋,里面是一些八十年代的校报和文艺期刊,有诗歌和短篇小说作者一栏上写着我爸的名字——逸飞。除此之外还有两个旧笔记本,一个封皮上写着"为人民服务",一个封皮上印着《红楼梦》里贾宝玉和林黛玉的剧照。我翻了翻那两个笔记本,上面全是我爸写的诗和小说,显然没发表的比发表的多得多。那是我第一次发现我爸的字竟然很好看,简直和字帖一样,我不清楚为什么我的字那么烂。

我还在抽屉深处找到了我爸妈年轻时往来的几十封信,信里主要讨论了人生和诗歌、小说,其余内容肉麻至极。

尽管我错过了他们的恩爱时光,但我见证了他们感情逐渐变糟的过程。

一九九七年夏天,那是我初二的暑假,我爸出差已经四个多月了。他这次出差比以往任何一次都要久,给我妈打电话的频率也比以往任何一次都要少,次数有限的通话也总是吵个不停。

有传言说他在南方还有别的女人,甚至有了家庭,但我从没听我妈跟任何人提起过那些传言。

我爸回来那天我没在家睡,我甚至以为他永远都不会回来了。

宋 迅 | 最后的夏天

那天我在大衣柜里醒来时，余欢已经端端正正地坐在书桌前做暑假作业了。

窗户开着，白色的窗帘随风轻摆，她的胳膊在阳光下显得更白。屋里很安静，她的房间门也开着，可以看到客厅地板刚拖过的水迹，空气里有一股淡淡的花露水味道。

余欢是我初中同学，也是我女朋友。她爸和我爸当知青时在一个地方插队，所以我和她从小就认识。并且我们小学也是同学，那时候她是少先队大队委，是那种经常在六一晚会上台发言的角色，我在县电视台就至少看到过她两次。

她涂着口红和红脸蛋，系着鲜艳的红领巾，站在摆着花篮的主席台上，低着头，照着面前的稿子字正腔圆地念着。她皮肤很白，口头禅是"真的假的"。

昨天余欢说她爸妈去外面打牌会很晚才回来，让我晚上去她家，要给我一个惊喜。晚上我去找她，问她是什么惊喜，她张开嘴，给我看她的牙齿，原来她刚刚摘了戴了三年多的牙套。

她问我好不好看，我仔细看了看，她的牙齿竟然变得整整齐齐，就说好看。

"真的假的？"她说。

"真的。"

她听了很高兴，说今后终于可以放心大胆地笑了。有那么一阵儿我觉得她挺可爱。

余欢是我们学校乐队的黑管乐手，她先让我在客厅听她吹了一阵黑管，然后带我去她房间让我看她的新玩偶。

看完那些玩偶，我们坐在床上，开始接吻。那不是我们第一次接吻，却是我感觉最好的一次，我吻着吻着，开始把手伸向她胸前。她不让我碰她胸部，紧紧地握住我的手，她力气很大，我竟然没有挣开，后来便不再坚持。我们吻了很久，直到大家都感觉有点头晕才分开。我拉开窗帘，外面早已漆黑一片。

就在我意识到自己该回家时，客厅传来开门声，接着我听到她爸妈在说话，像是她妈在为出错一张牌埋怨她爸。她爸是我们学校高中部的教导主任，在对学生严厉方面名声在外，我们暗地里都叫他"根号二"。她爸没回嘴，显然她家是她妈说了算，这是我的一个新发现。

她妈敲余欢的门，问她为什么还开着灯不睡觉。她妈是个银行职员，余欢说她做过三八红旗手，每分钟能数三百张钞票。我见过她工作时的样子，数钱的动作让人眼花缭乱。"已经半夜十二点了！"她妈说。

"我都洗漱完了，马上就睡。"余欢说着给我使了个眼色，然后关了灯。

我从窗户往下看，她家在三楼，没办法从窗户出去。

"你今天就别回去了，"她压低嗓音说，"明天再回去，他们明天一早要去上班。"

"那一会儿我睡哪儿？"我也小声说。

"你就睡这里面吧。"她打开她的大衣柜。

"行不行啊？"我看了看。

"我心情不好的时候就喜欢在里面睡。"她说，"你又比我高不了多少。"

我脱了鞋，钻进衣柜，里面的空间只能让我勉强躺下。

她把我的鞋藏到床底。

"晚安。"她朝我微微一笑，从外面半掩上衣柜门。

"你醒了？"余欢转过身看着我，"睡得怎么样？"

"你爸妈呢？"

"都上班去了。"

我从衣柜里爬出来，站在屋中间用力伸了几个懒腰。

"你先去洗个脸吧。"她说,"我的毛巾是粉红色那块。"

我对着水龙头洗了脸,在架子上找到那块粉色毛巾,上面有一股雪花膏的味道。

余欢从冰箱里给我拿来面包和牛奶。"这是你的早餐。"她说,然后继续用圆规在草稿纸上画着几何图。我站在她旁边,抓了她一缕头发去拨弄她耳朵。"别闹。"她放下圆规,严肃地看我一眼。

我只得坐在床上一边吃早餐一边看她做暑假作业,可能她觉得刚才对我的态度有些过分了,细声细语地问我今天打算做什么。我说不知道,可能去找高阳。她问我做没做暑假作业,我说还没开始做,她说她要赶快做完那些暑假作业,过几天她妈妈单位组织去深圳旅游,她要一起去。

"深圳就挨着香港,香港回归那天我觉得我有点激动。"她说,"我和我爸妈一直在看现场直播。"

"你下午去不去游泳?"我问她。

"我要做作业。"她头也不抬地说,把本子翻到下一页。

我顿时觉得索然无味。"我要回去了。"我说。

我家离余欢家不算远,只需要走两条上坡的街,穿过一条石板巷。

快到那条巷子时我遇到了那个常在我们学校附近转悠的疯老头。他是个驼背的跛子,有一口烂牙,留着一头乱糟糟的头发,要是你再靠近一点,就可以看见他布满额头的伤疤。他在巷口的垃圾堆里拣了点吃的,然后一瘸一拐地往回走。不知道为什么,他是我最害怕遇见的人,我躲在暗处,直到他走远我才出来。

我家楼下停着一辆黑色桑塔纳,司机是个男的,看着眼熟,应该是我爸的朋友。

我装作没看见那人，径直上了楼。

门开着，爸妈竟然都在客厅，今天是星期二，这个点家里不该有人。

"这就是你所谓的商量，你太虚伪了。"我听见我妈说："齐逸飞，"那是我爸的全名，"你是全世界最虚伪的人。"当我妈叫我爸全名的时候，就说明她在发火。

我爸穿着衬衣西装，在茶几上整理证件和材料，似乎马上要出门办一件要紧的事，我妈穿着睡衣坐在沙发上，压发箍把头发往后面拢着。

"爸！"我说，"什么时候回来的？"

"昨晚。"他抬头看了我一眼。

"楼下好像有人在等你。"

"我知道。"我爸说，但他没有要继续和我说话的意思，我朝我的房间走去。

"齐新！"我妈大声叫住我，"昨晚干什么去了？"她问我的语气和刚才跟我爸说话的语气几乎没有区别。我爸也看了看我，但他的眼神似乎在说他知道我昨晚去了哪儿，或者根本不在乎我去了哪儿。

"我去高阳家了，"我说，"昨晚在他家住的。"我有过几次在高阳家过夜的先例。

"怎么不打个电话回来？"我妈瞪着我，"你不知道我会担心你吗？"

"忘了。"我避开她的眼睛，尽量表现得温顺，我不想在这个时候激怒我妈。她正在发的脾气显然跟我关系不大，我不希望引火烧身，也不想帮谁转移注意力。

"你也不管管你儿子吗？"我妈看看我爸，"每天外面野，现在夜不归宿也学会了。"

"你还是应该打个电话回来。"我爸装作语重心长地说，"下次你要在外面过夜最好提前跟你妈说一声。"他额头前垂着几缕头发让他看上去有些疲惫。

尽管他的话毫无说服力但我还是答应了他。"我做作业去了。"我说着躲进卧

宋　迅 ｜ 最后的夏天

室，反锁了门。

　　我躺在床上，随手拿起一本《七龙珠》看，但一点也没看进去，又换了一本《柯南》，还是没办法投入，我竖着耳朵听他们在说什么。

　　"好吧，我承认我已经决定了，这次回来就是为了办停薪留职，我必须抓住这个机会。"我爸说，"趁还年轻，再拼一把。"

　　"我最后悔的就是这个，当初答应你去广东。"我妈说，"你的变化就是从那时候开始的。"

　　"你知不知道朱老三在青龙镇开了一家炼铁厂？你知道那个炼铁厂是怎么运作的吗？就是把我们厂的废铁渣弄到他的炼铁炉里再炼一遍，有时候那些铁渣几乎全是铁。他就是个草包，成天就知道到处鬼混。"我爸说，"我要是有这样的路子你以为我不会用吗？我只能去南边闯闯。"

　　我认识这个叫朱老三的，他人很瘦，戴副金丝眼镜，是钢厂厂长的小舅子，也是我爸的狐朋狗友之一。有次他在我家打麻将，管二筒叫奶罩，让我记住了他。不过我爸的话也不能全信，某种意义上他是个相当自以为是的人，就我了解的情况来看，他还从来没有真正佩服过谁。

　　"你去广东目的是什么自己心里清楚。"我妈提高了声音，"别找那些冠冕堂皇的借口。"

　　"谭敏，你什么意思？"

　　"别把每个人都当傻子。"

　　"我没想到你会信那些鬼话。"我爸痛心疾首。

　　"我说了，别把每个人都当成傻子。"

　　"我们之间缺乏基本的信任。"我爸说，他声音小了很多，却说得很坚决。

"我承认,"我爸说,"生意场上难免有逢场作戏的时候,但仅限于此,我可以对天发誓。"

"你的信用已经破产了。"我妈说,我听见打火机点烟的声音。

"我不想和你吵架,只想和你心平气和地谈谈。"我爸说,"还有人在楼下等我。"

"如果问我意见的话,没有问题。"我妈说,语气潇洒得近乎轻蔑。

我听见我爸的大哥大响了。"好的,嗯。"他说,"这就过来。"

"我们另外找个时间好好谈谈吧,下午行不行?"他说,"我要迟到了。"

"可以,"我妈说,"下午我在单位等你。"

过了一会儿,有人敲我门,是我爸,这回他给我买了一双白色的波鞋。

"穿上试试。"我爸说。

我把脚放进去。

"大了。"我说。

"是吗?"我爸伸手到我脚后跟试了试,"你不要使劲往前顶啊。"

我显然没有。

"没关系,"他在我肩上拍了两下,像是在安慰我,"先放着,过两年就能穿了。"

我爸出门后,我妈接了个电话,大概是教跳舞的事,她说她周末去不了,"家里有点事,"她说,"嗯,最近可能都去不了了。"

过了一阵,我听见敲门声。

"我睡了。"我在被子里说。

"我上班去了,中午有事不回来,一会儿你就自己在外面吃,我知道你身上还有钱。"

"知道了。"我说。

"晚饭你可以去外婆家吃,"我妈说,"我可能要晚点回来。"

紧接着,我听见客厅关门的声音。

我试着睡了会儿,但一分钟也没睡着。我去客厅看电视,有个台在放《西游记·金光寺》,那集我看过不下八遍,怎么都搞不懂万圣公主为什么要跟九头虫而不是和小白龙在一起。看完那集我又换了一通台,之后打开 VCD,取出里面的《英语日常五百句》,再把一盘孟庭苇的卡拉 OK 碟放进去。

我选到第十首,《你究竟有几个好妹妹》。音乐开始后电视屏幕出现了椰树成排的海滨风光,沙滩上,一个穿着三点式的漂亮女人含情脉脉地朝我走来。我把声道换成原唱,坐在沙发上一边看一边自慰。

结束后,我关掉电视,取出影碟,把原来那张放了回去。

我去浴室冲了个凉,给鱼缸里的金鱼喂完食,站在阳台上看着远处的河面发了一阵呆。我家在县城一个地势较高的地方,阳台正好可以看到迷雾河最笔直的那段河道。现在是汛期,迷雾河涨大水,变成了红色,上周下过几场大雨,雨停后一连几天都是烈日炎炎。

我打开冰箱,发现里面有半个西瓜,切了两块坐在客厅吃。吃西瓜的时候风吹开了爸妈的卧室,我看到我爸的大旅行箱立在墙角。以前他有个棕色的密码箱,就是香港电影里常见的那种,现在他换了一个黑色的更大的密码箱,但密码依然只有三位数。

箱子很沉,我几乎拎不动。像以前一样,我想打开它看看里面有什么,也许我可以在某件衣服的口袋里找到一张女人的照片以及这个女人写给他的一封信,信上最好写清楚了她和我爸之间的关系,最后还留着这个女人的地址电话和全名。我费力地放平箱子,预感这一次里面应该有我要找的东西。

我打开得颇轻松,这和我之前的努力有关,破译原先那个箱子的密码曾花了我很多心血,我爸没改密码,犯了兵家大忌。

里面主要是他的衣服,隔层放着一个黑色笔记本,那是个人造革封皮的高级笔记本,笔记本上还有一颗银色的扣子,那是他的账本。

我照例先检查笔记本,他的字迹越来越潦草了,上面记录着每笔钢材生意的收支和回扣,以及每个月月初他和另外两个合伙人的分红。从最近的数字来看他们的生意在越来越好——我爸早就已经在南方搞第二产业了。

但那上面没有我想要的信息,我把笔记本放回隔层,开始一件一件地检查衣服。

所有衣服都干干净净,找不到任何痕迹,也没有一点异味。我爸是什么时候有反侦察意识的?或许他早就发现了我在对他进行秘密调查?

尽管如此,我还是在一条西裤的屁兜里发现了蛛丝马迹。那是两张叠在一起的登机牌,登机牌被水洗过,皱皱巴巴,字迹模糊。我轻轻地把它展开,能看出来都是上个月五号中午从广州飞往上海的,连座,一张乘客是我爸,另一张旅客姓名栏赫然写着三个字:苏××,后面两个字非常模糊,我拿放大镜看了半天依然无法辨认。

最后我把登机牌按原来的折痕折好,塞回西裤屁兜,衣服一件件叠好,按顺序放回去,关上箱子,拨回之前的数字。我把箱子立起来,小心地摆到原来的位置。

我出门去找高阳,我不想一个人待在家。

高阳和我是穿一条裤子的哥们。他话不多,脸上几乎看不到什么表情,和他不熟的人会以为他为人冷漠,但实际上他很仗义,对朋友有求必应。他对学习没有丝毫兴趣，成绩在班里长期倒数，但在机械方面是个天才，他甚至做出了一把可以打穿薄木板的钢珠火药枪，有一阵他走到哪儿都把那把枪随身揣着。

高阳爸妈很早就离了婚，他跟他爸过，他爸是个长途客车司机，住在客运公司的司机宿舍。他妈在县城另一头开餐馆，已经再婚并且和新任丈夫有了新孩子。新孩子是高阳的说法，当时我们在聊他父母的情况，高阳说："嗯，再婚了，并且有新孩子了。"我没觉得这种说法有什么问题。

偶尔我会和他一起去他妈那里取生活费。那些生活费里有我的一部分，我妈把我的零用钱卡得很死。

我经常去司机宿舍找他下象棋。我和高阳棋艺不相上下，但要是他爸在的话就会帮高阳参谋，那种情况下我就毫无招架之力。某种程度上我挺羡慕高阳，我从来没和我爸下过棋。

司机宿舍在县城郊区的汽车站附近，我在路边花五角钱坐面的过去。那一带是县城的红灯区，高阳家楼下就有一家温州发廊，一到晚上里面就亮起红色的灯。我经过发廊时门开着，两个穿睡衣的年轻女人在门口费力地拧一条刚洗完的床单，还有一个年轻女人坐在小板凳上逗隔壁台球厅的小黑狗，但我没看见里面最漂亮的那个。

高阳一个人在家，正光着膀子修我那盒 Beyond 乐队的磁带。带子断了，他用梅花起子打开磁带盒，仔细地把带子断掉的两端用双面胶粘到一起，再一点一点地绕回去。

他拧上最后一颗螺丝，把磁带放进录音机，按下播放键，声音就跟以前一模一样。

我们一边听歌一边下了盘棋，那副棋红子少个炮，就用可口可乐的红色瓶盖代替。那盘棋高阳赢得很轻松，还想来，我说，不了，今天不在状态。

他意犹未尽地收起象棋，打开电视，电视台全面检修，于是他拿出小霸王我们打了一会儿坦克大战。

那个游戏我们配合默契，一个负责在前线进攻，一个负责在大本营附近防守，最高纪录是六十五关。那天我们准备挑战这个纪录，虽然我状态频出，但高阳却发挥超常，竟然有惊无险地打到了六十四关，眼看打破纪录在望，没想到突然停了电，我们面面相觑，只得下楼打台球。

下楼时温州发廊的卷帘门已经拉了下来，女人们不知道去了哪儿，床单被套整齐地挂在晾衣绳上，噼里啪啦地滴着水。

台球厅只有我们两个客人。看店的是一个我没见过的女孩，穿一件黄色连衣裙，脸上有几颗好看的雀斑，像是比我们大几岁。

她坐在柜台边跷着腿看一本叫《黄金时代》的书，一副高高在上的样子，让我不太敢去看她，高阳说她是老板在外地上大学的女儿。

我们要了离柜台最近的那个球台，每次我击球时都觉得她好像在偷看。一度我和高阳拼得很凶，但当我鼓起勇气朝那女孩望过去时，发现她一直都在很认真地看书，还不时发笑。我顿时泄了气，输得溃不成军。

连输几局后，我说饿了。高阳说他家里没吃的，于是我们坐面的进了城，一人吃了碗羊肉粉，又去冷饮店吃炒冰。

那天全都是我结的账，我爸走之前偷偷塞给我一百块，那是他给得最多的一次，但我没有表现出半点高兴。我知道他一直希望我对他热情点，但我做不到，我唯一能为他做的就是也不对别人热情。

"我怎么感觉你今天有点不对劲？"高阳用勺子戳着炒冰里的几颗葡萄干说。

"没有啊。"我说。

"今天你干什么都不在状态。"

"我可能是，有点中暑。"

"中暑？"他怀疑地看着我。

"中午睡觉忘了开电风扇。"我说，"差点被热昏。"

"不对，你今天话特别少。"他说，"看起来有点不高兴。"

为了表现得高兴，我告诉了高阳昨晚我被堵在余欢卧室里的事。

"那你没有和她干点什么啊？"高阳终于放了心，咬着吸管看着我一脸坏笑。

"没有。"我说，"随时都可以。"

"但我暂时还不想。"又加了一句。

"那昨晚上你在哪儿睡的？"

"衣柜。"我说。

"衣柜？"高阳说，"她居然让你睡衣柜？"他笑得要死，"你睡得进去啊？"

"舒服得很，"我说，"你睡过就知道了。"我没说假话，除了稍微挤了点之外，其实躺在里面有一种非常安全的感觉，我睡得很踏实。

但他还是笑个不停。

"那你呢？"我说，"你和乐珊做过些什么？"

乐珊是高阳的女朋友，她很漂亮却没有半点漂亮女孩的架子和坏脾气，她有一口白净整齐的牙齿，是那种你不会轻易拿来和别人比较的女孩。乐珊她爸是监狱的狱警，参加过对越自卫反击战，乐珊说现在她家里还有一把54式手枪。她妈是110接线员，只要打110就可以接通她的电话。乐珊身上有一股神秘的气息，我曾经也喜欢她，但怎么说呢，现在我和她是哥儿们。

高阳不笑了："你昨天居然在衣柜里睡了一晚上。"说完又笑了两声，"你不要跟别人说你认识我。"

"你和乐珊做过什么？"我把刚才那问题又问了一遍。

"不能告诉你。"他突然间一本正经地看着我,"这属于个人隐私。"

喝完冷饮我们去录像厅看《射雕英雄传》,白天录像厅人不多,我们也不在乎放到哪一集,坐下来就看。每放完一集老板就来收下一集的票钱,我嫌麻烦一下子给了他五集的,但我只看了两集就倒在沙发上昏昏欲睡,直到高阳把我叫醒,此时郭靖和欧阳克正在桃花岛比武。

"放到哪儿了?"我说,刚才半梦半醒间断断续续地做了一个梦,梦见我爸一副欧阳克的打扮。

"不看了,"他说,"刚才乐珊呼我,叫我们去游泳。"

我们找老板退掉剩下的钱,从录像厅出来。

太阳很毒辣,把整座县城晒得热气腾腾,街上空空荡荡,行人寥寥无几,只有树上的蝉此起彼伏地叫着。我们经过宣传海狸鼠养殖的门市,往日里三层外三层围观的人全不见了踪影,就连一向活泼的海狸鼠也躺在水泥池底一动不动地喘着粗气。

我们约在电影院碰头,远远就看到乐珊站在台阶上吃冰棍。她穿着白色T恤,牛仔短裤,边吃冰棍边一脸茫然四下找人的样子简直让人着迷。

那是我暑假里第一次见她,她晒黑了,却变得更好看。她把冰棍递给我们,我们一人在一角咬了个豁。我贪了点,咬了一大口,冰块直冻腮帮子。

"余欢呢?"乐珊问我。我、高阳、乐珊、余欢,我们四个都是初中同学。

"她出不来。"我说,"我叫过了。"

"真没意思。"乐珊说,"次次都出不来。"

我们往县城唯一的那家"东郊"游泳池走去,乐珊说她刚从外婆家回来,乡下什么都好玩,但就是没地方游泳,所以回城第一件事就是找我们游泳。乐珊很喜欢游泳，她是我见过的游泳游得最好的女生。

"这个暑假我还一次都没游过呢。"乐珊说，她额头上全是细密的汗珠，"真想现在就跳进水里。"

路上我们看到去游泳的人都在往回走，有人和我们说"东郊"今天不营业，但我们还是决定亲自去看看。到了那儿，果然泳池已经放光了水，两个穿雨靴的工人正在池底用长柄刷清洗池壁上的青苔，空气里飘着一股消毒水的味道。

"明天再来。""东郊"老板噼里啪啦地按着计算器，"先洗池子，再放一晚上水，明天中午才能满。"

"怎么办，高阳？"乐珊一脸失望，"我想游泳。"

"那还不简单。"高阳朝我挤挤眼。

我们顺着游泳池边上的一条小路朝山里走去。

山里有个水库，也是县城的水源地，有时候我们会去那里游泳。但你得小心，常年有个一根筋的看守住在那儿，如果被他发现的话，他会把你放在岸边的衣服裤子都拿走，无论你怎么求饶都不行，除非父母亲自来道歉才会还给你，如果你父母不来道歉，那你就只能光着屁股回家。

小路两边大多是绿油油的水稻田，有好几拨小孩在田埂上抓蜻蜓。经过一片开满荷花的荷塘时我们一人摘了一张荷叶顶在头上，走了大概半小时我们来到一个山口，旁边的石壁用红色油漆写着"封山育林、严禁烟火"几个字。再往里走就是林区了，周围全是树木，不时可以听见山林深处传来的布谷鸟叫。

"但愿看守今天不在。"我说。

"他喜欢抓我们。"高阳说，"他一个人住在山里太无聊了，没人受得了天天待在这里面。"

"我受得了。"乐珊说，"我喜欢亲近自然。"

"我也受得了。"我说,乐珊的想法更多的时候总是和我保持一致。

"你们都算了吧。"高阳说,"住三天就能让你们发疯。"

又走一会儿,我们看到了水库大坝。大坝足有几十米高,像一个巨大的铁闸插在两山之间,我们从旁边的一条羊肠小道绕上去,水库的水非常干净,水面是天空一样的深蓝色。

大坝另一头有个小木屋,那就是看守的住处。高阳做了个"嘘"的手势,我们放轻脚步朝木屋走去,看到门上挂着一把硕大的锁,大家终于松了口气。

我从窗户往里看,有一张床、一张桌子、一把椅子、一个生了锈的袖珍收音机、一个手电筒、半瓶白酒,还有一些简单的生活用品。

"我们在哪儿游?"乐珊跃跃欲试地问。

"跟我来。"高阳手一招。

我们沿着水边小路走到水库朝阳面的一块草地。那儿是个适合游泳的浅滩,也是我们的战略要地,从那儿可以看到大坝,也可以看到小木屋,一旦发现看守回来,我们就可以迅速拿上衣服从小路跑掉。

我和高阳先下水,一口气游出很远。过了一会儿,乐珊从树丛后走出来,身上穿着一件天蓝色的连体泳衣,站在岸边,像白天鹅那样漂亮。

我们在水里游了一阵,玩起游戏来。我们玩了一阵捞泳镜的比赛,乐珊把她的泳镜往远处扔,我和高阳在同样的距离开始游,看谁能先把泳镜捞起来。

乐珊又提议玩憋气的游戏,我们三个手牵手,同时蹲在水底,彼此睁大眼睛看着对方。我和高阳只要一对乐珊挤眉弄眼,不出两秒钟她就会忍不住笑着浮出水面,她往上浮时嘴里吐出一串巨大气泡的模样让我们笑个不停。

后来我们玩了一会儿把人踩在水底的游戏,那个人总是我。每次他们都提早很多把我拉出水面,就好像十分害怕我会溺死一样。

我们玩得很高兴,我也从没见乐珊笑得这么开心过,她甚至让高阳背着她上岸。

我们坐在草地上休息,乐珊跟我们讲在乡下时她舅舅是怎么抓黄鳝的:先编一个开口很小花瓶形状的竹篓,再往里面放几根羊骨头;傍晚把竹篓横着搁在浅水田里;第二天一早只管提起竹篓,里面就装满了黄鳝,有时候还能抓到螃蟹。

高阳说他外婆家也在乡下,门口有条小溪,夏天他经常在溪里钓螃蟹:用线拴着一只蚱蜢,把它放在水里的石头边上,不一会儿螃蟹就从石头缝里爬出来,看到它夹住蚱蜢时用力一提,螃蟹就被钓起来了,绝不会半途松手。

我没有乡下亲戚,就说了早上在巷口遇到疯老头的事,乐珊问我们知不知道他曾经是个玉树临风的才子。

"玉树临风?还才子?"高阳说,"我也觉得他有点像怪物。"

"好像那时候他在我们县里挺有名的。"乐珊说,"他以前是我们学校的老师,听说写过很多诗和小说。"

"我们学校的老师?"我大吃一惊。

"那他是怎么变成这样的?"高阳咬着一根狗尾巴草说。

"'文化大革命'时,"乐珊说,"被他学生打的。"

"我觉得不可能。"高阳说,"打他干什么?作业布置多了?"

"你还知道些什么?"我说。

"我只知道他有个儿子,是个杀人犯,现在关在监狱里。"

"他杀了什么人?"我一下来了精神,"为什么要杀人?"

"不知道。"乐珊说,她显得很抱歉,但就这个年纪来说,她知道得已经够多了。

"你进过监狱吗?"我问她。

"那不是监狱,是看守所,"她说,"当然进过,去找我爸,还不止一次。"

"里面的犯人什么样?"我说。

"和正常人一样,只不过全都剃了光头。"

"他们每天在里面干什么?"我说。

"缠半导体线圈,再就是吃饭睡觉,和我们一样。"

"我不想过那种生活。"高阳说,"想一下都觉得受不了。"

"你在想些什么? 那种生活跟你有什么关系?"乐珊说,"你又不会犯罪。"

"关在里面的主要犯的是什么罪?"我问,"他们肯定都没想过自己会犯罪吧?"

"不知道,我不想聊这些。"乐珊说,"和我们没关系,不关我们的事。"

"昨天我做了个梦,特别真实的一个梦,"乐珊说,"你们想不想听?"

"你说吧。"高阳说。

"我梦见一艘巨大无比的飞船,就停在我们学校后山上,他们说我其实是外星人,来接我回家。"

"然后呢?"我说,"他们把你接走了吗?"

"没有,还没来得及登船我就醒了,但那艘船真的非常真实,太像真的了。"

"我相信有外星人存在。"高阳说,"我百分之一百肯定外星人存在。"

"我也相信。"我说,"百分之二百。"

后来大坝上来了一群真正的年轻人,我是说他们比我们大好几岁,看起来像是正在放暑假的大学生。他们有男有女,从出现起就一直在旁若无人地说笑打闹,我注意到台球厅那个穿黄裙子的女生也在里面。

宋　迅　|　最后的夏天

　　他们是从泄洪通道爬上来的，那是条捷径，但更危险。他们直接上了大坝，从那儿下水，又过了一会儿那几个男生竟然在大坝上比赛起跳水来。那几个女生就站在一旁看着，时不时尖叫欢呼。他们身上有一些吸引我的地方，但我说不清是什么地方，我觉得眼前这场景像是曾经在梦里见过。

　　在几轮激烈的比拼之后，其中一个不要命的瘦高个站到了栏杆最高处，他是那拨人里最帅的一个，旁边那些女生的尖叫声大到了家。

　　"他站那么高。"乐珊说。

　　那家伙来了个鹞子翻身，入水时激起了巨大的浪花。

　　"哇！"乐珊惊呼起来。

　　"好厉害，胆子真大。"她说。

　　"这有什么。"高阳鄙夷地说。

　　"你敢吗？"乐珊瞧他一眼，接着看跳水。

　　我们看了好一会儿，"高阳呢？"突然乐珊问我。

　　我这才发现高阳不见了。

　　我们喊着高阳的名字，四下找着。

　　过了一会儿，远处传来一声响哨。

　　是高阳，他爬上了水边的一处悬崖。悬崖离水面足有五六层楼那么高，白色的石灰岩像刀切一般平整，那是我们早就发现的一个跳水绝佳之处，我们一直想从那上面跳下来，但最后谁也没敢那么干。

　　"快看。"大坝上有个女生喊。

　　"他好像要从那儿跳下来。"我说。

　　"高阳，别跳！快回来！"乐珊站在水边喊。

　　高阳装作没听见，他神气地站在悬崖那块向前凸起的大石头上，皮肤在夕阳的照耀下变成了金色，就像一个战无不胜的将军，那些大学生也都一动不动地看着他。我真希望此刻站在那儿的人是我。

"太高了。"乐珊用手捂着嘴。

突然，高阳后退了两步，随即往前一冲。他高高跃起在空中，笔直地站立着急速下落，像一把锋利的匕首插进水里。所有人都看得目瞪口呆。

水面很快恢复了平静，久久不见高阳浮起来，空气似乎凝固了，乐珊紧张得屏住呼吸，我的心也提到了嗓子眼。

哗啦一声，高阳猛地从水里钻出来，他潇洒地甩了甩头发，用手拍打水面。"下来啊。"他朝我们快活地喊。

我们跳进水里，向他游去，我们游在一起。

那天傍晚，有那么一阵，我们三个头对头地躺在草地上。许久都没人说话，水面倒映着青山，天边飘着淡淡的云，凉风吹在身上让人感到舒服和惬意。

"真希望我们一辈子都这样。"乐珊说。

当时我的想法和乐珊一样，希望我们一辈子都这样。有那么一瞬间我觉得自己已经忘掉了一切烦恼，那是一种无与伦比的美妙感觉，让你感动，想要请求时间停下来。

但很快我就恢复了正常，我想到了那三个字，苏××。我想象着她的样子，她的职业，说粤语还是普通话，是否喜欢跳舞，他们的新孩子是男孩还是女孩，如果可以的话，我希望是女孩。

下山的时候那些大学生还在游，经过荷塘时我们遇到了那个水库看守，他朝我们迎面走来，拎着一个塑料筐子，里面大概是些吃的。我们的头发还湿着，他看我们的样子很凶，我以为他会骂我们，但他最终没说什么，我意识到他只想抓现行，这让我更加清楚自己绝对不能落到他手里。

我们在夜市吃了晚饭，又在街上一直闲逛到天黑透才各自回家。我敢保证那些大学生不知道水库有看守这回事。

回到家，我妈正坐在客厅沙发上抽烟，面前的烟灰缸里已经有几根烟蒂了。我妈是最近才开始抽烟的，她穿着去跳舞时常穿的一条草绿色裙子，神色看起来有些憔悴，我有一种不好的预感。

"你外婆说你没去吃饭。"我妈说，"你吃晚饭了？"

"吃了。"我说，"我爸呢？"

"走了。"

我看到她卧室门开着，那个黑色旅行箱已经不在那里了。

"你坐。"她指了指一旁的椅子声音很轻地说，"妈妈有些话想跟你说。"

我坐下来。

"你长大了，有些事我还是想第一时间告诉你。"我妈小心翼翼地把烟头摁灭，像是在酝酿一句什么话。

"我和你爸可能要分开了。"她抬起头看着我，之后把目光转向别处，似乎在等着我的反应，哭什么的，但她可能不知道我一直在为今天做着心理准备。

"你爸明天会和你谈谈，他说要带你去深圳。"我妈说。

"我哪儿也不去。"我说。

"我觉得你不会喜欢广东，那儿的生活和这儿完全不一样。"她说，"你的性格更像我，你说呢？"

"嗯。"我说。

我妈看着我，神情有些复杂，似乎不仅仅是在看我，而是在透过我看另一个人。我以为她会说一些关于我爸的事，这样我就可以解开心里的那个疑问，甚至我在等着她骂他。

"你觉得我们家日子过得不够好吗？"我妈说。

"没有。"我说，我不知道她为什么会问这个问题。

"你喜欢现在的生活吗？"她眼神锐利地看着我，"还是说你就想着过别的生活？"

"我喜欢现在这样。"我说，这话出自真心。

她看着我，不再是平时那种失望的眼神。

"下午我咨询过律师朋友，"我妈说，"他说你已经长大了，这种事法院会充分尊重你的意愿。"

我向她保证我会跟法院说愿意跟着她。我妈沉默了两分钟，看起来她的精神正在一点一点地恢复。我也没有说话，一直看着阳台上的鱼缸，里面的鱼永远都在若无其事地游来游去。

"你想看电视吗？"过了一会儿她说。

我摇头。我万念俱灰，什么事都不想做，我难以想象如果自己平时不积极地做心理准备的话现在会怎么样。

"你有什么想问的吗？"我妈突然有些忧郁地看着我，"我不希望你背着包袱去学校，我不想你因为这件事受到任何伤害。"

"你恨我爸吗？"我说，苏××三个字在我脑子里不停地跳动着，但终究还是没说出来。

我妈一下变了脸色，似乎我提了一个难以回答的问题，她深吸了两口气，脸上才重新恢复平静。

"谈不上恨。"她眼神里流露出了感性的一面,"其实你爸不是个坏人,我和你爸曾经很相爱。他很浪漫,给我写过很多诗,那些诗我一直留着,那时候他是学校里有名的才子。"

不知怎么,我想起了那个疯老头,尽管我怨恨我爸,但我不希望他变成那个样子,我也为他没有朝那个方向发展由衷地感到庆幸。

"当初你外婆不同意我和你爸在一起,我没听你外婆的话,但我从来没有后悔过。"她接着说,"你爸是个聪明人,是那种不甘平庸的人,我和他一样。因为这一点我们走到了一起,也因为这一点让我们分开。这件事没有谁对谁错,它属于婚姻的一部分。等你长大你就明白了。"

尽管其中有很多话我都不是很明白,但我没有追问。

"他还是你爸,答应我一件事,好吗?"我妈神情松弛下来,"不要跟他把关系搞得太僵。"

后来我们又聊了一会儿,主要是我妈在说,我听着。我妈说这件事可能会对我们的生活造成一些影响,但这种影响很快就会过去,她不在乎别人怎么看这件事,也让我不要活在别人的看法里。

"爱情还是美好的。"她甚至对我笑了笑。

夜里,我躺在床上,周围很静,偶尔能听到迷雾河上传来的汽笛声。那天睡着前,我一直在用力地想一些问题。我在想为什么同一个东西既可以使两个人走到一起,也可以使两个人分开?我妈所说的我爸的变化是什么,为什么我没能发现这种变化?南方究竟是什么样子,有什么在吸引着我爸放弃体面光鲜的工作去到那里?我爸又是否真的在南方有另一个家庭?

有那么一瞬间,我无比清晰地意识到生活在我面前被撕裂,那种无忧无虑的日子正在离我越来越远，而前方的路却变得一片模糊。我想尽快长大，虽然我不知道自己长大以后想做什么，又能做什么。我感到前所未有地孤独，觉得自己永远无法和谁建立起一种真正亲密的关系，你所要依靠的只有自己，也只能是自己，成熟就是尽力摆脱你对他人的依赖。我告诉自己我不在乎，我很冷酷，没有什么事情可以伤害到我。

一九九七年的夏天，我爸妈离了婚，我爸辞掉钢厂的工作下海去了广东。

那也是我在迷雾河度过的最后一个夏天，开学没多久我妈通过关系调到了贵阳工作，我也转学去了那里的一所初中。高二那年我妈和一个体校的拳击教练结了婚，他们是在驾校认识的，据说他年轻时就是个拳击手，得过全国冠军，他有一个显眼的驼峰鼻，那就是他当过拳击手的证明。他很想教我练拳，但我没答应。我大一那个暑假他们离了婚，他因为赌球欠了一大笔高利贷，办完离婚手续就消失了。

我到深圳读大学后开始和我爸一起生活，但我们并不经常见面，我最近一次见他是两个月前在他的第三次婚礼上。

婚礼在深圳的一家海景酒店进行。因为前一晚宿醉，我没听见闹钟，醒来已是中午。我飞快地穿衣服，没洗脸就出了门，出门时床上的陌生女孩还在熟睡。

我一路超车，引起一阵骚乱，上滨海大道后我把这辆三叉戟开到了一百六十迈，发动机的巨大轰鸣声让我大脑一片空白。我知道这么干很危险，但我真的很想参加我爸的婚礼，我已经错过了前两次，不想再错过这一次。

尽管我把油门踩到了底，还是在仪式结束后才赶到，此时客人们都聚在酒店后花园的露天餐厅里用自助餐。我看到新娘被她那些老实巴交的娘家人簇拥着，她看起来二十七八的样子，和我年龄相仿，穿着白色的婚纱，戴着白色的手套和白色的头纱,所有新娘都一个样,每隔一会儿就有人来和她合影。

终于我爸也出现在花园里。

"儿子。"他一看见我便朝我走来,他穿着定制的西服,戴着鲜艳的"新郎"胸花,满面红光。

"爸。"我说,我能闻到他浑身酒气。

"你爸在找你,他有点醉了。"他的胖司机乐呵呵地和我说。

"好儿子,"我爸揽着我的肩膀,"最近怎么样?我有多久没见到你了?有没有半年?"

"挺好的。"我扶着他以免他跌倒。

"你喝了多少?"我问他。

"没多少,"他说,"今天爸爸高兴。"

"你看起来像又年轻了十岁。"我说,我承认这话吹捧成分明显,但他听了依然很高兴。

"儿子,有句话爸今天要告诉你。"他领着我往前走了几步,头挨着我的头,"就一句。"

我听着。

"给我点根烟。"他收起了笑容。

我抽出一支递给他,帮他点上火。

远处一个大腹便便的家伙在热情地跟他打招呼,他看起来像老板或者局长之类的角色,我爸冲他挥手示意马上过去。

"恭喜爸爸吗?"他把手放在我胳膊上。

"那当然。"我说。

"你放心,儿子,"他又把头贴了过来,"没有什么能够影响我们父子的关系。"

说完他眯着眼睛郑重其事地看着我。

"我从来没担心过这个,爸。"我说。

他在我肩膀上使劲拍了两下。

"好了,你忙你的去吧。"他放下手,和司机一道朝那个肥佬走去,我们说话的时候那肥佬一直定在原地等着,一路上我爸不停地和客人握手致意。

我离开人群,走到海边,坐在一把长椅上,望着远处平静的海面,回忆着十多年前那个不眠之夜困扰我的种种问题。

直到现在我仍然搞不懂那些问题的答案是什么,但我已经不再困扰,因为是否搞懂和最后你怎么做之间没有半点关系。

尽管我早已变得冷酷无情,但在每一个孤独时刻,我都会想起一九九七年,我在迷雾河度过的那个夏天。

我疲惫地闭上眼,耳边仿佛再次传来迷雾河的汽笛声。那似乎是我人生中的最后一个夏天,转学后,我和高阳、乐珊、余欢他们渐渐失去了联系,在那之后,我就再没交过什么真正的朋友。而我妈,我已经很久没见过她了。

选自2021年《十月》第4期

叶昕昀

叶昕昀,1992年出生,云南曲靖人。北京师范大学文学创作与批评方向硕士毕业,小说和评论见于《收获》《作家》《安徽文学》《文艺报》等。

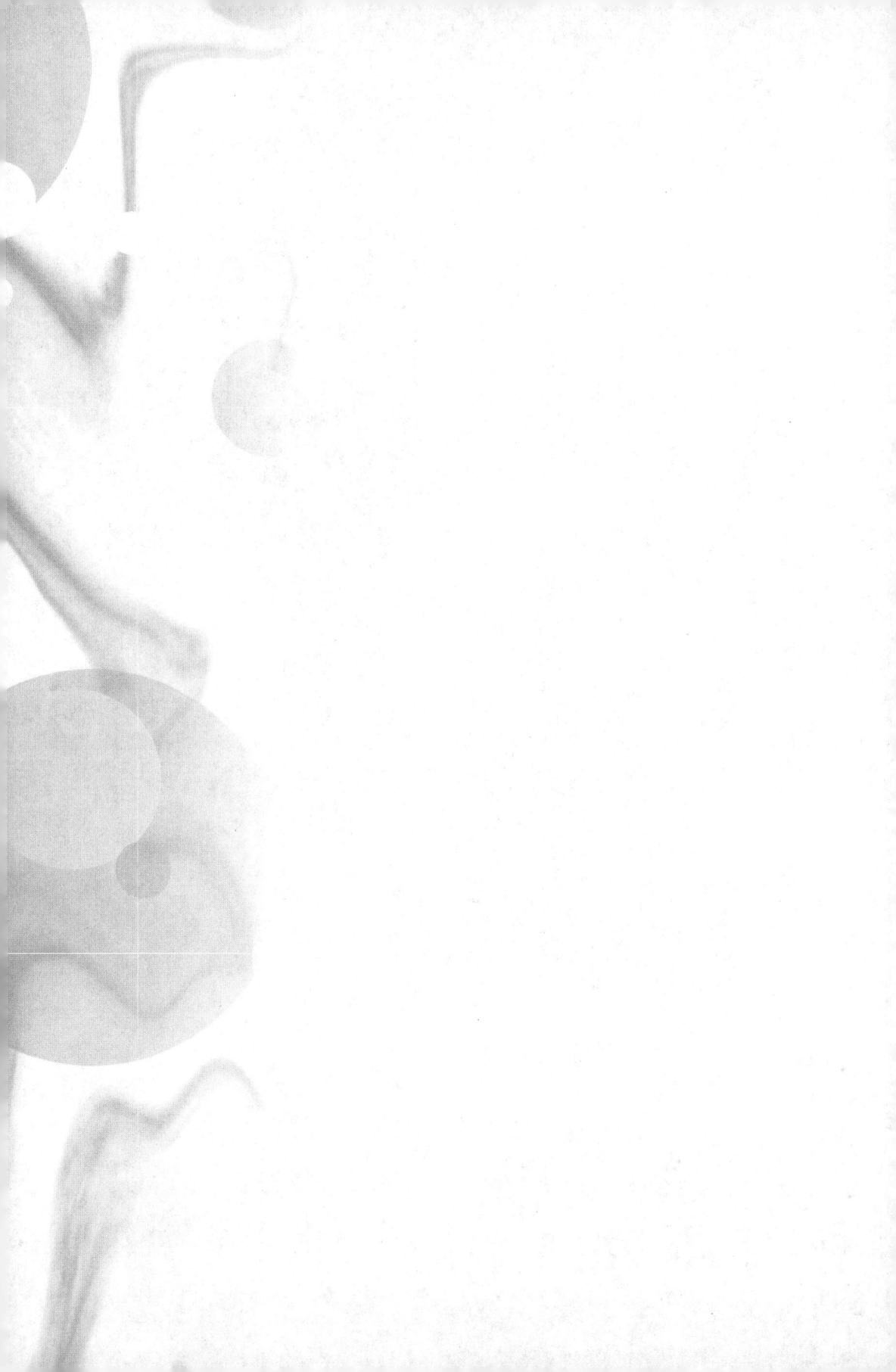

孔　雀

她约张凡到大觉寺看孔雀那天是六月十九。到寺庙上香的人很多，流通处厢房买香烛和文疏的人几乎没有间断。她那天脑子昏得很，人家说要一把香，她递两把，说要三道文疏，她递五道，昏头昏脑地到下午三四点，几乎忘了看孔雀的事。四点寺庙关门，人渐渐散去，她一样一样清点货品，发现柜台里的绿松石手串少了一个，不算贵，二十来块钱，买去图个吉利的，但少了要她补上，多少觉得亏损，只能怪自己不留神，再一想，又怪老刘今天没来，她一个人应付不过来。

大概就是埋怨到老刘头上的时候，张凡到了。他们此前没有见过面，是经常来寺里做事的周孃从中牵线，说让两人见个面，算是没有明说的相亲。她没有拒绝。

他从外面探头进来，大热天还穿一个皮夹克，个子挺高，皮肤是云贵高原紫外线塑造的黝黑。他问，杨非在吗？她点点头，说，在呢，你面前。他一下子就笑了。她看他，你是张凡吧。他说，是，我是张凡。

她注意到他挺拔的身躯和稳重的步伐，然后低下头去，说，你在旁边的椅子上坐一会儿，我还有事没做完。她习惯点两遍货品，算是某种强迫症，现在还差一遍。张凡问，这里忙吗？她低着头，说，看日子，香客多的时候一刻也不得闲，你待会儿再跟我讲话，我现在忙不过来。

张凡便不说话，坐在椅子上看院子里的三角梅，他的右眼视力好，看得清相隔二十米对面佛殿牌匾上不大的字，是地藏殿，他想问地藏殿供的是哪个菩萨，话到嘴边又咽了回去。他往地藏殿旁边看,佛殿的匾额被一棵贝叶棕遮住了,他将目光收回来,看厢房门口浮着睡莲的青褐色石缸,里面有几尾金鱼,天气太热,一直往外吐气泡。他盯了很久,听到杨非说话,你定力挺好。他回过头去,杨非又说,走吧,去看孔雀。

她把柜台的隔板抬起来,张凡过去扶住,让她出来。她解下身上的墨蓝色罩衫,把身后那条长长的黑发拨到胸前,平视的视线只能达到他的腰际。他系着一条黑色皮革的腰带,印着老虎头的金属闪着光。她说,要劳烦你。张凡就走过来,站在她的身后,微微蹲下,两只手托起她轮椅两侧的把手,缓慢地抬起来。她比他预想中轻很多,即使加上轮椅的重量也还是很轻,跟他儿子的重量差不多。他感觉到她的双手紧握,后背往下靠,他尽量使自己的步子平稳。他抬着她的轮椅跨过厢房的门槛,到了台阶,那里有专门的木板搭成的小坡,可以让轮椅下去,他没有放下,直接将她抬下台阶,然后安稳、缓慢地让她落地。

杨非对他说谢谢,声音很轻。张凡假装没有听见,预备推着她往前走,杨非用手卡住轮子,说,不用,我自己来。张凡就撒开手。

寺庙的路都是石子铺成,她划动得有些吃力,张凡放慢步子,跟在她后面。她在石子路最里面的禅房门前停下,说,里面的木桶里有玉米粒,你用碗装一点,碗在木桶旁边。他走进去,禅房的案桌上立着一幅观音送子的画像,香已经燃尽。他绕过案桌,在角落里看到木桶,旁边放着一个不锈钢碗,他从桶里舀起一碗玉米。

她看见他走出来,说,把门带上。他回过身去关门,转头时她已经往前走了。他跟着杨非,绕过大雄宝殿,来到寺庙的后院,远远就望见那只被一片铁丝网围起来的孔雀。

孔雀站在罗汉松旁一动不动,杨非滑着轮椅过去,将扣住铁丝网的钩子移开,

叶昕昀 | 孔 雀

然后回头看张凡，说，放里面吧。

食物就在面前，孔雀仍站在原地不动。张凡蹲下，将碗往里面推了推，孔雀警惕地扬起脑袋，头上的冠羽轻轻地晃动。张凡这才注意到孔雀蜷缩着一条腿，准确来说不是蜷缩，而是萎缩，它只凭一条腿立在那里。张凡突然想知道它怎么走路，于是又往前走一点。孔雀意识到入侵，往后退，它萎缩的右腿落在地上，右半边身子大幅倾斜，左腿立即向后迈一步，将身子稳住。

张凡觉察到这样有些残忍，他于是向后退去，直到走出它的领地，关上那片铁丝网，与它保持最初的距离。

张凡到杨非身旁，孔雀还是待在退后的位置，没再往前。张凡说，它挺怕生。杨非说，分人。张凡点头，我确实吓人，别人都这么说。杨非说，这挺好，没人敢欺负。张凡笑，它怎么不吃？杨非滑着轮椅退后，说，人走了它才吃。张凡说，还挺有个性，养了多少年了？杨非想了想，说，二〇〇八年老马从版纳带回来的，也有十来年了。张凡问，谁是老马？杨非说，以前经常给寺庙捐钱的富源煤老板，后来煤矿倒了，就没再来过。张凡点点头，那也挺老了。杨非问，谁？张凡说，孔雀。杨非没说话。张凡往左边跨了一步，说，这是绿孔雀吧。杨非说，不知道，我不懂。张凡说，这是绿孔雀，我当兵的时候在怒江集训，见过这种孔雀，现在是濒危动物了。你们养得不好，毛色都变了。杨非问，你在怒江当的兵？张凡说，算是吧，滇西那片都待过。杨非问，怎么样，那边？张凡说，不好在，不如东边。杨非没再说话。

张凡退到杨非身后，他们站在松树下面。一片云彩飘到太阳底下遮住光，天微暗下来，吹来一阵风，张凡觉得凉快，又觉得有些恍惚。空气中有从前院寺庙飘过来的檀香气味，在此刻短暂的静止中，他心里生出一种久违的隐秘和平静。

从后院出来，她觉得饿，提议去寺外的清真街吃凉粉。张凡说好，他们便往外走。张凡说,我推你吧。她说,不用,走到千佛塔的时候,又说,好吧。他走过来扶住她的轮椅。她抬手指着千佛塔,说,上学的时候来参观过吗? 他说,没有。她问,那你知道这是什么时候建的吗? 他说不知道。她告诉他,是元代。他说,没谱气,历史没学好。她说,有六七百年了。他说,噢,是古物。她身子往后靠了靠,说,我刚来寺庙的时候,每天就在塔下面看,看到太阳刺得眼睛睁不开才回屋,后来视力就降了,总是看不清楚。他说,那你配个眼镜。她说,不用,能看清人就行。他说,人你看不清。她岔开话去,问他,你知道这塔有多少龛佛吗? 他说,千佛塔千佛塔,上千吧。她笑,你回去查查。他点点头,好,塔尖的两只鸟是什么? 她随着他抬起头来,一齐看那座二十米高的佛塔,她笑,那是鸡,金鸡。他说,我看着倒挺像后院那只孔雀,你看,它也蜷着腿。

　　他们在凉粉店外坐下来。有几个人在里屋,杨非说热,他们就在外面坐下。杨非是熟客,老板娘笑问,今天吃什么? 她说,两碗凉粉,我那碗不要米线,你呢? 她转过头去问张凡。张凡说,我要多一点米线。杨非笑,问他,你现在做什么工作? 张凡答,司机,给领导开车,之前跑长途货运。杨非点点头,介绍人没跟我仔细说你的情况。张凡看着她,你想知道什么,随便问。杨非摇摇头,现在不用了。张凡说,我离过婚,有个儿子,跟了他妈。杨非没说话。张凡又说,我爸死得早,家里有个老母亲,现在城里住的房子是我大伯的,我前些年在开发区买了套电梯房,还有辆二手车,大众的。杨非说,吃东西吧。

　　和张凡分开的那天夜里,杨非发起了高烧。房间里很闷热,她想也许是明天要下雨,然后想起张凡眼睛上的那颗痣,又想起洒在地上的玉米粒和落在泥土里的月季花瓣。她渐渐魇在清醒的梦里,小腹传来的疼痛没有减弱过,从子宫右侧的某个点开始,呈放射状地蔓延着疼痛,它不是持续的,大概隔几秒加剧,躯体

叶昕昀 | 孔　雀

的痛楚将梦境变成一堆破碎的画面。她有时听见开门声，有时听见有人在耳边低语，有时看见灰褐色的水泥广场和漫长的延伸到铁轨的马路，然后那个男人模糊的身影又开始出现，慢慢靠近。她感觉到自己在坠落，然后是奔跑，似乎有风从她耳边穿过，又拂过她的小腹，她摸到自己的双腿，突然从梦魇中清醒，像是沉溺在海底又浮出水面的一瞬间，那种熟悉而恒久的绝望。

一丝光从蓝色的窗帘透进来，她盯着窗帘上跃动的斑点，很久以后，那种梦境带来的无法言说的感受仍在持续，那种针刺般的、小小的欲望从她腿骨的一处开始蔓延。天渐渐亮起来，光充满空荡的房间，充满她内心某块凄清的空白。

她终于听见父亲起床的声音，她轻轻喊着，但嗓子几乎发不出声音来，她张着嘴吐出无声的语言，然后抬起右手，从空中降落，捶击在床沿，只是发出轻微的响声。过了很久，她听见父亲推开她的门，说，起床了。她没有回应他，他于是走过来，看她暴露出青筋的脸庞和手臂，以及肿胀的眼睛。他摸了摸她的头，说，我去买针水。她感觉到内心突然滋生起来的与悲伤相掺杂的怒火如同落在床上的拳头一样，软绵地四散开来，散布到身体的每一处。

那天她没到寺庙去，第二天也没去。第三天的时候，张凡找上门来。下午三点，父亲刚下中班回来，他在附近的小区当保安，三班倒。她坐在阳台上吹风，父亲走到她背后，说，你有朋友来了。她转头，短暂的诧异之后，她看见张凡的脸。透过窗户的光照在他的脸上，印出三条长形的条纹。

张凡走过来，把手里的水果放在茶几上，父亲咳嗽了两声，走进房间，关上门，将她和他隔绝于那间落满斜纹光影的客厅。张凡站在客厅中央，说，我去寺庙找过你。她没有说话。张凡又讲，阳台上晒，要不要我推你进来，她自己把轮椅退回来，摇到茶几旁边。

她请张凡坐，要给他倒杯水，张凡拦住她，说，我自己来。他在她面前站起来，身体挡住她面前的光，她注意到他今天换了一条腰带，棕色皮质。他握着杯子在她面前坐下来，说，我想了想，觉得我们能处。杨非说，怎么处？张凡转动着杯子，说，你看我的眼睛。杨非看着他。他说，左眼。她就看他的左眼。他说，你仔细看。杨非说，怎么弄的？张凡说，在勐海的时候，抓捕一个毒贩，他拿刀朝我眼睛捅过来，我没来得及躲。她问，勐海在哪里？张凡说，在版纳，对面就是缅甸。她说，挺狠毒的。张凡抬起手摸了摸左眼，说，他没下狠手，他本来可以朝我脖子捅，我肯定死。两人沉默，她又看他，说，这眼睛挺逼真，是马眼睛吗？小时候丝厂大院里有个男孩，被鞭炮炸掉了眼睛，在眼眶里装了一只马眼睛。张凡摇头，不是，是玻璃的。杨非点点头，不仔细看看不出来。张凡问，你们以前住在丝厂？

杨非摇着轮椅过去给自己倒了一杯水，说，以前我爸在丝厂缫丝车间，做到车间主任，我们就住在生活区，十平方米的房子，没有厕所，整栋楼都是尿臊味。后来丝厂倒闭，我们就搬了出来。张凡站起来，在屋子里四处转着，说，丝厂是二〇〇〇年左右倒的吧。杨非说，好像是，想了想，又说，是，那年我初三。

张凡在电视柜的几张照片旁边停下来，他仔细看了很久，转过头问杨非，你小时候跳舞？杨非说，是，从小就学，拿过县里挺多奖。张凡说，真厉害，学过舞气质不一样。杨非没接话。张凡又说，你应该开个舞蹈班，教孩子跳跳舞。杨非说，我这样子怎么教。见张凡有些尴尬，她又说，我不喜欢小孩子。

张凡感觉到杨非兴致不高，他在那些照片旁边停了很久，说，要不然今天出去，你喜欢看电影吗？一中对面的商业中心新开了一家电影院，环境不错。杨非说，我不方便。张凡笑，有什么不方便。杨非说，我不爱出门。张凡说，要适当出去走一走，外面都大变样了，我带你去看看。

叶昕昀 | 孔　雀

杨非没有拒绝。

她这几年相了很多亲，要遵从彼此匹配的原则，所以对方都缺胳膊少腿，像是照镜子，相互看见都觉得尴尬。她与张凡的第一次会面却不尴尬，这是她少有的体验。另一个觉得不尴尬的是一个乡镇中学的语文老师，右腿车祸截肢，爱读史铁生和路遥，眼镜总是滑到脸中央，笑起来眉头就皱在一起。他们那时几乎快成了，后来男方家里又嫌她工作不好，要她陪嫁一套房子，父亲几要妥协，她找到语文老师，说我们还是算了，残缺的地方不一样，彼此补不起来。

张凡是第一个以四肢健全的姿态站在她面前的男人，她观察他，想要发现他的残缺，最后得到的却是他的无比健全，她竟觉得恐惧。她早发现他的眼睛问题，可这种残缺和她的残缺并不对等，和她比起来，他仍旧是健全的。她厌恶他的健全，却又贪恋他的健全。

张凡开来一辆吉普，是单位的车。他将杨非推到院子里，上车的时候，他犹豫了一下，但这种犹豫没有持续太久。他说，我抱你上去，轮椅放在后面。杨非同样地犹疑，她看着张凡的腰带到达她的眼睛，突然觉得有些滑稽。她点了点头，双手从扶手抬起来，张凡蹲下来，轻轻咳嗽了一声，靠近她的身体，将她的双手搭在自己肩上，抄手绕过她的双腿，扶住她的后背，轻轻地，将她抱了起来。她轻轻贴着他的胸膛，大脑里有一瞬间的空白，除了父亲，这些年来，她再没有这么近距离地靠近过一个男人。他的军绿色衬衫上有着炙热的汗味，带着腥气，她的体内突然又升起那小小的刺痛感。

张凡将她轻轻放在副驾，她的重量在他手上消失的时候，他的衣衫上沾湿了一片汗渍。他关上车门，在炙热的空气里轻轻呼出一口气，提起地上的轮椅，放进后备厢。他记得那天热得出奇。

她坐在副驾，看着放置在她前面的车辆通行证，下面印着一个大大的政府红章。她轻轻吐出一口气，一种陌生的未知在她面前展现。

张凡上车，侧脸看了看杨非，说，系一下安全带，最近查得严。她拉过背后那条长长的黑色带子，始终找不到能够扣住的地方，她的脸憋得通红。他终于伸过手来，拉住她的安全带，轻轻扣进去。她没觉得得救，而是更重的沉溺。

一路上，他们没有说话。他推着她从地下车库走进电梯的时候，她尽量使自己不低下头去。电梯门快关上的时候，一个穿黑色裙子的女人跑进来，眼神在杨非身上停了很久，她与他们并排站立，毫无掩饰地表达出对于他们的好奇。从地下二层到一楼，电梯的空间始终呈现一种密闭而窒息的状态，从电梯出来，她再次感受到那种从海面浮起来的感觉。

他去买票，她在后面等。后来让她回忆，她完全记不得那天看的到底是什么电影。工作日下午看电影的人很少，售票小姐的声音在空荡的大厅里听得很清楚，售票小姐说，两张是吗？张凡说是，售票小姐问，是后面那位女士吗？张凡说是。售票小姐微笑着说，凭借残疾证可以半价。张凡说，不用，两张全票。售票小姐说，好的，请稍等。

她突然想立刻逃回去，逃回那间此刻已经落满日光的房间，一个人藏在被子里，睡上漫长的一觉，等到黄昏来临的时候，去感受房间空荡的凄清。但她终究待在原地，像她人生中所面临的所有选择。她看见他朝她走过来，她一时分不清他哪只眼睛是真的。他看着她，说，我们走吧。

她在梦境里再次沉溺，在梦境那片荒凉的废墟里，那种只属于她的昏黄色调的梦境里，她始终有一种不想再醒来的愿望。

那天从电影院出来，他说，你喜欢看飞机吗？她问，什么？张凡说，城外的军用机场，附近有一个很高的水坝，小的时候我经常去那里看飞机。

叶昕昀 | 孔 雀

小城是云南最大的坝子，抗战时期在县城西南边建了军用机场，驻扎美国空军部队，新中国成立后成了空军训练基地。张凡小时候跟爷爷住，就在机场旁边的村子，每天听见飞机在头上轰隆轰隆地飞过。他问爷爷，是不是要打仗了？爷爷抱着水烟筒，你想不想打仗？他说，想，电视里演的可刺激了。爷爷摇摇头，不说话。老家的墙上现在还挂着一张黑白照片，一个美国大兵，搂着一个小男孩的肩膀，男孩裸着身子，骨瘦如柴，瞪着眼睛看镜头。那个男孩就是爷爷，爷爷的父亲曾经是修建机场的民工，每天都要拉着巨大的石碾压碾机场跑道。有一次爷爷跑去机场给父亲送饭，美国人给他拍了一张照，后来洗出来送给他，爷爷一直视为珍宝。那个大兵，是开战斗机的嘞，爷爷说。张凡说，那我以后也要开战斗机。

他们最后去了盘江河边。盘江属珠江水系，绕县城四十余公里，这是距城最近的一段。河边新建了一片别墅区，修了宽大的柏油路和河滨公园。杨非小时候来过，那时候这里还只是一条长长的泥土路，在土堆里能找到大大小小的海蛳螺。那些童年的海蛳螺使她相信课堂上老师所说，这里原来是一片海洋，后来海水退去，成了一片平原，一片在云贵高原中低洼处的显眼坝子。

那时太阳已经落下去一点，没有建筑的阻挡，阳光恣意地、大片地照耀着柏油路大道，他推着她沿树荫下走。他原本想沿台阶下到河边，但台阶很高，没有适合轮椅下去的坡道，他就放弃了。他感觉她有些累了，便在一片树荫下的石凳坐下来，旁边是一棵炮仗花树，长出来的花红得像一串串鞭炮。在路的对面，一排排空着的商铺贴着招商广告，中间有一家突兀的小超市，他说，我去给你买瓶水。

她坐在炙热的大地里，转过轮子，去看河水。已是汛期，河水涨了上来，河流裹挟着从上游漂流下来的松木枝和各种垃圾。河岸的斜坡上间杂地长着各色矮牵牛,偶尔有羊群从公路穿过,不听话的几只就跑下来,咬几口岸边的花,再留下一堆小小细细的粪蛋,等赶羊人长长地喊一声,它们又跃跑着追上羊群。

等她转过身来的时候,他已经给她拧开了瓶盖。他指着河对面那片红墙建筑说,我初中就在那个中学。她点点头,九中。他说,你在一中吧。她说是。他喝了一口水,看来学习好。她笑,学习不好,小升初是舞蹈比赛保送。他便惊叹起来,真是厉害。她突然愿意谈论这个话题,说,我读书读不好。他说,我更老火,看见字头就疼,天天想着能开飞机。她笑,你想当飞行员?他说,从小就想,但我连高中都没考上。她说,你当兵了,也算是接近。他说,不一样的。他扎你眼睛的时候你疼吗?她突然问。

张凡看着河流上的大桥,那桥算是一个城乡分界线,驶过那座五十多米长的大桥,便算出了城。从前那只是一座不到三米宽的小石桥,每天晚上下自习,他就骑着自行车穿越那座小桥,去大伯家里。他借住在那里,留给他的是一个三平方米的小房间,之前是他的奶奶住,最后奶奶死在这个小房间里。大伯和父亲将奶奶从房间里抬出来,她睡得很安详,那对陪伴她大半辈子的、长长的玉石耳坠将她的耳朵坠到了底。小时候他曾问奶奶,你什么时候死?奶奶摸着耳朵,说,等我这个洞坠到底,就死了。他被那把尖刀戳穿眼球的时候,脑子里突然就想到奶奶那只坠到了底的耳洞,他觉得自己的眼睛也坠到了底。

他说,当时没有感觉,后来才觉得疼,觉得自己会死。她看着他的眼睛,说,后来呢,那个毒贩?张凡拍了拍自己的胳膊,抬起手来,臂膀上印着一只虫子的尸体。被战友击毙了,一枪穿破了脑袋,他说,就倒在我面前。

杨非不再说话。

张凡帮她赶了赶面前的飞虫,问,你以前跳什么舞?她看了看他,似乎自己也有点疑惑,顿了一会,才说,学的民族舞,老师说我跳孔雀舞好看,后来

叶昕昀 | 孔　雀

就一直跳孔雀舞。杨丽萍你知道吗？张凡点头，知道，我妈喜欢吃的那个糕点，包装上印着她。杨非说，当时老师天天让我看她的录像带，我还逼着我爸买了台VCD。张凡说，你爸对你真好。杨非沉默下来。

读书的时候追你的人很多吧，张凡突然问。杨非说，还行。张凡笑，看样子很多，有谈朋友的吗？

杨非说，有一个。张凡问，什么样的？杨非说，长得还行，就是有点胖，都叫他胖子。他爸是县里的官，有钱，每天都给我送早点，买礼物。张凡点头，是，男人有钱就魅力大增。杨非没搭话。张凡说，我能抽根烟吗？杨非说，你抽。张凡从裤兜里掏出一包红塔山，点了火，嘴里含着烟说，电视里都这么演，男人没钱，女人就要跑。杨非看着他，你觉得我是贪你的钱吗？张凡说，我不知道，我也没钱，但我觉得你贪别的。杨非望着他，什么？张凡不说话。杨非说，麻烦烟借我一支。张凡看她，没说话，拿食指敲出一支烟，把自己的烟头凑近，点燃，递给她。张凡说，你会抽烟？胖子教的，杨非说。后来呢？张凡问，你和胖子。

太阳又落下去一点，杨非往树荫下挪了挪，后来我出事了，休学，没再联系过。张凡说，现实。杨非两只手叠在一起，望着对岸。

两人聊到天已有些擦黑，那时晚饭后到河边散步的人渐渐多了起来，张凡说，我们走吧。他推着杨非向路边的车走去，打开门，轻轻抱起她，放到副驾驶座上，他碰到她的双腿，觉得异常冰凉，他看了看她，她只是抿着嘴不说话。

她到家的时候，父亲坐在桌边。她叫，爸。父亲点点头，吃饭吧。她扒拉了几口，说吃饱了。父亲说，在外面吃了？她答，没吃，就是吃不下。父亲动了动嘴，没说话。

她回到房间，去抽屉里翻相册。门锁坏了，她就推着轮椅背靠着抵住门，一面听着外面父亲洗碗的声音，一面一张一张地翻照片。照片右下角印着的暗红色的日期在提醒她，在某个时刻，她曾在某个地方对着镜头笑过。与张凡聊天的时候，她发现自己似乎陷入一种失忆之中，记忆并非她想象中连贯的线条，而变成一些细小的、随时可以丢弃的碎片，这使她感到一种被记忆背叛的恐惧。这是第一次，她涌出一种强烈的、回忆过去的渴望，那些回忆曾被她强制压在脑子某一处黑暗的角落。

她突然听见父亲向她房间走来的脚步声，她左手抵住门，右手将相册往床底下滑过去，留出一个边角，她没来得及过去塞起来，父亲就推门而入。

父亲端着菠萝水进来，她从小就喜欢吃这个，用冰糖煮菠萝，放凉以后搁到冰箱里，冷透了再拿出来吃。以前没有冰箱，父亲总是煮好一锅，笑嘻嘻地去楼下的小卖部，放在小卖部的冰柜里，晚上去拿，给小卖部舀了大半，剩下的半锅端回来。

她接过菠萝水，问，今天不上夜班吗？父亲说，待会儿就去。父亲站在她面前，看她吃完几块菠萝，说，今天那个男的就是你周孃介绍的？她说，是。父亲说，还是找个真心实意的好。杨非说，他挺真心实意。父亲递纸给她，让她擦嘴。还是条件相当一些的好，父亲说。杨非吃下最后一块菠萝，菠萝卡在她的喉咙，等她吞咽下去，喉管里却始终残留着一段可感的空隙。父亲接过她手里的碗，转身出去，轻轻关上门。

她把纸巾捏在右手手心，用左手滑动轮椅到床边，用轮子推了推那本相册，她低下身子去，没有够到相册，她再弯下去一点，还是够不到。她的身子趴在自己的腿上，随即缓缓抬起，她扬起手，重重地捶在腿上，没有一点知觉。

张凡和杨非开始定期见面。一般是一周一次，张凡空下来，就去找杨非，他

叶昕昀 | 孔 雀

在寺庙外一条巷子等她，开车去河边，或者是公园。他们第一次亲吻是在月亮湾公园。那是一个废弃很久的公园，荒草长得老高，池里暗绿色的水发出阵阵臭味。是她提议去的，说是小时候去过公园里跳蹦蹦床，五毛钱两个小时，她很喜欢那种腾空的感觉，比跳舞时的那种腾空要精彩得多。那边，她指了指公园东北角，以前蹦蹦床就在那片空地上。张凡朝她指的方向看过去，现在堆满了一层层破碎的石棉瓦和几个废旧的皮沙发，越过围墙，旁边是一片居民区，居民楼窗户里漏出的光照在那片废墟上，能看见灰尘的颗粒在黄色的光晕里流动。

他们选择了一片草比较浅的石凳，他挨着凳子的边沿，扶着她的轮椅。她说，给我讲讲你当兵时候的故事吧，我爱听。她喜欢他那些与此刻不同时空的故事，带着残酷的荒蛮和猎奇。她也喜欢他讲故事时的神态，眼睛微微眯起来，仿佛与这个世界隔着一层主动的疏离，然而她却能穿过那层疏离，轻易地走进他的世界。

他说，我入伍的时候，跟的是李哥，就是我跟你说过，用枪打破毒贩脑袋的那个。他跟我是同乡，比我早几年入伍。李哥带我们去边防站查检，是个半夜，我记得挺清楚，刚下过暴雨，看得见蓝色的天空和白云。我们上一辆卧铺车检查，大部分人还在睡觉，各种奇怪的味道混在一起，我的脑子猛地清醒起来。几个男人坐了起来，抱怨一趟车要检查多少次，李哥低吼了一声，车里立刻安静下来。我跟在李哥后面，车门处的卧铺坐起来一个女孩儿，十六七岁的样子，头发黄黄的，看上去像发育不良。李哥挨个查身份证，让我搜他们的随身行李，其他几个战友搜车厢里的大件物品。那女孩低着头看我，嘴唇发白。她移动身子从床上下来，我在她卧铺上翻找，李哥提醒，床铺什么的都要翻，我一一照做，最后是她的包，一个黑色皮革的背包，表面的皮革剥落，我让她把包里的东西倒在床上，仔细查看每一件物品。然后第二个人。我们没有发现什么，我松了一口气，有点像以前看考试卷子上的分数，明明知道结果，还是会心惊。我和李哥走到车边的时候，李哥停留了一下，随即我们下车，就在下车的时候，那个女孩一下子扑倒在地上，嘴里吐着白沫，李哥看过去，说，他妈的。

杨非问，她藏毒？

他说，是，塞到下体的毒品破了，我们的女兵从她阴道里掏出几百克海洛因。我现在还记得那女孩的样子。后来没抢救过来。

杨非问，她为什么？张凡点上一支烟，开始沉默。不知怎么，他突然想起，曾有一次，他也这样问过李哥。在李哥退伍的前一年，那时候他的眼睛也还没坏，李哥给他讲过这样一个故事。李哥说，那时队里接到一条情报，派他去中缅接壤的一个村子里和毒贩接头。那个村子里原先有十几户人家，全部吸毒或者贩毒，后来死的死，逃的逃，成了一座空村。他就躲在村里一间土基房旁的石头后面，听见毒贩在外面开枪，他听到是手枪，但不能分辨型号，不知道对方子弹打完没有。等对方的枪声停止，他拿那把步枪抵着毒贩脑袋的时候，才看清楚，那人是曾带过他的一个老兵。那时张凡问李哥，他为什么？李哥摇摇头，过一会儿，突然问他，如果你是我，你会怎么做？张凡说，我会开枪。李哥又问，如果你拿枪指着脑袋的那个人是我呢？

想什么呢？他的回忆里闯进杨非的声音。烟灰落到裤子上了，杨非说着，伸手过来帮他拍了拍裤子上的烟灰。他笑了笑，突然说，我以前不抽烟的。她抬起头，说，是吗？他说，当了兵以后才学会。她点点头。他说，那时候我们要整夜整夜地守着山头，全靠烟撑着。他抬起手里的烟，说，李哥那时候教我，在烟屁股上涂万金油，然后深深吸进去，整个肺都凉透了，脑子才清醒起来。那时候我们还开玩笑，说这么抽一口，跟吸毒没什么两样。

你尝过吗，毒品？杨非问。她的眸子望着他，似乎要从那只玻璃眼珠里发现些什么。

叶昕昀 | 孔　雀

　　张凡没有直视她，说，不能算尝，有时候需要用牙床验毒，尤其是海洛因，纯度越高，味道就越酸越涩。张凡再点起一根烟，他的烟盒里已经没剩下几支了。越了解那东西，越知道不能碰，张凡说，以前我们队里一个老兵，缉毒的时候被灌了毒品，现在还在戒毒所。戒了又吸，吸了又戒，那东西根本不可能戒得了。

　　夜色深了下来，张凡听着那栋老旧的居民楼传来电视剧的声音，似乎是一对夫妻在吵架，在停火的间隙，他听见杨非问他，你杀过人吗？张凡吐出烟圈，烟雾随着气流缓缓上升，融合，然后消失。他说，杀过。

　　张凡第一次出任务，去山上伏击毒贩，李哥让他负责射击。对方是支土枪，估计是个新手，听见动静后虚空放了一枪，张凡没多想，朝着枪声的地方开了几枪，开完枪的手还不停颤抖着。李哥给他点了烟，接过他手里的枪，走到毒贩旁边，还没死透，又朝毒贩开了一枪，说，不要命的孙子。

　　那之后整整三个月，我天天梦见他，满身是血地看着我。张凡说完，低下头去，听见风吹过草丛的声音，他把烟蒂按在椅子上，烟灰随着风吹到一旁的草丛里，未熄灭的火星子闪了几下。然后他抬头，看见杨非的眼睛。她握住他的手，手心里全是汗珠，湿腻腻的，他就低下头去亲她的嘴唇。他听见她加大的喘息，闻着她脖颈里淡淡的香气。轮椅朝一旁摇了摇。他握住轮椅，将她放到面前来，用双腿固定住她的轮椅，他看见她脸上渗出的汗珠。

　　她从他的手臂里挣脱出来，觉得身体里的东西炙热得可怕。他稳定了自己的情绪，握着她的手。

　　她问他，后来为什么退伍，是不是因为怕死？他说，不是。过了一会儿，他又说，是。她看他，他说，不是怕自己死，是怕别人死。他说完，低下头去含住烟。她不说话，只是移过去，把头搭在他的肩膀上，一仰头，就看见稀疏的星星。

他们去河边约会的一个晚上,他送她回家,在路灯投入车内影影绰绰的光影中,他说,今晚别回去了吧。

张凡把车停在城边的一间旅馆,老式的招待所样式。张凡拿身份证去开房,杨非坐在车里等他。她看着旅馆闪着红灯的招牌,"鸿瑞宾馆",在心里默念出声。"鸿"字的三点水掉了一个,"馆"字的颜色比其他三个字亮一些,应该是新焊接上去的。在心里默念的时候,"宾馆"两个字背后确切的含义慢慢在她脑海里显现,她的心脏开始加速跳动。她看见张凡走出来,站在"宾"字下面,随着闪烁的灯光点起一支烟。他厚厚的下唇兜住烟雾,再轻轻吐出来,她的目光和烟雾一起上升,停留在他那只玻璃眼珠前面,随着他轻轻的咳嗽,烟雾散去。她看见他那只在夜晚格外明亮的眼睛。她身体里小小的炙热升腾起来。

他终于走过来,打开车门,看着她有些异样的脸,说,我背你吧,不那么显眼。她说,好。伏在他背上的那一刻,她脑海里浮现出父亲的脸庞,那张蜡黄得如同牛皮纸揉在一起的脸庞,牛皮纸的褶皱里堆满了岁月对他的耗损。她觉得刺眼,将头转到另一边,侧靠在他的肩上,看着地上,他们重叠的身影缓缓拉长,又缩短,再拉长,进入大厅的时候,影子消失了。有那么一刹那,她有些恍惚地问自己,怎么到这个地方来了,到底是什么样的欲望将她推到这里,这种隐藏着无数污垢的地方。也许明天便会传到相识的人耳朵里,他们会用怎样的目光看她,会像当初他们盯着她残缺的双腿那样?她不知道。她的双手只是更紧地搂住他的脖子,带着一种下定决心的决绝。

他背着她上楼,步子放得很慢,一步一步,像是行军时跋涉险途的谨慎与警惕。楼道很窄,他小心地掌控着自己的力度,不使她的身体碰到发黄的墙壁和掉漆的栏杆。她失去知觉的双腿被握在他宽大的手掌之中,随着每一步的攀爬而更紧密地与那片肌肤相触碰。他握着她,随着每一步的颤动,想象着每个清晨她怎

叶昕昀 | 孔　雀

样醒来，如何将那条纱裙套进身体，再轻轻抚摸过双腿。

他们终于到达，他腾出一只手，推开黄漆的木门，一股长久未透气的霉味扑面而来。他的皮鞋踩上厚厚地毯，地毯已经看不出原本的花纹和颜色，上面有很多小小的洞，虫子蛀的，或者是烟头烫的，这些小洞和地毯表面显眼的污渍告诉他们，这里住过很多人，很多同他们一样或者不一样的人。灰尘从地毯上扬起，他听见她轻轻咳嗽了几声。

他将她放在床上，碰到老旧的木桌，发出嘎吱嘎吱的响声。他的气息扑到她脸上，带着一丝理智问她，你做过吗？她没说话。他便把手伸到裙子下面。她握住他的手，说，我有点怕。他带着耐心，抽出手来，摸着她的脸，说，也许是灯太亮了，我去关灯。她又拉住他的手，说，你来吧，轻一点就行。

她很瘦，一摸就碰到骨头，两条腿的肌肉已经开始萎缩，默然地、软绵绵地蜷缩在那里，他轻轻摆弄她的身体，将双腿轻轻抬起，试图去验证是否真的没有知觉。他一直注意着她的表情，她闭着眼睛，右手紧紧握着脖子上的玉观音，不发出声音，疼的时候皱一下眉头，仿佛在经受某种既定的惩罚。她始终没有直视他的眼睛，将目光放在可及的老式电视机和布满黄色污渍的热水壶上。她闻见白色床单散发出浓重的漂白剂气味，在床单米黄色的暗纹里，她想象曾有多少身体在此刻她容身的床上留下过痕迹，她的喉咙里突然涌出一股酸水，她闭上嘴，酸水又顺着她的喉咙回返到她的胃里，她感觉到一阵恶心。

得不到回应，他很快就结束，她轻轻挣脱他，身体扭向一边，握着玉观音的手始终没有松开。

他光着身子起来，去洗手间。她望着床头柜上落满灰尘的台灯，几只小飞虫绕着灯泡旋转，黄色的灯罩上，团着一片片黑色的小点。他出来的时候，手上沾了水，湿漉漉的，他抽出电视机旁的抽纸，擦干手，走到床沿坐下，床垫便陷下去一片。

　　你的腿很凉,他说,但并没有转头看她。她轻轻咳嗽几声,说,今天晚上天气凉。不是那种凉,他说。她没说话。他问,是不是不太舒服。她有些恍惚,想了一会,答,还好,像是以前练舞时压腿那样,总是想尿尿。然后她问他,你觉得这个有意思吗?他说,我抽根烟,然后弯腰去地上捡衣服里的烟盒,没有找到打火机,他又将衣兜和裤兜翻了个遍,最后在衣服内衬的口袋里找到那个印着白酒广告的黄色打火机。打火机里剩的气体不多,只划出小小的蓝绿色的火星,他又用大拇指重重划了两下,听见黑色塑料清脆的响声之后,黄色火焰腾地升起来。

　　我不喜欢这个,她说。他深吸了一口烟,说,没关系,我不强迫你。她笑,那你找我图什么?他说,不图什么。她说,说实话。他问她,那你图我什么?她说,图你没缺胳膊少腿。他回过头去,说,我图你好看。她说,瞎扯。他说,真的,看见你照片的时候就觉得你好看。她说,那有老的一天。他说,老了再说。顿了一会儿,又说,老了我也喜欢。

　　抽完一支烟,他钻进被子里,和她并排躺在一起。他将手放在她的腿上,问,你腿怎么弄的?她说,一个事故。他说,什么事故?她没说话。他说,没关系,我就随口一问。过了一会,他又说,你腿太凉了,我给你按按吧。她饶有趣味地看他,你知道怎么按吗?他笑了笑,在床上坐起来,对着手掌哈了哈气,然后轻轻放到她的腿上。在她大腿中部的外侧,他的大拇指按下去,说,这是风市穴。她轻轻笑,你真的会?他的手往下,摩挲过她的肌肤,转到她的大腿内侧,按住,说,这是血海穴。她笑出声来,继续。他抬起头来,也笑,说,就记得这两个,以前训练腿疼,一个战友教我们按过,他爷爷是中医。借助他的胳膊,她微微坐起来,然后去握他的手。他抬头看她,她不说话,拉着他的手,顺着大腿往下,到达膝盖,她将他的手掌伸展开,扣住那片肌肤,说,这是足三里。他点点

叶昕昀 | 孔 雀

头,她带着他的手往后绕,按住腘窝正中,她抬起头看他的眼睛,说,这是委中。他的眼神又重新蒙起一层雾来,她还没有结束,拉着他的手,顺着小腿向下,他感觉到她皮肤细腻的纹理,她带他的手到达脚踝内侧,按住中间一点,她说,这是三阴交。他的手掌缓缓握住她细细的脚踝,就这么望着她,然后低头去亲她的嘴唇,她避开,握着他的手,到达脚踝下方,她告诉他,那里是昆仑。他看着她,到昆仑了?她笑,到昆仑了。

他用左手稳住她的脑袋,右手仍旧在她的双腿停留,然后再次去亲吻她。这一次,她顺从地、长久地停驻在他有些冰凉的嘴唇上。她闭着眼睛,听见自己血管里血液流动的声音,温热而缓慢地,从她的双腿往上涌,她明知那双腿已没有知觉,却在他手掌停留的部分,觉察到更深的炙热。面对这种奇异的知觉,她显现出自己的贪婪来,她双手扣住他的双臂,感受他健壮的躯体,她像台灯下的那只飞虫,绕着他的炙热旋转,一圈又一圈,直到再忍不住,飞蛾扑火一样撞向岩浆喷薄而出的地心,被灼伤了躯体,才本能地尖叫着退回来。她停靠在他的胸膛,轻轻喘息,在岩浆四溅而呈现白色画面的一瞬间,她又从那片高空狠狠地坠落下来。

当喘息平静下来的时候,他们又重新并排躺在床上,两手交握。他听见她说,丝厂倒闭那年。嗯,他应。她说,我爸没了工作,我学跳舞费钱,九几年的时候上一节舞蹈课五十块。他说,真贵。她接着说,我爸说要出去打工,但不放心我一个人。他问,你妈呢?她说,跟人走了,我六岁的时候。其实我能理解她。他问,怎么说?她说,我妈长得很漂亮,像香港电影里的女明星。你见过我爸吧,那么一个小矮个子,长得也不好看,我妈当时图他什么呢?他说,也许是对你妈好。她说,她那时候怀孕了,临时找的我爸,给她接盘呢。大概就是图我爸老实,也确实老实,对她挺好,她没舍得立马就走,拖了五六年,她大概也觉得仁至义尽。他说，怀的那个是你？她说，是。他说，那你亲爸是谁？她说，我不知道，知道了也没用。他点点头。她说，这里没什么能赚钱的工作，我爸去了昆明，把我放在二孃家。我问他做什么也不说，就让我好好学习。那年我初升高，没考上一中，去了二中。二中离我二孃家远，每天去学校要蹬三十分钟单车。那时候我和胖子还好着，他出钱继续上了一中，每周我们见一次。我记得是高二刚开学的一天，那天晚上下自习，我们约在开发区一幢刚完工的楼。我到了楼顶，他还没来。我准备走，上来一个戴着黄色安全帽的男人，他问我在这里干什么，我说没什么。我要走，闻见他身上的酒气。他拉住我不让。我挣不过他，他捂住我的嘴，把我按在地上，脱我的裤子。力气有点大，我一使劲儿，楼道没有护栏，直接从楼上摔下去了，再醒过来，就成这样了。

张凡看着她，说，那个男人呢？她说，听说死了，也从楼上摔下来，脑袋着的地。张凡问，什么人？她说，不清楚，我也没问。

他突然坐起身来，又开始找他的烟盒，打火机再打不出火来，他有些恼怒，一把掰掉了银色金属的防风罩，急躁地持续划动，点火头终于升起微小的火苗，他急不可耐地凑上去，点燃他的烟。

他背对着她，默默抽完那支烟，烟雾在房间里四散，他听见她的咳嗽声，他起身，掐灭烟头，说，走吧，这里睡不着，我送你回去。

中午吃过饭，杨非想起还没喂孔雀，端着玉米粒到后院，看见老刘正给孔雀喂水。

老刘回头看见杨非，说，小杨最近不对头，天天忘记喂孔雀。杨非没说话。老刘又说，前面总来找你那个伙子呢，最近怎么不见？杨非知道老刘嘴碎，也不搭理。老刘叹了口气，和孔雀聊起天来，你这个大鸟啊，现在老得不爱动了，记

叶昕昀 | 孔 雀

得老马刚送你来庙里的时候,你天天嚎着嗓子叫,现在连眼皮都懒得抬起来咯。杨非抬头看了看天,东边的乌云渐渐飘过来,应该是要下雨了。孔雀似乎也有感觉,瘸着腿跳到石棉瓦搭的棚子底下,立在正中,羽毛随着风轻轻吹向一边。

遇上要下雨的天气,杨非总觉得身上的骨头也随着空气中湿润的气息松软下来,甚至她感觉到小腿的关节骨也咔嚓咔嚓响起来,像她从前练舞时那样,每个动作都伴随着她骨节清脆的响声。她想起张凡说她的腿很凉,父亲也总这样说。出事后那几年,每天睡前,父亲就坐在她的床边,一遍一遍地帮她搓腿,让血液循环起来。他布满老茧的手按着她的双腿,告诉她每一个穴位的名字,他也不过刚从别人那里学过来,就要开始在她面前炫耀。她的腿并没有知觉,但想起小时候父亲总是喜欢用那双布满老茧的手帮她擦脸上的眼泪。母亲脾气不好,时不时地发火,总拿她出气,要么罚站要么不准吃饭,有时更过火,一个巴掌就甩在她脸上。父亲护着她,把她拉到一边,用手轻轻揩掉她脸上的泪珠,小声说,待会儿带你去买小蛋糕。她才止住眼泪,说,爸爸你的手好疼。父亲就笑,告诉她,是"爸爸你的手擦得我脸好疼",不是"爸爸你的手好疼"。她记不住,等到下一次,还要这样说,父亲总是不厌其烦地纠正她。她想,如果她的双腿还有知觉,父亲手上的老茧摩擦在她的腿上,她应该也会说,爸爸,疼。

后来她来庙里工作,也许是常活动的原因,父亲说,腿没有从前那样凉了。当时为了这份工作,父亲托了好些关系,工资虽然不高,但拿的是县里文物管理所的编制,保障很好。和父亲同期进丝厂的好些人后来都身居县里各种高位,父亲是个脸皮很薄的人,为了这份工作到处求人,她能想象得到父亲卑躬屈膝站在他那些老同事面前窘迫的样子。起初她并不是很愿意去,后来还是妥协了。从小旁人就夸她懂事,她想,她只是见不得别人难堪。她那时已经不喜欢父亲再给她按腿,觉得别扭,父亲笑,说她长大了。她说,我到了这个年纪才长大。

杨非感觉耳边落下来雨星子，这才摇着轮椅往回走。到了前院，雨滴落大了，她看见老刘从厢房小跑出来，拿塑料布去盖院子里晒着的橘子皮。一只山树莺从树上飞下来，低空掠过地面，发出带着自然转音的叫声。杨非想起，好像张凡来的那天，她也听到了山树莺的叫声。

和张凡再次见面是一个月后，杨非主动给张凡打电话。

杨非告诉张凡，她爸给人捅了，在县医院抢救。

张凡赶到抢救室，在走廊上远远看见坐在轮椅上的杨非。她垂着头，双手杵着脑袋，旁边人来人往，几乎要把她淹没。张凡走过去，把她推到长椅旁边，蹲下来，握住她的手。杨非缓缓抬起头来。张凡问，怎么回事？杨非的眼睛布满了红血丝，她哑着嗓子说，他昨晚值夜班，有几个混混要进小区，他没让，听说还吵了一架。今天早上他刚换班，在小区旁边的那条巷子里，被那几个混混给捅了。扫地的看到，报了警。

张凡陪着杨非坐在抢救室门口等，接近傍晚的时候，杨父被推出来，转到重症监护室。张凡推着杨非去医生办公室，杨非几乎没有力气说话，医生只好告诉张凡，病人原本就有严重的肝病，加上过量失血和伤口感染，引发了败血症，现在非常危险，就看能不能熬过去。张凡点点头，轻轻拍了拍杨非的肩膀。说完，医生又急匆匆地去赶另一场手术，末了，不忘提醒杨非，抓紧去窗口缴费。

你能送我回趟家吗？杨非说。好，他说。他推着她的轮椅，穿过医院两旁茂密的李子树，走到高原炽烈的阳光底下。她抬起手遮了遮眼睛，觉得整个身子轻飘飘的，像浮在云里。她想起六七岁的时候，也是这样炽烈的太阳底下，父亲骑单车载着她，送她去学舞蹈。她坐在单车的后座，两条腿轻轻在空中摇晃，听父亲嘴里哼着："人们说，你就要离开村庄，我们将怀念你的微笑。你的眼睛比太阳

叶昕昀 | 孔 雀

更明亮，照耀在我们的心上。"她闭上眼睛，张凡将她抱进车里，她脖子上挂着的玉观音在她胸口来回摇晃，她想起今晨在病房里，她握着父亲的手，那些厚厚的老茧也瘫软下来，不再像以前他给她擦眼泪时那样，硌得她生疼。

张凡在三门柜顶层，那件黑色的皮夹克口袋里，找到一张用卫生巾包裹着的银行卡。他从椅子上跳下来，穿上皮鞋，回到客厅，将银行卡递给杨非。杨非划着轮椅回到房间，背朝张凡说，帮我换条裙子吧，上面沾了点血。

张凡将她抱到床上，犹疑着，伸手去帮她脱身上那条带血的裙子。今天怎么没开那辆吉普，杨非说。张凡顿了顿，我没在那干了。杨非问，你要去哪儿？张凡停下手上的动作，接了个单子，跑趟长途。什么单子？杨非问。张凡终于将她的裙子褪到膝盖处，他头上透出汗滴，说，就运输。杨非问，运什么？张凡在床上坐下，说，孔雀。

他从兜里掏出烟，点燃一支，缓缓吐出烟雾，说，李哥联系我，说遇到了点麻烦，让我帮忙运些东西。杨非偏头看他，说，就运孔雀？他没有回答，掐灭烟头，将衣柜里那条白底红花的丝绸长裙拿出来，穿过她的脚踝，慢慢往上。提到骨盆处，他用右手轻轻将杨非抱起来，左手将裙子提至腰际，然后缓缓放下她，走到客厅。

他给自己倒了一杯水，在沙发上坐下，他能看见卧室里杨非随窗外的风扬起的裙角。为什么躲我？杨非的声音从卧室传到客厅，仿佛梦境里一句轻飘飘的呓语。

张凡仿佛没有听见，他重新点起一支烟，说，李哥退伍以后，我们就没联系过。他轻轻呼出一口气，像是在跟自己说话，我眼睛被戳穿的时候，是李哥开的枪。停顿了一下，张凡又说，他暴露了位置，被毒贩埋伏的同伙射穿胳膊，摔下山去，那条胳膊再没能抬起来。张凡抬头看窗外，第二年，他就退伍了。

太阳顺着西边的窗户照进来,落在张凡的身上。他深吸了一口烟,剧烈地咳嗽起来。咳嗽平缓下来时,他说,那年我爸也出了事。

房间里很静,听得见两人细微的、此起彼伏的呼吸声。客厅也似乎空旷起来,他的声音甚至带着一点点回声。他看着房间里杨非的裙摆,说,他早年喝酒好赌,家里欠下好些债。后来在工地做建筑工,就现在开发区购物中心那片地,他晚上喝多了,强奸一个女学生,不小心摔下楼来,死了。张凡的声音有些嘶哑,他捏着还未燃尽的烟蒂,说,他下葬后一个多月,我才接到电话。我妈在电话里哭,说,儿,我们欠了天大的债。

窗外的光影从他身上移开,他听见杨非在床上动了动。

我们走吧,杨非说,该去缴费了。

张凡掐灭烟头,说,好。

人是下午没的,在张凡出发的前一天。

他赶到医院,看见杨非的轮椅靠在走廊窗前,她佝偻着腰,低头在腿上的通知书上签字。光将她的右半边脸颊晒得通红,颧骨上那块褐色的晒斑更加显眼。他走过去,低头扶住轮椅,她将背轻轻往后靠,声音有些轻飘飘的,说,几点了?他答,四点一刻。她说,哦,这么晚了。然后看着前方,目光却没有落在任何一处。

他陪她站在光影里,晒得他右边肩膀有些发烫的时候,他说,我先送你回家?这时她朝他轻轻仰起头,带着几分茫然,似乎在辨认他是谁。看见他眼珠的一刻,她的目光才重新聚焦起来。他似乎看见她轻轻笑了笑,然后听见她说,你不是说过,要带我去看飞机?他迟疑了一下,问,现在?她把头转回去,轻声说,现在。

他开车带她往城外去。

叶昕昀 | 孔 雀

  沿着盘江河上那座大桥出城，傍晚的风从对面广阔的田野上吹过来，他在后视镜里看见她随风扬起的头发。在他们的前面，有一辆拉豆秆的卡车，在公路凹陷的地方，卡车往左边侧了侧，掉下许多干掉的蚕豆，他开车轧过去，听见空气中轻微的声响，携带着夏天汗渍的声音，使他想起幼时稻田里起伏的微风。

  公路两旁种满了翠竹，只能从密密的竹叶里看到流过的盘江，偶有几个地方缺了一片竹子，便能往外看到不受遮拦的河水。沿着公路开到一个大的岔路口，他往左边拐过去，没走多远，道路就狭窄起来，他放慢车速，稳稳绕行几条乡间小路，再穿过一个村子，前面突然就开阔起来，他们看见一大片一望无际的平原，延伸到很远处的青色的群山。

  车在平原上加速驶过，几个戴草帽的村民沿着公路行走，听见喇叭响，就往一边靠一靠。在村民的前头，几头水牛在车窗外一闪而过。最后，车子进入一条土路，他再次减缓速度，沿着不宽的路慢慢往前，直到那片漫长的穿越平原的水坝在他们面前展现。

  他将车停定，解开安全带，说，这里轮椅上不去，我背你。

  她搂住他的脖子，紧贴着他的背脊。他背着她穿过面前大片的豆田，鞋子陷进土里，他提起脚，沿着山坡继续向上，她感觉到他身上沁出的汗珠。

  他一步一步，背她登上坡顶，站在水坝之上。坝中的水汹涌向前，涌入等待灌溉的土壤。

  他问，怕吗？她贴着他的背，答，不怕。他说，那我们就坐在这里，小时候我经常爬上来玩，淹死过几个孩子。她说，那小心一点。

  他将她从背上放下来，让她侧身扶住旁边的石块，在地上坐定，然后他将她扶到坝边，轻轻将她的双腿放下，她整个身体立即感受到流水的凉意。

  太阳渐渐落下来，远处就是那片机场，可以看见长长的跑道。一架银色的战斗机训练完毕，低空掠过他们的上方，向机场返航。她抬头，问，那是什么飞机？他握着她的手臂，保持在水坝上的平衡，他们听见脚下湍急的水流。他说，是歼-20，它的机身是菱形，刚服役。她说，是吗？他又说，之前还有歼-10和空警500，有一次就贴着我的头顶飞过去，是离我最近的一次。她说，飞机太吵。他说，听习惯就好。

他说，我查了。她问，什么？他说，我查了县志，千佛塔一共有一千六百九十一尊佛。不对，她说，是一千六百一十三，我数过的。我数了很多遍。

他说，其实我早就认识你。她看他，什么时候？他说，九九年。她说，那时我上初中。他说，是，你上初二，我记得。他又说，那年澳门回归。她说，是。他说，县里的中学在你们学校礼堂办庆祝活动。她说，文艺汇报演出。他说，我们学校唱那个"你可知Macau，不是我真姓"。她补充，《七子之歌》，闻一多写的词。他说，我们临时胡编乱凑去的，还跟好几个学校重了节目。

你们表演舞蹈，我记得，张凡说，跳的是孔雀舞，你是领舞。杨非点点头。张凡说，你穿一条白色的裙子，裙尾拖地，上面都是绿色的孔雀羽毛。那时你的头发比现在长，一直拖到腰。我那时看见介绍人给的照片，一眼就认出了你。她说，所以你是有预谋的。他说，可以这么说。她说，挺有意思。他说，是，有意思。

接近傍晚，水边的虫子渐渐多了起来。她问，什么时候走？明天，他答。

天渐渐暗下来，他低着头，点开手机的闪光灯，放在一边。那群细小的飞虫便凭借着趋光性聚集到闪光灯的周围。他点燃一支烟，抬起手，火光落在远处的山峦上，风一吹，山峦上便布满了点点火星。他突然想起爷爷家门口那条长长的石子路，两侧都是低矮的瓦房，缝隙里插种着柏树，天一黑，柏树便伸着颀长的枝叶在晚风里晃荡，月亮隐在灰蒙蒙的山峦背后，间杂着狗吠和此起彼伏的虫声，却生出最令人孤寂的冷清来。

叶昕昀 | 孔　雀

　　你帮我挪过去那边，杨非指着不远处与土坡分离，悬空的一段水坝。他这才回过神来，犹豫了一下，还是抱起她，小心地往那边挪动，然后让她抓住他的手臂，移到悬空的一段。

　　她不再面对水面。低头向下，是距离水坝七八米高的地面。她张开双臂，两只手臂交绕，傍晚的风从她的指缝、从她的胸口穿过。她听见舞蹈老师说，预备，她的小臂带动双手举向空中，食指与拇指相碰，形成孔雀的样子。旋转，直到天际的蓝与地面的灰相融，她看见那只孔雀站在对岸，轻轻颤动着，展开尾屏，消匿在远空暗紫色的黄昏。

　　又一架飞机飞过。胖子，杨非突然说。张凡转过头，什么？

　　杨非闭上眼睛。胖子向她走来，按住她的身体和喉咙，短暂的窒息之后，那个无数次出现在她梦里的男人现在终于在她眼前清晰起来。他从后面赶上来，试图帮她推开胖子压在她身上沉重的身体，却被轻而易举地推到一侧。他抓住胖子的手臂，胖子往旁边一推，他就从楼道旁的缝隙往下坠落。几乎是一瞬间，她本能地伸手去抓他，然后一起，穿过那个夜晚黑暗的尽头，在地面上降落。全部的，父亲断气前干枯的面孔，五岁那年母亲离开时喷的茉莉花香的香水，那天晚上胖子按住她的身体和喉咙的短暂窒息，统统从她的身体里奔涌出来。

　　她终于睁开眼睛，夜已经暗下来了，没有光，她在黑暗里，踩着脚下悬浮的、虚空的影子。最后一架归程的战斗机从她的头顶掠过，发出巨大的轰鸣。她在轰鸣的余音里回头，他仍旧站在她的身后，仰头看着天空。她将双手在狭窄的水坝边缘撑起来，缓缓地离开悬空，退回岸边，伸出她的手。她等待着，等他握紧她，她就回到他的身后，告诉他关于她的一切，然后和他一起，缓缓降落在地面。

选自2021年《收获》第4期

蒋 在

蒋在，中国作协会员。英美文学硕士。小说见于《人民文学》《十月》《钟山》等。出版小说《街区那头》，诗集《又一个春天》。曾获"山花文学双年奖"新人奖、钟山之星佳作奖、牛津大学罗德学者提名。

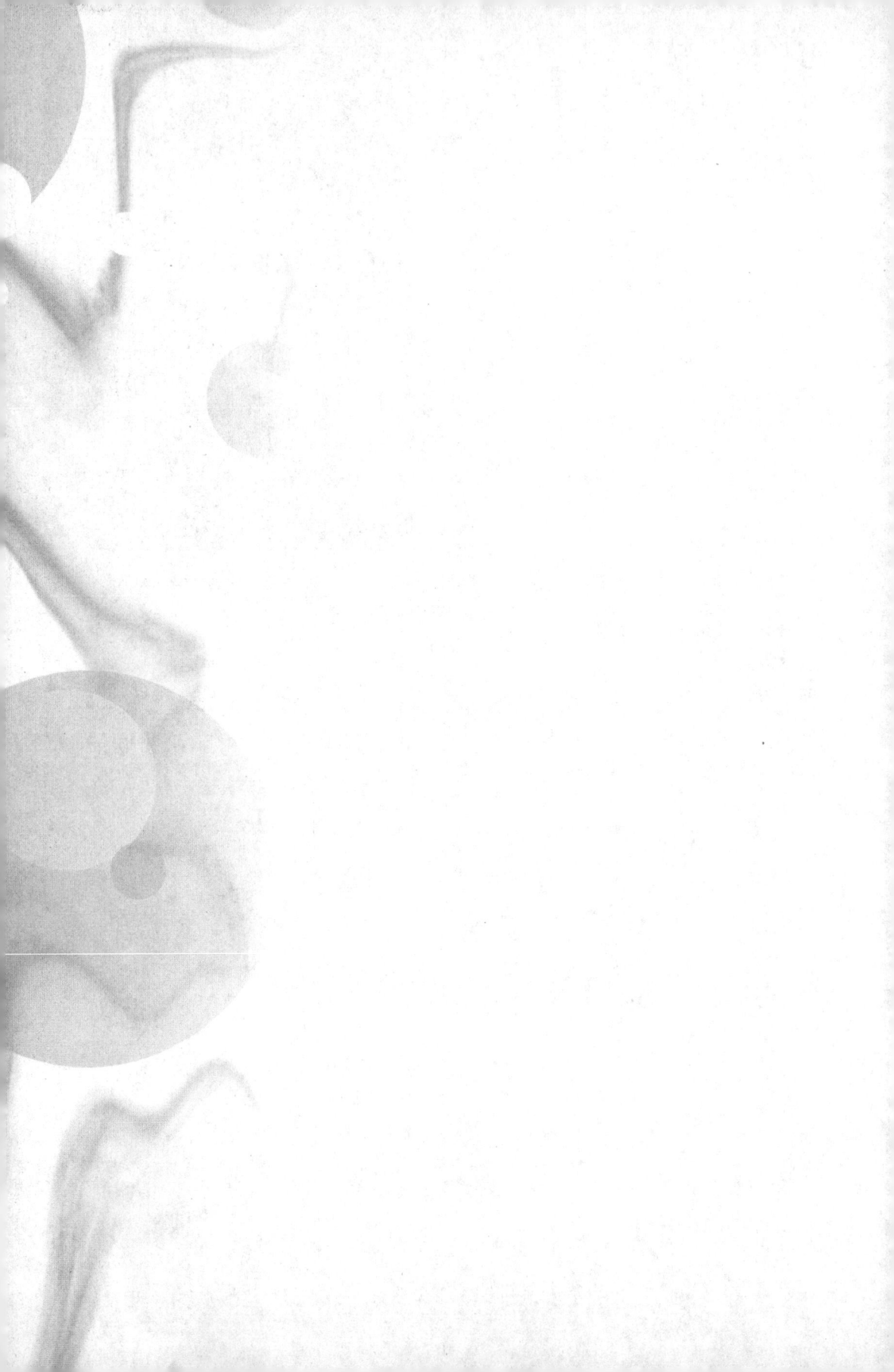

飞往温哥华

一

她睁开眼睛，机舱里的灯已经灭了。打开飞行显示屏，模型机在那片深蓝色的海域上飞行，她不知道地面上的时间，以及她的丈夫在做什么。她和他是第二次这样失去联系。近九千公里的距离，屏幕上显示已飞行四千多公里。

她想着还有几个小时将与前夫景崇文重逢。她记不得他们是哪一年离的婚，十年前？八年前？或者更远。好像是一个春天，她穿着一条齐脚踝的黑白条纹的裙子从办事处昏暗逼仄的办公楼里走出来，墙角的地面上落满了黄色的迎春花，还在枝丫上的花反而是暗淡的。从那天起他们就再没有见过面。在机场候机时，她想象过景崇文现在苍老的样子，她甚至觉得自己会哭。

半年前，她给景崇文打电话说自己在温哥华，儿子病了，病得很严重，问他能不能申请提前退休。景崇文那头从嘈杂的地方换到了一个安静的地方，她才听清他在那头小声地问："儿子究竟得了什么病？"

这些年景崇文也病过，他都是自己去医院挂号等待手术，从没要求谁去陪床。所以景崇文下意识地觉得，儿子得的病一定比手术开刀更严重。

她说："不好讲，反正需要你过来陪一下。你来了就知道了。"那时她已经请了一个月的假来陪儿子，再这样继续下去，她的工作也难以为继了。

他问她："你呢？"

她说:"我的假休完了,得回去挣钱。"

景崇文原可以答应下来,一想到他们早就已经离婚,凭什么还要听她的,他就不用挣钱了? 便说:"我退休损失会很大。"她说:"你真的要过来,不然你会后悔的。"他被噎住了,退了一步变换了声调说:"再说办理退休也需要时间。"

"再大的损失也抵不上儿子的病,正因为需要时间,才叫你现在申请。"

他沉默了。

"你赶紧申请,我不挣钱,儿子这边的开支无法继续。"还没等景崇文回话,她就挂断了电话。

二

她静静地看着屏幕上那架模型机匀速地飞着,脑子里想着几个月前,她陪着儿子来到温哥华。儿子在外留学九年,她是第一次出国。儿子准备读博,她陪着儿子寻找新的住处。那时候她还不知道儿子病了。她早该想到儿子得了那样的病,怎么就没有想到呢? 这些年艰难的生活,让自己的脑子变得越来越狭隘。

直到有一天早晨,儿子差点打了她。被撵出去的她沿着空无一人的道路向前走着,她边走边哭,那时她没有往那个病上去想。好好的,怎么可能往那方面去想? 她只觉得太失败了,倾其所有送儿子出国念书,换来的是不依不孝,她真是痛恨自己。

她迎着明亮的鸟叫走着,空气中青草和花的香味都湿漉漉的。路标上的英文字母她一个都不认识,她怕自己走丢了给儿子带来麻烦。没有地方可去的她,又不得不朝前走。她就只好去记树的样子,那是一棵弯曲得扭捏的日本松树,还有

蒋　在 ｜ 飞往温哥华

一棵铁杉。房子的前面开了什么花，自己从什么地方拐到了什么地方，她不停地回头确认。

她走到长满灌木松的路上，在一条长凳上坐下来，阳光从松树的枝丫缝隙间透了出来。早晨过后，温度在逐渐升高，她手边连瓶水都没有。偶尔经过的公交车上，稀拉地坐着几个人。她感觉这个世界离自己很远，阳光草地花木一切都与己无关。

每天傍晚来临，房东给草坪浇完水，就会站在竹篱笆墙院那儿，跟一个金发的白人聊天。那时夕照正好落在花上，吸了水的花楚楚妖艳。她以为只有中国妇女才会站着聊天，而且是每天都那么大声地聊。不过房东是温州人，儿子在网上租住了她家的地下室，且只能住一周，别的时间早被中国的同学订满了。

刚到温哥华时，她觉得天宽地阔，处处乡村景象，实在太美了。每家独门独户，屋前屋后都有宽阔的草坪，满眼的花草树木，唯独不好的是出门要走上一段路才能坐车。第一天，儿子带她去了一家中国人开的越南餐馆，吃了中国的面条。她记得餐馆里人很少，除了音乐几乎没有任何声音，餐馆颜色的主调是黑色，墙上挂着她不熟悉的各种画，不过她觉得非常好看。

主街道上车少人也少，在强烈的太阳光下走着的人，像是游离在世界外的影子，不同肤色不同发质。一切都与己无关。与世界失去联系，不过就是什么都不属于自己。每天早上走出门，看到苹果从树上落下来，有时候会在地上砸出一个坑。那个落下的坑，给人一种特别的想象，鸟会飞来啄上面的果肉，成群的鸟摇动树枝，果子就会掉下来。

儿子每天都在为寻找新的住处焦虑。她原本不知道没有新的住处，他们就得露宿街头。在国内不行可以住酒店，温哥华的酒店一晚上近两千元人民币不说，主要是离他们现在住的地方还有很远的距离。儿子发怒时就问她知不知道他们就要被撵出去了，那么多行李怎么办？她想不到儿子会变成这个样子，锥心的痛感，但她只能忍气吞声，因为儿子说这是加拿大，不是中国，只要他们吵起来，邻居听到会马上报警，他们中的一个就会被警察带走。她一句英文也不会说，被带走的肯定是她。

儿子打电话让她回来，并在电话那头告诉她，一分钟呼叫方收费三块钱，接听方两块钱，所以别在外面赌气，让他花钱继续打电话。

那天下午，她回来的时候，看着她儿子正在搬运箱子。一个中国同学和她的丈夫开车，把儿子研究生毕业时的所有行李送了过来。他们把东西放在路边，一个又一个墨绿色的塑料箱子，她数了一下共有十二个。在加拿大生活九年的全部家当都在这儿了，她想着儿子学校每个假期都要求学生把行李带走，儿子要费多大的劲才能把这些东西，一次次搬到不同的同学家的地下室去寄放。

送箱子的同学问她想不想去参观温哥华大学，她心动了一下，偷偷看了儿子一眼，之前她一直希望儿子能够考上这所大学。可是现如今她连去看一眼的念想都灭掉了。她看着同学和丈夫抬着塑料箱子，从草坪中间的小路上摇摇晃晃地穿过来，那靠苹果树不远的地方开着几丛粉色的月季。同学把箱子放在地上停下来歇气，她看着他们，真是羡慕这一对中国小夫妻。他们从复旦大学读完研究生，两个人一起申请到温哥华大学来做博士后，然后留在了这里。

什么时候儿子也能找到一个女朋友，一切就会好起来的。她这样想着，感觉心里面的痛苦稍微平息了一些。炽烈的阳光下，花和草都泛着她在国内不曾见到过的光。她记得第一天来温哥华的时候，她还心怀希望地辨认着路边的草，小时候熟悉的草在这里又看到了，她似乎找到了一种对应的生命和时间。或者是她有意要在这个陌生的、给她带来不安的国度，找到一种能让自己安静下来的东西。

蒋　在｜飞往温哥华

而现在这种感觉已荡然无存，给她增添了伤感的成分。

三

儿子出国的第一年，学校放寒假，他找了一份给邻居看家遛狗的工作。那个假期儿子的中国同学，凡是没有地方去的都聚集在那儿。儿子用微信视频，让她看了上上下下住满了一屋子的人，他们都挺开心的。儿子夜里独自去遛狗，它们在雪地里跑，隐约的灯光里，她能看见儿子的脸在风中被吹得乌青乌青的。儿子好像比以前更瘦了。他留着长长的头发，额头前的碎发已经长到了下巴的位置。她看见儿子从桌上捞起一个黑色的发箍，试图把头发往后面捋。她在视频里面问儿子，为什么不去剪头发？儿子看着她，冷笑一句："哪里来的钱剪发？没看到我在捡狗屎？"

她沉默了。她想着让年轻人吃点苦也算不了什么。她这样想的时候，一辆列车开过。儿子说："妈妈你看，这火车是开往美国去的。"

那个世界对她来说太远了。

儿子本科的大学和研究生读的是同一所，它在一座高高的山上。周末学校食堂只定点供应饭食，儿子起得又晚，只能走路下山去买菜或吃饭。烈日下的儿子独自走在宽阔的公路上，一边喘气一边跟她视频，儿子走过那片养马场，她能看见宽阔的草地、草地里的马。儿子从路上跨过去靠近养马的栅栏，两匹正在栅栏边的马朝后退了一下，昂头跃蹄，不过很快就安静下来。儿子张开手里握着的半个苹果，其中一匹马咧嘴撸掉苹果。她对儿子说："它们会伤着你的。"儿子退回公路，笑着说："它们已经认识我了。"

返回的路上儿子提着买的菜，依然是烈日下喘着气。她问儿子要走多久，他说:"两个小时吧。"她的心沉了一下问:"安全吗?"

儿子说:"安全,就是傍晚会有熊出来,特别是冬天如果下雪,就会在路上遇到熊。它们还会出现在学生宿舍的阳台外面找吃的。"

她对加国的傍晚还有那么强烈的阳光没有想象,对熊同样也没有想象,只知道熊是会吃人的,就是不知道现在的熊还会不会吃人。接着儿子说:"不过我得走快点,这个时候熊也会从森林里出来跑过公路,到另一边的公路上去。"

她很着急问儿子能不能不要一个人走在路上。儿子说没有办法,同学们出行的时间对不上,就只能一个人走了。那些有车的同学,他们不太愿意带他,即使带了一次两次,第三次就不好意思再麻烦别人了。

她问,我们能不能也买一辆车?儿子说,基本不可以。首先我们没有必要花这个钱,我走走路挺好的。她说,你一个人不安全啊。儿子说没事的,其次如果我们买得起车,我还得去考驾照,还得独自走路到镇上学。她问,镇上在哪里呢?儿子说就在我去买菜吃饭的地方啊,两小时。她心黯然,既而又安慰自己,年轻人吃点苦没什么。她就恨自己那时为什么就没能明白,此苦和彼苦是不一样的。倘若儿子在国内,即使吃苦那也是家中之苦,他就算在北京、上海什么的,比起加国来说,太近了。

儿子说,常常有司机开车时,遇上一只或者两只熊挡在路上,司机把车停下来,任凭熊隔着车窗玻璃扑腾来倒腾去。他们不报警。因为警察一来就会用枪击毙熊。她问为什么。虽然她知道她不该这样问,像个小孩子那样不谙世事似的。儿子说因为在加国,人的生命不能受到威胁。她记得那一天她挺感动的,她说不清是为警察,还是为宁愿等着熊自己离去也不报警的司机。总之这是个让她感动得想流泪的记忆。

蒋　在 ｜ 飞往温哥华

四

　　加拿大的住房看上去都像是别墅。他们住的就是别墅，只不过是别墅里的地下室。加国房子的地下室的意思是贴地的一楼，一般房东都不会住一楼，要么是车库，要么空置租给中国学生。之前她一听地下室，以为是在地底下，没有窗户可以通风。儿子给她说过，同学大学毕业就去工作，住在地下室里，窗户有一半能看到地面上。每次有人来敲门，首先看到的都是对方的脚。在家时同学会用一床毯子裹住身体，因为地下室很冷。她听得非常心痛，说这个孩子将来会有不一样的人生。不一样的人生是什么呢？她现在真的觉得难以回答。

　　这个同学她见过，家境比她家还不好，就是有个留学梦。成绩很好，留学期间拿的是全奖，准备好说一定要移民，所以大学一毕业就开始工作。第一个工作是在一家工地搬运砖头，后来找了一份与计算机有关的工作。假期儿子第一次回国时，他托儿子带封信回国寄到甘肃去，他是甘肃人，母亲没有工作，全靠自己努力。他父亲收到儿子寄去的信，寄了几样东西过来让儿子带回加国，羽绒服中夹着一封没有信封的信。儿子以为是写给他的便条，打开来看到信上说，不必挂念，不必多联系，也不必回来……就哆嗦着收好了信。她记得那个夜晚，她和儿子都为那个同学流了泪。

　　有时候，心痛的感觉不只会产生在自我经历上。女人老了，为自己哭的时间少了，为别人哭的时间就多了。

　　她和儿子告别了住了七天的地下室，挪到儿子通过网上认识的网友那儿。网友在网上说自己有一间房空了出来，是间主卧，可以租给他们，但是只能让他们住一个月。一个月后他们就得搬走。转了账后，这名素未谋面的网友，在搬家当日开着一辆丰田 SUV 来帮他们搬家。这位网友长得高大壮实，儿子站在他的旁边显得瘦弱可怜。她见儿子站在一旁打电话，没有帮这位网友搬他自己箱子的意思，她就不好意思地说："放着吧孩子，让阿姨来。"

儿子对着电话一会儿是中文，一会儿是英文，听了半天她都没听懂，只听到他在说车的事，她不知道是不是那边出了什么事。问他，他也不说是怎么回事。等她后来看到车来了，才知道儿子叫了一辆网约车。这样的网约车都是中国人开的，当时在加国还没有被允许，也就是还没有合法化。这种中国人的"黑车"，也只对中国客户，所以它们跑起来非常顺畅。她注意到，温哥华的大街上没有出租车，除了机场。不像在国内，大街上一招手，一辆又一辆的出租车就来了。在加国所有的出租车都要通过平台预约，而中国人在加国开的"黑车"，比加国本土的价格要便宜得多，当然就能盛行。据说创建这个加国警察都无能为力加以治理的"黑平台"的人，竟然是儿子的高中同学。

这位高中同学非常精明，生怕遇上钓鱼执法，要让司机和乘客先用中文沟通，看对方是不是警察，是不是纯正的中国人。之后，她发现这里的留学生都很有意思，都爱说几句洋文，目的是展示自己已经出国多年，学的不是那些微信文章里骂出国留学生学的哑巴英语。二是测试对方到底英文如何、来了几年，以此换来一些中国人之间的优越感。

在加国坐着"黑车"，有不一样的感受。语言一窍不通的她觉得亲近，她会主动跟司机搭讪。平时除了跟儿子说话，她会在做饭的时候自己跟自己说话，她说不说话人的脑子就会坏掉。这些开车的年轻人里有男有女，很多时候女司机甚至多于男司机，且他们都是移民了的，她甚至在心里希望能为儿子相中一个女朋友，这样将来她回国了，儿子独自留在加拿大，不至于太孤独。

搬家后的第一天，儿子带着她步行到附近的超市买菜。她知道了穷人超市和

蒋　在　｜　飞往温哥华

富人超市有时候只隔着一条路的距离。儿子总是把她带到穷人超市，那儿很少有中国人，超市里来来往往的人大多都很胖。儿子说加拿大人的胖是因为生活在底层，吃的食物脂肪高又不运动。她记得之前儿子带着她去过一次富人超市，一进门是鲜花区，儿子指着一个推车排队的中国女人说，你看她的包五万多。她看过去，觉得没有什么特别的。心想一个人把五万元的东西提在手上进超市，也太夸张了吧。

五

儿子和她搬去网友家后，依然在日日夜夜不停地找房子。她也只是默默地跟在儿子身后，儿子让她去哪里她就去哪里，让她在什么地方坐下，她就坐下。因为儿子那时不太说话，一句话不对儿子就会发起火来。她知道儿子一定很焦虑，来加国前她认为儿子小题大做，找不着房子就先住在酒店里，来了后才知道真的住不起。她和儿子去看了一个台湾女人的房子，离儿子的学校两站路的车程，公交车十分钟一趟。

从台湾女人陡峭的楼梯下来，穿过一个种满植物的过道，他们来到了大街上。台湾女人是房主，她将空置的另一间小卧室租出来，一个月九千元人民币，不算太贵。他们走在暴烈的阳光下，儿子问她有没有发现台湾女人有什么问题。她说没有。儿子说台湾女人不停地用手捋她披散在胸前的一绺头发，说明她一定有心理疾病。

儿子说你看看，这儿附近没有超市。她就朝着道路望过去，远处一路过来种的都是一种红叶子的树，在阳光下闪着红光。她脑子里出现的是儿子不停地摸鼻子的样子，觉得眼前的世界与自己隔着一层又一层的光圈，是一个不真实的世界幻象。

　　送他们来的"黑车"在道路背阴处的另一条路上等着,他们走过去时那个女孩还在打电话。看到他们走过来,女孩将电话放入口袋,打开车门,让她进去。她上车后不像来时那样期盼着结上一个善缘,自从她在来时的路上得知这个女孩已经结婚,就不愿再多说一句话。他们要看的另一套房子离学校稍远了一点,儿子上下学如果坐天车,再转公交车到学校,需要一个多小时的时间。夏天没有问题,冬天的加拿大下午四点天就完全黑了。她和儿子坐在天车上一直在讨论这个问题。他们是从学校出发,试探一下到租住房子的路程。倘若要租下这套房子,下了天车,还要走上十五分钟的路才能到家。

　　这套房子的房东是一对印度夫妇,他们在约定好的时间里,并没有出现在门口。他们还没有从房子里搬出去,大概两个人正忙着收拾房间。他们在门外足足等了半个小时之久,这不合于印象里外国人做事的风格,外国人的时间观念通常非常强。下来接他们的是男主人,看上去不算让人讨厌。他们跟在他的身后进了单元门厅,经过壁炉时她特地回头看了一眼,壁炉上方放置着一个大大的花瓶,插着百合花,对面是几幅抽象画。男主人指着另一道门说,那是车库。正好有一个人从房门那儿进来,男主人问他们要不要先看一下车库。儿子说不用。她朝门开的地方看去,那儿跟国内不太一样,安静宽敞。

　　房东果然把房子收拾得一尘不染。屋子里还有房东的姐姐,一个胖胖的印度女人,跟女房东形成对比,感觉女房东瘦得坚硬,油盐不进。她站在并不大的客厅中间,听着他们交流,尽管她一句也听不懂,却装出能听懂的样子,时而看着他们的眼睛时而点点头,意在给儿子壮壮胆。无论有用没用,她坚持着那样一个姿势。

　　出来时儿子说,后天来签合同交钱。他们沿着两边是法国梧桐的道路走着。

蒋 在 | 飞往温哥华

她说住这儿好。儿子说，好是好，就是比台湾女人的贵一半。她说没有关系，你读完博就结束了。儿子说这儿离天车站要走十五分钟，然后再转公交车去学校。她说嗯，离飞车站不算太远。儿子说妈，是天车好不好？儿子朝前快走了几步，两个人就往下坡走。经过一段工地时儿子说，妈你看这儿正在建一个大的商场。她说真好，你买东西就近了。儿子说，建好了，我已经离开这里了好不好？她又不说话，心里想着，是的一切都与我们无关。

把房子租好后，她就收好了行李准备回国。临走前，儿子流露出很多年她都没有再体会过的、只有他幼年时期才展现出的依赖。他问她，妈妈你可不可以不走？说出这句话，儿子觉得不妥，又说没什么，转头装着去看书。正因为超出了她的预想，儿子觉得她应该能够明白这句话的沉重和求救。她心里虽有不忍，却只能说，不行，我要回去挣钱。等你爸爸过来先陪着你，我回去打理好了再来看你，好吗？

他也知道妈妈重组了新的家庭，她的生活可以为他停滞一个月，但不是永远。他是这个世界隔绝出来的另一个世界的产物。儿子的眼神暗淡下去，就像过去一样，一直在暗淡下去。人生就是这样，她再痛也没有办法。她必须得走。

她离开温哥华后，景崇文就飞过去陪儿子了，那时他的退休手续还没有完全办理下来。她还能记得儿子生日那天，给她打电话说，现在连听到水的声音都无法忍受，心里每时每刻都像猫抓一样难受。她意识到事情的严重性，叫儿子一定要去看医生，不然后果不堪设想。

儿子自己开车去看了医生，医生告知他患的病，并且是重度的。儿子坐在靠窗的地方，正对着医生，风吹窗帘在他身后飘动。窗外不远处就是一片海，阳光照射在海面上，那儿是一团雾气一样的波光。

儿子上楼去看医生的当儿，景崇文沿着道路去往海边。他也不认得英文，方向感却很强,所以他并不会担心找不回来。阳光在海面上发出耀眼的光,休闲的人们在沙滩上嬉闹,或躺着晒太阳。再远一点是一条人行的林荫大道,树丛下开满了红色的花和紫色的花。靠近路边的草地上有打网球的人,跳跃时发出来的欢笑声,随着风轻轻地飘散,像雾像雨又像风,让他觉得加国的一切是那么的美好。

医生看见儿子坐在那里一动不动,就说,不过你放心,会治好的,这是最容易治的病。儿子就哭了。儿子开着车一路哭着,景崇文坐在车上见儿子哭,问儿子发生什么了。儿子叫他不要问。他只觉得儿子像变了一个人,那么老大不小的男子汉还哭。他不会知道加国的医生是怎样看病的。那儿是一个靠海的住宅区,房屋上爬满了红色的藤类植物,看上去美极了。

六

飞机依然在深蓝色的海域上前行,这会儿她也不去看飞机已经飞行了多少公里了。距离她离开温哥华已经过去了六个月。她像六个月前说好的那样,一定会再来看儿子,再来陪伴他一些时间。她又想起地面上的他,这会儿是白天还是深夜?他有没有像自己一样忧心忡忡?前段时间她从温哥华回去后,他们还谈到是不是领个证什么的,她说彼此都再考虑一下。他问她是不是想结束他们之间的关系。她并没有如实告诉他为什么又飞往温哥华,一切等回来之后再作解释吧。她想,回去后还是跟他把证领了,等儿子完成学业回到中国,一切都会变好的。

她闭上眼睛想睡一会儿,机舱里有人起来上洗手间,紧接着声音越来越多,灯亮了。服务员开始发放吃的,这意味着飞不了多久就会到了。

蒋　在 ｜ 飞往温哥华

　　飞机缓缓地落地。她站起来看准了前面一个中国姑娘，紧跟在姑娘身后，随人流慢慢地移动。她说，姑娘，我不懂英文，你能带着我填一下入关表吗？姑娘只是看了她一眼，她还是紧跟着这个姑娘。

　　过完关出来，她给儿子打微信电话说到了。儿子让她出来后找地方等一下，他刚刚看完医生开车赶来。人来人往的大厅，让她觉得一切人和事，还有声音，都像是从脑海里漂浮而过的东西。

　　温哥华的确美好，可那是人家的。她顺着人流历尽艰难终于出来了，顺着通道朝前走过大厅，休息吧里坐满了喝奶茶的年轻人。离她最近的那对情侣相依相偎，金发碧眼，这让她黯然神伤，想起儿子短暂的恋爱，那个小女孩是法国人，她看过照片。怎么就结束了呢？倘若儿子一直在恋爱，也许这会儿该结婚了，儿子是不是就不会生那样的病了呢？

　　儿子到了。她朝大厅外走，用了跑的速度。大门外熙熙攘攘的车辆在秋天的阳光下缓缓而过，她在车流中寻找着白色的车子。她记得上次离开前，儿子租到了一辆白色的马自达CK3。她正在张望，看见一个男人从远处走来，看见她时朝着她招手。她几乎认不出他来了，景崇文。她感觉到一股心酸。他谢顶了，瘦了。他也没有她想象的那么苍老，穿一条偏蓝色的牛仔裤，格子衬衣。她记得他们在一起生活时，他就说要穿牛仔裤，她笑说你穿那个不适合。那是个冬天，她在大街上的巷子里给他买了两条化纤材料的裤子。一周后他穿着新裤子去上班，人站在电炉边上把裤腿烧了个大大的窟窿，回来后她气得要死要活的，说他在她的心上烧了个窟窿，因为她自己都没有舍得买件新衣服。那时太穷了，真是太穷了。现在他可以随心所欲地穿牛仔裤了。她朝向别处不想与他四目相对，她看见儿子开着白色的马自达，在车流中缓缓地过来。

　　景崇文走到她跟前，弯下腰去接她手里的箱子，两个人都没有说话。他拖着两个大大的空箱子走在前面。箱子是他在电话里嘱咐她带来的，说是儿子毕业回去时，一定有很多东西，能带的东西尽量都带走。这似乎是她从结婚到离婚后，第一次听从了景崇文的建议。儿子把车开到她面前停下，景崇文往后备厢里放箱子，她开了车门爬上去。儿子并不看她，眼睛看着别处，脸色苍白，脚上穿着暗红色深筒雨鞋。她说，你们出门时下雨了？儿子启动车子，淡淡地说没有。她沉默下来。

车窗外枫树红得透亮，明晃晃的阳光让枫树有一种无法言说的生命力。儿子冷冷地说了句，你来的时候，是温哥华最美的时候。她看着窗外，心里涌过一阵难以言说的感觉，温哥华最美的阳光和景色都遇上了，这让她的内心如同打翻了五味瓶子。那天晚上，儿子上床前问了她一句，你累吗？她说不累，你感觉好些了吗？儿子不说话，她看着儿子把白色的药片从几个小瓶子里倒出来，放在一张纸上。吃完药的儿子依然一句话不说。不远处开过的天车，在轰隆隆的声音里闪着灯。

七

儿子说学校没有课，带他们去逛一下。她本来很累，想着儿子愿意去商场，就显出很高兴的样子。两个人走在商场里，看着儿子瘦得背脊弯曲肩膀歪斜的样子，心如针扎。儿子买东西付钱时，手都是抖的。脑子里映出这一幕，她的心也会发抖。她明白这么些年儿子受了很多苦，儿子知道她这些年挣钱并不多，用钱时总是算了又算。读研也是半工半读，平时还跑很远的路给中国学生补英语，一次课只挣三百人民币，依然风雨无阻。

每次出门，景崇文总是跟在他们后面，远远地看着他们。儿子去学校上课会

蒋　在 | 飞往温哥华

很晚才回来，吃完饭她和景崇文出门散步，两个人不说话，景崇文在前面走，她跟在后面。他们住的区域四通八达，没有方向感的她生怕自己走丢了，只能远远地跟在景崇文后面。这时候她会打开手机流量，边走边给在国内的他打微信电话。有时候她也看见景崇文在打微信电话。他们都有了各自亲近的人，平时在屋子里地方小，打电话不方便，只有出门时各自拉开距离才能打个电话。

沿路到处是花，梨树可以盘绕弯曲地顺着栅栏长，果子嘟噜噜地坠下来，乌鸦在树林里成群地飞。雨天乌鸦铺天盖地让人惊慌，就是在屋子里也能看见它们黑压压地飞过。

他们住的地方有两家超市，富人超市离得近些，儿子带她去过两次，比起较远的那家穷人超市，她宁肯多走些路，东西会便宜很多。在国内时生活简单惯了的她，变得精打细算起来，连多买一份奶或者要不要买一份豆腐这样的事，都会犹豫不决拿起来又放下，有时候哪怕开始排队了，她都会固执地跑回去放下。

每次去超市，她走在前面，景崇文跟在后面，不紧不慢地拉开一段距离，买完菜他就提着，依然是跟在后面。有时候她回头去看他，他郁郁地走着感觉像是被丢在道路上的枯枝。她想，老了，我们都老了。年轻时两个人也有个梦想，也相爱过，也曾想齐心协力将儿子培养成才。现如今已成陌路的彼此，在遥远的异国，同在屋檐下却不说一句话。吃饭时他总是错开她，有时随便喝点牛奶，吃几块面包，她想给他说面包比米饭贵，他却没有给她任何说话的机会。儿子出去后他就蜷缩在沙发的角落，天气好时就整天坐在阳台外面看视频。

她喜欢花，每次进超市总是会在进门处的鲜花前看来看去，为了给自己带来简单细小的喜悦，让终日堆积在心上的郁闷短暂地被驱散。之前她买过两盆花，他们住的屋子里有了花，就有了家的感觉。加国的花跟国内相比贵了好几倍，她每次只是看，让花的颜色使自己获取片刻的温暖。在这个语言不通、儿子又时好时坏的状态里，只能自救。她想。

她给屋子里的花浇水，在屋子里用吸尘器吸地。而他就像什么也没听见和看见。她想起来了，他们就是这样离的婚。这应该是原因之一吧。

八

加国的冬天很快就来了，从窗子看过去，对面的屋顶上铺了层厚厚的霜，乌鸦比秋天更密集地飞过，下午四点天就完全黑了。每天早上儿子去上课后，不用买菜的时候，景崇文依然坐在阳台的窗子前看视频。她沿着屋后那条长满杂草杂树的路绕上两转，用手机拍下在雪地里惊飞的鸟和那些长着未落尽的红叶的盘绕弯曲的树，认真地看树下盖着的细密的网。很多次她都想问一下儿子，那些房子的主人，为什么要在树下铺一层这样的网。她想过是为了不让鸟把草的根刨出来，她也知道这并不正确。

儿子总是不说话，早上出门前她给他做好午饭，用一个便当包装好，把洗好的梨和西红柿放在灶台上。儿子每天晚上十点下课，回到家已经近十一点。外面的雪很大，她站在灶台前把白天剩下的饭菜收拾完。天车从窗外闪过，雪地里映出车厢的灯光，它们一次又一次地呼啸而过，对于她却像是陌生的旅途，既遥远陌生，又不可思议。

她站在灶台前看着外面冰凉的雪景，以及如电光闪过的天车，那些坐在天车里与己无关的人来来往往地飞逝而去。她拿起梨，心里想着被夏天的太阳晒出红色来的梨挂在树上的样子。咬一口，使劲去体会炎烈阳光曝晒下的果子，一股脑把异国阳光吃进了肚子，以后也有个念想。

蒋 在 | 飞往温哥华

九

儿子开车带着她和景崇文去了一趟中国超市。超市很大人很多，基本都是中国人，也许有韩国人或日本人难以分辨，难说他们不来中国超市买价钱便宜的东西。熟悉的人群、声音和方式，让她一下子觉得又回到了中国。她如同在国内时一样，买了很多的东西。中国超市离他们住的地方远，来一趟不容易。很久没有这样大手大脚地花过钱了，心里觉得痛快。

上车后她把座椅朝后调了一下，身体半躺在座位上说，以后要经常来这儿买菜，都是我们喜欢的种类。儿子开着车，导航正咿里哇啦地引导着路线。车窗外的房屋在积雪覆盖之下，显得低矮。车内空调的温度升起来，使她昏昏欲睡。

很久没有如此放松了，一直以来身体和精神被束缚得太紧，肌体处处膨胀欲裂。她感觉身体被什么托起，飘浮在空中，四面金光一片，很耀眼。隐隐约约中她能听到车子急刹时，儿子焦虑难耐的喘息声，像风裹着沙。

儿子说话的声音很远，景崇文说话的声音也很远。他们俩像是在吵架。他说，你看不见红灯？儿子就把车开得更快。你闯红灯了。我不是故意的。你就不知道小心点？已经冲过去了。前面有车，人家已经减速你看不见？你闭嘴。儿子的手抬了起来，抱住头，车身偏离了，一辆车飞快地与之交错而过，儿子的手重新回到方向盘上。景崇文说，你疯了。你闭嘴，再不闭嘴，就没有后悔的了，你们信不信？你冷静点。闭嘴，不是你们要来买菜，会有这些事？

然后是一片寂静，只有偶尔经过的喇叭声，也很远。

她是突然醒来的。车子正好开进车库大门，卷闸门拉开的声音里有一长串语音提示，大门外贴有一张中文提示：请进出时，务必关好电动闸门，防止闲杂人员乘机入内。她不知道语音提示了什么，但明确地感到中文提示的歧视性。

　　车子在越过减速带时上下地歪了两下。没想到原本空空的车位，多停进了几辆车。也就是说儿子之前进出车库时，周围的车位都是空的，现在车位两边停满了车，因为是周末。儿子焦虑起来，问她怎么办。她说不急，慢慢进去再倒车。儿子说，怎么能不急，我根本倒不进去。

　　看来儿子确实无法将车倒入车位，由于紧张，他已经将车卡在两车之间进退两难。她说，不急，我们先下车，让你爸倒，他技术好。儿子从车里出来，他们从后备厢里取出菜退到边上。

　　景崇文坐在驾驶室里开始慢慢将车往车位上倒，他倒得很稳，眼见就要到位了，就在那么一瞬，他忽略了后视镜。哐咻一声，后视镜被隔离的柱子刮了下来，与此同时她听到了儿子的惊叫声。随着声音，儿子飞扑过去，趴在车的引擎盖上号啕起来。她靠前去抱住儿子，她感觉到儿子浑身像触了电似的，儿子吼叫着甩开她说，车是租的，你们让我怎么还车？你们知不知道要赔多少钱？路上又闯了红灯。

　　她朝后退了两步，又试图朝前去抱住儿子，希望他能安静下来。她说没有关系的，不就是赔钱吗？她万没有想到这句话彻底激怒了儿子，他像是被什么东西突然重击，转过头来盯住她，两只眼睛红得像是要喷出火来，长号着冲向她说，赔钱？你们有钱赔？你们想过这几年我是怎么过的吗？

　　儿子撞开她左冲右突，开始扯开买来的东西，朝着她和景崇文一阵乱扔。车库里回荡着儿子咆哮的声音、砸东西的声音。她和他无处可逃，被儿子扔得满头满身，儿子还用苹果打向他们。车子玻璃上泼满了牛奶。景崇文气得要去打儿子，她抱住他说，你没看见儿子生病吗？他高声吼着说，都是你养出来的好儿子，他有什么病？都是遭雷打的疯病。她死死地抱住他说，我们儿子的病你一直看不见

蒋 在 | 飞往温哥华

吗？我求你了。

这时一辆车缓缓地驶进来，闪着车灯，停下来的时候，她突然明白了什么，甩开景崇文，冲上去抱住狂乱挥动双手的儿子说，安静点，安静点。儿子两眼朝上，只留下眼白。

车上下来两个穿制服的警察，一男一女朝他们走过来。景崇文也反应过来，上前来抱住儿子。儿子还在哭闹挣扎，他们紧紧地抱住他。她看见警察踩破了滚在地上的西红柿，朝着他们走来。她的耳朵里灌满了声音，振聋发聩的声音淹没了整个停车场，淹没了被警察扯开时的痛感。

十

不知是过了一天还是两天，抑或是三天，她从里屋出来看到景崇文坐在阳台的玻璃前。他像是突然间老了，缩去了身体里所有的水分，如同一根腐了的玉米秆，枯荣盛衰都消散了。有那么一瞬她甚至怀疑他是否还活着，于是她的心痛了。她知道他比她更不能承受这突如其来的打击。景崇文从头至尾都不知道发生了什么，现在的一切来得太突然。

房间里没有开暖气，很冷。她找来一件外衣给他搭在身上，然后在他身边坐了下来。他说，到底是为什么？

她双手抱头说，儿子病了，一直病着。

他仍然没有动，仿佛一动就会垮掉似的。到底是什么病，为什么不告诉我？他的声音不像从他的身体里发出来，倒像是从远处飘过来的。她说，抑郁症，而且是重度，还有焦虑症。

是的，为什么不告诉他呢？在儿子成长过程中，从来都是报喜不报忧，她早就习惯了隐藏不好的那一部分自己去承受。他们为夫妻时,他不能接受儿子惹是生非,在学校犯一些孩子常犯的错误,无论是考试还是与别的同学发生什么,她都不会如实地告诉景崇文,他被不在场了几乎一生。

  她看见他开始哭起来,像个婴儿那样哭起来。她俯下身去试图握住他的手,却突地扑向了他弯曲颤抖着的双膝。她也哭了起来,像他们年轻时那样,拥抱在一起痛哭一场,也许一切就又有了一个新的开始。

  屋子里没有开灯。窗外,天车呼啸而过,亮着灯的车厢里几乎没有人。天车闪烁在大雪的夜里,一次又一次开向她并不知道的地方。

选自2021年《人民文学》第5期

周婉京

周婉京，青年作家及艺术评论家，1990年12月生于北京，北京大学博士，曾于美国布朗大学哲学系任访问学者，现于北京第二外国语学院日语学院任教。自2009年起从事电影剧本创作及艺术评论，曾获得第45届香港青年文学奖与首届台湾罗叶文学奖。著有作品《清思集》《相亲者女》《隐君者女》《新贵》等。

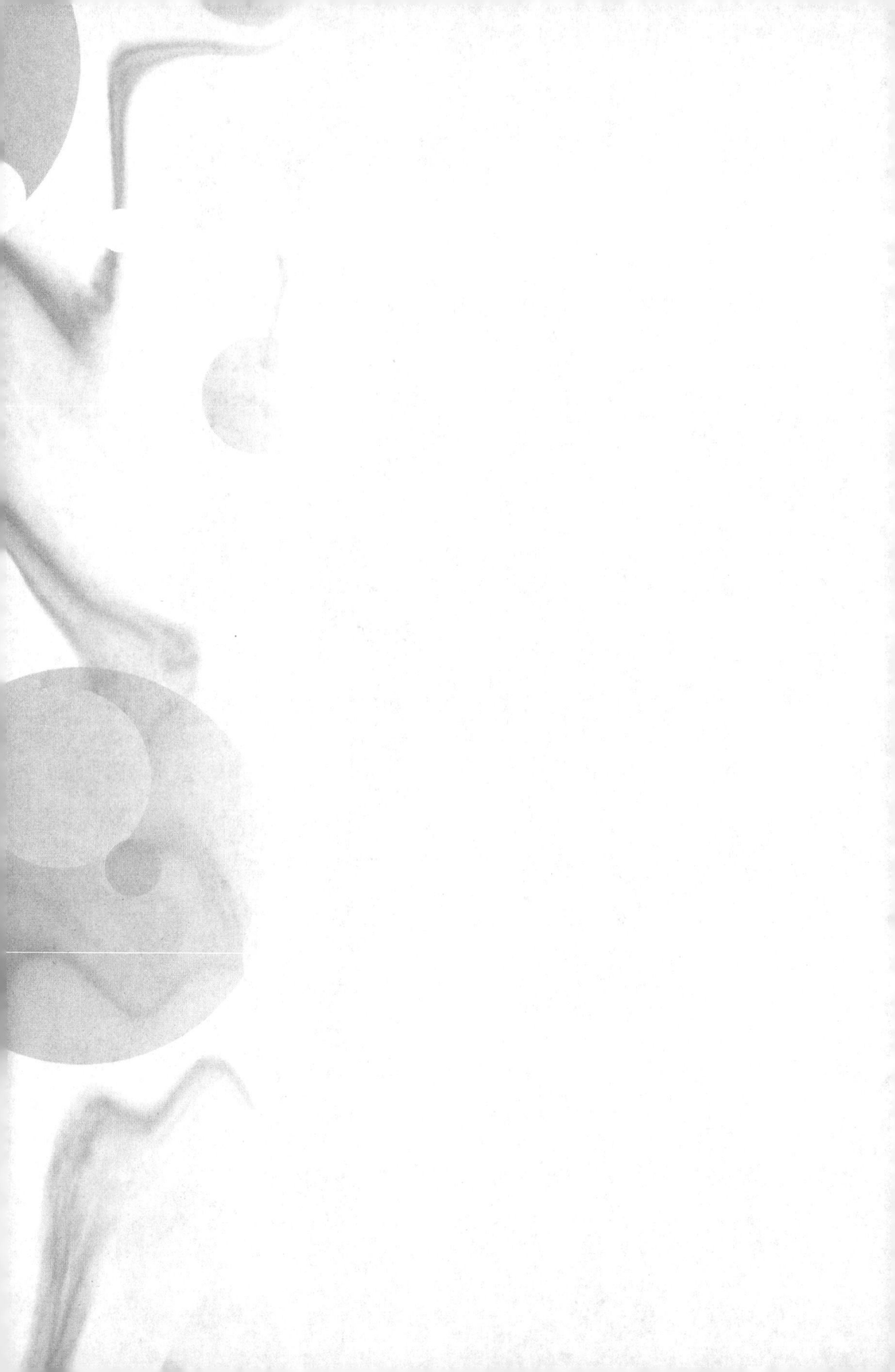

星　星

　　凡是在蒋故事年轻时见过她的人，都对她留下了深刻的印象。她是那种站在人群中不会被忽视的女孩，大眼睛小嘴，一张猫脸圆中带尖。一件旧旧的青灰色呢子大衣松松地笼在身上，看见生人时会不好意思地紧紧她的衣领，然后低头抠掉她手上只剩一半的指甲油。有一次她借我穿她的呢子大衣，我穿上后对着镜子照了很久，实在太好看了，好看到我根本不想脱下它。于是我穿着它睡觉，一连几天，我都梦到了蒋故事。呢子大衣上沾了她柔软发丝的气味，闻起来就像是一阵潮湿的风舒适地扑在人脸上。后来在她去美国留学之前，她把这件大衣转送给我。我接过大衣，除了说些祝福她的话，还问她这个大衣要怎么洗、洗衣粉是什么牌子之类的问题。她走了以后，我照着她的推荐买到了那款洗衣粉，可是怎么也洗不出她身上的那种味道。

　　再听到她的消息，那时我已经在一家报社做记者了。晚高峰的一号线上，我跟同事挤在车厢的角落里。他将编辑部内部炒得最热的一个料转给我看。那则新闻讲的是纽约布鲁克林一个诗人锒铛入狱的事。有什么具体的原因吗？我没点开页面，略带敷衍地问我的同事。他倒是耐心，分析了前因后果，又加上了自己的推论，最后还不忘给我瞅一眼那个爆料人的照片。照片中的女人微笑着，双手扣在一起。她的眼睛被打了马赛克，但是她那种与生俱来的古怪感依旧透过照片完好无损地流露出来。我一眼就认出了她。照片中的她肯定是因为身上那件肩部过窄的外套才会显得那么局促。我的同事也盯着她看了一会儿，然后接着刷其他新闻。我接下这单爆料的原因，还是因为她。我想知道这些年在她身上到底发生了什么事。我的头儿、编辑部主任将她的微信名片推给我的时候，我正擦着我的眼镜，一遍又一遍，直到五分钟之后，她主动加上我的微信。

　　她没有说"嗨"，只是让我等她一下。她这会儿正在一家灯光晦暗的快餐店里吃饭。她发了一张照片过来，然后解释说，她环顾一周后发现，坐在她前面卡座的美国老头已经喝醉了，在他隔壁桌的一对法国夫妇一直盯着他的桌子看。她估计他们是想换到老头的位置上，可是当老头的目光与他们相交时，他们反倒友好地冲他点点头。看着看着，她就吃完了自己面前的汉堡，桌子上的茄汁没了，虽然只剩一口汉堡和一点薯条，但她告诉我，她还是向店员要了一盒新的。我问她，我们有十年没见了吧？她顿了顿，好像在思忖什么。大约十分钟后，她问起我还记不记得我们小学时一起看的偶像剧，男主角历经一系列的磨难之后终于回到了女主角的身边，他们要接吻了，可就在这时候，她做了什么？我说我当然记得，她太奇怪了，她偏要把录影机暂停，让这对恋人在我们的现实世界中焦灼地等待。七天之后，他们终于通过了她的"批准"，在我和侯大爷的注视下接吻了。而且那台录影机是我们院儿小卖部侯大爷的宝贝疙瘩，我连着买了一个月的干脆面和东北大板才说动了侯大爷不要关掉它。她发来一个奸笑的表情，然后说，对啊，常人不能理解我的世界，不过这些陈年往事，你怎么还记得？
　　关于你的，哪怕事情再小，我都记得。我说。
　　这些年，你好吗？她说。

　　我原以为她会停顿，东拉西扯讲些其他的东西，就像她从小擅长的那样。但

周婉京 | 星　星

　　她这次没有，她先问了我过得怎么样。我的生活跟她相比总是乏善可陈，我能怎么样呢？我只能尽量找出一些在外人看来值得称颂的事件，我结婚了，还添了一个女孩。她却又问了我一遍，她说，她是在问我，我到底过得好不好？我说，我的生活发生了很多变化，如果她还没生孩子，就不能明白一个女人怀孕之后的感觉——忽然发现自己不再是少女的那一刻，也意识到自己从来不曾是个少女。年轻的时候我就没有她漂亮，寡淡得如同一张白纸。跟她相比，我不仅白得无趣，而且像是被人折了角的纸，腹背相贴，能够清楚地触到自己的局限。我大学的同班同学成了我的老公，谈恋爱期间我也没收过一封情书。后来我问她，还写不写故事了？那些类似诗一般的文字，她笔下的都是些微观世界，一些记忆的香屑，像是这句"眼泪，是在睫毛上做彩虹的第一步"，或者这句"经过它周围的风，摸到了它可能的形状"，都是我过去最爱读的东西。

　　她给我打了一通电话。她在电话那头告诉我，她不再写诗了。她说她虽然没生过孩子，但是她想象得到我生产的时候子宫急速收缩、婴儿硬硬的脑壳滑过我体内的那种痛，她甚至可以设身处地地体验我的痛苦。然而，现在这一切都不同了。她因为一个人不再写诗，她对别人的痛苦不再敏感。尽管有些故事仍然压在她心头，她却不想把它们写出来。她只想讲一个故事。算了，她马上又后悔了，她让我当她什么都没说。我说，我对诗一窍不通，但我觉得她写的东西很美好。我的话让她安静了很久，我听得到她没有挂断电话，她应该正站在一个红绿灯下面，电话里信号灯闪烁的嘀嗒声格外清楚。她好像闭上了眼睛，然后她隔了很久后才告诉我，她没办法……她完全不能去想他，害怕回想起他总是被书划出口子的大手在她脸上抚过的种种方式。她必须竭力禁止她脑子里闪过的念头，关于他和他的温柔。

在纽约，当一个诗人几乎不需要任何成本。写一首诗，可以换来楼下面包店的一根法棍，或者在朋友举办的聚会上收获一篮子来自陌生人的困惑。刚搬到纽约的头几年，她经常出入这样的聚会。暮色将至的时候，她和一群破衣烂衫的诗人挤在房东家逼仄的小厨房里，听着一个既是诗人又兼职做 DJ 的男孩用一台小唱片机放起了重组的黑胶唱片，跟同样出身市井的街头卖艺者一起吐槽纽约上流社会的那些知名诗人。诗人怎么可能知名呢？哈哈哈。名人能写出什么好诗？哈哈哈。他们会把自己的诗作打印出来，然后蒙住眼睛从屋子的一端向这一排诗走去，即便一个人非常想读自己的诗，他在黑暗中也难以笔直地走向自己的作品。就这样，他在类似疯人院的喧嚣吵嚷中静静走向了她的诗。他摘下头巾时，她低头看了看沾在自己胸前的糖浆和饼干碎，她再抬眼看他时，他们同时停住了笑。

她开始和他约会。他渐渐说服她让她跟自己一起去工作。他那时在帮一个法拉盛的旅行社做导游，他每天按照上峰给的名单开车到各家酒店接上客人，她并没有多余的活可做，有时坐在副驾驶上还多占一个客人的位置。他们为数不多的驱车同游，周围都跟了十几个旅客，他们带着旅客们到指定的纪念品店购物、到指定的中餐馆吃十人一桌的团餐，还帮忙照相。他从来没有主动找过任何跟文学有关的工作。说实话，她也不知道他们要靠什么生活。他们最初几次见面，总是他付钱买咖啡、酒和书，但很快他就把钱花光了。等到月尾要付房租的时候，没等她开口，他就背着一个行李卷站到了她家楼下。诗社里的几个朋友偶尔给他找点活干，像是去唐人街的美妆店里做面膜销售，或是去一家叫陆羽书斋的双语书店兼职。美妆销售其实赚的远远高于书店的活，因为他长了一副沉郁白净的书生脸，颇受成年女性的欢迎。可他还是没坚持下去，他受不了半夜接到陌生女人打来的电话，他也不愿意每次接电话的时候都吵醒在他身边熟睡的她。

周婉京 | 星　星

在纽约彻底把他的生活磨平之前，他辞去了旅游团的工作，在陆羽书斋做起了全职。那家书店在第七大道和第八大道之间，藏在一家印度人开的烟草铺旁边。老板八十年代就移民到了美国，书店的常客都叫他"三爷"。三爷第一次见这对年轻诗人的时候，说他们让他想起了《北京人在纽约》里的年轻夫妇。多聊了几句之后，三爷发现他也喜欢弗兰克·奥哈拉的诗，于是取出斑斑锈痕的梯子，爬上阁楼取了一本奥哈拉的手稿。他从三爷手中小心翼翼地接过薄薄的一沓书稿，踮着手尖（她说类似人踮着脚尖）翻过那些旧得发霉的黄稿纸，然后他在某页停下了，他润了润嘴唇，读道——"我得离开这儿了……我会回来，从山谷里，我会卷土重来，然后一败涂地。"她说，她从未见他如此开心过。

在那之后，他成了三爷的助手，每月500美金。好处是不用付房租和水电费，他们就住在阁楼，上面有一张单人床尺寸的床垫、一个摆满了手稿的书架，外加一张椅子和一个书桌。他跟他的诗人朋友们说，他现在有了份稳定的工作，专门负责书店的善本和手稿。他的老板品味奇好，收藏了包括奥哈拉、威廉·卡洛斯·威廉姆斯在内许多美国现代派诗人的原稿，但他的说辞显然未能引起他们的兴趣。他们问他，还有别人吗，更出名的？他用了整晚把阁楼书架上的书稿翻了一个遍，大部分都是他闻所未闻的人写的诗，内容大都跟奶酪、威士忌、阳光、女孩有关。他在窗户边踟躇了一整晚，看着幽静、漆黑的街道上驶过的车打出两道湿漉漉的光柱。第二天傍晚，雨停了，他请了朋友们来阁楼上聚会。他让她帮忙从书架顶层取下一本书，他接过书故作深沉地掸掸书的封面，取出中间已经脱了页的书稿。所有人都围了过来，看到最后一页的时候无不惊讶地啧啧称奇，墨蓝色的花体字上竟写的是惠特曼的大名。然后，他若无其事地扣上了书说，惠特曼的手稿也不过尔尔！她把书放回书架的时候，不小心看到了书脊上面模糊的贴纸，上面印着"布鲁克林图书馆馆藏"。

　　这样的聚会，一周大概有三四次。蒋故事总是屈膝蜷在他们唯一的椅子上，看着他乐此不疲地将一捆落满灰尘的旧书稿或旧杂志从一个地方搬到另一个地方。他将一些无名氏写的诗交给她，让她帮忙托着。后来，他整理出来的"无名氏"越来越多，她的双手双脚都不够用了。他们便将这些诗作一字排开，一一摊在凹凸不平的木地板上。在他们同居的三个月里，他们把这间不足二十平方米的隔间改造成了一个无名诗人展示自己作品的展览空间。他们的朋友们管这儿叫"无名诗社"。那些诗，新的旧的，打印的手写的，全都混在一起。他喜欢那种陈年的尘味，它让那些稿子闻起来像一个爱抽烟的七八十岁的老头子。或者说，那是家的味道。她偶尔也会用纸条记下她脑子里闪过的念头，像是有一天她疯狂地想念我们中学食堂里又大又圆的肉龙时，她就写了这样一首诗——"我吃肉龙的时候，要就着一颗星星，吃一个，再打包三个，让它们在后备厢里烂掉。"那也是她第一次萌生买车的念头，因此她还特意趁三爷不在偷了他的车钥匙，溜进他的车。她把车灯打开，望着正前方的路发怔，她始终没有发动引擎。她对我解释说，那一刻她意识到拥有一辆属于自己的车这件事可以离她这么近，她明明有机会开着这辆车一走了之。隔了五分钟，再回到他身边时，她亲了一下他的脸颊，只字未提车的事，然后在地上一张纸的空白处写下一句——"房子里的每一盏灯都还亮着"。

　　书店的生意不好，有时一天都卖不出去两本书，实在没人来，他就自己掏腰包买书。渐渐，书越来越多，占满了整个房间，桌子椅子上摞满了书，最后那张单人床反而显得十分多余。一次三爷爬上阁楼来取书，他为了不让三爷撞破他自

周婉京 | 星 星

买自卖的真相，慌慌张张地将书藏到床底，唯独冰箱上的那一沓奥哈拉的手稿他刚看完，没来得及收。她见他着急，就想也没想地把那沓稿子塞进了冰箱。他们后来都将稿子的事忘得一干二净。他们跟三爷在阁楼聊了很久，三爷问他们懂不懂俄语，他最近要从朋友那里收一套马雅可夫斯基的手稿。蒋故事没读过，她相信他也没读过，但他仍然碍于面子说他略知一二。三天后，奥哈拉被从冰箱里取出来时，他正在疯狂地读马雅可夫斯基。他兴奋地在书店里上蹿下跳，取出所有与俄国相关的诗稿，反复地看，然后笃定地告诉她，马雅可夫斯基是他看过的最温柔的诗人。至少诗人本人是这么说的。她从冰箱里取出冰凉的奥哈拉，摸着这些手稿，将它们放到有阳光的窗台上。他的赞扬没有就此停止。话锋一转，他又说马雅可夫斯基的温柔是装出来的，他并不温柔，甚至有些残忍，在他的诗里——韵脚是一个火药桶，诗行是导火索，诗行冒烟到末尾引起爆炸，于是整座城市随着那节诗，飞到空中！她从没见过他有这么多话要说，她羡慕他的天才，但是期待的却是——此刻，他能放下手中的书，走过来在她的颈窝里吻一下。他又改口说，马雅可夫斯基还是可以温柔的，不然怎么解释他能写下"捞星星煮的鱼汤"这般童趣盎然的句子？她忽然问他，有没有读过她写的那首《肉龙》，里面也提到了星星……他对着她"嘘"了一声，接着他们陷入一阵难堪的沉默，她意识到她在他心里可能还比不过一首诗。在三爷把那沓手稿交到他手上之前，他已经变成了一个"马雅可夫斯基通"，成为他们诗圈里研究这位写星星的俄国人的头号专家。他在众人面前大声朗读着"在余烬未灭的脸上，从裂了缝的嘴唇，长出了一个烧焦的吻"，然后用力在阁楼上跺脚，踩在那些无名氏写的书稿上面，他不仅自己这样做，还邀请他的诗人朋友一起，他的脚踏到她的诗上，她感到自己正在从那个场景中淡出，她靠在阳台边抽着烟，开始出神地回想她离家出走的离奇经历。

"时钟敲了八下,九下,十下……"这是她记得最清楚的一句马雅可夫斯基的诗。她不应该这么不喜欢马雅可夫斯基的,也许是因为他的缘故,她竭力想抹掉所有有关他的记忆。她告诉我,爱可以被一层层剥下,直到它变得不痛不痒。她提起了她的继母,那个我也见过的蜡白发亮的小圆脸女人。她说,他们一家到了纽约之后,继母就生了一个小男孩。在这样的环境下重读一年高中的蒋故事,本来是个活泼好动的女孩,却不得不做一个静悄悄的隐形人。她原以为认识了他,自己的生活有了盼头,她以为《雷雨》中的雨终将倾盆落下。可他却开始不理她了,不是真的不理,而是那种精神上的,她说不上来,但是他会故意把她递来的香烟捏皱,然后一边抽烟一边用奇怪的表情望着她。她依然坐在窗口。他的眼神像是在蔑视她,但更像是完全没有留意她。

这时,我进了家门。开门时撞到门后撑开的一大一小两把雨伞,我这才知道老公接女儿回家的路上下雨了。

她丝毫未察觉我的动作,压低声音,还在继续讲着。她身后的背景越来越安静,我甚至能听到她抖抖头发的声音。

在一个湛蓝的夏日酷热下午,他从宿醉中醒来,叼着一根烟在阳台边晃悠。然后,她醒来的时候,他就站在同一个位置,脸悲痛地皱成了一个团。他攥着沓手稿,对着她的梳妆镜坐了下来,他含糊其词地咕哝了几句,接着开始用手掌拍打脸颊。直到她从床上滚了下来,紧紧抱住他,他才闭上了双眼。她却突然从这惊诧中清醒过来,意识到连续数日的烈日晒干了这些可怜的手稿。他试图将手里的稿子交到她手上,但一阵风吹过,那些纸片就像落入水中的霜一样纷纷化开。

周婉京 | 星　星

接下来的一周，他不是喝酒就是在睡觉，谁都不见。他似乎在梦中哭泣，她似乎听见他说了几句迷迷糊糊的话，声音低沉得好像从他肚子里发出的，中间还夹着几声一惊一抽的叹息。重新吸气，再呼出来，这徒劳的动作反倒变成了他唯一的指望。他不再读马雅可夫斯基了，因为他知道在毁坏书稿的这件事上谁也救不了他。那几日酷热难熬，三爷没来店里。阁楼里连个简易电扇都没有，四下里尽是密不透风的热。她拉着他爬上屋顶，在能看到哈得孙河的一个屋脊上坐了下来，她握住他的手，想用他的手替自己数星星。可他拒绝了。他没有凝望星星，而是目光低垂，看着路上的行人，还有一辆辆到站又驶离的夜班公交车。他再开口说话时，提到他们可能要离开这里，说穿了，这儿也没什么好留恋的。他又说，写诗这件事本身就是毫无意义。一个人不能对着没有一颗星的布鲁克林星空，谎称他同时看到了南北半球最亮的星。他读了她的诗，建议她把有关星星的那一句删掉。

"文学从不天真烂漫。"这是她搬走的那天，他把行李帮她搬上货车之后对她说的最后一句话。货车的引擎启动，他在阳光下半眯着眼抽着烟，默默地往一旁挪开一步。后来，她听说他赚了一些钱，搬到了三爷帮他找的一栋公寓。他还坚持在自己的公寓里办诗社，定期召集一些"纽漂"诗人聚会。她跟着她之后的男朋友去过一次，看到了挂在墙上的一些手稿。那些手稿镶嵌在高档的镀金画框中，她凑近了一张张地看。这时，他走了过来，端着一杯冒着气泡的香槟跟她和她的男友说，如果你们喜欢，这些名家的手稿都可以出售。奥哈拉、阿什贝利、威廉·卡洛斯·威廉姆斯、兰波、华莱士·史蒂文斯、马拉美、阿波利奈尔……她只辨认出了这些人的名字。贩售这些手稿显然把他从湮没无闻的拮据生活中救了过来，他开始跟着三爷频繁出入上流社会的酒局，他从那些人手上得到了更多的手稿，再请更有钱的人来公寓里看那些裱好的诗，一首首拆开卖。她闻到他直挺的西装外套上沾着些许早餐的味道，煎鸡蛋、炸火腿片、面包、黄油、三文鱼头和咖啡，那些他们从前想都不敢想的豪华早餐。她在后厨一个黑皮肤的女佣身上也闻到了相同却更浓烈的气味，那个用人正忙着冲洗沾着口水和口红印的香槟杯。客人中诗人只有几个，他们也都一早离场了。最终剩下的只有大聊着诗歌艺术的证券商和银行家，他们的话头围绕着奥哈拉转，但却永远落不到具体的某首或某句诗上。如果碰巧遇上哪首十分费解的诗，就会刷卡买下那一首。"人们就是喜欢给自己不理解的东西贴上这样那样的标签，"他端着香槟走过来，对她说，"他们以为把这些'不解之谜'买走，他们的人生就透彻了。"她的眼光落在了墙上最上面一排的奥哈拉组诗那里，那组诗共有十多首，每一张稿纸都用哑光黑色的硬卡纸托底，镶入金红色的边框。公寓的地毯也是金红色的，从门口经过走廊一直延伸到厨房，好像能把整个布鲁克林连同他俩、星星和奥哈拉一起卷过来。

　　她告诉我，那时他的新生活算得上是"诗意的栖居"。她收到他亲自寄来的请束，为了去参加奥哈拉组稿在曼哈顿的拍卖会还特意买了一条露背的晚礼裙。她在《纽约时报》和《时代周刊》上都看到了这场拍卖会的介绍，记者们将它写成"举世瞩目的遗稿拍卖"，而那些稿子都是她再熟悉不过的，她到现在还记得自己从冰箱里将那些发皱的黄纸取出时冰凉、湿润的手感。拍卖会当晚，她准时出现在曼哈顿上城的拍卖厅。她在接待处看到了他，他正穿着擦得锃亮的尖头皮鞋忙着跟入场的收藏家握手。他们寒暄着彼此吹捧对方的气色，又聊起这套手稿发现时的场景。他告诉他们，这是在他朋友祖母家的阁楼上发现的，那时老人家已经有点痴呆了，完全忘了这沓稿子的存在，险些把它当成奶酪放进了冰箱。人们大笑着。其中有一个后脑勺半秃的商人使劲握住他的手，告诉他，自己也曾在一个

周婉京 | 星　星

　　农妇家里淘来一张差点当柴火烧的明代官帽椅。"历史总是在重演！""可不是吗，您今天要是拍下了奥哈拉，相当于是在挽救历史。""还创造了历史！"他们再次握手。她远远地看着他，他活像是一个上了发条的玩偶。那晚拍卖进行得很顺利，她原以为会有明眼人当众揭穿这些奥哈拉"手稿"的问题，但这件事却迟迟没有发生。五个人争相竞标，最后由出价最高的那个富商购得。富商在作品交接仪式上发表了一通感言，他提到自己今后将陆续再收藏一些纽约名人的东西，譬如手稿、信函和初版诗集。他还向记者透露，自己年轻时的梦想就是做一个诗人。

　　那批"奥哈拉"最后拍了五万多美金，他和三爷三七分，他到手的只不过一万五。他用这些钱攒了一本"纽漂"诗人的作品选集。他向她约稿，但是她说她什么都写不出来。他问："那首关于星星的诗呢？"她每隔几个字就顿一顿说："你是说那首《肉龙》吧，我早就把它忘了。"后来他又传给她几首英文诗，要她做翻译。这些诗出自一些在纽约长大的年轻华裔之手，他们想写中文，但是苦于中文写得不够好。她说，最好的译者也不过是穿着雨衣洗澡，无法还原原作者的本意。他们还是组成了一个小小的编辑部，一个月定期在他的公寓里见三次或者两次，他有时审稿审到一半就急匆匆地出去，露面时也是不期而至。她按着他的意思，跟其他编辑把那些诗作平铺在公寓里那张柔软似苔的大地毯上，从门口一路铺到厨房。她用肘支撑起上半身，隆起双脊趴在地毯上读诗。每天都有几十封信寄来，中文、英文、中英双语的，好像整个纽约城想写诗的年轻人都狂飙般地涌现在他们面前。她替他把这帮年轻人请到家里，请他们念自己写的东西，给他们面包和酒。每个人的声音都不同，有的听上去像是一只山雀，有的听上去像是已入耄耋的长者，他们读到一半偶尔会停下，圈出诗句中用词的问题，摆摆头，他们跟奥哈拉之间的差距就在这些小词的使用上——好的诗人总能毫不费力地表达出想说的东西。他们曾像我那样问她,为什么不写写诗呢?她跨在公寓的窗户上,手里握着一沓稿子,看着午夜楼下仍旧络绎不绝的行人,她回答说,她就是写不出来了,自己也不知道为什么。

诗集的名字是他取的,就叫作《星星》。《星星》一直卖得不好,小范围里流行过几个月,但读他们诗的人几乎都是熟人。在一个下着蒙蒙细雨的傍晚,三爷拿着一本《星星》出现在公寓,他斟酌了一下字句,沉默了半晌后说,明天会有人来收这间公寓。书斋的资金链断了,他晃了晃手里的诗集,这是咱们的最后一刊。三爷取走了墙上所有还没卖出去的名家手稿,只把那些杂志留给了她。他还嘱咐她,如果有警察问起来,千万不要承认认识他。第二天上午,当穿着防弹背心的警察冲进这所公寓时,她闭着眼睛,把头埋在手里,像个傻子一样坐在窗台上。雨后的天空泛着透亮的青光。楼下一间剧院门口,人们乱哄哄地鱼贯而出,她猜这准是哪场电影散场了。她正准备递一本诗集给他们看时,被这些人瞬间按倒在地上。

她被继母保释出来的时候,才从继母的口中得知抓她的那些人是联邦检察官。他们现在正对她参与制造假手稿的事展开调查,他们还让继母转告她,如果可以举报另外几个出逃的同党,那么她有可能被从轻处理。在警察局门口,她的继母当街给了她一巴掌。她们怒目相向,却没有高声对骂。她捂着脸若无其事地问,她爸怎么没来?她的继母接着又给了她一巴掌,你还知道自己有个爸?她做了个鬼脸笑了起来,这两巴掌打得她如释重负,解脱了。继母又塞了一沓钱给她,让她再也不要出现在他们的生活里:"如果你被起诉,也休想跟我们扯上半点关系!"那天刚好也在下雨,她的继母罩上一个米色的斗篷,转身消失在丝丝缕

周婉京 | 星　星

缕的雨中。

　　再后来，她就向我们报社爆料了自己的故事，唯一不同的是她以"他"的名义来讲述整件事。她在这则新闻中补全了事情败露的全过程，她形容得仿佛她就在现场。问题还是来自那组奥哈拉的书稿。当那个半秃的商人从拍卖会上高价购得这批手稿后，他为了炫耀特意请了一批纽约最权威的书信鉴赏专家来家里聚会。宾客中包括一个哥伦比亚大学的教授和一个摩根图书馆的人，他们都对奥哈拉的亲笔签名有些疑问。尽管他们当场没有拆穿，但他们一直反复端详着那组手稿。收藏家又拿出一些他从陆羽书斋买来的初版书，本想着以此来打消这二人的疑虑，没想到的是其中一本初版书的原本恰恰收藏在摩根图书馆。那个图书管理员根本不在乎这个收藏家的颜面，当众揭穿了这一屋子的赝品。他指着墙上的那些奥哈拉诗作说，这是普通人肉眼可辨的假货，连高仿都算不上。收藏家将这些手稿送到专业的司法鉴定机构，在鉴定结果出来之前他就向警局报了案。他们都说，真正赚到钱的只有三爷，他被查出早年还曾倒卖过假画和自行车车胎，尽管警方现在还没搞清楚这两者之间究竟是什么关系。那个作为制假者和中间商的"诗人小子"被认定为罪魁祸首，尽管警方了解到他把利润全部投入到那本诗集上。他们说，他这样做是刻意掩饰自己的心虚，为的是赢取收藏家的好感。这有点像造假画的人会故意将假画加热、冷藏，反复数次之后再将它暴露于室外，只是为了让假画看上去比实际年头更久远些。在她给我打这通电话之前，他们又找到她追查他的下落，他们说，如果她知道他一直在做伪造的勾当，就有责任第一时间把假手稿送交警方。对此，她无话可说。然后，他们像是必须要带走什么纪念品似的收走了她家里仅存的三本《星星》，他们说要将这些假货集中销毁。这次，她不再静默也不再唏嘘，她用一种极其轻微、低沉的语气念完自己的那首《肉龙》——"我吃肉龙的时候,要就着一颗星星,吃一个,再打包三个,让它们在后备厢里烂掉……"然后她将这首诗更名为《星星》,送给这些执意要定她罪的人。

她问,你还在听吗?
我说,我还在……

在我的印象中,她曾经是夜空中最耀眼的一颗星,她说的每个字都是那么有意思,而如今,她却像是一颗湿气凝重的星,透过灰暗的烟幕闪出些许的光。我问她为什么选我们报社爆料,她可以选择比我们更有影响的媒体。她却反问我,结婚是个什么感受。我说,我跟我老公在一块儿五年了,结婚也快三年了。她问我,你爱他吗? 我说,我不是她,我对世界不那么敏感,我觉得老公人不错,能够搭伙过日子。她说,对啊,即便在一起又怎样,假如明天两人中间谁出了事,另一个可能伤心一会儿,然后很快就会跑出去,再次恋爱,用不了多久就会另结新欢。这就是人生,她说。

有一点我没能搞懂,别的事她一桩一件都交代得很清楚了,唯独他的下落仍是我听不明白的盲点。所以,新闻里传言进监狱的诗人究竟是她,还是她的那个诗人男友? 我说,虽然她说的是目前发生的事,但整件事听起来却像是一件往事,发生在多年以前。那种感觉就像是我会对她说起我的孩子,好像这孩子是跟着我俩一起长大的。她笑了。她愿意让我把她的经历写出来。我告诉她,我写的一定没有她说的好。她说,她希望能从头再来一次,这次她一定要讲对。我还握着已经发烫到不行的手机,我的脸,从耳根到眼睑全都烧了起来。

周婉京 | 星　星

　　她和他的初次见面，是有一次，她被她公寓楼上的摇滚音乐吵得睡不着觉，她穿着睡衣敲开了他家的门。他当时正趴在地上涂鸦，在一张巨大的乙烯基贴纸上作画，他后来略带些腼腆地向她介绍说，这是他们正在进行的一件大型实体诗歌作品，暂定的名字是《星星》。他不是诗人，他是一个画家。他的梦想是在世界各地举办"真正"的展览，哪怕再小，只要发人深省，他都愿意尝试。艺术家都有一种舍此无他的追求，又都遭遇着完全孤单的生活。他的画卖不出去。他不得不通过帮一个画廊仿制假画来谋生，他每仿画一张现代派大师的杰作就能收到一张500美金的支票。他的一张假画上拍之后，意外地以高价成交。所以在警察和联邦检察官找上门时，他的第一反应竟然是开心，他觉得这一切的根源不在于艺术品的真伪之辨，而在于他画的东西跟大师的不相上下。她不理解他，总想着要找机会救他出来。后来她意识到，只要她能把那张假画的钱退给那位藏家，她就能让他们撤销对他的起诉。她真的这么做了。她办了很多张不同银行的信用卡，还找到了那个买家，当着对方的面一笔笔刷给他。她买下这张作品，但她还不起这笔钱。她更不可能向她的继母借钱。她带笑叹息着，声音开始变得沉重，仿若巨大的铁器跌落的声音。她还是一笔带过了他的结局，让他的生死迷途坠入厚厚的沙中，立即淹没了。

　　我想了半天，然后告诉她，不然就回来吧。
　　回哪儿？她说，从前的家里空空的没什么家具，回来住不了人。四壁都堆着杂物，她就算想请我去家里，都不知道让我坐哪儿。
　　我们还聊了一些儿时的事，她问我还记不记得我每次在躲猫猫的时候都会藏在同一棵树后面。当我被她捉住时，我总是死命地抱住那棵树喊道："我不存在，我是空的!"多么奇怪的童年啊,我说。她让我现在再照着小时候的模样,喊一次试试。我做不到。我说,孩子睡着了,这次就别喊了吧。

  稍后,我们同时挂断电话。我走进孩子的房间,用手轻轻摸摸她白净可爱的额头。孩子的眼睛仍然闭着,两只小手分别摆在脑袋的两侧。她的呼吸很轻很有规律。大概是听见我走近,她微微睁开了眼睛。她说,妈妈,妈妈……我说,星星别怕,妈妈在。她继续说,妈妈今天还没给我讲故事呢,能不能讲一个?我就这样坐在床边,看着我的女儿讲起了我最好的朋友的故事。她的故事应该还可以有更多别样的写法。我一直讲到了清晨,苍白的光透过百叶窗照了进来,在女儿醒来之前我都没有离开她的打算。

选自2021年《山花》第5期

何喜东

何喜东，1988年出生。中国作家协会会员，鲁迅文学院第三十六届高研班学员。作品发表于《文艺报》《中国艺术报》《北京文学》《延河》《飞天》《地火》等，多篇小说、散文获省部级奖项。著有《时代答卷》《地火升腾》。

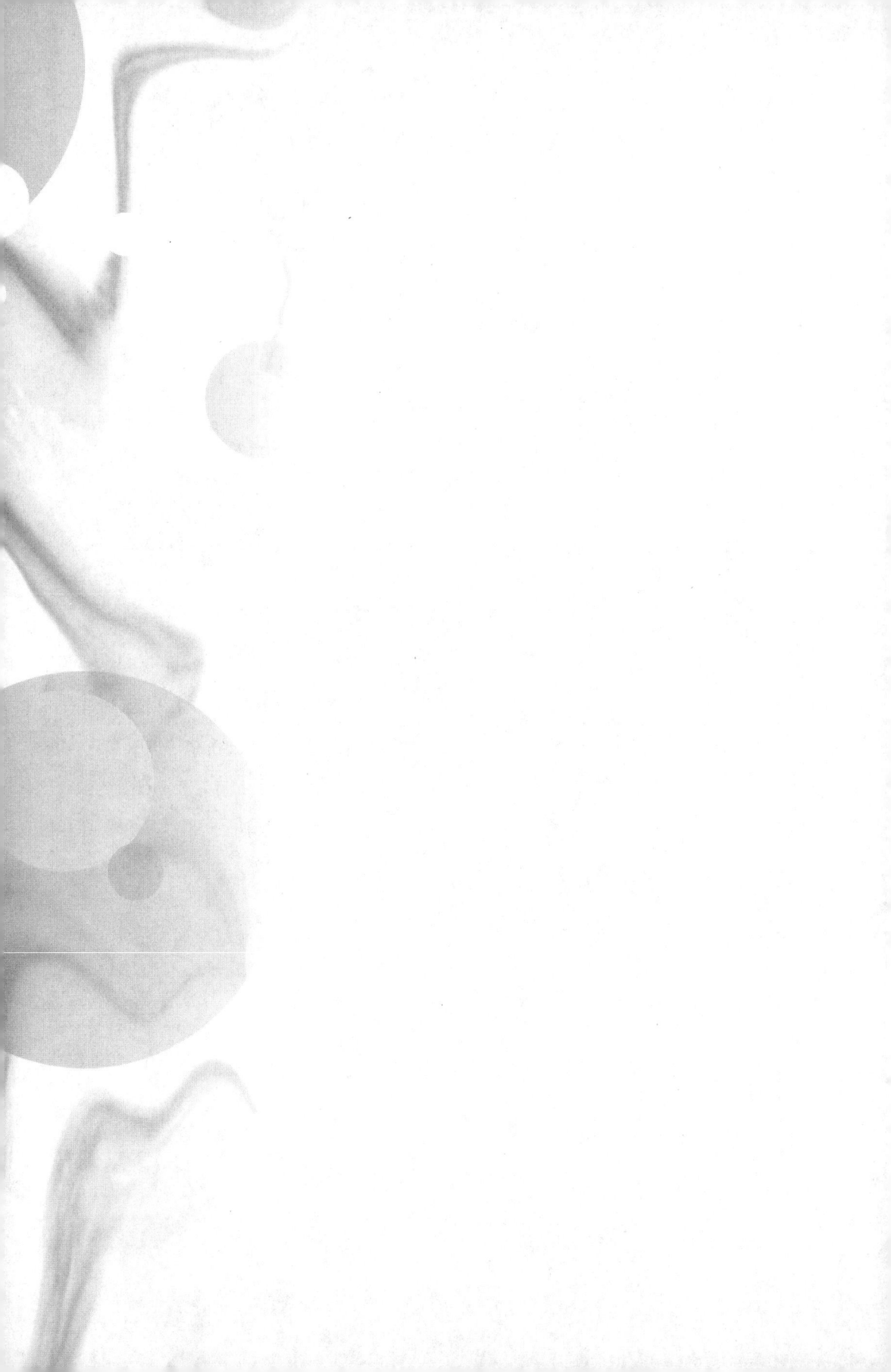

黑　金

一

陈海峰冲进太平间，看到拉出的冰柜里，陶小龙那张毫无血色的脸，瞬间觉得自己的头发乍起来，五雷轰顶一般。

真的有雷，太平间外的雷如战鼓，雨如箭，以合围之势侵略油矿的每寸土地。这场从未见过的大雨，好像预谋已久，落在陶小龙被碾轧之前。陈海峰逐渐适应了昏暗的光线，才看清太平间里安置着三面大冰柜，冰柜分了几层抽屉。每个抽屉恒温冷冻，像存放尸体的棺材。他腿一软跌倒在地板上，心里的悲伤，像一包黄连汁被摔破了。

从城市走进矿山，他像油矿觅食的山鸡一样刨食，为了每个月的几千块钱，刨得两爪子的血。说到底，他们只是庞大的石油肌体上，一枚造血干细胞，采油输油保卫油。原油交易所的期货曲线怎样崩跌，城市的霓虹灯如何暧昧闪烁，丝毫不影响他们苦里寻乐的山中岁月。但这次不同，天降暴雨时，一辆偷油罐车，在陶小龙执勤时，从他身上轧过去了。

得知噩耗前，陈海峰正在矿长办公室，为工作调动的事憋闷着。矿长贺建功开门见山，让他不要藏着掖着，把话说开。他熟悉这位油矿领导的脾气，便直截了当说明了情况。

"真想去？"贺建功头发花白，慈眉善目，怎么看都有几分亲切，问完又接了句,"干得不舒心?"

回想这几年,一步一个台阶,像爬泰山一样到队长的位置,身体透支成筛子,体检表上的健康指数,如同白纸上大大小小的窟窿。陈海峰忙把调动申请书递到办公桌上,说:"矿长,我不是撂挑子当逃兵,就想换个岗位,要不家和身体,都得垮了!"

"去了干什么?鸡头凤尾,你分不清?"贺建功把手里的茶杯重重压在申请书上,点了根烟,"再说,你走了保安大队那帮小子,谁收拾得住?"

陈海峰的脸黑里透红,那是四季穿梭在山间的风,刀子一样刻在脸上的印记。他没接上话,咽了口唾沫,歪着头酝酿着措辞,看到挂在墙上的时钟刚刚指到三点钟。大风扯着树枝,拍打着窗户,一道闪电在窗前划开。他转身去关窗户,锈迹斑斑的窗户轨道,滑起来吃力费劲。口袋里的手机急躁地响起,等把窗户关严实,半个袖子已经湿透了。手机对于别人来说,是个通信工具,但对他来说,是施了魔法的山芋,一天到晚接得发烫。这一个个电话,也把他绷成紧紧的弓。箭在弦上,随时发射。接通电话,那边嘈杂的声音从听筒传来:"队长,陶小龙让偷油车轧了!"

三点十一,只用了十一分钟,陈海峰把自己从矿长办公室发射到了保安大队。迎面跑来的队员抹了把脸上的雨水,慌慌张张做了一番陈述:

陶小龙带着他们巡查卡子站,对一辆双桥罐车例行检查,发现车里面暗藏着一个小油罐,决定把车扣押。黄头发的司机说雨天路况不好,让他把车开回。陶小龙押着黄毛司机上了罐车,没想到车开起来后越来越快。队员发觉不对劲,一路追上去,在前面转弯处看见陶小龙倒在地上,已经昏迷不醒,罐车却不见了踪影。

狂风斜雨把队员浇成落汤鸡。陶小龙被几个人抱在怀里,脸色惨白,嘴唇发

何喜东 | 黑　金

紫，右手边的手机旁，掉落着一把管钳。陈海峰嘶吼着："还不紧不慢啊，赶快送医院！"

抱着陶小龙冲进医院，他一脚踹开门一边喊救命。脚下一滑，一个趔趄把疼了几天的腰，摔在弹回来的门把手上，引来医生护士一阵侧目。值班医生翻了翻陶小龙的眼皮，检查了脉搏，说赶快，抢救室！医生在手术室厚重的铁门里进进出出，纷乱的脚步好像踩在他心尖上。许久，一位医生出来说，病人情况危急，胸腔内大出血，快通知家属吧！他心里咯噔一下，跌跌撞撞坐到过道椅子上，感觉双腿灌了铅一般。他搓着晒脱皮的脸颊，把情况给贺建功做了汇报。

从常年不见阳光的太平间出来，他感觉衣服里弥漫着消毒水和若隐若现的霉味。开车直奔贺建功办公室，雨倾泻在挡风玻璃上噼噼啪啪，很像打在他心上。和昨天不同，办公室里黑压压坐了半屋子人，除了油矿的几个要害部门负责人，县公安局的中队长李栋也坐在贺建功旁边，闷着头咬着烟，吞云吐雾。恍惚着进门后，陈海峰背书般把事情经过又说了一遍。

"发生这样的事，我怎么向矿上的三千职工交代？"贺建功一拳砸在桌子上。

"局里把这案子列为6·16督办案件！该查得查！该关得关！"李栋狠狠地把烟头揉灭在白色烟灰缸里，飘起一缕青烟。

贺建功让陈海峰配合公安局，把事情查个水落石出。但具体怎么执行，他又说了几点。陈海峰看着记在本子上的几行关键字，也算明白了。调查时内紧外松，把握分寸，这让他的心，忽然疼了一下。企地关系很微妙，这种分寸像头顶悬着一把利剑，稍微把握不好火候，就落下一个"屎壳郎跳高"的悲情演绎。

想当初，陈海峰答应到保安大队，觉得油矿保卫和警察贴得紧，风霜雪雨搏激流，但真到了这里，才觉得自己太天真了。他当兵复员后，分配到铁角城油矿。复员时转回来的那份档案，写着七年的锤炼，让他在擒拿格斗比武中拿过名次，立过一次三等功。也是在这间办公室，贺建功第一次找他谈话，说铁角城油矿眼下缺人，你来了能发挥作用。陈海峰心里有些抵触，说，我行伍出身，当个采油工不是本末倒置吗？他本来想说戎马半生当个采油工屈才，话到嘴边转了几圈又咽回去了。脱下了那套迷彩装，从绿色军营告别时，排长搂着他的肩说，回去把性子收一收，他记住了这句话。没想到贺建功说，你到新组建的保安大队报到，那个岗位适合你。他勉强答应了。

  铁角城是个黑金王国，油矿上的两千个油井，像一个个深窟窿，钻透了地下的油层，没日没夜地从这具身体里榨取黑黢黢的原油。之所以有这么古朴的称谓，众说纷纭，只有贺建功的说法最具历史感：这个边塞小镇，有过战火的纷飞，马蹄的阵阵，连天的狼烟，却始终铜墙铁壁，任金戈铁马也固若金汤。

  刚开发时，铁角城还没有通电，照明都用蜡烛，只有一户人家借助微型风力发电机，点亮微弱的灯泡。村民吃的水碱性大，洒在地上干了泛起一层白，吃了肠胃不适肚子胀。后来大规模开发后，村民看着祖祖辈辈踩在脚下的黑金，被树林一样立在山里的抽油机采出来，便开始了靠山吃山的营生。有偷油的，就有收油的，出了事还有负责摆平的，一个利益链就这样滋生出来。

  皮卡车朝山里走五六十公里，便深入了油矿腹地。眼前的一道道山梁，如盘踞的巨蟒，横卧在李栋面前。保安大队的兄弟们经常自嘲：黄黄的山梁，荒荒的峁，四季刮风吹人跑。隔山能说话，见面走一天。

  案发现场的山头，一丛白花贴着地面灿然怒放。几孔废弃窑洞像吃人的口，不时有灰色野鸽子飞进去。陈海峰把案情现场还原了一番。

  李栋拍了几张取证照片，说："现场没什么有价值的痕迹了。"

  "下了一夜雨嘛！"陈海峰管不住自己的嘴插了一句。

  这话对于天天断案的李栋来说，相当于一句废话，"你这么厉害，该叫你福

何喜东 | 黑　金

尔摩斯侦探！"

陈海峰听出了这句话的味道，还是觍着脸笑，"我就是个抓油耗子的，这案子还得靠李队啊！"

一群山羊窝在对面的太阳坡叫唤，放羊老汉躺在羊群里，用草帽遮住太阳。悠扬的信天游，从草帽下嘶哑地飘出来："瞭得见那村村，瞭不见得人，我泪蛋蛋抛在，沙蒿蒿林。"

来到陶小龙宿舍，啪地打开灯。一阵窸窸窣窣的声音，黝黑的大老鼠顺着架子床溜到墙角，一下子就没影了。陈海峰对这些早就习以为常。被老鼠疯狂扫荡过的黄色鸡蛋液和蔬菜挂面，像没下锅的西红柿挂面配餐搁在床铺上。床对面的桌子上，放着一台电磁炉，炉上是一把黑炒锅，旁边搁着一捆大葱。他想起陶小龙夜巡时就着干馒头，也能把一根白葱吃下肚子里。对于这位兄弟来说，他把自己永远留在了这里，这宿舍里的桌子床板，都与他长眠在一起了。在贴着墙边的床头缝里，陈海峰找到一根皱巴巴的烟，烟丝已经干得不像话。点着抽了一口，辣得他眼泪又流出来不少。

矿区成立保安大队，让陈海峰带着几个队员，设卡维持生产秩序。那时他们就挤在这排狭小的简易板房里，上厕所要找个山洼地解决，打电话得爬到山顶找信号。他想起有天夜里，陶小龙睡得迷迷糊糊起床撒尿，贴着山坡的风把尿刮了一身，他回来说外面的雨真大。第二天兄弟们看着干涸的地面，笑着问昨晚下的什么雨？他眯着眼睛望了望头顶明晃晃的太阳，说这地方太他妈邪乎了。

陈海峰把烟立在窗台的相框前，相框里陶小龙眯着的那双小眼睛，似乎还在思考着那个世纪难题。李栋走到照片前，前后绕臂，额头上挂着汗珠子。这是他的习惯，据说能减轻胳膊上的旧伤带来的后遗症。

"最近局里人手紧，这次调查得你们协助。"李栋说着，把相框里的照片取出来，"当事人的手机和这张照片，得带回去查查线索。"

宿舍门口那台老式发电机，依然震得人耳朵嗡嗡乱响。陈海峰盯着李栋，沉默了一会儿。嘴上答应了，心里却不免打鼓。凭着他能想到的形势，以前抓的都是弄油换零花钱的小贼，这次碰上的无疑才是亡命徒。

顺着李栋的目光看出去，窗外的黑云压着山顶，厚重得像要掉下来，一声雷从远处呼啸而来。

二

一辆大屁股皮卡车拖着泥水，停到人群面前。车里的人，扶着车门跳上车厢，健壮的身体在夕阳下映出一个剪影。夕阳落在抽油机的油杆上，机头上下扭动，好似一口一口撕咬着那轮惨血。

陈海峰明显感觉到，像有只狼混迹到羊群中，嘈杂的人群浮动出异样的味道。

打电话请村主任铁大山驰援前，他收到两张照片，一段语音，说井场被偷了。等他们赶到井场，偷油的人逃之夭夭，只剩下被绑在板房里的看井工，哭丧着脸坐在地上。十几个村民聚集在井场下，横七竖八将几辆车横在路中央。他们以原油泄漏污染农田为要挟，要钱赔偿，叫喊谩骂声一片。路是油区的主干线，进进出出的车，都从这条华山道经过。路水泄不通，原油运输眼看着要陷入瘫痪，大小车焦躁地按着喇叭。

说话前，铁大山重重地咳嗽了两声，"油矿是咱的衣食父母，你们堵在这里是猪油蒙了心啊！"

"油把我家的田染黑了。地下的水里漂浮着油花花，抽出来用瓢撇了油，搁两三天才敢给羊吃。"有人喊着话，让安静下来的人群又骚动起来，"村主任得给我们做主啊！"

"以前咱们过的穷日子，现在日子过好了，靠的是啥，你们看不到？"铁大山把手一挥，接着说，"赔偿也要坐到桌子上谈，都散了吧，散了！"

人群像初春的冰，慢慢化开。凝重的空气这才有些放缓。陈海峰有种错觉，这辆大屁股皮卡车像演讲席，眼前的人刚刚在上面做完了一场简短演讲。

铁大山跳下车，接住陈海峰递过来的烟，"看着油井不停地转，感觉是从我们的心脏里抽血啊。"

在铁角城，村主任说话分量重，陈海峰说："大家的日子也过好了嘛！"

铁大山抽了口烟，没接这话。转了个话头说："污染了还得要赔啊。"

陈海峰自知理亏："赔，得赔！"

这里的油井密度大，地下铺设的管道有一万多公里。陈海峰布置了一张大网，几十名队员在这些油井管道附近埋伏蹲守。第二天夜里，在一一四井场外查获了一辆桑塔纳，从后备厢抬出盗窃的一袋袋原油。车上的人在遭遇巡逻队员时，嚣张拒捕，被队员用警棍开了瓢。审讯快结束时，陈海峰漫不经心地问："知不知道陶小龙的案子？"

那人用手揉着头上的绷带，说："巧了陈队，我前几天听人说起过这事，那辆罐车停在砖瓦厂里。那里看着是个砖瓦窑，其实是个收油点。"

陈海峰心头一震，凑到那人眼前问："你知道谁轧的？"

绷带头摇得拨浪鼓一样，"我这人平时没啥爱好，就好喝两口，弄几袋油换个酒钱。我这算举报有功吧，你放了我！"

陈海峰啪地合上笔记本，"通知你家里人交罚款，领人！"

铁角城西边的骆驼山，视野开阔又便于隐蔽蹲守。雨下了又停，停了又下。缩在皮卡车里泡方便面时，坐在后座的队员说："队长，咱都出来三天了，鬼都没见着啊。"

"能把这里端掉,别说三天了,一星期都值了!"陈海峰回头瞪了一眼。

"偷油的人,供出的消息,准吗?"队员嘟囔了一句。

"少废话,有力气多盯梢!"陈海峰被红烧方便面的浓汤呛得咳嗽起来。

望远镜里的这座砖瓦厂,是个可疑的地方,陈海峰相信自己的直觉。

这里的八条主干道、九个卡子站,都是他徒步丈量过的。那时候的路面尘土厚,一脚踩下去小腿都淹没了。他熟悉每辆罐车装油多少方,铅封号是多少。熟悉怎么用手里的望远镜观察敌情,用后座上的夜视仪指挥作战,分头包抄。只要他站在卡子站,就能从过往的车里,揪出贼眉鼠眼的偷油人。有次开表彰会时,贺建功把这种能力叫天赋,他知道这是眼力,也符合犯罪心理学。他也心知肚明,附近偷油的人对他的评价,更多的是一句话:"陈队是条好狗!"

果然,月牙挂在山坳口,一辆罐车水银一般滑进收油点,车上的人一袋一袋往下卸油,干得热火朝天。陈海峰两眼冒火,喊了声"出动"!开车冲进砖瓦厂。仿佛天降神兵,里面的人吓得老鼠一样逃窜。队员一拥而上,除一个黄头发的年轻人跑出去外,剩下的几个没费力气就被擒获了。那孔砖窑下面埋着一个硕大的油罐。铁角城流传着一句话:有本事的用罐车装,没本事的才背袋袋油。

顺着逃跑的背影追出来,陈海峰看到黄头发的年轻人,跨过砖瓦厂新制的一排排土黄色砖坯,一跳一跳得像跨栏的兔子。他嘴角隐隐笑了,有那么一瞬间,感觉自己还跑在军营赛场上,刷新全营五千米比赛纪录。距离渐渐拉近,鼻子都能闻见散发出的原油味。一个猛扑,他紧紧抓住瘦瘦高高的青年,把对方扑倒在一辆油罐车前面。他想这次和以前一样,能轻松打倒对手。这些年参加的护油行动少说也有上千次,挽回的损失有四五百万元。

倒地的小伙,身体干瘦却有力气,挣扎了一下见身体动弹不得,忽然腾出一只手从皮带下面抽出一把刀。

陈海峰丝毫没有防备,眼看着迎面刺来的刀尖,像吐着芯子的蛇,朝喉咙咬过来,已经躲避不及。他本能地一转头,刀锋带着月光的凉气,划过脖子刺进锁骨,疼得他吸了一大口凉气。

试了几下都没爬起来,他眼睁睁看着那只反败为胜的兔子,以一个西部骑士的潇洒背影,一跳一跳消失在茫茫夜色里。空留下他和那辆忧伤的罐车,在滚滚雷声中悲切。

三

早上醒来,手术麻醉药消退后的伤口,咽口水都疼。

躺在床上翻看抖音视频,陈海峰搜索"怎么减轻手术后的疼痛",主页自动推送的视频说:听最嗨的歌,喝最烈的酒,跳最潮的舞,打最好的石膏。这些网络语,已经脱离了原本的意思,对他这样的山里人,像精神麻药,看过后会心地一笑,会让困顿的生活有一丝悬浮。他腰椎间盘突出,主页上推送的"都是腰椎间盘,你的怎么这么突出",他笑完之后也点了赞。有句话说得形象:自从有了抖音,每天过着帝王般的生活,有人献歌献舞,有人表演才艺,朕还要挨个评阅点评盖红章,甚是劳累。

帝王正给搞笑视频评阅盖章,皇后请安的电话就拨了进来。电话的开头和每次开会一样,都是例行内容,诸如吃了什么,身体怎么样,夜巡忙不忙。说完这些,妻子夏婧才进入正题,问陈海峰哪天休假。

想起几天前,妻子在网上淘了两张演唱会门票,算好了他休假的时间,和他去享受二人世界,梦游大唐的帝王不得不穿越回现实,说:"最近休不了假。"

妻子停顿了几秒,"结婚三年,你陪我看过几次演唱会,去过几次电影院?"

妻子说的都是精神享受,他想起一句抖音里治愈系的诗,"我陪你看过'独出前门望野田,月明荞麦花如雪'的美景呢!"

铁角城地下储藏着黑金,地上常年难得见绿意,那两个月的荞麦白雪景,好像是为了衬托一年的荒凉而存在。第一次带妻子到单位,顺着黄土高原上手掌纹一样纵横的山路,往手掌深处行,山梁上荞麦花开出的白雪景里,出现了一起一伏的抽油机,这是构成油矿的最小单元。

夏婧没接他的文艺腔,说:"你那儿除了油就是羊,还有偷油的贼和满地的羊粪蛋!"

他就为难了,闷闷地问,那咋办?夏婧把这个问题又抛回来,让他想去。

他都可以想到,妻子挂完电话,一副"本宫今日身体抱恙,倍感不适"的模样,嘴一撇,眉头皱起,抱着沙发抱枕,吧嗒吧嗒掉眼泪。

招架不住妻子的眼泪,他给夏婧发了条微信说了受伤住院的事,并附上一个咧开嘴的笑脸。那些字太冰冷,配上表情包,证明他依旧生龙活虎。他在矿区的深山保卫石油,妻子在城里的幼儿园任教。他对妻子用尽心思,还是觉得亏欠不少。这让一米七的他,和一米六五的妻子走在一起,怎么都感觉矮那么一截。还有一些难言之隐,只是他轻易不挂在嘴上。都是饮食男女,妻子胸口淡淡的茉莉花味道,时常让他一肚子"随风潜入夜"的心思,只能落个"花自飘零水自流"的一处相思。这些动能,在身体深处慢慢集聚,成了他调走的引燃剂。

夏婧连着发来两串表情,一串是惊讶,另一串是拥抱。看到这串专属拥抱,他心里开朗,头顶乌云闪耀出一层金边一样。他记得有次"潜入夜",妻子说一个拥抱的绿色小人仅是表情包,但一连串就代表长相厮守的爱情,是她留给他的专属表情。那时他正被她炽热的体温灼烤得快融化了,两个人几近缠绵成一体。

何喜东 | 黑　金

　　夏婧拨通微信视频，着急喊着说要来医院。
　　"哈，你就别来添乱了，也不是断胳膊断腿的事。"陈海峰得意忘形，说话都笑出了声，扯得伤口疼了一下。
　　"你要保护好自己！"夏婧看到视频里，自己男人的浓密头发被剃成了秃瓢，脖子上的纱布缠了一圈又一圈，忽然哭出了声，声音越来越大。
　　"你别太担心啦！"陈海峰平静了一些，无奈地笑了笑，"等这事过去，就休假回家！"
　　"你快回来吧，我不发脾气啦！"
　　"等你回来，我不让你陪我去这儿去那儿！"
　　"等你回来，我天天陪着你！"
　　"等你回来，我给你做好吃的！"
　　"等你回来，我们要个孩子吧！"
　　夏婧一句接一句地喊着，哭到声音沙哑。
　　这个收获，让陈海峰感到意外，也算是因祸得福吧。他一直想要个孩子，夏婧说先解决了两地分居，再提孕育油二代的事。他想再这样下去，说不定还没盼来孩子，身体就像一张纸，被一阵风撕裂了。
　　昨晚的手术，陈海峰听医院副院长说，这一刀要是再偏一寸，刺破的就是颈部大动脉了，那时打的麻药劲还没完全上来。手术是副院长亲自做的，按说他的这点伤，没必要副院长亲自上阵。但贺建功知道情况后，预估了下形势：不到一周时间，保安大队一名队员在太平间躺着，一名队长在手术台上躺着，就给医院院长打电话。医院不敢怠慢，副院长就带着医生护士，围着手术台，剃了被血染红的头发，剪开结痂的衣服，消毒清洗挤血，最后把三厘米长的伤口缝合了。
　　那个打电话的人，赶来医院，人还没到声音先到了，"你小子把我吓得够呛！"

他想着起来迎一下，被进门的贺建功按住了胳膊："没什么大碍吧？！"

陈海峰挤出的笑比哭还难看："没事！"

贺建功表情这才放松了些，说："你抓偷油的人有功，这个得表扬。不过我也得批评你，还说你当过兵，一下就让人撂倒了？"

陈海峰小声说："这事丢人啊，大意失荆州！"

贺建功握着陈海峰的手，说："咱们肩上的担子还很重，抓住凶手才能告慰亡灵！"

陶小龙牺牲后，同事发在朋友圈的悼念文章，把他瘦小的形象立了起来：生命的惊叹号、忠诚的卫士、平凡中闪光。这些字像鼓槌一样敲着陈海峰，心里窝着火，说话便铿锵起来，"这是对我们底线的挑衅，一定得把这伙人揪出来！"

"有你这话，我就放心了。"贺建功匆匆告辞，走到门口时又停下说，"你的调动申请，批准了！"

陈海峰左手打着吊针，右手对着贺建功挥了挥手。

送走批准调动申请的人，他摸出手机，看到有条短信从屏上跳出来："陈队，你会后悔的！"

盯着陌生号码和莫名其妙的话，他心里多了一重阴影。这个时候谁给他发的信息，是挡了别人财路，这是威胁？还是"6·16案"凶手，发来的警告？把这个信息截图发给李栋，对方说他在医院附近查案，便顺道拐了进来。

进门后的李栋说有两个消息，问他先听哪个。陈海峰黑着脸，气若游丝地表示，先来个好消息去去太平间带出来的霉气，最近碰到的全是倒霉事。消息使者说，那你可能要失望了，这俩消息都不怎么好。一个是系统里查不到短信电话卡的持有人，那是黑市买的号。另一个是陶小龙的手机技术解锁后，找到了一段有价值的视频，通过视频还原了案发的过程，锁定了碾轧车牌和司机影像。

"查到凶手了？"陈海峰抑制不住地兴奋，"这是好消息啊！"

"别高兴得太早，看完视频再说！"消息使者举着解锁的视频给床上躺着的人看，视频显示：那天陶小龙上车后，一直举着手机录像取证，然后和司机发生冲突，在抢夺司机攻击他的管钳时，被对方推下驾驶室。看着油罐车要逃走，他大喊着让司机停下。罐车没有减速，拖着瘦弱的陶小龙继续走。视频最终停在了车轮碾过他身体的画面处。

"经过技术比对，查到开车司机叫铁磊，是铁角城村主任的儿子，有吸毒前科。"李栋把视频拖回嫌疑人的画面处说。

陈海峰觉得确实高兴得过早了，他熟悉视频里的身影，差点将他置于死地，"我躺在医院就是拜铁磊所赐，这辆车也停在砖瓦厂里。"

李栋眼里闪过一阵惊讶，"那就合情合理了。而且据我们的线人举报，塞上情饭店可能是一个窝点！"

陈海峰心又沉了一下，"这件事越来越复杂了！"

四

塞上情的招牌羊肉，香嫩鲜美不膻气，是舌尖上的一道美食。据说因为散养的山羊，一年四季上蹿下跳，啃食贴着地面生长的地椒。服务员把俩人领到靠窗户的位置坐下，"陈队，还和平日一样，来个爆炒羊羔肉和胡辣羊蹄？"陈海峰是熟客，老板铁大山雇的服务员，也是当地的熟人。他把菜单给李栋推过去，对方没有什么表示，他又添了两碗羊肉小揪面。服务员麻利地拿了两杯八宝茶，便跑进后厨报菜去了。

"这一口羊肉,让人念念不忘啊!"胡辣羊蹄很快上桌,李栋大口嚼着美食,满口流油,"我记得第一次吃这羊蹄,是来处理你们队的那个案子。"

一辆油罐车轰隆隆从饭店外碾过去,像火车轧着铁轨,震得脚下地面颤抖。陈海峰觉得脑袋里猛然涌进的记忆,把他推进了噩梦般的洪流中。

李栋说的那件事,发生在五年前,他那时在保安大队当班长。队员接到偷油的举报,赶到井场时偷油人已经弃车逃跑,便拖着偷油车返回了卡子站。如果只是这样,这件事也就稀松平常。太过蹊跷的是,那个偷油的人逃跑后,坐着接应同伙的车,在十公里外的险要处坠崖了。晚上,宿舍板房里忽然冲进十几个人,把血肉模糊的一具尸体,抬到桌子上,让队员给死者烧纸守灵。冤枉归一边,陈海峰想:死者为大,几百万的冥币,他还可以烧得起。他们烧纸时,几个人拿着砍刀、板斧、镐把,将一排板房里的电视水壶都砸得稀巴烂。陈海峰举着手机拍了几张照片,留存证据。结果证据被一个有文身的胖子,用板斧劈成八瓣。拍证据的人,被一拥而上的人收拾得鼻青脸肿。等李栋他们控制住事态,他已经在地上跪了一夜,眼睛肿得眯成一条缝。伴随着汹涌的回忆,他还能清晰地感受到,当时灼心的屈辱。

"我跪在地上掉眼泪,那个有文身的胖子说我哭丧,哭得好!"陈海峰苦着脸夹了几筷子,也没把那只羊蹄夹起来。

"那是家属找人闹事,是想讹一笔赔偿金。"李栋挖了两勺油汪汪的辣子,放进新端上来的小揪面里。

他俩打上交道也始于那次查案,后来又喝过几次酒,陈海峰算是搭上了地方公安局这条线。他心里挺乐意,铁角城三教九流,一样都不缺,一个也不少,保安大队抓的偷油人,最后都得统统交到公安局。

狼吞虎咽地吃完面,李栋借着接电话,走进靠近后厨的卫生间,侦查情况。

何喜东 ｜ 黑　金

剩下陈海峰望着眼前的饭菜，没一点胃口。若是陶小龙坐在对面，碟子里的胡辣羊蹄肯定一个不剩，吃完这道爆炒羊羔肉，还会朝着服务员大喊一声：羊肉小揪面再来一碗！想起这些，他觉得内心有一团火在燃烧。

忽然，陈海峰眼前的光线暗了一下，抬头看见一个爱马仕的"H"标志，尤为扎眼。铁大山堆满肉的脸上挂着笑容，双手把一盘手抓羊肉放到他面前，提了提掉在胯间的皮带，坐在椅子上，"听说你受伤了，没啥事吧？"

"一点小伤。"陈海峰看着眼前上好的羊肉，淡淡地说。

"村里人偷油惹了祸，我给你赔个不是。"铁大山夹起一块羊脖，反复蘸了蘸蒜水醋汁，递到陈海峰的碟子里。

"不好意思啊，出院前医生安顿不让蘸蒜和醋，吃了犯忌。"陈海峰没福享受铁大山的美意，把羊肉里的上品往旁边推了推，"偷油也犯忌，轧人犯法，我们一定要把罪犯揪出来。"

铁大山欲言又止，闲扯了几句，走进后厨的门帘后面。看着消失的背影，陈海峰心里忽然开始警惕起来。

铁大山任村主任多年，贺建功第一次带着人到铁角城勘测，就碰上这位村主任，他双手握着穿红工衣的石油工人，像迎接红军一样，把远道而来的客人迎进了村里。又打扫了几孔废窑洞，把他们安顿在里面。虽然窑洞晚上漏风雨天进水，但在当时也算是村里最大的支持了。

铁角城的地底下，没有连成区块的整装油层。这里的石头经历过岁月的淬火，留下了劫后余生的顽劣。展览馆陈列的岩芯样品，放在显微镜下看，整个储层都是致密的花岗岩，那是贺建功常说的"磨刀石"，而他们被称为磨刀石上闹革命的人。磨刀石里挤油，让这里的原油开采起来像土豆地里刨金子，得筛出来。不像中东的国家，随便在地上插根管子，原油便喷得像自来水。

李栋侦查回来,脸上带着诡异的笑。蘸着汁子吃完两块手抓羊脖,嘬了嘬手指上的油,这才点了根烟,朝着后厨的方向努努嘴,吐出意味深长的四个字:"别有洞天!"

五

凌晨四点多,发动的三菱车,火箭一样朝山下驶去。

陈海峰看到一辆油罐车从塞上情饭店滑了出来。他揪了揪李栋的衣服,指了指车窗外面。对方揉揉眼睛,连忙接过夜视仪,看到车后两道深深的车辙。他俩在饭店后的荒山野岭,守了三天两夜,雨下得铺天盖地。饿了困了都在车里熬着,胡子长得像神农架的野人。

车子很快就黏在了油罐车的屁股后面。超过油罐车时,陈海峰看到开车的正是逃跑的西部骑士。铁磊一看形势不妙,一脚急刹车停在村口,打开车门闪了出去。陈海峰拎起管钳追到村里,放慢脚步,眼睛像雷达一样,扫视着周围的每个角落。转过一个门口,忽然黑洞洞的门框上飞下来一个黑影,人还没落地,手里的一根钢管已经落在他的秃瓢上。那力道之大,打得他一头栽倒在泥地里。这人真是他的克星。钢管又高高地举起,陈海峰这才彻底看清眼前人消瘦的脸,颧骨突出,神情冷漠,嘴角露出不屑的笑。这笑容彻底激怒了他,铁磊开车轧过陶小龙时,也是透着这种不屑的表情。陈海峰用尽力气,抡起手里的管钳,砸得铁磊轰然倒地,抱着腿哀号起来。

李栋赶上来,把铁磊拖到皮卡车厢里。

曾经的胜利者,茫然地看着窗外,一言不发,把不屑发扬到底。李栋笑了几声,"不信你不说!"

何喜东 ｜ 黑　金

接下来油区路上出现了滑稽的一幕：皮卡车后面的绳子上拴着一个人，李栋踩着油门加速时，后面的人追赶不及，被拖倒在路上遛着。车子慢下来，后面的人爬起来踉踉跄跄，上气不接下气。

"你挺能跑啊，咋不跑了？"陈海峰冒着大雨，站在车厢里喊。

"我偷油，是为了买粉，要不早跑了。"铁磊说。

"轧了人，你还想跑？"陈海峰拍了拍车顶，车速又提了起来。

"我那次吸完粉开车……把人轧了。"铁磊脚下打着摆子。

"你承认了？是你轧的人了！"陈海峰手里的管钳砸在车上，车厢顿时陷下去一大片。

"吸完那东西，恍惚了。"铁磊哀求着，"我实在跑……跑不动了！歇一下！"

"到公安局好好歇着吧！"陈海峰吼道。

赶到塞上情饭店，窗门紧闭。陈海峰上前砸门，砸了几遍，心里有了想法，从车厢里拿出那把管钳，直接把门撬开，急匆匆地冲了进去。

后厨操作间，一股羊肉的气味迎面扑来。抽烟机上黑黝黝的油渍，像裹了一层沥青在过滤网上。大铁锅的老汤咕嘟咕嘟冒着泡，煮了满满一锅羊蹄。两只开膛破肚的山羊，摆在白色大冰柜里。冰柜旁的地上，堆放着一团还没来得及处理的羊下水，血汁漫了一地。如他们所料，后厨空荡荡的，没有一个人。李栋被一个不醒目的柜子吸引过去。这样的饭店，一般会有后门，方便厨房的垃圾处理，但这个后厨，除了这个柜子看不到有门的地方。他推了推柜门，仔细打量着挂在柜门的黑色挂锁，想洞穿它锁住的玄机。这样的锁拦不住他们，砸开锁的柜门被打开后，墙上出现了一个自制的白铁皮门，这也没挡得住李栋的一脚之力。

后院里的房间装饰豪华，中间的大茶桌上摆着考究的工夫茶茶具，墙上贴着铁角城油区道路图，和保安大队值班室挂的如出一辙。

门口的精壮汉子看到有人进来，大吼一声冲了过来。李栋出于本能，拧了一下身子让他扑了个空，脚下顺势使绊将其放倒，反身扣住对方，一掰一扭，汉子的手腕就脱臼了，疼得杀猪般嚎叫。李栋的动作一气呵成，屋里其他人一看这情境，开始慌了神，四下逃窜。

　　陈海峰心跳如雷，提着管钳追着一个人冲进房间。刚进门，他就怔住了，地上的盆子里烧着撕碎的纸片，村主任铁大山蹲在火堆旁，面前还推着一沓纸张。销毁证据？这个念头刚刚闪过脑海，他忽然感觉身后传来一阵风声。还没来得及反应，被藏在门后的人用铁链紧紧勒住了脖子，一下子将他拉倒在地，疼得他大叫一声，手里的管钳掉在一旁。

　　陈海峰躺在地上，想在气势上先发制人，"你儿子已经被警察控制了！"

　　村主任哆嗦了一下，歪着头想了想，居高临下地死死盯着地上的人，"这里就你一个人，咱们说个敞亮话。"

　　陈海峰挣扎着，额头上疼出一层密密的汗珠，"少废话，劝你们不要做无畏的抵抗了！"

　　铁大山从抽屉里抽出几捆钱，咚一声码在桌子上，震得电脑晃了晃，"这钱给你，放了我儿子！"

　　陈海峰盯着铁大山，又把眼神从他脸上挪开，滑在桌子上的几捆钱上，"你的意思，我理解！"

　　"理解就好，理解万岁。"铁大山以为钱起到了效果，坐进电脑桌前的椅子上，跷起二郎腿，进入了接下来的谈判中，"你也放我一马！"

　　陈海峰快速地在心里估摸着，自己不吃不喝刨食，一年的薪水也就在村主任的甩手之间。心里感慨完，他咬着牙说："我得给小龙一个……交代！"

　　跷着二郎腿的人，气势矮了很多，又拿了几捆钱，"再给你加这些！"

何喜东 | 黑　金

陈海峰呼吸困难，脸黑得能滴出墨来，"我也得……对得起这份工作！"

铁大山捡起地上的管钳，说："你这是敬酒不吃吃罚酒！"

陈海峰两只脚在地上使劲，像有一道魔力支撑着虚弱的身体。后面的人碰到门框，手上有些松劲。他借着这个时机，发了疯似的大吼一声，一把夺过链子。后面的人见此，夺门而逃。

铁大山救命稻草一样握着管钳，仿佛眼前这个脖子上流着血的秃瓢，随时会扑上来，饿狼一般把他撕个粉碎。

陈海峰冲上前抡起链子打掉管钳，一脚踢在铁大山的胸口。

铁大山打翻地上的盆子，身上挨了不少拳头。

"贩油的账目呢？"陈海峰问。

铁大山惊魂未定，指了指桌上的抽屉。撕心裂肺地叫着，吸进口腔的纸灰，呛得声音越来越小。

"看着别的村过上好日子，我也动了歪心思。"曾经山一样的汉子，瘫坐在墙角，像是自言自语，"我把大家害了，也把儿子带坏了！"

李栋走进来，拍了拍陈海峰的肩膀，拿起桌子上的烟，点着一支抽了半晌，"情况怎么样？"

"喏，都在这里了！"陈海峰晃了晃抽屉里找出的U盘，插在电脑上，看到文件夹里的账务资料，长长地舒了口气。

走出塞上情饭店门口，闪烁的警笛一声接着一声。李栋幽幽地说："雷声小了，看来雨要停了！"

陈海峰回头望了一眼饭店的招牌。可惜了，以后再也不会有这道胡辣羊蹄，也听不见陶小龙"羊肉面再来一碗"的声音。

贺建功带着一群人围着铁磊审问。看到陈海峰走过来，热情地握了握他的手说:"铁磊刚才供述,油矿还有个犯罪团伙,套用正规票据,把偷来的原油合法化后倒卖。这些人,才是隐藏的最大毒瘤!"

陈海峰疑惑地看着贺建功。

眼前的油矿领导眼睛里布满血丝,满怀期待地望着他:"你的申请我签字了。但是走以前,希望你再考虑考虑!"

陈海峰听完,喉头动了又动,那里有很多话要蹦出来,却像被一根鱼刺卡住了。

贺建功还说:"我知道你的难处……"后面再说的什么,他已经听不清楚。那份从贺建功手里接过来的调动申请,像最后一片树叶,从他的指尖滑落,摇曳在风中。

这时,手机短促地振动了两声。他心一紧,仔细打量着新收到的短信:"陈队,你会后悔的!"这些天经常收到这条信息,看着满屏同样的文字,好像无数条蛇,吐着芯子从手机屏里蹿出来。他不由自主地摸了一把受伤的锁骨,感觉有股月光的凉气刺入了喉咙。

铁角城,像一座围城。他像一个受了诅咒的兵。

选自2021年《北京文学》第5期

阿微木依萝

阿微木依萝,作家,现居四川凉山。主要著作有《檐上的月亮》《羊角口哨》等。

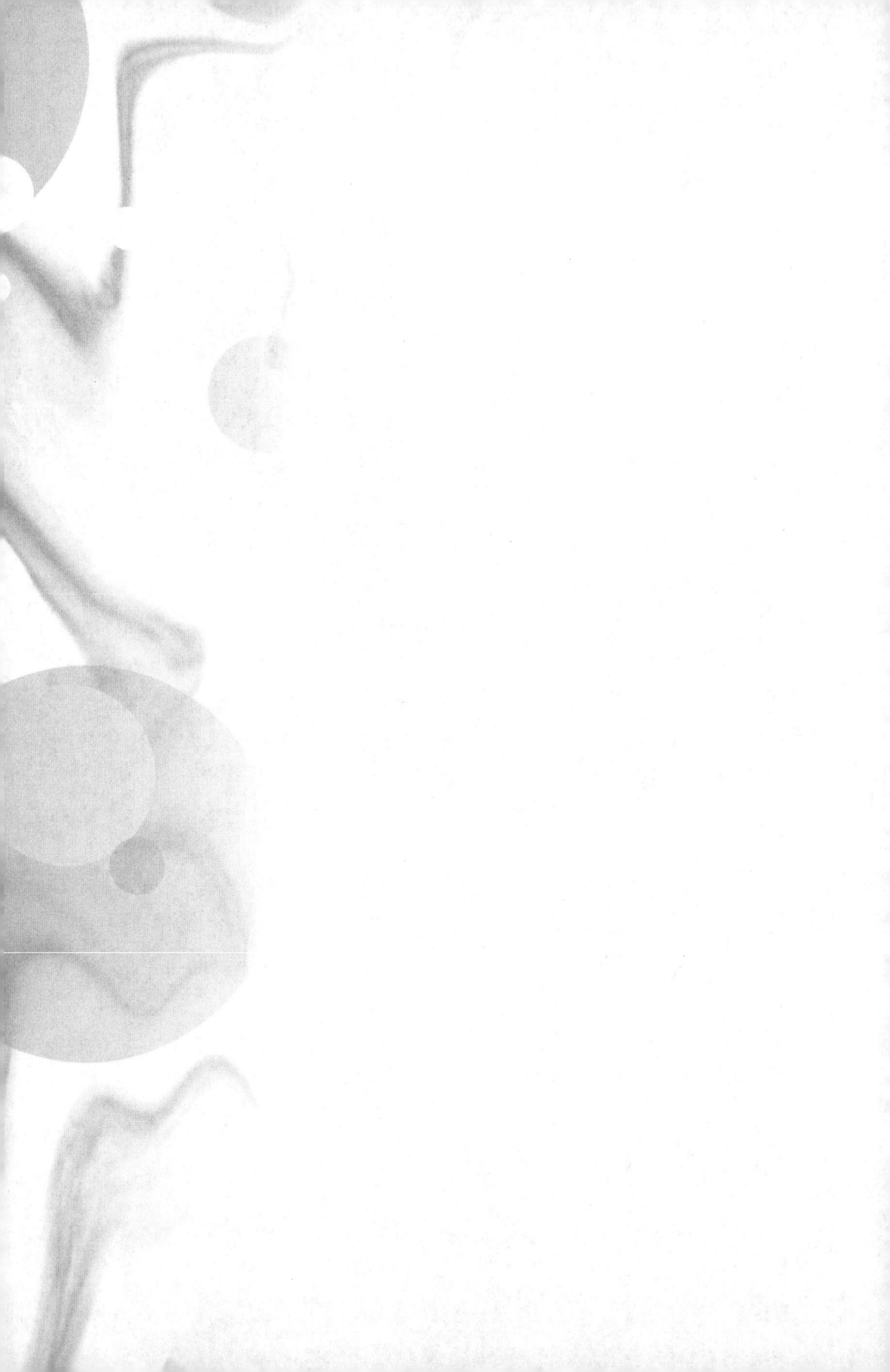

原路返回

新娘子是从矮山来的,她那个地方就好比眼前这座高山的脚背,在山区来说,相当于是个物产丰富居住方便的平原。而现在她站到山的肩膀上来,已经是一处艰险的崖口,媒婆还要她继续往前走一走。

"我不走了。"新娘子流着眼泪说。汗水从她在山下画得齐齐整整的那张脸上淌下来。妆容早就花了,两只眼睛贴了假睫毛,一只哭掉了,一只勉强粘在眼皮上,画的眼线溶于泪水,眼皮周围都是黑的,脏兮兮的。她懒得重新梳妆。

"您再往前走一走就好啦。"媒婆说,"我敢保证您会喜欢那个地方。当初您不是一眼就看中您的新郎官吗?再往前走一走,您肯定也会一眼看中他住的地方。"

"我不会。"

"您相信我的话。"

"你不要再说了。难道我是瞎子看不见这是什么地方吗?你看看这些山,这些石头,这些路。"

"您不要只盯着眼前这些大石头,不要害怕,这些石头长在这里几千年了,早就和泥土一样稳固。而且它们也只是长在我们必须经过的路上,您将来要住的地方比这儿好。再往前走一走就看到了。那个地方叫'高松树',很早以前一个女人带着她的儿子们在那里生活。'高松树'这个地名还是她取的,后来她的儿子们搬走了。您的新郎官搬到那儿居住,不远处还有好几个村子,有一处叫'滴水崖'，有一处叫'毛竹林'，还有刚刚我们在峡谷的河边经过的村子，您完全不用担心将来居住的地方会有多么偏僻。"

"那个最早居住的女人死在那儿了吗？"

"是的。她的儿子们搬走了。"

"你看，那个地方连他们都住不下去！"

"谁说住不下去？您的丈夫不是住在那儿嘛。"

"他还不是我的丈夫。"

"您不能因为眼前崖口上的石头就害怕那个地方。"

新娘子摘掉剩下的一只眼睫毛，捏在手指尖："你说的那个地方就让它见鬼去吧。"

"我已经通知了新郎官，他会到崖口亲自接您。"

"那正好。我当面告诉他。"

新娘子丢掉捏在手尖的假睫毛，擦一把脸上的汗水。

媒婆说了一路，也累了。

新郎官到崖口了。他没想到送亲队伍会集体昏昏欲睡，尤其他的新娘子，露着一张糟糕的脏脸。

他摇醒媒婆，希望得到一个解释。媒婆张着无辜的双眼，嘴里什么话也说不出。不过她伸手指了指新娘子。

新郎官又走到新娘身旁。新娘子半睡半醒，迷迷糊糊，后来精神一振完全清醒过来。她发现新郎官来了。

"我来接亲。"新郎官说。他有点儿害羞。

"正好我有事要跟你谈一谈。"新娘子说道。

"我们先回家。"

"回家？不不不，我的家不在这里。"

"你在出嫁的路上，家当然在前面。翻过这个崖口就到了。"

"那是你家。"

"也是你家。"

"我连那儿的一口水都没喝过，那个地方的泥土一脚都没有踩过，那儿的天什么样子从来没见过。那儿不是我家。"

"只要翻过这个崖口就到了。"

"我为什么要翻过这个崖口？我已经想清楚了，那不是我要去的地方。"

"你已经快走到那个地方了。"

"那又怎样？我还在路上，还没有走到那个地方，跨进那道门槛。"

"我听明白了，你要悔婚。"

"你看这些山，这些石头，这些路。"

"我从小到大都在这条路上走。"

"太荒了。"

"只要有人居住的地方都不叫荒。"

"照你这个说法，有人去到地狱里面，地狱也不荒吗？我说的荒是一种感受。"

"我知道是一种感受。但这儿不是地狱。"

"对我来说是。"

新娘子毫不客气地说出心里话。她的眼睛、嘴巴、鼻子、耳朵都是痛苦的——痛苦的一整张脸。

新郎官第一次见到如此痛苦的人。她还没有走到他居住的地方就如此害怕那个地方。

"它不是地狱。"他说。

"你算一算我要赔你多少钱。"新娘子说。

这是钱的问题吗？不是呀！新郎官的脸也痛苦起来。

"你是一个好人，我看得出来。我也是因为当初觉得你人好，就同意了这门婚事。"新娘子说。

好人？哈哈哈哈！新郎官恨不得笑出声。他痛苦又疑惑的眼睛，望着新娘子满是恳求的眼睛。

"我以为今天是个好日子。"新郎官说。

"出门之前我也是这么想的。"新娘子说。

"你看我全身上下穿得新新的。"新郎官说。

"我也是。"新娘子说。

然后他们就不说话了，什么声音都没有从嘴巴里传出来。不过风声一直从他们那儿传出来。就仿佛他们两个的心里都有一个深深的峡谷，风在峡谷里面左跳右跳，跳得人一阵一阵心慌魄乱。他们并排坐在崖口路旁的风口上，对面是另一座高山，山林遭遇过一场大火，许多树木还穿着它们烧煳的衣裳。风从那里带来一些灰烬的味道。

"你们走了很长的路。天不亮就出门了。"

"是呀。天不亮就出门。你看我的鞋子都要走坏了。我还以为你会雇一匹马来接我。"

"我是故意让你走路来的。"

"为什么？"

"你看到了，这些山，这些石头，这些路，如果新娘子能一直走到这个地方再翻过这个崖口，那她一定是下了决心要跟我走后面的路。"

"她要是不翻过这个崖口呢？"

"到了这个地步我也不瞒你了。在你之前已经有两个女子从这儿原路返回。不过她们和你不一样，她们是在成婚之前想来亲眼看一看我住的地方再下定论。她们又和你一样，都快走到我住的地方，只需要翻过这个崖口就可以看到我住的地方，却不走了。"

"你要是雇一匹马，她们或许就走过去了。"

"不能。马不能代替人的双脚。马有马的路，人有人的路。"

"你请了很多人参加婚礼吗？"

"不。一个也没有。"

"噢？"

"如果有人真正愿意翻过崖口，我和她的婚礼才会真正开始。"

"你倒是个很有意思的人。你跟我在山下见过的那些高山的人不一样。"

"是吧，哈哈……你这些送亲的队伍脚力好像都不行。"

"是。他们都睡着了。他们都是矮山来的，从没有走过这么陡的路，又远又难走。"

"这会儿天要黑了。"

"是呀，我看到了。"

"路要变成黑色的。我是说，已经好几个晚上没有月亮。有月亮也躲在云层后面照不清路。天黑下来空气也会变冷。"

"你想让我留下来。"

"是这个意思。"

"对面山上的树子烧光了，什么时候烧的？"

"去年。一个老头故意点燃的。"

"为什么?"

"他跟官家说,烧光了好找鸡枞。市面上一种卖得还不错的野生菌。"

"噢。哈哈。"

"我也觉得好笑。哈哈。"

"要是我们不扯上这桩婚事的话,会成为朋友。"

"你要是往回走的话,还得重新走到那片烧过的山路上。"

"我知道,被烧过的路不好走,来的时候一只鞋子踩黑了,我们在河沟里洗了又洗。但如果我翻过这个崖口,以后就要经常走那条烧过的路。你去山下必须通过那片山坡是不是?"

"是。"

新郎官想起新娘子老家的路,那些路没有一条是艰险陡峭,路上早就没有马儿行走,换成了正在时兴的自行车。他相信很快就有别的更时兴的东西在矮山流行,在那儿生活的人日子将会一天比一天好过。想起第一次和新娘子见面。那时她的脸不像现在这么脏,一张年轻好看的脸庞,未曾见过世事艰险的脸庞,生活在矮山却从未到过高山的脸庞。他相信自己也是好看的,要不然她怎会吃完饭就带他去集市看花灯。

那是矮山才有的花灯,像古人留下的遗产,一盏一盏点亮了挂在树上。不,是他的心被点燃了挂在树上。八月正好中秋,他那天感到非常幸福,并觉得今后也会幸福。他只见了一面的姑娘不讨厌他,不因为他来自高山而怀有半点儿嫌弃之心。他对她有了感激之情,只能是感激之情。正在和她谈婚论嫁却还没有到达爱上她的地步。他来自高山,有些羞涩,对于男女之情,他从未体会过。他所生活的高山上,几乎所有的男人和女人都很少谈恋爱。他们读书读得差不多就回家,适婚年龄一到就请人说媒,说好了见上一面,然后他们结婚,他们生孩子,他们过日子。极少数的人才会想象爱情,那是不切实际的,老人们会说那是浪费时间和精力,反正终归是一个女人,谈不谈爱情有什么关系? 只有固执的人才会一直等待爱情像春雨降落在他的头顶,等待春雨过后,脚下是一片青青草原,他们想象着爱情,费力地学情歌,去唱给那些羞红了脸的姑娘听,唱着唱着就离开了村子。他们大概都认定自己出生的高山不会滋生爱情,他们要去别的高山或者矮山唱情歌。

那天晚上花灯像是要照亮他今后整个人生,把他这个长期居住在高寒地带的青年男人暖和起来。像古人一样,他很快会将灯下属于他的姑娘娶回家。他眼巴巴看着她,看得她低下头去,看得她脱口而出:"憨了你?"他顿时感到这就是爱情的开始。

直到来崖口之前,新郎官心里那盏灯还亮堂堂的。

新娘子站起身,从崖口的风尖上站了起来。

"我要回去了。"她说。

"噢。"新郎官说。

"您不能回去呀。"媒婆说,她清醒过来,"这是不吉利的。哪有出嫁的新娘子半路返回的道理? 再往前走一走吧姑娘,您不能任性妄为。您这么回去了以后家人的脸该往哪里放,以后谁还有胆子给您说亲? 看在我们送了您这么长的路,您就……"

"……我就不往前走啦!"新娘子抢了媒婆的话,给媒婆深深鞠了一躬,说道,"我是诚心诚意给你道歉。前面的路我就不走了。我要回家。"

"不。您不能这么做。"

"假如我是你的女儿,你会逼迫我走不愿意走的路吗?"

媒婆看了看新郎官,她想知道新郎官有没有什么好办法,反正她是没有办法了。

"喝杯喜酒再走。夜路风凉。"新郎官对新娘子说。

新娘子让众人就地散伙,不用送她往前走了。媒婆哭丧着脸跟着送亲队伍原路返回。

崖口的路上就剩下新娘子和新郎官。

新郎官眼里的光在一点一点熄灭,在暗下来,因为天色暗下来了。

新娘子眼里的光在一点一点熄灭,在暗下来,因为天色暗下来了。

"今天是个好日子。"新郎官打破沉寂。

"是呀。"新娘子附和道。

然后他们沉默下来,像崖口上方被黑暗死死咬住的石头,沉默下来。

"你还带了酒。"新娘子说。

"媒婆传口信让我来接你的时候,我就知道你不想翻过崖口,你要往回走了。你是第一个穿着婚服来见我的人,要是能翻过这个崖口,你就是一辈子要与我过日子的人。现在你不想往前走了,我也不勉强,我感到有点儿失落但并不吃惊,毕竟你不是第一个要从这儿原路返回的人。喝一杯我们差点儿就能一起敬给别人的喜酒吧?"

"好。"

新郎官知道新娘子的酒量。他们第一次见面,在饭桌上,这个爽快的姑娘喝了至少半斤也没醉。

新娘子接过酒瓶,喝了满满一口。"算是我向你赔罪的。"她说。

新郎官接回酒瓶,喝了满满一口。他什么都没说。

昨天晚上,新郎官和他的朋友喝了二两酒,那是他这辈子最好的朋友。还没有相亲的时候那个朋友警告他说,一定要找一个奶子大屁股也大的,这样的女人可以给他生一窝孩子——如果官家允许他一个劲儿生下去的话,她就可以生一窝。即使官家不允许他生那么多，女人也会生出最漂亮的那个。他知道今天早上新郎官可能会遇到麻烦，从崖口原路返回的女人之前已有两个，所以提前给新郎官出了主意，如果穿上婚服的新娘子要反悔，就把她强行带回家，人一辈子总要干一件让自己想起来都脸热心跳的事。新郎官哈哈大笑。昨天晚上他是高兴的。人生中唯独一次和自己的好友分享喜事。

新娘子显然不是那种奶大屁股也大的人。她的胸口很平，屁股因为太瘦了几乎翘不起来，整个人从脖子那儿一路扁下去。但她好看。她的脸像秋夜山边的月亮，睫毛本身就很长，像柳丝倒映在眼睛的池水中。

天擦黑了。最后一丝阳光在对面的山顶滑下去。空气果然冷了许多，接下来会更冷。来自矮山的新娘子从未体验过的高处的寒冷，将很快降临在她身上。

新郎官垂着脑袋在胡思乱想。

新娘子偷偷观察新郎官，她心里开始害怕。为了求得原谅独自留下来赔罪是愚蠢的。黑暗会掩盖他可能做出的任何坏事。他要是此刻撕开她的衣裳，将她变成一个妇人，谁也不会阻止并同情她半分。

新娘子搂着自己的肩膀退到崖口最里边，黑暗的最深处。这种决定简直是可笑的。谁也不会比新郎官更熟悉黑暗中的崖口。崖口最顶上有三个小洞，最边上那个小洞里面曾经存放过他亲哥哥的骨灰。为了让那时候还活着的母亲不要亲眼见到自己的大儿子已经变成灰，他顶着黑天将哥哥的骨灰塞到小小的石洞。等到母亲悲痛稍微缓解，他才将骨灰从石洞里面取出来，撒到房子后山那片桐子树林。他的亲哥哥是被山路上的石头砸死的。

新郎官在想象。今天这种事情换了别人会成什么样——在崖口将新娘子暴揍一顿，在崖口将新娘子变成自己的女人；在崖口甜言蜜语欺骗新娘子跟他回家；在崖口恶语相向、威逼恐吓……一切皆有可能，但绝无可能跟新娘子喝他们说起来已经板上钉钉的喜酒,然后聊上那么几句,最后散伙。

有星子从天空中冒出来。紧接着,堆积了好几个晚上厚厚的云层逐渐变薄,月亮出来了。黑了好几个晚上的天空亮起来。

新娘子站在崖口路上最里边,像一只被人活捉的小松鼠。

新郎官站在崖口路上最外边,像个要掉进深渊的人。

可是月亮打着它的火把出来了,他们的心情瞬间有了改变。

"路没有像你说的那样变成黑色。我能照着月亮回家。"新娘子说。她心情愉快。

"是啊。你回去的路上亮晶晶的。本来这儿黑了好久的天。两个人分开的路都是亮的,那说明我们应该分开。也许你翻过崖口走到那边,走到我家,天空说不定一直黑下去,月亮不会出来。"新郎官说。他的心情变得舒畅,仿佛看到一大片桐子树开花。

"是我做得不对,但这个崖口我不想走过去了。我习惯在矮山生活。那些路我闭着眼睛就能走。"新娘子说。

"我知道。每个人都会在自己习惯的路上走。"新郎官说。

"今天晚上回家可能被父母狠狠打一顿。但我要回家。"

"放心吧,没有谁会逼迫自己女儿去走她不愿意走的路。"

新郎官伸手到嘴边打了一声响亮的口哨。一匹马跑来了。翻过崖口就是家。口哨完全够马儿听到。他从不拴马。

"你的马?"

"对。它不错吧?"

"是。"

"骑着走吧。它很听话,会稳稳地将你送到山下。"

"我要怎么将它还给你？"

"留着吧，说不定你会骑着它再来找我 —— 哈哈，我开玩笑呢！将它拴在山下岔路的最上边那条路上。那条路上的第一户人家是我的朋友，你就将马儿拴在门口那棵桃树上。明天早上他看到马儿就会亲自给我送回来。那是我这辈子最好的朋友。昨天晚上我们还一起喝了酒。"

新娘子骑马而去。她将重新跨越峡谷的河水，走到对面那片烧焦的山林，通过那条烧毁的山路一直向下走，回到她熟悉的路上。

选自2021年《天涯》第1期

丁东亚

丁东亚，1986年生，祖籍河南，现居武汉。有中短篇小说在《人民文学》《钟山》《当代》《花城》《山花》《天涯》等期刊发表，部分作品被《小说选刊》《小说月报》转载。曾获第七届湖北文学奖等。

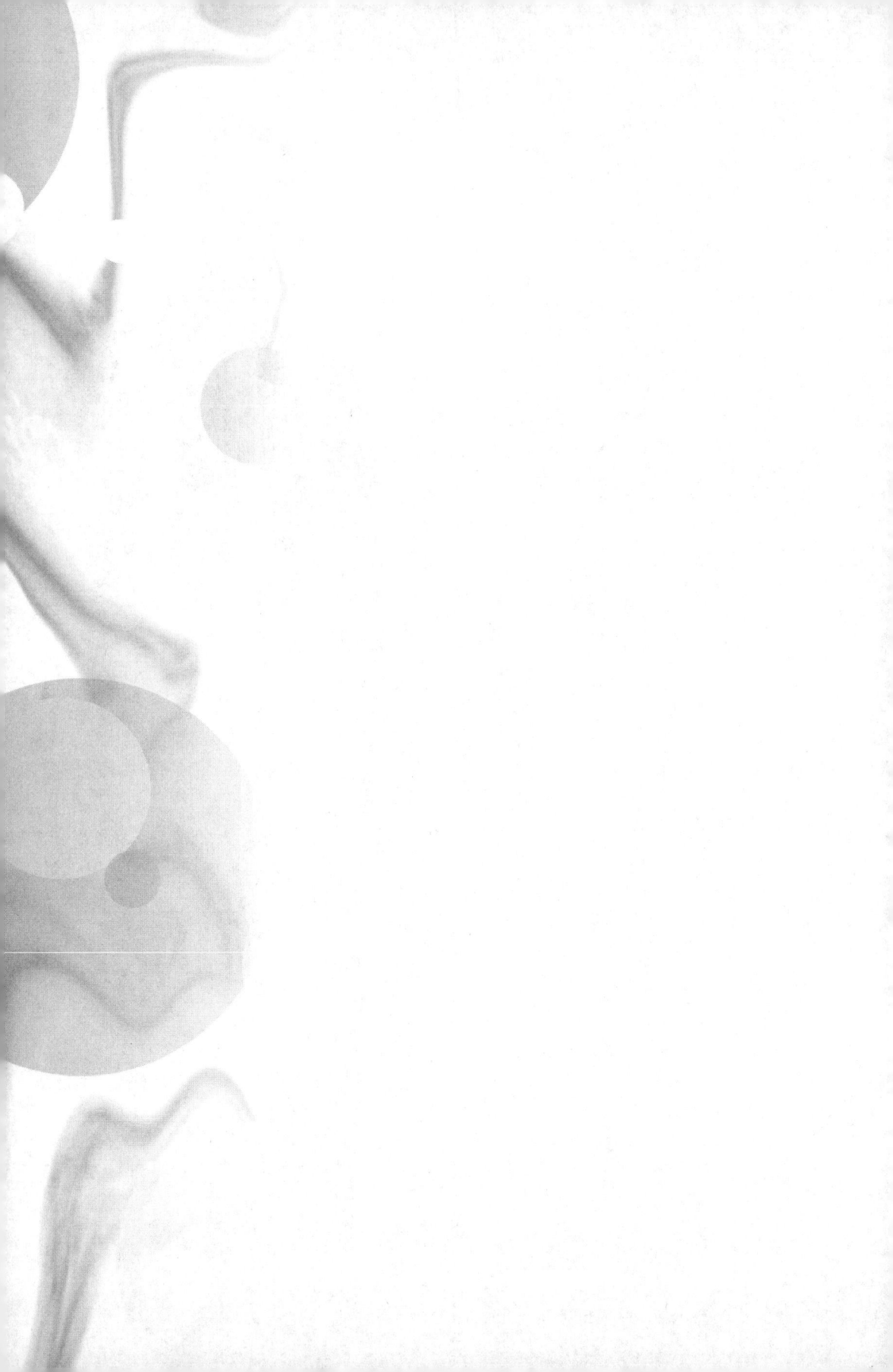

她的云

1

她在清晨的鸟鸣声中醒来。将半旧的窗帘收拢，光亮从半开的窗口涌入。秋雨淅沥，落降在 G 城的街巷、湖面与矮山。雨中摆动的枝叶，划擦着玻璃窗，轻柔的响动，仿若她收养的那只流浪猫在抓咬沙发或柜橱。她盘膝坐定，腰背挺直，闭上眼睛，试图在冥想中与此刻的宁静合二为一，隔壁房间的父亲举起拳头，砸向了冷墙。

这是他起床的信号。但这日项婉莫名产生了抗拒。四年来，为了使之欢心，她几乎用尽了全部气力。仿佛是为了清偿，如今她成为母亲的替身，为父亲洗衣、做饭、洗澡，犹如照看婴儿一般，照拂他的一切日常。周末时候，项婉会推着他上街，或去公园散心。那时，他坐在轮椅上，像个孩子一样，不时东张西望。时而遇到水果摊、甜点店，抑或是玩具屋，他便疯狂地打着手势索要。倘若项婉拒绝，他喉腔即刻会发出一阵嘶哑的干号。之后，项婉不得不停下，用手捂住他的嘴巴，在陌生人敌视的目光里瞬间妥协。项婉没离婚前，父亲一直由保姆看护。但每一个都没能撑过一个月。她在不解中想要一探究竟，她们似乎都羞于启齿。从项婉手中接过工资，拎着包裹拉门走出的那一刻，她们又仿佛约好的一般，会大声骂道：不要脸的老东西！

最后一个保姆离开后，项婉确信父亲一定对她们有所不敬，至于是语言上的挑逗——那时他还没有出现运动性失语——还是肢体上的冒犯，她又无从得知。同时，令项婉疑惑的是，为何苍老和疾病没有夺走他全部的情欲。母亲在世时，私下从未向项婉抱怨过半句，甚至对丈夫中风后的顺从和乖巧甚感欣慰。适逢节日或假期，项婉都会开车过江前来，路上不忘去商场购置礼品，帮母亲采买粮油。中午，他们一家三口围着饭厅的红木餐桌，一起分享丰盛的午餐，笑谈邻家长短，或近期的新闻事件。饭后，父亲在客厅看电视，她和母亲会到小院里的凉亭下说话，或去马路对面的月湖公园走走。更多时候，项婉会住下陪父母一晚。

如今，幸福的光阴一去不返。父亲第二次中风后，项婉的母亲便在一场持久的梦中永远睡去。未及从悲恸中抽离，一个项婉往时相熟的年轻女孩，在初夏的一日傍晚带着牙牙学语的女儿上了门。在此之前，女孩已在她的记忆里变得模糊，犹如某个项婉已记不起名字的同学或邻居。女孩按响门铃，项婉把剪好洗净的葡萄盛放在彩色玻璃盘中，应了一声。

开了门，项婉先是一惊。女孩喊她婉姐，她才猛然想起对方是先前租住在12楼的小温。她们在一次夜跑中结识，有过短暂的交往。

"小温？是你吗？"

"是我。婉姐。"小温佯笑。俯身将女儿抱起。

"这孩子……？"

"是我女儿，婉姐。已经一岁四个月了。"

"哎呀，多漂亮的小姑娘。真是没想到，你都结婚啦？！"

将母子俩迎进屋，项婉端来水果劝让；小温低着头，紧紧抱着孩子。

"是不是遇到什么事了？"她关切道。

"婉姐——"小温抬起脸，泪水倏然落下。

"遇到什么事了，跟婉姐说说，不哭……"

项婉把纸巾递过去，小温顺势将孩子递给了她。

孩子咿咿呀呀，像是要说些什么，不时将小手放在嘴巴里吸吮、轻咬。项婉内心顿时涌现一股无可名状的欢喜。她逗弄着孩子，在她小脸上亲吻了两下，举起又放下，孩子发出一阵清亮的笑声。

"你看她笑得多甜啊，像你呢。"

小温没答。

待项婉仔细端详起孩子，才猛然心生惊恐。孩子的眉眼实在像极了那个与她同床共眠者。

把孩子还给小温，项婉起身走到窗前。尽管她一向活得坦然、洒脱，此刻却有了身处荒原的感觉，四周草木皆兵。

雨水来得格外及时。雨中看不清的车道，让项婉想到野芷湖上通往小渔村的那座浮桥。看得见时，它是连接两岸的路径；看不见时，它就成了一处秘密通道。

"是他的，对吧？"

终于，项婉转过身，选择了直面。

新的一天到来，项婉满怀幸福和感恩。梦中那列载满鲜花的火车，还在虚无的梦境中急速前行。尽管去向不明，弥漫四野的香味，却仿佛依稀可闻。项婉知道，悲伤的记忆犹如晴空的云朵，需要一个巨大的棺木盛放，才可把繁多的画面一一装下，埋入九尺黄土。她必须像一只飞蛾那样，学会在黑暗中飞翔，尽快找到光明。这也是她决定前去赴约的原因。那场在虚拟空间持续了近一年的交往，已让她灵有所慰，甚至引起了她肉体的渴望。尽管她已四十四岁，眼角和额头有了细纹，却依然相信爱情能够温暖她后半生的荒凉。

下了床，从衣柜里找出那件焦糖色长袖针织连衣裙，换下睡衣，项婉拉开房门,步入卫生间。洗漱的时候,父亲隔着门嘶喊了一阵。她假装没有听到。摆放好牙具,清洗了头发,在客厅吹干,她才推开父亲房间的那扇白色木门。

一股腥臊的气味扑面而来。项婉猜到,像此前不久的那晚一样,他又尿在了床上。那只瘦小的黑猫轻声叫唤着走来,用头擦摩项婉的脚踝时,她已怒不可遏。但斥责的话语尚未出口,她父亲首先败下阵来,羞愧地把脸转向了一侧。

"呃(我)咗(做)梦……"他半握着颤动的拳头,企图解释。

"你想说你又做梦了是吧。"项婉抢过话,训教起来,"你想说你以为自己去了卫生间,是尿在了马桶里的是吧?你以为,什么都是你以为。给你穿纸尿裤,你嫌不舒服,睡在尿湿的被褥上你就舒服了?"

"呃,不穿……"

"不穿是吧?不穿你就继续在这床被褥上睡。"

项婉把干净的衣裤扔到父亲面前。话里分毫不带商量的余地。

"不穿……臭(丑)……"

"你还知道丑啊,尿床就不丑了?"

僵持的结果是,项婉再次妥协。只是严厉告诫,这样的事情以后若再发生,她绝不帮他清洗床单,也不再为他晾晒褥子,父亲才在得胜的喜悦中乖乖换上了衣裤。

2

艾姐拎着新鲜的排骨和青菜进门时,项婉正在给父亲喂饭。红枣小米粥,养胃补气,搭配的是清炒土豆丝。楼下早餐店买回来的面窝油腻,她只允许父亲吃一个解馋。

丁东亚 | 她的云

简单打过招呼，艾姐将肉和菜放进冰箱，却没像平日一样离开。

电视是开着的。播放的是电视剧《大江大河》。作为项婉自救的武器之一，似乎只要电视开着，她就不会被轻易打扰。

艾姐在客厅沙发一头坐下，盯着屏幕上闪变的画面，双手不时交替擦摩。项婉把喂粥的瓷勺放下，侧身看了她一眼。对于这个被请来做饭的乡下女人，她一直颇有好感。除了每天的分内工作，每个周五下午，她都会提前两个小时前来，将所有房间的地板和玻璃窗擦洗一遍。等项婉下班回来，她已烧好饭菜。甚至不止一次，项婉在进门时心生错觉，误以为母亲尚在人间。然而，有了以往的教训，与家政公司签订合同时，项婉还是附加了一条条款，即被聘人在规定的职责范围内，不得与她父亲有任何亲近行为。甚至与艾姐单独约谈时，她亦当面重申了这一条款，强调说，即使他大小便拉在裤子里，也不许帮忙为之更换。

"这样子不好吧……"艾姐欲言又止。

"我知道你想说什么。"项婉打断她，说，"你是想说这样对待一个老人很残忍对吧？其实我是为你好，或者说是为我们俩好。有些事情你不了解。我不想平添没必要的麻烦。"顿了顿，她又更为直白地说道，"惹麻烦的不是你，是我爸。"

项婉记得，艾姐第一天到来，就像此刻一样，进了门，在沙发上坐下，一声不响。

用纸巾将父亲下巴上的粥渍擦掉，她离开餐桌，来到艾姐面前。

"艾姐，有事吗？"离婚后，项婉变得越发干练和果决。柔情的一面，如今她只愿留给自己。

"也没啥事……"

"是该加工资了。"项婉想了下，猜到这是唯一的可能。何况涨工资的条件是她提出的，每干满一年，她就给艾姐每月加两百块薪酬，"我刚算了下日子，的确已经过了两周,是我给忘了。"

"不是,不是工资的事。"艾姐看了她一眼,即刻否定,"是我男人他瘫了。儿子和女儿让我回去……"

项婉愣怔了一下。想到疾病不会在谁准备好的时候才如约而至,她只得同意。

工资结清,她又多给了艾姐一千块,算是对其额外的奖赏。

同一家家政公司的电话,项婉打了三次,才有人接听。前台告诉她,新到的家政人员还在培训,一周后才能上岗。想到学年伊始,要请一周长假,年级组长那张猥琐的马脸瞬时浮现在项婉眼前。

事实上,从进入那所私立学校伊始,他就盯上了她。无人时候,他会突然出现在项婉身后,借玩笑的方式将她抱住。言语的暗示和撩拨,更为露骨。然而,项婉并不害怕,忍让是为了等待时机,将他的这一恶劣行径公之于众。那次新年教师联欢会上,他挨着项婉坐,不时附耳向她透露即将上演的节目内容。项婉抱着臂膀,未做任何回应。表演小品的三位老师穿着民国服饰上了场,灯光变暗,音乐声起,他冰冷的左手落在了项婉的臀部。

"你到底想怎样?!"项婉起身,高声吼叫道,"想摸回家摸你妈去!"抬手给了年级组长一个响亮的耳光。众人的目光随之聚来。联欢会在她走后,草草结束。晚宴上,项婉成为大家谈论的焦点。甚至此后漫长的一段时日,男教师们聚在一起,还在探讨她究竟被摸与否。

新学期第一天,他们被校长同时请到了四楼那间宽大敞亮的办公室。进了门,项婉径直走到窗前,背对着他们。天空阴沉,冷风吹彻。对面老宅屋顶和楼下车棚上的积雪,白得让人寒意陡生。进门前项婉已想好,若校方对年级组长过于偏袒,她就离职。意外的是,校长首先向她发难,质问她为何应聘时没有如实说明被辞退的事实。

丁东亚 | 她的云

惊慌是必然的。项婉转身看着校长。但年级组长嘴角的笑意告知她，解释多余而无力。

"是。我承认，那次是我失控了。"项婉回应道，"但我不想因为一次错误，就断送掉我热爱的职业。"

她本想以此表明自己对教育事业的热忱，却不想也为年级组长找到了被免除惩戒的理由。

"你看，人无完人，对吧？谁还能不犯错呢。"说完，校长从桌上的烟盒里抽出一支烟，轻松点上，"你们回去吧，这事以后谁也不许再提。"

那无疑是项婉人生和事业上的一个污点。殴打学生事件，使她一度成为学校和小区的热点人物。从派出所回来那晚，明月高悬，天空明净。她从车子里出来，一眼就看到了楼栋栏杆上的白布黑字条幅：恶师无故殴打学生，天理不容！

丈夫把车停好，来到项婉身边，她走上前，用力将横幅扯去。作为老师，事实上项婉一向口碑优良，从未对学生有过训斥或责罚。她清楚，适当的手段与管教能够有助维护课堂秩序和提升教学质量，像他们的父母一样心软，只会致使放纵，但无疑有违她一贯秉持的来自蒙田的教育理念。所以在教学中，她努力激发孩子们的求知欲和热情，认定知识的积累固然重要，但把学生培养成只懂驮书本的驴子，是一件失败之事。对于新教授的知识，她亦希望学生能够举一反三，融会贯通，并一遍遍告诉他们：吞进的是肉吐出的还是肉，说明你是生吞活剥，消化不良。课堂上，她一如生活中一样，笑颜相对，语调迷人，深受学生们的喜欢和爱戴。

"你为什么要打她？"做笔录的警察问了三遍，项婉才将思绪从游移中收回。

倘若不是学校医护室的医生早已下班，她会第一时间将那个被同学殴打的学生送去那里。项婉提出陪他去医院，男孩强烈拒绝，她才将之带回家，为他受伤的耳朵和眼角做了简单处理。若是之后项婉让他回了学校，抑或留他在家过夜时丈夫没有出差未归，也许此后就不会生发流言，更不会让那个为捍卫其青涩爱情的小女生萌生怨念，在课堂上当面质问她是不是睡了学生，以致有了眼下难以收场的僵局。

"他是不是在你家过了夜？还洗了澡？"

"是。"项婉不否认事实。甚至男孩进浴室洗澡前，她还找了件丈夫的浴袍给他。

"那你们到底有没有……"

"没有！"项婉高声说道，"他是我的学生，我怎么可能……真是无耻！"

"不许骂人！问清情况是我们的职责。"

讯问没再继续。做笔录的警察让项婉确认了记录。签了字，她被关进了隔壁的一间空房里。

坏情绪的危险，是它会将错误放大，就像在浓雾之中探看物体。那一刻，她们无疑都失去了心智。只是项婉更无法自控而已。仿佛那时她必须将痛苦以抽打的方式释放，才能让对方明白这一侮辱对她造成了何其深重的伤害。

3

楼上的钢琴响起时，雨水歇了。曼妙的音符为秋风披上了一层薄纱。素云坐在钢琴前，细长的手指在琴键上起起落落。项婉和她相识在珞狮巷一间灯光昏暗的酒吧：一个孤独者夜晚慢熬时光的好去处。那晚素云走进来，在吧台的高凳上挨着她坐下，要了一杯 Grasshopper（绿色蚱蜢），她们的目光此后有了第一次

丁东亚 | 她的云

交集。那时项婉刚从与丈夫共居的房子里搬出,回到那栋红墙外体的陈旧老楼。阅读和夜跑的习惯,暂时被夜饮代替。晚上为父亲洗完澡,将他抱上床,为之盖上松软的薄毯,空调调至睡眠模式,关了灯,她就出门,去不同的酒吧或小店独酌。但项婉从不烂醉,放纵仅止于微醺。酒吧里前来搭讪的男人,攀谈中她亦从不表现出一丝暧昧。肉体的狂欢,在与丈夫彻底分开那晚,仿佛已被她耗尽。

从派出所回去那晚,在卧室换上宽松睡裙,项婉决定跟丈夫友好地谈一次。她清楚,那无疑是他目前最为期待之事。了断,对他意味着可以迅疾组建新家庭,与第三者一同光明正大地抚养女儿,再不用小心提防;她也不用继续跟眼前这个背叛他们婚前誓约的男人朝夕共度和冷战。隔着客厅的条几,项婉抱着靠枕蜷缩在沙发里。他席地而坐。初夏的凉风从窗口灌入。灯光明亮无声。

他们默数着淋浴喷头滴落的水滴声,等待着对方开口。淋浴喷头坏掉已有半月,他们谁也没想起去更换一个。

"你不该打她。"是丈夫先一步打破了沉默,"这样你会失去工作的。"

"这不是重点。工作没了可以再找。"

"是我对不起你。"

清泪从她眼眶滚下。

"现在我也不知道该怎么收场……"

"再简单不过。我走,你们好好过。"项婉揩去泪水,断然说道。

那个清寂空荡的夜晚,他们后来是在客厅的灰蓝色地毯上度过的。她紧紧地抱着他,一刻也不想分开。等他第三次将手探向她的睡裙底部,项婉没再抗拒。她确信,这会是他们的最后一夜。她不想再见。也不愿再见。却比以往任何时候都更为放肆和放荡,想要让他记住,与一个怀着恨意的女人做爱,会是如何的铭心刻骨。就像她在他左臂留下的那枚血红齿印。

"我见过你。"素云忽然搭话,看着她,"我们住在同一栋楼里。"

项婉有些惊喜。同时又不太确信。

"你妈妈走的时候,我和我妈去过你家。"

她依然没能记起。

"我叫素云。住402。你叫项婉对吧?"

让项婉奇怪的是,这个同一栋楼里住了二十多年,上过同一所小学、中学的眼前人,她竟没有任何印象和记忆。

眼下,她们已成为朋友。周末无事,项婉会像那些前去学习钢琴和舞蹈的孩子一样,按响402的门铃。素云会把自己新写的歌曲唱给她听,或为她弹上一段钢琴曲。新近读到的书籍,往往是打开话匣的引线。素云推崇伍尔夫,甚至精神气质也与之相像:一面澄明,一面黑暗;一面是创造,一面是毁灭。两极分明。不像项婉,冰冷的外壳是为与外界刻意疏离,心藏无尽的温情与柔软。夜晚是她们另一种共同的热爱,素云是云游,项婉是奔跑。仿佛只有自然回到初态的夜晚,才能为她们带来片刻的静谧与甜蜜,宛若是回到了母体。只要有可能,项婉每晚十点会准时出门,穿着轻便跑鞋与合身的运动服,沿着公园湖边那条水泥跑道慢跑一小时。

那时她只需关注自己的呼吸。夜晚的谜面,无须猜度。呼吸变得越发急促,她感到了从未有过的松弛和愉快。

这天前来,项婉是想告诉素云,她决定去见那个素未谋面的男人。见面地点,定在春风路上的芦溪菜馆,时间是六点一刻。尽管她一向饮食清淡,偏爱素菜,也在微信上对之坦言,但对方还是坚持去吃那里的黑山羊肉和旺阁风味鹅。离开故乡多年,他口味的固守,让她误以为是其念旧的象征。

丁东亚 | 她的云

房门打开，项婉还是进了屋，像往时一样，脱了鞋子，在墙根摆放的坐垫上抱膝而坐。像素云一样，初见安娜和舒娜那对姊妹花，她心里就生发了爱意。她们聪明乖巧、嘴甜，实在惹人心疼。

此时，项婉专注地看着她们，犹如在看着彼时的自己与学生。她站在讲台上，面对着几十名求知若渴、目光清澈的少年与少女。他们凝神听讲，眼睛不时眨动，让她倍感欣慰。只是如今她已不再是他们的良师益友，课堂亦变得严肃呆板。

小舒娜进步飞快，贝多芬的那首《致爱丽丝》，她已弹得熟练。等她弹完，素云上前，将小舒娜从椅子上抱下，开心地轻吻了一下她的前额。素云也有一个一起长大的妹妹，但为情所困，如今已是普度寺最年轻的比丘尼。

事实上，项婉也有过一段鲜为人知的姐妹时光。十二岁那年暑假，父亲去外地参与一处明朝古墓的挖掘工作，外婆生病住院，她被姨妈接去了乡下。十四岁的表姐将她迎进门，成为她同睡一室的临时玩伴。清晨，她们沿着十里江堤奔跑、嬉闹，江面生起的凉风轻抚着她们的脸颊。从弯曲的河道处返回，她们坐在江边看采沙船采沙，先前逆着水面追逐她们影子的阳光，照晒在她们和采沙人的脊背，部分热量为江滩与流水吸入。姨爹立在江滩上撒网捕鱼，她们就提着木桶，尾随收获；他在芦苇丛深处布下陷阱，猎捕雉鸡，她们便在一丈外隐蔽起来，静静蹲守。雉鸡的棕黄色翅羽和横斑尾羽毛，她们对镜插在发辫里，装扮成野人，在房间或后院玩野人追杀游戏，不时发出沙哑的吼叫。傍晚时分，她们躺在门前的青石板上，看一阵远天之上的游云，表姐便教她背唐诗，她教对方从父亲那里学来的语意不明的古时童谣：

狸狸斑斑，跳过南山，
南山北斗，猎回界口，

界口北面，二十弓箭。

母亲前来接她回城那天，姨妈的召唤声从厨房传出，表姐竟没有应答。她起身，看着侧面和黑发上洒落着余晖的表姐，觉得她像一个天使，是那么的圣洁和安宁。

"姐姐，姨妈喊我们呢。"

"嗯。"

表姐坐起，托着下巴，呆呆地盯着脚边探寻回家路径的蚂蚁。

她学着表姐，也托起下巴，表姐看着她，忽然笑了。

"小婉是个小美人呢。"

"比姐姐还好看吗？"

"可不是。"

"姐姐不开心吗？"

"没有呢。"

"姐姐骗人。"

"没骗人。姐姐就是心里乱。"

"姐姐是有了喜欢的人吗？"

"才没有……"

表姐脸一下红了。

项婉希望安娜和舒娜以后有了喜欢的人，也像她表姐一样，不失纯真的羞涩。

4

出门赴约前，项婉把淋浴室的门反锁，冲洗了很久。热水从她脖颈和肩上流

丁东亚 | 她的云

过，让她心情舒畅。疲累的时候，她会冲洗得更久。甚至有几次，她握着淋浴喷头，忽然哭出了声。后来躺在床上，她思考自己为何哭泣，却没有找到一个可以说服自己的理由。像她小时候学骑自行车一样，明明摔倒没有伤到，看着父亲向她跑来，眼泪还是会止不住溢出。

我们来到这个世界，首先学会的就是哭。素云告诉她，和吸吮妈妈的乳头一样，那是一种本能。

雾气在窗外黑夜里弥漫的一个冬日夜晚，她们并肩躺在素云的那张松软的大床上说话。素云讲述妹妹令人心碎的爱情，项婉心里会一阵阵难过；素云诉说年轻时候爱过的不同男人，她羡慕中时而会春心萌动，渴望他们也曾是自己人生的过客。素云曾是歌手，去过许多她仅知道名字的城市，而项婉坚守着一座城，只与一个男人有过肌肤之亲。事实上丈夫以同学的身份约她去坐云霄飞车前，项婉的确跟一个给她写了十七封情书的男生去看过一场电影。他们坐在十一排中间位置，电影恐怖的画面映现，男生竟忽然尖叫一声，抓住了她的手。从电影城出来，她就没再私下与之见面。她不相信胆小或怯懦的男子能给她带来安全。那似乎也是丈夫为何深深吸引她的缘故。他胆大而心细，幽默中又不乏趣意与引逗。只是如今他已属于另一个女人。他们活泼聪明的女儿会一遍遍叫他爸爸，缠着他去游乐场，听他为之读讲睡前故事，等女儿睡了……每每至此，项婉便不再多想，曾属于他们的激情，一如醒来被遗忘的梦境，已随风而逝。

素云说她爱过一个浪漫的诗人，他生性多情，与她做了爱，便从被窝里爬起来，开了灯，在酒店或家里的书桌前奋笔疾书，把新写的诗读给她听。素云告诉她，天才和疯子都是上帝的弃儿，只有诗人倍受宠爱，但又会在盛名与绝望中孤独一生。

"为什么呢？"她问。

"因为他需要不断更换爱人，假装每一个都是他的缪斯与归宿。"

"他们，你最爱的是哪个？"

素云从抽屉里拿出一本深蓝色封面的小说集递给她。项婉打开，目录前一页上印着：

献给云
除了天空，她无处不在。

她是谁的云呢？去往春风路的途中，项婉撑着伞，踏着雨中湿漉漉的落叶，不断想到小说集上的献词。

母亲曾是父亲的云，素云是小说家K的云，父母是安娜和舒娜的云，她呢？

云是雨做的。项婉想，此刻她属于自己。

餐馆一楼靠窗的位置，已被先到的食客占据。最后那桌，是一家三口。女孩抱着臂膀，背对着父母，像是在跟他们赌气。项婉选了一张双人桌坐下。女服务员拿着菜单向她走来时，她忽然有了劝慰的冲动，想要像更早以前对怀有困惑的学生所做的那样，在女孩身旁坐下，告诉她，每一个留伴在父母身边的孩子，都会对父母失望又依恋，他们无私的爱里，总含有几分不可名状的控制。

点餐前，女服务员为她倒了一杯大麦茶。得知她在等人，又转身离开。

雨点越发密集起来。后院小花园错落摆放的盆栽花木，绿意诱人，让她想到它们有力的根部和柔软却坚不可摧的种子。之后，她的目光落在了遮阳伞下隔桌对坐的两个抽烟的姑娘身上。从她们口中吐出的蓝色的烟雾，在雨中的灯光里飘散、坠下。头发下半烫有小卷的姑娘，下巴尖尖，神色倦懒，每一次将烟灰抖落在烟灰缸里，都会轻叹一声。

不知为何，她一时竟莫名欢喜起来。犹如卡在喉间的鱼刺被医生用镊子取出后一般轻松愉快。事实上，那并非无端的欢喜，因为她早已知道，那个她在白纸上虚构的男人并不会到来。此后，她会大方地点上一桌丰盛的菜肴，继续等上一个时辰。等到饭菜彻底变冷，她起身，像从前一样，喊来服务员，将一筷未动的饭菜打包带回。

江岸酒店的房间，她提前一周已经订好。雨夜的长江，深远辽阔。步入房间那一刻，她会暂时把俗世的一切烦恼抛却，把素云送她的那瓶葡萄酒打开，窝在沙发上一杯杯喝下。电视无声开着。她浑身赤裸。抱着头哭一阵，喝完一杯，斟满，她又笑一阵。醉了，她便爬上床睡觉。

翌日一早，她会在轮渡的汽笛声中苏醒，在父亲醒来前赶回，继续做他孝顺的女儿。接下来的一周，她会把他照顾得无微不至，在心生厌恶前，一次次拥抱他，为他买下所有她能够支付起的物品。她会清洗地板、厨房、玻璃窗，让新到来的保姆看到一个被打扫得亮亮堂堂的家。倘若素云问起约会之事，她会忻悦笑答，如实相告：什么也没发生，但该发生的，他们都没有错过。一如欧几里得《几何原本》里的一个定义：面之端是线。以此推理，他们无疑是两条永不相交的平行线，又在面里融为一体。

选自2021年《当代》第6期

三 白

三白，原名钟藁，1997年生于四川，长于北京，北京师范大学法学院毕业，现于德国弗莱堡大学攻读硕士研究生。小说曾发表于《青年作家》。

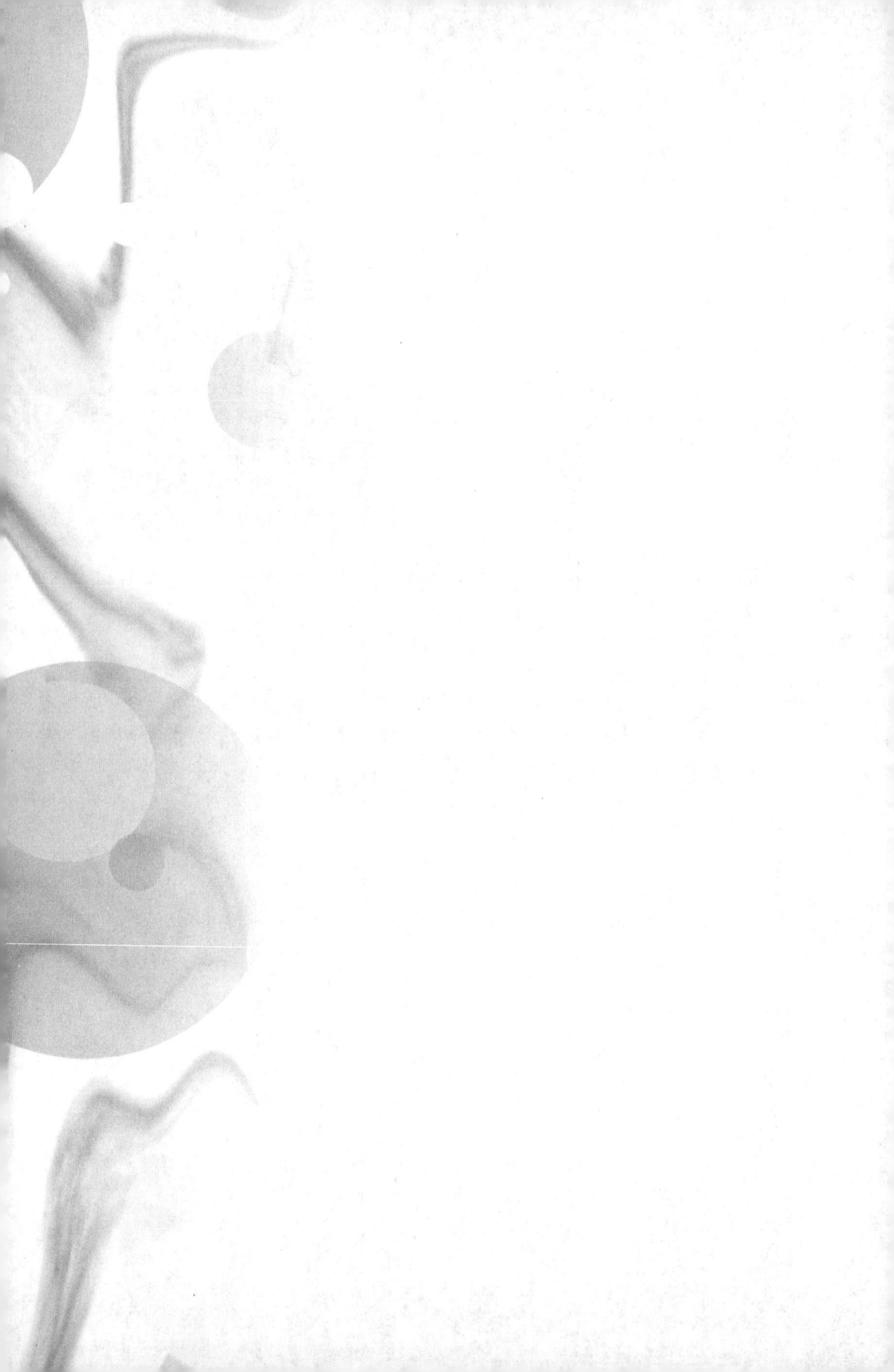

远　行

　　他捂着肚子走到一边，靠上象牙白的梁柱，大口地吸着气，朝人群中的妻子勉强地笑了笑。她站得老远，隔了若干导购和顾客，只有半张脸和那顶系着白色蝴蝶结的花边太阳帽露了出来。她的手里高举着一个信封大小的黑色手提包，向他使劲挥了挥，金色的链条来回荡着。她的嘴角和眼角上扬的弧度都漫溢着光彩——那个熟悉的、腼腆而狡黠的、欲望的笑容。他只能点头，而她像是早有准备，转眼向导购要了小票。导购个子不高，看上去像个亚裔，多半操着港台江浙口音说普通话，专长笼络中国游客。妻子开了票，消失在收银台前蜿蜒的队伍中。

　　一滴冰凉的汗珠顺着他的脊梁骨滑下。他最近常常感到胃部不适。妻子说是工作压力大了，建议他趁早休了年假，养一养身体。他一请就请了三个星期。他想给妻子一个惊喜，证明他没在忙碌中忘了要陪她旅行的诺言。

"三周？"

"三周。"

"会不会太长了……"

"好不容易能去了，你又嫌长。"

妻子咧开嘴，嘿嘿地傻笑。她旋即又说：

"去哪儿？"

"你想去哪儿？"

她沉思不到两秒——

"欧洲。"

"我就知道。"

他按他的设想粗略地制订了一个行程计划。妻子没什么意见，只要求第一站是巴黎。她说那是她小时候的梦，光听那些名字就知道是个玫瑰色的梦，埃菲尔铁塔、香榭丽舍、枫丹白露、白金汉宫……

"白金汉宫是英国的。"

"哦对。是那个，那个……"

"凡尔赛。"

"对！就是凡尔赛！实在太美了。"

他看得出妻子很兴奋。她在飞机上把帽子放在指尖转来转去。她出门前差点忘了戴这顶帽子，走到小区门口才感到头上空空的，又屁颠屁颠跑回去，在他第十一次看手表时她终于再次出现在了视野范围内，那顶帽子晃得和她疾走的屁股一样蠢笨。他问她干吗非要戴上帽子，她说只有戴了这顶帽子才配得上巴黎的盛世美景。这一来他就无话可说了。每次和她远行前，他看着她慢悠悠、轻飘飘地向前挪步的样子，就好像这十余年来坚如磐石的小康日子又拴住了他前去流亡的步伐，叫他无路可逃，此时他愉快的心情都会凝成一朵乌云的绝望感，在每一个小插曲之后都压得更低，在衣服没穿对时、空调没关时、口红涂坏了时，到最后他觉得他们永远走不了了。他知道这不能完全赖妻子，但只要有她在，那片乌云就会绵延、会翻滚，落下来，然后噼里啪啦。

不过，真正的大雨来去都迅猛。等他们顺利赶上飞机，舒舒服服地把靠背都降下五厘米——刚好降到后座的人腿脚不便又不致声张的程度——他的好心情又回来了。他扭头看看妻子，她随机播着个剧情片，每过十几分钟就切换一次界

三白 | 远行

面看看航线，再翻开窗户上的挡板，把脸贴着玻璃，像是要透过雪白、棉被似的云层，看到一个淌着金色流光的童话城。

妻子的家庭条件比他好，却没去过什么地方。他刚到美国读研就认识了她，那时候完全看不出她是个在当地混了两年的本科生，走哪儿都要捏着别人的衣角，拐个弯就不知道怎么找回家了。问她都玩过哪些地方，她只说跟同学去过一趟加州、一趟亚特兰大，剩下的时间不是在第七大道的购物商场，就是在纽约那间与同学合租的公寓里看肥皂剧消磨过去。而他呢？他在第一个圣诞假期就自驾游完了整个西部，上学的时候不是忙社团就是泡图书馆，偶尔有人在酒吧里看见过他，远离人群，摇着杯金汤力，一杯嵌着青色柠檬的王子的忧郁，就连金发碧眼们也禁不住抛来几个未曾得到回应的暗示。啊不过，那是个绿油油的、芬芳馥郁的年纪，像他这个岁数的人怎能老去回想这些莫须有的名堂！不过他是怎么想到这里的？哦对！他的妻子。妻子不爱出门，和他恋爱以后才被逗得活泼了些，拉着他到曼哈顿的每个街角都打过卡，像是例行公事，完成了就赶紧忘记，赶紧想下一个，多年以后回想起来，总还算完成了壮举，虽然不同的风景人物都在脑子里串了位，对旁人说起来照样是巨大的幸福和浪漫。

后来她就又不爱出去了。他为了让恋情稳定，经常去她的公寓搞搞烛光晚餐。他自觉氛围营造得不错，档次也提得够高，而她坐在对面，话不多，抱着一只等身比例的泰迪熊，眼皮喜欢乖巧地下垂。她总体上还是热情洋溢，和留学的女孩一样，懂得什么时候该笑，什么时候该夸张地赞美，这在当时已经足够满足他焦躁的虚荣心了，不过现在想想，他越发觉得这个场景差了点什么东西。

这是一种极其微妙的违和感，一种尴尬的静默，像把两个不同照片上的人抠下来 P 进同一个背景上，一个看着地板发笑，一个对着空气讲话，无论你怎么调光调色，怎么柔和棱角，还是盖不住修改的痕迹。他们俩的人生轨迹按理说是完全平行的，如果没有那次极为偶然的凑巧，两人肯定是永远不会相识了。

当然这只是他的想象。所有爱情都能拿来做这种想象。从他第一次犯胃病开始，他就常常把闲下来的时间全部用来做这些没用的模拟。他不明白，他从前是个只会向前看的人。他现在才三十四岁，坐拥帝都，小有成就，连这种三个星期的假，公司也心甘情愿让他带着薪休。过不了几年他就登高望远了。他不懂为什么偏偏是现在，他的心中产生了隐约的怀疑，好像前方不知什么时候罩上了灰色。

他最终断定自己需要的是暂时换个环境。他工作后倒是随出差见识了不少城市。头些年这些机会还让他血脉偾张但他很快坐够了这种观光车，厌倦了。结婚两年后，连市郊都懒得去的妻子突然说，想去旅行，和他一起，要去个远的地方。他猜她又是在微博上看了篇题为《诗和远方》的游记，或者更艺术点，刚刚读过三毛，心怀自由，也想去个鸟不拉屎的景点，拍几张红巾飞扬的照片，证明她的品位比"财"貌更出众。于是他没真当回事，只在一个炎热的五一节抽空带她去了趟丽江。她回来后，很少再提旅行的事了。

其实，这次明明是他想出游的，说为了妻子是交往策略。不过，当他看着妻子的屁股在安全带下蹭来蹭去，上面的小脑袋时不时给他丢来一个涂了香奈儿154（去年他送她的圣诞礼物）、晶莹柔软的笑容——他怀疑这一切首先是妻子的愿望。他忍不住笑着抬手要摸摸她的头，摸到一把略扎手的毛糙料子时，把手又缩了回来。

他们计划在巴黎待七天。他把他最想去的圣托里尼放在了最后，中间留出十来天通游一遍欧洲的主要城市。他们抵达巴黎的第一天他就知道妻子失望了。巴士从戴高乐机场出发时是傍晚，沿途一排排黄的、白的郊区小洋房在隔着云层的余晖下泛着灰色，和蹿出花园围墙的杂草错综地靠在一起，像是一个庞大怪物的排泄物，或剧院散场后的塑料袋和空水瓶子。很多街道上的确有塑料袋和

三 白 | 远 行

空水瓶子。

妻子正盯着窗外发呆。他拍拍她，问她想什么呢。

"我怎么觉得巴黎跟北京还有点儿像呢。"

他哈哈大笑，说别急，等着瞧吧。可惜等车开到了市中心，天已经完全黑了下来，只能靠着四面流窜的灯火来装点这个国际城市的门面。他刚想给妻子指指远处埃菲尔铁塔塔尖的轮廓，发现妻子已经仰着面、张着嘴打起了盹儿。

他们住的酒店距离协和广场、香榭丽舍大道也就隔着一条马路。前四天，他陪她去了圣母院、卢浮宫、凡尔赛宫、枫丹白露宫，上了回铁塔，坐了回游船。遗憾的是，他们着陆那天的阴云没怎么逗留，第二天一早就把天空腾给了太阳。那是旅游旺季的太阳，把天空照得和油彩一样蓝，把人晒得和腊肉一样干。他的妻子涂了三层防晒，举了把樱花纷飞的太阳伞，戴了个棕色的、苍蝇眼状的太阳镜（把脸遮了三分之二），拖着步子走在他身后。没有风来吹起她的米色碎花裙子的褶皱，它们就死了一样耷拉着，弄得她像朵蔫了的白玫瑰。

他知道妻子也玩得兴味索然。他们去卢浮宫的那天，在水晶金字塔入口排了三个小时的队，下去时已经是正午了。妻子嫌麻烦，不要解说器，他凭着他自学的那点法语底子照着解说牌糊弄她，好不容易碰到个自己认识的文物，就一改之前游移不定的腔调，拿出点人文的架子，用拇指和食指捏着下巴凝神端详起来，说话时不自觉地就多了些语气词，"就是""那个""什么"，一连用就成了"嗨就是那个什么"。

油画馆和雕像馆没完没了地向后延伸，一个巨大的拱门接着另一个达·芬奇密码式的费解的长廊。不管怎么说，再没文化的人也知道这是欣赏女人的好机会，而且是那种纯天然的、体质健康的女人，多余的肉就那么明目张胆地坠在腰上、臀上，在布上被涂得更饱满，眼看着就要把画布给涨破了。不过他可是见过世面、玩得来清高的人，就算刚一进来眼有点花，他的本能还是在鱼龙混杂的诱惑中保留一双发现真钻石的眼睛。这下它们顿时一亮，捕捉到了那个举着刺刀和法兰西旗帜，裸着乳房的著名女人，他赶快把妻子拢过来得意地说：

"嘿，看看这个，历史书上那张，这你总记得吧？"

妻子无神地看了看，打了个哈欠。

"啊——好像确实有这么一张。"

他的指尖刚一伸向下巴，妻子就挽住他的胳膊说："我的脚又疼啦。"

他看了下表。"这不才走十几分钟吗？"

妻子噘起嘴，皱了张苦瓜脸，只是摇头。

他着急，说再不走就看不完了。

"哎呀，来看看就行了，干吗非要逛完嘛。再说了你不是都来过嘛。"

"我以为你想——"

不等他说完，她就拉他去了长廊中央的板凳上坐下。他欲起身，妻子按下他的肩，对他耳语"再不坐就被人占了"。他只好踏实坐下，像个傻瓜一样东张西望。他想，妻子说得也没错，确实没必要看了，这座宫里的一切，从耶稣受难到亨利四世结婚再到大革命，这都跟她有什么关系？

到将要闭馆时，两个人精疲力竭地爬出来。他们才刚看过蒙娜丽莎，还没找到维纳斯。

他们就近吃了晚餐。饭后，他想沿着河岸散散步。

"今天已经很累了……"妻子拖长了嗓音嘟囔道。

"反正这么早回去也没事。"

"可是……"

"晚上的塞纳河可美了，跟你小时候的梦一样。"

三白 | 远行

妻子不自觉地笑了，扬手作状要打他。

他们从餐厅出来的时候，天还是绛蓝的，暑气已经散了。也许是他的错觉，河边像是有小风吹过，妻子的裙子也不再贴着身体了，它跟着她的步伐荡了起来。他能感觉到路人的目光总是轻易地落在他们身上，尤其是妻子身上。他们来自各种人，韩国人法国人意大利人，一些匆忙，一些更放肆，无论哪种都使他情不自禁地涌起一阵优越感，使他挺直了腰杆，又把手搭在妻子的腰上。

他们的面前横了一座桥。桥下有七八个难民在那里安了家，他们的铺盖周围堆满了纸屑和垃圾袋。这些人都长了漆黑的眉毛、胡子和眼珠。他们也看向他的妻子。

他感到妻子在他身边打了个寒战。

等走过去了，妻子说："这些人好恐怖！"

他们又过了一座桥。一个从头到脚都围裹着黑布的女人走上前来，只有一对硕大、洞窑一般的黑睛露在外面。她无声地指了指手上的几个铁塔纪念品，又指了指不远处的铺子。铺子里，在一摞摞的装饰品旁，还坐着一个胡须浓密的男人。

妻子赶忙拉住他急急地往前走，过了一个街区才渐渐慢下来。

她说："哎，我想回去了。"

他说："再待一会儿吧？"

"不，我要回去了。他们说晚上在外面不安全。"

他也想起了亲朋好友临行前那些无止境的嘱托：法国最近又不太平了，巴黎的治安又不好了，当心小偷，当心强盗，当心恐怖分子，当心当心当心。这些话和那些出门前的小意外一样消磨他的信心。那时候，离家的道路看起来是无尽的，好像家外面就是荒漠，他们还要强行给他塞下那么多累赘的语言的行李。他想象自己能跑出来是一场残酷斗争的胜利，这时却从妻子口中听到这样的话，他心里当然是不大高兴的。他想说,就算圣母院果真在他们脑袋顶上爆炸了,或者五楼的花瓶恰好选择在他们路过时掉下来,那又能怎样?不过和以前一样,他忍住了,他知道妻子和亲戚都是出于好意,他们的顾虑很有必要,他一定只是今天玩得不够尽兴,心中怄火,不管不顾地发出来又会酿成巨大的麻烦。这么想着,他调转了方向,带妻子上了地铁。

在来老佛爷百货前,妻子只有在每晚精选照片时,脸上才会露出真正的喜色。按她的话说,"国外这些地方都差不多",这里也就比美国"古老一点儿",只是到了照片上,就连那些从同一个角度、用同一个姿势连续捕捉的若干影像之间都似乎有了显著的差异,从挑选照片到磨皮、美白、瘦身等精加工操作,前后要用去约三小时,还不包括发朋友圈前冥想文案的那段痛苦过程。好在她对他的摄影技术还算满意,只有挑不过来的烦恼,没有片源不足的忧虑。他毕竟是很走心了,每天扛着单反,蹲、跨、踮脚,各种高难度动作都来,还要快速取景,否则就会有其他照相的游客礼貌地站到他身旁,善解人意的微笑渐渐变成皮笑肉不笑。他每天回到宾馆都累得瘫倒在床上,和衣就寝,十分钟之内必见他鼾声如雷。但是妻子会在十一点钟左右把他拍醒,赶他下床,叫他去洗澡。那时候她已经换了睡裙,笑容温软地半卧进被子里,刚刚烘干的头发垂在一侧,骨瘦的手指握着手机,看样子发完了朋友圈,正在回复好友评论。

他觉得疲劳、胸闷,甚至比上班时更严重。这他妈根本不是度假。那种奇妙的违和感又冒出来了。出门前他脑子里设想的是海风、哥特教堂和阳光浴。现在他一想到自己正和妻子在巴黎度假,眼前就浮现出一张明信片,背景是粉蓝调子的印刷漆,二人被原封不动地从结婚照裁剪下来,贴上去,也许头顶还冒着桃心泡泡。

三 白 | 远行

  他必须想办法自我解脱。他想到的办法和导游一样，很廉价也很管用，直接拉她到百货商场。这方法果然奏效，妻子一进老佛爷那扇水晶透亮的大门就仿佛回到了祖国大家庭。她几天来第一次见到那么多熟悉的、亚洲的面孔，像只麻雀一样跳跃，又给他到处指点，这是什么，这是法国香水第一品牌，那个呢，那是美国的。他说，这里你是专家，不用我协助了，之后就刻意和她拉开了距离。刚开始她还要回头问问他哪个好看，看他总也给不出建设性的意见，她就不再管他了，只有在下手时才会询问似的找上他的目光，而他则无一例外地会点头。

  这场旅程结束在 LOUIS VUITTON 光耀的名牌下。妻子看他不舒服，就让他在原地等着，自己去结账。他恍恍惚惚地站了有十五分钟，疼痛从他的腹部、后背缓慢褪去，他的神经松了下来，轻飘飘的，眼里的灯光都在浮动。中央空调把汗水也吹得很凉。

  看收银台前的阵势，怎么着也要排上一两个小时。他决定出门抽根烟再回来，还没走两步，又发觉同样是 LOUIS VUITTON 下的展柜旁站着个亚裔女人，手里拿着黑色信封状的链条包。她穿着茶绿的齐腰吊带，牛仔短裤，及腰的乌黑卷发统一甩在内侧，露出银色的圆圈耳环一只。她单手叉腰倚在柜子上的姿势莫名撩动了他记忆深处的某根神经，他挪不开眼，愣盯着她走到灯光下，掏出手机给包拍了个照，又把它们放回原处。他观察她的小动作，脚如何交替着承重，臂膀如何流畅地甩下来。

  果真是她，不会错的。他感到不可思议，正犹豫着要不要上前，她却转过头来，他相信那一转头靠的是某种女人的直觉。她撞上他灼热的视线，他们隔空看了两秒——

  "小陶？"

  "Lena！"

她三两步跨过来。

"Why，你怎么会在这里？"

"没想到在这儿碰到你！"

两人相对看了看，一齐失声大笑。

有多久了？八九年没见了吧？她还是那么黑，又显得那么精力充沛，只是脸尖了，臂膀和大腿线条更饱满，在她袒露的胸膛中央多了一抹俏皮的凹纹。他注意不去看，只专注于她的脸。

她说："你来巴黎怎么也没告诉我一声？"

他说："我都忘了你在巴黎。"

"这都忘了。我可太伤心了啊。"她的嘴角洋溢着笑。

"你来老佛爷买东西？"

"帮国内的朋友寄个货。"她举起包，"你呢？你一个人来的？"

"我……和妻子一起。"

"依依？"

"嗯。"

两人沉默片刻，然后——

"我们是来旅游的。今天刚来第五天。"

他们都松了口气。Lena 愉快地说："我猜猜你们前几天都去了哪儿。Notre-Dame、Le Louvre、Versailles、Eiffel、商业街，还有哪儿，我说对了吗？"

"差不多。"他笑了。

"你们要待到什么时候？有时间的话也可以去去博物馆啊、咖啡馆什么的。我知道那边有一家挺不错的，在 Lepic 那里……"

"我们打算再待两天。"

"之后呢？"

"租个车北上，先去比利时卢森堡。"

她说："有时间把依依叫上一起来喝个咖啡吧，这么多年没见了。你们要想去哪儿玩儿，我带你们去就好了。"

"太麻烦你了。你忙你的，有问题问你就行了。"他摸了摸后脑勺。

"我没什么可忙的。我现在在巴黎高师教书，学生早放假了，最近时间还挺自由的。"

巴黎高师！ 他惊叹道。Lena 和妻子是同院同届的，他只知道她本科毕业后去法国留学了。早些年，他还跟她保持着联系的时候，她对他说过她没想清楚这辈子要干什么，只能一直读书。后来他们都忙了起来，她就没了音讯。没想到这些年里她悄无声息地取得了这般成就。

她说，哈哈，这没什么，顺其自然而已。然后她回忆道，刚开始还挺艰难的，她的父母乐意供她一直学下去，但她觉得没什么意思，想自己试试看。研究生的时候她去华裔开的中餐馆打工赚外快，到了博士有奖学金后就好办多了。

"Non，没钱不是最难的，你知道吗？"她摇头，手也跟着比画，"是那种，你一个人的感觉，跟美国那时候不一样。在美国我有你们。"她对他眨了眨眼，"在这边的话，也有不少朋友，但你心里知道你是一个人，solitaire。"

她说她之后不一定留下来，如果国内有好的职位也会考虑回国。

"不过别再说我了，说说你吧。你这些年怎么样？"

"我？ 我有什么好说的，还不是老一条路，工作了，成家了，挣了点钱。这不，旅游费都挣出来了。"

Lena 一时笑个不停。"肯定没你说得这么谦逊。我又不是不知道依依的父母，你要不是个青年才俊，当年哪儿娶得上她啊。"她还在咯咯咯笑。

他没说话。她以为自己说错了话,抱歉地看着他。

他摆了摆头,朗声一笑,"嗨,这不慢慢挣出来了嘛。"

然后静默又拉开了。Lena别开脸四处张望。半晌,她好像忽地想起来似的说:"我一会儿还有点事,先去排队了! 有时间一定联系我啊,至少一起喝个咖啡、吃个饭。"

她走出一段距离又回头,举起手机对他指了指,嘴唇做出"联""系"的口形。他笑着对她挥手。等她走远了他还在挥。

他感到右肩被人拍了一下。他回头,妻子手上拎了四五个大小不一的袋子倚在他身旁,一副漫不经心的疲惫样子。她抬手抹了抹额头说:"你笑什么呢?那边人多得要死,我的腰都快断了。你刚才跟谁说话呢? 看着怎么那么像Lena啊。"

他伸手接过妻子身上的购物袋,低头观察里面的包装盒说:"不太像吧。我也不知道,一个问路的。"

妻子没出声,她在端详他。他继续研究他的包装盒,亚麻色的硬纸盒子外用黑皮带绕了一个十字,在避开正中间的位置系了个蝴蝶结。过了一会儿他受不了了,抬头迎上了妻子的目光。

"唉,你干吗啊。"

他这几个字轻得几乎听不见。妻子还是不开口,像是留足空间让严厉的眼神充分发挥作用。良久,她盯住他一字一顿地说:"那个人就是Lena。"

她这是在试探他,他相当熟悉这个套路,他这时只要一口咬定那人只是个路人甲,此事就可以不了了之了。妻子顶多也只会质疑他两句,再找点别的碴儿把他痛骂一顿。可谁叫他从小就撒不出一个像样的谎呢? 再说了,他干吗要撒谎?

"是又怎样,不是又怎样?"

三 白 | 远行

妻子气得半天说不出话，只有鼻孔在抽动。良久，她说："你对我撒谎了。"

他叹了口气。他没心情在一家全球性的百货商场里陪她排演这种高度戏剧化的家庭伦理剧桥段。他刚要扭头走掉，妻子拽住了他的胳膊，把他拉了回来。

"你说，你为什么撒谎了。"

为什么呢？他也不知道。

"我不知道。"

"你是不是还跟她——"

"你每天都看我短信，接我电话，我去哪儿都跟你位置共享，你还怀疑些什么？"

"你可以删了。"

"那你做那些有什么用。"

"你还有理了？"

"别废话了，我们回去吧。"

他又一次转身要走，妻子突然提高了嗓音喊道："你不想跟我说是吧！不想说算了，你就骗我吧，你厉害，你瞒天过海，就当我是你家那个什么都不知道还对你感恩戴德的傻大姐！"

方圆一米的周遭仿佛一下子安静了下来。他尴尬地涨红了脸。路过的人已经开始频频向他们转头，给妻子开票的导购刚刚又送走一名顾客，这时也百无聊赖地靠在墙上，一边抠指甲一边关注着他们的进展。

他看向妻子。她的五官因仇恨拧绞在一起。他无法想象如此精致的一张脸怎么做得出如此野蛮的表情；从那一对滑嫩的、肥嘟嘟的小嘴唇间又怎能发得出那样尖细的咆哮？他一时不知道他更想做什么，是愤怒地对她挥拳头还是把她扔在那里，一走为快。他一边犹豫着，一边感到周围一切好奇、嘲讽、鄙夷的目光针尖一般落在他们身上。更糟的是，这里起码有一半的人说中文，也许 Lena 也在围观的行列。他终于决定收拾好情绪，僵硬地移到她跟前，把一只手搭在她肩上（很轻，只用最少量的皮肤接触），对着她的耳朵小声说：

"乖，别闹了，听话。我们走吧。回家再说。"

她一巴掌打掉他的手，愤愤离去。

他们一路无话。起初他们一前一后行走，妻子不认路，从走在他前面变成了走在后面。到了宾馆楼下，两个人已经不知从什么时候开始走成了并排，胳膊上的肌肤经常有意无意地蹭到一起。他们还在楼下偶遇了住在隔壁的 Harish 一家。这家人是印度血统，一家老小七八口人，占了三间屋子，见面时总会主动跟他们打招呼，这时也微笑致意。他们的小女儿跑到妻子脚下，对她明媚地一笑，幽邃的大眼弯成半月，妻子瞬间柔和下来，睨了他一眼脱口道：

"这孩子好可爱啊！"

他们就这么和好了。他本来想着至少该晾她一天，退一步也是半天，可他的意志在妻子投来第一个善意的信号时瓦解了。整个下午，妻子比往常都更温婉些，她一定是认识到自己太不讲理了，现在要加倍弥补回来。看她态度这么诚恳，他也不好计较，什么事都顺着她。那天下午，他们像恋爱之初一样如胶似漆。

傍晚的日光穿过双层玻璃，射进来时变得朦胧了。他们赖在床上不想动弹。她说："哎，我们也要个孩子吧。"

他说："好啊。"

说完他后悔答应得太快了。近几年，这个问题被妻子抛出来过很多次，他总能找到诸如工作压力、经济负担、二人世界、以后再说等恰当的理由搪塞过去。不知道为什么，他不太愿意想这件事，是因为他不想改变他的角色吗？他尚且年轻？还是有别的什么原因？

三 白 | 远 行

妻子猛地从床上坐起来。"真哒！"她喊道。

看她眼睛睁得那么大，嘴角那么抑制不住地向上翘，他也禁不住挤了个犹疑不定的笑。但他没说话。

妻子已经跳下床，光着她奶油白的、纤长的腿踱来踱去。"那这样，我们明天再去趟老佛爷，看看能给未来的宝宝买点什么。啊！需要准备的可真是太多了！"

"啊……你说什么……老佛爷百货？你就想给逛街找借口。"

"好不好嘛，好不好嘛！"她可怜巴巴地凑过来望着他。

"嗯……不是，巴黎我们还有挺多地方没去过，巴士底狱、先贤祠，还有些酒吧咖啡馆，在商场里耗着多可惜啊。"

"哎呀，我们以后还可以再来嘛。好，不，好，啦！"

"Lena 刚刚还说叫我们一起吃个饭。"

他脑子里还在想生孩子的事，没注意自己说了什么。一分钟后，他意识到房间里没了声音，这才抬起头，发现妻子纹丝不动地站着，脸色很难看。

她凝视着他，安静地说："明天陪我去老佛爷吧。"

"要不你自己去也行，我去别的地儿逛逛。"

"我一个人不安全。我也不会说法语，找不到路。"

"你说英语就行了。"

"他们的英语我听不懂。再说了，我英语也不好。"

"亏你还是个留学生。"

"留学生也都跟中国朋友一起玩儿，这也怪不了我。"

"你跟 Lena 都是一个圈子的，人家 Lena 怎么没你这个问题。"

然后妻子爆发了。她抓起杯子，把剩下一半的咖啡泼了他一身。棕色的液体顺着他的腹部流向被单，晕开成花朵、河流、山谷。两个枕头分别砸在了他的头部和肩部，紧接着是瓷杯碎在壁纸上的声音。隔壁的房间起了骚动，但是相当短暂。她歇了一秒，转了一圈，又抓起他的手机、杯子、墨镜丁零当啷往地上一通摔。接着她尖叫地喊道："Lena Lena Lena Lena！你永远在说 Lena！你还说你们没关系！"

他平静地说："你这是什么反应。她好歹是我们的老同学。"

"你知道不只是这样！"

"没有她我们也认识不了，见见她不应该吗？"

"你不就是想见她吗？你从一开始就是想见她！你去见吧！你去呀！你去你去！让你去！"她的拳头、脚像雨点一样落在他的胸和背上。

他仔细看着妻子，那股走不了、逃不掉的绝望感比出行前，比任何时候都更强烈。他一动不动地坐着，脑内打着一场仗。

然后他缓慢地起身，擦掉咖啡，穿上衣服，捡起地上的手机。到了门口，妻子从背后凄厉地叫上一句："你滚吧！你走了就再也别回来了！"

她的声音已经没刚才显得强硬了，还夹着哭腔。他知道她在挽回他，但她这时候示弱只能引起他的厌恶。他"砰"地摔上了门。

他一个人来到街上，日落的第一缕清风带走了多余的温度。他发觉这是自飞机离开北京以来他首次单独出行，一阵奇异的舒畅蔓延至全身，几乎像是大学第一天，他一个人站在校门口，笔直的林荫道为他敞开了世界的第一条门缝，他被瞬间扑过来的光晕瞎了。他还能嗅到自由和清凉油是一个味道，这味道很奇怪，它与火红的夏天是连在一起的，好像他必须疯狂了过后才能凉爽。这不是说他丝

三 白 | 远行

毫不后悔——说老实话，他一出门就后悔了，相当明白自己有意在激惹她，但他实在受够了。他受够了无聊的争吵，那些反反复复的和解又破裂，那样反反复复的生活，它们像怨魂一样尾随他，就连休假也不放过，时刻威胁着要夺走他生命的活力、热情、强劲的呼吸。这不是他想要的、他想象中的生活，他需要摆脱它，甩得远远的，他需要别的经历，他需要独处。他接下来该去哪里？他掏出了手机，抚摸屏幕上那些蜘蛛网状的裂缝。

他站在埃菲尔铁塔的对面，它们之间隔了一座桥。今天的行人比往常少得多，桥上宽阔的柏油路也比以往看着凉快。一个女人从桥的另一端走来，她穿着简洁的黑色吊带裙，身段丰盈，长发被拢到一侧，但还是有几缕逃脱了，向四面八方飞舞。她让他想起卢浮宫里的女人们，他觉得她应该裸着乳房，站在人群之上。他惊奇地发现，她身上没有那种困扰他很久的违和感，她和她背后钢筋水泥的高塔早融为一体了。这一发现让他感伤，好像他们之间不知什么时候隔了道墙，他在墙里，她却来自更硬朗、热烈的世界，不是为了伸入地下而是注定要奔向那三重彩霞的无尽、无尽的高空。

"你看着不太高兴。"Lena 走近了说。

"有吗？"

"依依呢？怎么没跟你一起来？"

他为难地看着她，不知该说什么。

她叹了口气。"她还没原谅我吗？你们婚礼那天我是真有事，你又不是不知道，如果我不参加那场 conférence 我之后的——"

"我知道，也不完全是因为这个。"

那因为什么？

Lena 坦荡的目光在耐心地等他开口。他和十几年前一样无法迎上那个目光。它让他觉得自己羞耻、无聊。他要怎么启齿？因为妻子翻他手机，禁止他们保持联系，而他根本不是因为忙碌才停止回复她的一切消息。因为妻子至今还顾忌他们十多年前还是小屁孩时的情人身份？

　　Lena 终于说："算了，别说了。走，我们去吃饭。不在这里，在那边。左岸。"她意味深长地冲他笑了笑。

　　"这家馆子吃的一般，但是位置很好，铁塔脚下，很适合游客。我以为依依要来，才特意为她挑的，她肯定会喜欢这个地方。"

　　他们选坐在室外的遮阴篷下。他们旁边，看似本地人的两位男子正飞快地用法语争执，其中顶着棕色卷发、看着较年轻的那位随时都在打断对方，而另一位则流露出轻蔑的无奈。

　　"听得懂吗？"

　　他回过头来发现 Lena 在看他。他不好意思地摇摇头，"只是好奇他们在争什么。"

　　"没什么新鲜的，他们在说罢工。"

　　"罢工？"

　　"你没听说吗？工会正在组织，过两天又会有一场。说起来你们要办什么手续就趁早办了，到时候罢起工来就没辙了。"

　　"这也行！"

　　"哈哈哈哈，别这么慌张。我们都习惯了，三天一小罢，五天一大罢，还不像我们在美国那时候，这边一罢起工来真的什么都做不了。"

　　"你们不嫌麻烦？"

　　"嫌啊！不，其实也不怎么嫌。大家都罢工，都不干活呗！你得进入那气氛，外人看了当然烦,你参与进去了,情绪到位了,有时候还挺期待的。其实我们自己倒没什么,也就是让游客不太方便,但巴黎要没了这个,玩起来也没什么特别的,不是吗?"

"看来我是没进入氛围喽?"说着他又去看邻桌的人。棕发小哥已经开始敲桌子了,对面大叔一直在插空喊:"Stop! Stop stop stop. Arrête!"

"这要看你性格了,我看你就像保守派。"Lena 诡谲地一笑,"但我们还是别讨论这个了。我有预感,我们俩为这事得吵一架,跟这两位友好的邻居一样。为了气氛开心,我带了 —— 这个。"

她从包里掏出了两瓶红酒。

"勃艮第,夜丘产区,一〇年份。别人送的,我藏好几年了。因为自己尝不出区别就留着给您鉴赏。"

她虽然这么说,手却不停地抚摸瓶身。她拿出启瓶器在上面磨蹭了好久才把尖的一端旋进木塞。

他出其不意地爆发出一阵狂笑,笑得他腹部抽筋,"你真是……你真是一点没变啊。"

待他平息了,他解释说:"你还记得我第一次去你家的时候,你当时也说专门留了好酒招待我,结果那一整瓶里我就喝到了小半杯,剩下全是你喝的。"

Lena 不由得也笑了,"唉,那都多久的事儿了,你怎么这么记仇。"

"我是担心我今天又喝不上了。"

"那我不喝了,都给你喝!"

……

他们想起了许多事,像共同拼一张失传名画的拼图,此前他们每人手上各有一半的图块。他们先拼出了一个角落,又拼出了两条完整的边缘,随着活动的进行，脑海中那幅落满尘灰的画的轮廓也越发清晰，直到某一刻，他们终于能看到一段回忆的全貌。他们先看见了〇三年，山羊皮来中国的首场公开演唱会上，全国二十家电台同时转播，他们却都在现场，都是一个人，他吼得狂热，她钱包丢了。那天晚上，他打车送她回家，他们在车上趁着聊演唱会的热络劲儿交换了联系方式。中国和巴西足球队的友谊赛正常进行，北京出现第一例"非典"案例，而他们的恋情隔着口罩发了汗升了温。他原本寂寞的大学生活和她原本前卫的高中生活结合产生了奇异的火光，它照耀了"非典"过后的那个曼妙夏天，然后就熄灭了。她高中毕业出了国，他却要再熬上两年。他下定决心研究生去她的学校找她。他果然如愿以偿了。当然，坦白来讲，这也不全是爱情的催化作用。他本来就有出国读书的打算，再加上她的学校名气大，地理位置优越，去那里镀个金不仅生活多彩，回来更是前途无量。

这两年中，他们每周打一次电话，半年才见得上面。在他的印象里，Lena是不爱打电话的，平时也很少聊天。按她的话说，说两句话就完还不如不说，要说就得说个没完。他不完全同意，但不愿违抗她的意志。他和她不一样，他需要她的声音规律地出现在生命里，像掌控自己的生活一样掌控她。她遥远得像个影子，一个名称，飘在他每天上课下课自习吃饭的空气间，只有见面时她才披着星月和太阳的光辉，把她身上过剩的某些东西毫无保留地释放出来，侵略他的血、骨髓，打破一切常规。他室友天天调侃他："你哪像是有女朋友的人，你这是半年来一炮！"他听了嘴上笑笑，心里屈辱。为什么别人的女朋友不是这样？为什么他室友下课就在聊骚，自习的时候可以接吻？他只盼望着自己踏上美洲大陆的那一天，一切的不安定都会像黎明撕裂黑夜那样被平息。

最后他看见了〇五年，一个阔大的场景在他眼前铺开，在飞机的小窗口边，他第一次看见了蓝绿的海和金色的沙滩。他下了飞机瞟到 Lena 的第一眼——那

三　白 | 远　行

个人群中冲他飞吻的 Lena，他两年来的光 —— 他就知道牵动他渴望的不是思念，而是新的冒险。

Lena 抿了口酒，"你可真够混蛋的。"

他有些懊悔地露出了双排牙，"是啊，有点混蛋。但你知道，有些事，有些东西，如果突然改变了习惯的轨迹，它就会变质。"

"唉，你瞧你，我就开个玩笑。这么说我跟你一样，你一来纽约，我还真有点儿不适应。"

"但我错了，抱歉。我还从来没说过 ——"

"用不着。"

"就让我 ——"

"我当时不是也嫌你幼稚。"

"我土包子，没什么见识。"

"没，你长了张忧郁、老实、女人都喜欢的脸。"

"你喜欢吗？"

"喜欢啊，喜欢死了。我傻里吧唧地把你带去见我所有的朋友，巴不得让他们都认识你，没想到我还偏偏就中奖了。那次我们去 Central Park，你还记得吗？那天我带上依依，你们俩第一次见面。没过多久你就把我给甩了！我后来才知道你跟她搞在一起了。"

他忏悔地笑了笑，"依依后来老跟我说你嫉妒她，反对她跟我在一起。我说是你的话不可能的，没想到你真的记仇。"

Lena 给他们的空杯子重又斟上酒。她思索着说："也不完全是。刚开始当然生气啊，不过我们那个年纪不都这样吗，时间长了也没什么可大惊小怪的。依依的父母都是体制内的，她从小就很乖，不那么 open，我是想到你对我那个臭屁样，怕你把她也玩坏了。结果看来是我多虑了,没想到你对她那么好。"

"你也不需要我对你好啊。"

这句话仿佛令她吃了一惊。她陷入沉思,默默干了半杯酒,终于慢吞吞地说:"没错。这倒是。是真的。"

他们很久没再说话,像是受着某种默契引领。夜色在他们之间慢慢改变,从蔚蓝变成嫩粉、火红、锦葵紫,最后都并入了不可挽回的更深沉的蓝色中。河间不断地有游船经过,每来一辆就带来一股小风和一段渐行渐远的嘈杂乐声。铁塔很早就亮起灯了,起先是隐晦的,随着周围的一切被黑暗吞没,它成了唯一万众瞩目的光源。他突然想到,妻子没看到这景色真是太可惜了。如果她此时坐在这里,她一定会觉得不枉此次远行。但是他很快转念,因为他一想起妻子,眼前的景色就不再流动了。

他们后来都说了些什么他记不清了,大概跟特朗普的女儿和遗传基因有关。Lena又问他,马克龙失去了法国还是失去了爱情,他说两个都没了,然后Lena放肆的笑声不停地在他的耳郭间打转。他看见地上长满星星就大呼,上半身直往下坠。Lena一把拉住他,说了句"掉里面我可捞不动你",他才发觉眼下密密麻麻的是沿岸街灯的湖中倒影。

他闭上眼睛,红蓝的世界围着他转,幽静的小巷和咖啡馆,眼前是一栋高耸的楼,有一小撮人挤在一起,他们在嚷嚷,又像是在笑,他分不清楚,只觉得头昏脑涨。他本能地想避开他们,自己却走不直,必须靠Lena搀着。他感到Lena在把他往人堆里引,她甚至还开口说了话!不要,别过去,他们在用法语说话。人群又爆发一阵疏离的笑声,还有咒骂,那种狂妄的口气向全世界宣告着他们是一帮年轻人。他们递给Lena什么东西,她接过了,又递给他。那块灰不拉几的东西在他眼前摇摇晃晃,他伸手接过,差点没被它的重量拖垮在地,好在Lena

三白 | 远行

及时扶住了他。这是什么？废弃的砖块吗？他还从来没拿过这种东西。那东西在他手里沉甸甸的，让他一时有种冲动，想要把它猛力掷出去，毁掉些什么，可他大脑里残余的理智制止住了他。在他眼前，石膏白的肌肤晃来晃去。他试图拉住 Lena，把她带走，可她的手臂正高举着，脚尖踮着，身体来回窜着，让他看不实在。她最后一次向后运力时，嘴边荡出一串笑声，余音经久不绝，这笑声真特别！他在酒精的混乱和恐惧中，还是忍不住这样感叹。下一瞬间，玻璃碎裂的声音穿过他的耳膜，他吓得突然直起腰。Lena 还在笑，她快乐的脸蛋在他眼前忽远忽近。她看他缩着身子，一把夺过他手中的砖块，又一次举高了手臂。又来了又来了！这时他捂住耳朵，心想这下他们回不去了。他身边的人纷纷举起了手，他们都在笑，笑声像玻璃碴子猖獗地砸下来，只有 Lena 的还清晰可辨，她的笑声像水面自由荡开的波纹！他不知道自己为什么会这么想，可能是酒精麻痹了他的警觉。

楼面上拉开了警报，Lena 拉着他撒腿就跑，绕过幽静的小巷和咖啡馆，红蓝的世界交错。他总是被绊倒，有一次还跪到了地上。他逐渐清醒过来，想到该生她的气。

"那些人是谁？"

"我不认识。"

"那你干吗跟他们说话？"

"我只是——"

"你为什么会做这么危险的事？"

"好了好了，我们先走吧。"

"你知道吗？我现在这种状态，如果刚才——"

"你放心——"

"我是个游客！"他终于喊道，"我在这边犯事被抓了，就回不去了！"

随之而来的是一片静默。连声狗吠都没有。他意识到他们已经跑得够远了。

Lena 说："你信任我一点好吗？我不会让我们出事的。"

他只好闭嘴了。她说话的语气让他莫名惭愧。她扶起他的时候，一股暖流送遍全身。

他跟着她来到一间公寓。他们谁也没想着开灯，但他感觉公寓不大，没踉跄几步就到了她床上。他先是试探性地亲吻她，而后变得狂热，像头饿了数十天的野兽，而她的回应又是那么的生动、真切，他希望能有一把火把他们永远囚禁在一起。她原来是这样的吗？还是因为他太久没有体验过了，这种只有她能带来的年轻的滋味？她的身体里流淌着力量，他有种奇异的错觉，那股力量在反过来安慰他，让他放心，让他肆无忌惮，让他抛弃思考，被引领着去蹂躏、去毁灭，然后与另外那个自愿毁灭的灵魂重塑一个皱巴巴的、嗷嗷待哺的新世界。这股力量在他原来看是多余的，是危险信号，它总是逃脱他的掌控。可他现在想必是衰弱了，他需要它来找回活着的感觉。他又一次感到悲伤，没想到他只有老了才能学会欣赏另一个完整的人，才能体会他原本的活力多么可贵，因为他的健康和自尊像只气球那样瘪了下去。他现在觉得 Lena 是个比他充实的生命。

他帮她脱掉裙子，她扒下他的衬衣。他的手遍布她全身，他庆幸自己不再是个急不可耐的小伙子，在愚蠢的快乐中丧失一切美丽的体验。

他停了下来。

"怎么了？"

她的手还挂在他的背上，细密的汗珠从他们皮肤接触的缝隙间渗出来。屋外寂静得像荒地。屋内，嘀嗒的时钟溜入黑暗，他们急促的呼吸悬在半空。

"怎么了？"

三 白 | 远 行

    她开始轻轻地抚摸他背上的水柱，又用臂膀环住他，亲他的耳朵。她挣扎着爬起来，他咚的一声仰面翻倒在床上。她的一只手贴上他的额头，另一只按住他紧缩的腹部。

    温热的眼泪猝不及防、抵挡不住地涌下他的太阳穴，和汗水一起洗刷着他的耻辱。她的手离开他的额头，移向他的眼睛、双颊，像堤坝截住洪水，平息了一阵接一阵的波涛。更可恨的是，他还发出了声音，他的整个身体都在抽搐。她轻轻搂住了他，把他的头靠在她胸上。

    两人肩并肩，静静躺了不知多久。

    "为什么不去医院看看？"

    他叹了口气，"忙啊。没来得及。"

    "答应我，去看看吧。"

    他在黑暗中点了点头。

    "我答应你，回国就去看。"

    房间又陷入了沉寂。他们吐气的声音绵长、安静。

    她的手攀上他的大腿，"你在想什么？"

    "我在想我跑了这么久，依依不会做饭，又不敢一个人出去，她今晚怎么吃的饭。"

    "你真是个好丈夫。"

    "她也是个好妻子。"

    "你爱她吗？"

    他的脑海中浮现出妻子的形象。她像只短毛猫，很漂亮，很安静，不爱到处玩，也不乱花钱，偶尔撒撒泼，哄一哄就没事了。她把家里收拾得一尘不染，给阳台的花浇水，晚上会泡一杯热牛奶蜷在沙发上等他加班回来。他能想象，她以后也会是个好母亲，他有什么理由不爱她？他想起他们刚在一起的时候，她来他的寝室，缩进他的被子，把头埋进他的胸口，一坨热乎乎的软糯的东西，他好像一下子拥有了整个宇宙的满足感，那时的他除了这个还有什么？他花了多大的努力才冲出竞争者的重围，才让自己在起点更高的人群里出类拔萃，拔得了头筹！这一路上，她既是他的慰藉，也是他的战利品，八年前的婚礼上，当她的父亲踏着红色地毯把她的手交到他的手里，他觉得自己再也不会有更幸福的时刻了。他后来既没有滥用也没有辜负他的幸福，他的工作和为人都无可指摘，他是令人羡慕的，他有什么理由不爱他的生活？

过了许久，他说："我那时太年轻了。别人想要的，我都想要。"

"你现在呢？"

他不作声。

"我觉得你没怎么变。"

他扑哧一笑，"说白了你还是嫌我幼稚呗。"

"有点。"

他想象她在黑暗中诡诈地笑着的样子，手指攥住了她的手腕。

他说："你现在还一个人吗？"

"一个人。"

"为什么？"

"为什么不能一个人？"

"你这是在跟我㸚。有个人陪着你生活还是更愉快。"

他听见她支起了胳膊，"愉快？你觉得你比我愉快？"

她又开始耍原来的性子，他拿她没办法，"好，你愉快行了吧。"

"你愉快今天还找我干什么。"

他没话说。

她缓慢躺了回去,"我觉得,这没法用愉快来衡量。"

"那用什么?"

"不知道,反正不是愉快。"

"难道还能是痛苦?"

"人生的目的在快乐和痛苦之外。"

"谁说的?"

"托尔斯泰。"

"我又不是托尔斯泰。"

"你确实不是。"

她的声音听着几乎很遗憾。这让他生气,他越是在意她的看法他就越生气。"看来你是喽,我的托尔斯泰姑娘。"

她叹了口气,"我来这边以后,爱过我们学校的一个教授。他是个法国人,你懂,法国人,我们在一起过,然后结束了。我确实不愉快,但这是巴黎的规则。"

他激动地说:"那你可以回来啊!或者去别的地方!为什么非要待在巴黎?"

"你觉得去了别的地方我就愉快了?"

她的声音和往常一样轻快,没有苦涩。他无奈地笑笑,举起她硬邦邦的小手放在自己胸上说:"也就你这么跟我犟。"

但她仿佛没听见,自顾自地继续说着:"你操心得太多了。你其实用不着想那么多。对你来说这只是一次冒险,一次远行,对我来说这是生活。"

他闭上眼,再一次任眼泪顺着他的两鬓滑下。的确,他怎么会到这个时候了还在探讨生活的问题?他不用想也知道,说多了只有坏处,对他来说一切早已经来不及了。

  第二天一大早他就离开了 Lena 的公寓。她为他做了简单的早饭——牛奶、果汁、冷冻三明治。他们在楼下告别，她又让他发誓回国看病，而他保证以后还会回来看她。他将要拐过弯的时候回头望了一眼，她还在楼前站着，白色吊带衫比早间的微风还要清冷，她还在遥遥冲他挥手。他刚想回应她，视线却被一栋黄漆的楼房挡住了。可能是时间早的缘故，沿街的行人比昨天更少，他匆匆上了地铁，心情莫名紧张，连昨晚的事都很少回顾，只迫不及待地想见到妻子。她一夜都没给他打一个电话、发一条消息，他不知道她怎么样了，她这次一定是真的生气了。不过这些到时候再说，先见着她人就行。他不知道自己的惶惑不安哪来的，也许是愧疚的心理在作祟。他一生做事还算规矩，除了对 Lena，再没对别人负过什么债，哪里会应对愧疚？这次他做好准备降低自己了，只要她回到他身边，让他做什么他都愿意。

  他从地铁站出来，路过协和广场时，太阳又一次称霸了这座城市。昨晚那个阿拉丁神灯中的巴黎已经荡然无存了。他甚至觉得那不是真的，而是酒后的神游。时间每过一秒，他的腿脚每带他远离那间幽闭的小公寓走上一步，对昨晚的印象就会褪一点色。和做梦一样，他想或不想都会让他忘得更快。

  他的脚板像是踩在火炉上。整座广场裸露的、白炽的地皮正在烈阳的烘烤下干裂、焦烂。他突然觉得可笑。历史学家从来都是描绘这座城市的鲜血，到头来这些故事都成了清早醒来衬衫领口上的一抹红酒印子，被人忘了，倒是那个酒精催化下的天国夜晚得到了铭记，被口耳相传。他艰难地向前挨着，埃及方尖碑伸向高空，愤怒而炎热，像是要处以极刑，把太阳刺穿。他想象广场上任何活着的物都会立马枯死。他不能理解这时候为什么还有一撮一撮的人在拍照，他们的皮

三 白 ｜ 远 行

肤跟 Lena 一样，被晒成了"健康的小麦色"。

他只想赶快逃离这地方。他可怜的妻子要怎么才能在这种环境下生存？他越接近宾馆，心里越害怕，那种不祥的预感莫名其妙地揪住了他。他暗骂自己软弱多心，但还是小跑着完成了最后的行程。

他冲进大厅时，里面聚集了很多人，包括 Harish 一家。他一看就知道气氛不对，Harish 家的两个男丁正交替用大舌头英语高声和接待人员讲话，他们眉眼本来就重，再把五官皱到一起，显得更生气了。前台是个瘦小的拉丁裔女人，她一边接着电话，一边应付着嚷嚷的两个男人，她先吃力地听明白他们说话，再对着听筒翻译成法语，最后根据话筒的指示讲了一串口音之蹩脚不亚于二男士的英语，而这俩人则听得一脸茫然。

他拍了拍站在外面的人。那人转过身，应该是 Harish 家的大男孩。

他气喘吁吁地说："不好意思，我想问一下，这里发生什么事了吗？"

"我们的箱子丢了，箱子。"男孩用手比画着，"有人进来，在屋里，偷了。"

"入室盗窃？是只有你们家吗？"

"不，不，还有别的。一层，好多。"

"好多是多少？"

"不清楚。一个我们旁边的——"

他撂下男孩，飞也似的冲向了客房区。那些封闭的走廊像是没有尽头，所有门都紧锁着，他一路飞奔过去，只有一扇门是开着的……

为什么他们屋的门会是开着的？

他站定了，抱住胸口。门缝里没有传出半点声音。他几乎要晕过去。他深吸了几口气才轻轻推开。

最先映入眼帘的是一缕头发，它们沿着床底边缘披散下来，垂到地上。他的腿开始哆嗦，呼吸失了控。他强迫自己往里走，看见了她的头、身体、脚。妻子倒着，几乎躺在了床的正中央。她的腿并拢，嫩粉的睡裙掀到了肚脐以上，双手交叉成十字放在胸前，双眼紧闭。

他一趔趄，撞翻了桌子上的玻璃杯。闻声，床上的人睁开了眼，脖子向后仰。

看她有了动静，他扑了上去。他抱起她，抱到自己腿上，紧紧地，像捏一只动物在怀里，她的骨头硌在他身上生疼。她挣扎了几下就放弃了，任他揉碎了去。她突然大哭，一声高过一声的啜泣像刀子一样割在他心上。

"对不起，对不起。"他只能一遍遍说。他拍拍她的背，太使劲了，跟拍黄瓜似的，拍得她咳嗽。

"你就这——这么把我丢下了。"她含着一汪鼻涕唾沫眼泪说，"丢下我一个人。你还——你还是不是个男——男人了。你知道我有多——害怕吗？我怕你真的再——再也不回来了，我一个人该——该怎么办啊，又不敢跟你——你说话……"

他还在拍她，"没事就好，没事就好了。"

"我其——其实也不是真的……我就是特——特生气，你老提她，我也知——道是那么久的事——事了……"

"唉，别说了，再也不说这事儿了。"

"对——对不——"

"你别道歉！"他慌忙推开她，推到一臂距离，用一只手替她抹干了鼻涕眼泪，"对不起，我不该让你受这些苦，是我的错，你也别怕。你如实告诉我，你有没有，有没有被，被……"

"什么？"

她睁大眼睛疑惑地望着他，连哭也忘了。

"你——我都知道，我知道发生了什么。丢了东西什么的都无所谓，只要你——人没事儿就好……"他不自在地看向地上的玻璃杯。

"什么啊？你在说什么？"

她愣愣地盯着他足足有一分钟。接着，她露出恍然大悟的表情。

她出其不意地笑开了花。她抱着肚子在床上滚来滚去，席梦思的弹簧不堪重负地呻吟起来。她抽着风，磨磨叽叽地说："唉，原来你在意的是这个。哈哈哈哈。昨晚一楼有几间屋子被盗了，好像是翻窗进去的，拿走了些贵重物品。我是刚刚才知道的，对面住进来的一家也是中国人，我听他们议论就把门打开。他们还说这事儿是宾馆跟老黑一起安排的，负责人开始连警察都不想叫，后来叫过来也就是象征性地看看，据说搞不好警察也是一伙儿的。听起来特吓人，不过还好，不是我，哈哈哈哈。"她笑得又翻了个身。

"所以你没事？"

"当然没有啊，你个傻子。"

他松了口气，觉得自己好蠢。

她猛地坐起来，脸上的笑容消失殆尽。

"我好饿啊。"

"你从昨晚到现在一直没吃饭吧？"

"嗯。"

"那你在这儿别动，"他站起来，抖抖衬衫，"我马上给你弄吃的回来！"

他很乐意暂时离开，妻子喜怒无常的状态总让他提着心吊着胆。这一上午太恍惚了，他带上门的瞬间才终于有机会考虑他的处境。随着最初的惊吓一点点退潮，他意识到自己实在是过分幸运了。他这不就顺顺利利地回来了？什么也不用说，什么也不用做。也许他以前对她太好了，他应该时不时给她来一剂猛的，吓唬吓唬她。不过他是再也不敢了。他应该感恩老天只让他虚惊一场，没让事情发展到严重的地步。没错，他应该庆幸才对，为什么心中有点憋闷？一定是太阳，该死的太阳！他出了门，一站到太阳底下就感觉有只隐形的铁手悄悄扼住了他的喉咙。

　　他们决定翌日就出发。他回宾馆的当天就办好了租车，只等第二天一早去把行李提出来。他们都很高兴能提前走，一分钟也不想久留。他们嘴上不愿说，心里都知道这地方实在不适合他们，一个接着一个的小插曲已经把他们折腾得精疲力竭。自从重聚后的那次对话以来，他们谁也没再提过Lena的事，就好像从来没发生过，比没发生过还要加倍恩爱。妻子一次也没问过他那天晚上去哪了、干什么了，他很感激，于是更觉得有愧于她了。他暗下决心以后要对她更好，给她一个孩子，不，是跟她生个孩子。他打算一回国就向她隆重宣布这个想法，他想象着她欣喜若狂的表情，不禁有些陶醉。他再也没想起过他和Lena度过的那个奇异夜晚，连睡梦中都没出现过，好像他的大脑缓存不足，把那段记忆自动删除了。但他隐约觉得是那段记忆中的什么东西帮他达成了此次旅游的目标。没错，他期待已久的大彻大悟终于还是来了。他又找回了原来那种踏实过日子的信心。除了生孩子，他眼下在公司还有个晋升的机会，他一定能给他的孩子最好的成长环境。哦，对，他还要去趟医院，养好他的胃，以后要早睡早起，多锻炼锻炼身体。他非常想念他那个干净明亮的家，那些白色的家具和澄澈的水晶杯。空出来的那间客卧就给孩子吧，如果是男孩就把墙刷成蓝色，如果是女孩就刷成粉色。他不停地盘算这些，正好让他分不出心去想别的事。

　　他们把打包好的行李一起搬到大厅。尽管没留下什么美好的回忆，妻子为了纪念这场合还是又穿上那件米色碎花裙子，戴上她的蝴蝶结太阳帽。退了房，两人一起来到街上，今天的太阳比昨天更毒，他拖着两个大箱子，妻子拖着个小的，

三 白｜远 行

一前一后。他们没走两步就听到远远传来像是军歌齐鸣的声音，都同时站定了，向那方向望过去。仔细听，那是数以千计的人有节奏的呐喊，中间还夹杂着几声不明所以的巨响。

妻子捂住胸口，露出惊恐的神色，"发生什么了？"

街上也有些游客像他们一样，好奇地望着声音传来的方向。一对举着透明防爆盾的警察路过，小跑着向那边赶了去。

"罢工了。"他梦幻地说。

"暴动？"

"不是暴动，是罢工。"

"你确定？你怎么知道？"

他怎么知道的？他目不转睛地看着，前一晚的什么经历忽地在眼前一闪而过。他被这主动跳出来的记忆吓了一跳，一只脚下意识地朝那边迈了几步，妻子突然抓住了他的胳膊。

"走吧走吧，别看了，赶紧走吧。"

声音越来越近，低音炮似的，敲得他头皮发麻。他敢肯定这动静跟他们就隔着一条街，就在香榭丽舍上，可能刚经过凯旋门。他的脑海深处有人在对他说，你得进入气氛，这个声音裹着发丝与红酒，比吐气还微弱。妻子还在扯他的衣角，他不想破坏和她新鲜建立的友谊，但眼睛还留恋着喧嚷的地方，好像已经看见了那些人举着牌子，抛着点火的酒瓶罐子，像电影中一样，周身扬起尘埃……

"你不走我走了。"

他回头，妻子已经和他拉开了距离，她还拖了两只箱子，一大一小。不知是故意还是因为负重，她走得很慢，还支着脖子死活不回头。唉，她什么时候才能长大啊。他叹了口气，刚要跟上去，腹部又一阵剧烈的痉挛的绞痛攫住了他，但这次的疼痛并没像以前一样,迅速地被他的体魄驯服,而是像畸变的野兽那样发了疯。他发出一声嚎叫,一头被俘的狮子,却被不远处愈发高涨的叫声埋没了。疼痛扩散至他的整个胸廓,使他的呼吸缩紧,腿也失去知觉了,它们违背他的意志折了过去。比疼痛更可怕的,是蔓延在他身上的前所未有的恐惧,它啃食着他其余一切理智,却留下唯一的确信,让他仍然知道前方等着他的是什么。他还知道他得的根本就不是什么胃病,他想起已过世的舅舅在第一次心脏搭支架前持续了数十天的肠胃不适,他为什么没早点想到?可是他才三十多岁啊,他当然不会把自己和那个谢了顶的、骨瘦如柴的舅舅联系在一起。怎么还没有人来救他?快来个人啊!可能他们都去凑热闹了吧,谁有工夫路过他?

　　他模糊的视线最后落在前方越走越远的妻子身上。她还是不回头,机械地向前挪着,像是在等他从后面跑上去道歉,把她一把揽入他宽阔的、忏悔的怀抱。她那温室的肩膀和手臂那样柔软单薄,在箱子的拖累下不堪重负,歪歪扭扭地支棱着,身上的碎花和蝴蝶都脱垂下来。她和她的环境真是不协调,她头顶上燃烧的火辣辣的太阳就能一把把她烧成灰烬!她会枯萎的,他绝望地想着,眼睛缓缓闭上,她会枯萎的,她根本救不了他。她救不了他。她救不了。

选自2021年《青年作家》第3期

张春莹

张春莹，1994年生，湖北荆州人，湖北大学文学院硕士生，湖北省作家协会签约作家。有小说发表于《青年文学》《江南》《作品》《长江文艺》《滇池》等刊，另有文学评论见于期刊，曾获第七届湖北文学奖、2019年度《长江丛刊》文学奖。

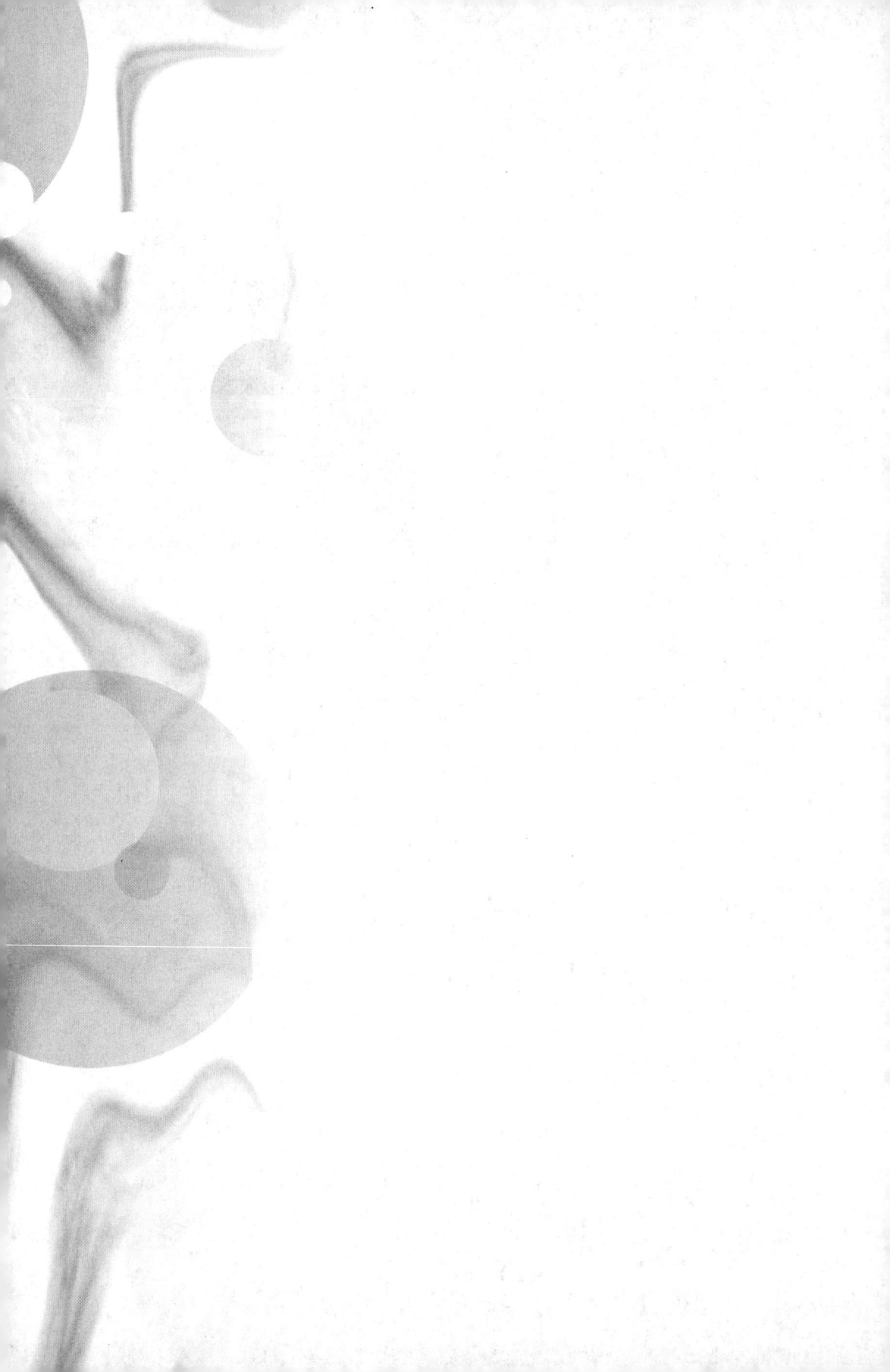

四季流年

刘俨的父母是五十年代生人，同龄，初中在一所学校，只是不同班，互相认识。逢上成长的时候，全国性的大运动开始了，无一例外的，他们这个年龄的学生多数下了乡，两人双双下放到周边农村去插队，隔得并不远，这是后来遇到后互相说起各自情况才知道的。运动结束后，他们顺利回了城，刘俨父亲被安排进机械配件厂的车间，有师傅带，是技术工，刘俨母亲临时在被服厂做女工。两人再碰到，是早晨的上班路上，一看到，认出是初中同学，打了招呼。像大难过后一样的，在短暂的上班路上，他们热情回忆彼此曾经的模样，继而讲起下乡的苦，再讲起同学们的情况，感到格外亲热，一路走一路说，说起各自家里情况，说起大人名字，两家父母竟是互相认识的。散开之后，两人心里就有了点意思。后来他们各自向父母一说，父母哪有反对的呢，子女多，成一个少一桩事。他们最好的青春年纪给了农村，几年磨炼，人看起来成熟多了，不再有心挑拣，很快就结成了一家人。

父亲是个聪明的人，如家里不需他及时出去挣钱，又有条件供他复习，考大学是不难的。恢复高考的第一届，回城青年们报考大学的愿望非常踊跃，在乡下苦久了，都想将来吃知识的饭。他是家里老大，底下弟妹还需他照顾，没有条件耗，回城来就进了厂。他知道这辈子是难得有机会再读书了，就把进取心放在工作岗位上。

刘俨生在八十年代初，是父亲厂里搞改革时出生的。七十年代末，学校、工厂、机关单位，各行各业均恢复面貌，处处百废待兴的景象，各个岗位重新建立起秩序，维持起来，很缺知识型人才。最开始改革，职工们私下分"改革派"和"保守派"，刘俨父亲是头一批支持者，属"改革派"。在改革大潮中，厂里岗位大调，人员调换得厉害，他跟定全国改革大风向，跟着那面旗帜转，工作积极性很高。他能写文章，口风琴吹得好，板书写得漂亮，做事又有态度，厂里传出"不拘一格降人才"的风向标，不多久他就调动了，脱离了一线工种，顺理成章地调进了厂宣传办公室，做笔头工作。那时正值生了刘俨，得了儿子，工作又往上调动，是双喜，父亲因此给他取名"俨"，庄重又积极，含着父母的希冀在里面。

刘俨生下来就是乖巧的孩子，月子里不大哭，不吵母亲。三四岁，正当顽皮的年龄，也不很顽皮，很听话，在孩子堆里也是跟着别人后面，中规中矩地玩。这样的性格不大使父亲满意，与自己太不同了，常常说不像他养的，然而却使父亲生出了让他学艺术的心，这其实是把大人的理想安在了孩子身上。父亲说，他性子太静，是坐得住的，问愿不愿意学一门艺术。小孩子是囫囵的，分不清什么，只感到新鲜，就听了大人的。

父亲所在的机械厂属国有大厂，先前还专有一支文艺队伍，除包揽厂里演出外，经常被借到外面演出，在所在辖区内很有名。因此厂宣传部里有着各种各样的能人，好些都是被插队耽误了前程的。父亲不主张他学美术，说男人写写画画看不到出息，要学就学出声的，学门乐器看不错。他办公室有位老同事，办公桌头对头的魏老师，年轻时去苏联进修过音乐，"文革"前在中南艺专教大提琴，前几年组织上考虑教师名额的紧张，看他年龄将近退休，便没安排他回校，分配来厂里支持文艺工作。

父亲领了刘俨到办公室，魏老师很和蔼，见了他，呵呵笑了，夸他长得白净，长大后一定是个英俊潇洒的男子汉。他拉起刘俨的手和胳膊看，摸了摸，说身体条件是可以，然后朝父亲说，不知有没有苗子，他愿意收下，教教看。

　　魏老师便是刘俨的启蒙老师，他五十多岁，孩子大了，不在身边，就亲刘俨这个小孩子，喜欢他乖稳的性子。乖稳的性子，其实也是在说没灵气，倒不是笨，如是笨，一开始就不会收。对大提琴，刘俨不觉得十分喜爱，也不厌，肯学，学得下去，老师又有耐心教，一老一小，在教与学中培养了默契和依赖，于是就那么一年接一年学了下去。

　　练琴的日子，下午放了学，他去魏老师家，饭就在那里吃，作业也在那里做，做完练琴，练到八九点，父亲去接，有时过了九点不见来接，魏老师就把他送回来。他的蒙开得很顺利。

　　两个大人培养一个孩子学琴，少不了付出的，父母给刘俨买的第一把大提琴，就花去了他们一些积蓄，还找亲戚借了点。其余的，各种开销从大人身上挤一挤，也挤得出来。物质条件还不丰富的年代，他们每个月给魏老师家送去东西，食物最实际，最表心意，鸡蛋、猪肉、火腿、枣子、茶叶，全是有用场的，给过钱，魏老师不要。不同季节，送应季的吃食，莲藕上市的季节，就拣菜场里新鲜的藕和排骨买了送去。师母做了莲藕排骨汤，刘俨放学来，倒是他吃掉大半。晚上回去跟父母讲吃了藕汤，父亲就笑说：还不是吃的我吗！

　　小学毕业，刘俨考进了音乐学院附中。考上多是魏老师功劳，于是又一次性多送了好多礼物，自行车前后装满了驮去。一次送这么多，其实也是表示教授终结的意思，孩子教上路了，不需老师每日辛苦了。魏老师心里些微伤感，说刘俨以后可以经常来，欢迎他来。

　　附中离家远，刘俨住校，每星期五的下午，父亲接他回家。双休的两天，他在家里拉琴，遇到困难，顿住了，他不急，一遍遍练，待星期一回校请教老师，学校老师不像魏老师只教他一个那样有耐心。这样过一久，便还是隔了空往魏老师家去,师生课又续上了。

　　跟一些同学比,刘俨幸福而顺利得多,他没有挨过打,不少同学是打骂出来的。小时被大人稀里糊涂领进门,新鲜期过后不喜欢了,不肯再学,大人是不顾孩子心情的,只一味强迫,压迫得厉害,有的干脆就放弃了,有的硬学下去,大了悟事了,就认了这门。说到底,刘俨是喜欢大提琴的,不然怎么坐得住,他也有气馁的时候,但即使拉得再不情愿的时刻,也没想过从此放下。

　　许多天如一日地,他在学校里拉,回了家拉,保证每天练琴时间。父亲喜欢听他拉琴的声音,听不懂,也不问拉的什么,大提琴的声音,尤其枯燥地反复练的时候,乐声并不好听,倒添躁烦。他在房里关起门了拉,父亲在外调大声音看电视,母亲睡午觉,听惯了都不觉搅扰。父亲识简单五线谱,向他请教过,他讲起来,父亲倒觉无意思了,从此不再问与大提琴有关的事。

　　一路读完初中,升到本校的高中部,平平淡淡过完高中三年,考进了市里音乐学院,继续学大提琴。市音乐学院在全国几大音乐院校里排得进名次,父亲要的就是这个结果。魏老师听说,来家里道喜。此时的魏老师已经退休,由于培养出了刘俨,刘俨的一路顺利让有的家长找到他,让他给孩子教大提琴,他便收起了学生。渐渐名声传开后,虽未挂出辅导牌子,却成了本地大提琴名师,专开儿童蒙,几乎每天有课。魏老师教的学生,和小时候的刘俨比,聪明的比他聪明多,差的也不抵他,教过一拨又一拨,和刘俨脾气秉性相似的孩子没有,因此难真正喜欢上哪个孩子,教得就不如对刘俨那样尽心,况且刘俨在他家吃过几年饭,这份情感,师生情是深厚的。魏老师和师母两人来,母亲和师母一道在厨房做饭,做了一桌菜,五人上桌吃,是升学宴又是谢师宴。

　　上了大学,他们这帮从前被管教严格的学生脱离了强迫学艺的束缚,进了自由的环境,各自组成志同道合的自由群体,有着极为浪漫的情怀与丰富的想象力,在校内校外玩着许多音乐的花样，又在理想与年轻的保护下施展着各种浪漫与即兴创造力，总体来说，四年的光阴多半是充满着快乐的回味。大大小小的点滴中，时间倏忽地流逝过去了，很快地，还没有玩够享受够，刘俨毕业了。

毕业的日子一到，同学们各自分散开了。刘俨没有随大流往音乐发展的蓬勃地北京和上海去，留在了本地，父母总是疼他，不想让他去外地，他也无心往外面跑。在家休息了一久，听到市里一个乐团招聘的消息，岗位里招大提琴手，刘俨看了启事，想正好去考考看。

这个乐团是市里数一数二的文艺单位，只是像他这样的应届生，除了年轻，其他的一个不占，没有正式演出经历，考正规乐团是难的，况且大提琴手只招两个。他没有把握，却敢去报名，是看到招聘条件里有一条，要求应聘者户籍在本地为佳。这个条件看似在附加括号里，却会在资质初审时刷去许多人。夏天的尾声，天气依然炎热，刘俨隔几天就往人事局和乐团去递资料，探听消息，一面在家做准备，把可能抽到的曲目每天练固定的遍数。到面试这一关，他给自己鼓劲，使了十分的用心去考，考试结果下来，竟就考进了乐团，他成了团里的大提琴手。

父母一辈子都是单位职工，在看待职业性质上尤重"铁饭碗"的安稳，刘俨进了乐团，父母很高兴，认为这是真正把他培养出来了。刘俨也感到几分松懈，仿佛这么多年拉琴终于拉出了结果，听到有同学在北京做演出的临时乐手，他有点庆幸自己不必受外面的苦。

乐团的演奏员不规定坐班，有演出任务，提前通知到，按时去团里排练就行了。上下班不定，刘俨的工作看上去就是轻松的，不明详细的人看起来，他的工作似乎是想去就去。不过那时候也真的很轻闲，只需把每场定下的演出提前排练足，其他时间就是自己的。空闲的日子里，他保留了在学校的兴趣，仍然和留在本地的同学朋友组重奏玩。他们组成可集可散的几个人的小乐队，在某个人家里摆铺开来，奏起室内乐，演奏完，随便聊聊天，依然聊学生时的各种话题，散散漫漫，打发时间。他们都是还没有俗事烦身的年轻人，便都觉得世界充满着美好，听到有人发牢骚，刘俨听着，不劝也不插话，只觉得自己的日子过得平淡而快乐，没有不满意的事情。

每一次赴这样的约会，大家带单簧管、长笛、小提琴，很容易就把乐器往包里装了，只有刘俨吃力，背着他昂贵的大提琴，路上车上小心翼翼护着。他不怕他们笑他身上背出汗了，他有的是力气，愿意背着那把琴到处跑。不去乐团，也没有朋友相约，他就如小时候养成的习惯那样，坐在房间里看书，听唱片，拨一拨吉他，坐累了，往床上躺了睡一觉，觉到闷了，出去到附近公园里走一走，生活很惬意的，日子就这样一天天安宁地漂流过去。

只有年末乐团最忙，春节前后那一两个月，演出任务排得很密，定下的演出一场接一场，乐手们就像赶场子。那年元月的头几天都定下了演出，元旦前夕，乐团每天组织各场排练，刘俨便每天清晨坐最早一班公交往团里去排练。

元旦前一天，全团正在排练，团里临时接到一个任务，让二号晚上七点去市电视台录新年音乐会，嘱说电视台过节也忙，空不出场地和人手，这是好不容易协调空出来的两个小时，改不了了，并且是录直播，请他们这边务必调节好，到时准时到场。得到这个消息，团里乱了套，二号就是后天，后天晚上原定全团要去省歌剧院演奏一场新年交响音乐会，票卖的卖发的发已经散出去了。

两边都退不了，可是都要顾，团负责人想到了个折中的办法，先联系歌剧院，说明原委，商议演出曲目更改，改成乐手少些也能演的曲目，歌剧院由不得不同意，答应了。然后与电视台联系，说安排不出更多人来，录弦乐看行不行，电视台也是受上面安排的，只要他们去人，录出来像样子就行，也答应了。

乐团统共五十几个乐手，分不出两批来，却非要分出两批不可，于是把原先到歌剧院去的交响乐团拆散，连忙从几个艺校和其他乐团借了些人来，分成两组小乐队，到时分别去赴场。分人时，分到电视台去录像的这拨，指挥多抽了十几个年轻乐手，因为要上电视，精神面貌必须要好，刘俨就分在了这一拨。

临时组起来的弦乐队统共也只有二十几人，匆匆忙忙排练了两个白天，协调性还没练整齐，二号下午，就急匆匆装上车往电视台候场去了。到了电视台，有人领他们进了一间休息室，各自坐下调整休息。五点多钟，推车送了盒饭来，每人一份领了吃。刘俨坐在靠门的位置看谱子，一个胸口挂工作牌的人进来，似乎要问什么，见刘俨坐在门首，问了他一会演出的情况，顺着问了他的名字。

快到七点，陆续进录播厅，坐到各自位置上，拿了乐器试音。指挥看到台上摆了张指挥台，跟电视台的人说，录像是上面派下来的任务，匆匆忙忙，人又少，不用搞那么正式，他不站指挥台，不方便。就有人上来撤指挥台，刘俨坐在指挥台下手边，听到有人叫他，抬头看，是先一会找他问情况的女孩子，女孩说："你是拉大提琴的？"他点了头，两人笑了笑，女孩搬着指挥台往后台去了。

这场直播演出录像效果不那么好，有几处很明显地音不整齐，台上整体面貌也不如正规音乐会录出来的那么端正，好在这场直播只元旦几天在电视台放了几遍就封存了。录像结束后，刘俨把琴搬到管乐器的人手里登记了，回去时，他留了个心，特意弯到后台转了一圈，果真看见了那个女孩，坐在办公室里翻册子。他在外面站了站，想了一会，走了进去。

那天晚上，他们一起出电视台大楼，迎着夜晚的寒气走在路边上。出租车总不来，他们就在路边徘徊，一边说话，直等了有半小时，一前一后来了两辆出租，各上一辆才分手。

韩雅在电视台做编导工作，两人同岁，性格上比较像，温和，安静，思想有点老派，也许因为韩雅的工作性质缘故，与人打交道多，在说话做事上比刘俨要成熟些。相处起来，起先没有特别大的新鲜感，见过几回后又对彼此有了情感上的依恋，于是自然地往结婚上谈了。

结婚的时候，刘俨父母和韩雅父母共同出钱给他们买了套婚房，由于两人都忙，又不精于装潢选材，布置上便没用心，是两家父母商量了置办的。装修好，两人就搬进去了。

结了婚，单身时的快乐与无忧虑，刘俨没有感到少去多少，一些日常的琐事也没让他体味到烦恼，日子依然这么过着，不咸不淡。玩重奏的同学没以前齐了，又有其他朋友加进来，他们依然每个月固定约一次，找地方组重奏，消遣娱乐，谈一谈天，发挥还未消逝的音乐创造力。

是婚后韩雅从刘俨每月领到的工资上，才看出他在乐团上班，薪水其实是没有外人想的那么高的。他自己也说，在乐团里最大的好处，是时间自由灵活，看起来体面风光。

乐团是挂在政府名下的文化单位，有政府扶持，每年固定有拨款下来，虽有政府养，拨下来的钱却养不了一团人，再者，钱不是白给的，除派下来的合作性任务和每年固定出去商演，团里自己还要拿出些成绩来，一年四季需要拉些项目来扩展演出市场，自己承接的演出，收入才纯归自己，可是他们又不像流行乐队，可开拓的市场一眼望得到的狭窄。到底来讲，他们这个乐团算不上富裕，可因为是政府和本市文艺单位的一块门面，团里对乐手要求严格，为保证乐手业务质量，明文规定不能在外面接私活，不能私自在外面收学生带，因此乐手只有按各自职称和职位拿固定基本薪水，再就是按演出拿演出费，演出费的多少要看赞助商或合作方给多少，再按大小分派下来。按他们团的情况，到一般演奏员手里，一场拿不到几百块钱，是公益演出，就一分钱也没有，这还要看每个月的演出场数。

严是这么严，相当于是清水衙门了，乐团仍是很多人想进进不去的。

　　刘俨知道有些同事在外面偷偷受聘于艺校或培训班，私下同事间都知道，只是他没这个想法，薪水的高低他不大注重，也是从小没受过没钱的苦，要什么总能到手，对钱没有清晰的概念。单身时大手大脚惯了，每月薪水不够用，就朝父母要，父母对他永远是慷慨的。结婚时，他没什么钱，全靠父母张罗起来。上了几年班，钱去哪里了呢？从小住大的房间，堆得满满当当，全是一样一样买起来的，几个抽屉里叠满了唱片，是学生时代攒起的，一张张原版唱片就是一张张钱；琴有问题了，去修，要钱；看上新的琴新的玩意儿了，要钱买；唱机、音响、耳机，都是好货；总之，各种各样的花销，手里没有落下多少钱。

　　成了家他才有一点钞票的概念，每月留固定的钱给韩雅，不猛着买看上的东西了，韩雅有次记流水账，记了半个月，他感到新鲜，认为这么几十几十的也要上账。他们都是普通家庭生长起来的，韩雅却比他精于规划得多。

　　等两人手里宽裕了些，便决定生孩子。韩雅顺利怀上了孩子，到了月数，休了产假。乐乐出生后，韩雅有奶，却不愿喂，嫌麻烦，两家父母便各送来了奶粉钱，其实奶粉钱他们是不缺，可是这是两家父母疼他们，推了一番收下了。房贷由他们自己还着，这对两人来说不算多大负担。

　　韩雅休完假回去上班后，刘俨闲时就在家带乐乐，两人都忙时乐乐就送到父母家去。此时他听说曾在北京做临时乐手的同学现在成立了自己的乐队，正跟某个当红歌星跑演出，不用说，是梦想成真了。他心里有一点微微的感觉，有点羡慕，可是一会儿就消散了。若让自己当初毕业了去北京做临演，几年后能成立乐队，他大概也不会去，他怕吃苦，不习惯离开父母离开家的生活。

　　韩雅只有周末才有时间，其余时间都是刘俨带着乐乐，韩雅曾建议他也去外面收学生带，他那时有想过，却懒得动，现在有了乐乐，更不愿出去了。乐乐似乎让他更恋家，无事不往外面跑，曾经组重奏的那些朋友，有离开本市的，有几个也逐渐有了家庭，兴头不比以前，再组起来拖拖拉拉，很久也组不到一起，渐渐就淡了。

乐乐一周岁，他们在酒店办了周岁宴，朋友的老婆来敬酒，叫他"乐乐爸爸"，他恍然一下意识到自己称呼的变化，蓦地想起刚进团时同事还叫他"刘俨同学"，心里起了一点快意而犹豫的波澜，随酒咽下去，也就惝然了，他高兴他已是一个男孩的爸爸了。

乐乐和他小时候一样听话，哭得少，好带。父亲同事老李来家串门，乐乐被爷爷抱在怀里，不吵不闹听两个老人说话，安安静静的也不来瞌睡，老李逗逗他，说你跟你爸爸小时候一模一样。乐乐那孩子的童真目光就向老李望去，朝他笑了，似乎听得懂大人的话。

日子变得更闲更慢起来，刘俨买了辆自行车，后面装上儿童座椅，把乐乐放在里面，专为去公园骑。屋里待闷了，就骑车带乐乐去附近公园转，公园有宽阔的草坪和弯曲的小道，他们一遍又一遍兜圈圈，兴味盎然。到下午了，出公园，骑去菜市场，带菜回来，慢慢做饭。韩雅下了班回来，进门就吃热饭。

带孩子也有带烦的时候，他嫌吵了，大吼一声，乐乐哭起来，劝不止，又不忍心打，便把他往座椅里一塞，送到父母那里去。自己回家来，坐进书房里，关上门，方觉得这个家是安宁的，他抱来提琴，心不在焉地拉一会，或去看电视，忘了烦心费脑的事，又感到了自己是一个人，过着无挂无碍的单身生活。

乐乐还不到上幼儿园的年龄，才刚两岁半，就被大人迫不及待送入园去了，不能输在起跑线上。刘俨的生活变得更清净，每天的状态更稳定了，除去团里，偶尔和朋友相约，就都在家里，厨房俨然是他一个人的天地了，厨艺比起过去的韩雅高出许多，会做一些偏门却好吃的菜。有时在家里也无事可干，待得乏味了，就回到父母家，在他原来的房间里看一看。

韩雅在这间房短暂住过一久，搬到新房后，被他布置回了他做学生时的样子，他把那些书、各种器具和摆件寻了来，重新归放得像以前一样。母亲出去串门，父亲打麻将去了，他索性过一下午少年时的生活，又坐在床边头的桌前，打开旧唱机，放上一张唱片听，在纸上写些即兴想起的音符，想想年少时曾受过感动的音乐家们的故事，那是仅有的激励过他成为音乐家的年少梦想，现在想一想，心里了了，倒是平淡地给乐乐讲过贝多芬的故事。或者又找出曾经的日记本，在上面写几行。坐得困了，躺上床，看着夕阳反射在天花板上的淡黄光影，那是读小学时的他久看不厌的。闭上眼静静睡过去，无忧无虑地睡一觉。直到父亲打牌回来，扭开房门叫他起来，他的躯壳才从梦的空白中回到现实，蒙蒙眬眬没睡够似的上桌吃饭。因睡得沉，四肢都睡软了，似乎耗去些力气，然而这餐饭吃了三碗才觉饱。吃完，坐一刻，和父亲看一会电视，天黑了，才起身出门，随着下班的人流回自己家。

当他和韩雅、乐乐回父母家，五个人坐在一张桌上热腾腾吃饭，孩子的聒噪，老人的唠叨，他才有点一家之主的感觉，喝止乐乐，叫停老人。吃饭的间隙，他看一圈桌边人，时间真是过得快，没有痕迹地，恍眼一看，自己是上有老下有小的人了。

清闲的生活耗去了年龄，似乎也在平淡无奇中耗去了人生一些可能的机遇。乐团这些年有变化。铁打的营盘流水的兵，乐团是喜好安稳的人稳定的所在，却也有人不满足在乐团待下去，觉得严苛了，又看不到以后，仅把这里当作前程的跳板也是个好选择，有了在这里工作的履历，再往别的地方去，总会受到青睐。有人来有人走，团里要保持新鲜血液，每年都对外招聘，只是条件一年年提高了，按现在的招聘要求，刘俨当年的情况是难进去的，而今看重的是有职业演出经历的人才。他在团里这些年，安安稳稳，受到许多帮助，也帮助了一些后进者，然而要排实力的话，他算不得多么优秀。其实无论在哪个单位，都是讲论资排辈的，只是不摆在面上，人人心里都有个榜，本地乐坛圈比较讲这个，缩小到团里，也是在一个梯子上分等级。

团里拉大提琴的有八个，刘俨在里面属平平，不比人拉得好，也不多差，毕竟拉了二十几年。若刘俨学的是小提琴，人再勤奋上进些，现在或可朝乐团首席前进，正式的音乐会上，挨指挥台下手坐的第一人准是首席小提琴。一般的认为，大提琴也是比小提琴低一等的，显得不那么重要，按有的同事自嘲说的：大提琴拉不出名堂来，就是个空壳子，光看起来样子大。

不仅只是空有样子大，团里大提琴手薪水普遍比小提琴手低，乐乐上的是个好幼儿园，每学期仅学费就比普通幼儿园贵两倍，周末报有钢琴和英语班，再除去他的其他开销，两个大人的花费、房贷，加起来整合两个人的工资一减，几乎没多少钱了。余下只两人年底能在单位分些年终奖，可过年正是花钱处多的时候，也攒不下多少。

拉大提琴并不是最好的人生选择，刘俨的大学同学，现在做各行的都有，有的去了北京、上海的乐团，有的升学去了国外从此留在那里，有的安安心心在学校教学生，也有人有更大志向，放下从小学起的乐器，彻底去经商的，倒是很成功。刘俨从没有想过第二个选择，生活的顺利没有使他往这上面想，他学了这门手艺，就要靠它吃下去，只是没有凭它多吃些钱出来。他未尝不知道自己在团里没有多大发展前途，这从他考进来起就很清楚了，当初要考这个团，不往外面去，就是想要份安稳。他的职称、资历随在团里的年数逐步变化，也算得到，到退休年龄自己是怎样的。

乐手的职业性质不比别的职业岗位，单位会设一条晋升通道，等着有本领的人去攀爬，在乐团做乐手，拉琴就只管拉好了，搞艺术的多数不擅长人际交往与事务斡旋，做不好管理工作。因此，在这种温水般的环境里，大家不会想要谋个什么前程晋升，注意力在艺术与业务上。刘俨对乐团有感情，从他是个毛头小子进团，到现在，他的人和心都是乐团的，吃这口饭，他吃得安逸舒服。

然而现在环境却不那么安逸了，早前的一些人事变动是规范之内的走调，他听见别人说就听几句，不知道的也不打听，察觉不到近些年国内古典音乐市场行情对他们这种单位的影响。

团里的老团长办了退休手续，引起大家一阵谈论。老团长年轻时是唱京剧和样板戏的，九十年代当了团长，便转做了晚会主持，再然后一心带团，不再上舞台。团从小到大发展得稳稳当当，都是他的功劳。团里的老人说，团长这个位置不轻易换人的，都是当到不能当了才换，此时退休，不知是什么原因，他离退休年龄明明还有两年。他们就想到，大概这几年团里效益没有增长，需要换个有能力的人来，连续三年乐团的各种建设没有如期完善建立起来，经济收益没有明显上涨，虽有上面拨款打底，总体不致往下落，可总在水平线下一点浮着，做领导的年底看份份表单，总归是不那么满意。于是团长的退休就显得有些黯然离场的意思，退之前，大家三两去团长办公室聊天，说说道别话。团长口气谦愧，也有终于松口气期待回家养老的欣快。有人问新团长谁当，团长说反正不是从团里挑，看上面派谁下来，兴许要改变些规矩，你们要万众一心辅佐新团长。"万众一心辅佐"这话让办公室里的年轻人笑起来，果然是从那个年代过来的，亲耳听到了他那"老古董"味。

老团长在任时没有很大能力把团搞富裕起来，与其他省同级乐团比差一截，只是在他手底下整个团还是和谐朝气的，他们怕上面派个不懂艺术的人下来，打乱团里气氛。

老团长退休后，过了半个月，新团长来了，是省歌舞剧院的一个中层干部，倒是懂些音乐的，听认识他的人说，这个团长在以前的单位以擅于管理闻名，最早是部队文艺兵出身，后来转业到的歌舞剧院，说话做事保留着几分军人习惯。

很多单位换新一把手后，多会找些前任积下的弊陈，严格的会整一整，就会有些动静。新团长一上任，果然烧起了新官的火。他集中看了团里一些档案资料，看出些混乱不清的方面，大概不满意，过了不久便组织全团进行考核，重新审核资历资格。他们觉得是在走过场，搞一点形式罢了，观察一阵子，也看出不是真要怎样，就放了心，任怎样开会怎样审核，没往心里去。

其实这仅仅是阵没有落雨的雷，一阵雷过去后，震慑效果却有了，团里上上下下吃了几分威，连排练时惯迟到的人也守时起来，算准时间提前去排练室候着。排练的间隙往后门看，兴许就看到新团长站在后门口，略有兴致地在看他们排练。

新团长很抓纪律，重规范，哪一边都不放过，要熟悉团里每一节每一环，面面俱到，事事都亲自过细地问、看，精力过人。老团长任时比较保守，不爱出去串门，新团长第二个月就去了邻省的一个市歌剧团调研，接着去了北京的同类单位参观取经。

刘俨不喜欢出差是同事都知道的，每回下地方演出，或外地乐团办乐季邀请他们去演出，不会整个团都去，只挑一部分去，每到这时候刘俨就不那么积极，挑到他了，也不推辞。这一点，被新团长知道了，不知是从谁那里听到的。这不算什么，连工作态度不好也算不上，问谁，谁愿意隔三岔五出差呢，演出上的人事安排本也由不到团长管，他管不到这么细。乐手的工作态度、日常排练，由负责具体演出的艺术总监管，艺术总监由团指挥担任，一般的工作，听指挥的就行了，总监与团长各自分工，职能互补。

刘俨这样的小问题，一些人多多少少都有一些，都被抓进了团长耳朵里，这使得团长认为他们素质不齐整，便开始整风。会上他说，我们团年轻人多，前任团长年龄大，对大家很宽容，疏于管理，很多人缺乏纪律约束，方方面面的问题一揪一大堆，我看，要一个个整改，一个乐团的整体形象很重要，团员的个人修养必须规范。团长点了一串名字，其中就有刘俨。

接二连三的会开得大家很不情愿，又不得不去听。在又一次的会上，团长把一句话说得很响亮，"搞艺术就不要想挣钱"。各人反应不同，敏锐的人一下就嗅出了味道。散会后有人说，演出费往上提是没希望了，团能不能富不知道，我们恐怕富不了。经了这个人这么一说，大家就都想到了些什么，只是他们殊不知这些是轻的。刘俨倒不很在意，他自来对人对事不多做揣摩。

腊八过了近年关，来年将是千禧过后的第一个十年，人们历来重视逢五逢十，觉得来年会是有意义的一年。逢十更应该庆祝，于是隆冬时节团里搞了欢庆会，租了外面剧院的场地，到处散免费票，腾出空来，在小年那天全团演奏了热热闹闹的新年音乐会。演完后团长上台讲了话，末尾祝愿大家在千禧过后的第一个十年生活更美好，家庭更幸福。

春节过后的三月份，忽然传来消息：团里准备改革。真被老团长说中了，只是不知道要怎么改，又会改成什么样，却都愿意改一改，不改乐团效益上不去，薪水发不高，于是静等消息出来。过了两个月，团长在会上念读了改革方案，乐团效益不好，职能功能性不强，团要解散，一部分合并到省里即将组起来的交响乐团。

一下就蒙了头，大家议论开来，又一下都明白了，老团长提前退休，换新团长来，就是来断尾的，是专门来做这个工作的，前面的考试、审核、开会、整顿，其实是在理清人事，在摸底。新交响乐团性质直属省级，由他们乐团和省内其余乐团抽精干组成，自然就有一批要被淘汰，一时人人自危。

团长是真把部队的做事方式带到了这里，大事小事喜欢找人谈话。乐手被一个个叫去谈了话，家庭情况，以前履历，及对团改革的想法，以往工作的总结和对往后个人职业的展望，并欢迎提建议或意见。轮到刘俨进办公室，他想从团长脸色和话里听出他对自己的感觉，但团长对谁都是一样。团长没有多问别的，他也没有多说别的，聊了一会就出来了。

即将新组建的交响乐团编制有八十来号人，是个大团，给省内五十多个名额，汇聚全省人才优中选优，其余名额面向全国招，或许还会招几个外国人。刘俨心里清楚，自己的情况到别的乐团去都会要，往交响乐团去恐怕是不容易，要被收编进去，除按资历，还看有没有得过业内奖项。他心里终于敲起了担忧的小鼓，感到了形势不好。和别人一样，他想顺势编进交响乐团，水往哪边流，他就愿意跟去哪边。可他自忖在团长那里算不了优秀，如果论个人成绩挑，在大提琴手里他也不算突出，没有把握，便只好和其他人一样，硬着头皮去排练安排下来的任务。这事他没有跟韩雅讲。

这时，他听到已有人准备去送礼了，他心里一动，自己也可以去送，却只敢想想，合并过去的名额没有下来，送礼算什么呢，送空了呢？况且谁都吃不准团长是个怎样的人，吃不吃那一套。

又是一轮专业考核，考核过后，有一批人结果不理想，被贴出来，刘俨的名字在上面。这批不合格的人得到通知：暂时三个月不用上班，先在家里休息，等乐团内部调理交接好，录到交响乐团去的人员名额定下之后，再回来统一考试，择去向。

这其实就是委婉地表示，已把他们淘汰了。刘俨回家老实相告，韩雅听了意外而气愤，没有过多抱怨，只说，要不去送礼，现在送礼或许能编进去。他没作声，韩雅看他有点为难的脸色，转了话头，安慰他，说交响乐团大是大，可也不是非要进去才有饭吃。

这批人赋闲在家，乐团也不会就此不管他们，刘俨在家里，有几个乐团的人找上了门来，有小型的管弦乐队和节庆乐团，请他过去拉琴。跟他们团比，这些乐团等级低一些，他觉得去了似乎就降了等次，自己不至于是那么差，于是没有表态，心里还是抱着那么一点希望，能进交响乐团是最好不过的。

在家里歇着，他从同事那里听到团里小宋辞职了。小宋也在暂时休息的名单里，她拉小提琴，才来团里两年，算团里顶年轻的乐手。同事说，小宋有那么点傲气，不想被辞退，自己抢了个先，递了辞职，下一步准备自费出国进修。刘俨便想，假使他是小宋这个年龄，没有老婆孩子，或许也会考虑去外面进修。

似乎是遇到棘手的事情，人们才会想到怀念从前。刘俨把相簿拿出来，看以前乐团的大合影，现在说散就散，他不想这一大群人散开去，他喜欢大集体。翻出大学毕业照，也是一大群人，男生们都是意气风发的样子，他站在女生后面，挨边站着，像足球运动员一样撑着腰，身材单薄，脸上一副未脱的孩子气，隔远了看也能看出白白的面孔，有点秀气。仔细地看，一个个看去，一个个数着，一个个想，不禁很感慨，照片上的青春少年现在都步入中年了。

那个早前组乐队的同学长年在北京、上海的音乐圈游走，现在已是业内公认的青年才俊。不久前同学带着妻儿回来母校看老师，顺便见见老同学，在本市的同学都被叫上，有隔得不远的邻省的同学也来了，刘俨带了韩雅和乐乐去。有些同学毕业后就没再见，这下见到，非常亲热，一伙人叙旧，竟令几个女同学热泪盈眶。对照同窗时光，大家都很感慨。

按刘俨的性情，他以前不会羡慕那同学现在的发展，只是现在自己处于这种境况，人到中年未来却无着落，想到同学们的状况，再看自己，不禁真觉得自己是失败的人，心里黯然气馁。这次同学会多少有点刺激到他，他想到了送礼。

送礼又有什么呢？他又不是偷奸作假，只是为自己争取争取罢了，是再正当不过的事情，他这么说服自己。在家休息这么久，还没敢去告诉父母，他们要是听了一定也让他去送礼，父母的人情脑袋就装着这些。

休闲的日子，他成了乐乐的全职保姆，韩雅经常加班，他就接送起乐乐，乐乐八岁了，细瘦颀长，齐他大腿高。有天他洗了乐乐的跑鞋，晾到阳台上，注意到洗衣机旁用旧布盖着的自行车。他拉下布，车还很新，其实那辆车买来只骑了一年，乐乐厌倦坐儿童座椅后，就闲置着了。他推出车，开门推进电梯，下了楼，骑到公园里，心不在焉地兜圈，明朗的天色和阳光并没让他心里顺畅起来，反而感到生活百无聊赖，他似乎没什么劲了。再想一想同学聚会，他决定，还是去送礼。

问了几位同事，提起送礼，同事没给出什么意见。合并过去没合并过去的，恐怕都会想去送礼，送的对象，不是这边的领导，就是新单位的领导，可是谁送了礼会告诉别人呢，都怕自己本来不稳的名额再横出枝节，他没问出什么来，没再问了。

韩雅觉得他终于想通了，有个同事的亲戚在山区弄到些鹿肉，她买了半只鹿，再买了酒、烟，还有个装了钞票和商场购物券的信封，让他到时看情况。刘俨当即脸上发红，以前从没想送礼这种事会落在自己身上。

问到了团长家地址，晚上吃了饭，刘俨提了袋子出门了。韩雅跟出来，跟到楼底下，因为紧张，他只管往前走，也不搭理她的话。出了单元楼，往后看，韩雅不知什么时候回去了，他有点发怔，习惯地走到车库，又转回来，为开车还是打车犹豫不决，好一会，才抬脚离开车库，决定打车去。

出租车上，膝上的袋子沉甸甸，信封在怀里口袋，他想，他恐怕是送不出钱的，此时此刻，他仿佛已有了犯罪感，他也没那个厚脸皮，可是，要办成事，钞票会比其他礼物更能起作用。

到了团长住的小区，他提着袋子走到了三单元那栋楼前面，就再也无法往前走了。过道旁边停着一排车，他走到一辆车后面，把袋子放在车顶上，看着黑浓的夜色，吁出一口气，心情倒比来的路上平静多了，只是站在车旁边，有几秒搞不清自己在哪里，转身看看四面，看到三单元的门洞，真想逃走。

听到大门口有车开过来，开近了，他循着车灯往车里看，驾驶座上的人正是团长，车内灯光照得团长的脸上几道坚硬的横肉。他的心脏猛烈跳动起来，赶紧半转身面对花坛，感到脸上在发烧。听到车在前面停下，他才转回身看去，就停在前面二十米开外。团长下了车，后面下来一个人，看背影是年轻男孩，应该是儿子。团长跟儿子说着话，他听来，感到那不算熟悉的声音竟是比平时还威严，他暗自吞吐着气，犹豫极了，不知要不要过去。

时间越挨越长，越挨就越无法迈开步。三单元门口又是静静的了。要是一来就进去，现在恐怕都出来了，不管送没送出去，起不起作用，现在都是轻松的了。他朝单元楼门洞望，敞开的铁门里是一片暖光，仿佛在欢迎他走进去。

刘俨足足站了半个多小时，最终还是妥协于纸一样薄的脸皮，原谅了自己的胆小，提起车顶的袋子反身走了，头也没回上了坡道，离三单元楼越来越远。打上回去的车，看着窗外的霓虹和行人，心里的轻松让他感到庆幸般的幸福。

回到家里，他莫名有了些底气，把袋子放下，往沙发上坐了，很累地脱了外衣，下意识去摸背，朝韩雅说："不要我就不要吧，我不稀罕了。"

韩雅拨开桌上的袋子，原封没动，也没答他话。他脱了鞋，赤脚走到浴室去洗澡。乐乐看完一集动画片，嚷着要妈妈洗澡，刘俨洗完，拿着乐乐的毛巾出来叫他，乐乐不肯让他洗，妈妈却说："爸爸今天难得勤快，就让他给你洗。"乐乐不情愿进了浴室。刘俨骨碌碌剥光他衣服，拉到淋浴头下，拉着他转来转去冲，儿子有点陌生地看着不发一言的父亲，乖乖由他摆布。

浴室门没有关，韩雅在厨房洗碗，刘俨听见她说：我就知道你是送不出手的，离了乐团未必不好，不是只有乐团的饭碗是铁做的。你去问问你的同学，哪个不比你现在好，我不是要求高的人，要求高，只怕天天有架吵了，一场演出低的时候两百块钱，出去给学生上节课都不只这么点。你再怎么不适合当老师，教孩子启蒙总教得来，现在艺术培训市场这么红火，你怎样都比在团里等演出强。以前劝你出去带学生，你也懒了，现在不想别的办法不行了。生活上我们不节约，也不乱花钱，单是乐乐一个月的花销就超过我们两个。他喜欢这喜欢那，我们从不压着他，给他报班给他买，做父母的不该在孩子身上短，自己的孩子不该遂他的心吗，你从小到大花的钱你父母哪回过过不值，不也是尽着你。单只乐乐，我们的任务就很重，他现在小还好，大了开支更少不了，还有个房子压着我们，你摸下你口袋里有几张钱，家里存折上又有多少，我想在乐乐上初中前尽早把房贷车贷还清，以后我们压力就轻一些……

韩雅的口气是温和的，却一气说了这么长，乐乐也听出了不寻常，见爸爸不说话，他嗫嚅着叫了声爸爸，以为他受到了妈妈的责备。刘俨拍一下儿子的腿，拍得很响亮，儿子一惊。他问乐乐："你听得懂妈妈说什么？"乐乐说不懂，又说："她想你挣钱。"刘俨笑道，"是的，叫我挣钱，我的乐乐竟然这么聪明了。"他关了花洒，擦干乐乐身子，把他扛到肩上，到卧室给他找衣服。他不知乐乐要穿哪件衣服，乐乐就在床上指挥他拉开衣柜下的第一个抽屉，拿出一件鹅黄色长袖衣。刘俨抖开衣服，胸前是滑稽可爱的唐老鸭。乐乐自主地要自己穿，他便坐下来看他穿。乐乐套进衣服，头从领口钻出来，看到爸爸的脸色变得有点呆。他想起妈妈刚才的话，厨房那边现在没声音了，不禁有点起畏，穿了件短裤后便溜下床跑出房，打开电视看起来。

韩雅忙完家务，和乐乐一起看电视，刘俨也坐下来看。乐乐先还感到父母之间异样的气氛，很快他被电视吸引过去，不再观察他们的脸色。刘俨没看进去，看得无趣，独自进书房去了。

他抱起他的大提琴，拿起琴弓来要拉，想起他们在外面看电视，只好把琴靠到墙立着，一时不知道做什么好。有个笔记本摆在桌角，翻开，上面是他空闲时写下的音符，似乎作过几支曲子，只是从未练过。有一页是歪扭的字迹，是他喝酒后怀着愉悦的心情写下的，是怡情的抒发。他拿起笔要在空白页上写，不知可写什么，写不出一个字来。于是躬身把靠墙的大提琴抱过来把在怀里，摸了摸。他清楚自己对大提琴的喜欢，只是没有从前热爱了，他曾经痴迷于这件大家伙带给他的感动与陶醉，它伴他从八岁到现在三十三岁，如今再难以激起年少的丰富情感，却也是离不开的。他愿意永远拉琴，除了这，他干不了别的，也不愿干别的。

他主动跟同学联系，托他们介绍工作。似乎在乐乐都知道他的无能后，他已没有选择脸皮厚薄的资格了，电话里直接说自己已失业，请他们帮他看看合适的。同学微微诧异，说没想到你也有失业的一天，以为你会永远过这种自由舒服的神仙日子的，然后很关切地问了问情况，一口答应了。

早晨起来，进卫生间洗漱，看着镜子里的自己，一张睡眼蒙眬萎靡的脸。他刷着牙，一边盯着镜子，没留心牙刷捅到溃疡处，疼得他停住手，眼里逼出了泪，漾在眼眶里，眼角拉出几条细细的纹。草草漱了口，不耐烦再待在卫生间里，出来拿湿巾擦了脸，抹干净眼角，就出门了。

同学介绍的艺术培训班，他在弦乐部教学生，都是十岁以下开蒙的孩子。态度认真的儿童，小手抱着巨大的琴，眼睛里闪着纯真的学艺的光，他想，他们长大了会不会变成他呢，还是会变成马友友？上课时他常想起魏老师，想起童年学琴的光景。

教了一久，安排给他艺考的中学生，这样年龄和水平的学生对他来说更好带，教得一样尽心。头一个月薪水就比在团里拿得高，他想，为什么以前那么不情愿出来挣这份更能体现他价值的钱呢？那些最好的光阴，白白被自己的无所事事和懒散耗去了。

有个同学毕业后留校教书，近几年开始在外面兼职带学生，看刘俨教得顺利，商量不如两人合伙开个培训班，刘俨认为可行，他现在切身体会到劳动不仅光荣，还能极大地体现自身价值。他变勤快了，似乎很有那么几分事业心起来，跟同学选址，跑去好些地方看，最终将地址选在音院附近，基础生源由同学想办法牵引过来，再规划租金、装修、设备等等。韩雅自然是鼓励，他受到鼓舞，只是两人一时拿不出多少钱来，于是，只有去向父母借。

天色已经暗下来些了，繁闹的大街上挤着许多车辆，前面不远处的路口，红灯亮了，车辆排序一样停下，往前面后面看，一条望不到头的长龙。每辆车的车灯打亮起来，车灯汇出一片杂色的暖光，照亮了城市傍晚的上空。

刘俨的车靠边停下，路旁花坛里种着枝叶稀疏的树，人行道上走着零散的下班人群，此时正是下班点。他现在要往父亲那里去，晚饭就在那里吃。

出门时，韩雅像他曾经短期出差前那样跟出来，送到楼下，又嘱咐他："你跟他们好好地说。"刘俨微微点头。韩雅这话显得这件事很难似的，要他去跟父亲开口，是有些难，他想，该怎么说呢，尽管只是将事情将实就实讲出来。

车里没开暖气，他搓几下手，伸手去调挡，现在感到出门时韩雅啰唆的好了，想再听到两句，她的声音总是那么软和，令他焦虑的时候感到安心。他怕一会儿父亲脾气上来,要斥他。到如今这个情况,他是够没底气的,望着前方的红灯,他承认地想。

花坛那边的人行道上有几个人结伴走过,穿着工作套装,肩上挎着包,他顿时很羡慕他们,羡慕那些职业顺利的人。待不及多想,绿灯亮了,他启动车,随着前面的亚绿色出租车往前驶去。

进了福居小区,停了车,拿出原先准备送给团长的两条烟和一条鹿腿,半只鹿肉他们吃得实在吃厌了,剩了一条腿放在冰箱,放得都快忘记了。上楼梯才想到,他一贯不主张父亲抽烟的,现在拿着烟进门,父亲肯定要问他怎么把一向反对的"毒品"送上门来。

爬上六楼,伸手按了门铃,响了几声门开了,母亲迎他进门,饭菜香飘满屋子,父亲坐在客厅沙发上看电视,他喊了声爸爸,走到厨房门口,探身看了看,锅里煮着西红柿汤,他把野味放上灶台,转身走到餐桌前坐下,将烟放在旁边椅子上。桌上已摆了两盘菜。母亲盛了饭端给他,他夹起一块排骨放进碗里,却没胃口。

一会儿,五盘菜占满了小桌子,他曾经说要给他们换个大餐桌,说过就忘了,他实在没像别人的儿子那样对父母真正尽过孝心,他总是随意对他们的日常所需许些小诺,却极少做到,好在,父母从不在意这个。他把左手伸到烟上,掂量着要不要拿上桌。

电视调到了音乐频道,父亲从沙发上起来了,过来上了桌。他拿起筷子,夹起排骨送进嘴里。

父亲问怎么只他一个人,韩雅和乐乐怎么没来。他说乐乐今天作业多,来这里,回去作业就做不完了。父亲倒了白酒自酌起来,刘俨把烟拿上来,两条烟叠在桌沿。"来是跟您说个事。"他说。父亲见他这样子,有点警醒,说:"你说看看,什么事？"他鼓了口气，说："我早就没有在乐团里了。"

果然父亲脸色变了，放下小酒杯，有点陌生地看着他。他也看着父亲，坦白地说："这不是一两天的事了，不过我们有往后的打算的，我和朋友准备一起开个艺术培训班。"

"那，要多少钱？"父亲直接问。

"这，还没合计出来。"他回，父亲口气没缓和前，他不敢说出要借的钱数。

父亲没有开口，他等着父亲的脾气。这时母亲说话了，终究是母亲，到底心细些，说："你慢慢跟你爸爸讲，你也不做没道理的事的。"这句话使他感到安慰。他干脆放下筷子，把这些年乐团的变化，自己的境况，老老实实都讲了。

边听他说，父亲边撕开烟包装，点了一支抽，"这烟好。"父亲连说两声，这烟的确很贵，他连抽了三支。待刘俨说完，父亲却并没怪他，他满以为父亲今天要怒一回的。父亲没有发脾气，倒是和母亲一样，表示了理解。父子俩从来没有这么心平气和地谈过心，从来说话，都是父亲领导着说话的方向。今天，父亲没有说"你没有用"这样的话，竟宽心地说："走到哪一步都是路，总是有办法的。"接着竟笑了，说，"这还是你第一回给我买烟，这烟好。"

又讲了番话，他看父亲情绪似乎比较好，说出了要借钱。父亲起先没说什么，母亲走去房里，拿着存折出来，父亲接过来看了看，然后递给了他，告诉了他密码。

墙上挂钟看去，时钟即将走到十一点，要回去了。他站起来，母亲把茶几上的一袋砂糖橘提起来给他，他不要，母亲说："给乐乐的。"他就接在手里了。父亲忽然说："兴许，你能到魏老师那里取点经，他身体没以前好了，学生还是在带，过两天你去他家聊一聊，总能有用的。"父亲从茶几上拿起一个小本子，翻几页，报了一串电话号码，刘俨记在手机里，提起橘子出了门。

父亲跟他下了几级楼梯，他走到二楼，听见父亲在上面说："明天和韩雅带乐乐来。"他连忙答应几声，心里既温暖又愧疚。

深夜的霜露悄没声息地降下来，他头顶披了层雾，找到车子，开车门坐进去，慢慢驶出小区大门，按开音乐，音响放出一首粤语歌，优美的调子伴着夜路，他有很多话想说，不知可以对谁说。

回到家，开开门，客厅黑漆漆的，韩雅和乐乐睡了。刘俨轻声走到乐乐的卧室，窗外远处的灯火微微照到乐乐的小圆脸，睡得很熟，一呼一吸，声音透出稚气的沉重。他走到床前，把脸凑到儿子鼻前嗅了嗅，小心凑上去吻了吻那脸蛋，看着模糊中的孩子脸轮廓，叹了一口不知是幸福还是哀愁的气。

到他们的卧室，韩雅睡得静静的，他坐上床沿，抑制不住此刻内心的甜美，吻上妻子的脸。韩雅醒了，蒙蒙眬眬地问："爸妈答应了？"他嗯了声。韩雅轻轻笑了，说："那你赶快洗了来睡吧。"他回说好，出去把门带上了。

走到书房，坐进椅子里，刘俨的脑子格外清醒，他掏出手机，给同学发了条信息：一切OK。然后插电打开唱片机，挑了张维瓦尔第的《四季》放进去，轻缓的乐曲令他安神。回想吃饭时母亲说，你再大，多大，都是我们的孩子。父亲把他送到门口，叫他明天和韩雅带乐乐过去吃饭。回顾从小到大，没有数得上来的记忆深刻的事，要说这三十几年的感受，总体是平淡的多，到什么年龄，他就做什么年龄的事，对人对事感激的多。

他好久没这么想到父母了，此时他对他们充满感激，在他还懵懂的年纪，父亲送他去学琴，这个举动无论什么时候看都是充满远见的，他就是凭着八岁学起的这门乐器，学、拉，到今天，使得他的人生路一直平坦，离开乐团起先看是个坎坷，现在看是为他开启了一扇或许会更好的窗，他的所有都是大提琴带给他的，衣食、爱情。他虽是个庸才，可这份平庸也带给他许多别人得不到的好，虽然也失去了一些人生奋进的机遇，但他不后悔。他的韩雅，当初就是被他的大提琴吸引的，他的乐乐，又多么崇拜他拉出的音符，他的父母，常自认为培养出了个艺术家。

他就着台灯的光看着房间的件件摆设，想就连这地上的一粒灰末都是他的，是他的，他就有责任，他问自己：担得起责任吗？朝窗外看，深蓝的夜空中挂着一轮杏黄的月亮，他望着那轮月亮，室内音乐声衬着那月亮，他仿佛看出了月亮的孤独和纯洁，他觉得，此刻他也是孤独的，但是，没月亮那么孤独。

他的心真不平静，什么话也说不出来。他真想做点什么，做什么呢，他站起来，抱起单人床上的大提琴。他像照顾人似的，有时让琴躺在这床上休息。他心绪激荡，很想拉一首巴赫，他多爱那首独奏。可这个时分无论如何是拉不得的，只好拿起毛巾，又细细地把琴从上到下擦了一遍。

他像很多个以前为永远想不明白的小事执着冥思的夜晚那样，独自坐着，对着那轮月亮游动神思。他编辑了一条情意满满的短信发给魏老师，感恩与怀念之情溢于字句。他决定明天就去魏老师家，带着乐乐一块去。或许，会像当年父亲带他去见魏老师时那样，他会不当真地问问魏老师，乐乐适不适合学门乐器。魏老师和蔼地呵呵一笑，伸出手，摸摸乐乐的小脑瓜，夸：你儿子长得好白净，长大后一定是个英俊潇洒的男子汉！这样想，他笑了，笑出了声。

唱片机的曲目演奏到机锋处，陡峭起伏，一会，又转回低音，他心里说，不管怎样，明天的事，明天去做，明天一定去做。现在，偷这点空，再听一会，听一会自由的、幸福的音乐吧。

选自 2021 年《长江文艺》第 5 期

张 林

张林，北京大学中文系创意写作方向硕士毕业生，曾获北京大学第八届王默人小说创作奖、中国（金东）·首届艾青微诗歌奖、十月文艺出版社"我的平凡世界"征文奖，创作及评论散见于《文艺报》《香港文学》《特区文学》《中国青年报》《新京报》等。

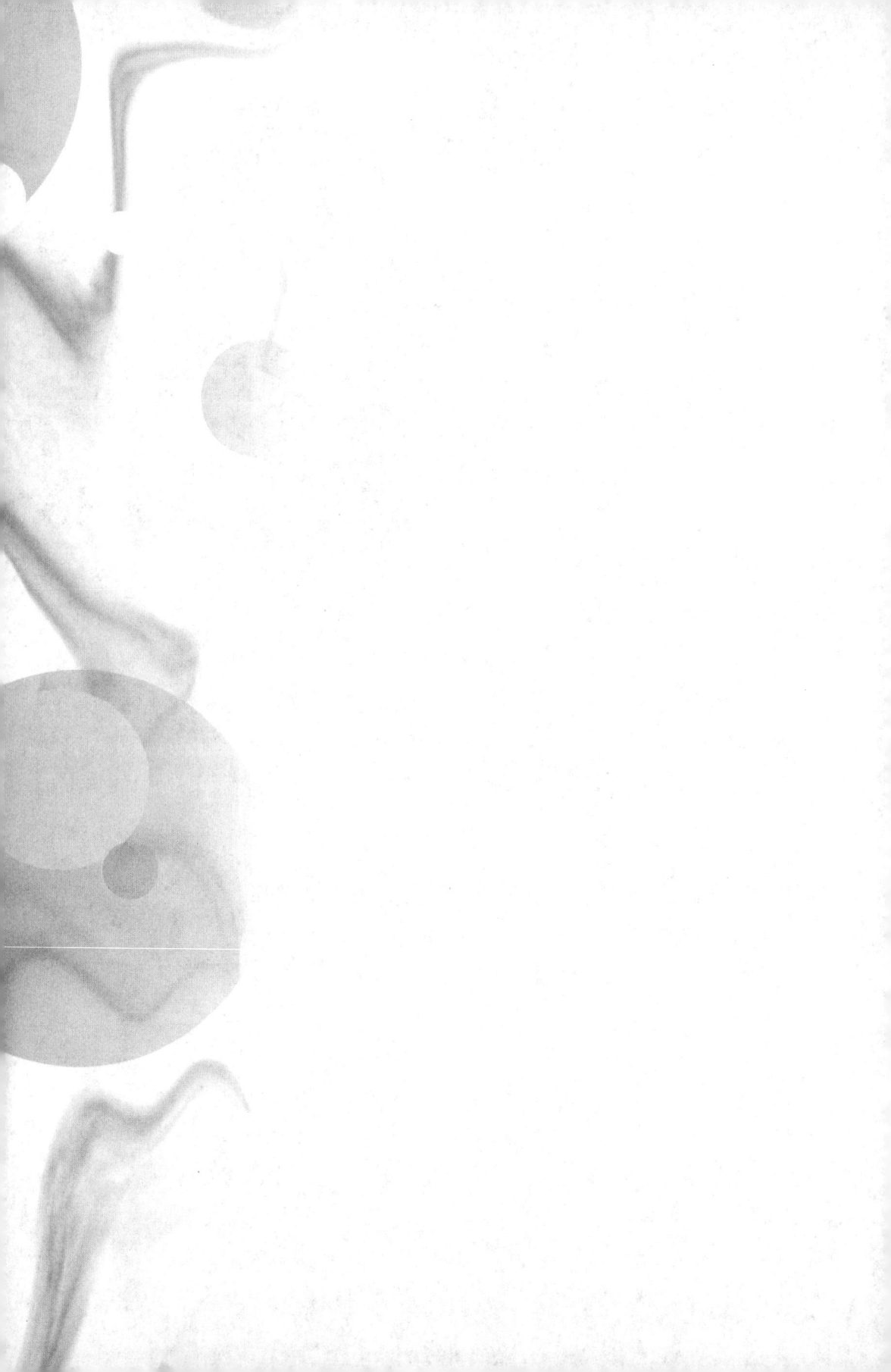

南山小站没有山

一

太阳在正头顶,影子最短的时候,西火车站里并没有火车经过。你和小谭坐着,盯着站口的窄门,锈蚀了的铁栅紧闭着,没有要打开的迹象。

你唤他:"小谭,小谭。"

小谭别过头来,他的眼睛特好看,是超越性别的好看,大大的,干净的,像一汪潭水,脸被太阳晒得有些红,虽然没有太阳的时候,他也常常脸红。你说:"别看了,他今天不会来,哪天也不会来。这个时候根本没有火车经过。"

可这个夏季的每天正午,你依旧会陪小谭来这里等人,等一个成年男人。那人乘坐一辆列车表上不存在的火车,谁也不知道他哪天来,只知道那辆车来自X城,那个人没有影子。

你们更小些的时候,小谭姥爷讲鬼故事,皱纹攒在一起,一惊一乍:"鬼可都是没有影子的。"小谭舅舅那时还在家,还愿意张口说话,他说:"人有时也会没影子。"被小谭姥爷剜了一眼骂他瞎说八道。

你曾偷偷问过小谭舅舅什么样的人才没有影子。他是个怪人,鼻子下留着细密的胡茬,说话带着夸张的气音,像是哄骗小红帽的大灰狼,他说:"人和人亲嘴儿,要是没有嘴,就不能亲嘴儿吗?不是的,亲嘴儿总还是发生了的,只是平常人用眼睛看不到⋯⋯"你听不懂,只听见亲嘴儿,就觉得脸发烫。茂密的槐树叶子在窗外摇啊摇，影子映在墙上像是能覆灭船只的浪，你害怕地后退，又听见小谭舅舅站在阴影里神秘兮兮地对你说："你记好了，没有影子的人，你最多最多只能看见两个……"

小谭把空可乐瓶子投掷进垃圾桶的片刻，你刚好数完第十二声钟声。你说："小谭，小谭。再不走就要迟到了。"你心里惦记着大鼻头老师的物理课，是个暑期补课班，提前补初二物理。补课费四百块，是你妈的半个月工资、小谭姥爷的三分之二退休金。但你们只交二百，小谭和你分别是班级里的第一名和第二名，在贫乏的小城中，这偶尔能换来一些特别优待。

"迟到又怎么样？"小谭挑了一下眉毛，或许是皱眉。他没笑，这就不是一句玩笑，小谭要是开玩笑，你就会知道的。你有点意外，在你心里小谭从不迟到，小谭从不背叛规矩，小谭从不让人失望。但他说迟到又怎样，下一秒你就突然觉得迟到并非无法忍受。

小谭站起身来，阴影罩在你的脸上，你发觉他又长高了一些，深蓝色校服短袖的后背一大半被汗打湿。

你跟在他后面。他走路有轻微的摇晃，小时候左腿得过骨髓炎，痊愈后，也习惯把重心放在右脚，看起来像是每一步都很用力。他说："想去看我舅打旗语。"你说那就去。

他舅几年前离家，住在城南郊一座几乎废弃的小站里。他职校毕业那年继承姥爷衣钵，成了铁路职工，在城西火车站工作。有人说他和领导的媳妇有一腿，有人说他和领导儿子抢一个姑娘，还有说他饭局上不肯喝酒驳了老大的面子，小城里的流言像雾，囫囵看了满眼，其实什么都看不清，但结果却是清晰的，他被发配到了南山小站，再没调回去的希望。

南山小站没有山。可你听妈说，她小时候那里确实有个山包，后来采石场取

张　林 | 南山小站没有山

矿，炸了几次，把山炸没了。南山就只有名字留了下来，突兀的，孤独的，像个谜题，可实在也没什么人在意，小城里的人都只认城西火车站，知道南山小站的没几个。

小谭他舅从那后就住在城南铁路边那座漆成橘粉色的小平房里，它油漆剥落，像一只没有家的脏猫。房子只有一层，两个隔间，站前只三股车道交错，客运车从不在此处停，货运车才偶尔用得上这里。小站只有他一个人。他从不回家，也不成家，小谭姥爷像是根本不记得有这个儿子。但小谭记得，你偶尔会陪小谭走很远的路去看他，他话越来越少，直到再不开口，但小谭说，他的话都在动作里。他从早到晚都打着旗语，对着空荡荡的铁轨和背后一整片沙沙作响的白杨林。

在有三个红绿灯的繁复路口，你自然地左转。小谭叫住你："喂，你往哪走？"他声音很软，像云朵。你被太阳照得眯着眼，说："不是要去看你舅打旗语吗？"

他很郑重地说："我是说想去，而不是要去。"

"有什么区别吗？"你眼看着绿灯变黄最后红得刺眼。

"'想'是表达意愿，'要'是将去实践。"他一本正经，像在回答政治卷子最后那道大题。

你自然想起金铃子前天晚上坐在小板凳上，同样一本正经地说："我是要结婚，不是想结婚。"她那时头发湿漉漉的，倾着身子用一把绛红色的塑料梳子梳头，水滴到水泥地上，头发梢儿也挠痒痒似的在地面上扫来扫去。

"小谭，毛巾递我。"她那时说。

小谭就乖顺地走进她家屋里，拿出一个厚厚大大的褐色毛巾，搁在了脸盆旁边的栏杆上。他绕到她背后去，脸是红的。你看了看金铃子，她没穿胸罩，沾湿的玫红色睡裙隐约透着两只乳晕，在胸前隆起处晃啊晃。

楼下有人吹了一声口哨，金铃子起身把带着橘子香精味儿的泡沫水嗖地泼了下去，换来几声笑骂。那个傍晚很嘈杂，筒子楼平台上有抽油烟机的噪声，喊孩子回家吃饭的尖嗓儿，皮鞋磕在水泥地上的笃笃，小谭的问题说了两遍，金铃子都没听见。你听到了。他问："不想结婚为什么要结。想和要不是一回事吗？"

后来平台上就剩你一个人。晚霞让水渍闪出光来，玫瑰色的，晃荡晃荡。

那颜色好看，那橘子味香甜，可这回忆此刻让你生起气来。绿灯再亮起时你快速冲过马路，把小谭甩在后面。

到教室时，空位置还有很多。长条木桌七扭八扭地摆在狭小的客厅里，头顶吊扇转得疲软，你择了第二排空桌子外侧的位置。坐外侧的潜台词是"别和我拼桌"，但小谭进来，点了点桌子边缘，说："让我进去。"你身体就先于理智站了起来，你对小谭总是毫无办法。

二

又是画电路图，小谭几笔画好，快速、准确。然后他发呆。他很少在课堂上发呆，你想这个夏天应该是又过完大半了。小谭低头在草纸上写写勾勾，最后递给你一张纸条："总觉得这个电路画过，你说那个电影讲的事情会不会是真的？"

他又在试探了。你由此确信夏天快到尾声。你们每天说很多话，可还有很多事你不曾对他说，比如你知道他为什么这样问，比如从小满后，你的心室里就住进了一只蝉。你的演算纸上全是错误的电路，缠成了没出口的黑色迷宫。你捏着字条的手指汗湿，小声对小谭说："以后我们别去金铃子家看电影了。"

上周某个傍晚，你和小谭在金铃子家玩，她给你们放电影看。她有一个小CD机，一张玉米饼那么大，插在电视上就能播碟片。她不在的时候，你和小谭就借来放英语教学光碟。金铃子看不上你俩的书呆子做派："整天学学学，学傻了

张　林｜南山小站没有山

都。"她白天在她大舅的厂子里看厂，是个烧砖窑，没什么女人能干的活儿，她就去晃悠晃悠，常常刚过晌午就回来了。她总是穿得很艳丽，裙子很短，嘴巴很红。你那天问她："这么早回来，你舅不骂你吗？"她翻个白眼："骂老子干什么哟，老子是回来学习，谁要在他那窑子干一辈子的。"她说这话的时候，就把粉紫色亮面小皮包一甩，人往沙发上一倒，特地把"窑子"两字咬得很重，再笑出一排整齐的白闪闪的牙齿来。她从裙子后面紧贴着屁股的小兜里掏出二十块钱，扔给小谭，说："真他妈热，去，买点儿雪糕汽水儿回来，再给我带包卫生巾，要透气的！"

你看小谭的脸色红得人发燥，就从他手里抢过钱，说："我去吧，别让男孩买那个。"身后金铃子的笑声嚣张而清脆，你的耳朵腾地烧了起来。

那天你们坐在金铃子家客厅里，吹着电扇，就着奶油冰棍儿、橘子汽水儿和五香瓜子儿看完了一部冗长的电影。你那时候注意到金铃子的一些变化。以前她拿回来的碟片，要么是枪战片，要么是武侠，也有时候封面上的图让人脸红，但那种时候她一般会把你俩赶走。自从她上了夜校，拿回来的碟片就难懂了，不再是喊喊杀杀的快意恩仇，画面常常安静，暗色调，有时候看完了也捋不清情节，让人昏昏欲睡。这次她看的电影叫《土拨鼠之日》。

她说："是吴老师借给我的。"她说这话的时候，眉眼弯弯，把每个字发得很圆，好像在说什么郑重的事儿。

那次电影前所未有地漫长，英文，没有中文字幕。小谭皱眉调慢了速度，从家里抱来一本很厚的英汉大词典。你俩交替着去查不认识的单词，传递词典时，手指碰手指，你心里的蝉就吵起来，烦得很，还要应付金铃子的聒噪，她让你俩给她翻译，又嫌太慢。好在金铃子在电影播了不到一半就出门走人了，她说了过多的话，大多是关于吴老师。她说这是吴老师最喜欢的电影。吴老师，她说吴老师，吴老师是从 X 城来的，X 城，她重复了一遍，很远的，火车要转两次才到呢。然后她大概安静了五分钟，就开始打起短信来，手机的铃声清脆，丁零零不停地响。她还接过一次电话，那头是她处了四年的男朋友的声音，你记得那声音，因为很难听，像被炖了一半的鸭子。她对着电话没好气地吼："看什么看，老娘学习呢，滚你娘的蛋！"这之间她去卫生间两次，还和你嚷你买的卫生巾太厚，她快来完了。吴老师，她说吴老师，吴老师是研究生，有学问，有见识。之后她去了房间拎出了一兜子瓶瓶罐罐，对着身侧小客厅的门镜抹着眼眉，又用一支黑笔描眼睛，然后是涂红嘴唇。吴老师，她说吴老师，吴老师说她很有天分，问她怎么不去学表演。你看着她用一个夹子狠命地夹着眼睫毛，有些害怕，随后又想起小谭有"倒睫"的毛病，不知道用那个夹子夹一下会不会好，于是你又看小谭，他很安静，目不斜视地盯着屏幕，你就也盯回屏幕。

金铃子出门的时候，小谭瞥了她一眼。你注意到她身上有刺鼻的香气。橘子味的香水，第一次，你讨厌起橘子。

电影结束后，你和小谭沉默地收拾，把碟片和剩余的卫生巾送回金铃子卧室，拉开抽屉的时候，你看到一个花花绿绿的盒子。你曾在爸妈的床头柜里看过类似的盒子，他们讳莫如深，后来藏到了别的地方去。那盒子似乎是刚拆开的，看得出来拆得急，里面的东西撒了出来，圆圆的扁扁的一小片，包装是艳俗的红，有塑料质地的、虚假灿烂的色泽。

小谭把那瓶没喝的"大白梨"啪地打开，一声不吭地灌下去大半瓶，重重地把剩下的半瓶扔进床边的垃圾桶。他没看你。他像是看不到你。他转身离开。他脚步重重的。他脸红了。他好像生气了。他怎么了？

你身体很沉，很久都呆坐在金铃子那凌乱的房间里。也许你只是在消化那部电影，它讲了什么呢？一个人被困在同一天，同一个小镇，他想了各种办法，甚

张　林 ｜ 南山小站没有山

至反复自杀，也无法离开那天，直到他改掉了缺点，学会了多种技能，最后收获了女主人公的爱情，日子才继续向前。你生起气来，这太乐观了。完美可不意味着一定被爱，一个人总是有可能无论如何都得不到另一个人的爱，甚至通常如此。更何况，如果每一天"自己"都不同，那就并非是困在同一天。一个人真正被困在同一天要绝望得多，他将知晓一切，但什么都不能改变，因为他总是在事情发生之后才知道这事情发生过无数次，在发生前，他会和第一次一样懵懂无知，这样他每次都会走同一条路，见同样的人，甚至做同样的选择，说同样的话，也许会有些细微的变化，一些在这天内不会引起蝴蝶效应的无关紧要的细枝末节。比如在两袋同样的橘子味奶中，挑选左边的还是右边的，比如在同义介词"于"和"在"之间选一个字，是那些无关宏旨的差别。

　　所以你早就明白，你永远也画不出正确的电路图，在小谭教会你之前。但你还是装傻："要是像那部电影一样，我为什么还不会画？"

　　你把涂得一团糟的草纸推给他看，他皱了皱眉头，帮你修改。小谭说："你怎么总把并联画成串联？"小谭还说："串联意味着电只能从一条路走，你要记住，但凡有不同时亮的灯，一定都是并联。"他画图不用格尺，但横平竖直。他边画边告诉你S1在干路上，而S2在支路上。你摇摇头，你讨厌并联。你心里完美的模型就是电流从正极绕一圈流向负极，流过一个灯泡的电流一定会流过下一个灯泡，永不落空。

　　小谭以为你没有听懂，他耐心说："举个例子，火车就像电流，我舅打旗语的时候就是开关，他要车在干路上停止，车就不会开到支路，如果示意二道的车停，就不关干道的事情，一道也可以继续前行。"你说不懂，他说那我带你去找我舅。你兴奋起来，在画满错误电路的草纸上问他如何从课堂上出逃，你想起班里同学总结的逃课的兵法，但你什么都没用上，小谭只是突然站起来，说："老师，我有点发烧,她送我回家。"大鼻头毫不怀疑,只关切地问他的身体,小谭是最好的学生,没有人会怀疑小谭。当你俩走出教室时,背后传来起哄的声音,你心里想,如果谣言喊大点声就能成真,这时候小谭该牵你的手。你俩都没有回头,就这样一路走到街上。你们走过小城唯一的一条步行街,那个夏天,街上所有的音像店都在放《黄昏》,磁带磨损,声音像剥皮的油漆一样陈旧,飘荡在燥热的空气中。你东张西望。在夏天刚刚开始的时候,你曾在这里见过一个没影子的人。那是一个女人,你能跟随她的手看到一些不存在的事物,其中有个东西让你兴奋又紧张。你想起小谭舅舅那些神秘兮兮的话,简直嗓子发紧,你极度渴望再看到她,她身上带着重要答案。可是眼前的人都有影子,影子交错,重叠,人却孤单。你稍稍走慢一点,向左倾斜,把影子叠进小谭的影子,你甚至悄悄伸出手来,于是地面上一个黑影拥抱另一个。小谭突然回头,你猛地缩回手。你听见小谭问:"不是都说伤春悲秋,为什么会在夏天悲伤?"那时耳边刚飘过那一句歌:"过完整个夏天,悲伤并没有好一些。"风吹过,你的短发荡啊荡,头顶的杨树发出哗哗的声音,你发觉夏天的树也是悲伤的,那悲伤和枝叶一样茂盛。你想夏天的悲伤本就理所应当。

"因为夏天是一年的终结。"你说。

"为什么?"

"不然,学年为什么在夏天结束,告别都发生在夏天?"

"那只是小时候。"小谭说。

你又开始生气,心里的蝉叫起来。你没有说话,但你不服气,小时候难道不重要吗?小时候的悲伤会在长大后全无痕迹吗?

后来你们过了几个马路,穿了几条大街,在看不到边的公路上走了很久又很久,直到两边从楼群变成了砖瓦平房,然后是一个藏獒饲养基地,一个养鸡场,

张　林 ｜ 南山小站没有山

一条两边长着垂柳的河，很多田地，最后走上长长的铁轨。铁轨与地基间铺着白花花的石子，小谭看着你笑，说："这里有一个物理知识。"你被他的笑晃得眩晕，但你知道答案，干哑地说："铺石子可以分散压力。"他点点头，却停了下来，蹲下身，认真地看着那些石头："总觉得还有一个原理，不知道能不能用在这里。"你看他歪着头朝石头与石头之间的缝隙看，便问他："是说三角形的稳定性吗？石头错落的缝隙接近三角。"他眼睛亮晶晶的，很欣喜："你怎么知道我要说这个？"你为了隐藏扬起的嘴角，只好耸耸肩膀走快了几步。关于他，你总是知道。小谭给同学讲题时，曾说，要把一道题反反复复地研究透，就能从一道题贯通一整个类型。他还说，人生的所有道理，在中学的每道题中，都学完了，但人们总是忘记。你大概还没吃透过一道题，除非那道题的题干是小谭，那么从此引申的题目，你可以答满分。他喜欢香菜，不吃豆芽，每年冬天会生一次病要打三天吊瓶，他的梦想是当列车员，送人们去远方。但你没得意太久，你想到如果要是问你，他下班后皮鞋会不会落满灰尘，他亲吻人的时候嘴唇是否湿润，他抱着婴儿时胳膊的弧度如何，你就要交白卷。这让人沮丧。时间面前，谁都会节节败退。

　　他递一袋橘子味的奶给你，是从他那灰蓝色长裤的口袋里掏出来的，"呐，答对的奖品。"你用左手接过来，心有些痒痒，他手一直插在口袋里，奶已经温热，塑料包装袋被揉搓得很旧。你把它揣进兜里，用手握着。橘子味，你犯起别扭，但温热的触感让你心里的鸣蝉困倦下来，它们迷迷糊糊，你也像是发烧了一样。

三

　　你们在下午与黄昏的交界时到了南山小站。小谭他舅正对着铁路挥动旗帜，他穿得整洁，头发用水梳得一丝不苟，制服洗得发白，三面旗也洗得发皱，绿色旗子上有白色补丁，摇得快时像一道白光。他站得笔挺，比那些没人修剪的树还挺，如果不是看得到空荡荡的铁轨，真会觉得他就是战场上的将军，正在征服千军万马。他让人总恍惚觉得这是一个繁忙的，车来车往的，有十几股轨道交错的大型车站，只有这样的大站才配得上他。你看他眼神多么严肃，动作多么有力，尤其是收旗的那个刹那，干净利落，充满力量，你和小谭都为之着迷。

他手臂伸展，展开红色信号旗，你知道那是停车；他展开绿旗压下数次，是减速。但更复杂的你看不懂，那像是一门不借助语音的言语。他拢起旗划圆，你看向小谭，小谭告诉你这是"好了"，有时动作像做操，两臂左右平伸，再右臂直伸，左臂下垂……小谭说那是股道信号，告知司机位置，从一股道到十股道。你问："可是这里只有三股，为什么要做到十股？"他摇摇头说他也不知道。小谭还说，旗语分昼夜，白天用旗，晚上用有红绿白灯光的特殊手电筒。你问他怎么知道得这么清楚，他说在小屋里看到过一本旗语词典。你便撺掇他带你去看。你们趁他舅舅不注意溜进小屋，屋子里面和外面一样旧，有种木头朽烂的气味，词典就躺在木头柜子的上数第一个抽屉里，纸页泛黄。意外的是，里面夹了两张纸，纸很新。一张有大半页空白，记录着这个星期的货车经过情况，只有三辆，最近一辆是明天中午。另一张纸写得很满，看上去似乎是列车时刻表，但又不像，就是城西火车站也远没有这么多的车。何况数字前面的字母是 G 或者 D，而你只见过 K 开头的列车。对应正午 12 点的时刻，标记着 G 和一串数字，备注里写着：来自 X 城。你恍惚：日影最短的时刻，来自 X 城的火车，没影子的男人，一些看似无解的等待在这里寻觅到答案。你却下意识地想将它们藏起，并祈祷小谭什么都没看见。可是太晚了。

小谭说："我们明天中午过来吧。"他声音有些颤抖。你第一次反对他，你说："要补课的。"他没有说话。

张　林 ｜ 南山小站没有山

那天晚上出了事。

先是你和小谭结伴回家时遇见了金铃子的男朋友。他站在二楼的平台上抽着烟，脖子上文着个不蓝不黑的"义"字，染了黄毛。他像看小朋友一样看着你俩，玩味地。小谭快步从他身边走过，被他伸出胳膊拦了下来。小谭不喜欢他，你知道。

你几步走到前面去，把小谭挡在身后，瞪着文身男。他嘻嘻笑着把烟屁股扔到脚下踩灭，说："小娃娃，问你们个事儿。"

"啥事儿？"你很大声地问，佯装勇敢。

"你们铃子姐最近和你们一起玩吗？"

他递过来两块口香糖，粉红色包装的正方块，你知道它是西瓜味的，咬起来有酸甜的爆浆。你和小谭都没接，他笑笑，两块一起剥了扔进了自己嘴里。

"上周六下午她和你们看电影了吗？"他又问。

"是。"你说。这是实话。

"一直看到晚上去上夜校？"他皱了皱眉。

你咽了口唾沫，看着那人的脚背，上面有一块细长的疤。你听见小谭语气平淡地说："没有，电影不到一半她就走了。她不是去找你了吗？"

你猛地回头看向小谭，他眼神平静。

那男人好像很满意，口气带着引诱地问："她都带你们看些啥片子啊，有没有和你们讲她在夜校学了啥呀？"

你抢先回答："就租来的那些，打打杀杀的。"

"哦？打打杀杀的，那种才好看的。"男人挑眉，"上周六看的也是那些？"

你不习惯撒谎，但隐约觉得说得越多越危险。小谭的声音响起，凉凉地："艺术片。你看不懂的那种。"

男人"呵"了一声，凝视了小谭一会儿，"呸"的一下把口香糖吐到了地上。"艺术片，呵，艺他妈的术。"他复又嘿嘿地笑了起来，摸了摸你和小谭的头，"你们可别跟你铃子姐学啊，那句话怎么说来的，好好学习，天天向上，天天向上哈！"他撇着外八字脚走了，你扭头想问小谭些什么，但什么都没敢问。

你独自回家，做作业，在政治卷子的第一道多选题上卡了壳。题目是"今年一月，《中长期铁路网规划》审议通过，规划建设'四横四纵'客运专线，设计速度指标200千米/小时以上，这一决策将带来哪些影响？"你勾选了A和C，促进经济发展和有利于环保，是D选项让你犹豫，它说，"将使部分人被时代淘汰"。你想起早上看的报纸，那是小谭姥爷订的小城日报，小谭会带着在路上看，他在很多爱好上像个老人。报纸提到现代化铁路体系要朝电子化、信息化发展，取代人工作业。你反复看那几行字，担忧起小谭舅舅来，这会儿你又把报纸翻出来，才发现那则新闻旁边还有一个方块大的会议纪要，说城南区将重新规划，"十年内拟将南山货运站改建成能容纳高速列车通过的电子信息化车站"。你突然发起脾气来，把报纸撕碎，将碎屑一点点塞进糖果盒子里，你不要小谭看到这一则。你心里的蝉嘶叫起来，像葬礼上的唢呐，吵得你偏头痛，愤怒在笔端顿成了一摊黑色笔油。

昏暗的楼梯间传来炒鸡蛋的香味，还有嗞啦嗞啦的声音，漫长的，琐碎的，平静的，像一张不能逃脱的网，后来被骂声和嘶吼捅破，你心里那一团闷火颤了一下，好像也被放了出来，于是跳起来，趴在门口的鞋柜上透过油渍渍的内窗朝走廊看去，黄毛男带了几个男人堵在金铃子家门口。金铃子妈终于舍得从隔壁的麻将桌上下来，对他们点头哈腰。她给了金铃子一巴掌，骂她丧门星，丧良心，丧气鬼。昏黄的吊灯下，你看见金铃子穿着橙黄色的包臀短裙，她在夜市地摊上买的它，她说吴老师说，她穿上它像是凡·高笔下的向日葵。

张　林 ｜ 南山小站没有山

金铃子前年就和黄毛男定了亲，彩礼钱早进了金铃子妈的挎兜。他们自然是同谋，黄毛获得了支持，腰板儿越发挺括起来。可能是她包臀裙耀眼的颜色刺激了他，他兴奋得忘了形，一把搡着金铃子到平台上示众，他大概忘了她也许还会是他的妻子，羞辱她就是羞辱自己。他带着几个男人绕着她转了两圈，吐了几口痰，骂她穿得骚，嘲讽她自从上了那个狗屁夜校，"洋"起来了，又逐个数落她的不是，说她对他爱搭不理，婚期推了三五回，前几天他妈病了，她也不去看看。旋即又尖声啧啧起来，说有人看到她和一个眼镜男一起逛街，骂她发浪贱。

楼道里传来狠狠的摔门声，黄毛男吓了一跳，精瘦的驼背颤了下，像一只受惊的猴。你也吓了一跳，不多久，看见小谭从楼上走下来。他还穿着夏季校服，汗渍在背上像一幅地图。他路过走廊内窗时，看了你一眼，安静地走下楼朝平台去。

你蹿起来穿鞋。你妈正端着一盘炖排骨豆角，用筷子把排骨挑出来放在保家仙的供桌上。那是她离婚那年请的，为了你，说你十几岁时有个坎儿，躲不了逃不得，要供着三仙保佑安稳渡过，长大了就一切都好了。她念叨着平平安安，然后淡淡看了你一眼："吃饭，别管闲事。"你摔了门，被巨大的声响再次吓一跳。

平台上很多人，黄昏到夜晚之间，空气不再透明，黑暗像是墨水一样渗进周遭，让脸孔模糊。你看不清人们的表情，只能看见小谭，他在不远处站着，灰蓝色的校服上衣渗进黑暗里，像是要消失一样。黄毛男点上一支烟，给这雾蓝色的昏暗烧了个洞。"明天中午"，你听见黄毛最后说"明天中午"，于是一群人陆续地重复同样的话，像是对什么暗号。金铃子她妈低眉顺眼地送他们离开，嘴里不断念叨着"你放心"，如同一个殷勤的狱卒。

你看着小谭，小谭看着金铃子，于是你也看金铃子。你发现他们都没有注意到金铃子眼里危险的光，或许他们觉得，一把锁就能解决问题。她路过小谭身边的时候，趁着男人和她妈交谈，手从包臀裙的屁兜里抽出来，握住了小谭的手，一点暗淡的银光在两只手之间隐没。在夏天最后一抹光线里，屁股上一片灿烂金黄的女人被揉进灰暗的建筑。然后天黑了。你就明白天不仅是在一瞬间亮的，也是在一瞬间黑的。

你回到家，把桌上的饭全部吃完，把每一根豆角都吞进腹中，依然觉得胃里很空，又把小谭给的那袋奶咬开，它过期了，有变质的橘子香精味。你不明白事物为什么有保质期，你想什么都长久才好，你一口气把它喝完，然后呕吐。

夜里小谭的姥爷敲门，借三轮车。小谭突然发起四十摄氏度高烧。你跟着跑下楼去，打着手电，看大人们从木头架起的小仓房里把三轮车拖出来。这间仓房是你爸离婚前打的，他后来再没回来过，没人知道他去哪儿了，就像没人知道小谭的妈去了哪里。三轮车上都是灰，你妈拿抹布囫囵了几下，扶着小谭和他姥爷上了车，后座满了，她爬上司机位，劝你回家。车开了，你跟在后面跑，回头时候看到金铃子的房间亮着灯。

"你看你，满身是汗。"小谭躺在诊所的行军床上，声音虚弱，语气柔软。他额头也有汗，吊瓶里的液体正顺着透明管道流进他的身体。头顶荧光灯管两端乌黑，发出嗡嗡的响声，屋子里充满冷白光，你很害怕这种光线，它让事物失真，像心胸肺腑都被掏空，变成一张张纸片，苍白脆弱。但小谭总是立体的，你不敢看他，只好盯着他的针管看。你心里的蝉尖细地嘶唱，你是有点恨他的，他总是这样温柔地和你说话，他说"你慢慢走不要跑"，他说"你别皱眉头"，他说"其实你笑的时候很好看"。可是在灵魂的疆域里，面对你试探前行的列车，他拢起旗子，两臂左右平伸同时上下摇动数次，那旗语不是停止更不是通行，是在告知显示错误。旗语从不模糊，也不落空。多么忠实，多么残忍。

你妈看着你，眼神说不好是忧愁还是什么。她张了张嘴，只说出一句"你这

张　林 ｜ 南山小站没有山

孩子"。她转头和小谭姥爷说："就让她在这儿吧，我先送您回去。"

他们走后，小谭左手伸进裤兜，掏出一个银闪闪的东西。是钥匙。

"铃子姐给我的。"小谭说。你认出那是金铃子家阳台的钥匙，她家在二楼，阳台连着平台，种些花草，从外面上锁，要从平台进去。你和小谭有时候被喊去帮她浇水。

"她和你说什么了吗？"你问。

"什么也没说，她没办法说话，那时候。"小谭咳嗽了两声。你拿过那把钥匙，上面还有余温，心里那只蝉被烫了一下，哑了。

"也许是让我们帮她浇水。她要出嫁了。"你牵强地找着理由。

"她还没有到法定婚龄。"他语气很不好。

"可他们明天就来接她走。先办礼生娃，再补证，很多人这么干。再说她也快到岁数了。"

小谭没有说话。

"她人走了，她妈会给花浇水的。"你说。

"她妈就知道打麻将。"

"我们也可以去浇水。"

你们两个啰啰唆唆地绕着某个核心打转。钥匙，钥匙意味着什么？你想以后你都给她浇花，就这样吧，就这样。小谭回去好好睡觉，第二天好好去补课，金铃子就这样嫁人，离开筒子楼，一切就都好了。

但在护士换了一瓶药水后，小谭终于又开口说话，他说："她不愿意。她不喜欢他。"

喜欢，喜欢有什么用？你的语气一定带着无法抑制的嘲弄："她比我们大那么多，总要耍朋友，她和黄毛比和那什么吴老师配多了不是吗？他看英文电影，她连一个单词都不认识,她就会说个 OK,还连发音都不对。"

小谭看你像看一个陌生人。你知道自己搞砸了。你心里的蝉鸣失了控,一种怦怦跳动的恶毒要从左心室里冲出。你近乎报复地说:"小谭,小谭,我知道你在想什么。"变质的橘子奶味从胃里涌上来,你坐在地上干呕,直到呕出泪水,小谭的轮廓随之变得模糊。你什么都吐不出来,你恨极了,你想把小谭手上的针头拔出来插进自己的静脉,让它为你的焦灼降温,可你动不了。

小谭扭过头去。他难过了。他难过的时候不看人,不说话。你心里的火焰一下子弱了下去,只剩嘶嘶啦啦的灰烬,把一些浑话都噎住了,再出声时音色干哑:"小谭,小谭,你说吧,你想怎么干,我都帮你。"

小谭盯着他头顶那盏两端乌黑的灯管,声音很轻地说:"我想救她。"

"怎么救,她妈不会把彩礼吐出来的。"

"那就跑。"

"跑哪里去呢? 这城市从东跑到西也用不了半天,总会被抓到的。"

"离开这儿。"

"去哪儿呢?"

你们谁也不能回答这个问题,窗外几声夜蝉拉长声音像是嘲笑。小谭握紧了那把钥匙。

四

影子越来越短,窄墙的两边是煤堆。风呼呼地刮过,他和她的影子在你眼前飞速移动。你的廉价蓝塑料凉鞋踩上了一片玻璃碴子,左脚心刺痛。你听见身后那群人里有声音喊:"打车去火车站,车站! 她跑不了!"

张　林 ｜ 南山小站没有山

　　你不敢停下来，怕会彻底被他俩甩下。风吹过你的脚你感到疼痛里的潮湿，可你只是喊住小谭说："南，南！"气喘让你说不出完整的话，可小谭懂了，于是三人跳下窄墙朝南跑。两边从楼群变成了砖瓦平房，然后是一个藏獒饲养基地，一个养鸡场，一条两边长着垂柳的河，很多田地，最后你们跑上长长的铁轨。铁轨上的石头滚烫又硌脚，小谭拉着金铃子，跑起来像是颠簸地飞行。你落在后面，每一脚都踩在痛觉神经上。在隐约看见那座橘粉色小房屋的时候，你蹲了下来，将鞋脱下，把脚心的玻璃拔出，血穿过石子的缝隙，落在满是热沙的地面上。你想起上一次来时，小谭也是这样蹲着，研究石头的缝隙是不是近乎三角形，执着于铁轨铺石子能不能用三角形的稳定性原理来解释。他有种痴病，非要给人们习以为常的事物找到原理才安心，比如车灯为什么安得低，他跑去问物理老师，老师敷衍地说，安高了晃眼睛喽，可他一定要个答案。你好像被他传染了，不可抑制地去想三角形为什么具有稳定性，你又想起刚刚奔跑的时候，他扯着她跑在前面，你追在后面，如果把影子连上线，恰似一个锐角三角形。那个电影的结局里，男女主角相爱，就一起奔向未来，在时间流逝里上演庸俗故事。但如果人和人彼此追逐，成为三角，就无限循环，再没有出路。他们越来越短的影子停了下来，你看到一辆三节的货车从远方开来，在小站前缓慢停下。风吹来小谭的话，灼过你的耳朵，他对金铃子说："你就在这里躲着等几天，没人会找来这里。"

　　金铃子点头，要朝那橘粉色小屋走去。你想起昨天夹在书里的第一页纸，货车也是车，只要是在那长长轨道上跑的东西，都能带人去远方。你还想，如果去掉一个点，三角形就变成线段，线段可以朝一端无限延长。

　　你害怕未来。你想要未来。

　　你踉过去，喘着粗气大声问："这车是去哪儿？"

　　你渴望有人说出那个地名。小谭舅舅依然不说话，车里蹦出一个裸着上身披着湿毛巾的男人,他拿过小谭舅舅手里的本子签了个字。"X城,我们运东西去X城。"

"X城吗?"你像是在和男人确认,却说得格外大声。金铃子果然回过头,"X城?"她的汗脸红扑扑的,没化妆也像搽了胭脂,是荡漾着俗世欲望的好看。你太寡淡,长不成那样子。

小谭回头瞪了你一眼,又推金铃子:"这是货车,不能载人,你先住我舅这里。"

你像念咒语一样,看着她,嘴里控制不住地叨咕:"X城。"

你们都闻到空气中的臭味。金铃子问:"车上是什么?"

"猪崽子喽,运到X城去卖。"

你控制不住自己的嘴:"X城。"你觉得自己像个念咒的巫婆。金铃子果然动心:"能带人不? 我能帮忙干活儿。"

光膀子的男人看了看你们,眼睛又格外在金铃子身上徘徊了几回。

小谭说:"不行。"

男人没理小谭,一笑露出黄牙:"原则上不行。"金铃子从后屁股兜里掏出一盒中华,给人点上,说:"那就是行,谢谢大哥。"

小谭说:"不行。"

金铃子转身就上了车。男人随后跳上车厢,带来一阵晃动。小谭想去拉她,脚刚迈,手刚伸,小谭舅舅已经抡起带补丁的绿旗划了几圈,那是发车信号,你认得。车开走了,很快眼前只剩下黑烟。黑烟也散得比汗还快。小谭没有去追,手也没有收回来,他像是凝固了。你忐忑地等他质问,十一点钟去金铃子家借东西的你妈,去南站的建议,恰好的列车,昨天一起看过的时刻表。巧合都是蓄谋。可他什么也没问,他一动不动如一座石雕,好像站了几百年了。你听见有隐微的

张　林 ｜ 南山小站没有山

钟声从城市方向传来，十二声，这是一天中钟声最多的两个时刻之一。数到第十二下的时候，小谭舅舅突然站起来，笔挺笔挺，神情肃穆，拿起了他的信号旗，你认出旗语的轨道信号是第九轨道，他把绿色旗帜下压数次，指挥车减速。但你能看到的，只有摇曳的白杨林，空荡的铁轨，和背后汗湿一片的小谭。

风越来越大，像是什么呼啸而来，又渐渐停下。你猛地站起来，你看到了她，认出了她，那个没有影子的女人。你兴奋得忘了形，扳过小谭的身子，朝他喊："你快看！"但对上他迷茫的脸色，你终于想起了小谭舅舅的话，心像被冰水淌过，你近乎哀求地摇晃他："小谭小谭，你有没有看到一个人，一个女人？"

他眯起眼睛，缓慢地摇摇头："哪里有人？谁？铃子姐回来了吗？"

你苦笑一下，你现在知道小谭舅舅从不胡说。如果小谭能够看到第二个人，一定不会是她。

你从那个女人的姿势看出，她挽着一个人，很亲昵，那是挽着爱人的样子。你看不到那个人，你慌张起来。那慌张像极了在期末考试结束后，答案小道流传，你发现自己最后一道大题比答案多写一个负号。小谭舅舅说，南山小站没有山，就没有阻碍，能看到未来。他还说，在这儿你能看到未来从这里走出的人，他们没影子。你耳边一直回响他那故弄玄虚的气声，他在最后一次说话的时候告诉你，你最多最多只能看到两个没影子的人，一个是未来的你自己；另一个是你当时最爱的人，如果他恰好在这里下车，你就能看到他。那么只有两种可能：你此刻不最爱小谭，这不可能；那么就是，她挽着的不是小谭。她穿着红色绣着桃花的改良款旗袍，裙摆像风一样狡猾。她胸部鼓起来，像金铃子的那样，你看看自己干瘪的前胸，怎么也想不出自己到底怎样成为她。你心里的蝉又吵起来，它们看不得她挽着别人，还开开心心。

很快你对她的恨就浓得像长满绿藻的荷塘。先是你看到小谭猛然站起，汗湿的蓝色上衣紧贴肩胛骨。你顺着他的眼神看到虚空里的另外一个人，那是另一个没有影子的人，一个男人，三十岁左右，和小谭有着近似的脸。而那个女人，忙着和你看不见的身边人说话，竟平静地从那男人身边走过，没有认出他！那男人看了她一眼，眼光像是夜间一闪而过的探照灯光，那短暂的停留你说不清是在捕捉目标还是一次茫然的扫射。也许他们互不相认，也许他认出了她。这两种想法哪种都不能让你好受些，你想擤鼻涕，想呕吐。凭什么她可以看不见他？但转瞬间你竟有种报复的快感，连同痛感一起被你掐进手心。

你扭头看小谭，他看起来平静，但你想他心里一定有什么涌动。人们总是回忆过去，只有小谭总在问，五年以后，十年以后，十五年以后，二十年以后。他一定很渴望见他。也许他和你一样，想提前知道某个答案。那男人比眼前的小谭更瘦，深蓝色短袖，后背汗湿的图案倒像是从小谭身上复制下来。但他背更驼，肩膀上散落着的头屑，一直洋洒到泛旧的黑色背包上。他看上去很疲惫，你的心被拧出酸水。他身后光秃秃的，人没了影子，就像是狗没了尾巴。可朦胧中又有更多的东西跟在他身后，像是庞大鱼群，排在后面的鱼一尾尾死去。那些鱼名字叫时间。你从里面隐约看到一些光影，比如他坏掉的龋齿，黑暗的狭窄房间，打进静脉的药水，你看见很多你所不熟悉的片段，你还看到现实残酷，星辰还原成石头。而那些冗长的琐碎里，你没有看到她的身影，也没有金铃子。

"她什么样？"小谭终于开口。

你就明白他什么都知道。

"比我高，比我好看，化了妆。"你说。

"然后呢？"

"她在笑，很高兴的样子。"

"在笑什么？她身边有人吗？"

你说你不知道。你第一次对他撒谎。

"为什么你能看见他,而我看不见她。"他天真地问。

你心里聒噪的蝉鸣静了下来,大概是吵累了。你很慢地说:"要是你能看见我,我能看见你,我们就不用困在这个夏天了。"

"你都知道?"小谭问。

你点点头,脚心的血止住了,可还是痛。

他继续问:"怎么不和我说?"

"上次看电影的时候,你说,还好只有一个人被困,如果还有别人一起承担痛苦,会更难过。"小谭总是最善良,小谭总是最残忍。

小谭没说话。你和他不约而同地想起了那部电影。在电影里,男主人公获得了女主人公的爱,于是他走出了那一天。人们相爱,就能一起奔向未来,可惜的是,人和人总是彼此追逐。

"你不必难过,我也是这三角形的一条边。"你说。你终于明白三角形是一个循环,稳定性不在空间而在时间。你们只能留在这里,除非你或小谭愿意跟着她或他离开,成为一尾最终老去死掉的鱼。可是未来不就意味无限可能?在每个夏末,为何你们都放弃去向未来?答案只有最后才揭晓。你想要一个答案,哪怕已经有十足糟糕的预感。你跟上她。

五

婚礼你参加过很多次,都是被大人们带着。你对那些刻意制造的幸福和激动毫无感觉,无非是去蹭一顿饭,拿一些派给小孩的红包。只有一次,你想象台上的人是你和小谭,只想了一瞬,就觉得心要跳出来,呼吸困难,不敢再往下想。

可此刻站在台上的新娘确实是"你",你看不到新郎。你想起第一次看见她的时候,就看到她手上戴着钻戒,让你提心吊胆这么久的悬念,终于给了个让你绝望的答案。但她看起来竟很幸福,你不明白。

你是跟着她走来婚礼酒店的,她的爱人一定不是小城人,因为她一路都在给他介绍,像个导游。带新人来旧地,旧地就会被重新认识。重新认识这座小城的还有你,你从她口中听到了这座城市未来的样子。她在一片荒地前停下,你看到她拿起手机,对着什么扫了扫,换来一杯奶茶,你就知道未来这里是繁华街区,而且很多事情你看不懂;她指着一片废墟说这个立交桥是新修的,你就知道这荒郊野外也变成了城区的一部分;她告诉他这里曾经是她读书的初中,你就知道在未来,那里不再是你们的学校。可是,她一次都没有提起小谭。

你跟随她走上那条唯一一个步行街,听见她说:"这里在我小时候就是步行街,快二十年了。"你听见音像店里传来的《黄昏》的前奏,看到她的头在轻快地晃动,你想她耳朵里或许也灌着音乐,但一定不是《黄昏》。她还会想起小谭吗?

后来你看见她抬腿跨过一个门槛,和很多你看不到的人招呼。那时你眼前只是一家窗帘店,你想不出这里在以后变成豪华的酒店的模样。你掀起几个窗帘,像穿梭了几个时空,又看到她。她眼睛里还闪着光,手上戴上了戒指。她说她很开心,嫁给了最爱的人。那句剥落油漆般陈旧的歌声传来,一个悲伤的男声在唱:"过完整个夏天,悲伤并没有好一些。"你想你大概是第一个在婚礼上听《黄昏》的人。你不明白她的人生里为什么就像小谭从未出现过,是不是搞错了?

夜晚到来,你不甘心地跟随她回到她的家,不在你住了十几年的筒子楼里,而在城南。你坐在一座废弃的公园中,看她在自己的卧室里给丈夫展示那些旧日时光——学生时期的卷子纸、杂志、日记本。你看见了她的初中毕业照,上面有你和小谭。应该是明年这个时候你们拍下的。

张　林 ｜ 南山小站没有山

　　她打开抽屉，翻出一本很旧的杂志，封面上印着的时间对于你而言是后年。她说要念一首小时候发表的诗给丈夫听，诗的名字叫《小谭》。你一下子紧张起来。

　　　　小谭，小谭，喊你名字的时候
　　　　我总会叫两次
　　　　一次唤起你的注意，一次给你影子听
　　　　我曾献给它亲吻，也曾与它相拥
　　　　庆幸它不复刻眼睛
　　　　不告密于你前瞻的心
　　　　……

　　小谭曾问过，为什么总要喊他名字两次。你没有回答。你想你终于还是忍不住把这些心事写出来，你偷偷跟在他身后，抱他的影子，这些事你永远不想让他知道。

　　你听见她笑说："一个老朋友，很多年没联系了。"大概是在回答她的丈夫小谭是谁。

　　她平淡的语气让你愤怒。她看不到也听不到你，不会被你的失控伤到分毫。你却被心里的蝉嘶嚎到快死了，你逃离了她。你明白不管再有几个一样的夏天，你都不会和她走。

　　那是夏天的最后一日。小谭没有回家，你跑遍整个小城寻他，直到天亮。后来，你在墓园找到了小谭，和那个没有影子的男人，那人在为小谭姥爷扫墓。他的手掠过的地方，你能看见一些不属于当下的静物，比如墓碑前不知是谁放了三面小旗,绿色,红色,黄色,都洗得发白,绿色那面缝着补丁。男人走到不远处,献了一束菊花。他的手抚摸墓碑的时候,你看清上面的字。那是金铃子的墓碑。小谭坐在柏树的阴影下看着,眼神暗淡如铁轨上的黄昏。你坐在他身边,和他一起轮流喝那袋橘子味道的酸奶。男人烧完纸钱后,天上下起黑色的"雪",它们从地面升到空中,再落回你和小谭身上。

在男人身后影影绰绰的鱼群中,你似乎看到几尾鱼激起的涟漪,包裹着混沌的噪音,是一些无聊的家长里短,关于金铃子的,有说她和夜校老师跑了,那老师自己还是个研究生,养不起她,一回去就把她甩了;有说那人是个骗子,家里有老婆孩子;有说她跟了一个跟车贩猪的大哥,后来被大哥卖到了山沟里。在每一个声音里,她都是悲惨的,活该的。

小谭变得像他的舅舅一样沉默。而你心里的蝉鸣在垂死前回光返照,叫嚷不休。

那一天的末尾,你和小谭走回了南山小站。城市北边传来幽微的报时钟声,没影子的男人走向那辆你们看不到的列车,你隐约地看到列车的轮廓,白色,像一条光洁的蛇,而它的轨道上没有一颗石子。你们看到小谭舅舅又挥动绿色的旗,男人和那辆车一起消失在远处。像无数个同样的夏天一样,你们失去了离开的机会。三角形具有稳定性,你们都知道拆掉一条边,循环就结束。但没有未来的金铃子永远横亘在了那里,而你和小谭宁愿当两只蝉,生命里只有一个夏天。

在太阳落山的刹那,你抱住小谭,即将到来的暗夜给了你勇气,不再只敢拥抱影子。他身体是温热的,带着汗的潮湿,淹没了你心室里的那只蝉。你唤他:"小谭。"整个夏天只有这一次,你只叫了他的名字一遍。

选自2021年《香港文学》第10期

徐小雅

徐小雅，1987年生于广西南宁，上海交通大学博士研究生。中国作家协会会员，广西作家协会理事，柳州市作家协会主席，鲁迅文学院第三十四届中青年作家高级研讨班学员。曾获新概念作文大赛一等奖数次。作品散见于《钟山》《南方文坛》《当代文坛》《广西文学》《青年文学》《雨花》等，有作品被《小说月报》《小说选刊》《北京文学·中篇小说月报》转载。出版有个人小说集《少女与泰坦尼克》《单纯》。

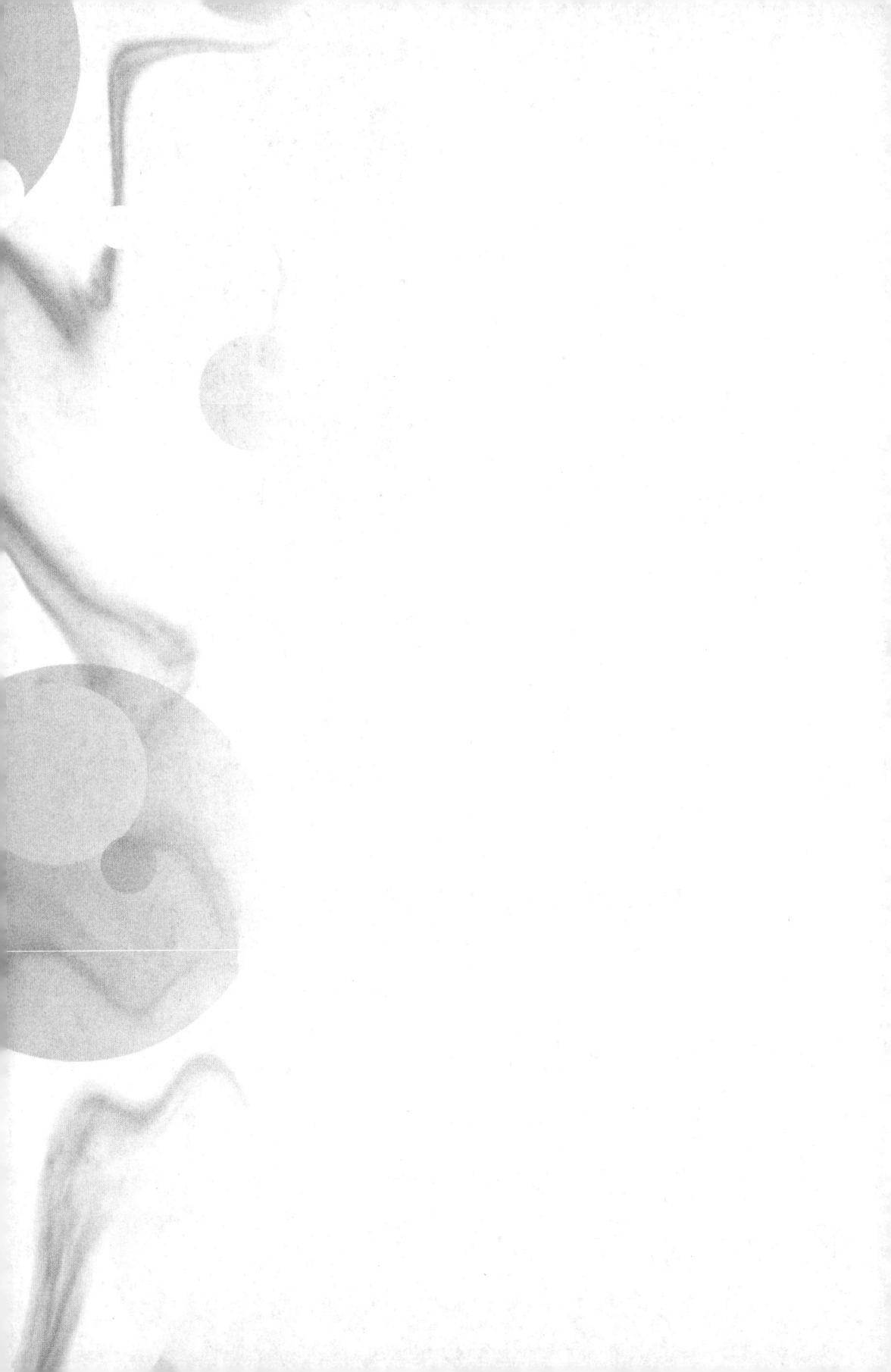

真　的

　　一年四季，只要凌萧愿意，总会约几个小姊妹到家里来打牌。她们当中闲人居多，都是接近四十的年纪，当初也几乎是在同一个年纪结的婚——二十七八岁，在最适合做空姐的尾巴上。婚结了，孩子生了，有保姆带着，自己也不愁吃穿，圆满了。幸福日复一日。在某一个清晨起床，不需要经过大脑、流水似的走完日常流程，在短短伫立的刹那，脑子里突然劈进了一道闪电。这一切，熟悉得像基因——长在血液里，不用思考，只需本能。人惊慌了起来。生活变成了一锅营养却永远也吃不完的粥，吃多了，人就要吐了。于是，打牌成了她们最日常的活动。逛街什么的她们不做，都是胡乱走走，到最后反倒觉得怪累的。不比打牌，就算不是为了钱，心里也总还是想着要赢的。有个目的，日子也就不那么难熬。

　　凌萧所住的三层别墅在滨江路。这条路被当地人叫作腐败路，只因那里一路下去都是独栋小院。一溜小院的尽头靠着步行道，与马路相通。步行道紧挨着院子的一侧种满了高大的景观树。那一片区域唯独这么一块地树木参天，像一面旗帜。别墅区里住着的，不用想也知道是什么人。据说房子建成时有人向纪委举报，所以，大多数小院都被处理掉了，一部分用来做拆迁安置，另一部分则被有钱人购买。凌萧的老公王先生就是在那时候把房子买下来的。

　　凌萧以前住的集体宿舍就在别墅区附近。每周大约有四五天，她都要在清晨打车途经此处去机场。那时间，别墅区前的马路上灯光锃亮，仿佛是特地要人看清楚似的那么亮。凌萧忍着头痛打瞌睡，心想，拼一生，不知道要什么时候才能住得起这样的房子。住在里面，要么嫁给官二代，要么嫁个大款。到时候，空姐肯定是做不了了——看电视剧上，这两种人娶老婆有一个共性：不喜欢她们太扎眼，所以，女人婚后大多做了全职主妇。做老婆，是真的在做，当成一种职业地做。那该有多无聊。不过，所谓职业也不过是这样，日日都在重复，就如同她在飞机上端茶送水：欢迎登机，谢谢乘坐，再见。变成全职主妇，只不过是换了个服务的对象：路上当心，早点回来，欢迎回家。既然都是无聊，那还是全职主妇来得划算。

没有背景，官二代是攀不上了，但大款还有机会。三线城市中的有钱人就那么几个，报纸上见过，飞机上又遇到，时间长了，也就认识全了。一来二去，他们和凌萧们熟悉起来，偶有空当，也拿荤笑话与她们调笑。王先生也是其中之一。那几年，他和凌萧每周大约会遇上两三次。王先生长着一个狮子鼻，眼神飘忽不定，有点鼠相。他快五十了，相比同龄人，脸上没有油腻，也没有出现将军肚，整体看下来倒也过得去。每次行程中他总是开着笔电，紧皱眉头，咬紧下嘴唇。凌萧看了心想，有什么要紧的事非得要现在做，生怕别人不知道自己能干似的。但嘴上却说，先生您辛苦了，需要饮料吗？对于王先生，凌萧是轻蔑中又带着点敬佩的，他是个很重要的人，每天都有许多事情需要他去操心。不像她，日日里机械地重复着推车送食与回收垃圾的工作，下了飞机，未必还有人记得她这张脸。也许只有坠机的时候，她才会显示出自己的价值。那时，她将比任何一个人都要冷静，用缓和的声音平稳机舱内的尖叫：尊敬的乘客们，请您戴上面罩。请不要慌张，听从机务人员的指挥。她坚定如同海上灯塔，众人瞩目，光芒万丈。这注定是一场精彩绝伦的演出。

但坠机这种事，几辈子也未必遇得上一回。

徐小雅 | 真 的

  王先生追凌萧的招数很俗。送礼物，专挑贵的买。见凌萧没有回应，便转换策略，从她的小姊妹们下手。小姊妹们受了王先生的好，开口说王先生也全是好。凌萧嘴上说着俗死了，生怕别人不知道他有钱？但心里也还在盘算，王先生大她不过二十岁，还可以算是哥哥辈。再说他长得不算难看。脸色红润，身材也还得宜，最多有点商人们都会有的三高。最主要的是，大笔大笔的钱花出去，凌萧总有些心疼。不管是谁的钱，那也是钱啊，她心想，实在的钱。

  凌萧问王先生为什么会选择她。王先生答，你长得讨喜，也就是旺夫，男人看了都喜欢。况且你们空姐的基因总不会差，航空公司都挑选过的，万一要生孩子，小孩也不会有什么缺陷。仔细考量，上下权衡，只要最实用的。凌萧想，足够坦白，也足够倒人胃口。王先生说罢，脸上飞起一点红晕，露出和身材年龄皆不太符合的笑容说，还有一点，你长得有点像我的初恋。凌萧心想，男人都喜欢说初恋，老一套了。但嘴上还是说，王先生真是长情。王先生说，我没有要把你当替身的意思，只是到了我这个年纪、你这个年纪，谁的时间都很宝贵。凌萧按照标准微笑着，道，说得好，我就喜欢坦白的人。

  求婚成功第二天，凌萧就住进了别墅区。翌日清晨，她习惯性地从床上跳起来。坐了数秒后，凌萧突然捡了便宜似的想起，从今天开始，再也不必在此时打车奔向机场了。身子一侧，王先生依然带着倦意在睡。呼噜声轰轰作响，偶尔张嘴，喷出来一股隔夜的臭味。她不去在意这些，翻身下床，打开窗户。湿漉漉的水汽迎面扑来。花香中透着鸟啭声声，一切都是活的。像是被水泡发的干海绵，凌萧觉得，自己的身体也重新活了。她在窗前站了一会儿，泪突然流了下来。谈什么爱情呢，只有握在手里的，才是真的。

  结婚的第二年，王先生查出有胰腺癌，从得知结果到去世，拢共不过两个星期时间。葬礼是王先生的儿子小王先生主办的。王先生在世时很少提他，更不用说见面了。小王先生长得和父亲不太一样，两道一字眉，颧骨很高，是副刻薄相。追悼会上，小王先生一边鞠躬一边掬眼泪，扯着嗓子鸦号。凌萧在旁边默默地看着，心里想，无论如何，眼泪总是真的。追悼会结束，一行人到饭店吃饭。吃饭的空当，凌萧走出来上厕所，看到小王先生在走廊尽头打电话。终于死了，等了好久。凌萧低头走过去，却还是与他四目相对。小王先生注视了她片刻，把电话挂了。他说，我太太。凌萧说，不好意思，我要去洗手间。小王先生让了道。遗产分配时，除了遗嘱中的两台汽车和公司股份，小王先生主动提出来将别墅让给她。他说，你照顾我爸到死，这是你应得的。凌萧想，是封口。眼泪是真的，欢喜也是真的。凌萧笑笑，说，谢谢你。

  别墅的三楼原是茶室，后来被凌萧改成了棋牌室。房间约有三十平方大，楼梯延展而上，首先入眼的是一排黄花梨木中式座椅。房间正中，四只座椅簇拥着一张麻将桌，红木的，有了这个，自然也就不需要劣质的自动洗牌机。王先生还留有一套算得上古董的麻将牌。牌面比大拇指宽不了多少，摸上去温润，冰凉。每当凌萧将这套古牌倾倒在桌面上的时候，小姊妹们总还是忍不住要赞叹一番：到底是有钱人，怪不得你老公姓王呢。凌萧听了仍只是笑笑，不多说什么。

  王先生去世快十年了。凌萧也即将跨过四十岁，进入这个被人们称作妇女的年纪。这几年下来，生意在做，生活也在做，但总感觉身体空空的。人从早到晚总是感觉饿，像是永远也吃不饱似的。有时她会想，是不是早年间该用的荷尔蒙没有用，现在干枯了，所以，身体也就越发地渴了。

  "找个小男生呀，"艳萍说，"地勤的那个离婚之后不是找了个年轻仔，人我还见过的，千禧年生的，〇〇后呀。"

  子枫道："哪能那样，伤天理，要遭雷劈的。"

  阿辉端起茶来抿了一口，悠悠地说："装什么正经，身体需要才是真的。"

徐小雅 | 真　的

　　这句话像是一支准箭。最近，凌萧越发觉得自己像是因焦渴而龟裂的土地，等待着一场暴雨将她滋润，填满。夜里洗澡时，她站在镜子前庄重地、严谨地打量着自己的身体，从头到脚。她眉眼依旧，不过在眼角处开始染上了星星点点的黄斑，像是白衣服上洗不掉的油点子。鱼尾纹早就起来了。身材不算特别坏，唯小腹像是晒化了的蛋糕奶油，是塌的，一直流淌到私处上方。她扯了扯肚皮，心麻麻的。待水放好，凌萧走进浴缸里坐下，看着水渐渐淹没身体。水流经两腿之间，一波接着一波，弄得那里痒痒的。凌萧抓住机会，双腿交叠起来，紧紧夹住。两条腿像是纠缠的双蛇，越缠越紧，一直缠到阴蒂和肚子都酸酸的，尿胀一般。是被填满的感觉，充实的感觉。阿辉怎么说的来着？什么都是假的，身体需要才是真的。

　　啊。

　　于是麻将打得越来越多。一张张牌堆叠起来，一打一打的欲望也如波浪般潮涌。被握在手里的欲望和被感知的欲望，在一张四角的桌子间考量着，筹划着，流转着，人生就这样被精心地打出来，欲望就这样毫不遮掩地被亮出来，推倒，酣畅淋漓的胜利。一波欲望倒了，再用一波新的欲望来填充。买衣服，买黄金，买各种各样能够触碰得到快感的东西。整个过程像是一种特殊的并发症。身体是虚的，但物质总是实的，用实的填补虚的，那一瞬间就好像嘭的一声拔掉了香槟的软木塞，惬意啊。

　　在凑不成一桌牌的下午，凌萧会打开电视。其实没什么好看，大多数时候只是让电视独自在那儿响着。家庭伦理剧最好，许多人在电视上吵吵嚷嚷，声音大得能将整栋别墅充满。出神的时候，电视里的声音就逐渐变得飘忽，于是，剧中的角色就从机器里走出来，走到凌萧耳畔，自顾自地说着话，仿佛是她的家人，存在得理所当然。她听着听着，莫名高兴起来。

阳光正浓烈。南风天气，即便有太阳，天空也是雾蒙蒙的，一切看起来都像是飘浮在半空中。模糊不清的阳光黏稠地在地面上流淌，拉长屋内家具的影子。房间很凉，摆在床头柜上的几枝百合已经开始凋谢，散发出一股甜而腥的味道。那是一星期前买的了，凌萧还没来得及去换。在暖熏的空气里，她渐渐打起瞌睡。电视里放着一个讲神仙恋爱的连续剧，没什么看头。女主角欲言又止，紧接着，一段温柔的音乐响起来。凌萧软在沙发上听着这乐声，越发地困了。声音越来越缥缈。她在困倦中似乎听到有人在哭。那声音戚戚的，仿佛是在为她歌哭。

直到头猛地磕了一下，凌萧才从昏睡中惊醒过来。神经一紧张，太阳穴就突突地跳着疼。迷糊中，她听见电话在响。她揿着太阳穴起身，寻摸半天，在沙发的缝隙中找到手机。

是涂梦。她有些讶异。她和凌萧已经有好多年没有联系。自从和王先生结了婚，走进一个新的社交圈，那些过往的朋友就渐渐散了。没什么共同话题好讲。刚结婚的时候凌萧还经常请朋友们吃饭，一流餐厅，当然是老公王先生买单。菜也是精心挑选过的，既要显山露水，又要不动声色，否则看起来就像低级暴发户。小姊妹们看着精致的菜品端上来，嘴里满是赞叹。各色菜品端上桌前有一段不长不短的空当，她们大可以趁此谈谈生活、小孩或者明星八卦，但谁都没有开口。凌萧用筷子来回拨弄餐盘，静静地看着她们，到了嘴边的话又莫名地缩了回去。其实也没什么好说，凌萧想，她们已不是一类人了。或许小姊妹们和她一样，各有各的心思，因此，谁都不愿意为填补这一段空当做努力。

再叫时渐渐就有了推托理由，工作、孩子、已有的安排。到了最后，做空姐时交下的朋友就只剩下阿辉几个。王先生在世时结交的朋友就更不必说了。凌萧难过了一阵，那么多年的感情散得轻而易举，像是从来没有开始过。不过这难过也只有一阵。或许她们这代人的人生就是这样，不扎根，不留恋，走的时候就很清爽干净。

没有了小姊妹，凌萧又陆陆续续想起一些仇人，莫名地想去打听他们的联系方式，莫名地想约他们出来坐坐，各自讲讲彼此的生活。她现在倒不怎么恨他们了，可能是时间冲淡了过往的许多事；可能是钱；也可能是再没能见到他们，恨得虚无，也就算了。她尝试着拨过一两个号码，但总是在电话刚被接通的瞬间又挂断。再后来，她把原来的电话号码换了，像是断尾一样，将脑中漂浮着的那些如幽灵一般的人与过往，通通新陈代谢一样地扔掉了。

真是奇妙，涂梦居然还能找到她的号码。"问了许多人，"涂梦说，"你晓得吗，申莉得了癌症，乳腺癌，住在人民医院里。"

这名字让凌萧的心沉了一下。但开口却说："她要你告诉我？"

"没有，是我自己想告诉你。"

"为什么要告诉我啊？"

涂梦说："就是觉得你应该知道。"

"为什么我就应该知道？"

涂梦不耐烦起来："那你当我没说好了。"

电话放下了，但心是吊着的。刚刚缓解的头痛又重新开始了。凌萧转头去看电视，原来真的有人在哭。哭声嘤嘤，像是从房间阴暗处渗出来的。她站起身。不知是否起身太快的缘故，她感觉整个人都在旋转。阳光射进来，虽然隔了一层雾气，却依然炫目。她感觉，身体里有什么东西正在往外流，像气球泄气。

上一次见面是十多年前。是冬天，在一个阴暗的咖啡厅。凌萧打电话同申莉说，我肚子饿了，一起吃点东西。那时候已经是晚上快十点，道路上人们几乎散尽了。凌萧点了一份沙拉，蔬菜叶子下铺着一层冰，很凉，凉气扎得她眼球发酸。

约莫过了半小时，申莉来了。她拉开椅子，坐在凌萧对面。申莉背着灯，凌萧看不清她的表情。你要吃什么？申莉摇摇头。凌萧自顾自地说，那点个咖啡好了。但她也没有帮忙叫服务员。申莉一直在喝水，仿佛很渴。她默默地吃，申莉就默默地看着。快要吃完的时候，凌萧说，你真的很喜欢赵泽吗？申莉不响。凌萧说，要真的很喜欢，那我让给你好了。她心里莫名地得意。就差一点，笑容就要从她脸上潜出来，溅满两个人一身。但凌萧极力忍住了。她咬紧牙齿，盯死申莉。申莉摇摇头，说，我不要。接着她哭了。你是应该哭，凌萧想，只有最亲密的人才会拣着姐妹来踩一脚。

后来凌萧听别人说，申莉在背后骂她虚伪。

又好像不是十多年前，而是某一年正在倒春寒的时候。申莉在朋友圈里说正在上海出差。当时凌萧也刚好在，就相约和她见面。那天她坐了很长的地铁，长得像是从城市的一头坐到了另一头。可能陌生的城市总是觉得远。她们约好的商场在地铁站附近。地铁出站时有一段陡而长的电梯，凌萧随着电梯升上去，心有些慌。到了约定地点后已是晚上九点了。餐厅里鲜少食客，服务员倦倦地倚着收款台，只等她们快点结账。都已经吃过饭，因此二人只点了一份红糖糍粑。印象中，红糖浆甜得发苦，糍粑又黏腻，咽下去就堵在胸口，噎得慌。你最近怎么样？蛮好的。听见申莉说挺好的，凌萧有些沮丧。后来她想，如果当时申莉回答说过得不好，她会是什么感觉。也许也不会很开心，就像听到申莉得了癌症，她整个人就蒙了。

申莉没有问凌萧过得如何，只寥寥说到几个朋友的近况。那天申莉穿了一件黑色的绸面外套，耳环一如既往的硕大，仿佛有些炫耀的意思。绸面外套让申莉看起来很显老。她胖了些，脸上的粉浮着。灯光映照之下，她的脸是青白的。

"听说你结婚了。"申莉说。

凌萧说："对，到了年纪，也该结婚了，所以就结了。"

申莉说："我以为你是那种只会为爱情结婚的人。"

这句话不咸不淡，不知道是称赞还是讽刺。

"他对我也挺好的，"凌萧连忙说，"吃穿都富足，也不用为其他事操心，生活不就是希望这样吗？"但总觉得有点气短。

"是吗……"申莉的声音拖得很长，像飞机拉烟，从天空中划过去一道，久久不散，把纯澈的天空染得不甚清晰了。

服务员走过来催她们买单，说要打烊收拾了。她们彼此都松了一口气。

凌萧后来查过记事本和手机的飞行记录，记忆中这次会面的前后几个月她都没有去过上海。不知是记错了地方，还是这就是她做的一个梦。梦得很真，从来没有一个梦她能记得这样真切的。

既然如此，当然该去看看她。凌萧心里没底。

阿辉说，有什么好看，你闲得没事可做吗？只是去看看，我就是想去看一眼。阿辉说："你不觉得这样很虚伪吗？"凌萧被戳了一下心窝，有一点伤心，低下头不响。阿辉也有一点下不来台，叫来服务员点了一杯咖啡，说："意式浓缩，但我还是会放糖。为什么？因为至少嘴里不会苦。"凌萧不响。阿辉接着道："去看看也好。"她松了一口气，仿佛这么久是为了等阿辉这么一句话。请别人拿个主意，到头来就算后悔，也有退路一些。

不到医院，永远不知道这里的每一天比菜市场还要嘈杂。绿色胶皮地板湿漉漉的，不知是因为南风天气，还是因为地刚被拖过。这是人民医院的新病区，凌萧没有来过。院区大得令人回不过神。她第一次去时，绕了半天也没找到住院楼，最后只得在急诊室里兜兜转转。急诊室里满满地排列着移动病床。有人在喊："痛啊——"潮湿的哭声从缝隙中渗出来，嘤嘤嗡嗡，像有人从凌萧心上踩过去，留下一串瘀青。护士来不及搭理她，敷衍地给她指了个方向。于是，她穿过一条长长的、阴凉的走廊，终于走进住院楼。

大厅里一共六台电梯，每一台前面的队伍都长得吓人。几个尖锐的女声在指挥秩序，不要挤！不要挤！六张大口张开又闭上，不断吞吐着人群。凌萧跟着一辆推车进了电梯。她侧眼去看，那是个瘦骨伶仃的老人。瘦得只剩下皮，骨头凸起像针，似乎下一秒就能刺穿皮肤。凌萧不敢看他。她听说癌症患者到后来大多是这副模样，但凌萧没有切肤体会过。王先生虽说是癌，却还未来得及变成这么瘦就死了。到了三楼，电梯停了。几个护士配合着将床推出电梯。电梯门立刻关上了，快得无情。走出了电梯，也许这个人就再看不到了。

病房在病区背阳的一面。凌萧透过门上的小玻璃往里看着。申莉的病床靠着窗，一道抹茶色的床帘从天花板上垂落下来，颜色拖泥带水。申莉的脸被遮住了半个，正低着头，不知道在看什么。凌萧敲了敲门，没等回应就走进去。刚好临床的起来上厕所。那是个六十多岁的老人，身上有很浓重的味道。申莉有洁癖，不知道这种味道她是怎么忍的，何况厕所里放的是马桶。申莉说："你来了啊。"好像并不意外。

"你瘦了，"不知怎么冒出来那么一句，"瘦了比较好看。"

申莉笑笑："跑东跑西的，再加上生病。你倒是胖了。"

"每天都不怎么出门。"凌萧的脸辣辣的。

"不用上班吗？"

"我老公留下一笔钱。"

"你什么时候结的婚？"果然是梦。

"好多年了。"

徐小雅 | 真 的

　　申莉皱了皱眉，不知是因为痛还是为着她说的话。她习惯性皱眉，眉毛上方早就形成了两块小小的凸起。申莉的眉形有些古怪，很粗，像男人，难免就有些凶相。她是单眼皮，眼睛细窄，又是吊梢眼，看人时有种带着媚态的轻蔑。

　　问得再具体些，申莉就笑笑："能怎么办，大不了割掉咯。"

　　她的语气像是开玩笑，或许是想让气氛显得轻松些。大不了就辞职咯，大不了就分手咯。许许多多的大不了，在以往，只是万不得已的最后一步，但往往都不会走到这一步。提前说一说，有一点化解的意思。申莉这时候说的大不了，听起来却很诡异、很凶险，身上的一副器官，不像辞职和分手，没有再生的机会。凌萧听得心里寒凉，寒战从脊梁骨蠕蠕地漫上来，像蚂蚁在爬。

　　凌萧说："涂梦打电话告诉我的。"

　　申莉点点头："又不是什么好事，说来干什么。"

　　照顾申莉的是个年轻女孩，二十出头的模样，申莉说是老家表妹。大专毕业了在家无事可做，又不想继续升本科，所以先来照顾她一阵，空闲的时候可以顺便找工作。凌萧想问你爸妈呢？但没有开口。

　　表妹是个闲不住的人。她总是坐不下来，不时地拿着抹布在床沿上擦擦抹抹。一股浓烈的消毒水味渐渐地侵过来了。凌萧坐在床头柜旁，表妹擦一擦，捡一捡，她莫名窘了，总感觉表妹是在赶她走。过了一会儿，表妹伸长了手臂过来要倒水，她连忙站起身，说："我来吧。"

　　申莉说："不好意思啊。"

　　她倒水转身回来看见在阳台边上放了一个细瘦的玻璃瓶，瓶子里插着几根桃枝。叶子仍然碧绿，但花已经谢成了陈年血色。花店里从来不见有卖桃花的，也许是从医院里什么地方摘的，停车场周边就有几株桃树。桃，是个好意头。这些年由于天气变化，桃花总开得比往年要早许多。有几年，春节期间气温已经高得像是入夏。起先，桃花不经意地绽出几粒花朵，一场雨过后，花就晕满了全城。天气溽热潮湿，空气中满是苦甜交杂，又带着腥气的味道。接着就是连绵不断的阴雨。几乎有一整个月的时间，人们都看不到太阳，衣服晾在阳台上总也不干，即便是烘干了，也带着一股融融的霉味儿。被子也湿漉漉的，人躺在里面，有股沁凉的触感，意外地好睡。休息日里，凌萧常常就这样缩在被子里，窗外雨声窸窣，她能一觉睡到中午。

　　当时她和申莉合租的房子在旧城区。房子靠近化工厂，是老房子了，楼层大多不高，没有电梯。房子的外壁因为常年的油烟，黑乎乎油腻腻的。几乎一天当中的任何时刻，只要打开窗，就能看到在化工厂方向，有一股淡牛皮纸色的浓烟袅袅散开，然后要花很长的一段时间才能被天空稀释。凌萧躺在床上百无聊赖，游戏打累了，电视没意思，书更是不想读。她向来没有什么志向。父母早就帮她安排好了人生，凌萧自己也觉得蛮好的，按部就班就好，不用考虑那么多。说到底，人生无非就是结婚生小孩，小孩再结婚，再生小孩。不像申莉，人生规划得很齐整，又有野心，做什么事情都很张扬。那种张扬总让凌萧觉得她像是在暗暗跟谁较着劲。申莉来自一个四线小城，父母不睦，所以毕业了她坚决不回老家。也许是被安排得多了，凌萧就有些嫉妒申莉。她说，没有爸妈管你，真好。申莉说，你也可以的。凌萧想想现下的安稳，又觉得没必要去改变什么，更懒得去改变什么。于是也就只是说说。久而久之，在申莉面前，她总是莫名觉得矮了半截。

　　那时候凌萧和赵泽的关系已经很稳定，这可算是二人之中她唯一占上风的事。赵泽给艺人做经纪助理，大多数时候没什么可忙，但又必须留在城市里待命。申莉不在家的时候，如果她有兴致，刚好赵泽又有空，凌萧就打电话给他，两个人就可以裹在被子里搞一搞。赵泽常常心不在焉。凌萧说，放心好了，她不会这么早回来的。心里却想，最好早点回来。她的叫声从并未关紧的房门中飘出去，在整个客厅里回旋。不知是不是错觉，凌萧听见满屋子都是回声。刹那间，一种赛跑运动员即将撞线的喜悦占据了她的头脑。她仿佛听见了掌声。凌萧愉快地大叫起来。赵泽匆忙中抽回一只手，紧紧地捂住了她的嘴。

申莉像是听到了凌萧心里的讲话，往往到夜深时分才回家。

凌萧给申莉看赵泽的照片，莫名有些紧张。赵泽戴黑框眼镜，眼周的黑眼圈很重，把他的一双眼睛衬得很大。当时她们谁都不知道这副黑眼圈产生的真正原因。照片上赵泽露齿微笑，很好看。

申莉说："挺帅的。"

凌萧脸红了一阵，说："又不是看上他长得帅。"

多少还是有的，但不完全是。赵泽说起话来口若悬河。是真的口若悬河，凌萧从来没看见过一个人那么能讲，从黑格尔到马尔克斯、余华、莫言、小津安二郎与伯格曼。她听得有些炫目，甜蜜中又有点心慌。晚上，赵泽请她吃饭，凌萧叫上申莉同去。那是申莉和赵泽的第一次见面。饭后三个人又一同去了KTV。小包厢里流光溢彩，旋转球灯变幻着颜色，每个人的脸都跟随着时明时暗。凌萧坐在高凳上对着话筒，看着申莉和赵泽坐在台下讲话，又不时地抬头起来注视着她。他们的眼中都只有她，她就是中心。那一刻，凌萧感觉真是幸福。

回来没多久，申莉就告诉涂梦她喜欢赵泽，涂梦又在凌萧面前说漏了嘴。凌萧于是就常常回想那个晚上。那天晚上申莉和赵泽坐得很近。凌萧没戴眼镜，散光得厉害，总觉得他们靠得太近了。太近了，手就像是贴在一起。她没在意，只是想，散光好像又深了。

凌萧问："可以换骨髓吧？不是说癌症换了骨髓就会好？"

申莉说："不是所有癌症都可以换骨髓的。"

凌萧有点失落。她和申莉都是A型血。如果申莉说换骨髓可以治，她知道自己一定会说，我去配型试试看吧。不会真的去，她只想看看申莉听到她这么说时究竟是什么表情。就像当初她对申莉说"那我让给你好了"时的心情一样。只是那时候，凌萧并未察觉出来这是种羞辱。当然，现在她已和十多年前不一样了。

阿辉说："你不觉得这样很虚伪吗？"

凌萧浑然不觉，不过也许自己是假装的。

三角关系最是难搞。她、赵泽、申莉是三角；涂梦、申莉和她也是三角。这种关系的微妙，每个人都在假装浑然不觉。涂梦是凌萧的大学同学，上学时她们算不上亲密，是涂梦来鹿城找工作时又重新联系上的。申莉也很欢迎。但涂梦似乎更喜欢和申莉待在一起。有时候申莉不在，涂梦也来找凌萧。两个人坐在床上，肩膀抵着肩膀，被子软软地盖住她们的腿。她们坐在床上追剧，也不为着看，大多时候只是心不在焉地瞅一眼，然后伴着剧中的声音讲一些很心腹的话。涂梦常和她抱怨申莉，说申莉什么都看不惯的态度让人不舒服，像只斗鸡。

涂梦说："真是受不了，全身上下一股自以为是的得意劲儿，好像什么事她都是老大。"

凌萧总是安静地听她说，偶尔附和两句，"啊，怎么这样"，便再不做评价。她想涂梦可能正在同申莉闹别扭，这些话是故意说给她听，想从她里得到一些赞同，也不知道有没有从中挑拨的意思。但她还是在心中窃喜。毕竟涂梦是她的同学，到了一个陌生城市，却和申莉更要好，那感觉，像是自己的什么东西被抢走了。

先是赵泽，后来又是涂梦。凌萧和赵泽分手后搬离了那间公寓，涂梦却留在了那里。她仍然会给凌萧发消息、打电话，说工作或者生活上的事，偶尔，也会像是不经意地提起申莉和赵泽。凌萧通常回应，哦，这样啊。申莉和赵泽在一起后，她连带着和涂梦也断了交往。

徐小雅 | 真　的

　　搬走后凌萧和申莉就没有再认真地联系过——偶尔，双方像是突然想起来似的发一句问候，新年快乐，儿童节快乐，生日快乐，圣诞快乐。快乐！也许都是随手一笔吧。凌萧不知道申莉是不是和她一样，发这些消息，只是为了提醒一下她，"我"还在，"我"什么都记得，所以你务必也要记得。

　　申莉最终还是把乳房切了。乳房割了之后，她的胸部变得平坦许多。她自己倒是挺无所谓：这下好，没有那么沉了。凌萧想起以前两个人走在街上，是夏天，申莉穿了一件柠檬黄的衬衣。衣服的前襟是燕尾式，她把两片尾巴扎成一个结，系在肚脐处。衣服变得短了，衬得她两只乳房越发地大。走在路上，凌萧能感觉到不时有目光辣辣地从四面八方射过来。凌萧是平胸，有点嫉妒。申莉说："大有大的麻烦。一进门，人还没有看见，两只胸倒先进去了。"在商场里试衣服，两个人挤一间更衣室。换衣服时申莉指给凌萧看："你看。"申莉的两只乳房向两边撇着，乳尖往下，看起来有下垂的趋势。申莉说："人家都管这种叫茄子奶。"两个人哈哈哈地在试衣间里放肆地笑起来，出来时人们拿怪异的眼光看着她们。两个人对视一眼，又是一阵笑。那是她们最接近最亲密的时候。
　　刚刚做完手术，大约有半个月的时间不能洗澡，只能擦身。表妹自然承担起这个任务。没过多久，表妹找到工作，在一家餐馆里做收银。收银很忙，就很难得日日过来了。表妹不在的时候，申莉就有些坐立不安。这座南方城市在春天空气溽热潮湿，一两天还好，久了身上就会泛出酸味，像是面发过头了。仅这一点，就够她受的。
　　凌萧说："不然我帮你擦吧。"
　　申莉面露尴尬，说："不用，不用。"
　　最后还是败给洁癖。后来，申莉也就不再拒绝了。虽然嘴上没说什么，但身体多少还是有些抗拒的，凌萧在给她擦身的时候能敏锐地感觉到这一点。申莉坐在小板凳上，整个人弓着身子，缩成一团。凌萧将泡过热水的毛巾蘸着擦，每触碰一下申莉，她的身子就会缩一下。凌萧看到申莉身上两道疤痕，像是两条硕大的虫趴在上面，触目惊心。她想伸手去摸一摸，但最后还是没动。她鼻头酸了，于是站起身，转到申莉身后去。显然，她们的身体要比头脑坦诚得多。

十几年前也有过这样的场景，但倒在浴室里的是凌萧，帮忙擦身的是申莉。那时她们还只是合租关系，照面了打个招呼，分吃一些水果，算不上熟。有一天夜里，凌萧喝多了。刚回到家时还没什么，倒在床上躺了几分钟，胃里突然热辣辣地翻滚起来。凌萧起身去厕所，在门口绊了一跤，最后几乎是爬着进了浴室。她趴在马桶上，脸差一点陷进里面去。突然，走廊的灯在身后亮了。凌萧在头昏脑涨中听见有急急的脚步声。申莉走过来跪在她旁边，捋了捋凌萧的长发，将它们拉起来。馊酸味溢了出来，凌萧又是一阵恶心。申莉那么爱干净的人！

记忆到这里就断了。第二天醒来时她感觉头痛欲裂，嗓子干如刀割。凌萧翻过身，却一眼看见床边摆了一张折叠床，申莉正睡在上面。这时她才发觉自己的衣服已经被换过了。她悄声下床洗漱。厕所里的味道还未散尽，凌萧连忙打开排气扇。她的衣服挂在浴帘上方，滴滴答答地落水。

走回房间时申莉已经醒了。申莉说："你昨天晚上怎么了？"

凌萧说："很难看吧？谢谢你啊。"

"没事。"

申莉煮了白果粥。两人对坐着吃着，却一点声音也没有。申莉有几次想问又不好问，但最后还是开口了。"为什么喝这么多酒啊？"

凌萧答："也没什么，只是不太开心。"

申莉又给她舀了一碗粥，说："那就多吃点。粥对胃比较好。吃饱了，人就会开心了。"

后来两人就常常一起吃饭,一般都是申莉做,凌萧则负责买菜和收拾桌子。只有一次例外。那一次是母亲从外地飞过来看她。三人一道买了菜,但做的时候就只有母亲和申莉。母亲说,去去去,不要添乱,然后把凌萧轰了出来。厨房里满是说说笑笑的声音。香气溢满房间,凌萧坐在客厅里,胃里翻起一阵酸。可能申莉才是母亲想要的女儿。她恨恨地想。

饭后凌萧收拾完桌子,回到卧室里。母亲走进来,拉了她一把,朝门外看看,将门关上。她将凌萧拉到床前坐下,问:"你们关系怎么样?"

凌萧说:"什么啊?"

"问你们俩关系怎么样?"母亲的语速快了些。

"还可以吧。"

母亲说:"你最好离她远一点。她很有野心,比你精多了。"

突然冒出来这么一句,凌萧觉得不可理喻。母亲向来都有被迫害妄想,与父亲离婚后,这种情况更甚。凌萧说:"你不要看每个人都是坏人嘛。"母亲说:"我走过的路比你多多了,你小心她以后抢你东西。"凌萧满不在乎:"我们又不是同行,有什么好抢的。"母亲轻蔑地笑笑,说:"走着瞧吧。"

凌萧和赵泽分手后一直没有告诉母亲。她害怕母亲会说:"当初我怎么说的来着?"

母亲过世时,凌萧整个人都是蒙的。从追悼会到下葬,全程都是由凌萧的表哥,也就是母亲的侄子跑前跑后。凌萧茫然地抱着遗像,茫然地伸手出去被人握着。最后查看来访登记的时候,凌萧看见了申莉的名字。她想了想,把有申莉名字的那一页撕掉,扔进了殡仪馆的炭火盆。火烧了起来。凌萧终于哭了,她觉得这才是母亲希望看到的。

最终申莉也没和赵泽在一起，不知道其中有没有她的因素在。赵泽和申莉在一起后还给凌萧发过微信，态度暧昧。凌萧没有回复，截了图发给申莉，说："你叫他不要来骚扰我了。"想到他们可能会因此大吵一场，凌萧心里挺爽的。隔着屏幕，凌萧看到火星飞溅，燎起一场大火。会下一场雨吗？

从分手那日开始，她就做好准备要和申莉战斗到底。也许当初嫁给王先生，也有同样的情绪在。凌萧知道自己无论如何也是比不过申莉的。那几年她总和朋友们抱怨申莉。她怎么能这样，为什么要专抢我的？朋友们一开始都陪着她一并指责，但听得多了，也就烦了。有朋友说，你知道吗？你现在这样像个怨妇，很烦。凌萧听罢，又暗自哭了一场。但是，王先生也许可以成全她。现在想来，婚礼之盛大依然令凌萧觉得错愕。她原想给申莉发请柬。无论如何，我至少比你有钱——她是这么想的。但是凌萧最终没有请她。她知道，在这么想的一刻，她就已经输了。

待在病房浴室里的时候，凌萧感觉像是回到了在合租房里的那个夜晚。房间里只剩下她们两个人，那一刻，这一刻，她们是相依为命的。凌萧伸出手，用指尖轻轻地触了触伤口周围的皮肤。申莉没什么反应，凌萧自己倒抽了一口冷气。她问："痛吗？"

"现在好多了。"

她用免洗头发喷雾给申莉弄干净头发，用湿毛巾擦了几遍，帮她吹干。申莉坐上床，也不说话，两个人看着，就相互笑笑。申莉的脸上是一种熟练的又藏着尴尬的笑容。申莉说："其实你不用天天都来的。来回跑也很辛苦。"她也许是想说，其实你每天来，你很尴尬，我也很尴尬。拼了十多年，最后却要和自己的敌人相依为命，这种感觉，想想都令人心酸。但生活是这样，许多曾经付出努力的东西最后都归结为无用，建立了一切，又把它们消解。

徐小雅 | 真　的

　　申莉说想要找个护工，让凌萧帮她留意一下。凌萧嘴上应着，但没去打听。她对申莉说："反正我也没什么事。"
　　出院没多久，癌细胞扩散，申莉重新回到了医院。这一次，她瘦得有些脱相了。一件衣服穿在她身上，松松垮垮的，仿佛是没有骨头。病房里的人不时地就会换一次，坐在里面，凌萧的心是慌的。申莉虽然没说什么，但她看得出来，多多少少也是心慌的。医生先前说过，乳房本来就是常规项目，如果按时做体检，可以早一点发现，弄不到今天这样。但怎么就没有查呢？挺恶心的，让别人看自己的乳房，谁知道会这样呢。原先说治疗效果很好，怎么又扩散了呢？凌萧突然想起第一次来看申莉时电梯里偶遇的那个老人，很瘦，瘦得没有水分，像是从他的身上就能看到时间正在飞快流逝的痕迹。现在申莉也是一样。
　　原来，所有的战斗都抵不过一场大病，申莉没有输，但她提前退出了战斗。
　　自那以后，凌萧偶尔会做同一个梦。梦中她独自一人穿越隧道。在很远的地方，有一点星光般的亮色在闪耀着。她知道那是终点。风从她身后灌进来，推着她往前走。在尽头处，那点星光飘摇起来。猛然吹来一阵风，尽头的光就灭了。
　　凌萧在黑暗中坐起来，打开灯，起床找水喝。她光脚踩在地板上，房间里有轻微的、黏滞的回声。窗外，黑黢黢的树影左右飘摇，映射在房间里的一部分，越发将房间显现得空而大。她感觉胃痛，蹲下来。她伸手去抚摸着，又觉得痛的不是胃。到底是哪呢？她痛得哭了起来。
　　下午，临床的一个女孩要出院了。她化疗过后效果不错，可以回家边观察边继续治疗。那是个活泼的女孩，在读高中，每天都有很多同学来看她。他们在房间里吵吵嚷嚷，声音大得令人头痛。但凌萧和申莉谁也没有开口让他们安静点。女孩来和申莉告别。申莉说："快走吧，你太吵了，我再也不想见到你了。"病房里的一众人都笑起来。女孩说："我在外头等你哦。"

女孩和父亲先行离开,母亲和护工则留下收拾东西。她几乎没带走什么,只拿走了衣柜里的几件衣服。母亲对护工说:"都出院了,这些东西都晦气,你拿去丢掉吧。"末了也许是想起申莉还在,转头过来时脸上就露出一丝很尴尬的神色。

申莉笑笑说:"没事的。"

房间变得安静了。外面开始落雨,先是淅淅沥沥的,很快雨便连成了一道白幕。雨声越大,越衬得病房里空空荡荡。电视机在响着。在潮湿的房间里,主演们的声音听起来像是裹了一层雾。凌萧和申莉都没有说话。过了一会儿,申莉像是自言自语地说:"真不习惯。那女孩子吵吵闹闹,现在想来倒是蛮开心的。我挺羡慕她的。"凌萧点点头。她想,虽然是寂寞,但还好大家都是活着的。没有比这个更真的事了。

半晌,申莉伸过手来,拍了拍凌萧的手:"我也挺嫉妒你的,大家都喜欢你……"她仿佛还有话,但没有再说下去。凌萧感觉,自己的心被扎了一下。

临回家前,凌萧一眼看见了窗外的细口花瓶。桃花早已落尽了,叶子也落了,只剩下干枯的枝条。她心里有些空空的。凌萧说:"明天早上我再过来。"申莉点点头。快要走到门口时申莉叫住了她。申莉问:"你几点来?"

凌萧说:"吃过了就来。"

"真的啊?"

她听出点依恋的意思,心里发酸:"真的。"

走出一楼大厅,凌萧才切实发觉到这雨的大。雨大得像是天破了。她从没见过在春天会下这样的大雨。她电话叫了一辆专车。漫天漫地的银白色,亮得耀人眼睛。每一辆开进医院的车早已打开了大灯。司机给凌萧打电话,说大楼外头不让停车。她只好顶着雨跑了一段。打开车门前她愣了愣。不远处,停车场内的几株桃花落了一地,粉的或是红的,像一摊水似的堆在树根处。"干什么,快点上车呀。"司机叫着。雨浇醒了她，她快速冲进车里，感觉像是逃命。大雨跟随着她灌进来，坐垫也湿漉漉的。她的鞋子湿了，也许明天就会变形。凉气顺着双腿缓缓而上，让凌萧禁不住地打寒战。司机问："美女，去哪啊？"

凌萧说："去滨江路。"

滨江路上的桃花开得正盛。天气还好的时候，草地刚刚被洒过水，被阳光一照，发出一股暖融融的泥土味儿。先是迎春，再是玉兰，再接着，是漫天漫地的紫荆和繁盛的桃花。春光正好。许多即将步入婚姻的情侣都喜欢在滨江路拍婚纱照。有时凌萧看见那桃花，心里会涌上一股暖意。花努力地开，她想。想着想着，就笑了。雨越来越大，雨刮转动的速度也越来越快了。即便是这样一场大雨，这一路过去，总会看到某一棵树顽强地顶在暴雨中。总会有那么几棵。世界万物都是如此。所有的胜利都源自繁盛。

待到明天早上，她会将这几枝新得的桃花插在申莉的花瓶里。也许她会说："春天来了。"

也许申莉会说："真好。"

选自2021年《钟山》第3期

彭 湖

彭湖，笔名诺亚，土家族，1989年3月生，湖南湘西人。中国作协会员，鲁迅文学院少数民族作家班第十四期学员，中国民主促进会会员，毛泽东文学院培训部副主任、湖南作家网副主编。从事短篇小说和童话写作，作品散见于《花城》《芙蓉》《湖南文学》《少年文艺》（江苏）、《花火》《小溪流》等刊物，出版作品《第三岸》《玛丽与空中房子》《画镇》《哑江》等。曾获"大白鲸"原创幻想儿童文学金鲸奖、第三届曹文轩儿童文学奖。

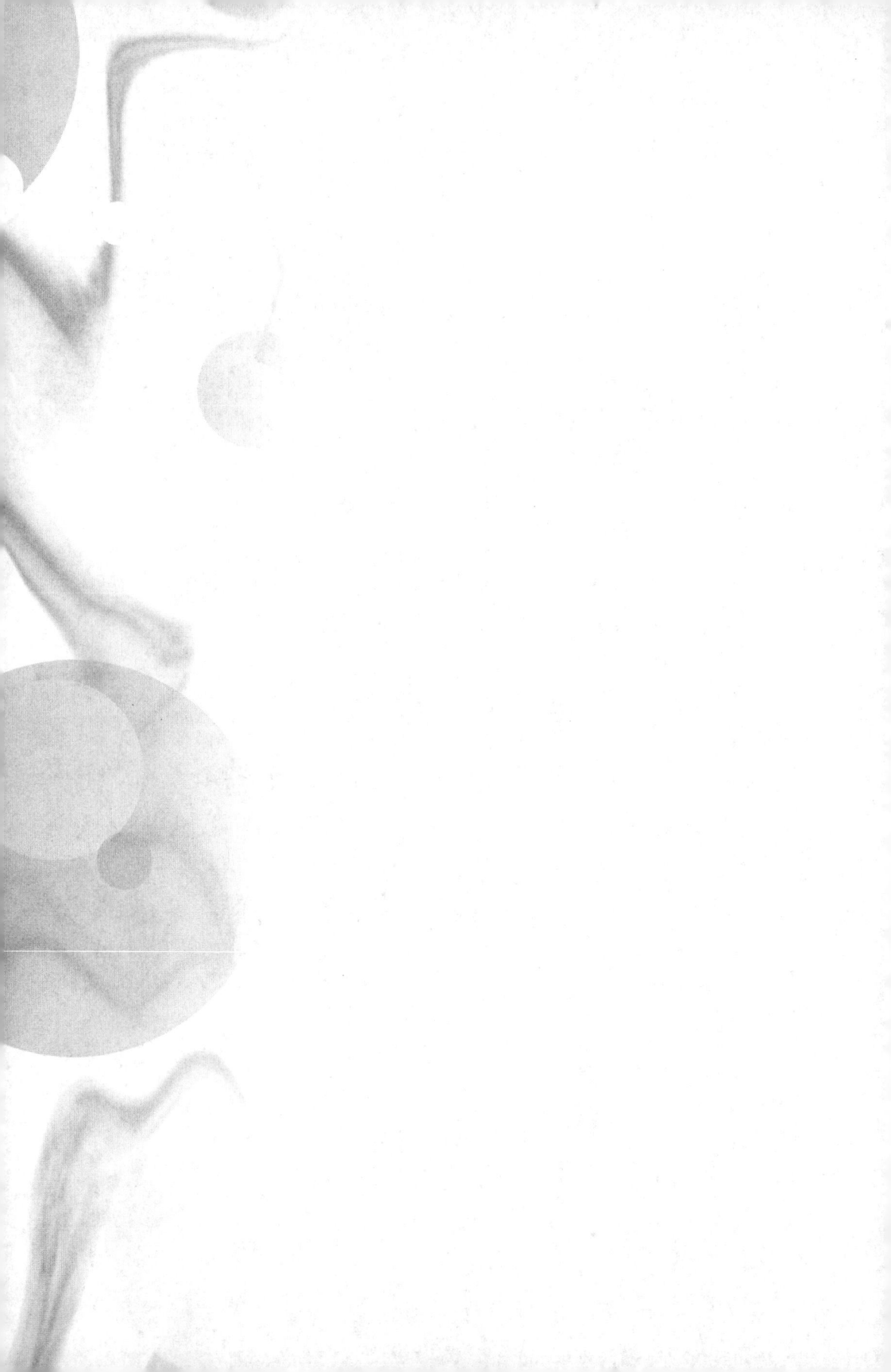

一无所有的春天

一

　　人上了年纪就很容易变得絮絮叨叨，怀念自己的一地鸡毛，我不想变成那样，我要沉默地、冷漠地变成一颗石头。最好是浑身琐屑的粉砂岩，在暴雨的冲刷里软化滑坡，摔得粉身碎骨，这样我就不用再看这些狗日的稿子。我看一万个字能拿三十五块钱，两万字能拿七十块钱，如果一天看够十万能拿三百五，但我不可能看那么多，而且也没这么多字指望我来看。所以在既没有工作也没有外包稿子的时候，我就需要更多的钱。我一边看稿一边在想一些距离自己很遥远的事情，比如说等我有了钱，我该干什么。我要买两块劳力士手表，左手一块，右手一块。

　　门突然地推开，陈文双穿着一件吊带走进来，旁若无人地打开衣柜，开始往她的小皮箱里面收拾东西。我习惯了她不敲门的习惯，也习惯了她日复一日的离家出走，注意力全都集中在她没穿内衣的上半身，眼神本能地跟随着黑色吊带四处游走，然后又因为道德的谴责收了回来。我跟你哥没法过了，她把衣服一件件砸进那个印着红白色碎花的小皮箱里，有一件红色内衣从里面炸开，像艳俗的花。你不冷吗？我问她。她难以置信地看着我，我都这样了，你还问我冷不冷？

　　那不然呢，你要说什么？她直起身子看向我，郑颜开，你觉得呢，我要不要离婚？如果我不知道她口无遮拦的个性，我一定会以为这是在对我进行某种少儿不宜的暗示。这不合适，我说，你跟我说这种事，能指望我给你什么回答，无非就是当个和事佬。人都说凡事劝和不劝分，你要是想听我说好话，我倒是能安慰安慰你，你要是想听我说坏的，那我多不是人。她说你跟你哥都是一副德行。我说那可不是，你都知道他是我哥。我跟你没法说。她把衣服砸在我床上，四舍五入就等于砸在我脸上。你们家这个日子我没法过了，老的是这样，小的还是这样，要砸锅卖铁到什么时候。你房子都卖了，下一个是不是就轮到我们了，拖死我们一家算了，要死大家一起死。她语气平淡，连气都生得十分机械，就好像熟能生巧似的。

我因为看了一整天的稿子昏昏欲睡，脑袋里整合不出什么佳词锦句，没能来得及在第一时间和她完成一次久违的争吵，她就适可而止地放弃了对峙，把小皮箱里的衣服一股脑倒出来，重新塞回乱糟糟的衣柜。对了，她回头说，你爸又走丢了。你怎么现在才说，我站起来往外走，到了门口才想起折回来拿手机。陈文双站在我的白色小书桌面前，用食指用力点着我的稿子。这鬼东西能挣几个钱？她撞开我走出去了。

我穿着睡衣蓬头垢面跑下楼，在凛冽的大风中远远地朝看门大姐招手。李姐，你看到我爸了吗？她嗑了一颗瓜子，嘴里吧唧吧唧地嚼着，还能抽空跟我说上几句，狐狸一样尖细的声音穿过风声，断断续续来到我耳边。什么？你爸又丢了？没看见，你找找老地方，老人家也不知道好好管管，走出这个小区就回不来了。你也不好好看门，我撂着拖鞋往东门走。她嘴里依旧吧唧吧唧，他又不是我爸！我没理她，像个老成的侦探那样循着蛛丝马迹走到东门边上，这里有一小片公共区域，象征性地做了一个没有卵用的凉亭。一些家长和孩子在这里搭了台子打球，我的老父亲就总在同一个时间坐在凉亭里面等他莫须有的儿子放学。

彭　湖　|　一无所有的春天

　　他果然又坐在那里，穿一件揉皱了的黑色西装，因为佝偻和消瘦显示出不合身的寒酸。爸，我喊他。老人不为所动，眼睛盯着从东门里进来的每一个孩子，眼神沉着又睿智，像个老练的特务。爸，你接到人了吗？我走到他旁边坐下。他选择性地无视了我每句话的第一个字，冷漠地看了看我，摇头说，没接到，还没放学。你在接谁？我问他。开开，他眼睛甚至没有看我，但却笃定地说，我儿子，开开。那你知道我是谁吗？我问他。他终于转过头看向我，眼睛里全是茫然和局促，我知道他经过了深思熟虑，然后他摇了摇头，不晓得。

　　你知道郑颜开是谁吗？我又问。他点头，我儿子，开开。那我是谁？我贼心不死，你认识我吗？认识，他点头，你经常来这里。爸，你叫什么名字？他低头去看挂在脖子上那个蓝白相间的走失卡。郑义，他说。那我呢？我问。他仔细盯着我看了一会儿，眼睛里有捉摸不定的风景，而后无可奈何地摇了摇头。那今天星期几，这个你总该记得吧。他从衣服口袋里掏出一本对折的红色日历本，本子上面画着比康定斯基更加艰深晦涩的东西，就连他自己都不知道究竟写了什么。我看见他的食指滑过日历本上杂乱的字迹，眼神越发迷茫和懵懂。

　　我摁住他的手，爸，昨天是星期五，那今天是星期几？他显而易见地沉默了，像是一个突然被老师点名的学生那样陷入深深的惶恐和茫然之中，我看到他手肘支撑在石桌上，不安的掌心抵住额头，看上去紧张又错愕，就好像我这个问题十恶不赦一样。今天是星期六，我告诉他，周末小学不上学，开开今天不会从这里经过。他如获大赦，表情瞬间轻松起来。开开不上学，我回家去找开开。我扶起他，像哄孩子那样点头，尽管我根本没有孩子。好，我们回去找开开。说这句话的时候，我承认即便已经足够麻木，但我心里仍旧有那么一点，也只是那么一点，微不足道的酸涩。

　　开开要买书包了，他说，还要买文具盒，他喜欢那个折叠的，我不买，他也没哭，不像他哥。我随意地敷衍着，脑袋里全是刚才没看完的稿子，他在我的耳朵边上絮絮叨叨，像一整片飘散在夏夜的蚊子。为了转移注意力，我开始思考他透析的日子，下一次应该是周三，送他过去之后我还得在附近打发三四个小时。时间不算什么，归根到底还是钱，这个充满铜臭味的东西永远不够。半年前，父亲的透析不及时加上血钾高进了ICU抢救，之后他原本就不清醒的脑子开始每况愈下。我卖了家里破旧的老房子，还借了一屁股债才凑够钱，但在后续的治疗费面前依旧杯水车薪，只能搬进我哥郑新远还剩下二十年贷款的家当个房客，每个月付点房屋水电费，然后像个脑袋面前挂白菜的驴子那样日复一日地看稿。每当这种时候我就懊悔当初为什么选了汉语言文学这种毫无意义的专业，哪怕选个进口挖掘机修理都比它有用得多，这玩意儿只能陶冶情操，可被债务追着跑的人没有情操。

父亲还在耳边絮叨，但声音小了很多，逐渐变成一种不需要人聆听的自言自语，像虫子啃食木板所发出的令人头皮发麻的窸窣。我不断点头敷衍，他也并没有因为我的附和而感到振奋，保持着自己的步调不紧不慢地埋怨。他的脑袋里有一个奇怪的开关，只要打开了就能想起很多连我都不记得的往事，而且无一例外都是别人的不好，这种忘恩负义的态度令我不齿。开开他哥，他说，远远就不乖。我不给他买荔枝，他就往米锅里面撒尿，我煮好饭一打开锅，哎呀，那个什么味道。我就打他，他顶嘴，说长大了要打死我。他也不给我买东西，过生日没给我送过礼物，经常问我要钱，我都给他的，每次都给。他不喜欢我去他家，老骂我。远远成绩也不好，老师天天找我，说他谈朋友，那个朋友也不好看，黑黑的，又瘦又矮，我讲他，他就顶嘴。他不争气，大学也考不好，我又给他想办法，但是他不读书，不读书怎么搞，不读书牵出去卖都没有人要……耳边嗡嗡一片，我不觉有些厌烦，而我知道，这种厌烦正在日复一日、

彭　湖 ｜ 一无所有的春天

循序渐进地侵蚀着我。

人的耐心是有尽头的，良知也是。

二

我是春天生的。三十年前的春天，我像个生长在枯井里的蛤蟆那样站在人声鼎沸的夜市里，看到了一根从天空中垂下的极细的蛛丝。我怀疑那根蛛丝的真实性，就像我怀疑自己的脑子是否也继承了父亲的遗传，开始缓慢地迈向终有一日的毁灭。

我记得那个时候郑义的脑袋还是完好无损的，他像所有真正的父亲一样在我身上浪费他的年轻和柔情，却从没想过我竟是这样一个贪得无厌的人。但凡看见任何好东西，只要父亲问我要不要，我都会回答不要，我知道，出于怜爱大多数时候他都会买给我。我过早地学会了用讨巧的方式欺骗我的亲人，以至于大半辈子都在演艺生涯中度过。这就导致我时常分不清，自己究竟是个真正的好人，还是一个十足的恶棍。

五岁那年我过生日，春天还没来得及想起自己的温度，每个人的眼耳口鼻都晕染着茫茫一片白光，分不清哪里是人，哪里是生着火的店铺。我和父亲走过淹没在白烟里的小吃街，听见牛肉接触到炭火发出的油腻又香甜的刺啦声。父亲照例问我，要不要吃牛肉串。我照例说，不要。父亲说，你拿着东西在这里等我。我说好，就心满意足地原地站着，目送他的背影没入白烟和人群里去了。我站了很久，天气很凉，吹得人心里空空荡荡，等我回过神才发现已经找不到他了。

四周是鼎沸的人声，那些声音混着油烟从成片的绿色塑料大棚里飘散出去。我那么矮，甚至很难越过大棚看见完整的天。这个时候，世界突然变成了一口井。

井里是油烟，是炭火，是讨价还价和斤斤计较，是来来往往的聒噪的蛤蟆。可没有哪一只蛤蟆是我的，我也无法成为任何人的蛤蟆，井那么大，周围一片嘈杂，只有我的周围是安静的。我在这里，又好像不在这里。然后白烟散开了一些，像船划破水面。父亲拨开人群挤出来，把一个装着牛肉串的塑料碗递给我。等很久了吧，他笑着说，露出一颗微微发青的门牙。这个时候，我突然看见了一根蛛丝从世界之外垂坠下来，竖立在我眼前。它那么细长又那么脆弱，以至于我不敢伸手去拉扯它，唯恐它无法承受我的体重，就这样连带着世界一起，断成两截。

这一刻我忽然懂得了孤独。

就是这份孤独让我接触到了该死的一文不值的文学，让我今后的人生不厌其烦地折腾在突如其来的共情里。如果在那个寒冷春天他没有去给我买牛肉串，如果他没有把我一个人丢在茫茫人海，又或者他没有找到我，也没有笑着和我说话，那我将对这种晦涩的情感一无所知。继而我将变成一个理性的、像石头一样越发冷漠的大人，而那正是我所期望的。我的父亲让我没能成为我想要成为的自己，只能日复一日在狭小的书桌面前校对这些堆积如山的稿子。我把这个无法挽回的过错归结在父亲身上，这是我对他最大的迁怒。

门震了一下，陈文双拿着一双油腻的筷子走进来。你爸尿自己身上了，她说，语气里夹杂着呼之欲出的恶心。我放下笔，好，我现在去搞。你搞什么搞，她堵住门，你知道我家现在什么味道吗？你知道别人说我身上有什么味道吗？我知道她什么意思，但这话我没法接，不管说什么我都不是她的对手。我现在就去搞干净，你先吃饭。我怎么吃饭？她追上我，郑颜开，你要装孝顺是你的事，别扯上我。他每次都挑着点惹事，进门不敲，打不开就一个劲地喊。有他在我跟你哥连上床都不安心，你们郑家这辈子都别想要孙子！我没说话，拿眼神跟她道了个歉，然后快速绕到厕所里。

彭　湖 ｜ 一无所有的春天

父亲坐在厕所的角落里，裤子拉链大开，黄色的尿渍沿着Ｔ恤下摆一直蔓延到裤腿上，甚至在地板上还黏着一些令人恶心的棕黄色痕迹。刺鼻的气味催动我的胃液，我快速从厕所走出来一个劲地喘气，等呼吸够了再憋上一口冲进去。他局促地坐在那里，拼命把自己蜷缩得足够小，他知道自己做错了事，也许还清楚地产生了羞愧和悲伤，但他的情绪穿过了我，被浓郁的臭味彻底覆盖。

我跟你说了几次，上厕所如果不行就一定要喊我。我嘲他吼，一边吼一边胡乱地扯出卫生纸擦拭他的双手。他的手粗糙而干瘪，就好像被抽走了所有的瘦肉和脂肪，皮肤几乎直接附着在骨骼上。我不记得，他说，你别生气。我不生气，我说，我他妈跟你生什么气。开开，他喊。我猛然一愣，难以置信地看向他。开开，他又说，到放学时间了，我要去接开开。

你接你妈的开开！愤怒在一瞬间点燃了我的理智，我站起来捏住水管口，把水开到最大，从他头顶迎头浇下。冰冷的水一瞬间浇蒙了他，好半天才反应过来要躲。他往厕所角落的更深处移动身体，抬起两只手试图挡住从天而降的水，但是很快的，我不断移动喷头对准他的脸和全身，全然不顾他是否能够在水流里畅快地呼吸。在这种单方面的虐待里，我突然地释放了所有的压力。不过多久，水温开始升高，那些黄色的污渍被冲刷下来，气味越发浓烈，被水温加热过的恶臭膨胀在厕所里，我忍不住蹲下去疯狂地干呕起来。他惊恐地躲在角落里，一个劲用手徒劳地拍打水花，放着热水的绿色管子在肮脏的地面上蛇行一样来回动弹。你接你妈的开开，我有气无力地吼着，你接你妈的开开。

要疯你出去疯，别把人弄死在我家里。陈文双走进来，捏着鼻子朝我扔了一条毛巾。不远处，郑新远站在那里，皱着眉往里面看。你搞不搞得好？他问。我搞不好你还来搞吗？我关掉水龙头，拿毛巾擦干脸，然后转身要去擦那个惊魂未定的老父亲。别用那个帕子！陈文双杀鸡一样叫起来，用抹布，我有块刚扔的抹布。她急匆匆跑到阳台又急匆匆跑回来，隔着老远的距离扔给我一块深灰色的帕子，好像污渍会顺着空气攀爬到她脸上似的。

擦干净父亲，给他换了一身衣服，我收拾好厕所的一切把抹布拿出来，陈文双直接端着垃圾桶跑过来。扔这里，她说。我把抹布在她眼前晃了一圈，又吓得她一阵鸡叫。郑新远站在饭桌边上朝这边喊，你别惹她，等下她又要回老家。我笑了笑，她要回早回了。

父亲从卧室里走出来，先前的惊吓转瞬消失殆尽，干净得好像是我的记忆出现了问题一样。他嘴里絮絮叨叨，径直走进厨房打开火。他时常如此，只要一个场景或者一句话出现在脑袋里，就会立即付诸行动，如同一只飞在黑夜里的蛾子，但凡见到一点火光就会义无反顾。爸！郑新远吓得认了父亲，连忙跑过去把他拉出来。你开什么火，油都没放。开开说今天晚上要吃粉，父亲挽起袖子，我炒几个臊子，他喜欢青辣子炒西红柿。他不要吃粉，郑新远指着我，开开在那里，他已经不吃粉了。

父亲茫然地看了看我，选择性无视了这个话题，继续打开火。爸！郑新远把他摁到餐桌边上坐下，你先吃饭，等开开，他孝顺，回来了肯定要你先吃饭。"他孝顺"三个字就仿佛对我赤裸裸的羞辱，我没说话，兀自坐到桌边吃菜。郑新远把碗递给我，你喂爸，我有点事跟你讲。你讲，我接了勺子，舀起一勺带汤的白米饭送到父亲嘴边。父亲张嘴吃了一口，漫不经心地吞咽下去，我刚舀起第二勺，他就站起来走到客厅去了。

没有名堂，夏天到河里面游泳，没有名堂，他坐在小木凳上喃喃自语。我追过去，又给他喂了一口。他嘴里嚼着饭，一个劲地抖腿。我拌了拌饭，舀起一大口，想赶紧结束这个工作，他又忽然站了起来往门口走。开开要放学了，我听到他说。陈文双率先走过来抓住他的手腕，用力往屋子里拖，然后砰的一声把人关

彭　湖 ｜ 一无所有的春天

进了卧室里。

郑颜开，郑新远叹了口气，你觉得这是个办法吗？我知道他要说什么，但我并不想听，那一定是我选择性无视的东西。他拿筷子不规律地敲击着碗边，发出催命的响声。你做一次透析多少钱要不要我给你算算？上次动了手术你还剩多少？医生说了，他的情况不会越来越好，只会越来越坏，你怎么照顾他，他连你是哪个都不记得，你图什么？我和你都年轻，还要过生活，你想背一辈子债，打一辈子光棍吗？我现在孩子也没有半个，你嫂子还天天跟我闹离婚。他也是我爸，我晓得你为难，但我也是你哥啊。

是啊，他是我哥，郑义是我爸，我是他们的弟弟和儿子，那郑颜开又是谁呢 —— 他谁都不是。我丧气地端着碗，努力吃了一口菜，咸了。哥，我说，我晓得这不是办法，但我没有别的办法。爸还活着，难不成把他弄死吗。很快的，他就给了我另一个办法。颜开，爸不记事，他压低声音说，他要是从小区里面走出去，就再也回不来了。

三

我默许了这个卑鄙做法，甚至在心里的某处自私地窃喜。也许从一开始我就希望有人能对我提出这个建议，希望有人能主动把他带出我的世界。一旦提出建议，我就能名正言顺地同意，或者表达出一点微不足道的抗拒，以此来平衡自己内心的道德。

我是被迫的，我这样告诉自己，被迫接受郑新远的提议，被迫看着父亲走失，而这一切都与我无关，我仍旧是那个高风亮节的孝顺孩子。但我迫切而又紧张地盼望那一天的到来，或许他的走失会让我短暂地苦闷和揪心，但只要我找不到他，就能从无止境的拖累里功成身退。我能撕掉这些狗日的稿子，能为我自己攒钱，能买两块劳力士手表，左手一块，右手一块。

在接下来的日子，我们三个人达成了一种从未有过的默契，将一切打算都做得心照不宣。我们开始轮流照顾父亲，就连陈文双都在这件事上表现出超乎寻常的耐心和善良，以至于我和郑新远都有些恍惚，困惑于狗到底改不改得了吃屎。爸，她叫得柔情蜜意，像涂着剧毒的匕首，在清醒人的眼中寒光乍现。但父亲并不明白她每个字或是每个眼神的深意，他根本不记得这个不知道从哪儿冒出来的女人，他的日常里只有永远念不完的抱怨和永远都在回家路上的开开。

我们开始当着父亲的面收拾他的东西，腾出他的屋子，以便日后当作我侄子的温馨小屋。父亲起初选择无视我们的努力，将一个老年痴呆患者的病症发挥得无所不用其极。他开厨房的火，用没有油的锅炒菜，切中了自己的食指，对着无人的床整理铺盖，把家里的方便面藏在电视柜下面，把零散的一毛钱叠成无数个整齐的三角形，然后在每天下午五点准时来到东门的凉亭下面，接他那个准备丢弃他的开开。后来，他似乎感觉到了什么，发现自己的东西在逐渐变少、消失。他想起了一会儿，问过我们几句又迅速地遗忘，最终他索性什么也不想，像个学步的孩子那样跟在我后面，帮我一起收拾他的东西。

这个不要了？他拿着自己的水杯问我。不要了，我说。丢哪里？他又问。我指了指垃圾桶，扔进去。好，不要了。他兴致勃勃地把水杯丢进去，然后拿起自己用了一半的眼药水，这个是不是也不要了？我说是，他又会再问一遍，丢到哪里，我再耐着性子回答他，丢进垃圾桶。往返几趟，他的痕迹就所剩无几了，这个时候，我突然想起当初和医生的谈话。我问他，阿尔茨海默病的患者还会不会有清醒的恐惧感，面对着记忆一点一滴地丢失，他们到底是什么感觉？医生沉默了很久，淡淡地说，就像你的大脑每天都被切掉一片。我无法想象自己的大

彭　湖 | 一无所有的春天

　　脑每天被切掉一片是什么感觉，我也不知道所剩无几的脑子是否有能力支撑我全部的恐惧和我全部的幸福，但我的父亲就是这样，年复一年地切割着自己的大脑，切割他过去几十年庞大的堆砌，切割他所有的喜怒哀乐和细枝末节，甚至切割掉那些经不起考验的款款情深，就像他拿着自己全部的家当一个个丢进垃圾桶。

　　我想，他是不会感觉到疼痛的，因为他连疼痛本身也遗忘了。我确信当他独自一人流浪在汹涌人海里时绝不会想起我，不会想起郑新远，更不会想起陈文双。他唯一记得的，只有那个被他遗忘了样貌的、早已不存在的儿子。时至今日我也不明白，他为什么明明忘了一切，却单单记得我。记得我的名字，却不记得我的脸；记得我每天五点放学，不记得我每天深夜下班；记得我喜欢嗦粉，不记得我现在更爱辣椒炒肉。他记得我全部的过去，唯独不记得现在的我，他的爱来得这样莫名其妙又这样汹涌澎湃，以至于我弄不清楚，他爱的究竟是我，还是那个承载着他青春年华的郑颜开。

　　在我们紧锣密鼓的筹备中，春天又要到了。天气还是没有暖和起来，风从遥远的江面上刮过整座城市，在窗户和树枝的细节里凝结起薄如蝉翼的霜。冬天还在苟延残喘，就像日复一日的我们。我照例裹着被子在没开空调的房间里看稿，嗓子里有种若有若无的钝痛，好像卡着某种东西。我知道，我距离感冒只有一步之遥，但我不能感冒，药钱也是钱。

　　喝水。父亲端着一杯热茶走进来，犹豫了好一会儿选择把茶杯放在我的左手边。我惊异地看着他，一时间不知道他是否突然地恢复了神志。但我马上就要扔掉他了，我不能表现出特别的柔情来，这会让我短暂地想起他是我的父亲这个不争的事实。我不要，我像个孩子那样把水杯推到一边，抬头问他，你要搞什么？我听到你咳嗽了，他说，咳嗽不好，开开也爱咳嗽。我有一丝失落，但又很快地平复了，这些年我已经习惯了被人遗忘。你到底要干什么？我不耐烦地摘下眼镜，要吃饭，要换衣服，还是要上厕所？我搞得来，他说，我就是问一问，今天有没有给我的信。

原来他又把我错认成了邮递员。对于他来说，每一天我或许都会有新的身份。家政、医生、水电维修工、合租的年轻人、邮递员……反正我不是我就对了。我把看到一半的稿子放到一边，朝他摆了摆手，你先出去，今天有你的信，晚点会送到。他喜出望外，朝我点头，谢谢你同志，大概几点可以送到？我装模作样地看了看墙上的钟，八点吧。哎好，他从口袋里掏出那个对折的小日历本，一边写字一边走了出去。我看到他消瘦的背影，远不如小时候记忆中那样高大。也许他原本就不高大，只不过在一个孩子的眼中沉重如山罢了。

父亲喜欢收信，这也许是那个年代的通病，又或许是那个年代最大的浪漫。时至今日，已经没有人会去写信了，不管想说什么，只要手机知会一声就好，方便快捷而且冷漠得深得我心。在很多年前，父亲还是会收到一些信件的，偶尔一两封，偶尔三五封，他总是很开心地拆开这些信，戴上他的老花镜，坐在那个被我卖掉的房子的阳台上，像品尝一杯热茶那样，慢慢地看。他的老花镜后面绑着一条绳子，很讲究地蜿蜒在背后，不用的时候就时常挂在脖子上。后来，老花镜丢失了，他素来念旧，找了很多地方也没找到，一直在纠结是不是要配一副新的，但最后寄给他的信件越来越少，他也就不再执着于一副不知所终的眼镜了。

我从柜子里拿出一个铁盒，擦干净上面的落灰，打开生锈的盖子，从盒子里掏出一沓泛黄的信封。最后一封来自十年前，寄信人是一个姓宋的年轻人，内容是感谢他对自己父亲的照顾，以及邀请他去参加父亲的葬礼。那一次我的父亲久违地坐上火车远行，回来后几天都不说话。他变得愈发沉稳和内敛，像个饱读诗书的学者。自那之后，他似乎就没有再收到过任何人的来信，又或许是从那天起，认识他的人就已经不复存在。信件的消失完美地描摹出他逐渐被人遗忘的过程，

彭　湖 | 一无所有的春天

当我看见他的时候，有那么一两个瞬间会感到孤独和恐惧。我害怕有朝一日，我也会完美地复刻出他的一生。

我从那沓发黄的信封里随手抽出一封，拿出干净的信纸和快要没水的签字笔，轻车熟路地抄写起来。父亲需要的是更多的信件，并非更多的内容，因为当他读完第二封信就会迅速地遗忘第一封到底写了什么。见字如面，我抄写着。在许多封信的第一行总是这样一句话，而那些信上的字迹都不相同，有的娟秀，有的潇洒，有的甚至歪七扭八，但这些字就如同它们的主人一样，有各自的性格和喜怒，一旦看到了，就连我都能循着踪迹想象到写信人的样子。

"您给我们上课的时候，喜欢掰断粉笔头，每次写字都要掰一根，粉笔槽里全都是断头，宋元说被您掰断的粉笔能填满整个炊事班。""打球您是顶厉害的，我们都开玩笑，您在谁的队里，谁就能赢，这种比赛没有悬念，所以您只能当裁判。""我很多年没骑过自行车了，腿脚不如当年。跟你一起骑车下坡的日子过去很久了，但我总听到那个时候的风声。""沅江涨水的时候可以捞王八上来，也不用我们老老实实钓鱼了。但是钓鱼有钓鱼的乐趣，养的是性情，等待的过程不晓得长短，也不晓得会不会有鱼，会钓到什么样的鱼，又激动又寂寞，跟过日子一样。这句是你说的，我一直记着。""等我们都老了，儿孙满堂的时候，再去堤坝上走一走，念一念诗。""我听说，你的小儿子很争气，你在信中总是很愉快地提起，我也很为你高兴。你教过许多人，我相信，你也能把他教导成一个有用的人。"

最后这一句，我没有抄，我的右手隐隐作痛，似乎是在拒绝。在抄写信件的过程中，我模糊地勾勒出父亲的形象，那是一个我不曾见过的陌生的男人。文化教员，上课爱掰粉笔头，喜欢打篮球、骑自行车、钓鱼，他深受学生的喜爱，也拥有聊得来的朋友，他们或许一起打过球，赛过车，在堤坝上念过豪情壮阔或是伤春悲秋的诗，然后所有人都长大了，所有人都老去了，所有人都遗忘了。记得他的人越来越少，也许那些曾经也伴随着他们的大脑一起，被写信的人一片片切割出去，哪怕有朝一日他们在人群中擦肩而过，也不会记得那个约好了要去堤坝上走一走的垂暮之人。衰老，是一项无法被指控罪名的谋杀。

我抄完其中一封信，整齐地折叠好，塞进干净的信封里，然后从我的床头柜里翻出一张用过的邮票，用胶水再次贴好。这些邮票都是父亲送给我的。少年时代，我曾经一度迷上集邮，疯狂地从别人的信封上要来各式各样的邮票，夹进我的《新华字典》里。后来，我与父亲闹矛盾，很长时间没有说过一句话，而我们和好的契机便是邮票。他把自己收到的所有信件上的邮票都整齐地撕下来，装了满满一个信封送到我的学校，并没有知会我，默默地放在了我的床上。当我拖着疲惫的身体回到寝室看到邮票的时候，很难形容当时的心情，就仿佛那个遥远的春天再次出现在我眼前，而我的父亲笑着递给我刚烤好的牛肉串。酸涩、寂寞而又由衷地幸福，我讨厌这样的感情。这个信封我一直保留到现在，从未想过那些被我打入冷宫的邮票还能在今时今日派上用场。

晚上八点，把抄好的信送过去。父亲十分吃惊，他已经忘记了信件的事情，但依旧表现得很快乐。谢谢你同志，谢谢，他连说几遍，宝贝地拿起信，走到阳台上就着灯光开始看。因为没有眼镜，他只能把信纸拉得老远，花上一两个小时的时间缓慢地阅读。读着读着，我看到他抹了抹眼睛，不知道是因为伤心还是疲惫。然后他终于收起信，走到客厅拿起剪刀，把邮票剪下来。

父亲遗忘了大多数事情，但如何把邮票干净地撕下来，是他为数不多铭记于心的东西。他把剪下来粘着信封的邮票放进清水里浸泡，等水泡透了，胶水或是糨糊会与邮票分离，这个时候再把邮票捞起来，平铺在卫生纸上面，等待多余的水分吸干，然后把邮票拿出去晒，直到彻底晒干才夹进《新华字典》里，等定型了又拿出来，塞进他床头柜的小信封里。

彭　湖 | 一无所有的春天

只有一两次，我不自觉地想，如果他记得的不是撕掉一张邮票的方法，而是被他从大脑里撕掉的我，该有多好。

四

我们尝试了好几次，都没能让父亲自己走失。

一次，我们告诉他，开开在学校出事了，要他去看看。一次，我们告诉他，出了东门一直往前走，就能找到钓鱼的好地方。还有一次，我们在一个大雨天告诉他，开开想吃石榴，让他一个人去买。奇怪的是，每一次他都准确无误地回到了家，就好像身体里自带雷达的候鸟，无论多远都能飞回同一个地方。

不能这样下去，郑新远说，肯定是不够远，这一片他太熟悉了，就算脑子不记得，身体也记得，要把他带到更远的地方去，远到他想都想不起来为止。陈文双甚至打开了地图，指着城市中央那条大河说，要不然往东走，这一片人多又热闹，而且他没去过，肯定回不来。郑新远点头，可以，靠近码头那边有一条小吃街，一到晚上人特别多，不要说他，就算是你不带手机可能都要迷路，他回不来，这次绝对回不来。我坐在一旁，像个看客那样冷眼旁观，似乎在听一件与我无关的事情。

郑颜开，他看着我说，这件事必须你来做，平时都是你在照顾他，他最亲近你，我们带他走远了他不干，只能是你。我能拒绝吗？我问他。不能，他斩钉截铁，这件事是成是败就全看你了，你带他出去玩，然后借口走开，直接坐车回来，等第二天再去找，他坐不住的，肯定会到处走，那个时候就算想找都找不到了。我们假装贴几个寻人启事，别人提供线索不去管，就说消息错了。过上一两个月，我们就解放了。你还想天天看稿子吗？他敲着桌面，你就不想为自己生活吗？你打算在我家住一辈子吗？最后那句话刺痛了我为数不多的自尊，好，我送他去，我摔了手里的遥控器，老子送他去！

第二天晚上，我收拾好一切，像个将赴刑场的死刑犯那样壮烈地迈入夕阳。爸，我顿了顿，第一次修改了称呼。郑义，我说，你跟我出来，我们去河边走一走。

父亲听说要去河边，立即高兴起来。河边好，他说，我们很久没去河边钓鱼了，我要带根竿子。我连忙阻止他，几乎是把他整个人从屋子里拖出来。不用带，我破天荒地喊了一辆的士，河边上有租鱼竿的，比你以前的钓竿要好，含碳量高，又轻又结实，钓大鱼也不怕。父亲上了车，越发兴致勃勃起来，可以钓大鱼吗，有多大？我随意张开手比画一下，这么大。那有二十多斤了，可以吃好几天，父亲很是振奋，就连意识都逐渐清晰起来。

司机听见我们说话，轻描淡写地插了一句，这么晚去钓鱼，看不见吧。我讪讪地解释，就是带我爸去吃个饭，不说这个他不肯出去。司机的语气温和了许多，小伙子挺孝顺啊，这个时候出去吃消夜，是要庆祝什么节日吗？他问得很随意，从态度来说几乎等同于敷衍，但在我这个现行犯的耳中就显得十分刁钻和犀利，甚至还透露着不易察觉的恶意。没什么节日，我爸喜欢吃鱼，我就带……

开开今天生日，父亲突然打断了我的话，他过生日，我给他钓鱼。我陡然一愣，下意识掏出手机看了一眼，三月十三号，的确是我的生日，而我这段时间忙于丢弃他，竟然忘了自己出生的日子。司机回头看了一眼，开开是谁？父亲清楚地回答，我儿子，郑颜开。我愣了愣，一时间不知道该怎么接话。自从他生病以来，这是我第一次从他口中听到我完整的名字，字正腔圆，竟然准确得有些陌生。

您这是老来得子？司机笑起来，老爷子挺厉害啊。不是，我想解释，郑颜开就是我，但不知为何，我开不了口，就这么僵持了好半天才回答说，开开是我儿子，老人家记性不太好了。哦，司机点头，我有个朋友他爸也这样，不要说孙子

彭 湖 | 一无所有的春天

了,儿子都记不得。是,我附和,儿子都记不得。司机因为同情和我亲近了许多,语气也更加温和。多陪陪他吧,他语重心长,老人家老了就跟孩子一样,我爸现在也是,我每天开车到晚上回去,还要照顾他吃喝拉撒。但是想一想,他小时候也是这么照顾我的,就突然没脾气了,谁让他是我爸呢。

谁让他是我爸呢,我回头看向父亲,他对我们的谈话充耳不闻,一个劲望着窗外嘈杂又空虚的霓虹灯,眼睛里闪耀着流动的光彩。开开过生日了,我要给他钓大鱼,他喜欢大鱼。我喜欢大鱼吗？我扪心自问,对于这个问题我早就遗忘了,我的喜欢永远持续不了多久,因为在过于泛滥的情感之下,我只想当一块坚硬的石头。我不喜欢大鱼,我告诉自己,我也不喜欢嗦粉,不喜欢读书,不喜欢青椒炒西红柿,我不喜欢父亲记得的一切。我要彻彻底底地厌恶他,才能在这个车水马龙的夜晚将他扔出我的世界。

不知道开了多久,我感觉自己的汗液浸透了衣服,在寒冷的夜晚贴合在脊背上,热得刺骨。到了,司机停下车,嚯,好多人,他笑着朝我们招手,带你爸好好吃顿饭。父亲不知道有没有听懂这一句,但他十分高兴地与司机挥手道别,然后兴致勃勃地告诉我,你这个朋友人不错,交朋友就要找这样的人。我不知道他今晚把我错认成了谁,也许是邻居家的孩子,也许是他教过的某个学生,我不得而知,也不想知道,反正不管是谁,都不会是我郑颜开。

我们去哪里钓鱼？他略显紧张地问我,他走得离我很近,在喧嚣的人群中他有些局促不安。去那边,我指着人最多的方向,我还没吃晚饭,我们去吃点东西,吃饱了再租竿子钓鱼。好,他点头,听你的。他跟在我后面走,佝偻着背,皱巴巴的黑色西装越发穷酸,行人有意无意往这边看上一眼,我都觉得他们的眼神里透露出鄙夷和嘲讽。我加快了脚步拉开距离,急着和父亲撇清关系,我羞于让别人知道这是我的父亲,羞于让那些穿着时髦的男人和艳丽的女人把他身上的土气、寒酸和卑微与我联系起来。

　　走了很久,我们来到最繁华的夜市一条街,周围的环境甚至吵得我听不清自己的话。我高声问他,你想吃什么？他不安地朝周围环视一圈,目光停留在不远处的烧烤架子上。牛肉串,他说。好,我点头,想吃多少,算了,我看着买,多吃点,最后一顿了。他没听清我说了什么,但还是点了点头。我走到烧烤架边上,对那个摇着蒲扇的男人说,老板烤两手牛肉串,两手牛油,烤一条鱼,再来一瓶啤酒。我需要酒,需要它带给我勇气和决心。这个时候,父亲突然凑过来,十分认真地问老板,有没有铁扦子？我要铁扦子的牛肉串。老板摇摇蒲扇,现在哪里还有铁扦子的牛肉串,都是竹扦子了。

　　我连忙阻止想一出是一出的父亲,竹扦子和铁扦子一样的,味道没有区别。父亲摇头,你不是说铁扦子的最好吃吗？我愣了愣,不记得自己最近有说过这样的话,但我的确是喜欢铁扦穿的牛肉串,因为那是我童年的味道。在被卖掉的那座老房子附近有一条夜市,夜市里的牛肉串都用细长光滑的铁扦穿好,被火烤透的肉会渗出金黄的油,薄薄地覆盖在铁扦上。我自认为这种铁扦是有味道的,它有一种金属特有的厚重而沉淀的香气。时至今日,我仍旧记得舌头舔舐铁扦的濡湿触感和牙齿刮过金属的令人头皮发麻的声音。

　　父亲总算接受了我的解释,乖顺地坐在桌子边上等待。不过多久,烧烤就端了过来,我努力让自己把注意力从他身上移走,以此忽视自己内心的愧疚和恐惧。我马上就要扔掉他了,扔掉这个沉重的,但却爱着郑颜开的负累。我感到于心不忍,我没能变成一颗石头,这也让我感到痛苦和烦躁,于是一口接一口胡乱地吃着牛肉串。它们油香四溢,咸度适中,那么地难以下咽,我吃一口烤串喝一口酒,不过多久,不胜酒力的我就有些晕眩。世界逐渐变得不那么真实起来,就连眼前的父亲都离我忽近忽远。我感觉时候到了,我要在这里丢掉他。

爸，郑义。我顿了顿，你多吃点，怎么不吃呢？

父亲还是没有动手，只是盯着我吃牛肉串，看我吃完一手又一手，眼神中流露出从未有过的奇妙色彩。

郑义，你快点吃，吃完了好钓鱼。我催促他。

听到钓鱼，他才动容了一下，但是很快地又再次平复下来。

开开，他忽然轻声问我，爸爸是不是给你添了很多麻烦啊。

五

我浑身僵硬，拿着竹扦的右手有些发抖。

你刚才叫我什么？我难以置信地问，你叫我什么？

开开，父亲重复了一遍。

我放下竹扦，用发抖的右手拿起酒瓶，急切地往杯子里倒酒，然后仰头一口闷掉。你想起我了？我控制不了语速，于是又倒了一杯酒，迅速地喝掉。在我喝酒的过程中，父亲一言不发，就好像再次遗忘了我似的，在摇摇晃晃的世界里保持安静。

好一会儿，我喝光了一整瓶酒，又朝老板招手要了两瓶。不要喝了，父亲阻止我，你本来就不会喝酒。

我甩开他的手，努力保持情绪的稳定。我不是那个时候的我了，我喝得起，你都想起什么了？

父亲低下头，像个受训的孩子那样局促。爸爸记不清东西了，我都写下来了，他掏出随身携带的那个红色小日历本打开，指着上面的鬼画桃符说，我写了好多，你看。

我盯着那些杂乱无章的东西，它们就像一团打结的毛线，连一根源头都找不到。我看不懂，我推开他的手，你先吃饭。父亲讪讪地收回日历本，像是为了讨我欢喜似的努力吃了一串牛肉，然后又很快地从衣服内袋里摸出一个信封递给我。

你收好，莫掉了。他说着，把信封用力塞到我手心里，摁着我的五指握紧。我撕开信封口，伸两只指头进去摸索，抽出一沓小小的纸片，就着黄色的灯光一看，是一沓邮票。我认得出，这是父亲每次从我给他的信封上撕下来的邮票，是他一遍又一遍泡过水，在《新华字典》里夹得平平整整的邮票。我从未想过，那些从他手中交给我，我再贴上信封送给他的纸片会以这样的方式重新回到我手中，就仿佛一个完整的生命的轮回。

开开，父亲小声问，喜不喜欢？他看着我，眼神里充满了热切的色彩。我眼睛有些发酸，拿起酒瓶想要倒酒，但是全都洒在了桌上，我索性移开玻璃杯，举起酒瓶闷起来。开开，不要喝了，喝醉了不好回家。我回什么家！我推开他，我哪里有家，我房子都卖了！郑义，你怎么这个时候想起我了，我把手里的信封用力砸向他，你他妈怎么这个时候想起我了！

父亲错愕而又愧疚地坐在那里，信封砸中他的脑袋，很自然地落在桌上，邮票从封口处散落出来，被啤酒和油渍浸透，湿答答地贴合在油腻的桌面上。他连忙伸手去捡，一手握着纸，一手把邮票拈起，放在纸上擦干。周围的客人与路边的行人全都回头看向我，但我酒劲上头，眼前蒙眬一片，就连那些曾经让我恐惧和羞怯的眼神都视若无睹。看什么看，我打了个嗝，吃你的饭。神经病，我听到一个女人高声埋怨，但是很显然，没有一个人想和酒鬼讲道理，多一事不如少一事，人们再次低下头吃饭，路人继续行走，所有人都演技精湛，像那些从山顶滚落的坚硬的石头。

彭　湖　｜　一无所有的春天

　　别捡了，我拍开父亲的手，但是他并不听我的话，继续擦他的邮票。开开要的，他喜欢邮票，我给他找了好多，父亲的语气十分迫切，明天我要去学校送给他。他又不记得我了，我忍不住笑起来，我就知道他清醒不了几秒，到最后还是变成一个什么都不知道的老东西。

　　走了，我把所有邮票胡乱地捡起来，用卫生纸包好，塞进他的口袋里，然后摘下他脖子上的走失卡，随手塞进了自己的口袋。去哪里，他半推半就地往前走，去钓鱼吗？好，我点头，去钓鱼，我们走。他于是很听话地跟着我走，嘴里开始喃喃自语，大都是一些埋怨我大哥郑新远的话，这些话被他翻来覆去地念，几乎要在他的嘴里炒熟，我一个字也不想听。

　　我拽着父亲从烤串店铺一直走到码头边上，这里的人比小吃街更多，有人在吃饭，有人在跳舞，还有许多父母带着孩子满地跑。当然，更多的是街边摆摊的小贩，摊位上兜售着便宜的日用品、玩具和盗版书。周边的灯光不算太亮，气氛调节得刚刚好，人们忙于享受自己的夜生活，没有闲暇的精力去在意他人，就算打了照面也懒得给对方送去一个眼神。

　　父亲看着黑夜里望不到尽头的江面，喃喃地说，我们以前也在江边上走，我教过你念橘子洲头。我不知道他这一次又把我当成了谁，但我不在意，只要不是我就好，只要他不记得我，一切都好说。我从未像今天这样迫切地盼望他忘记我，狠狠地忘记，就像一刀切碎了脑子那样，把郑颜开这个名字拍成粉末，这辈子都不要想起。

　　郑义，你在这里等我。我把父亲放在江边，我去租钓竿，要一点时间。父亲朝我点头，我晓得，他口齿不清地说，要租好钓竿，我要钓大鱼。好，我答应他，钓大鱼。我看了他一眼，他懵懂的眼神里没有认清我，但又坚信着我是那个曾经陪他走过沅江的人，于是听话地站在原地等着，看我渐行渐远。

我的心脏跳得飞快,揣在兜里的双手剧烈地颤抖,紧张得仿佛手里握着一把刀,正准备杀死某个人。我的脑子被酒精麻痹,无法进行复杂的思考,只能一个劲告诉自己,没有人看见我,没有人知道,没有人会谴责我,而我的父亲他也绝不会记恨我。我埋着头钻进人群,迫切地希望自己变成一条狗,一条疯狂逃窜、无人问津的野狗。在逃走的过程中,我回过三次头,一次父亲看着我,一次他低头看着江面,我们的距离越来越远,中间相隔的人越来越多。最后一次回头,我已经无法从人群的缝隙里找到那个皱巴巴的黑色身影,他被人群、夜色,或是他人庞大的人生所淹没了。

我走了很久,来到远处建筑的阴影里,从这里能看到江边的灯红酒绿,但我见不到那个眺望着江面的人影。他太小了,小得无法和我记忆中那个高大的男人重合起来。我的手碰到了口袋里的硬物,那是父亲的走失卡,只要没有这个东西就没人会知道他是谁,没人会给我电话,没人会把他带回家,他永远也不会回来了。

这个时候,酒精的力道似乎消减了一些,迎面吹来的江风穿透了我。一瞬间,我忽然觉得自己就像一张纸,被某种冰冷的东西猛地扎破了一个洞,一种令人绝望的巨大的空虚汹涌地喷射出来,在无边的深夜里淹没了我。不知为何,我忽然想起了三十年前的那个春天,当我第一次了解到何为孤独的瞬间,也是这样站在喧嚣的世界里,找不到家。父亲也有那样的感觉吗?我破天荒地想,当他站在原地等我的时候,也会像当初的我那样恐惧和忧伤吗?

这么想的时候,我忽然不受控制地动容起来,朝着远处奔跑过去。我在干什么?我问自己,你回去干什么?找他干什么?找到了又能怎么办?他的病能好吗?你欠的钱能还清吗?你他妈犯什么贱!可我还是在跑,脚下不听使唤。我跑了很久,很久,再次来到原地的时候,父亲已经不知所终。我知道他不会等我,

彭 湖 | 一无所有的春天

他总是想一出是一出,也许脑袋里猛然冒出了哪个学校或是哪个银行,就这么走向了不知名的远方。没人认得他,没人会帮他,他会就这样一直走,一边走一边遗忘自己的目的,直到生命的尽头。

老板,你看到我爸了吗? 我语气急切地问烤串店的老板,那个摇着蒲扇的男人抬头瞥我一眼。哦,那个黑衣服的老人家? 走了,又问我买了一手牛肉串,还问我有没有铁扦子,我都说了没有了。谢谢,我快速走过去,随便抓住一个商贩,老板,你看到我爸了吗,我爸,这么高,这么瘦,六十来岁的样子,穿黑色西装。商贩摇头,没看到。真的没看到? 真的没看到! 我被他赶走,又立即沿着江边往前跑。

你看到我爸了吗? 这么高,这么瘦,六十来岁的样子,穿黑色西装……我像祥林嫂那样一遍又一遍,对着每个过往的行人询问同样的话,有的人认真回答,有的人不屑一顾,有的甚至推开了我,骂了一句神经病。但我没有理会,我爸丢了,我得找到他,我为什么要找他,他丢了不是更好,但我要找到他,他是我爸,可我爸又怎么样,他让我丢了房子,给了我满身债务,也许还要迫害我的下半辈子,我找他干什么,他就应该丢,他早就应该丢了。

爸! 我在江边大喊起来,我不想找他,我是来丢他的,我要把他丢出我的余生。可我就是忍不住要去喊他,谁他妈知道我为什么要喊他。爸! 我又喊了一声,周围的人开始看我,人群蠢蠢欲动。小伙子怎么了? 一个跳广场舞的老人走过来问我。我怎么了? 我怎么知道我怎么了? 我一定是疯了,不然为什么要在这里找他。

我爸不见了,我说,我爸不见了。很快地,我的眼睛泛起一阵酸涩。老人感同身受,拍了拍我的背,小伙子别哭啊,阿姨帮你问问。更多的人围了上来,像看着一场无关痛痒的热闹。怎么了? 另外一个大爷问。他爸爸走丢了,老人说。

然后一传十十传百，码头边上所有人都知道，有一个落魄的男人，他的父亲走丢了。

我站在喧嚣的人群中，看着一群人忙于我的爱憎，忽然感觉到了遥远的距离，一切都似乎不真实起来，就像隔着一层朦胧的雾气，人间摇摇晃晃。紧接着，所有人的声音都变成了动物的鸣叫，那些模糊在远处的人群变成了一只又一只青黄色的蛤蟆，而世界变成了一口井。我感觉到酒精的后劲再次淹没了我，我蹲下去，趴在岸边的栏杆上呕吐起来。人们的对话忽近忽远，最后彻底融进灯火和夜色里。这一刻我在这里，又好像不在这里，我活着，又好像早就已经死去。这个时候，从世界之外的遥远的地方突然垂下一根极细的蛛丝，我听到一个熟悉的、微弱的声音，穿破嘈杂的蛙鸣，顺着蛛丝滑动到我眼前。

开开，父亲拨开人群走到我面前，等很久了吧。他笑起来，露出一颗发黑的门牙。

我抓住他的手，用力地抓住他的手，无声地哭了出来。

他吓坏了，蹲下来查看我全身，开开莫哭，是爸爸不好，把你一个人丢在这里。爸爸给你买了牛肉串，你先吃，吃完了我再去买，牛油你要不要，还有鱼。

我不要，我摇着头，哭得像条被人抛弃的狗，我不知道自己在哭什么，没有人知道。这许多年来，我把贪得无厌藏得很好，无论父亲问什么我都说不要，永远不要。我羞于告诉他，我扯着那根细丝攀爬了很多年，然而每一天都在想象丝线断裂的声音，想象着我从空中坠落下去，像只从未有过翅膀的蛤蟆一样，掉回那个埋在井里的春天。

人群逐渐散去，父亲把我扶起来，像个从未生过病的健壮男人那样口齿清晰地说，开开我们回家吃牛肉串，你莫哭，莫哭了啊。

我知道，今晚之后他仍旧是那个不断切割着大脑的老人，在他眼里，每一天

彭　湖　|　一无所有的春天

我都会拥有一个新的身份。而总有一天，他的脑子会彻底切割成一张什么也没有的白纸，然后一无所有地过完他的一生。但那又如何，就算没了脑子，他还是我爸爸。

江风吹醒了我们，他牵着我像小时候那样走过拥挤的道路，不断询问我要不要吃路边的东西，但是不管我要不要，他都会买给我。我提着满袋子的东西跟在他后面，穿过人群和灯火，走向城市的另一边。

你拉着我走，你找得到回家的路吗？ 我笑话他。

我找得到，他拉紧我的手，我找得到。

选自2021年《湖南文学》第2期

沈轶伦

沈轶伦，1983年生，解放日报社记者。上海市作家协会理事。

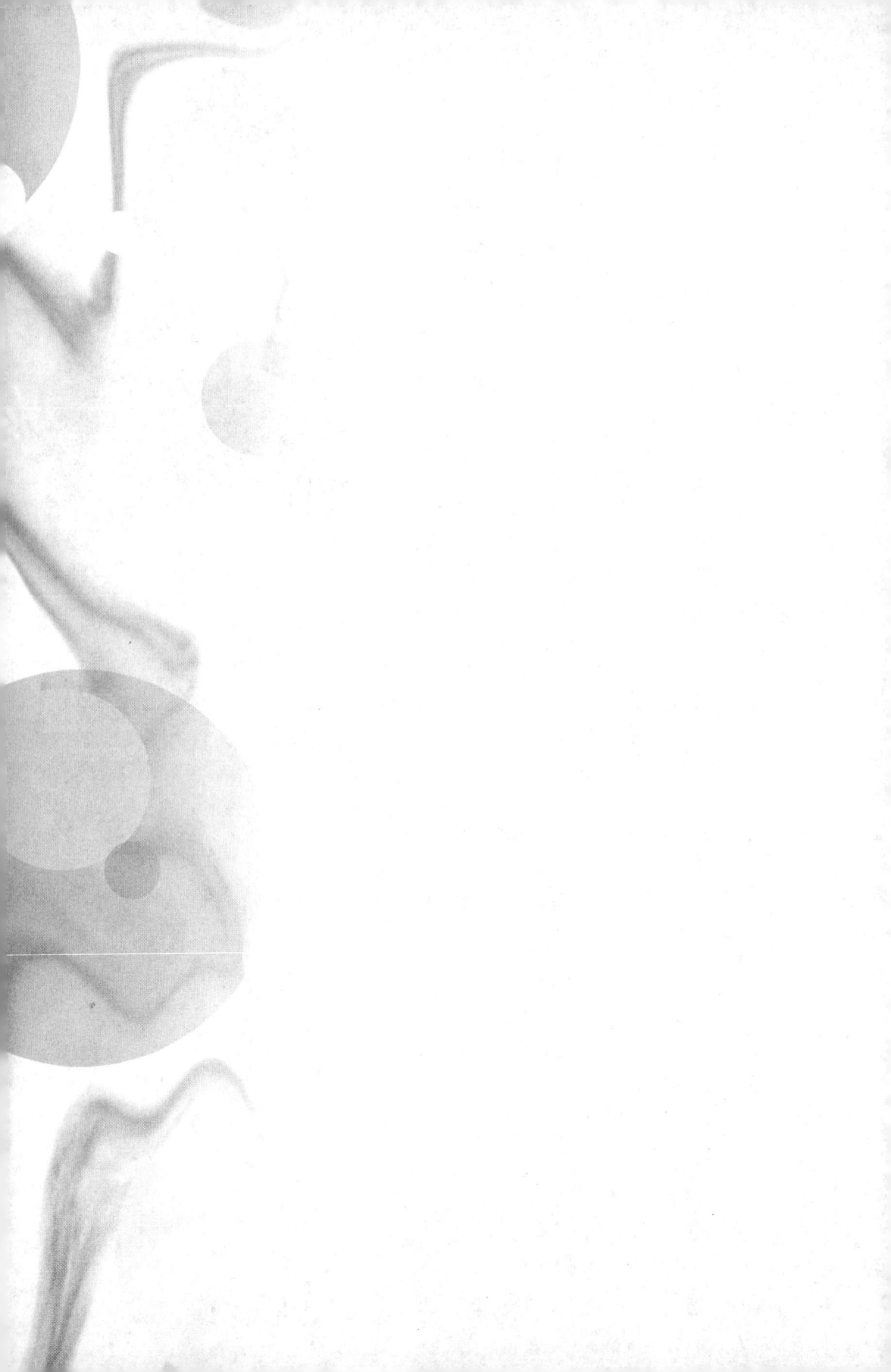

识 字

1

张五一的爷爷不认字,但会开车,别人叫他张师傅。他连"师傅"两个字也不会写。他替商务印书馆开货车,运纸运书,每天的数量货号,全凭脑子记,虽没出过错,但自觉不足。这些纸里到底写了啥?他就想,要把儿子培养成个识字的。

张五一的爸爸上到小学四年级的冬天,日军对准印书馆投炸弹,八十余亩地成为一片火海,殃及边上的图书馆。全部藏书四十多万册悉数烧毁。烬余燋纸,遍天飞舞,印刷室里铅字被烧化,变成铅水,一直淌到街面上,又凝固起来。张五一的爷爷当天在馆里送货,再没回来。

张五一的爸爸没钱上学,进一家药店做学徒,住在药剂师家。药剂师白天卖药,晚上帮着发传单,被日军带走,再没回来。

1938年,这药剂师的一个朋友辗转找到张五一的爸爸,带他进码头钻货轮,经香港取道广州去长沙。张五一的爸爸识字不多,但到底从小熟悉方向盘。他就继承了他爸爸的行当,开始帮人开车,一路开到安徽。张五一的爸爸加入了部队,给部队各处送报纸,也给部队报社的总编辑开车。

1949年4月一过,部队里管新闻的兵集队南下,准备进大城市,去创办一家新报社,出一份新报纸。途中,队伍驻扎在丹阳的小村子。张五一的爸爸住在村里的祠堂,祠堂边上是张五一的妈妈家。这一年,张五一的妈妈才十四岁,很好奇，每天去看这些穿军装的年轻人。他们早上起来做操，去河边刷牙，吃饭前还要先唱歌。部队开拔进城市时，张五一的妈妈也要跟着。她不识字。当时的部队报社总编辑，也就是后来做了城市里新报社的第一任总编辑发话，把张五一的妈妈分进后勤去食堂。

整个春天，新闻大队在大城市安顿下来，忙着出新报纸。而张五一的妈妈则忙着学习识别大城市里的弄堂、学用自来水、学做煤饼、学着去排队买菜。一有空闲，她就在报社的花园里挖泥、垒砖，帮着造食堂。报纸初创的半个月，报社里人人不回家，夜里就打个地铺。早上张五一的妈妈出门买菜，看到大院外的街沿上，密密麻麻坐着一圈报童，等候新报出来。

五一后来疑心，老妈晚年肾出了问题，是造食堂时，她一袋一袋背用来铺台阶的水泥，劳累太过。但到死，老妈一声不吭。她和老爸一样，即便最后到医院里，医生问他们从事什么工作时，他们都要挺直腰板说，我们在报社做的。

你俩都是大记者吧，文化人。医生有时会这么说。五一爸妈立刻眼睛有光。

老妈晚年每周两次透析，到实在支持不住的时候，她才舍得叫出租车去医院。每次从医院回家，司机问，去哪儿啊？老妈总是说"去报社"。要是遇到个年轻司机或者外地司机多问一句，什么报社，在什么路上。老妈立刻高声说，你是不是这城里的人啊，这个城里只有一个地方，能被叫作报社。

2

报社在城市最繁华的商业街边上。商业街日夜热闹，但转一个弯拐过一个街角，就有一大片梧桐树，树下是洋房区。其中一间洋房大院里，四幢1908年通和洋行设计的典型英国安妮女王时期建筑风格别墅，围住一片草坪。这里老早是

沈轶伦 | 识　字

外侨的俱乐部，清水红砖，白色凸窗。屋内每间房间，都有柚木人字形地板和带黄铜栅栏的壁炉。

第一任总编辑对建筑内外一样没改，就要求为大家新造一间食堂。总编辑在休息日亲自带头挑土，所有编辑记者都到草坪上来，横队纵列，唱着歌，手把手拆掉草坪角落里原先的苗圃，建起一座食堂。

张五一的老妈和老爸结婚时，酒席就摆在报社食堂。其实那天食堂和平时一样开饭，但多做了几道菜。食堂大师傅备了酒，和老妈要好的女记者，去花园里摘了玫瑰装饰在桌上。总编辑一手夹着香烟，同时拿着版样，从采前会下来直接走到食堂，向新人敬酒。大院里，所有人认识所有人，所有人见证了五一妈肚子一天天隆起。

1958年4月，老爸陪第一任总编辑去打麻雀。总编辑一边敲锣一边问，你小孩名字取好了吗？老爸一边敲着脸盆底一边说，还没呢。总编辑说，要是劳动节那天出生，我倒可以取一个谐音，可以叫吾屹，人民屹立起来了嘛，或者叫武毅，不论男孩女孩要有毅力。长大好好读书，也来报社做记者嘛。

那天全城赶麻雀，大街小巷，田野海港，人人挥旗发声，小鸟们无处落脚，只能不停飞。

五一节没到，第一任总编辑被一纸调令传去北京。老爸也跟着去。消息传回报社，说张五一的爸爸从此要留在北京工作。张五一的妈妈听后一急，肚子发动，扶着食堂后厨的桌子开始分娩。年长的厨师见了，倒不慌忙，开灶头烧红了剪刀消毒，替新生儿断了脐带。这天，还真是五一节。

老爸等老上司安顿下来，直到这年年末才被批准回家。老爸先回报社，正遇到报社出钢。等走回家，家里门口一座一座，也都是街坊邻居搭建的炼钢炉。绕过浓烟滚滚，老爸走进屋内。老妈说，已经给儿子报了户口。她有点不好意思，说，总编辑说的那几个好名字都不会写。但"五一"两个字她认识。爸爸抱着瘦成猴儿的儿子只会笑,说,真会挑地方,生在报社啊,看来我们家终于能出一个人物。

爸爸留在报社驾驶组,给第二任总编辑开车,也开采访车。外头战事渐次都平定。报社报道重心,转为关注城市本地新闻。张五一的爸爸有时外出,和记者一起住在厂里,几天不回家。妈妈到食堂切菜,就随手带着张五一。张五一在报社的草坪上学会了坐、学会了走,学说话时先说"报""报",然后才是"妈"。五一到了五岁,已经摸熟了报社每一个角落,妈妈看他对着报纸能静半天,就找一张报纸递给五一,让他自己找地方去玩。但千叮咛万嘱咐,不要给记者编辑添乱。五一点头。他知道去找谁。

白天,小金叔会在。

3

报社的四幢楼中,两幢最好看的,一幢是记者的办公室,一幢是编辑的办公楼,第三幢略小些的楼是职工宿舍。第四幢楼其实严格意义上,不算别墅,只是带尖顶装饰的三层红砖平房,原先是这个外侨俱乐部的仆佣宿舍,一楼是车库,车库上去半层楼,走廊连着一串写有不同房间号的小铃,过去主人有所吩咐时,拉动小铃,这里的铃也会随之作响。再往上走,就是报社的排字房。

排字房是个大开间,房间中央是十几排木质的人字形字架,约一人高,字架上夹着一盏盏灯,灯下宽宽五排,每一排内又按部首笔画分成几百个小方格,里面是密密麻麻的铅字。房间靠近窗户下面,放着几张用厚重木板特制的大工作台,专供排字师傅拼版面。报社出日报,排字师傅上班从晚上九点开始到凌晨。因此宽大的房间里,白天几乎没人。

沈轶伦 | 识 字

张五一摸着了规律，就会带着当天的报纸溜进排字房，一个字抠一个字地认。排字房窗边的厚木桌上，还一直放着字典。遇到报上不认识的字，张五一学会了翻字典。整个报社，是成年人的世界，记者们外出，采访成年人世界的时政要闻，回到案头，撰写关系整个城市成年人前途命运的消息。

但在报社的角落里，有一个孩子。

一次张五一趴在桌前，歪着脖子，读报读得正吃力，忽然头上灯光大亮。张五一回头看时，一个瘦小的青年牵着电灯开关绳子，冲着他笑。这就是排字房的排字工人小金。

小金和张五一的妈妈一样大。解放那年，他也才十四岁，刚念了几年私塾，他父母同年染病前后过世。小金爸爸在新中国成立前做过排字师傅，老同事们可怜孤儿，正好新闻大队南下，老排字师傅们都去新报社做事，便把小金也介绍进报社做练习生。在报社吃住三年，给师傅打下手、学习识字排字。小金十七岁开始独立上字架排字，到了二十八岁，已经能在字架前盲摸排字。一天排完两三千个字，他总自觉不足。

小金识字。但他仅仅是识得字的样子。有时夜里版面急着等重要评论，本报评论员直接到排字房赶稿。评论员写一段，小金在边上就能拼一段。等评论员把一篇稿子手写完，小金也就拼好了一盒铅字块。大家都说小金赞。但小金自己知道，他不懂那些字的读音，他不懂它们组合在一起的意思，他也不懂那意思背后的指向。

排字房工人收入高。每天来开工前，都喜欢到报社边上的商业街，吃双浇面、排骨年糕、面包红菜汤。小金就想，趁每晚开工前，排字房的这个空当，自己提前先来真正认几个字，弄懂它们的意思。排字房窗边厚木桌上的字典就是小金的。

就这样，小金遇到了张五一。他们很快约定每天在一起识字。

4

五一的爸爸有个黄铜茶杯,是第一任总编辑赠送的。第一任总编辑年轻时在抗日战场采访,得了这杯子,是战利纪念品。五一的爸爸每天早上读报纸前,先洗手刷牙洗脸,然后用这个杯子盛满热水,用温热的杯底在报纸上刷几下,将本来就很平整的报纸,熨得更平。等读完后,爸爸会小心翼翼把读完的报纸按照日期逐一叠放、抚平、垒放整齐,供奉在五斗橱上专门位置。

五一上小学后,老爸第一次带他进了编辑部所在的那一幢洋楼。但推门进楼后,并不真的上去。洋楼底部的楼梯转弯角,有一个空当。白墙上,贴着四张当天报纸。八个版面都在。报纸下面的条桌上,备着纸条、笔墨、糨糊。记者编辑来上班时,先到这里读报,然后把各自评论写下贴在白墙上。远看白墙像长了络腮胡。老爸就逐一读给五一听。五一便比照着一篇篇稿件看。一多半还是看不懂,因为看不懂就更觉神圣。

老爸有时回家,会说报上稿件背后的事:记者写了一个服务热情的店员,那店员第二年就成了全国劳模,去北京和总理一起吃饭。记者写了一家厂遇到的难事,市领导马上召开专门会议来协调落实。有一个工厂的钳工写了一首赞美劳动的诗,报社的副刊给发表了,这名钳工马上被升为厂里的干部。

老爸有一次开采访车,载一位记者去南方一座县城采访。两人找到一处农户家睡下。半夜有人敲门。原来当地一把手听说是这家报社的记者来了,立刻登门拜访。有时城市里的一个条线开会,要是报社的记者没到,就全场不开会等着。

人人听到"报社记者"四个字都敬三分。

于是晚上进被窝,张五一也抱着字典。字典的封皮都被他捂热。这里头这些字,就是报社记者编辑每天用的字。

这些字不会开炮,不会射击,不能造房子,不能当饭吃。世界上没有比这些字更无用的东西。但这些字又都撼动不了。你可以拆掉整座大山,移平一个城市,却不能改变一个字的意思丝毫。

报纸就是一张纸头,纸没有分量,印上这些字后,就足以改变一场战争、改变一个行业,足以完完全全改变一个人的命运。

在排字房的大桌边,张五一把自己会的字的读音教给小金,小金和五一一起抄报纸中的好词句。五一剪报、贴报,小金查字典、标注生字的用法、组词、列举正反义词。五一从不打趣小金为什么和小孩玩,小金也不用问五一未来想做什么。五一父母,五一自己,心里向往一个职业,只有这一个职业。

有一次排字房四下无人,张五一给小金讲了一个故事,是小学里学习小组的场景。小金鼓励五一写下来。等五一写完了,小金拿着稿纸,看了看五一,笑了笑,然后戴上袖套,走到字架边,手伸向字盒开始排字。排了正正方方一小盒铅字。在排好的文章最后,小金像平时记者署名那样,用两个括弧围出两个字:五一。

张五一站在这一版铅字前,浑身发抖。

小金也站在这一版铅字前,把手放在五一肩上,拍两下。

"总有一天。"小金说。

5

1964年的这天早上,像往常一样,张五一起床去买早饭,然后提热水瓶去水站打开水。金秋桂花开得茂盛,弄堂里漫溢甜香。回家时,张五一迎面看见老爸被公用电话间的阿姨叫走。张五一回房间,往老爸的黄铜水杯倒水。不一会儿,老爸听完电话，匆匆回房间穿衣服。

老爸急着要出门，出门看一眼桌面上准备好的报纸，又看看正在用水杯底熨报纸的张五一。接着老爸又看看报纸，再看看张五一。

最后，老爸双眼盯着报纸，说："你去看看你小金叔。"

当天的报社出了差错。在头版一篇要紧的文章里。有个字是生僻字，字架里没有。按照规矩，字架里没有的字，由排字师傅当场刻。当天晚上，是让小金现场刻的。小金也不认识这个字，就依照编辑给的样子刻了。但多了一个笔画，字就变成了另一个字，就有了另一种意思，印到报纸上散发出去，就被读者读出了另一种含义，引发了城市里一阵喧哗。

一大早，五一老爸接到电话，开车送总编辑去向上级领导解释。

很快事情有了结论，记者原稿写的字是对的，但写得潦草。编辑给小金的字也是对的，但更为潦草。小金不认识。照着样子刻，却是刻错了。但小金刻错了，记者编辑都没看出来，归根到底，也是报社的错。

记者被调离岗位下乡劳动，小金写了检查，被调离排字房，也去下乡劳动。

在离开报社的那一天，小金到食堂去找了张五一的妈妈，把字典留给张五一。

小金没有和张五一说再见。

妈妈回家，没有把字典给张五一。她晚上和张五一的爸爸说，我们清清白白工人出身，不如不识字，才太平。识字害死人。

6

张五一上到小学二年级。外面乱得不能再乱。学校停课。

五一无处可去，只能到报社来找爸妈。有那么一周，报社大院里来了一大群

沈轶伦 | 识　字

陌生人，占着编辑部，也不再许人进出，又用办公桌和木条堵住报社大门。报社外面，白天夜里轮流来一拨拨读者围着，隔墙大喊，要求看报纸，要求出报纸。

老妈从食堂带了几个馒头来，和老爸把五一带去车库。在车库角落里铺上被褥，门窗关上，三人一声不响，在黑暗里听屋外声浪。五一跟着躲了一会儿，到底发闷，趁父母不留意，就顺着车库走到楼上。谁知到排字房门口一望，竟然静悄悄的是满满一房间人。所有留下的报社编辑记者，见不能在自己办公室工作，就都带着纸笔到排字房来。

灯光大亮，记者还在照常写稿，编辑还在照常修改，排字师傅在照常排版，一摞摞已经出好的报纸，按着日期，码放在角落里，一天没落。地上堆满东西，大家几乎都没有迈脚的地方了，一切都是反常的，但又似乎人人处之泰然。

就在窗户下的大桌边，原先张五一每天和小金一起看报的地方，坐着一个小姑娘，看着比五一小两三岁，扎两条小辫子，在玩一盒铅字。

张五一走过去，一把拿走字盒，说："这可不是玩具。"小辫子抬头瞪着他说："我在认字。"张五一吃了一惊，缓缓放下字盒。小辫子拿起一个字，大声念出来，又拿一个字，又念出来。都是对的。张五一笑了，坐下说："你在认字。"

"老宋体好看。"小辫子说。

"我也觉得好看，黑体也好看。"五一说。

"楷体有点瘦。"小辫子说。

"但楷体秀气。"五一说

"这些字像活的一样。"小辫子说。

"没错，它们是活的。"五一说。

"字最好看了。"小辫子说。

"字最好看。"五一说。

两个孩子都愣了一下，像是被那么顺畅的接口惊到了。

这时，忽然"砰"的一声巨响，五一连忙拉着女孩蹲下，一块砖头从小辫子靠着的窗户外砸进来，在地板上滚出好远。排字房里，各自默默干活的大人们，一下子乱起来。原来大院外的人要发起攻势了。

五一和小辫子趴到地上，有些怕，又有些激动。他们爬起来一看才发现，刚刚蹲下的瞬间，两人各自下意识抓住了两个铅字块。他们摊开手，交换铅字，大声笑起来。

几天后，占在报社里的人消失了，围在报社外的人也消失了。排字房坏了的窗户被修好。报社恢复出报。老妈每天在食堂按点做菜开饭，编辑记者来食堂按点打菜吃饭。

那一周的非常状态，像大水涨潮又退去。

五一有了新朋友。

7

小辫子叫小超，是报社里因为小金的事，下乡劳动的那位记者的女儿。

记者被关后，记者的太太大病一场，住进医院出不来。和记者住在一幢房子里的邻居，正是报社排字房的另一位老师傅，收留了小超。老师傅一家吃菜粥和咸鱼，让小超吃白米饭和鲜鱼，老师傅把自己旧大衣改小了给儿子穿，让小超去裁缝店做新棉袄。

小超穿着新棉袄去上学，看到有人在她的座位上刻着"狗"字。全班笑她，说她爸爸"关在监狱里"。老师傅听说后，下了夜班直冲学校，当着老师的面拍桌子，露出手上的老茧和臂上常年拣字练出的肌肉。这天放学后，小超回家，开

沈轶伦 ｜ 识　字

始改口叫老师傅"爹爹"。这是浙江人称呼爸爸。

　　1975年，张五一中学毕业，也无大学可上，同学都去外省上山下乡，他是独生子，政策允许他就近去郊区农场。通知发下来后，老妈清晨三点去小菜场排队，买米买肉称豆制品，倾其所有，大烧一桌，要给五一饯行。这天饱餐一顿后，五一撑不住，当晚就吐了。第二天吐出血来，才送医院，一看，是肝炎。张五一一天没有去农场，直接被送进隔离病房。

　　张五一有点高兴，高兴的不是自己能留在市区，高兴的是出院后能继续每晚去报社。

　　每天晚上，小超放学后，都会来报社，五一也一样。他们各自用父母的职工饭票在报社食堂打菜，一起吃饭，然后一起在排字房窗边的灯下看书、写作业。

　　起初，五一年纪大些，在认字上有优势。和过去的小金叔一样，五一能下功夫，把字典上的词条一段段背下来。小超从不这么背。她按照字的意思来记字。比如学了太阳，她就去弄懂"阳光"，顺着"阳光"，她就去看"光线"，顺着"光线"，她又找"线条"，然后就知道了"条分缕析"，弄清楚了"面条""柳条""苗条""条例""有条不紊"。等弄懂一串字，她就自己编一段文字，画一张图，或者说一个故事。

　　"一个苗条的姑娘叫柳条，她吃了一碗面条后，在阳光下画线条。"

　　五一渐渐跟不上，就看着小超笑。

　　这天从隔离病房出来，五一一路跑着去报社。一路跑到车库前，这才停下喘气。

　　他抬头看向二楼，灯亮着，排字师傅开始上班了。窗边，一个少女的侧影，清晰可见。几天不见，这熟悉的身形，忽然叫五一紧张。

　　他站在楼下，一直抬头看着窗户里发出来的亮光，直到他身上跑出来的汗隐下去，直到他觉出夜风的凉意，张五一这才慢慢上楼。

五一走进排字房。小超看到他来，微微一笑，低下头去。

五一见了，一时不知自己该怎么迈步。

等五一走近，小超招手，叫五一也低头。小超从桌下地上的背包里拿出几本书。都包着封皮，五一翻开来，是四本《红楼梦》。

小超凑在五一耳边，悄声说："我爸爸给我的。我爸爸出来了。"

小超说："我从来没有看过这样的书，太好看了，我等着你来，偷偷借给你啊。真的很好看。"

小超在五一的手上按了一按，说："爸爸刚回来。才把妈妈从医院接出来。我今天先回去陪他们。"说完就走了。五一摸着手上被小超按过的地方。他抬头看着小超出门的方向。

五一轻轻说："真的很好看。"

8

小超爸爸回报社后，在仓库管桌椅、管文具。他不愿见人。

小超晚上放学后，总是先去报社食堂打了饭菜，给爸爸送去。至于中午那顿，有时五一在报社，就帮着也打了送去。小超爸爸戴一副眼镜，头发梳得整齐，工作服里露出衬衫领子，破损但笔挺。他看见五一，就客气笑笑。

1978年春节，总编辑重返岗位。元宵节前，总编辑要在礼堂举行全体职工大会，后勤主管叫所有后勤工作人员去帮忙。

五一的爸爸和妈妈，当天都去礼堂，帮着打扫旧横幅撕扯老标语。五一妈妈这几年吃得不多，却胖了一些，没走几步，就要喘气。后勤主管计算着，出席会议人会很多，要额外借桌椅，见五一过来搀扶妈妈休息，就让五一去仓库搬椅子。

五一到仓库门口，看见小超爸爸已经把需要的椅子擦得干干净净，叠成一列一列，摆在门口。看到五一来，小超爸爸就笑笑，坐回仓库里。等五一一趟一趟，把椅子都搬到礼堂，编辑记者们都陆陆续续到齐了。

礼堂快关门时，五一看到，小超爸爸贴着门边走了进来。小超爸爸环顾角落，似乎在找空位子，却发现只有礼堂前排才有空位。犹豫片刻，小超爸爸才走过去坐下。正在台上讲话的总编辑看到小超爸爸，忽然打断台上正在讲话的人，直接走下主席台，走到小超爸爸身边。

"老兄，"总编辑说，"让你受苦了。我今天当着全报社同志的面，向你正式道歉。你今天就回来，继续做记者。"

五一站在礼堂最后侧的门边，看到小超爸爸的背影。那背影在人群中慢慢站起来。

礼堂里有人鼓掌，有人抽泣。五一妈妈把头靠在五一身上，轻声说："你要清楚，小超以后，和以前不一样。"

老妈晚上出现血尿，送去医院后，医生诊断为肾衰竭。

离开医院时，老爸和五一说，要去报社和后勤主管说一声，让五一在报社里等他一下，然后一起回家。五一说好。五一坐在食堂门口的台阶上，远远隔着草坪，看记者的那幢洋房，看编辑的那幢洋房，最后看着车库楼上的排字房。

他看着看着，两眼一热，觉得自己好像和一切都在告别，他擦了下眼睛。父亲走到他身后。

张五一的爸爸，和张五一一起坐在食堂门口的台阶上。春天快到了，但还是冷，谁也没有要回屋内的意思。老爸递过来一支香烟，张五一接过来，就着老爸手拢着的火柴，吸上了。

老爸说："我和你妈，知道你想做哪行。"

张五一说："嗯。"

老爸说："我们也想，你能做到当然好。"

张五一说："嗯。"

老爸说："但碰上这么几年，耽误你了。"

张五一说："嗯。"

老爸说："我和你妈商量了，你妈身体这样，不如办退休，你顶替进来，去食堂。"

张五一抬头看着老爸。

老爸说："妈妈看病需要钱。"

张五一不吭声。

老爸说："这么大的报社，这事总要有人做。"

张五一不吭声。

老爸站起来，按灭了香烟，他的脸现在全部在暗中。老爸说："识字没有吃饭重要。"

9

过了二十周岁生日后，张五一在食堂接替妈妈，做了切配师傅。

虽然食堂里也有报纸，但没人读。师傅们闲下来打牌、抽烟，五一不参加。师傅们都是看着五一长大的，不以为怪，对五一很照顾。看他闷头不响，事情做得清清爽爽，倒都喜欢他，还有说要给他做媒的。有时候五一从食堂出来，远远

沈轶伦 | 识　字

看一眼记者和编辑部的办公室，像隔着星河。

高考制度恢复，小超在做最后冲刺，渐渐也不太来报社。有一次小超爸爸来，带来小超新写的作文，这作文是在中学里得了奖的。小超爸爸说得很客气，希望大家指教。其他编辑记者围着看了，都说几声好。五一提着一桶水，慢慢拖着食堂地板，从他们身边经过。

到了这年九月底，小超来找五一，告诉他，自己拿到了全国最好的文科大学新闻专业的录取通知书。五一说："恭喜你，我有礼物送给你。"

翌日他背了一只大书包，去见小超。

这年五一节后，书店解禁，重新开卖中外名著，一共三十五种。来买书的队伍从商业街的这头，一直排到那头，书店的玻璃柜台都被挤爆了。五一当时刚上班，每天一下夜班就来书店门口排队，熬了四五个通宵，才全部买齐。买回家后，他一本一本，都用白报纸包了书，扎了书角，再在书的封面，誊写了书名。

小超接过书包，从口袋里往外掏一本，五一就念一遍书名："《悲惨世界》《艰难时世》《牛虻》《汤姆·索亚历险记》……"

全部念完。布口袋里最后一本，是小超借给五一看的《红楼梦》。

小超举着书，对着五一，皱着眉头看五一的眼睛。五一低头说："现在，都还给你。"

小超扑过来，呜咽着问："那你为什么不参加高考？"五一抚摸着小超的小辫子。

五一说："我所识的，只有这点字。其他的东西，我不识。"又说："我就只能走到这里了。"

五一觉得，他和小超说过再见了。

第二天,五一下班。遇到食堂的同事,领来今日份的报纸。那人看到五一,笑嘻嘻叫住他说:"你喜欢看的,你先拿去看。"五一就着围裙擦一下手。

张五一从对方上衣口袋,抽出扑克牌,说:"走,打牌不叫我吗?"

选自2021年《上海文学》第5期

杨 沁

杨沁,女,四川广汉人,生于1987年,毕业于北京外国语大学,现为出版社编辑。

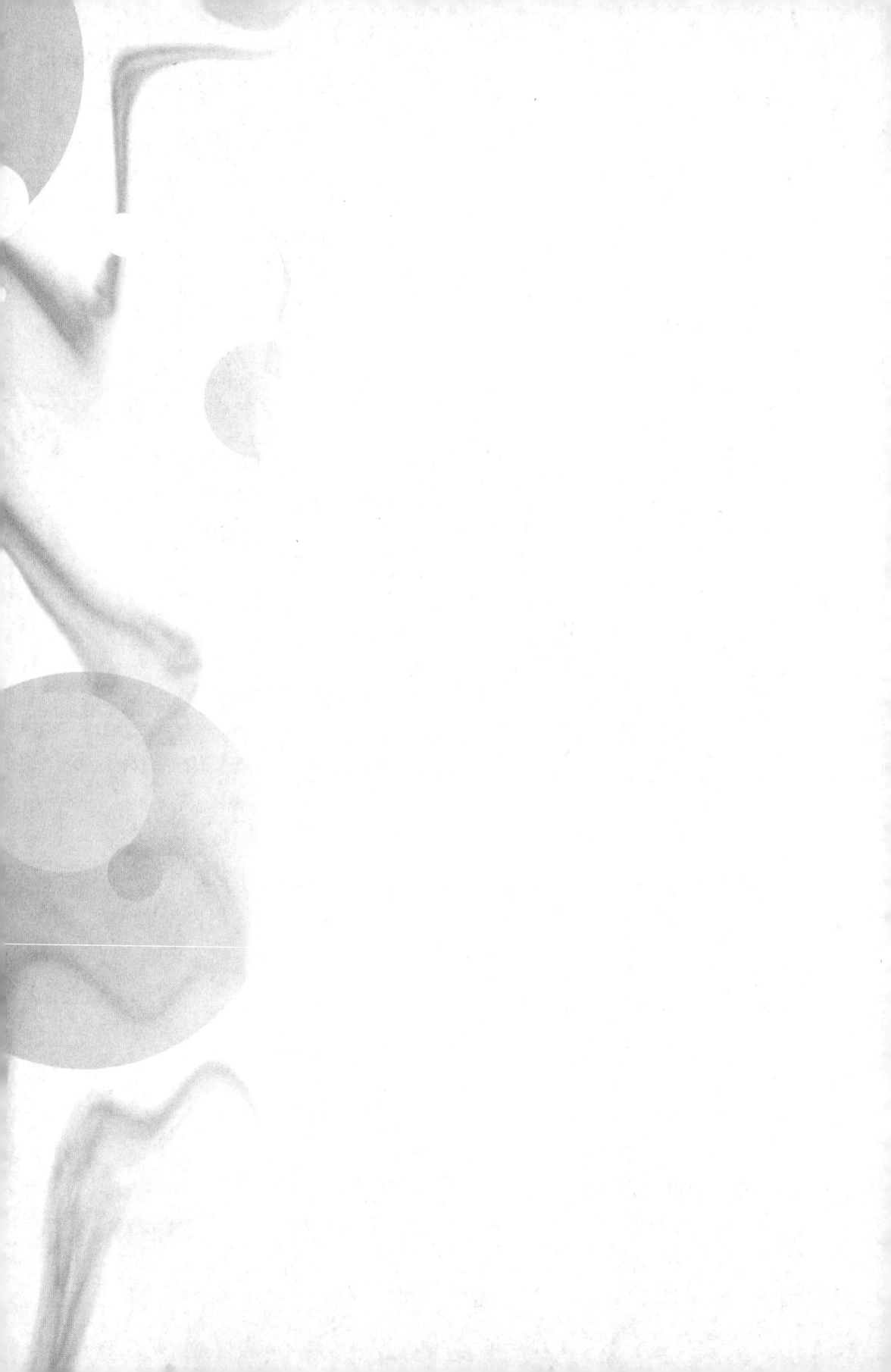

水中蝴蝶

年前的一天，周铭月突然在初中同学群里发了条消息："同学们，今年是咱们毕业二十年，春节开个同学会吧。"后面跟着三个龇牙咧嘴的笑脸表情。周铭月以前是班上的文艺委员，最活泼开朗，她来组局最合适。

我是几个月前被汪静拖进这个微信群的，进群的时候只有十来个人，不到一天工夫，全班58个人悉数到齐。大家叽叽喳喳，兴奋不已："老同学我终于找夺你了！""瓜娃子你就坐我后排嘛！""兄弟伙在哪里发财！"同学们打字时也要带上方言的发音和语气，比如不说"找到"而要说"找夺"，不同于普通话的端正和客气，熟悉的乡音里包裹着不由分说的亲昵，彼此全无秘密，仿佛只有通过这种一记重拳挥来般的问候方式，才能显示出异于旁人的深厚感情，每句话后面都要加感叹号，就像每句话后面都燃放起一串鞭炮。当公务员的，风轻云淡地发来有自己照片的政府活动新闻，激起啧啧赞叹；做生意仿佛有些不屑这种轻飘飘的卖弄，一高兴就撒红包，引来一阵阵"谢谢老板"的膜拜表情，前呼后拥，风光无限。一天下来，群里有几百条未读信息。

除了刚进群时和大家问好外，我就再没有说过话，离开故乡十多年，我几乎和所有人都断了联系，现在突然掉入这个满是熟悉的陌生人的漩涡，周围突如其来的亲密让我感到莫名地紧张。好在过了几天，兴奋慢慢散去，群里又显出略带尴尬的冷清，偶尔有人在里面发发广告，回应者寥寥无几。但周铭月的话一石激起千层浪，群里又重新活泛起来，大家纷纷报名、提议下哪家馆子、吃完后是去唱歌还是打麻将。

"我们这次要不要请一下郭老师？"周铭月问，郭老师是我们的班主任兼语文老师，"上个月我在公园里遇到她，她带着小孙儿也在那儿溜达，听见我跟她打招呼，她自豪得不行，说哪天开同学会要叫上她。"

我看着屏幕上的"郭老师"三个字，眼前浮现出记忆中县城的天空，总是阴森森的，介于青和灰之间的色彩，随时随地都像要下雨，空气里也总有一种沾着灰尘的湿漉漉的味道，袜子晾在床罩的支架上，一个星期过去才干，摸上去仍然有些潮，透着淡淡的霉味。我坐在北方的椅子上，然而我的衣服因为沾上潮气变得冰凉，水从四面八方涌进房间，我开始渐渐下沉。

"看你们聊天，好羡慕你们哦。当年我就是当了逃兵，中途辍学，记得那时候郭老师还天天让汪静到我家里来，让我回去读书。"一个叫陈春燕的人突然说道。

我脑海里一片空茫，陈春燕？你还记得陈春燕吗？她是谁？像是从地底下突然冒出的一株稗草。

她说完后许久，没人回应，有点尴尬，似乎没有人记得她。

然而在短暂的眩晕之后，她的样子渐渐在我眼前清晰起来，不仅记得，甚至可以说是宛如昨日：一个大概只有一米四的矮小女孩，总是穿一件发旧的鹅黄色棉上衣，好像一只脏兮兮的雏鸟。圆圆的脸上衬着褐色的皮肤，像一颗平凡无奇的土豆，那双单眼皮的小眼睛里散发着孱弱的、有些要讨好别人的光。多么奇怪啊，那些许多年我们从来没有想起的人和事物，仿佛已经完全没入遗忘的深海，然而只要一个记忆的闪电，她的形象就会像照片在暗室中慢慢显影那样，越来越栩栩如生，越来越纤毫毕现，我甚至可以看见她脸上轻轻颤抖的茸毛。

大家又七嘴八舌地谈起郭老师。她退休了。她还住在学校后面的教师小区。

杨 沁 ｜ 水中蝴蝶

她每天晚上和老伴一起散步。她还烫着小波浪卷发。李久鸣说，"我也遇到过郭老师，她看上去还是挺年轻的。"

"李久鸣是李明吗？你怎么改名字了？"

对方答非所问："就是改了，读大学的时候改的。"

郭老师天天让汪静到我家里来，郭老师到我家里来，郭老师让我回去读书。不是的，我在心里轻轻说，你们都忘了吗？不是这样的。

开学报名那天，郭老师指定了七名班委，等打扫完卫生，其他同学都回家后，她把我们七个单独留下来给全班排座位。

"你们七个，从学习成绩到能力，都是班上同学里最强的。"郭老师四十多岁，头发烫成方便面似的小卷，又染了暗红色，穿着酒红色祥云纹真丝连衣裙，显出几分妈妈辈的亲切来。我觉得她亲切，还因为我能从镇上到县城插班，就是家里托了郭老师的关系。家里含糊地告诉我，给郭老师送了点礼，略表心意。我觉得她是照顾我的恩人。

"林晓是从镇上来的，你们可别小看她，多少乡镇上的家长托关系找到我，想来我班上上学，哪怕他们送再大的礼，如果孩子本身不行，我也是不会收的。"郭老师意味深长地看了我一眼，仿佛在同我通暗号，我回以既敬畏又感激的眼神，毕竟，七个班委里面，只有我不是城里人。

郭老师扫视我们一眼，"一般来说，乡镇上的孩子，底子差点儿，但勤奋努力，城里的一些孩子，家教好，灵活聪明，这两种我最喜欢。"我们个个都抬头挺胸，我们是被选中的优秀种子。

"菜蔬社的最讨厌！"郭老师说着拿起一份《报名信息表》，上面填着姓名、父母职业、家庭住址等等信息，"看看，这又来了一个。陈春燕，就那个小矮个儿吧？入学成绩全班倒数第一，身上还有股臭味儿，遇到这种学生班主任只能自认倒霉——就让她坐第一排最右靠墙的位置吧。"

郭老师鼻孔里冒出嗤笑的气息，仿佛释放了一枚信号弹，我们都自觉地附和着笑起来，我一边笑一边用眼角余光望着郭老师，生怕自己笑得不合适，引起她的厌恶。旁边一个看上去伶牙俐齿的女孩说："我们小学班上就有好几个菜蔬社的，成绩都是排倒数。"她声音清脆，像咬破樱桃时那种又清又甜的感觉。她叫周铭月。

郭老师点点头，赞许地看着她。我第一次知道，原来城里的孩子也是分门别类的，就像猪肉铺子上，同一头猪的不同部位，也会卖上不同的价格，里脊总是要比梅花肉贵些。

排完座位，郭老师先走了，我小声地问周铭月："'菜蔬社'是什么意思？"

周铭月扑哧一声笑了："就是护城河那边种蔬菜的呀。"护城河以内是县城的中心地段，出了护城河，住在河对岸那片的人，祖祖辈辈都靠种蔬菜为生，虽然也拿县城户口，但已经算不得正儿八经的城里人了。

种蔬菜，其实我觉得没什么不好，没有人种蔬菜，我们每天吃什么呢？何况在老家镇上，我的外婆就是种蔬菜的。但在周铭月面前，我只能若有所思地点点头。我已经被郭老师挑选出来站到一个队伍里，我不能对队伍的决定表现出异议。

五十八个人挤在小教室里，课桌排得密密麻麻，好像密不透风的养鸡场。第一排课桌几乎贴到了讲台，我也不知道为什么，坐到陈春燕的座位上试了试，从那里望向黑板，左边一大片反光，什么也看不清楚。

郭老师说得果然没错，陈春燕回回考试都是倒数。郭老师每次发试卷时，都把倒数五名的试卷扔在地上，让那些"瘟猪子"自己捡起来。第一次捡试卷时，陈春燕弓着腰、缩着肩，不敢抬起头，头发滑下来遮住她的侧脸，那件鹅黄色的外衣裹在她身上，她看起来像一只被啄伤的小鸡。后来她就习惯了，郭老师的手

杨 沁 | 水中蝴蝶

还没举起来,她就先从座位上蹦出来了,嘴角上还笑嘻嘻的,仿佛小鸡被放出去觅食,有一点愚蠢的雀跃。她坐第一排,离讲台最近,还总是帮忙把五张试卷都捡起来,分给后来的同类。

"没一点自尊心了,"郭老师摇摇头,"完全刺激不到她,这就是死猪不怕开水烫啊。"

郭老师为何这样不喜欢陈春燕呢?成绩不好的同学有很多,周铭月也就比陈春燕好一点,但郭老师从来没有当着全班同学的面骂过她,还让她一直当文艺委员,当然她会跳舞、会弹钢琴,她说话的时候眼睛如清泉流转,滴溜溜地盯着郭老师的一颦一笑。汪静的成绩也很一般,她也是菜蔬社的孩子,身上却完全没有蔬菜的卑微和土气,相反,她长得十分妩媚,皮肤黝黑,两只丹凤眼,身材高挑修长,她的话不多,嘴角总是有一抹懒洋洋的微笑,这抹微笑又为她的妩媚增加了一点神秘感。放学时经常有校外的混混儿在校门口一边抽烟一边等她,班上的男生也都喜欢有意无意地和她多说几句话。郭老师打量她的目光里满是轻蔑,但无端又有一种欲盖弥彰的忌惮,虽然也骂她,但没有深恶痛绝的意味,甚至那骂声里有时还带着一点开玩笑的亲昵。李明就更不用说了,经常考得比陈春燕还差,但他差得理直气壮、张牙舞爪,打架抽烟样样来。有一次,他把郭老师气得暴跳如雷,拎起他的耳朵,把他拽到教室后面的墙边站着上课,但过了一天,郭老师居然像什么事都没发生一样,对他说话时又笑了起来,仿佛慈母面对调皮捣蛋的儿子。只有陈春燕,她沉默、紧张、战战兢兢、人畜无害,那无害几乎是透明而无辜的,几乎是一种引诱,逗引出别人要欺负她的深深恶意,就像一潭静悄悄的池水引诱你扔几个石子进去,你知道你扔进去她也不会跳起来或者发出声响,只会在一圈圈的涟漪里自己抱着自己瑟瑟发抖。郭老师对她只有深深的蔑视,从来没有正眼看过她一眼。而且,郭老师说她发臭,那她必然就是臭的,我们都要像躲瘟疫一样躲开她。

我对郭老师不敢有丝毫忤逆。郭老师对别的班主任说"这就是考全班第一的林晓"时，脸上浮现出镜面般锃亮的光，仿佛我是她的亲生女儿。郭老师让我当学习委员；给我安排最好的座位，从那里望向黑板，每个字都清楚而亮堂；郭老师周末还让学习拔尖的学生去她家里吃饭。我们从学校南门出去，直接走到树木葱茏的教师小区，仿佛进入了内城宫殿，学校令人敬畏的神秘核心。郭老师从小吃店买回小笼包和叶儿粑，自己又炒了一桌小菜。她是那样慈爱，笑起来眼睛像月牙一样弯弯的，她说，叔叔在外地上班，平时常常不回家，儿子已经上大学走远了，我就把你们几个当成自己的孩子，掏心掏肺地对你们啊！她慈爱的目光、她语气里喷薄而出的叹息令我感到愧疚。走出郭老师家门时，一个同学感叹道："郭老师对我们真好，我们只有好好学习才能报答她。"我仿佛觉得身后有人在竖起耳朵聆听我们的对话，会把我说的话报告给郭老师，我也连忙说："是啊，郭老师对我们真好。"夜空下，街上的路灯已经点亮，我的声音在灯光的华彩下回旋，显得赤诚、坚贞、信誓旦旦，仿佛在朗诵诗歌。

有一天放学后，郭老师把我留在办公室帮她批改试卷。过了一会儿，陈春燕进来了，她脸上洋溢着淡淡的喜悦和期待，第一次被郭老师单独召见，她感到有一丝荣耀。

"春燕来了，你先坐那儿，喝不喝水？"郭老师也意外地柔和，这让陈春燕有些局促不安起来，她紧紧地攥着手指，有些唯唯诺诺："老师，我、我不渴……"

空气沉默下来。墙上的钟"咔、咔"地走着，时间并非光滑如水，时间的表面被磨得粗糙不平。我听见陈春燕粗糙的呼气声。她离我很近，但意外的是，我并没有闻到臭味。

"上次我看你填的家庭信息表，你爸妈在广东打工是吧？"

杨　沁　|　水中蝴蝶

"嗯嗯，是的。"

"他们怎么不把你接过去呢？就舍得把你放在家里？你不想他们吗？"

我心里一悬，我霎时明白郭老师想说什么了，但陈春燕还不明白，她的声音因为感动带着一点发颤："是的，他们要挣钱。"

郭老师叹了一口气，眼前这个榆木疙瘩真的太笨了，完全不懂领会她的心意，她只好再往前走一步："四班有个女生，成绩一直不好，这个月主动就不来上学了，这样既不会拖班上成绩的后腿，又能给家里挣点钱。我看你也考不上高中，早点进入社会也是好的。"郭老师看了她一眼，像看着一袋要扔出去的垃圾，"你回去跟家里商量商量吧。"

陈春燕有点蒙，只是迭迭说着"好，好"，走了出去。我继续看着试卷，同学们用纯蓝或蓝黑墨水写下的A、B、C、D，此刻像寺庙里的罗汉一样，露出青面獠牙、颠倒不羁的姿势，某个旁逸斜出的笔画像鬼怪幻化的藤蔓，伸出触角，勾起我的脖颈，让我嗓子眼发紧。广东，那是一个多么庞大而遥远的地方，大得无边无际，不可想象，一旦笨拙的陈春燕踏入其中就会被它吞没。但我马上将思绪拉了回来，继续镇定地端着笔做一个明察秋毫的判官——A，钩；C，叉。

过了大半个月，陈春燕还是没有带回郭老师想要的结果。郭老师渐渐不耐烦起来，她的呵斥、怒吼、羞辱，全部被这个瘦小的女孩无声无息地吸收了，仿佛她是一块没有情绪的海绵，这令郭老师更加恼羞成怒，她决定家访。

那是在春天，一个风和日丽的下午，郭老师示意我、周铭月和汪静不要上后面两节课外活动课了，她要带我们去办一件重要的事。

我们走在护城河的桥上，初春万物都在悄悄鼓胀，新抽芽的柳树每道枝条上都缀满绿色的眼睛，灰黄的河水涨起来了，空气透出丝丝温暖的味道。微风把郭老师烫过的卷发吹到她脸上，她提议我们想一想语文课本上有哪些和春天有关的诗句。"万条垂下绿丝绦","吹面不寒杨柳风",我们一人一句地接着,为猛然想到一个贴切的句子哈哈大笑,像春游一样高兴。

过了河,汪静带我们从路边穿过一条铺着灰渣的小巷,前些天刚下过雨,路面没有干透,踩上去软绵绵的,陈春燕家的院子前更是一片软乎乎的烂泥。我们把鞋子从污泥里拔出来,一个老妪坐在院子里剥青豆。屋子里没点灯,才四点过,就已经黑黢黢的了。

汪静跑过去扯着嗓子喊道:"婆婆,我们班主任老师来了!"

"啥老师?"婆婆耳朵不好,汪静比画了半天她才明白过来。她颤颤巍巍地站起来,冷冷清清地说了一句"老师请坐",从屋里端出两杯茶,还有几块花生糖,糖纸死死地黏住糖面,有一面磨破了,露出半颗残缺的花生,像是碎掉的半颗牙。她露出谦卑、愧疚的神色,"老师请吃点,事前不知道您要来,家里也没有什么东西,唉。"

郭老师开门见山,扬声说道:"我们来是为了你孙女,成绩太差了,来问问你们家里的意思,她还要不要继续上学。"

婆婆只能听见一个句子的尾巴,她点头喃喃道:"太差了,太差了。"

"这是我们班的班委,你听听你孙女在学校的表现。"郭老师朝我使个眼色,我便说陈春燕每次考试都倒数,学习上很吃力。周铭月接上话,她上课都听不懂,作业也经常不交。

婆婆笑眯眯地望着我们:"你们都是春燕的同学,好,好,还有汪静,我打小看着她长大的。"

"你听见了吗?你孙女还要不要上学?"郭老师忍不住又抬高了声调,露出不耐烦的神色,她或许已经后悔,我们说这些话只是对牛弹琴。

婆婆点点头:"上学,上学好。"

杨　沁 ｜ 水中蝴蝶

　　我察觉到郭老师已经生气了，她脸上微蹙的眉头、聚敛在一起的细小皱纹、隐隐凸起的斑点开始隐秘地变化，如同地震来临前大地某种不正常的颤抖和喷发。好在，黄昏开始缓缓降临，这些如针尖般锐利的变化被黄昏的颜色混淆了，黑黢黢的屋子抛出一股幽暗，像一件袈裟将我们笼罩其中，连郭老师的愤怒也无法突破那种温柔、忧伤又破败的质地。

　　我们像吃了败仗一样从陈春燕的家中退出来，一路上我们三个都不敢说话。

　　"这次期末考试，又等着她拖低我们班的平均分吗？"快走到校门口时，郭老师愤愤道，"我就是太心慈手软了，不使用四班班主任那种雷霆手段，怎么能把那些烂果子甩掉呢？"

　　晚自习课上，郭老师拿出一张打印着字的纸页，她神色凝重地宣布："这是以全班同学名义写的致学校的请愿书，为了保证我们班的成绩不受差生的影响，大家要向学校申请，请陈春燕回家休学。为了我们班级的荣誉，除了陈春燕，每个人都要在上面签字。"她转向我，"林晓来拿给同学们签一下。"

　　我走上讲台，郭老师看了我一眼，把请愿书递给我，仿佛是古代授予出征的将士虎符。她离开了教室。

　　教室里一片沉默，只有李明幸灾乐祸地"哈哈"笑了两声，然而没有别人的附和，他也自讨没趣安静下来。陈春燕看着我，我把请愿书递给了她的同桌。

　　她站起来，靠着墙，歪着脑袋看了看纸上的字迹，眼泪流了下来。

　　她看着她的同桌在请愿书上写下歪歪扭扭的名字。她的同桌也是一个矮小、安静的女孩，课间两个人经常坐在座位上说悄悄话，说到好笑的地方，她俩用手捂着嘴，好像她们的笑声是一只胆小的麻雀，不能让它飞了出去。

　　她的同桌写完，默默地把纸页传给后排的同学。接到纸页的同学埋着头，拿出笔，也有几个同学看了看，摇摇头，什么都没写就传给了后排。偶尔有人咳嗽一声。教室里从来没有这么安静过。

陈春燕突然抬起头,看见纸页已经传到了最后一排,她的眼泪突然变得又大又圆,前面的泪珠刚刚落到脸颊上,后面的又竞相从眼眶里涌出来,整个脸都被沾湿了,脸颊两旁的头发粘成一团。她茫然地哭着,好像周围的课桌、同学、教室都已不存在,她像是站在收割之后茫茫无边的田野里哭,地平线上的房屋和树丛都已被荒凉吞没。一阵沉痛像和尚敲钟一样撞入我的心扉,我发神经一样冲到后排,从同学手里拽回那张纸攥在手里:"别写了,都别写了……"

郭老师大概并没有走远,她听到教室里的声响,便进来看看有什么异样,我快步走到她面前,乞求地看着她说:"有的同学没有写……再给陈春燕一次机会吧,不要让她退学。"

"当然,"郭老师有些诧异,但很快露出了一种脸色发白的笑容,"这本来就是要看同学们的意思,既然大家想给她一次机会,那我们就再看看。你先回到座位上吧。大家继续上自习。"

我坐下来,突然打了个冷战。陈春燕抱着她的书包,靠着墙缩成一团。

一切如常,仿佛什么都没有发生。周末上晚自习时,有几个同学迟到了,都是班上成绩名列前茅的,我隐隐有一种不祥的预感。没多久,他们一起走进教室,眼里分享着你知我知的神采,身上带着饭菜温暖的香味,郭老师在教室门口向自习值班老师愉快地解释着什么。我低下头,努力继续心无旁骛地写作业。第一次,没有我。

小测验之后,郭老师会让她觉得"最诚实、最值得信任"的孩子去办公室里帮她批改选择题,也没有我。我的作文以前每次都是接近满分,那一次,郭老师扣去我整整十分,我的名次一下子跌出了前三。作文不是 ABCD,老师觉得我写得不好,我就写得不好。然而也不能说老师不公平,以前老师次次给你打高分,

杨　沁 | 水中蝴蝶

那就公平吗？

　　我从郭老师的手心里跌下来，感到前所未有的失败和失落。然而，我再也不用紧绷神经，在郭老师面前扮演那个最完美的学生了，那种溃败中竟然含有一丝前所未有的轻松，一种包藏罪恶感意味的快乐。

　　连李明都察觉出我的地位变化。李明个子不高，生得白净清秀，长着娃娃脸，看起来十分乖巧。听说他在很小的时候爸妈就离婚了，妈妈随后离开县城，爸爸则当上了领导，平时忙得很，没工夫管他，他就在奶奶的照看下长成了一个百合花似的小恶魔。在大人面前他沉默、微笑、点头，然而大人转过身去，他就会目不转睛地盯着一只抓来的蝴蝶，带着细腻的专注，仿佛在欣赏一件艺术品，然后哈哈冷笑，把蝴蝶的翅膀撕碎。以前，当我还是郭老师的掌上明珠的时候，如果他揪着同桌的头发，或者把她的作业本朝垃圾桶的方向高高举起，我会大喊他的名字，用一种大人的眼光瞪着他。他就会嬉皮笑脸地说："学习委员，别生气，我只是和她开玩笑。"末了不忘叮嘱一句，"千万别告诉郭老师。"他委屈巴巴地看着我："如果被我爸知道了，他会把我打得很惨的。"——然而，李明敏锐地察觉到空气中某种微妙的变化，他把手搭在同桌微微鼓起的胸口上，那个女生羞得大声嚷嚷起来，我们都齐刷刷地盯着他，在某一瞬间他的目光和我的目光蓦然交汇，像两股水流互相打转形成了一个小小的漩涡。但李明这次假装没有看见我，他只是发出了两声怪异的笑。

　　那个女生的家长第二天来学校了。很快，郭老师便让她和陈春燕调换了座位。

　　李明和陈春燕坐在一起，仿佛也被她的沉默感染，变得无声无息起来，上课时再也不闹了，有时候下课后也趴在桌子上睡觉，或者睁着眼睛卧在手臂上，看着陈春燕的侧影。如果陈春燕长得再好看一点，我简直怀疑他爱上了她。

　　过了没几天，李明静静地看着陈春燕时，用手去摸她的肩膀。陈春燕条件反射式地挥开他的手,轻轻咕哝一声:"你干吗?"李明忽然一个激灵跳起来,像一头被石子击中的狮子扑向他的敌人:"全班就你最臭,臭死了。"他挥起拳头狠狠地砸向陈春燕的背,"咚、咚、咚——"陈春燕的胸腔发出沉闷的回声,我担心她的肺像一个熟透的柿子,会禁不住敲打从枝头掉下来。

"你妈×!"李明像喝醉了酒似的,把嘴里那口气吐在她脸上,眼睛变得血红。

从此以后,李明打陈春燕成了家常便饭,开心的时候打,不开心的时候也打。陈春燕跟郭老师说过,但郭老师只是口头上让李明"不要欺负女同学",李明小鸡啄米似的点头,他的睫毛很长,眼睛又圆又亮,乖巧听话的时候像一个天使。等郭老师一转身,他便直勾勾地盯着陈春燕:"你再敢告我,我就打死你。"有时候陈春燕在座位上哭,李明就嘻嘻哈哈地跑到男生堆里,和他们推推搡搡,那种时刻通常他脸上会容光焕发,仿佛刚刚完成一件十分有面子的事。

很快,单纯的殴打已经不能让李明高兴了,他想了很多新鲜的花样。比如他会把他的试卷扔到地上,"去帮我捡起来。"陈春燕站起身,他趁她走过去时,朝她屁股上踢了一脚,好像在踹一条狗,她打了个趔趄。

"你干什么?"我忍不住朝他大喊一声。

李明眼里泛出一道凶光:"走开,关你屁事!"他的眼神让我觉得他得了某种狂躁偏执的癔症,或者狂犬病,如果我再多管闲事,他就会扑上来咬我一口,或者把我的脑袋拽到墙上撞。

"算了,林晓,"陈春燕慌张地说,"你别说了,不然他打得更凶。"

那天,教导主任来让班委填写问卷调查时,我心烦意乱。大家诚实填写,不要有顾虑,评分都是匿名的,有什么意见都可以写上。教导主任笑眯眯地说。我们需要按照10个项目给各科老师评分,其中有两项是"教育学生有正确的方式方法"和"公平对待，一视同仁"，我都给郭老师打了7分，所以她的总分是94分。

体育课自由活动时，汪静突然叫住我："要不要一起走走？"她妩媚的嘴角微微上扬，我马上意识到，那里面包藏着一个秘密，她是来告诉我这个秘密的。

我们走到操场角落一棵高大的泡桐树下，树下的青石板上落满了淡紫色的落花，汪静一屁股坐在地上，我一笑，也跟着坐在了地上。汪静微笑着看我，我们立了一个无言的誓约。

"以前总不敢跟你说话，因为郭老师那么喜欢你，我就觉得你是她的眼线，没想到你挺讲义气的。"

我捡起一朵奄奄一息的花，拈在指尖无意识地打着转："现在她不喜欢我了。"

汪静偏着头，仿佛在出题试探我，"你觉得她最喜欢谁？"

我想了想："周铭月吧。"

她轻轻一笑："周铭月家里是做建材生意的，也没给她送多少礼，周铭月还在背后偷偷骂她'老妖婆'呢。周铭月就是表面功夫做得好，郭老师也是顺水推舟吧，私下里都知道对方是什么样的人。"看着我一脸惊愕，她露出得意的神色，"郭老最不敢得罪的，还是李明，他爸是市教育局的，所以李明再怎么为非作歹，她都不会把他怎么样。"

我恍然大悟，但又立即觉得索然无味。我已经出局了，知道再多的个中缘由，还有什么意义呢？我倒是对汪静很好奇："你为什么要告诉我这些？"

她眨眨眼睛，故作轻松地说："想跟你交个朋友，另外还想劝劝你，不要当面跟她对着干，她一狠心什么都干得出来。"

这句话忽然让我心生感动，我一直以为，成熟妩媚的汪静会觉得我只是个书呆子，如果她在那帮社会朋友面前偶然说到我，只会悠然而轻蔑地嘲笑我的努力和木讷。我尽力装作平静的样子。

汪静看着我闪动的眼睛，忍不住笑了："再告诉你一个惊天秘密吧。"她环顾四周，确认泡桐树四周只有我俩，再轻轻靠近我的耳畔，我的脖颈吹来一阵温软的微风，"你知道最近郭老师为什么脾气那么不好吗？她老公在外头有人啦，那个女的跟她老公一个单位的。"

"你怎么知道这些？"

汪静咬着嘴唇，嫣然一笑："反正不会骗你就是了。"

郭老师脸色铁青走进教室，我们说过"老师好"以后，她并没有让我们坐下。

站了半个小时，我的腿麻了，有人叹息了一声，郭老师才恨恨地说："你们叹什么气？你们受了委屈吗？我起早贪黑、辛辛苦苦地对你们，恨不得把心肝肺都掏出来给你们，你们是怎么对我的？特别是你，林晓，什么狗屁评分，我的分还没有别的任课老师高？还有天理吗？"她说到动情处，脸上滑过一道泪痕。

五雷轰顶，不是说调查问卷是匿名的吗？！教导主任在哪里，我要证明我绝非恶意构陷，九十四分也很高了不是吗，然而这一切还有什么用呢？我这时才真正明白，陈春燕的事情只是个引子，调查问卷才是真正的地雷。我终于掉进最深的坑里，板上钉钉，罪行横陈，一切都完了、结束了，我再也不用担心郭老师是否喜欢我，再也不用提心吊胆了，因为这已经不可能，她已经认出了我虚伪、狡诈、恶毒的真面目。我甚至感到有一丝滑稽，我终于在最糟糕的地方落地，不可能更糟糕了，我获得了安全。

放学以后，周铭月提议所有的班委一起去郭老师家赔罪道歉，我战战兢兢地跟在后面。郭老师开门时，我看见她发红的眼睛，仓皇地低下头。这一次她哭得更响了，是一种嗡嗡轰鸣的声音，仿佛她的身体里有一台小小的马达。大家七嘴八舌地劝慰她，承认错误，只有我羞愧得瞠目结舌。她平静下来，冷淡地朝我说，我刚才给你妈妈打了电话，我告诉她，我以前看错你了，你那些优秀的表现都是

杨　沁 ｜ 水中蝴蝶

假的，你表面纯洁，内心却尽是歪心思。同学们都转过头来，看着我，瞬间我放声大哭起来，他们所有人的目光汇聚在一起，变成一片汪洋大海，而我就是一艘孤零零的船，桅杆已经吹倒，风帆上的破洞正在嘶嘶号鸣，水没到甲板、没到我的脖颈，我嘴角尝了一口眼泪的滋味，和海水一样咸。我再也顾不上陈春燕的死活，我马上要下沉了。

"你还有脸哭？你看看你自己，班上成绩最好的学生，我以前最喜欢的乖娃娃，居然跟汪静这种人混在一起。她以后要靠那副身材卖钱吃饭的，你也跟着她去吗？"

郭老师几乎是破口大骂，她的话里像有一把刀子，把我的心剜起来，我整个人悬浮在水中。"郭老师，我错了，我真的错了……"我一边滴滴答答地抽泣，一边上气不接下气地说着，我看见郭老师的脸上又掉下了一滴眼泪。我看见我和汪静两个人坐在操场的角落里叽叽咕咕地密谋犯上作乱，这一幕再也无法从我的档案中洗去。我真的太让她失望了。

周五晚上，妈妈从镇上赶来，我在前面带路，妈妈拎着阿胶和白酒跟在后头。我们鬼鬼祟祟地从学校南门出来，进入那个长满树荫、格外幽凉的小区，往常我跟着同学们抬腿就能走到郭老师家，但那天我死活想不起郭老师究竟住在哪一栋楼了，门牌号也忘得一干二净。夜色像一种布满天空的迷惑咒语，这一排六幢房子，每一个楼层、每一扇窗户，连防盗窗上的遮雨篷都长得一模一样，甚至墙壁上的爬山虎，此刻也变成绿色的毛线团，在我脑海里织来绕去。我进入了一座遗忘的迷宫，像一条仓皇失措的狗，在前面匆匆忙忙地跑着，这里看一看，那里嗅一嗅，妈妈拎着沉甸甸的礼物，在后面徒劳无益地四处转圈。

这时我突然看见李明，他白净的脸从夜色中映现出来，旁边站着一个文质彬彬的中年男人——毫无疑问，那肯定是他的爸爸。我顾不得我们之间的恩怨，像抓住落水稻草一样，一把跳到他面前，问他郭老师的家在哪里。

他慷慨地向我指了指，这时李明爸爸认出我来："你就是林晓吧？我早就听我们家明明夸你成绩好，以后学习上要多帮助明明啊。""好的，好的，叔叔，没问题。"他的眼镜上反射着一层油亮的光，我像看电影一样恍惚地说完自己的台词。乌云从月亮周围轻轻散去，月亮变得又大又亮，几乎有些肿胀，李明对我露出一个皎洁的笑容。我知道，他和他的爸爸是去送礼的，他们对此已习以为常；他也知道，我和我的妈妈是去送礼的，而我们此刻却狼狈不堪。我带着惊慌失措的妈妈，踉踉跄跄地和他们登上了同一艘船，我们有何区别呢？在那一刻，我还知道我和李明拥有了某种相似的东西，他的笑容就是在向我暗示，他也知道我知道了这一点。

陈春燕退学了。她终于想通了，打算去广东找她的父母。

那天傍晚，郭老师和我站在泡桐树下，说着期末考试的事——调查问卷事件已经过去了好几个月，我已经迷途知返，重回正轨。我深深吸一口气。妈妈一边赔礼一边赔着笑，她的姿势和表情比在庙里对着佛像烧香还显得谦逊和真诚。郭老师起初仍然冷冰冰的，但后来她再次把手心放在我的肩膀上，说我本质上是个好孩子。那种温度里含有重量感，失而复得，更加紧实地套在了我身上，再也无法摆脱了——现在我们又单独站在一起，回家吃饭的学生们骑着自行车，摁着铃丁零丁零地从我们身旁经过，我们像站在河流中的两块石头，刻意淡忘了那些令我们不快的事，显出一种小心翼翼的亲密。

"这次期末有没有信心拿下年级第一？"

我看见一个淡黄色的矮小身影从操场那一头摇摇摆摆地走过来，起初是一个圆点，渐渐浮现出身形的轮廓，露出一张扁平的脸。我点点头，郭老师露出满意的微笑。陈春燕走近，看见我们停下了说话，鼓起勇气说："郭老师，我的手续已经办完了。"

郭老师显得格外谦和:"那就好,去那边好好工作,给自己多积累点工作经验。"

陈春燕感激地低下头,从书包里掏出一张卡片:"这是我自己做的,希望可以送给您,请您收下吧。"

郭老师笑笑:"这个我就不要了,你自己收起来吧。"

我看见妈妈从百货大楼的超市货架上拿下最贵的礼盒,价格是平时她给外婆买的四倍多,这就是犯一个错误的价格。我问,如果就是不去道歉那又能怎么样呢?我只要好好学习就可以了,她可以把我怎么样呢?妈妈摇摇头,你太小了,你还不懂。

妈妈把礼盒恭恭敬敬地递到桌上,郭老师懒洋洋地看了一眼,露出一个微笑,妈妈松了一口气,这表明郭老师对礼物还是认可的。

"郭老师,您就收下,留个纪念吧。"陈春燕的声音里几乎带着哭腔了,而我嗓子里的话几乎如一串剥开壳的青豆,就要跃跃欲试地弹落出来,滚入这个温软地流动着的黄昏——但我把它咽了回去。

郭老师并不接她的话头,轻轻转过身问我:"最近班上哪些人比较调皮捣蛋?"

陈春燕缩回手,眼睛里的温热慢慢冷却,她把卡片装回脏兮兮的书包,慢慢走开了,斜挎的书包在她屁股后面一拍一拍的,她看上去就像只剩下半边翅膀的黄蝴蝶,慢慢融化在越来越沉重的暮色里。我报出了三个名字。当然,我是郭老师的眼线。但这一次郭老师似乎对我的情报并没有兴趣,待陈春燕走远一点,她忽然扑哧一声笑了:"说什么去广东打工,一个初中都读不完的人,能做什么呢?其实就是去卖肉吧。"这句俏皮话似乎真的很好笑,她的眼睛在黄昏中像擦亮了两颗火花。

　　大家在群里兴致勃勃地报名，美好的初中时代，天真的青春岁月，其乐融融的教室，呵护备至的老师。只要我们围坐一桌，一切便完好无损 —— 连陈春燕自己也忘了郭老师曾经对她做过什么了吗？我们从陈春燕家中出来，再次走上护城河的大桥，四周突然变得冰凉而静寂，好像有谁拿着大刀把我们刚刚路过的春天拦腰砍断了。郭老师愤愤地对汪静说："以后你路过陈春燕家，只要看到她婆婆，就催她早点来办休学手续。"汪静沉默地点点头 —— 或者是我的记忆产生了错乱？这一切都是我记错了？黄昏的泡桐树下什么也没发生，那些淹没过我的大水其实从来没有存在过吗？

　　我惶惶不安地给汪静发了条信息。这么些年，我唯独和她还有些联系，她就像一个我窥视过去的洞口。我知道她留在小城里做了一名护士；周铭月在县城里当上公务员，生了一对龙凤胎，日子应该很幸福；李明改了一个更响亮的名字，生意做得风生水起。我不知道自己为什么要去问汪静这些事，得知他们的近况，有时候我感到些许惊讶，有时候会产生轻微的痛楚，但我从来不想走到洞口之外去看一看，那里的光太强烈，令我畏惧。只是她也不知道陈春燕这些年去了哪里，经历了什么。

　　"现在想起来，郭老师教我们的时候正值更年期，她的很多做法也就可以理解了吧。同学会我当然是要去的，我还要给她敬一杯酒呢。"

　　她的语气嘻嘻哈哈的，似乎对以前的事情已经释怀，但末了又说："你知道吗，当年她私下骂我的话更难听。有一次她指着我的鼻子说，你长大后就是个妓女。"

　　我想加陈春燕好友，又怕这样显得唐突。这些年你去了哪里，广东是一个什么样的地方，那里也有人打骂过你吗？你一定经受过更残酷的事，以至于人生最初的痛楚变成了玫瑰色的回忆，你还记得我是谁吗？这些问题就像人生一样无情。她的微信头像是漆黑的背景，上面有一行字，我试图点开看看那行字写的什么。在图片展开的那一刻，屏幕上的黑色如呼啸的风一般喷涌而出，而每个字都如迷乱的白色蝴蝶，在猛烈的摔打中扑上我的眼睛。

选自2021年《北京文学》第6期

贾若萱

贾若萱，1996年生于河北保定，作品散见于《人民文学》《中国作家》《青年文学》《湘江文艺》《中华文学选刊》《长江文艺·好小说》等刊物，著有短篇小说集《摘下月球砸你家玻璃》，曾入选2017年度河北小说排行榜，获第六届西部文学奖、首届《湘江文艺》双年新人奖，现为河北文学院签约作家。

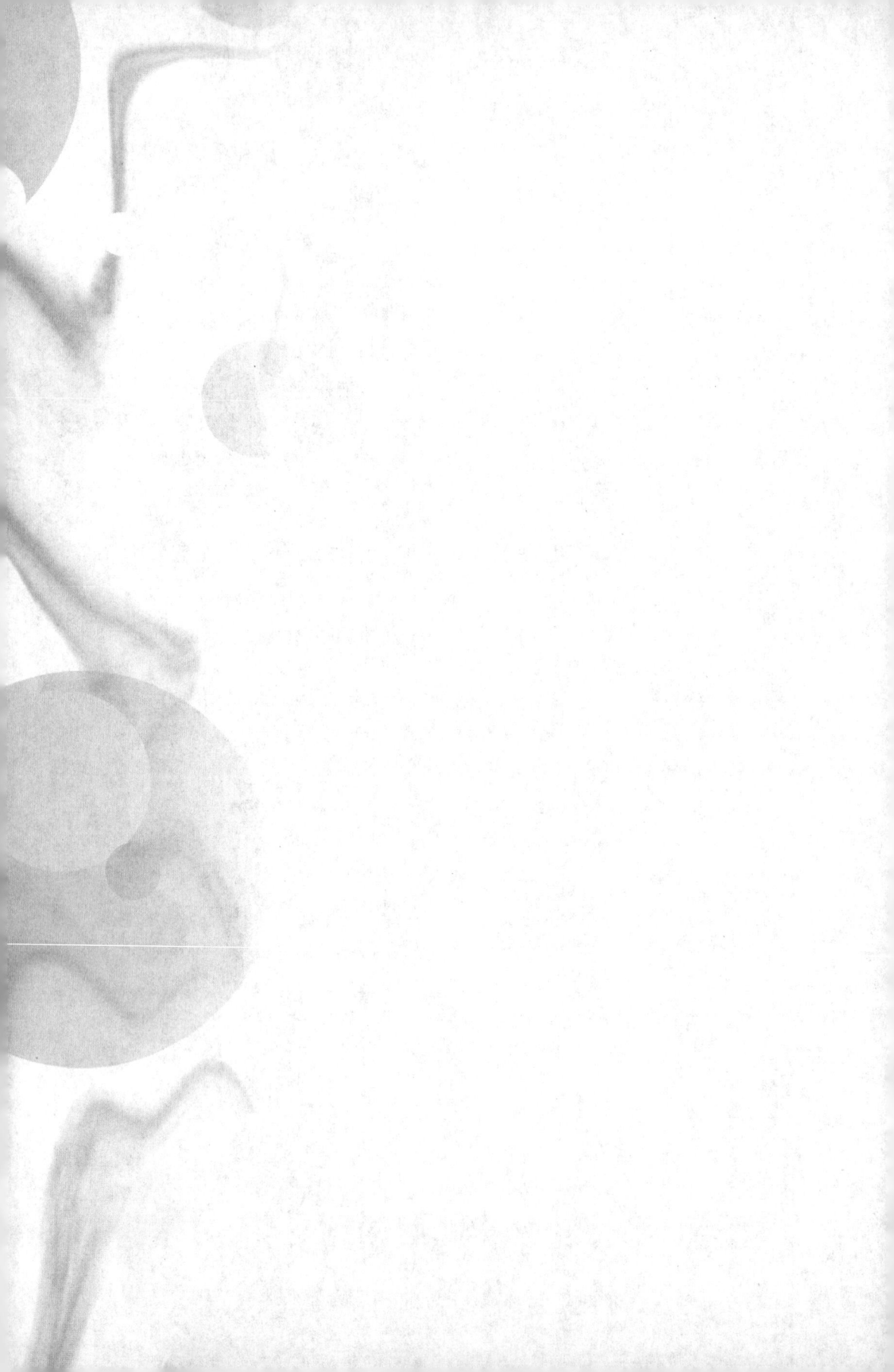

李北的一天

对李北来说，今天是不太寻常的一天，因为下午三点要去客运站接他的姐姐李南。他倒不认为这是件特别重要的事，一周前接到她的电话后，他依旧像平日一样——每天清晨骑着摩托车从租住的平房到矿区，工作四小时，休息两小时，再工作四小时。他没有单独的工位，中午只能待在矿洞，靠着墙眯一会儿，大多时候睡不着，不知是脚下的寒冷侵袭了他，还是微弱的灯光亮在头顶的原因。到了晚上六点，同事们陆续离开后，他最后一个走出单位大门，骑上摩托车在镇上转一圈，其实没什么可转的，镇子很小，十几分钟就到了头，但他很喜欢被风吹拂的感觉，像处在一场温柔的白日梦里，结束漫游后，他会到菜市场吃老白烧饼，有时配羊汤，有时配玉米粥。烧饼店的老板认识他，但也只停留在认识，因为跟他搭话时，他总流露出心不在焉的神色，嘴里哼哼一声就没了下文，仿佛在故意浇灭对方的热情，烧饼店老板知趣，也就不再说下去了，只知道他是外地来的，在矿上干了些年头。

确切来说是五年，李北已在矿上干了五年，每天都按以上程序生活，像座从未被撼动的山，但姐姐的电话扰乱了他的习惯，或者换一个词，情绪。起初他的心只是被轻轻刺了一下，本以为很快就恢复如常，谁料那刺感成了堵在胸口的一小片乌云，越来越重。为了摆脱这沉重感，他去集贸市场买了最柔软的床垫，又定制了一张单人床，找裁缝做了一套天竺棉床品，想让李南在他的平房里住得舒服些。然而买回来后，他只是把那堆东西扔在那里，而他呢，一边数着李南来的日子还有多久，一边感受越来越重的心脏，一边纹丝不动地坐在屋里。直到今天早上，他知道自己不能再拖延了，不然将毁掉这场见面，于是他起得很早，或者说，他几乎整晚没睡，敲敲打打，洗洗涮涮，让那堆破烂变成一张可容纳李南的床。他做到了，甚至没用多长时间，当看到那张散发着洗衣粉香气的柔软的床时，他心满意足，胸口的那片乌云慢慢蒸发了。看表，四点十分，还有两个小时就要去单位了，来不及再睡一觉。院子上方的天空呈现为更深层次的蓝色，李北发了一会儿呆，决定出去转一转，享受日出前的宁静。于是他启动摩托车，嗡嗡的响声惊跑了墙角的麻雀，他不喜欢如此巨大的声音，怀疑发动机出了问题，但也只是猜测而已，毕竟跑起来一点毛病都没有，比大部分人都快。

这辆摩托车是三年前从一个老头手里低价买的，他儿子在一次骑行中突发心脏病，掉进水沟里淹死了，车却完好无损。因为染了死人的晦气，比市价低了将近一半。老头把摩托车的前史讲给李北听时，他面无表情，只说了句，那又怎么样呢，就买了下来。在镇上，骑摩托车的人很多，当地政府组成了一支摩托车队伍，拨出一笔小小的奖金，时不时去周边的山区比赛，这些李北是知道的，但一次都没有参加过。实际上，刚买摩托车不久，就有人来找他加入组织，他以马上要离开镇子为由拒绝了。当然，这是假的，他还不想离开，或者说，还不到离开的时候。虽然他只是个没有编制的合同工，用他的话来说，那又怎么样呢？

他骑到公路上，这条路属于镇子的边缘，因为经常有超载运煤的大车通过，路面给轧碎了，忽高忽低，必须缓慢行驶。李北穿着并不合身的短袖，风把衣服吹得鼓起来，显得身子更加消瘦。他突然在脑海中勾勒出自己的模样，一张窄长的脸，绷得紧紧的，眉宇间因习惯皱眉而形成一道浅浅的沟壑。他想着，真是奇怪，应该没人能完全想象出自己的样子吧，但他可以，并且想得丝毫不差，于是他又在脑海中勾勒李南的模样。作为比他大六岁的姐姐，他们的人生轨迹总是错

贾若萱 | 李北的一天

开，李南读初中，李北读小学，李北读初中，李南读大学，而当李北高中毕业，李南又抵达欧洲重新求学。她似乎总在快车道上奔跑，想到这儿，李北把她的模样涂成了一团黑色。

他开到一条更窄的道上，远离居住区，因为走的人少，路的边缘长出了一小片毛茸茸的绿色。天逐渐亮了起来，明媚的光线还未完全倾泻，只看到远处一片灰黄抹于天际，像甩在衣角即将风干的颜料。风吹过来，他感到大脑里的东西清空了一些，便让呼吸短暂消融于耳畔的声响，时不时侧头眺望道路两旁的景色。即使在这里生活了五年，他的话语和口味染上了新的痕迹，但还会在某一刻突然不知自己身处何处。

这是一个偏远得无法再偏远的镇子，植被稀少，露出光秃秃的裂痕。如果下过雨，深红色矿物质漫上来，仿佛撒满了糖粉，等日上中天，又会闪现亮晶晶的光泽。昨天是这个样子，今天是这个样子，明天又是这个样子，李北想到漫长的青春期，也是这样日复一日，感叹着时光毫无变化，被一种无法逃脱的永恒感炙烤着。而现在，当摩托车的嗡嗡声响彻在安静的街道时，他猛然发现自己早已爱上了曾经厌弃的永恒感，他希望周围的景色永远持续，而他永远待在这里，将苦行僧般的生活贯彻到底，什么都不要变，什么也不会变。他心满意足地长舒一口气，李南电话带来的难以理解的沉重感彻底消失了，下午他会请假去接她，带她吃镇上最好吃的饭菜，晚上睡在那张柔软的小床上。想到这儿，他的心情十分平静，是啊，李南的到来又怎么样呢，只是两个人有了一小段时间交集，他依旧可以把生活彻底掌握在手中，就像五年前执意离开家乡一样。

天已经大亮，他从外面的窄道拐到上班常去的小道，途经第二个路口时，李北发现道路右侧挖了一个大坑。五年间，这条路首次发生变化，仿佛知晓李北正经历反常的一天，故意与他的节奏重合似的。应该是昨晚新挖的，泥土还带着潮气。他下车在坑前看了一会儿，坑不规则，左边多一块，右边少一块，除此之外什么都没有，只是个还未完工的大坑而已。他盯着发红的土壤，想着如果有人掉下去会怎样，虽然不深，爬是爬不上来的。这个想法令他十分不舒服。那么这个大坑是用来做什么的呢？总不能建高楼吧，镇子上总共只有三百多户人家，谁会买楼房呢？他沿着大坑走了一圈，踩着刚从深处挖出来的松软泥土，恍惚间，接到李南电话后的沉重感又回来了。为什么，为什么要在这里挖一个大坑呢？他不敢走来走去了，便重新骑上摩托车，想驱散刚才的感觉。挖个大坑又怎么样呢？他讨好般对自己说。然而，这句话没有让他的心情重回平静，反而缩成了小小一团，他的整个身体都被包在这团小小的硬壳中，失去了重心，于是他加大油门，想让晨风驱散脑海中的画面。无济于事，那个大坑依然在眼前飘来荡去。

这时他看到前方有人招手，如果在平时，他不会停车，但今天是不太寻常的一天，于是他减速停下，发现招手的是某个不知道名字的男同事。显然，这位男同事看到停车的人是李北后，也吃了一惊。"你好。"他略微尴尬地冲李北笑了笑，"如果你赶时间的话……"

"你看到路口那个大坑了吗？"李北问。

"大坑？什么大坑？"那人疑惑地朝后方望去。

"一个刚刚开始挖的大坑。"李北说。

"是吗？我没有注意。"男同事又发出笑声，想让气氛变得稍微正常些。虽然李北不认识男同事，但男同事却认识李北，或者说，单位里的人都认识李北。李北是老员工里唯一没有编制的，李北是唯一一个自愿待在矿洞的，李北是唯一一个不回老家的……在一次又一次口口相传中，李北成了一个无法具体定义的人，这些李北自然是知道的，可那又怎么样呢？

李北拍了拍后座，示意男同事坐上来。自从买了这辆摩托车，还没有任何一

贾若萱 | 李北的一天

位同事坐上来过。之前有个女同事希望他下班后顺路送她回家，他拒绝了，此后再没有人提出类似的要求。李北感受着身后热乎乎的能量，仿佛太阳紧紧追赶着他。

"你是哪里人？"同事问他。

"北边的。"李北说。

"噢，我还以为你是南边的。"

"南边的又怎样呢？"李北的语气突然柔和起来，但这句话本身的杀伤力却让同事闭了嘴。他倒是希望同事能跟他讲讲南边和北边有什么不同，不知怎么回事，一股交流的欲望拉扯着他。他还想谈谈路口的大坑，谈谈今天的变化，可同事已经下车道谢，快步走进了单位大楼。

李北没有跟进去，而是从侧门进到工作间换了蓝色制服，又从工作间进了地下矿洞。洞里清清凉凉，光线幽暗，已经陆陆续续到了几个本地人，他们和李北一样都是合同工，但李北听不懂他们说话，他们却可以听懂李北说话。李北检查了一下洞里的设施，确定无误后，就到角落里坐下来，思考如何找领导请下午的假。李南的身影在眼前晃荡，和清晨的大坑重合在一起，搅得他心烦意乱。

他站起来，沿着矿洞的边缘走，头一次，他主动对那几个埋头苦干的本地人说起了话："你们看到路口的大坑了吗？"那些人停下手中的活儿，睁大眼睛望着他，一脸困惑，他只好又说了一遍："你们看到路口的大坑了吗？"其中一人摇了摇头，另一个人咿咿呀呀说了些什么，李北听不懂，便走到那人身边，请求他再说一遍，还是同样不知所云，语气快速又坚决。李北无奈地摇头，就此作罢。

到了中午，等同事们去了食堂后，李北徘徊到领导的办公室，等他吃饭回来请假。面前的黑色木门紧紧关着，他从走廊这头走到那头，又走回来，摸了摸门把手，一阵冰冷，竟然比地下的矿洞还要冰冷。三年前，领导把他叫到办公室时，门把手是温热的，之所以记得这么清楚，是因为领导脸上的表情。他询问李北是否愿意转到正式编制，只需花小小一部分钱，李北像拒绝女同事那般拒绝了领导，领导吃惊地望着他，认为他的脑袋一定出了什么问题。事实上，李北不是不想花钱，也不是拒绝组织，这其中的原因很复杂，他不知道世界上还有没有他这样的人，不想往上也不想往下，只想保持现在的状态，把拥有的一切牢牢抓在手里，这就足够了。他可以一辈子都这样生活，最后在同样的位置死去，所以他待在镇上，待在矿洞，待在平房，待在烧饼店……

领导慢悠悠走了回来，看到李北后，眯起了眼睛。一根牙签插在他的嘴里，发出啧啧啧的声响。

"你有事吗？"领导问，打开门让他一同进来。

"我想请个假。"李北说，"我下午要去接我姐姐。"

"亲姐姐？"

"是亲姐姐。"

"噢去吧，明天还请假吗？"

"照常上班。"

"那你去呗。"领导挥挥手示意他出去。

他犹豫了一下，接着大步走出单位。当看到太阳高高挂在头顶，一阵眩晕忽然袭来，这是他来到这里后第一次请假，自然也是第一次在中午时分走出单位，时间的错位感令他的心十分不安，也使他的胃轻轻抽搐。他启动摩托车，打算去老白烧饼店吃午饭，等李南来了，肯定要换一家餐厅，他愿意为此妥协。到老白烧饼店后，窗门紧闭，一个人都没有，他才发现这里只有晚上开门，如果在平时，他不会觉得有什么，但今天，他却感到糟透了，一种颤颤巍巍的失控感潮水般覆盖了他。他开始希望李南的客车抛锚在半路，或者临时有事来不了，这样他就可

贾若萱 | 李北的一天

以晚上再来烧饼店,将扭转的生活恢复原状,他甚至有些想念矿洞的幽闭和黑暗的角落了。

李北眺望远处连绵不绝的山脉,一小团积雨云立在上方,像一颗愚蠢的脑袋,阳光从细小的缝隙中透出来,显得忽明忽暗。他看了手机上的天气预报,显示今天有雨,下雨的夜晚总比平时睡得好一些。那么,接下来的一小时做些什么呢?李北不想回家,因为家里都被打点好了,地面拖得干干净净,床上一尘不染,只等着李南开门,接受眼前的一切,如果他现在回去,无疑破坏了先前的设想,他不允许这种情况发生。应该吃点东西,李北想。虽然他的肚子早已饿得咕咕叫,但因为烧饼店的关门,他什么都不想吃了,一股说不出是沮丧还是愤怒的情绪拉扯着他,最终他决定去大坑那里看一看。

气温高了起来,空气逐渐黏稠厚重,李北的后背被晒得汗津津的。大坑还是原来的大坑,形状和早上一样,看来没人来打理。他发现大坑周围没有"正在施工"的警示牌,紧接着,他的脑袋里出现了十几种事故发生的方式,叹息声从嘴角冒出来。他走到大坑边缘,想把红色土壤重新填回去,恢复原本的平整,但又觉得这件事实在太无聊了,何况没有任何工具。于是他打消了这个疯狂的念头,坐下,把腿放进坑里,底部距脚面还有很长一段,阳光继续往下落,世界成了一片明晃晃的液体。这时,一道白光闪现在脑中,李北突然想到了宇宙大爆炸,父亲送给他的百科全书里有这样一段文字:宇宙曾有一段从热到冷的演化史,在这个时期里,宇宙体系不断膨胀,使物质密度从密到稀逐渐演化,如同一次规模巨大的爆炸,爆炸之初,物质只能以电子、光子和中微子等基本粒子形态存在,而爆炸之后的不断膨胀,导致温度和密度很快下降,逐步形成了原子、原子核、分子,并复合成为通常的气体,气体逐渐凝聚成星云,星云进一步形成各种各样的恒星和星系,最终形成我们如今所看到的宇宙。无所不知的父亲对他解释,所以宇宙大爆炸不是毁灭，而是新的诞生。这句话他记得格外清楚，并希望此时此刻再来一次新的诞生，把今天的错觉、五年之前甚至更久之前的错觉纠正，重新排列组合。

他难受地站起来，发现在刚才的冥想中，时间流逝如此之快，已经快要迟到了。于是他跨上摩托车，快速开到汽车站。当他拍拍身上的泥土，站在门口时，人群已陆陆续续从大客车上下来了，他目不转睛寻找李南的身影，看看左边，又看看右边，一无所获。他感到汗水从脖子里淌了下去。

突然一双手拍了他的后背，回头，看到戴着墨镜和遮阳帽的李南。脸被遮得严严实实，但他还是一眼认出了她。

"什么时候出来的？"李北问。

"第一个出来的，去对面找了卫生间。"李南的声音没有什么变化，身材也没什么变化，还是很瘦，穿着一双工装大头鞋，像个充满活力的男人。

"那走吧。"李北转过头，领着她往摩托车那边走。李南大步流星，两条长腿晃来晃去，一步就跨上了摩托车后座。

"车不错嘛。"她说。

"二手的。"李北启动，突突突突，驶向远处。

实际上，他不知道带李南去哪里，除了平时待的地方外，他对这个小镇一无所知，只能任由车轮往前碾去，反正路都是通的。李南的手扶在他的肩膀，像轻轻的电击，很快，两人就陷进了尴尬的沉默中。也许他应该开口讲话，问一问她来这里的原因，是的，一周前的通话中，他根本没有问她为什么来这里，他只是小声说，好的，我等你来，嗯，有空。而李南也未曾吐露原因，只说从欧洲回来了，顺便来看看他。

"你在这里怎么样？"最终李南开了口。

"挺好的。"李北说的不是假话。

"那就好。"李南说,"这里让我想到罗马尼亚的一个乡下,音译过来叫坦途,空气里也都是沙子。"

"噢。"李北点头,想象不出在千里之外的欧洲有个类似的小镇。住在那里的人是不是也和这里的人类似? 不过这并不重要。

"哇哦,我们去哪儿?"李南的声音兴奋起来,"这里有什么特别的地方吗? 我要收集素材。"

李北的心脏像被狠狠拍了一下,一来他不知道什么是特别的地方,二来李南依旧一副知识分子的派头,他十分不喜欢这一点。李南是个作家,或者这样说,李南的一生就是为了成为作家。她幼儿园时在父亲的指引下树立了作家梦,此后的时间像坚韧的野兽一样一步步达成:八岁写了第一个童话故事,九岁熟读《红楼梦》,十四岁在报纸发表作文,十八岁出了第一部长篇小说,二十二岁成为大学里最年轻的教师,二十七岁前往欧洲,用第二语言写作至今。她的履历闪闪发光,每一步都做了详细规划,这是父亲和母亲常对李北提到的,当然,是很久以前提到的了。不知从什么时候开始,李北觉得,李南成了一颗遥不可及的星星,在远处发着光,而他只是泥地里的一颗沙石。事实上,这样的感觉依然在,即使她把脸遮住了,那些光芒还是从缝隙中悄悄露出来,缓慢地灼着他的后背。

"怎么了? "李南敲敲他的胳膊,继续问。

"哦哦,我可以带你去看大坑。"李北慌乱地脱口而出。

"大坑? 什么大坑,当地特色吗? "李南问,"我在挪威的时候,看过一个陨石坑,是类似的吗? "

李北说差不多吧,既然他没见过陨石坑,说什么都可以不是吗? 他拐上那条熟悉的路,以前方的山为分界点,东边被乌云覆盖了,西边阳光明媚,李北感到自己的身子也分成了两半，一半留在了过去，一半跟随他来到这里。他想着那个大坑，也许李南能给出正确答案，关于他为何被这样一个东西困扰了将近一天。这是李南的强项，对大部分事物或事件下清晰的定义，在她的著作中也如此。不过，李北还没有读过李南的著作，在国内时她只出过一本长篇小说，首印一万册，没有卖完，按她的话说，那是一本失败之作，写两个女孩的成长故事。此后她的书都是在欧洲出了，德国、瑞士、奥地利，她曾把一本厚厚的装订册拿给他看，上面全是密密麻麻的德文，他问她写的什么，她说是在中国的部分经历，他又问她是否有中文版，她说已不再用中文写作了，德文让她找到了内心的声音。对此，李北不知道说什么，毕竟文学的事他一窍不通，他只知道，李南对自己有清晰的定位，并愿意为此付出行动，而他总是那么软弱。无论是宇宙大爆炸，还是虫洞，或者所有的星系，这些曾被他所痴迷的东西，全部变成了缥缈云烟，再也抓不住了。

李北的身子轻轻颤抖起来，后背的光芒灼得皮肤产生了真实的痛感。他费力往前看，汗水流过眼睛，不得不把车速慢下来。随后他悲伤地想到，带李南看大坑有什么意义呢，他甚至不再需要所谓的答案。

"怎么了？"李南惊讶地拍拍他的肩膀，因为摩托车开始左右打滑了。

"太热了。"李北说。

他还是把李南带到了大坑旁。李南呆呆地望着眼前的景象，声音充满了沮丧："这只是个人工挖的大坑啊，有什么特别的？"

李北耸耸肩，不知怎么对李南解释，也不想解释了。

大概是为了配合他，李南还是绕着大坑走了一圈，盯了红土将近一分钟。然后她突然扯下脸上的面罩，用一张还未变老的面孔对着李北。虽然她快要四十岁了，肌肉线条依然饱满坚挺，不知怎么做到的。也许在陌生人看来，她不是他的姐姐，而是他的妹妹。他们的鼻子很像，都随了母亲的蒜头鼻，但她的眼睛要明亮得多、大得多。她就用这双充满活力的眼睛直勾勾地望着李北说："李北你知道吗，你不应该再这样下去了。"

"哪样？"李北转过头，肚子咕咕叫起来，他不敢看向那双眼。

"就是这样，躲在一个鸟不拉屎的地方，做这些违背你内心的事。"李南提高声调，眉头拧到了一起。也许还觉得不够有力量，她继续挥动胳膊，捏起拳头，做出夸张的动作。

"上车吧。"李北盯着大坑，平静地说，"我带你回我住的地方休息。"

"我还不想回去。"李南的态度软下来，"我不说了，不说了，带我去更远的地方看看，好吗？"

李北点头，没有流露出任何情绪，对这些相似的话，他早已筑起了坚固的高墙。他知道李南会劝他、说服他、刺激他，为了让他回到过去，回到那个物理天才少年。可是他做不到，他早就做不到了。

他载着李南去往离开镇子的大路。太阳坠到山头，金黄色光线逐渐加深，云层染上了橙红色，路面也因色调变化好看了许多。温度不再咄咄逼人，随着晚风降临，甚至有了一丝清澈的凉意。一座座白色屋顶的房子被甩在身后。

"你看那里，那里有个招牌。"李南指向东边。果然，在树丛中挂着一个木质招牌，写着"圣骑士马术兵团俱乐部"几个字，一条涂着白漆的小路隐隐显现。

李北放慢速度，把车停过去。

"是个马场！"李南激动地说，"镇上竟然有个马场，还是个俱乐部。"

李北不知道这是什么地方，很明显，这是他未曾抵达过的领域。

"我们进去看看吧。"李南拉住他的胳膊，"你会骑马吗？我在英国的时候学过马术。"

他们按着箭头的指引走进小路，虫鸣鸟叫不绝于耳，绿色枝蔓时不时划过皮肤，李北想象他们在亚马孙雨林里穿行，马上就要出现一只猛兽。遗憾的是，光线很快亮了起来，展现于眼前的是一片空旷宽大的牧场，地面上长着稀稀拉拉的绿草，被铁丝栅栏圈了起来，几匹马呆滞地拴在一旁，一栋长长的塑料板房位于栅栏外，看上去像个马棚，几个穿着马靴的男人女人在站着聊天。

"别有洞天哇！"李南惊叹。

听到声音，一个瘦高个儿的女人走过来，"骑马吗？"她笑着问，声音粗粗的，带着浑浊的方言味。

"多少钱？"

"自己骑还是找人带？"

"我自己骑，他找人带。"李南俏皮地看了李北一眼。

"自己骑五十一圈，找人带一百一圈。"女人回答。

"行，不贵，走吧。"李南拍了拍李北的肩膀，凑近他耳朵小声说，"英国的马场一小时至少八百块人民币呢，学的话就更贵了。"

"六子，你过来，给这位客人牵马。"一个黑胖的男人从马棚里走出来，解开一根马绳，牵在手里。那是一匹深棕色的马，纯净的大眼睛分在脸颊两侧，时不时喷出几口热气。李北杵在它面前，想和它的眼神碰在一起，但马转过了头。

"别站在马屁股后面，不然马会踢你。"李南笑着对他说。她的马是枣红色的，四肢修长，毛色发亮，就连尾巴都十分顺滑。她拍了拍马头，嘴里发出嘘嘘嘘的声音，马儿很快平静下来，贴着她的胳膊。她抓紧缰绳，蹬在马鞍扣上，一抬腿，就上了马背，把另一只脚卡在扣子里。接着她挥舞缰绳，身子一倾，马儿开始向前奔跑。

她驾着马的身影逐渐消融于夕阳浑厚的光线中。前方一望无垠，不知尽头在哪里，只听到噔噔噔的声音，随着树叶一同震颤。

"上来吧，哥。"男人邀请李北，示意他踩上马鞍扣。李北摆摆手，只想找个地方坐下。"我不会骑，不骑了，我还要去看看我的摩托车。"

"摩托车不会丢的，帅哥。"穿马靴的女人对他说，"来都来了，骑一骑吧，我们这儿都是纯种马，你看，多漂亮。"

"来吧，哥。"男人恳求他。

"不了，不了。"李北低声说，心里像压着一块大石头，肩膀关节处也灼热起来。他才不想在这里，在待了五年的镇子上骑什么马，他需要的是休息，然后等夜幕来临，回到租住的平房里去。

男人不再勉强，重新把马拴到栅栏上。李北在空地上坐下，发现天空暗了一些，又不是刚才的红色色调了，晚霞染了一层蓝褐色，看起来像结了一层冰。不知为何，他的心隐隐作痛。

李南很快骑着马从天边回来了，上下起伏的剪影刀刻般生动。她的头发挥洒，衣袖挥洒，连小腿的肌肉都挥洒自如，随着马背的颠簸而颠簸，一脸神气。

"不错啊，美女。"穿马靴的女人对李南说，"我家的马好骑吧？"

"很好很好，比英国的马还要好。"李南附和了一句，看到坐在一旁佝偻着背的李北，发出一声无奈的叹息，"你怎么不骑，不是说好了吗？"她从马背上翻下来，走到李北面前。

"我不会骑。"

"所以你才要学。"

"我不想学。"李北摇头，"我对这个不感兴趣。"

"你们可以骑双人的，也有双人的马鞍。"穿马靴的女人走过来说。

"不要。"李北和李南异口同声地说。随后李南尴尬地咳嗽了一声，对女人说：

"我还骑,等一下,你们几点下班?"

"天黑了就下班。"女人说。

李南点头,坐到李北身旁。她对眼前的男人束手无策,如同男人也对她束手无策一样。从什么时候开始的呢? 他们不再理解对方。

"是我的话让你不高兴了吗?"李南问。

李北摇头,他当然不能承认这一点。李南坐了四个多小时的客车,忍受着炎热和臭烘烘的空气来看他,不是为了听他说出真实的想法。那太伤人了。所以她永远不会明白他变成了一个什么样的人。

"我牵着你骑,好吗?"李南温柔地说,"你放松一点,不需要动脑子。马背上很凉快,仅此而已,你不想感受一下吗?"

李北不想再听到她喋喋不休,于是站起来,跟随她,走近那匹枣红色的马。面对庞然大物时,他有些胆怯,但还是坐上了马鞍,抓住了扶手。他感到身下一股热浪涌来,带着新鲜的气味和跳动,令他想到了黑洞——戴眼镜的父亲站在讲台上,用白色粉笔画出一层层形状,而他站在另一侧,小小的身躯留下扁扁的影子,望着讲台下求知若渴的学生们。那时的他还不明白,父亲的威望意味着什么。

李南牵起缰绳,缓慢地走起来,马儿迈着沉重的步伐跟在她一侧。李北的大腿因晃动而产生了轻微的疼痛,他用力,紧紧夹住热腾腾的马鞍,让身体的节奏和马儿晃动的节奏保持一致。

"怎么样?"李南问。

"还好。"李北说。

她牵着李北往牧场更深处走去,然而除了半秃的绿色土地,什么都没有。太阳已完全沉没,但天空还是充满了朦胧的微光,作为白昼最后的挣扎。他看着李

贾若萱 | 李北的一天

南的手,大拇指和食指的连接处长满了茧子,手背上还有一些抓痕。他想到幼年时李南带他去买零食,也是在黑夜即将来临的傍晚时分,小径尽头是一座白色尖顶的教堂,每到晚上都会响起遥远的歌声,李南会面露恐惧,对他说,这是给死人唱的。那时他多么害怕死亡,迫切想知道人死后会到达哪里。父亲告诉他,科学会解释一切。而父亲告诉李南,文学会解释一切。他们两个就像设置好的发条,在准确的时刻动起来。只是李南深深爱着这件事,他成了懦弱的逃兵。可为什么她从未送自己的著作给他,那些无法企及的纸页真的存在吗? 他这样想着,反而失去了询问的欲望。

"你以后一直待在这里吗?"李南的声音仿佛发着光。

"嗯。"李北闷闷地说。

"这真的是你想做的事吗?"

"嗯,我喜欢待在矿洞。"李北说,"很安静也很平静,没有什么比在矿洞里更好了。"

"只要你喜欢就好。"李南说。

李北的胳膊开始不住地颤抖,他把右胳膊按在左胳膊上,想抑制这种抖动。马儿察觉后,耳朵突然立了起来,打了一个长长的喷嚏,热气呼在了李南脸上。"It's OK, it's OK."她轻轻对马说,摸了摸它的额头。

一种沉溺过后的空虚与无力,伴随着不可达成的气愤感,牢牢抓住了他。他盯着那双温柔的手,仿佛落在了他的心脏里,一下又一下,轻轻敲击着。

他无法忍受了。

于是他夺过李南手中的缰绳,没等她反应过来,就狠狠拍了马头,马儿惊叫一声,叉开腿往前奔去。他感受着马儿身上难以驯服的波涛,用尽全力托举着他。身后是李南和女人男人们的呼喊。李北望着眼前越来越浓重的黑暗,牧场连同世界的边界都消失了，不知道马儿将带他去往哪里，但他一点都不害怕，反而觉得身子越来越轻。他想到了摩托车，想到了大坑，想到了父亲的眼镜，想到了冰冷冷的矿洞，最后他想到了李南的床，岿然不动地立在客厅里等待，这让他情不自禁笑出了声。他渴望糟糕的一天赶紧结束，渴望教堂里唱诗班的歌声，渴望将来有一刻，如同现在这般，把缰绳牢牢攥在手里。

选自2021年《人民文学》第11期

王若虚

王若虚，1984年生，中国作家协会会员，上海作家协会专业作家。已发表中短篇四十余部，散见于《收获》《小说界》《上海文学》《萌芽》等刊。已出版长篇小说《马贼》《尾巴》、中短篇小说集多部。曾获"澎湃·镜相"非虚构写作大赛一等奖（合著）、时报文学奖小说佳作奖。

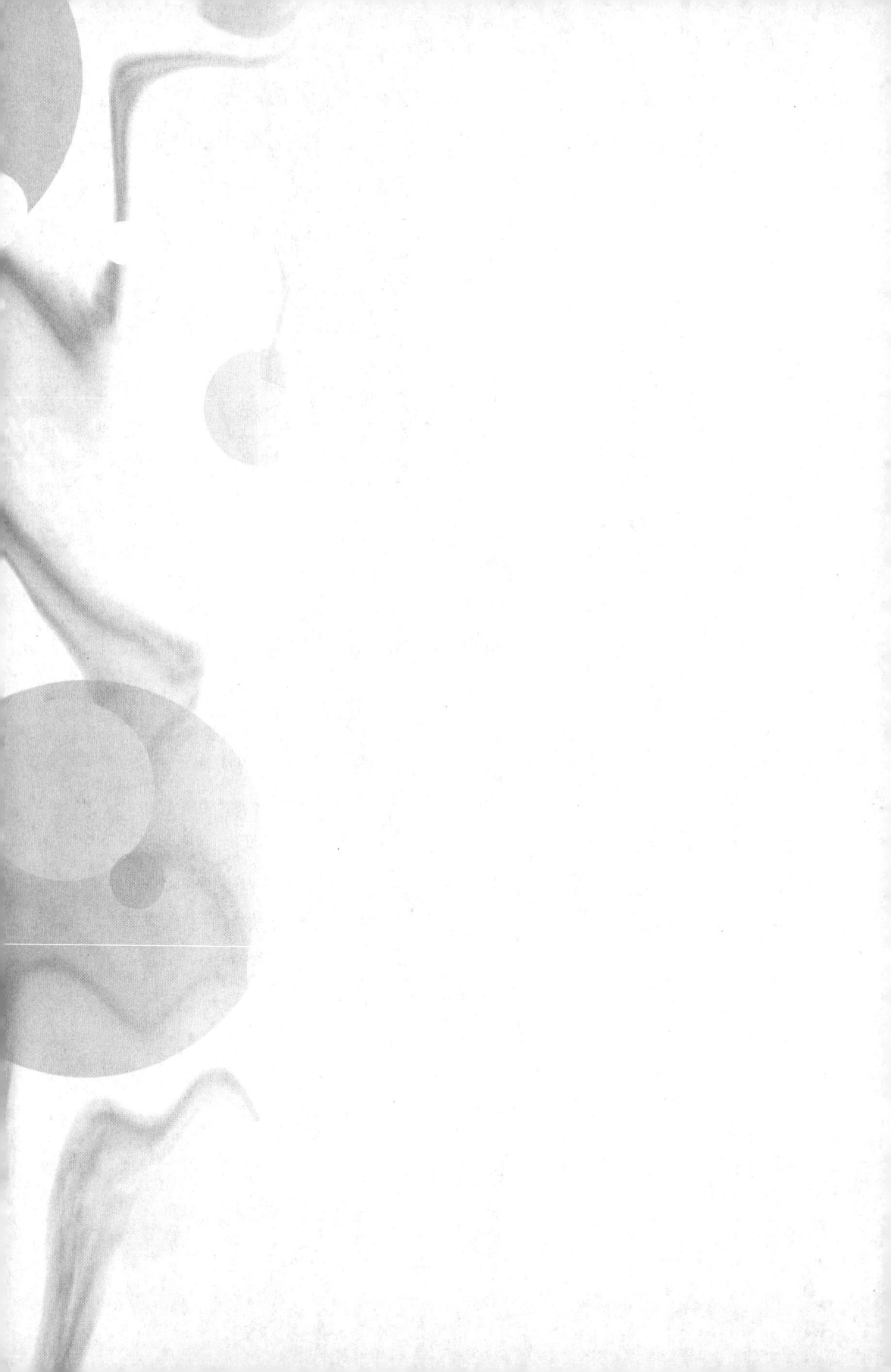

六旗手

还在师范大学英语系念书时，实践教学法的老师有一次讲完幻灯片的内容，坐下喝了口枸杞泡菊花，忽然语重心长道："反正你们以后走上岗位就会知道，当老师，就像在大海上驾驶帆船，要管好手下海员，这是一；海上风向时刻在变，上头隔三岔五出个新政策，叫人措手不及，晕头转向，劳心费力，这是二。"

下面都在笑，老师也笑了。她还以为老师是被自己的话逗笑的。等到她二〇〇七年毕业、考编、正式入职，成了小马老师，再度琢磨起那番笑容，才算明白过来，老师的意思分明是，希望到时候你们这些新老师还笑得出来。

"海员"其实还挺好管，尤其她执教的这所初中，在全市公立学校里排名在二十名上下，高中升学率百分之三十六。孩子考进这所学校，不少家长都已经认命。雨后春笋般的校外补习机构又分担了很多教学压力。借数学田老师的话说："学生只要不在学校出意外，没有记者不请自来，那咱们就算六十分及格了，辛辛苦苦没有归零。"

如果像数学田老师那样，咬死不当班主任，倒还好。偏偏她进来那年，好几个老教师一下子到退休年龄了，省里新政策对返聘又卡得紧，只能小年轻硬往上顶。她才教了一年预备班，第二年就被调到初一四班当班主任。

这年八月八日北京奥运会开幕。刚过八月一日，年级主任就来电话，后天紧急会议，各班主任都得出席，具体内容没说。她按捺不住，问数学田老师。田老师在这学校混了四五年，也是她的母校师范大学的老师兄。

"往年不该这时候开会啊，你回来跟我说说，不出意外，是大事儿！嘿，肯定地动山摇。"田老师说。

结果开完会她还没出行政楼，田老师反倒先发短信来问："妈呀，真要编进民工子女？"她给了肯定回答。田老师回了五六个"啧"，并说："好啊，地动山摇了，这下子要归零。"具体指老师归零、学生归零，还是全校归零，没点明。

校长在会上的讲话，总结一下就是，本市是全省第二大市，据统计外来务工人员子女已超十五万，部里和省里此前一直在关注农民工子女学校的乱象，现在正式出台政策，关停不合规的学校，原有师生分流到公立初中和小学。本校有幸成为全区先行试点学校之一，接收天洋学校三百名初中生和十几名老师，这可是市、区教育局对本校的信任。新来的师生全部安置在东楼，为方便管理，东西两边暂不频繁来往，以此过渡、缓冲。如果部分家长、学生有负面情绪，各位老师要做好沟通安抚工作……

其实田老师上学期末就提过一嘴，说最近省里要有新动作，跟民工子女学校有关。那时她也没多想。田老师是年级办公室的非官方播音员，消息灵通，甚至灵通过头，一会儿说未来三年内所有公办学校都得变成民办啦，一会儿说以后音乐课美术课全得取消，体育课要加倍增量……民工子女学校，远在天边的事情，现在忽然就近在鼻子跟前了。

散会后一大群老师上去找校长询问，只有带初三的老师跟没事人一样。毕业班压力虽大，但学生们很专注，说难听点，母校荣辱跟他们已经没什么关系了，现在他们唯一关心的就是：下一所母校在哪儿。

开完会回到家，刚洗了个澡，就听见手机响个不停。她只能对这些家长如实相告："已经定了……不过两边教材不一样，各归各的，原来怎么念书考试，还是那样的，您别担心……我知道，初中阶段的确很重要……"

王若虚 | 六旗手

后来据田老师说，好些家长直接打电话给区里市里的教育局，不光她所在的学校，其他试点学校也是如此。总算熬到了九月开学，家长是不来找了，轮到学生问了。其实不用问，东校生（校长发明的新名词）虽然还没进来，但东楼的施工建设就是最好的回答。

东楼又叫东副楼。早些年人口出生率高，一个年级有七八个班，东楼也是教学楼。后来每个年级缩减到四五个班，东楼就空了出来，改成室内体育馆、心理卫生室、课外阅读室之类。现在重新翻修，刷外墙，一卡车一卡车运课桌椅。

卡车进来时，学生们（现在该叫西校生）就趴窗户边叽叽喳喳讨论，这得进来多少人？看样子比我们还多？食堂是不是更挤了？上体育课篮板又得抢了，能抢得过人家吗？据说东校生家里"兄弟姐妹都很多，得罪一个惹一窝"。

这些担忧是多余的。开完紧急会议之后，管后勤的副校长除了盯东楼内部改建，另一项重要任务就是制定新规：校服，东校生用另一套款式，方便区分；进出校，西校生还走西正门，东校生走关闭已久的北侧门；吃饭，西校生在食堂，东校生在教室；两边上下课时间错开十五分钟，西校上课时东校生休息，东校生回教室，西校下课铃就响了，谁也碰不到谁。

但有件事无论如何切割不开：周一早上的升旗仪式。旗杆就一根，国旗就一面，一所学校总不能升两回国旗。

学生在户外排队倒好办。学校除了足球场篮球场，还有刚进西校门的大片空地。两位校长特意跑到行政楼顶上，举着望远镜认真测算：五百西校生，在空地和足球场的大半块，三百东校生在足球场小半块和篮球场。东校生要是再多出一个班，就得站到沙坑里去了。

不管西门北门，门口都挂着一样的校名。不管什么款式校服，校徽也是一样的。升旗护旗，光让西校生来也不合适。校长说："这事儿倒简单，两边执勤班各出一半，行了。"

　　按计划，东校生是九月第三周开始上课，也就是十五日。届时西校执勤班是初一四班，她的班级。

　　初一年级主任也姓马，教政治，刚从初三主任岗位上轮换下来，今年三十有四，看着像四十有三，据田老师说过几年许是副校长热门人选。马主任说："小马，这是合并后全校第一次集体活动，你可得把好关，精益求精，选最拔尖的孩子。"

　　大话好说，事不好做。早在开学前她就定下了拔尖人选。一般而言，领操台上主持升旗仪式的是班长，无奈班长个子矮，说话还有点吞文咽字，全因学习成绩全年级第二才当上班长，现在只能当升旗手，主持就交给副班长；第二升旗手是学习委员；四个护旗的分别是体育、文艺、宣传和劳动委员，等于班委倾巢而出。除主持外，现在西校生只需出三人，这就要命了，虽然几人都品学兼优，现在必须忍痛割爱，具体"割"谁，就需要班主任来抉择。

　　她回到办公室，拿纸写了六人名字，涂涂改改，唉声叹气。学习委员成绩全班第三，又是英语课代表，嫡系，本定了升旗，现在去护旗已经是降格，得保住。剩下四人要去掉三个，她觉得心在滴血。

　　体育委员在班委里成绩垫底，拿下他还说得过去。劳动委员，脑袋特大一孩子，脸上粉刺数量全班第一。她的前任（一位执教二十年的物理老师，现在带初三，慧眼如炬）跟她交接时说过："这孩子任劳任怨，靠得住，家里都是老实巴交的普通职工，你懂吧？"她当时还不太懂，现在算是懂了，可以拿下，不会有什么怨言，不会有什么后果。

　　就剩宣传委员和文艺委员了。

　　文艺委员皮肤雪白，有点小雀斑，笑起来铃儿响叮当，开班会是主持，歌舞表演是主力。她也挺喜欢这孩子，家访时看得出来父母有文化涵养，待人和善。

小姑娘成绩在班委里倒数第二,不过艺术方面好,文化成绩低点也正常,以后估计就奔着艺考去了。

不过,前任班主任提醒过,宣传委员家长就不是省油的灯了。他爸是自来水厂副科级干部,没什么毛病,他妈就不行,虽然只是区里办事处的小公务员,但舌头又长又臭,孩子但凡在学校遇到什么事都直接打年级主任电话,有时还会请假跑来学校敲教学副校长办公室的门,坐而论道,啰啰唆唆一大堆,副校长那罐茶叶都不够她喝,事情呢无非就是孩子哪次评选吃了亏,她觉得有黑幕,要求组织彻查,媒体曝光,开除老师,杀一儆百。

前班主任专门给这种家长起绰号:"精神文明型泼妇"。

中午吃饭时田老师听了她的苦衷,说:"何必那么麻烦,不如抽签,谁抽上谁去,谁都怨不了你,这就叫各安天命!"

抽签当然是不能抽签的,要传出去,就该被家长投诉了。人往往只能接受自己希望的公平,而不是别人希望的公平,可能宣传委员他妈尤甚。

她回家想了一晚上,第二天找来文艺委员,说这回护旗手她得撤下来。小姑娘眼眶只一秒钟就变红了。她学生时代也只会低头盯地板,而不是直视自己的班主任,此时又不敢直视楚楚可怜的文艺委员了。文艺委员问:"老师,我以前哪些任务没好好完成吗?"她说:"没有。"其实她也不太了解,中预班时她只负责教英语,没那么多要留心的细节。现今为了每月一百八十五块钱的班主任津贴,就要面对这些酒里倒醋的事,心里比文艺委员还委屈。

小姑娘又问:"是我成绩不好吗?"也不是。全班三十九人,她上学期期末总分排第八,还拿了区里中学生歌唱大赛初中组二等奖,为学校争了光。眼看着第一滴泪就要在文艺委员眼眶里成形了,就要落地了,她说:"这是老师的决定,虽然老师也不想,主要是新来了东校生,原本六人,现在东西对半开,只能拿下三个,不是你不够优秀,是老师实在没办法。"小姑娘拿手背蹭一下眼角,说:"哦,反正,也不是什么了不起的事,随便吧。"

剩下体育委员和劳动委员都挺好说话。劳动委员"嗯"了声,说好的,其他什么都没问。体育委员挠挠头,笑笑说:"没问题,唉,就是可惜,本想着离开前能当回护旗手。"她问:"怎么?"体育委员说:"啊,我妈最近在……在托人办转校。"

隔壁再隔壁办公桌一直竖耳倾听的田老师盖上茶杯盖,咳两下,拿起份报纸,脸转向其他方向。

她问:"想好去哪儿了?"体育委员说:"还没,但听说一中和富华挺难的,估计得去第三实验。"

第三实验中学离本校挺远,离体育委员家也挺远,在升学率上……三实和本校就像对双胞胎秃子,其中一个某天奇迹般地长了根头发,就是三实。——这回不是试点。据说家长们都在扶额庆幸,就差放礼花开香槟。

她本想告诉体育委员,民工子女进公办学校是大势所趋(要是校长没判断错的话),除去民办和省市级重点,大部分学校都是早晚的事。可家长能听进去吗?她只能点点头,说:"行了,你回去吧。"

体育委员一走,田老师放下报纸说:"去三实就一切归零了,还不如留在咱这儿呢,好歹都老同学,熟悉的环境,这种家长啊,嘿,小市民,一言难尽。"

田老师自己也挺一言难尽。昨天下午他给初一二班上课,敲打众人好好学习。初衷是好的,但田老师就是喜欢不动手指吹笛子,越说越离谱,最后变成"再不好好学,差生就送去东校念书……以后当个汽修工,当个酒店服务员,为你们那些混得好的老同学服务"。

十三四岁的孩子很难分清真话、玩笑话和虚张声势,回家如实转述。这话鞭策效用很小，负面效应极大，当晚不少家长给马主任打电话。第二天一早田老师被叫到行政楼，向来很少动怒的校长都冲他拍了桌子，勒令他写八百字检讨，在周五教工大会上宣读。

中午在食堂吃了四根鸡翅和一份糖醋小排，归零的田老师又复活了，向她痛斥成人世界的虚伪："都在咱们这学校了，怎么，还指望混混日子就能进五百强当高管，当律师，当医生？有比尔·盖茨那样的爹妈吗？没——有——啊。"

这是九月九日星期二的事情。过了教师节，再隔一天，十二日星期五，该来的终于来了。不过东校生这天只是返校，上午十点才进来，走北门。坐在西楼里，能隐约听到外面远处有嘻嘻哈哈的动静，只闻声，不见人，勾得心痒。班上有调皮的，趁老师写板书，站起来跑到窗边张望，马上被老师一个粉笔头打墙上给吓了回去，然后对周围人表示，被树挡住了，什么也没看到。

课间休息时，东面篮球场已经被执勤员戒严了，不许踏足。很多西校生就在西侧的足球场上空等，似乎想要见证历史性的一刻。

可东校生一个上午没出来，据说都在打扫教室，发校服，听老师讲新学校的新规定。午饭时，食堂工人把米饭、海带丝、小炒肉和水煮青菜打满几个大桶，放在板车上推到东楼门口，但没有餐具，估计学生自带。教工食堂也没见到新老师们的身影，看来是跟东校生在教室里一起吃了。

下午第二节课上到一半，忽听得外面又是一阵喧哗。几个在办公室的老师跑去窗口看。她的办公室挨着北面，能看到北校门。

只见一大帮没穿校服的孩子背着书包、抱着袋装的新校服往外走，也有留在原地等其他人会合的。其中一个女孩扎两根羊角辫，圆脸蛋，看身高样貌也就中预班的年龄，女孩瞥见这边窗户后面的人脸，指给其他人，另外几个孩子也仰起头来，有个黑黝黝的男孩还朝他们挥挥手。

她还没反应过来要不要回礼，田老师倒是开了窗户，伸出手臂朝下面挥了又挥，但动作未经深思熟虑，一时看不出是致意还是在叫他们赶紧走。关上窗户，田老师坐回椅子上，笑容慢慢收住，叹了口气，说："希望他们在这儿每天都能这么开心。"

下午第二节是周五最后一节课，课后她到班上，抽十分钟交代了些事，主要关于下周执勤的分工，最后等其他班级走得差不多了，才让副班长、升旗和护旗的人跟她下去排练。

旗台紧挨领操台，位置偏西，背后是行政兼实验楼，正面是足球场；足球场东面是篮球场，西南边是西校门进来的大空地。

以往升旗培训都交给体育组江组长，但这次马主任也在场。东边的人马也到齐了，两男两女，个子都很高，全换上了新校服：白底短袖衫，胸口衬着绿蓝两色花纹，蓝色带白条的长裤。西校生是红色配米色的款式，两者的确好区分。

对方班主任也在，男的，四十岁左右，红脸，金属框大片眼镜，头发带点自然卷，条纹马球衫外面不怕热地罩了件灰西装，可惜不太合身，皮鞋倒是锃亮。

年级主任介绍说："这是初二五班的乔老师，也是以前天洋的教务主任，这是初一四班的马老师。"

原本初二就四个班，学校倒没在班级番号上搞特殊化，给直接续上了。乔老师左手推推被鼻梁汗珠滑下去的眼镜，伸右手跟她握了握，嗓音洪亮，普通话字正腔圆，说："哦，也姓马，小马老师好啊。"马主任说小马去年新来的，这学期刚开始带班。乔老师不嫌礼节繁复，又握握她手，说："辛苦辛苦，年轻有为。"他手劲倒是不大，可能看她是个年轻姑娘，不便用力过猛。

老师寒暄间，两边学生已经把对方观察了很久，似乎都想找出不同于自己的地方，是额头上多了只眼，还是背后长了翅膀和尾巴。马主任说："那我们就开始吧，我负责两个主持，护旗升旗就交给江组长了。"

护旗手的路线是从西校门的空地开始，往北走到头，右拐，贴着西教学楼和行政楼的南侧走到旗台前停下。

江组长从部队退伍后就来这里当体育老师，培训这事没二十年也有十五年了。他给护旗手派好位置，展开国旗，让他们提住四角，说："护旗看两点，第一人要挺直，旗要拉直，挥动胳膊要有力；第二，正步踩在点上，后面两人每步都必须跟住前面，就算抢拍，也要四人整齐划一地抢，明白了？"

三个护旗手没敢吱声，就初二五班个子最高的男生懒散地回答："明——白啦。"

"啦"字字音刚落，乔老师已经一巴掌拍在他背上了，声音之响，让她怀疑男生脊椎是否被拍断。男生"嗷"一嗓子，嬉笑起来，一只手反过来护着背。乔老师说："笑笑笑，笑什么笑，坟头听戏呢？护旗是什么？护旗讲究精！神！气！注意力集中，背给我挺直咯！"

话一出口，连她班上的两人也不自觉把背挺更直了。江组长拿出手机说："前奏过三秒就听我口令走。"然后点开 MP3 播放器，播放无歌词版《歌唱祖国》，喊起口令："预备起步，走，一二，一二一……"

江组长在国旗前面倒退着走，眼睛不离四人手脚摆动，两位班主任跟在十步以后。乔老师问："小马老师教什么科目？"她说："哦，教英语。"乔老师说："不错不错，我教数学的，啊呀，以前在天洋学校，小学部都不开英语课，六年级读完了，就是你们这边说的中预班，只要继续交学费，就能上初中部，那会儿才开始学点英语。"

她说："这样啊……不过我看你们班干部视力都很好，你看我们那几个都戴眼镜。"乔老师嘿嘿一笑，说："你们公办学校课业压力肯定大，其实我们班也有戴眼镜的，不过今天这几个都不是班委，是我们班个头最高的学生——你别见怪，以前在天洋，没有护旗环节，咔吱咔吱直接就升了，升旗的固定就那么几个人，校长亲点的，现在可好了，每个班都能轮到。"

前面江组长停下，纠正前排护旗手摆臂幅度。挨过乔老师一掌的男生趁机挠了挠左半边屁股。

乔老师说："就说这小子吧，平时在班上最皮，家里开洗车摊的，不是洗车店，就是马路边的摊子，他家大人打也不顶用，老师骂也不顶用，以前升旗就在队伍最后面跟别人闲扯，说小话，我就想，正好给他个机会，给他点责任，野马套笼头，让他把自己摆正些。护旗，什么概念，几百上千人看着你哪，出了鬼样，那就是让几百上千人看笑话。"

她不知如何评价这种高风险做法，只能说："您也是费心思了……那，那个女生呢？"

乔老师背着手说："哦，这姑娘挺惨，父母是菜市里卖水果的，还有一个弟弟一个妹妹，以前小学在另一所学校，也是胡乱弄，一台小面包校车，十五座，硬是塞了四十九个孩子进去，结果呢，有天早上就撞咯，跟她最好的一个同学就没了，她呢受了点轻伤，好了，但心里头没好，五年级转来我们……哦，转去天洋，不太说话，平时也没朋友，成绩嘛中不溜丢，我就想，给她个机会，也不要开口，就走路，走正步，也算是开个偏方子。"

她再次说："您用心良苦，我得跟您学习。"乔老师摆手说："我以前急脾气，手里有什么家伙都直接扔过去啰，干这行久了就知道了，事情急不来，都说教书育人是植树，我看其实是熬药，熬学生，也熬我们。"

护旗排练还挺顺利，十分钟左右就像回事了。可升旗出了问题。护旗手走到旗台前，转向，升旗手用绳上的钩子扣住国旗五角星那一侧，江组长点开手机软件里的《义勇军进行曲》，她们班班长开始往下拽绳子，乔老师班的旗手在旗杆另一侧往上送绳子。

升到一半，江组长说："快了快了，慢下来，慢下来。"升旗速度还是没慢多少，到顶时，曲子刚放到第二个"前进"。江组长说："降下来，再来。"第二遍又明显慢了，国旗犹犹豫豫往上走，最后一个"前进"唱完，离旗杆顶部大概还有一米多，最后猛冲刺，到顶，可曲子早结束了，顶部滑轮的"吱嘎"声特别刺耳。

乔老师上前对着自己班升旗手又是一掌，她生怕那个眉毛粗浓的孩子也脊椎断裂。乔老师说："集中注意力，猢狲爬杆呢？升旗讲什么？精！神！气！你现在不是天洋人，是二中人，连个旗都升不好，糊弄你先人呢？"

江组长说："老乔老乔，急不来，他们都第一次，很正常，我看问题不在你学生，在往下拽的旗手，这样，你俩换下位置，再来一遍。"

边上领操台的主持排练已经结束，俩学生跟着马主任一起看第三次升旗。这次真好了不少，旗帜跟着国歌，一步一步往上迈，最后那句"前进"唱完，旗帜到顶，前后误差应该不超一秒。

众人松口气，忽然听到一声："升旗哪？"一看是校长，夹着公文包刚从行政楼出来。马主任说："是啊，在排练，您来监督一下？"校长说："不啦不啦，好好练，周一全看你们啦，对了，马主任、老乔，正好我跟你们说两句话。"

马主任和乔老师走过去，剩下她在原地。乔老师班最皮的男生既不在乎校长，也不在乎她，松着肩背着手，问身旁三班的宣传委员："嘿，哥们儿，你们今天中午吃了什么？海鲜？螃蟹？还是大肉排？"

宣传委员一头雾水，说："海带啊，还有青菜、肉片。"男生说："怎么一样呢？还以为你们吃得更好呢！那手机，听说你们每人一台手机？"宣传委员问："谁说的，没有，学校不让带手机。"男生说："喊，没劲，那奖学金呢？你们是不是每人都有一千块奖学金？欸？唉！乔老师乔老师……啊呀……"

乔老师顾不上其他人拦着，一路甩着腿在球场上追他，边追边说："让你说话！让你说话！这是什么，升旗！严肃点！"

第四次升旗排练，乔老师就站在男生跟前，不看升旗快慢，就盯着他，男生可算是老实了。马主任说："今天就到这儿吧，下周一早上七点我们再排一遍，最后一遍。"

乔老师跟诸位新同事又轮番握了手，转头对男生道："你看你那红领巾，边边都黑了，回去洗干净，还有鸟窝头也去剪下，不然我周一带把推子，把你推成少林寺刚毕业的。"

周末母亲替她安排了相亲，地点在咖啡馆。这次是城北高新区金委会的，二十七八岁，顶上头发比她们四十七八岁的校长还少，张口单位里头头如何，闭口市里哪位大领导如何，且不征同意就点了根烟，抖起脚来桌面像经历地震。

回家的公交上有个陌生座机号码来电，接起，宣传委员在那头说："马老师，我这次不想当护旗手了。"细细一问，是他知道文艺委员这次被刷下来，还流了泪，回家想了许久，觉得该把名额让出来，自己当替补。

她说："可都排练过了，都定好了，怎么能说改就改呢？"宣传委员说："我护旗在后排，只要跟着前面就行，也不难，她学过唱歌跳舞，节奏感肯定比我好，个子也比我高，现在护旗我们班都是男的，不是男女平等吗，就该一男一女，我妈你别担心……她根本不知道我要去护旗。"

挂了电话，她把脑袋靠在玻璃窗上，跟着车子一晃一晃，觉得怪可惜。其实这孩子人挺好，平时也就爱看点小说（虽然品位成疑），不招是非，不搬口舌，文静，内向。很多事儿都是他妈给搞大、搞砸的，弄得老师们避之不及，也因此对他另眼相看。其他班都文宣一体，就一个文宣委员，唯独她们班一拆二，就因

王若虚 | 六旗手

为他妈一直向上反映，说自家孩子成绩稳定，人缘又好，怎么说也该是个班委，就把宣传委员分给他了。但每逢出黑板报，还是文艺委员出马，构图，画画，写字。他这位宣传委员只配递粉笔。

有次她下班路过四班后窗，看到这幕，觉得这小男孩真是⋯⋯站椅子上的文艺委员一伸手，说"绿"，他就立刻递上绿粉笔；文艺委员一伸手，说"黄，擦"，他就赶紧递上黄粉笔和黑板擦，认真，恭敬，像给主刀大夫递器材的助手，还会偷偷望着"主刀大夫"的背影。当然，也有可能是在品鉴她未完成的作品⋯⋯青春期的事，谁说得清呢？

回到家，她跟父母说这次相亲还是不对劲，就回房间翻开通讯录，往文艺委员家打电话，小姑娘亲自接的。她说："宣传委员主动要当替补，让你顶上护旗手，周一早上七点排练，这两天在家听一下《歌唱祖国》，练练正步⋯⋯"

女生已经扔了电话，在那头尖叫，高呼，可能还在旋转，跳跃。这孩子就这点不好，沉不住气，可能搞文艺的都这样情绪化？也不知她有没有听清，是宣传委员主动让给她的。

挂了电话，她摘下眼镜，揉揉太阳穴，不禁想到自己读书那会儿，好像没有男同学这么想着自己，小学没有，初中没有，高中也没有，大学读师范，男女比例一比六点五，更没有了。

周日她基本在被窝度过，硬是躲过了父母的唠叨和二姑兼媒人的电话。周一早上五点她就醒了，像回到小学时代，准备去春游。怎么也睡不着，便起床洗漱，路边买了早点，一路蹬着自行车。天气晴好，万里无云，升旗仪式不可能取消。门卫说："才六点四十，你们今天怎么都这么早？"

空地上，马主任、江组长、乔老师班的那个女生都到了。马主任说："乔老师昨天夜里吃坏东西，高烧腹泻，进医院挂水，今天来不了。"她点点头，说："我们班也有情况，那个，后面护旗的男生当替补了，换了人。"

正说着，文艺委员从她爸的灰色大众车上下来，一路小跑，书包乱晃，问："老师老师我没迟到吧？"她说："没迟到，马主任，这就是我们班新的后排护旗手。"马主任说："怎么说换就换了？能行吗？"文艺委员抢先开口说："能行！我在家练了两天了。"马主任也知道她们班这个文艺委员能歌善舞，眉头皱两下就松了，说："赶紧放书包，马上回来集合。"

陆陆续续，执勤班的学生进校门了。文艺委员从教室回来时，宣传委员也到了，作为替补站在后面。最后到的是乔老师班上最皮的男生，七点零三分。他新剪了头发，精神不少，一看左边换了人，也没顾忌，说："嘿呀，怎么变成了大美女，你叫什么？"她恨不得替乔老师上去拍他一掌。

七点十分其他学生就要进校门了，没时间折腾。江组长点开手机放歌，四人护着国旗，一步步往前走，她和马主任压尾，没出差错。唯一遗憾的是，最皮的男生时不时偷瞄一眼并肩的好看的新伙伴，虽只是略微转头，但都被她捕捉到了。

护旗最后一遍排练就算过了，升旗没法再彩排，七点十分校门一开，旗杆上的动静大家看得一清二楚。

她到教室转了圈，全班三十九人，三十三个都挂着执勤胸牌去各点上岗了。乔老师班上的执勤员应该也在对应的东北角的位置上，两边井水不犯河水。办公室里，各班主任都去教室了。田老师上午前两节没课，这会儿应该还在家刷牙吐白沫。

她早点只吃了一半就没了胃口。好不容易挨到七点三十五，铃响了，响彻西楼，响彻东楼。楼道里传来隆隆的脚步声，在楼梯口汇成一股股螺旋洪流。她夹在洪流中往楼下走，虽然学生会给她让道，但还是慢慢才能出去。班里的执勤员听到铃声就会到指定位置列队，不用操心。她一直往西校门走，走到护旗班这里，护旗手加替补，还有江组长，都已就位。四人戴上了刚发下来的白手套，替补没有。

她再次检查护旗手，发现了刚才忽略的毛病：最皮的男生的那根红领巾，红得暗沉，不自然，边缘还很毛糙。她问："怎么回事？"男生说："嗐，别提了，那条旧的我妈怎么也洗不干净，新的一时半会儿买不着，就拿红布给我剪了一条。"她说这怎么行？这不算红领巾。男生说："看着像就行啦，关键是咱的精，神，气，是不是？"

站在后面的宣传委员走过来，解下红领巾，说："用我的吧，替补不就是干这个的。"

她看看宣传委员，嘴角微牵，接过来，并暂时替男生牵着国旗。男生打上正宗的红领巾，红三角往兜里一塞，说："哥们儿，谢了啊。"宣传委员说："我不是你哥们儿。"好看的文艺委员扭头看看宣传委员，再看看男生。男生脖子一歪，说："嘿……"

她把国旗一角还给他。男生说："小马老师，乔老师不在，您最好拍我一掌，不拍吧我就气不足。"她笑笑说："我不是乔老师，不拍你，这份光荣人生难得有几回，相信你能干好，不负众望。"男生说："什么望不望的，您看这边上，除了我前边的同班同学，哪个校服跟我一样？反正走不到篮球场我同学那边，闹笑话就闹吧。"

她说："校服不一样，人是一样的。"男生说："我觉得，人也是不一样的，您看我边上的美女，她说是爹妈开车送来的，我呢，是一路蹬着破自行车过来的，路上前胎还叫钉子扎了。"

文艺委员又看看他。她说："也对，但是你看这旗子，旗是一样的，你们步伐也是一样的，你看着旗子，大家也看着旗子，哪怕就那么一首国歌的时间。"男生说:"我觉得您说的不完全对,嗯,但也有点儿对,那姑且就先这么着吧。"

领操台上,两名主持人已经上去。主持词是校长破天荒亲自操刀的,你一句,我一句,都用文件夹夹好捧手里,出不了错。她们副班长举着话筒,声音嘹亮道:"升旗仪式,现在开——始!"

空地上江组长举起左手,说:"准备!"门卫室上方喇叭传来《歌唱祖国》前奏,三秒后,他手猛一挥,四人同时迈开步朝前走去,国旗四角被绷得紧紧的,一丝褶子都没有。

她望着他们到了空地尽头,右拐弯,往足球场走去。转身看了眼身后宣传委员,男孩始终目送护旗手到远方尽头,好像目光能穿透密密麻麻的队列。她迈开步,从空地右侧的空隙进去,直接到了足球场南边,一路小跑往北赶。护旗队走得不快,《歌唱祖国》要放两遍。

她在四人走到旗台前赶到队伍头上,马主任也在。她站定,看着护旗手迈正步,高昂头,目视前方,仿佛全世界就剩下他们四个,他们眼里只剩下正前方某个看不见但肯定存在的点。贴着足球场的篮球场西北角上,头几排东校生能看到缓缓而来的护旗手,其中有和他们身上相同的校服,纷纷欢呼起来,很快就被班主任制止。

她看着后排两名护旗手,从未见过如此挺直的脊梁,尤其男生,几乎就要往后仰了。文艺委员呢,脸蛋红扑扑,不知道是自发的,还是被红旗映的。

四人走到旗台正前,没人喊口令,地上也没标记,却同时停住,音乐也停了,四人转向,把旗子内侧交给升旗手。

她这才发现原本该在旗杆右侧的旗手又变成她们班班长,说:"完了,错了,位置错了。"马主任没看她,说:"没有错,小马,你知道这旗杆多高吗?"她摇摇头。马主任说:"十五点五八米。你们班班长周五没马上回家,去问江组长旗杆

王若虚 | 六旗手

多高。他回家就让父母买了根十五米的绳子，周末哪儿都没去，就在家练，边听国歌边练，昨晚上给我打电话说已经练好了，要我再给一次机会。"

她问："您就答应了？"马主任说："他成绩全年级第二，考试都能行，这还练不出来？"她又问："那如果换过来，是另一个旗手来求您呢？"马主任嘴唇动了动。

旗子挂钩完毕，台上主持一个说："升国旗。"另一个说："奏国歌。"

二人停止悄悄话。随着第一个音符从喇叭里蹦出，五星红旗活了起来，开始往上走，最迟不过两秒，无论空地、篮球场还是足球场，无论是挨近校门、无人注意的宣传委员，升旗台前的四名护旗手，还是领操台上的两名主持，无论校服是白色配蓝绿还是米色配红色，少年少女都高举右手过头顶，嘴唇翕动。

队列前头，队列末尾，队列中间，两个主持身后，老师们目送国旗冉冉上升，也包括刚到校门口的田老师，身边还站着三五名碰巧经过的路人。

四十六秒。她想，这我是知道的，走完十五米，标准时长四十六秒。这个时长具体从哪里得知的，她自己也忘了。她没办法读秒，只能默念着歌词，目送着旗帜上升。

最开始，只有旗子外侧在摆动，差不多到中间时，风忽然就来了，像是有无形的手掌抚慰着它，从它表面轻轻滑过，一只手接着一只手，连绵不绝。到快三分之二高度，她才紧张起来，似乎上升速度有些慢，班长的练习没能做到尽善尽美。可过了三五秒，最后一个"前进"唱完，旗子刚好抵达顶端，牢牢固定在离地十五点五八米的空中，风也充足了，红色完全舒展开来，一开始还无法完全看清上面的黄色五角星，但过了一会儿，可能一呼一吸的片刻，细节就很明显了。

领操台上的主持人似乎也在研究这一时刻，过了会儿才说："礼毕。"

众人纷纷放下手臂。只有那些最靠近旗台的学生，以及两位马老师，能观察到一个和以往迥异的细节：两名不同校服的升旗手把绳子在旗杆底部扎牢，对视一秒，也许是两秒，然后背部挺直，同时举起右臂，向对方行了一个迟到的队礼。

选自2021年《青年文学》第3期

瑠　歌

瑠歌，1997年生于北京。毕业于波士顿大学。著有诗集《公路旅行》、小说集《灵魂住着老头的少女》。

月亮都市电台

凡蕾莎：

  撒克逊人经过四十九天航行，在新年前抵达乐土（The Promised Land）。

  撒克逊人与当地土著展开斗争，起初撒克逊人节节败退，直到来年春天，一场瘟疫席卷土著人，让他们几近灭亡。撒克逊人说，神听见了他们的祈祷，便让他们取得胜利。

  ……

  那之后，撒克逊人为教育他们的后代。在山顶上建了学校。在离天空更近的地方，这样孩子们便能听清神的声音。

——《马太简史》

"乐园建立在对无神者的屠杀上。"我总结道。

  多数学生不在意我的话，我也不想改良年轻人的价值观，无论之前发生了什么，也不该影响他们眼下的快乐。课堂上有一个听话的小妞，我讲述这些令神愤怒的话，只为了欣赏她纯真的嘴唇微微收紧。

  这是放学前的最后一节课，金色卷毛的女孩对着化妆镜，抹上浓厚眼线——涉世未深的丫头们总认为那样性感。校门口，她男朋友正骑在黑色哈雷摩托上，不时轰鸣油门，向全校示威。孩子们迫不及待奔向放荡的夜晚——我理解他们，我将青春荒芜在虚伪的知识上，如今只想琐碎地生活。

总有些年轻人认为百分之九十九的人是蠢货，只有自己看见了真相。高挑的少女维罗妮卡，冷漠地注视着《中世纪史》，右手摆弄着银白色的发髻。对于大半人生奉献给学位，只谋来一份私立高中教职的男老师们，她是理想的暗恋对象。她的父亲住在山脚的白色官邸，拥有一辆加长版迈巴赫黑色轿车，用来接送情妇。

教室里的时光，让我找回了青春，那是一切知识无法换取的快乐。我的目光回到了角落里的男孩。他如往常望着外面，瞳孔捕捉着我看不清的世界。人们常说那些事物，随着年龄增长，会离去人们的视线；但人可以年轻到死，我时常看着镜子里的自己，这么想。

伊瑞西斯：

窗外有一只黑鸟。我叫不出那鸟的名字，乌鸦、黑燕，或者麻雀？它时而在天上盘旋，时而落地，它像地上的黑塑料袋，被风刮到天上，我已分不清到底是黑鸟，还是塑料袋。

黑鸟逐渐远去，直到云朵遮住了屋顶，天边变成粉色，新的一天开始了。

维罗妮卡是班上最美的姑娘，她的乳房发育得完好，我睡醒的时候，常注视着她的后脑勺打发时间。曾有个家伙素描维罗妮卡，将她的脸蛋接上成人的裸体。

我曾在校长室前看见维罗妮卡的母亲，黑石榴裙包裹着熟透的肉体，脖子上挂着月牙项链，银色的头发高盘在脑后。

第二天，我将这幅场景画了下来，可它与我心中所想相去甚远。

我总是在思考女人的身体。学校建在山上，在下坡的林荫道上，可以望见全校的漂亮女孩，我目送维罗妮卡的背影乘上校门口的黑色加长轿车，想起了她动人的母亲；她的父亲依靠金钱，让漂亮的女人生育。

瑠　歌 | 月亮都市电台

　　我在校门口，发现了高挑的黑发姑娘，为了看清她的脸，我特意跟到了地铁站。她的黑眼珠落在手中的书上，右手下意识遮住嘴唇。我和她上了同一辆电车，她始终未发现我在对面，盯着她的脚脖子，想象着延伸到屁股的稚嫩大腿和脖子下的平坦乳房。她的裸体不亚于维罗妮卡，是另一种美。

　　过往人群挡住了过道，我的视线离开了她，从书包里取出耳机，听昨晚录制的唱片，拿出笔记，构思歌词。

　　不知不觉间，我抬起头，电车已来到海边，夕阳洒在了车厢内，乘客只剩下三两个。我看着白纸泛着红光，写着：

　　　　美好的事物总是干净。

　　整首歌只有这一句话。车厢缓慢停靠在一家咖啡店前，我在那里下了车，沿着海边小路走着。今天已没要紧事，我打算坐在台阶上看着晚霞，再回到昨晚的酒吧，一对流浪的男吉他手和女歌手要在那儿演出三晚，近些日子，除月亮上的电台外，那是地上最好的声音。

　　一辆黑色跑车的尾翼，划破了街道的和煦。驾驶座的车窗外，飞扬着黑色的长发，我猜测着墨镜下的女人有着怎样的眼睛。才察觉到，上个月，我从演出完的地下舞厅走上来时，这辆别致的跑车就停在门口，野马般的身躯融入了昏暗的窄道。我花了许多时间琢磨女人的身体，头一次意识到，我与她们间可能的桥梁，是音乐。

莫里：

　　我今天没去上学，起床时，阳光已洒满了白床单。昨夜我看了爱情电影，按摩女郎为了追逐她的情人，孤身来到陌生的南国，寻找无果后，她便一个人在那儿生活下去。我惆怅到无法入眠，又看了鬼片。性感女郎赤裸着上衣，躺在红色法拉利的前盖上，对着迎面的丧尸惨叫，聚光灯对准了她的乳房。在男性观众欲火焚烧时，下一个镜头跑车女郎就被撕咬成了一摊血肉。

我躲在被子里，幻想着有人和我一起睡觉。父亲和他的情人去了沙漠里，此刻他们在床上缠绵，我联想着各种事情，好让自己不去回放那摊血肉，可它在脑里挥不去，我只有闭着眼睛，到天亮才失去意识。

我常盼着父亲和情妇出去，他的手提电话会处于离线状态，老师便联系不到。另一个好处，我可以偷开那女人的车，那是父亲给她的生日礼物，车名叫莲花，夜晚奔驰时，它又像情欲失控的野兽。

我自认是漂亮的车手，在午夜的沿海高速，尽力踩油门，凌晨五点回到车库时，它又毫发无损。

这栋房子里的装潢只有黑、白、灰三种颜色，我推开卧室的落地窗，让玻璃墙外的阳光充分进入，给室内添加一些温暖。父亲不喜欢客厅里有装饰物，除了两张白得融入墙面的桌子，一面巨型屏幕，只有一套几乎陷入地板的灰色沙发和阳台上的一张几何形躺椅。那个女人曾抱怨过，这里的一切过于单调，但对我恰到好处，我常坐在阳台边，看着层云慢慢从白色变为粉红色。

我随手套了一件白色的短袖，光着脚走下楼梯（地板很冷，但我总忘记拖鞋在哪儿）。走进二楼父亲卧室的洗手间，四面铺着黑色的瓷砖，白色的洗手池上摆着情妇的化妆盒，这是整栋楼里（除了她的衣柜）唯一五彩缤纷的地方。那女人很懂得让自己时髦，她不在时，我会跑来这里偷试她的口红。

我看着镜子里的自己，嘴唇变成蓝莓的颜色。我的眼睛像老爸，人们说我们面无表情时，显得愤怒又冷漠；我的鼻子随了妈妈，鼻尖微微上扬。我有时模仿父亲情人的打扮，可她不怎么和我说话。我的老爸不知道我晚上去了哪里。他喜欢独自一人坐在车上，听着黑人蓝调独奏，我喜欢在人群里听迪斯科。

最近他常和那女人出去，白天我便有了更多时间收集唱片，晚上去寻找睁着眼做美梦的地方。上个月，我找到了叫"梦幻宫"的俱乐部，它是间一百平方米的地下室，天花板上挂着各种万花镜，演出的男孩看上去比我还小，他的音乐始终环绕着某种直入灵魂又酥软的合成音，我在大小唱片店里，都未找到那种音色。

我被这种感觉迷住了，如果接下来的岁月失去它，我定会心碎。那男孩下月还会在梦幻宫的地下室演出。在那个夜晚发生前，我想过慢悠悠的生活，好像这样人生方变长。

我化好妆，挑了身黑色的皮衣和短裙，好让自己看上去成熟三岁。城郊的高速上零散着高大的棕榈树，我只喜欢在空旷的路上驾驶，进入市区的地下通道前，选择了通向海边的小路。

这条老街上一切停留在二十年前，街边的双门轿车是当年最潮流的样式，证明着它们的主人不愿再向前，只想将人生定格在最美好的年代。邮筒上的红漆，在晚霞下褪色；海鸥在岸边盘旋。我踩下油门，让车窗外的海风刮起来。

我正想喝点什么，掉头回去刚才的咖啡店。过道上站着一个男人，直勾勾地看着我，那女人的跑车常招来注目。他丝毫未修饰自己的视线，直到吸引我摘下墨镜，为看清他的面庞。

"哈喽。"

"是在叫我吗？"他的眼神从蓬乱的头发间回应道，他显然不常与女人打交道。

我拉下车窗，莞尔一笑。

"你叫什么名字？"

"伊瑞西斯。"

"抱歉,我有些突兀,我上个月在梦幻宫参加过你的派对,可没记住你的名字。"

"坐上来聊聊?"说着我打开车门。

他坐上副驾,一直盯着我的脸,我也看着他,他的眉骨和下颚看上去像某个思考者的雕塑,它是一个漆黑的裸体男人,脸上唯一看清的只有深邃的眼眶和下巴。

我察觉到他脸上露出害羞,便朝着他笑笑:"刚从学校出来吗?"

"嗯。"他似乎感到不好意思,低下了头。

"没想到你是高中生,别在意,我也是学生。"

"你开车上学吗?"他的视线正在仪表盘旁边的石英钟表上。

"我?不,这是我老爸情人的跑车,我不过偷开出来了。"

"它真漂亮。"说着他抚摸着风窗玻璃前的皮革。

"去兜风吗?"

"好啊。"

这是我第一次载着男人,以三十英里的时速缓行着,让风在脸庞微微吹起来。

伊瑞西斯说道:"我在梦幻宫门口见到过你的车,没想到它的主人是个漂亮女人。"

我会心一笑,他的表情不像在恭维,他看上去像一辈子也不说那种话的男人。

我告诉他:"我喜欢你的音乐,它太独特了,我从未听过那种声音。"

"它们来自一个神秘干净的地方。"他平静地说,看上去就像说这种话的男人。

"你不想知道我的名字吗?"我问他。

"抱歉,你叫什么?"

"莫里。"

"莫里是一种黑巧克力的名字,它的味道很甜,里面含着杏仁,吃下去总有一个好梦。"他闭着眼睛说道。

"我从没吃过。"我意识到自己傻笑不停,可他说的每一句话,都迷住了我,"下次带我尝尝吧。"

"好啊。"他淡淡一笑。

我忘记买饮料,又掉头回去,点了一大杯杏仁奶茶。之后我们闲聊着,朝着西边的海滩开去。

"你的唱片是在哪儿收集的?"

"这座城市有许多好地方,但最精华的部分不来自这里。"

"哪里?你自己做的?"

他点点头,接着说道:"它的源头不在地上。"

"不在地上?"

"对,它在天上。"

我有些疑惑地望着天上,一片绯红的海浪流向远方,好像天空中也有着洁白的沙滩。

"听听看?"

我点点头。

他开始在汽车收音机上换台,起初是一条腔调圆滑的保险广告,转到黄金档侦探连续剧的广播，之后成了一些孤零零的电台，我从未听说的，有一个烟嗓女人在诉说着自己的故事；有的电台只传出小号的声音，之后频道里的电波变得不稳定，它逐渐稳定成一种清晰的环绕音，与那晚我在梦幻宫听到的一模一样。

"闭上眼睛？"

"什么？"

"闭上眼睛。"

我感受到鼓点轻轻捶打着耳膜，和一些顿挫的迷笛声，接着它们飘散开，我已分不清听到了什么乐器。我感觉远方发生了什么快乐的事情，便睁开眼，原来汽车正处在一条白色的桥上，不见首尾，四周是平静的海面，反射出亮光，天上却不见太阳。只剩坐在车上的我们。

"睁开眼睛。"

说着他又拍拍我。

我再次睁开眼，原来我们还停在刚才的地方，一只海鸥扑打着落在前面的石阶上，又离去。

"这种感觉，太美好了。"我恍惚道。

"世界上为什么会有这种音乐？"我问他。

"这是来自月亮的声音。"

"月亮？"

"欢迎来到月亮都市电台。"他朝我一笑，"我从来没告诉别人它的存在，你或许是世界上第二个知晓它的人。"

"天哪……"

"原来月亮上也有人存在啊。"望着窗外的红云，我完全看不透那后面的事物。

瑠 歌 | 月亮都市电台

"月亮上有座干净的城市。"他说道。

"谢谢你。"我对着他的嘴唇,亲了一口。
"我从没遇上过这么好的事情。"从大桥上的白日梦醒来,我的身体就舒缓得像被温暖的海水浸泡。方才醒悟到,伊瑞西斯早已习惯了那种境界,无论他做什么,心中也不会拖泥带水。
他挽住我的后脑勺,回亲了一口。

"从今天起,我们是好朋友了。"我朝他笑了。

伊瑞西斯的十指按下收音机,月亮电台的声音回到了身边,曲调变成了短促、厚重的钢琴,男人在随性嘟囔着,他不像有意歌唱,每个音节却恰好打在节拍上。我更能确信,月球上存在着都市,这就是它们的语言。

我讲起了自己:我喜欢翘课躺在屋顶,听高楼之下汽车呼啸;我不知道"几何"的意思;我喜欢跳舞,或许是我唯一擅长的事。
伊瑞西斯无声地听着,好像这些珍贵的秘密,他会放在内心深处,再不向第三个人打开。

"前面就是看日落的地方。"我用眼指着沙滩的入口。
他点点头,未说话,似乎未接受我的邀请。
"你晚上有什么打算?"我试探地问。
"我要去一家小酒吧,那里有一对蓝调歌手。"

"什么样的蓝调？"

"默默无闻，在路上行走了许久的蓝调。"

"你介意我一起去吗？"

他摇摇头："我不介意，但是……"

"怎么？"

"但是我不能和你一起去。"

我感觉心中被刺了一下：

"好吧。"

他回复道："我并不介意你，我喜欢你；但是，刚才发生了太多的事情，我需要回想，我想一个人……待一会儿。"说完，他淡淡一笑。

"我可以在这儿下车吗？我想看一会儿海霞。"

"好吧。"我打开了车门。

"喂！"我喊道。

他回头看着我，表情如刚上车时，要将我望至穷尽的眼神。

我从车门的抽屉里取出一张便条。

"有笔吗？"

他从兜里取出一支马克笔。我拿过笔，写下自己的电话。

"这是我家的号码。"

"嗯。"他将便条放进兜里。

关上车门后，我发觉脚不受控制，不停朝着路前面加速，白色的沙滩延绵着，直到周围已看不见一辆车。

我嘲弄着自己，心里一直想着掉头，肉体却执意前行。我突然难过，我才去过世上最好的地方，心里却不停想着再无法回到那里。

直到弯道直至眼前，我才用尽全力左转，一阵刺耳的摩擦，我被甩回在座位上。

我想到的第一件事是打开收音机，无论我怎么换台，只是些无聊的节目。

我捂住眼睛，止不住地哭了。

下车检查了下，右侧的保险盖和车门留下了一道激烈的曲线。这下老爸和那个女人回来后，立刻能发现。我取出了半杯杏仁奶茶，朝着沙滩走去。

轻柔的细沙如踏在水泥地上，我拖着沉重的步伐，任沙子进入鞋里。

海鸥啄食着沙地上的残食。我坐在沙子上，海浪冲到离脚趾一英尺不到的地方，又退回岸边，一只白帆的影子浮在海面。

我不由得想着伊瑞西斯，可始终只看见他望着大海的背影。我抬头看着天上的云，化作一朵朵红浪，朝着地平线推去，想象着岸上是什么样的景色。

就这样，直到余光仅残留在海的尽头，天上的云化作深蓝一片。

我回过头，月亮这个时候出现在城市的上方，仿佛看到一道射线，从月球传播到摩天楼顶的天线。

那杯奶茶早已失去余温，只剩下舌头上的甜腻；店主是个老头儿，可为什么还爱吃糖？

凡蕾莎：

离下课二十分钟，我向全班宣告：

"同学们，接下来我要问一个问题，只要回答的人，就免写期中论文。

"如果明天是个风和日丽的日子，老师允许你们不去学校，你们会去哪里？做什么？"

画眉的女孩说:"我要和男朋友去兜风。"

"去哪儿?"我问她。

"不知道啊,去哪里都行。"

"你呢?"我问她后面的女孩。

"喂流浪猫。"她摆弄着白色的美甲。

"在家做饭。"她很害羞。

"无所事事。"他打着哈欠,课桌容不下发育强壮的大腿。

"游戏厅。"他趴在桌子上。

"看电影。"她是许多男生的爱恋对象。

维罗妮卡冷冷看着窗外。她宁愿写上千的论文,也不愿理会我。

"冲浪。"她的肤色很健康。

最后轮到角落里的少年,他望着外面思索道:

"在白沙滩上睡觉。"

和孩子们相处久了,我常盼着以某种代价,回到十八岁。我愿失去智慧换取年轻,只为过愉快、无目的的人生。一天夜里照镜子,我意识到,容貌是唯一让我充实的所有物,若它随着时光而去,我将一无所有。那些一文不值的知识不足换取无价的青春;若以美貌为代价,回到过去当个丑人,亦万分痛苦。我陷入了深重的忧伤。

这个季节的林荫道是最好的,梧桐叶遮住了头顶的天。从学校走到山脚约三十分钟,我住在情夫位于山脚的白银宫殿里,这个家族只乘坐黑色的豪华轿车,家具中的一切只有白与金两种颜色。

瑠　歌｜月亮都市电台

　　这座宫殿里只住着我与他们父女。走进正门，他的女儿正坐在餐桌前喝茶，她在学校里不和我说一句话。我走到茶桌前，随手拿起杯子一闻，里面透着墨绿的奶香。

　　"为何问那种蠢问题？"维罗妮卡低头吮吸着茶杯。

　　"是说一天不上学做什么那个？"

　　她未回话。

　　"班上有一个孩子，他总看着窗外，我想知道他在想些什么。"

　　"你只是不想批改论文罢了。"

　　她抬起头，瞥着我，锋利的眼睛像她父亲。

　　"这是一方面。"我轻松地靠在沙发上。

　　"你这样会伤我爸的信用。"

　　我被原先大学开除后，凭着他的关系进了这所高中。

　　"那不一定。"我伸着懒腰，"你们校长看上了我的学历，教课交给其他老师就好。"

　　"再说。"我朝她一笑，"我现在是你的私人教师，想知道什么问我。"

　　"没有问题。"她淡淡回道。

　　"那有什么担心的？放心玩去吧。"我知道维罗妮卡在学校没朋友，平常在家里，也不过埋头看着书，要么仰天哀叹。她是敏锐的孩子，到了一定年纪，便开始厌恶充溢广告的日常生活；发觉了人的劳动、榨取，及权力斗争，种种无法靠消费商品战胜的本质与轮回。

　　暗地里，我观察着她独自神伤，她没有恋爱经历，没有爱好，是天生的空想家。

此刻她正垂着脸，我打趣道："坐在角落里的那孩子，名字好像是伊瑞西斯，他经常从后头偷看你，有空请他到家里玩玩吧。"

维罗妮卡怨视着我。

马蹄靴敲响了洁白的地板。"我同意。"维罗妮卡的父亲将黑礼服随手一扔，走到她身后，粗壮的手抚摸着她额头上的金毛，朗声道：

"宝贝儿。"

"我不反对你和男人交往。"

"我没有喜欢的人。"她面无表情道。

他坐下来，厚实的手搂住了我的后颈，笑道："年轻有什么可烦恼的？我这个老年人真是不懂了。"

维罗妮卡依旧面无表情："我没有烦恼，也没高兴，也没不开心，什么也没有。"

她的父亲喝了口我剩下的茶。

"太甜了。"他皱起眉头，接着又站了起来。

"去哪儿？"我问他。

"先洗个澡，等下要出去。"

"谢谢你的茶。"我朝维罗妮卡莞尔一笑，接着追上了她的父亲。

来到三楼他的更衣室，我从虚掩的门后探出脑袋，坏笑道：

"你去什么地方，不敢在女儿面前说？"

他将坚实的臂膀塞进一件白色衬衣，背对我道："我要去享乐了，过男人应有的生活。"

"你要去嫖妓女？"

"对，很多名贵的妓女，酒池肉林。"

"我真羡慕。"

"我倒想。你知道那些女人漫天花钱，超出她们本有的价值；再加上，她们忍不住到处炫耀与男人的关系。"说着，他又挑出一条纯黑的领带。

我知道，他不可能穿成这可笑模样消遣女人。看穿我的表情，他叹了口气：

"实际上我要去见她老妈的律师。"

我笑得合不拢嘴，这男人吸引我的地方：他撒谎时很苦恼，往往又揭穿自己。

他长叹道："女人伸手要钱的表情，简直像牧师捧着《圣经》向土著人宣誓：那是神给我们的土地。"

"你也一样。"说着他指着我一笑。

"滚蛋。"我笑骂，目送他而去。

她父亲走后，维罗妮卡把自己锁在三楼。我坐在空荡的客厅，无事可做。

睁眼时，我方觉在沙发上睡了过去。我走到阳台，天已黑了。那心碎的念头又回来了：

我错过了晚霞，人生又少了一部分。一天天过去，除了淤积的思想，逝去的青春。

我一无所剩。

我选了一顶绿帽子，遮上黑面纱，仓促出了门。夜风下，我又乐观起来，意识到有整晚的时间。

我坐上了一辆的士,不知道去哪里,便吩咐司机开往市区。

夜路的两岸,棕榈树上挂着星屑,我望着它,看见了自己在跳舞,在现实中我无法做出的舞姿。

我回过神来,才发现,司机的收音机里放着一首歌。

"这是什么音乐?"我问道。

"蓝调。"他嗓音嘶哑。

"带我去放蓝调的地方。"

他的老爷车载着我,到了第十二街与十三大道的街角;游客罕至的角落,住在这里的人们,与城市命脉千丝万缕,却又不被记载。

下车后,我在街上漫步着,两侧的酒吧只点着微弱的霓虹灯,人们的窃窃私语被慵懒的琴声掩盖着。我停在了一家更不起眼的小酒馆,里面弥漫着蓝色的雾气,看不清人们的模样,只听见飘忽的吉他和女低音。这是我要找的音乐。

我在迷雾中,找到了吧台的座位,两边的人们只喝着一种饮料。我未和酒保说喝些什么,他就端上了一杯一样的蓝色液体。

"这是什么?"

"蓝色接触。"

他是个寡言的光头,有着土著人的肤色,右手上文着一只狼。

我尝了一口杯中的不明物,某种清新的浆液进入了我的喉咙,随之涌入了我的胸口和大脑。

瑠 歌 | 月亮都市电台

迷雾中,那吉他手只露出了黄色的帽子和抚摸吉他的那双褶皱的手。唱歌的女人身着红裙,是在昏暗的小空间中唯一发光的事物,她的黑发遮住了眼睛,嘴唇抹着紫霜。

不知不觉间,我已被他们深深吸引了,无法描述他们的演奏,除了感受他们,我无法做任何事情。

我摇晃地走到洗手间,指尖抹去镜子上的水雾,看着自己。

黑纱之后,我的绿眼睛和红唇印在镜子上。我抹去了镜中眼角的泪水。

走出来后,我才看清吧台上人们的样貌。

强壮的白色男人在风趣地舞动手臂;身旁,戴头巾的棕色姑娘深情地望着他。

旁边是沉默的老人,不停将蓝色液体灌入喉咙。

在那左边,坐着一个孩子,他刚才便在那里,脸一直望着那对歌手。

我坐下来后,看着他的侧脸。

"伊瑞西斯?"

他没回头。我便拍了拍他的胳膊,他才转过来。

"你是老师?"他有些惊讶。

"是我。"

"我第一次来这里。我从未听过这美妙的音乐。你和朋友们常来这种地方?"

"不,我一个人来。"我从未如此近地看着他,如何形容他的五官呢? 今晚接连碰到令我词穷的事物,如果用一个词描述他,就是清澈。

"我真是孤陋寡闻。"我低下头,举起杯。

"这是什么饮料?"

"蓝色接触。"他桌前放着同样的透明杯。

"它是什么做的?"我望着杯中的深蓝,无法看透内在。

"它能让你睁眼看见想象的世界。"他未直接回答我的问题。

"想象的世界?"

"也有人说,它是真实的世界。"

我流下难过的泪水,短短十多分钟,我经历了过去二十八年从未有的快乐,而它是一个孩子告诉我的。

"我们干杯吧。"我朝他举起杯子。

"你怎么哭了?"他有些困惑。

"我想起了难过的事情。"我抹去了眼角的泪痕。

"我很难过,为什么你们的快乐,我从来没体验过?"

"因为你从没有望过天空。"他平静地答道。

"望过天空?"

"对。"他指着上面,"月亮一直在那里。"

我笑着注视着他:"你真是有趣的孩子,你知道的事情我什么也看不见,我不该做你的老师。"

我捧着他的脸颊说:"不过你不是我喜欢的类型,我喜欢强壮的男人。"

他的脸未侧过来:

"我今天遇上了一个女孩,我和她接吻了,我第一次和女人接吻,感觉真好。"

"她为什么亲你?"

"因为月亮上的电台。"

"那是什么?"

"或许你知道了,也会爱上我的,我从来没和人分享过它,我不知道它有这样的魔力。"

他陷入了沉思。

"我从没在意过,世上还有人会听见它。"

"所以它放的到底是什么音乐?"

"可以这么说,它是爵士、蓝调、迪斯科、灵魂、鼓、合成器 —— 把所有美好事情随性合在一起发生的事情,或许这样你可以理解。"

眼前的蓝调已让我沉醉到无言,无法想象,所有这些混合在一起,会变成什么世界。

"我想我会喜欢的。"我低头笑了笑。

"所以你平常在教室里睡觉,原来是晚上跑到这里了。"我说。

"对,我需要在晚上研究音乐,有些声音只能在夜晚听见;有时候,我也会去演出。"

"演出?"

"对,我是唱片骑师,赚一些零钱罢了。"他腼腆地抓着后脑勺。

"是那些年轻人晚上聚在一起的派对吗?"

"对。"

"下次也带我一起去吧。"

"可以的。"

"不过还要带上我一个学生。"

"学生?"他有些不解。

"对,她和你在一间教室,她很沉闷,需要解放。"

"我不觉得她能理解这些旋律。"他望着那对蓝调歌手说。

"有些世界是无关大部分人的。我年轻时一直这么觉得。"

我干尽了杯中的液体,接着说道:"直到最近,我觉得自己老了,我变得怀疑,也许我们从始至终,都混在一片巨大的泥潭,没有人能从其中脱出。"

"一个人自由自在的世界,说不定是场幻觉。"

"不是这样的。"此前他的形象在我眼里尚有些缥缈,而此言充溢着骨气。

"它一直在,即使我们死了,也不会消失。"

"如果那样,真是太好了。"我望着屋顶,想象着他所说的月亮,究竟是什么样。

"你知道吗?"

"什么?"

"在来到这个城市前,我是一位大学副教授。"

"没想到,你看上去还年轻。"

"谢谢你这么说。"我笑着。

我告诉他:"从小,我的父母为了活下去,不停出卖着自己的劳力。他们也因此变得愤怒,经常厮打,殴打我。

"他们幻想着逃离这场噩梦,换来的只是更多的债务。

"我小时候很聪明,我的父亲威胁我,如果得不到奖学金,便将我抛弃。

"我为了逃脱他们,考上了有名的大学。之后学校就成了我的依靠,我读了八年书,将青春全部浪费在无意义上,却发现自己无法拿到博士学位,那些已将整个人生浪费在象牙塔里的人,并不在意掠夺更多年轻人的青春。"

"那真是地狱。"他喝下一口蓝色接触,好似看到那幅光景。

"我为了拿到学位,得到更多的钱和教职,与一位老教师发生了关系。他确实爱我，抛下自己的老婆，带我去了许多有意思的地方。那时我才开始体会人生的快乐，不过相对于你们，已经很晚了。

"他曾经是唯一理解我想法的人。他说用一生时间才看透学术的虚妄，羡慕我只花几年便领会了这些。

"两年后，他便去世了，临死前将遗嘱立给了我。

"他的老婆也是位知名教授，将我告上了法庭，控诉我妨碍他们的婚姻，为了遗产骗取她的爱人。

"我打官司失去了一大笔钱，还丢掉了饭碗。

"他把一辈子耗在那些理念上，却理不清庸俗的生活。"

我笑着望着杯底，才发觉杯中已无物。

"所幸又有男人朝我伸出援手，我才有了新的家和这所学校的职位。

"等我再老了，便没地方可去了。"我摆弄着杯子，叹了声气。

"我觉得你到老了，仍然会很美。"

"是这样吗？"

我望着他飘忽的脸。

"你的肤色很好看，就像土著人和白人的混血。"

"我的母亲是土著人。"

"这样。"我摸着他耳朵，电流顺着手指传到了心脏。

"你今天在教室里讲过《胡安之歌》吧？"

"你还记得？"我以为他从未听进我讲的课。

"我偶然听见了。"

"你知道为什么这座由撒克逊人建立的城市，能接收到月亮的声音吗？"他问道。

"为什么？"

"因为居住在此的胡安人，从远古开始崇拜月亮，在月夜下演奏。"

我感到神秘向我靠拢，我想说些什么，却组织不了语言。

"这是我能想到的解释。"说着他喝完杯中的蓝色接触。

"跟我来。"

他拉着我的手，一阵迷雾后，我们来到了外面。我看着天空也模糊起来，无法找到月亮的方向。

"戴上耳机。"他从背包里取出了收音机。

"闭上眼睛。"

我照他所说，起初我看见了黑，上百种火车的轮声朝我袭来。完全睁开眼睛时，我站在一座塔顶，漫天飘散着摩天楼的电子光，街上一片漆黑，怎样的光也无法照亮深处，一股脉冲从那里涌出，它由上千种乐器组成，我身上所有器官，都在呼吸着它。

无法思考，无法言语。

"欢迎来到月亮都市。"我只听见他飘忽的声音，便失去意识。

莫里：

我咬下了一口淋着蜂糖与黄油的热狗，随手将面包屑扔出车窗。

"好腻……"

一只海鸥扑到地上，飞快拾走了残食。

瑠 歌 | 月亮都市电台

我看着海岸线，漆黑的世界朝着陆地扑面而来。

我打开了收音机：

  无法不爱上你……

恶心，他还未唱完一句话，我就切了台。当红抒情王子，自作多情的啤酒肚。

接下来我们有请风城的名嘴，著名的球评人史蒂夫·道尔……

您怎么看现在的孩子们，每晚在城里游荡，在敞篷车里大声播放扰民的音乐……

男主持人装腔作势地问他。

史蒂夫·道尔搅动着肥胖的下颚，飞快说道：

你知道的，这些孩子，你要知道在我们那个年代，我从上学时，每一分钱都靠血汗挣来的，如今这些孩子，挥霍着父母的钱，将之投入在虚无的娱乐上……我希望有关部门能够销毁这些音乐……他们对人的智性毫无帮助……

为什么人可以将生命奉献给香肠和啤酒后，再视电视体育为信仰？

我快速切着台。一个女明星嘴里含着奶油雪糕，在唱情歌，歌词如同她整形过的脸。

我不知切换了多少次电台后：

接下来，黑色麦当娜为你带来女巫电台：

我只想在回忆中甜蜜舞蹈。

我回想起某个夜晚，一个人行驶在高架桥上。摩天楼群电光四散，就像穿梭在城市的星河，我花了很久，才走完那段路。

我启动了车，穿过城市，朝着家驶去。月亮的影子正照亮着城市，我想起了月亮都市电台，白天忙碌的人们，永远无法找到那个地方。

停入车库后，我看着车门上的划痕，尽管它是匹黑色的野兽，那道痕迹格外显眼。

我淡淡一笑，走入了房门。

躺在沙发上，从书房里取出了父亲的雪茄，可是我不知道怎么点燃它。卧室里放着许多影片，可是我今晚对它们毫无兴趣，只想听着唱片，在脑海里导演自己的人生。

电话铃响了。

"今晚没出去玩吗？"电话那边是父亲的语气，他鲜有这个时候问候。

"没什么心情。"

"老师打来电话，说你今天没去学校。"

"没心情。"

"想成为你母亲那样愚昧的女人吗？"

"我会和她一样，找一个自大的有钱人嫁了。"我淡漠地回答。

他笑骂道："胡说什么呢，你会继承我的财产。"

我未回话。

"想点开心的事情吧。"他叹了口气，说道。

"我会的。"

"爸。"

"怎么了？"

"没事儿。"我本想说车划痕的事。

我问他:"怎样才能开心?"

"去做有意义的事。"他压着嗓子说。

"那我挂了。"

他笑道:"那是你祖父对我说话的口吻。我六岁时,你祖父去世了,我对他的印象只有病椅上严肃的侧脸。

"我小时候,别的孩子都能喝可乐,而我只能喝水。你知道为什么?"

"为什么?"

"因为水是免费的。"他苦笑道。在此之前,我从未了解祖父与父亲的关系。

"所以,我年轻的时候,总想着以后玩遍所有女人,开最好的跑车。"

我们彼此笑了。

"但这不是我最开心的事情。"

"那是什么?"

"一个人在车上,看着草原上的星空,收听我最喜欢的蓝调。"由此我理解了与父亲的共同点,我不了解蓝调,但知晓他追求的感觉。

"你知道蓝调的起源吗?"

"不知道。"

"你不喜欢上学,假期也不想去打工。但是,你要知道,在我们的历史上,大多数人无法逃避这样的事情。"

"嗯。"我实在受不了,他讲任何事情前,定要阐述道理。

"但是……"

"但是怎么了?"

"蓝调就是由这样的人发明的。"

"蓝调是土著人创造的,一百年前,他们的土地已被我们的祖先占领了几个世纪,终生被关在棉花地里,无论多热的天,他们也要劳动,直到苍老与疾病索取他们的生命。

"唯一的娱乐,就是在周六晚上,聚在小酒馆的木屋里,片刻忘记生活。

"这之中有人弹吉他,他们没上过学,也没课本,甚至连自己的名字也没人记住。

"夜晚,他们看着荒芜的大地,再看着天上的星月,不管身在何处,无论身份地位,所有人共享天空。

"他们看着天空,回想着自己的岁月,就有了蓝调。"

我许久未张口,无法想象,一向鄙视文学的他,居然讲出这么美丽的故事。

"爸。"

"怎么了?"

"今天我找到了最喜欢的感觉,我会用接下来的一生追求它。"

"放手去做吧。"

"晚安,爸。"

"晚安,莫里。"

我播放了一张唱片,如他说的那样,一个人坐在沙发上,看着夜空。

我的身体像被数个吹着口哨的小精灵,抬上了天空,我将要够到月亮时,又一通电话打了进来。

"喂?"

"是我。"

"伊瑞西斯？"

"我现在可以去你住的地方吗？我有一个朋友睡着了，她不能回自己家。"

"女人？"

"对。"

"这也是电台的缘故吗？"我笑道。

"嗯。"

"来吧，你记下地址，到了按门铃。"

"谢谢。"

"真是坏了我的兴致。"说着，我挂断电话。

过了约半小时，他们出现在了门口。

伊瑞西斯肩上的女人戴着面纱。我看不清她的脸，银色的发梢从帽子下卷起来。

"把她放在哪里？"他问我。

"抬进我的房间吧。"我指着里面。

我端详着他怀里的女人，她的睡相让我想起，森林里的赤裸少女，朝夕与动物相处，从未见过别的人类。她的五官比父亲的情人漂亮许多，我从没见过这么漂亮的女人。

"莫里？"

"怎么了？"我问道。

"我可以洗个澡吗？"

"就在我的卧室里。"

这也是月亮电台的力量吗？我躺在沙发上，辗转反侧。

伊瑞西斯：

龙头里涌出热水，淋浴间的瓷砖壁如面镜子，我看着水流反射在白砖上，在镜中构成了一座温泉。我总觉得，这样的世界即在眼前。以某种方式与我们连接着。

水池台上散落着莫里的眉笔，黑色内裤随意挂在墙上的杆子上。

我的心跳得很快，毛孔在热流下舒张。

我的人生尽头在哪里，我的音乐会永远伴随着我吗？

我无法想象发生任何事情，使它随我而去。

世界上还有人收听到月亮的声音吗？

会有更多人听见它，这是我们公开的秘密，我们会带着这秘密进入坟墓。

当我死后，或许有人记得它，直到有一天，他们也忘却了，所有事物随着人类的消亡而被遗忘。

即使月亮，不过宇宙中的一道星屑。太阳的寿命更久，也终会消失。

这些不过是我们看不见，但相信的事情。

美好的幻觉只要发生过，便永远在眼前。

我走出浴室，凡蕾莎躺在床上熟睡着，黑夜掩盖了她的身体。

音乐是人类最纯洁的产物，它们会永葆原有的样子。而女人会随着时光老去，我感到难过。

我骑在凡蕾莎的小腹上，摘掉了她的面纱，她的胳膊敞开，闭着眼睛像是在做一场梦。我解开了她的衣带，她的乳房在夜光下露出一道月牙。

"你要和她做爱吗？"

我回过头，莫里正在门口的黑影里。

"并不是。"我回答。

"我不在意，我可以睡在沙发上。"

"我只是想看看女人的裸体，我从未看过。"

她笑着捂住了嘴唇："你这家伙真可爱。"

我的指尖贴在凡蕾莎的小腹上，感受着她的温度，似乎比我想象的女人要低一些。

"要不要出去兜风？"莫里还在门口，问道。

"好啊。"临走前，我用被子遮住了凡蕾莎的身体。

"你的车撞了？"在车库里，我看见了车上原来没有的划痕。

她笑着说："因为我想着你心烦意乱，结果车剐到了路边。"

在夜晚的高速上，她开始尽情奔驰，我的心脏好像随着车身挪了位置。

"要去哪里？"我笑着问她。

"一个好地方。"

她将车开到山坡的一条废弃道路上。

"很棒不是吗？"她指着前窗外，城市仅剩下一条光线网络，盖在黑色的轮廓上。

"从这里也能看见大海呢。"我说道，接着打开了电台。

"你知道吗？"我说。

"怎么了？"她问。

"白天无法接收到月亮都市电台，它只在日落时开始出现。用心感受吧，这是属于深夜的律动。"

莫里：

等我睁开眼睛，我已在一条街道上，它不属于地球上的任何角落，街上的灯灭了，只有摩天楼顶的光芒引导着夜路。我听见了地下室传来少女的歌声、鼓点和钢琴和弦。

我打开门，走了下去，里面的人群在欢呼。为首拿麦克风的女孩只有十六七岁，发梢的黄毛因汗水粘在了脸颊，仿佛她永远定格在这个年龄。

她唱道：

> 有时我看着天空
>
> 有时我感觉你在身边
>
> 宝贝，我不会忘记你
>
> 不会忘记

我对伊瑞西斯说："原来月球上真正住着人类。"

"是啊。"他回道。

"终有一天我们会到达那里。"

他点头，我们拉住了彼此的手。

维罗妮卡：

我看着今晚的月亮，马上要到一年中它饱满的时刻。我看着手上的《中世纪史》，我这几天一直靠它打发着时间，老实说，已到了麻木的地步。我早记不清那些烦琐的名字，只有数不清的，兄弟之间争夺王位，国王以教皇名义开战，仅此而已。

那个女人不知去了哪里，她自以为看透了，她说：被奴役与劳动不可避免，对于多数人流水线般的生活，唯一的意义就是下班后躺在沙发上收看电视的时光，这样的理由足以支持我们繁衍进步。若那是真的，我宁愿世界消亡。

父亲不知去了哪里，他总一声不吭地离开。多数人结婚，不过是为维持社会地位与交配权。

我在纸上画着一只飞鸟，在我想象中，它飞在海上一座巨大的要塞上空，它是唯一一只能飞那么高的鸟。教室里，经常从后面偷看我的那个男人，在桌上画画，有一次我无意中发现了，这未尝没有意思。

"希望世上有更多有趣的事情。"我对着月亮许愿。

凡蕾莎：

我做了一个很长的梦，在梦里，教授用他的老爷车载着我，在一片白茫茫的沙滩上行驶着，我们始终看不见大海。终于来到海边时，岸上有一顶红白相间的阳伞。

我们走过去，发现伊瑞西斯一人坐在那里，收音机里放着音乐。

他对我们说："我们可以随时离开这里，也可以一直留下。"

起床时，我躺在一张白色的大床上，阳光洒在白色的床单上，我旁边睡着一个女孩，伊瑞西斯睡在她的怀里。

我很久没有这么开心了。我闭上眼睛，决定再做一会儿刚才的梦。

选自 2021 年《花城》第 4 期

唐 糖

唐糖,1989年生,重庆人,北京师范大学鲁迅文学院联办作家研究生班在读。作品见于《人民文学》《儿童文学》《青年文学》《西湖》等刊。曾获第八届重庆文学奖。

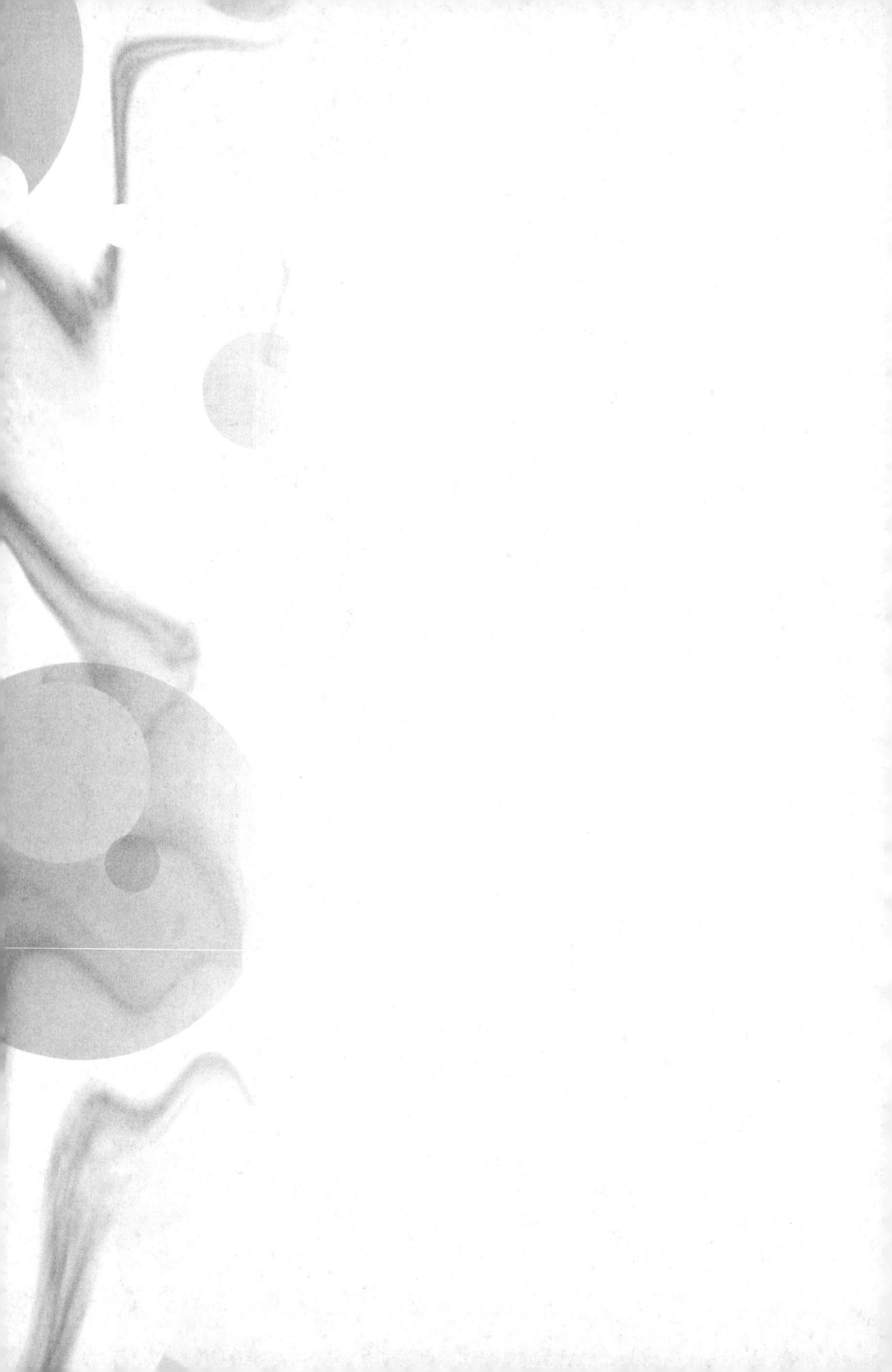

双眼沉降在后脑

1

我的奶奶赵成碧,是在林建国那通不足半分钟的电话中才被宣告去世的,比她原本去世的时间晚了4小时。在这4小时中,我一直在按照甲方爸爸的需求,修改一套品牌围巾的宣传方案,这已经是第三版,如果再通不过,我真的要……可以说,这是通救援电话,当然,它其实可以来得更早一点。我长舒一口气,蜷缩的双腿慢慢撑直,心中升腾起一团愈聚愈浓的喜悦。这样一来,稿子第三版便是终稿;昨天在群里不小心说错话惹得领导不高兴,应该会得到原谅;下周的季度总结会,我也可以不参加……最重要的是,可以大大方方地用年假了。我拉过被圈得乌七八糟的台历:今天周四,算上接下来的周末,再请5天年假——这次底气十足——掐头去尾,我他娘的可以连休9天。9天啊,完完整整的9天,失联的9天,可以不回微信睡懒觉逛街涮火锅吃烧烤聚会甚至可以陪张美娟去趟周边游的9天。

我保存好第三版宣传方案,脚步轻盈飞至领导门前。直到敲门的那一刻,我才深呼吸,沉下脸,抑下嘴角。领导见是我,眼睛一乜,眉上那颗黑痣微微一跳,恰如其分地昭示她还有余怒。我有些心虚,缓慢而恳切地说明来意,自然用了些修辞。那颗黑痣又复归原位。领导信佛,摸摸念珠,蹙着眉点点头,"但王总那边要的稿子,他还不太满意,你得再想想。"然后咕哝着,"八九天也太长了,现在也忙……"

"好的，好的！马上交最新版给你看看。只是我们那边风俗是这样，还得回老家，至少得过了头七。没办法，青姐，我尽量……"

这时，领导电话进来，她一只手掸掸眼前，像掸灰尘般示意我出去。我低着头，大拇指掐着掌心，生怕心中那团浓稠化开，漫上脸去，直至坐进去机场的网约车里，我才放任那团浓稠如海浪般一层一层地，向车窗上、天上的云、远处的山、道路两旁将要蹦出金黄的银杏树叶上微微荡漾开去。

"出差啊？"一个明显被烟草熏出来的声音打断了我。

"回家。"

"我就说，脸上这么开心。回家好啊，像你们这样的孩子，一年也回不去几次吧？"后视镜里填上一双小而疲乏的三角眼。我冲着它们点点头。

"不容易啊，不过你们都是文化人。比我们可好多啦。"

"什么文化人啊，师傅！你才是自己当老板。"今天早上，我被挤碎在地铁门边，瞄见一旁坐着的男生正读着英文版的《莎士比亚》。我跟着读几行，感叹自己以后等空闲也要再看看莎士比亚而不要总刷无脑综艺时，地铁到站。碎掉的身体迅速组合起来，扔下那份文化人的念头，冲向闸门。

"我们这都是租个牌照，一年两万，算上油费，一天跑不到四五百以上基本算白瞎。现在还到处都是摄像头。前两天，我就给一顾客行方便，刹一脚，两百就又泡汤咯……"林建国此前也跑过出租，我自然是清楚。

"我们天天加班熬夜，身体耗不起，哪儿哪儿都疼。各有各的难处，都说自己难。"我想制止他往下说的兴头，我不想假期才开始就去反刍日常。我仰向天空，临近机场，低矮的房楼上，一架摇摇晃晃的飞机像是要往我嘴里降落。

我确定，我是饿了。

唐 糖 | 双眼沉降在后脑

但过完安检,我并不打算吃一顿。我得留着肚子给渝城烧烤。离奶奶赵成碧的灵棚不到三四百米的地方,就有条小吃街。比起渝城的火锅,我更愿意给外地朋友推荐渝城的烧烤。烤得起泡儿的方形苕皮,刷一层薄而透红的辣椒油,撩上香葱粒和自制的泡萝卜丁 —— 这是成败关键,叠成三分之一大小的厚块,用两根竹扦一穿,再撒上辣椒粉、花椒粉、五香粉。从烧烤架上拿起来的十秒内,不要怕烫,一口咬下去,苕皮的软糯,泡萝卜的爽脆,小香葱的鲜嫩,激发出层次极为丰富的口感。锡纸碗里烤的脑花,淹在泡椒、豆瓣逼出的红油里,精髓是垫在脑花下那一片烤得发焦的藕片……最好还能配上一碗三鲜砂锅米线,所谓的三鲜,也就是鲜瘦猪肉、鲜猪肝、火腿片。一卷米线放入砂锅,浇上滚烫的猪骨鸡汤,放入三鲜,辅以干黄花菜、木耳、番茄、黄瓜、豆芽等能增鲜的蔬菜,咕嘟几分钟,那味道真叫一个绝。这样想着,我忍不住喉咙翻动,面对着登机口外的麦当劳炸鸡广告牌都无动于衷了。

炸鸡广告背后的显示屏上,一屏屏滚动着航班号和地名。有些地方听过,还有些看起来很陌生,大概是这辈子都不会去的。不过,前年我也去过亚的斯亚贝巴,这个名字我此前完全没留意过,因为我不太喜欢旅游,总觉得匆匆出去一趟,不如在家好好看一部纪录片来得实在。但前男友温阳不这么认为,他总是计划出行,前年春节,在他旅行社好友的撺掇下,我们竟然去了一趟埃塞俄比亚,亚的斯亚贝巴是它的首都。不过,除了穿梭各处的人和低矮破败的房子,我对这座城市没太大感觉。并且,哪怕隔着时差,我仍在和运营同事随时保持着沟通。那天,在当地的圣三一教堂,我们随导游脱鞋进入,听唱诗班演出。刚挤到前排坐定,领导连续发来七八条信息,问我为什么不将产品"合家欢"的点深挖,赶上春节这样的流量高峰,稿子点击量都没破十万,"你马上给我回个电话,立马写下分析总结。"我慌忙起身,侧着钻出人群,差点被走道旁的大花盆绊倒。我的手忙脚乱被神父看在眼里，他愣了一下，礼貌地向我点点头，接着在胸口画了个十字，脸上的神情慈爱又困惑。我举着手机，盯着广场上两只起起落落的灰鸽子频频点头，"好的，好的。"回到宾馆，我抽出原本不想带的笔记本开始猛敲。这哪儿是为工作给人配了一台电脑，不过是给电脑配了个人。但这是我揣着二本学历能找到的最好公司，我不敢懈怠。对此，温阳始终不能理解，像不能理解其他很多事一样。

我摇摇头，将自己甩出时间缝隙。别想了，这次我反正没带电脑，微信群也调成了免打扰模式。

登机后立马关机。我靠在窗上，准备睡一觉，可左歪右扭，总也寻不到一个舒适的姿势。机窗外，远远的天际线上，浮着农历二十的月亮，不够弯，也不足够圆，看过去像一盏劣质台灯，在云层的缝隙里明明灭灭。

上一次盯着月亮这么看，还是不久前观望百年一遇的"蓝月亮"。当天晚上，月亮不仅出现在各大媒体的标题上，也在大多数人的朋友圈里升起。只是那几小时一过，月亮又似凭空消失了一般，不再被人提起了。

不过，除了李峰。

李峰是我们部门之前的实习生。作为业余追星摄影师，他的朋友圈散布着各式月亮、星轨、星座等照片。我经常在累了一天之后，去他的朋友圈翻翻，借来遥远的宇宙解解乏，偶尔也顺手点个赞。渐渐地，他会把新鲜出炉的照片先发给我看，那些没在朋友圈里公开漂浮过的宇宙，在我们的对话框里私密地膨胀开来。

看他的预告，三天后，也就是周日凌晨五点，会有一颗彗星从地球上空划过。他私信我说，凌晨四点就可以起床等着，如果天气好，走到一个空旷的地方朝东北方看，"很可能肉眼就能看到。"我说，"姐姐老了，看你拍的就行，凌晨四五点可太要人命，或者你到时候打电话给我，看看我们能不能看见个百年一遇。"

唐　糖 ｜ 双眼沉降在后脑

他回一个咧嘴笑的表情，就再无其他表示了。话都递进嘴里，人家也不想松口。其实，自从去年秋天和温阳分手后，我基本没再想过这事，毕竟当初是因为温阳来这里，分手后留下来，竟还有点名不正言不顺。最好再少一些牵绊，往后才能来去自如。毕竟，就算人走了，有些牵绊也还在。我以前不爱运动，温阳搬走后留下了瑜伽垫和哑铃，我竟然现在一周都要用好几次。

机舱里灯光暗了下来，月亮躲进云层。窗外只有机翼灯一明一灭，印出周围袅袅的流云，如仙界，或者冥界。距奶奶赵成碧离开已经八九个小时，她的魂魄是走了，还是留在原地呢？她这样一个人，是会上天，还是入地呢？下辈子又会变成什么呢，头七那天会在面粉地上留下什么样的脚印呢？

等我坐在离她只有两三百米的烧烤摊前时，这些问题我也不想关心了。我用力嚼着烤得略硬的苕皮，一边在"七仙女"高中室友群里问上，"这周末大家有空吗？出来吃个饭，好想去你们之前说的云山民宿住一晚。"配上几个狗头的表情。云山民宿在城郊，开车得一两个小时。几分钟，群里有了回应，"你回来啦，约饭约饭！""你可快一年没回来了，这次待多久啊？"

除了我和一位留在国外做商贸的朋友，群里剩下的都留在渝城。每次回来，大家都会聚上一聚，只是近几年大家各忙各的，很难凑齐。眼见没人回复自己云山民宿的提议，我也知趣，"回来四五天吧，周末找个时间大家吃个饭？"

我想再说些什么，但又忍住了。在她们面前，我已经足够主动了。

等待回复期间，手指还是忍不住滑开显示有53条未读信息的工作群。其实，飞机落地后，我就打开看了。迅速一瞥，和我也没什么关系。但我发给青姐的第三版方案，她还是没回复，不知她转给甲方爸爸没。那位顶着奥特曼头像的甲方爸爸还没动静，他要是发现问题，就会像失控的机关枪一样，噼里啪啦地发射出长长短短的白色炸弹，而我只能用绿色"好的！"牌盾牌挡一挡。我想我这两年喜欢上打联机游戏的原因，多半就是想将平日那些"好的！好的！"换成铿锵有力的"妈的！"。我还时不时地幻想着，哪天能在群里直接发"妈的，老子不干了""妈的，老子不伺候了"……要不说林建国今天的电话打得及时呢，我当时差不多就快要骂出"妈的"了。

这样说来，我忽然觉得奶奶赵成碧或许还是爱我的，到最后，竟然救我一命。

2

小雨戳着大排档的顶棚，窸窸窣窣。我喝完最后一口三鲜汤，起身付钱。听说出殡下雨，后人会发财，这雨是下早了。好在，从烧烤摊到奶奶赵成碧的灵棚，只需穿过一条斜长的街道，街道两侧的小叶榕长得密密实实，小雨也淋不透。一阵噼里啪啦的鞭炮声传来，应该是有远亲去看奶奶赵成碧。我给张美娟打电话，告诉她我马上就到。

"磕个头就回来。我回家去了，待那儿没意思。"语气里显然有些怨气，我不想问，这一家的糊涂账翻来覆去也就老三样。

我"嗯嗯"应着，继续拖着行李箱在不太平整的行道路上哗哗啦啦向前。跨进小姑家安置小区大铁门，迎面就看见用帆布搭成的灵棚。夜深，又下雨，来的人不多，棚外立着四五张桌子。林建国和我大伯、二伯坐在靠里的桌子边，一人捧着一茶杯，没拿小雨当回事儿。看见我，林建华起身，想笑又收住了，"回来啦，还以为你不好请假。去给婆婆磕个头。"

我没回他，而是将周围脸熟的亲戚都喊了一遍。有个远房的表叔还拍拍我的肩，"林月，好久没见了。听你爸说你……现在能干了哟。弟弟今年考到北京了，

唐　糖　｜　双眼沉降在后脑

到时候多照顾到撒。"

"弟弟能干些，到时候我才需要他多多照顾。"林建国接过我的包，打了个抿笑。我不知道他在笑什么，或者有什么值得笑。小姑递给我厚厚一摞黄钱纸，"还以为你不回来了呢！"我也只能打个抿笑，跪在蒲团上，将黄钱纸一张一张撕下来，放进燃起火的炭盆里。

"婆婆还是想着你们这些孙子的，最后说了个什么，我没听清楚。还是你勇哥和她说，让她放心，孙辈们都好好的。就差你了，都还问你啥时候回来。"小姑说着，像是陈述。自然奶奶赵成碧最后的话不是想说给我听的。

"也算是有福气的，没受什么罪。"

"嗯嗯。"我不想和她多聊奶奶赵成碧。

"月月，你工作忙哈？听你爸说，你现在收入高哟。"

"还好。"我将撕纸钱的速度放慢了一点，微微抬了抬头。越过火光，一米开外，并排的两个条凳上撑着水晶棺。水晶棺底部和两侧都是绿色，周围立着七八个花圈，一直堆到了灵棚深处的方桌前。方桌上摆着蜡烛和几盘糕点、水果，后方挂着白底黑字的"奠"，中间立着一张黑白照片。照片中，齐耳短发的奶奶赵成碧才六十多岁的样子，似笑非笑地盯着前方。照片拍得很好，不知是谁拍的。我以前困惑过遗照到底是怎么来的，如果平时不怎么照相，光遗照这件事就够周围人忙活了。曾经和一个客户吃饭，他聊起一位朋友，做啥啥不成，处处麻烦人，但就在准备自杀时，直接将自己微信头像换成了黑白照片，各种密码都写好了，到最后没再多麻烦身边人。这样一看，奶奶赵成碧也没多麻烦人，既没常年卧床又没给葬礼制造什么困难。正看着，一阵风从脖子后吹来，遗像两侧的对联被搗落。我盯着在地面上卷曲的那两行字，是"慈恩似海沧海恒流垂千古，母爱如天在天之灵佑后人"。林建国放下茶杯，冲过去拾起来，重往棚上贴紧实。他在"恒流"二字上尤其紧压了压,那下面应该有不少糨糊。

烧完最后一沓纸钱,我磕了三个头。磕头,自然是要许愿的。嗯,第一个愿望,麻烦奶奶就成全我第三版方案通过吧;第二个愿望,能年底升职;第三个愿望,温阳或者峰……算了,先留着吧。奶奶你还是先保佑我能升职吧,银行卡里的数字或许比其他任何东西都来得踏实。小时候,你可以在林建国外出时,只给我的堂兄、堂妹雪糕,独独忘了我,甚至你都不是重男轻女,或许只是没来由地偏心,就像我们没来由地成了有血缘关系的人。没想到,就是那五毛钱的雪糕,让我们没能成为真正的亲人。

我站起身,拍拍身上的纸灰,"爸,那我先回去了。"

他点点头。我俩大半年没见,却又像上周刚刚见过一样。我这才注意到,五十来岁的林建国满头都是白色发茬。白发这是林家的传统。听说奶奶赵成碧四五十岁头发就全白了;八十多岁时头发浓密,白得锃亮。这种遗传学上的关联,让我无可奈何,特别注意头发护理。我始终忘不了温阳第一次从我右侧耳后扯下两根白发时,唤了一声,"我的老太婆。"我不知为何白发都会比其他头发更粗壮、坚硬一些。或许正因如此强悍,才需要有更多的照拂?后来按摩店的人说我是肝经不通,所以耳后附近好生白发。

回到家,鸡汤和回锅肉已经盛上桌,我吃不下,但也得坐到饭桌前,象征性地吃一点。

窗外黑洞洞的,阳台上燃着三盘蚊香,风一吹,烟味呛人。

"烦死了!"张美娟走到阳台,掐灭两盘,"你爸,没跟你说?"

"什么?"

"呵。两个外孙女,你婆婆最后剩了四个金戒指,全都给她们俩了。你一个

唐 糖 | 双眼沉降在后脑

孙女……"

"你在场？再说，他哪个会给我说这些？"

"听你二伯妈说的。我明天要去当着他那些姐姐妹妹问清楚，凭什么啊？到死了，还要欺负人？"

"这有什么奇怪。我又不在乎。"我喝了口鸡汤，和天麻一起炖的，难怪开门有股异样的臭味，但吃在嘴里很舒服，"要不，过两天我带你去成都玩啊？"

"我才不去，我要把老太婆的账算清楚了来。你婆还有二十多万呢！"张美娟将电视声音调小了点，"不晓得贴补你那几个姑妈多少了。真的，比如你小姑妈，我到林家来就没见她干过什么正经工作，天天泡在麻将桌上，她男人也就打点零工，你说说她家怎么买得起新房的……"张美娟要说的话，我都能背出来了。天麻咬起来比山药更有嚼劲儿，估计是听我说起这段时间常常头疼，张美娟就想着给我炖天麻鸡汤的。比起上次见，张美娟整个人又瘦了一圈，脸上更是如枯水期的河岸，嶙峋的骨头显露，我只好打断她，"真不出去玩玩？我好不容易才有的假期哟。"

比起林建国喝酒、打牌、泡茶馆，张美娟生活单调得多，给人家做完保洁，就只能蹲在电视前。我总想有点假期，就带她出去走走。可前几年，真等有点时间，要不就累得只想在家随时待命，要不就和温阳出去了。更早以前，我也想过成为张美娟的骄傲，要在我奶奶赵成碧面前争口气。可是除了我在京城工作这一点——这还是张美娟和林建国自认为的——我觉得我什么都不行。因为他们这种想法，和温阳分手后，我把想回来的念头一压再压。有时候我忍不住会想，要是有一天我真回渝城来了，张美娟到底是高兴还是不高兴呢？

我没问过。

"不去，不去。你那么忙，个人好好歇一阵嘛。"张美娟收拾起我的饭碗，"别吃多了，还没嫁人呢，身材还是要保持下的，赶紧洗漱睡觉。明天我就要找你爹去问问，凭什么啊。必须讨回公道。"她还愤愤不平，然后又吐槽起林建国平日各种陋习，也是那些我在电话里听过无数遍的事儿。我们一起躺在床上，她还没停，"真是倒八辈子霉了……"直到我说，妈，我真想要睡觉了。她才停下来。

我没有睡。烧烤着实吃撑了，我躺在床上，睁着眼睛，黑暗之中出现的是品牌围巾的 Logo，一片桑叶中，镂空出品牌的三个英文字母。它们在房顶上旋转，扭曲，跳跃……也不知第三版，到底通过了没。

3

最终见到"七仙女"是在周六中午。七个来了三个，不算我。当天早上五点多，奶奶赵成碧出殡。作为孙女，我并没太多需要负责的，只要随车跟着就行。火化前，通知亲人见最后一面，我蹭到人群尾端，没有看。姑姑们哭吼出几声："妈啊——妈妈啊——"声音过分凄厉，好像这是角色扮演最重要的一环。一旁的林建国，就站在几个姑妈的身后，象征性地喊了两声"妈——妈——"，声音低了几度，还有些羞怯。

从殡仪馆出来，天就放晴了。周五下了一天雨，淅淅沥沥的雨打在灵棚上热闹得很。意料之中，张美娟昨天还是没闹。她一般只在我面前放狠话。临到林建国面前，林建国眼一瞪，她也就只能闭嘴。当着外人面，张美娟爱面子。我也不愿她太纠结这件事。那戒指我可以不要，希望奶奶赵成碧记住我那几个愿望就行了。

"我中午有事，就出去一趟。"送葬结束后，原本应该在附近酒店跟送葬的亲戚们吃顿答谢宴，我在不在都没什么关系，但我还是问了下林建国。他点了个头。

张美娟顺势说,"我也跟你回去了。"

回去的路上,张美娟忽然有些伤感,"人有啥子意思嘛? 活到老,还不是一把灰。"

这是个哲学问题,我不知如何回复,"那不如出去玩一趟?"

"就晓得玩,你看你妈都多大了,还能帮你几年。钱存好,将来用,你以为结婚、养孩子不花钱呀? 还在那种花钱的地方,自己省着点。"张美娟做钟点工,背着个清洁筐,全城到处跑,好的时候一个月能赚四五千。

"哎呀,我晓得了。"我顺势问了问,"那我要是回来,你觉得如何?"

"怎么了? 你和温阳分手了啊?"

张美娟不知道我和温阳分手。当年大学毕业,我为了读研的温阳放弃了渝城稳定的工作,她很反对。后来见了温阳,张美娟便觉得那是她心中理想女婿的样子。往后态度也大转,常常嘱咐我要对温阳好点。

"没分啦,就是问问。"

她盯着我看,"是不是真分了,我看得出来哟!"但她又抽了抽嘴角,不敢点破。

"哎呀呀,没分没分。你先回答我的问题。"

"我不晓得。"她的脸转向车窗外。回到家,我换了身平日不常穿的裙子。平日上班怎么舒服怎么来,见闺蜜还是不能糊弄。我凑到镜子前精心地描着眉毛、眼线和口红,头发也往高了扎,贴了一个黑色的蝴蝶结,瞬间年轻了好几岁。送我出门时,张美娟捏捏我的肩,"早点回来哈。"

我点点头。我知道她说的是晚上早点回家,而不是早日回渝城。

和仙女们约在了商圈里的一家网红火锅,我领完号,眼看着还得等一两个小时，正好趁这段时间逛逛街。上次进商场是什么时候，我都快忘了。罗雪说她会提前到，我就溜达着等她一起。"七仙女"里，罗雪与我关系最好，当年听说我要离开渝城，怀着双胞胎的她哭得上气不接下气。她老公胡晨没好气地劝："人家那是找好生活去了，你哭啥啊。"后来罗雪找补，那应该是孕期激素在作祟。但我却深受感动，人与人之间也不外乎如此了吧？来来往往的，又有几个人还会为你的离开而伤心呢？

罗雪穿了一身运动装，比起另外几位仙女，她吃穿不太讲究，钱都存起来干大事。去年为了孩子将来上学，她买了一套不错的学区房。一见面，我俩就手挽着手，像是我们还上高中时，但凡阳光不错，我和她就会牵着手去小卖部买上两个卤鸡腿以庆祝晴天。

"胡萝卜真烦死了，你说说怎么会有这样的人，他也就周末回来。平时只要我不找他，他真的可以一个电话都不给我打，今天出门前又吵了他一顿……"

胡萝卜是罗雪老公胡晨的代称，干工程的，钱赚得不少，但一周最多回来一两天。对他的吐槽，罗雪在群里几乎没停过。大家安慰的话最后都会集中在这一句上，"算了，你又不会离婚。"或许胡晨也明白这一点。

"你知道我今天为啥生气吗？我给他说，我给你说今天要出门一趟，大周末的，你都不问我和谁一起出去，你不怕我和别的男人鬼混吗？"

"他肯定知道你不会……"

"不！人家像突然反应过来一样，说，哎呀，真是哈，想起来有点后怕……然后，就没有然后，眼睛又盯着游戏去了……"

我没继续接话，而是拉着罗雪走进商场，眼花缭乱中，她的嘴里总算没有胡萝卜了。我没买，她倒是看上一双鞋，看上了迅速刷卡，"狠狠刷他的工资卡，哼！"

唐 糖 | 双眼沉降在后脑

鸡腿说她也到了，但不想逛街，就让我们去甜品店找她。鸡腿在事业单位做财务，原本成绩一般，但她爸爸是电力局副局长，家里送她到英国镀了金，回来也安排好了工作。跟我一样，她目前还是单身，考虑到她酷似男孩子的个性和长相，她说她做好一直单身的准备了。

"买房了。这辈子要跟我的大房子一起过了。"鸡腿刚见到我们，就报了喜讯。

"真的啊？在哪儿？我也想买。"罗雪说。

"你还要买啊。"鸡腿佯装瞪瞪眼，"在蔡家湾，还算便宜。我爹说了，未来发展潜力大。月月，你考虑不啊？"

"我啊？也考虑。真可以，我就去看看。"我的确有这心思，但一直没跟林建国和张美娟提过。存款有限，月供高一点也行。但林建国和张美娟挣的钱也就刚够他们生活，或许真可能二三十万都拿不出来吧，我自己手上只有二十来万，在偏远一点的地方付首付都够呛。实在不行就把老房子卖了？想了想，我又后悔平日那些冲动消费以及游戏克金了。甜品在嘴里化开，没有甜味，只剩冰凉。我又去刷了一眼工作群，青姐还是没回话。

火锅就我们仨吃。琪琪下午有相亲局，让我们一起去咖啡店里给她壮壮气势。涮着火锅，鸡腿给我科普了渝城各个区买房的经验，我一边听她说，一边刷着房产中介应用。一个老牌地产在远郊开发了新楼盘，有个紧凑型三室两厅两卫的户型，建筑面积96平方米，不算大，但竟然还有个6平方米的大阳台。如果真买这户型，张美娟就可以在阳台上种些喜欢的花花草草和蔬菜，而不是像现在，只能在客厅两扇窗下用泡沫箱种些香葱和韭菜。林建国也可以将躺椅摆放在阳台上，而不是常年折叠放在床下。最关键的是，这个户型有两个卫生间，即便以后我结婚、有孩子，三代人住一起，也不再会为上厕所左右为难。想着想着，我甚至已经想好要装修成什么风格、家具该如何摆放。如果卖掉房子，不另外贴钱，得贷款将近百万，月供就是五千多。我开始后悔自己无端请这么长的假。一旦我的工作出问题，什么也白搭。

"要是早几年行动起来，现在都能赚一倍了。"鸡腿将最后一盘肥肠扔进火锅。我想，哪有那么多早知道呢？或者早知道了，钱不也得凑？

赶到琪琪相亲的咖啡馆时，男方还没到。琪琪翻照片给我们看，男方长得像学生会干部，方方正正的头，大脸，颧骨突兀，金丝边眼镜，眼睛又小得不太协调。

"你们知道的，真不是我的菜，我是颜控。我姨说是纪委办公室的，有前途。"琪琪梳着《这个杀手不太冷》里小女孩的发型，着装打扮也是酷妹风格，"真的怕他给我讲三大纪律，我们在微信上都没什么话说，不知道为何还要见面。"说完翻了一个大白眼。

"有人介绍就好啊，我还没人介绍啊。"我笑着打趣，但说的也是实话。

"那是你忙，没时间去看。我真是闲的。你知道吗？真的不行。你都不知道怎么有那么差的人，前几天介绍的一个，大半夜给我发恐怖视频。还有个，才见第二面就说要搬到我家来住……我真的服了，所以，我觉得你和温阳要有可能和好，就和好。毕竟这么多年的感情，真的，后面的人越来越差……"琪琪一口气说了一大堆，喝完一大杯凉白开，坐回隔壁接着等男方。

"对啊，分了之后，他都没来找你？你当初可是为了他跑那么远去。"鸡腿把话接上了。

"这么久没听你说，还以为你们复合了啊。"罗雪这句话，让我有一点诧异。不久前，我才和她说过，可能她确实心里没位置再装其他的了。

"没找了。我们俩的公司就隔着条街，都没碰见过。"分手后，温阳的确没找

唐 糖 | 双眼沉降在后脑

过我，但我去他出租屋楼下等过他，闹也闹了，哭也哭了，但见了面，还是劝我回家。他说他现在是真心不想谈恋爱。这些我都不想说出来，那个我从21岁到26岁都认定的人，连我们孩子的名字都想好了的人，最后说走就走了。但是我却从他的微博上搜到，他频繁给一个女孩儿点赞，还留些暧昧不清的话。那女孩儿是他们做活动时的一个主持人，大学还没毕业。

"男人真的狗。"罗雪加了一句，"结婚了，也就那样。"

鸡腿示意她稍微小声点，琪琪的相亲对象已经坐下了。

"伽伽本来说要来的，但结婚真的麻烦。她老公父母离婚了，她得去拜访两家，今天是得去县城拜访她老公的妈家，说要是晚上能赶回来就和我们聚聚。"鸡腿和伽伽走得近，伽伽和我说的是尽量来，只有蒙蒙是孩子发烧离不了人。

我们仨用叉子捣着一盘冰激凌华夫饼，窗外的长江缓缓地流淌着，阳光在浅浅的波纹里荡出黄金。突然就安静了几分钟。十年前我们刚毕业时，谁都没想到自己现在的样子，或许也只有我没想到。

没想到的事儿很多。前一天晚上，奶奶赵成碧告别会上，大伯作为长子捏着一张皱巴巴的A4纸，发言回顾了奶奶赵成碧的一生。奶奶赵成碧出生在上世纪30年代，青春期顶着战火，各处颠沛流离。重庆大轰炸时，父母双亡，她硬是从死人堆里爬出来，而后跟哥哥东躲西藏，靠在河边捡拾些小鱼小虾过活，还没出嫁，哥哥也去世了……这些事，我以前都没听过。如果她是一个跟我毫无血缘关系的人，我甚至有点佩服她身上的生命力。最后，主持人冲着话筒悲戚又夸张地呐喊："赵成碧老人，您永远地走了！如今，您的儿孙泪流满面，面对您的灵堂，向您磕头，向您致敬，祝您在黄泉路上一路走好。"我鼻子竟然一酸。但我转眼就看到了张美娟和林建国无动于衷的表情，像在听一个陌生的故事。我要真流一滴泪下来，就显得多余又可耻，像是背叛。尤其林建国，就挤站在奶奶张成碧的水晶棺前，眼神却木然地往前看看，我不知他在想什么。

　　窗外高楼吞下一半太阳时，琪琪的相亲也结束了。让大家始料未及的是，她竟在群里发消息说，要和男方一起去吃饭。

　　"我也没想到，感觉还可以聊聊。"然后配上"哈哈"的表情，"月月，对不起了，下次约，你多久走？"

　　"你的幸福更重要，我还要好一阵呢！"我赶紧回上。

　　吃了一下午甜点，鸡腿、罗雪和我都没什么胃口了，而要说的话，好像也都说完了。正好罗雪的孩子打电话来，哭着找妈。我们三人就各自散了。这自然不是我期待中的聚会，又是最自然的聚会。

　　我特意坐了公交回家，一路拐弯，上坡下坡。渝城再怎么发展，这种质感始终没变。我在区人民医院站下车，提前了一站。

　　上次回来，医院全玻璃式的门诊楼还没修好，我还得穿过工地绕到旧楼才能挂号。那次回来，我连吃两顿火锅，就犯了急性肠胃炎。温阳带我去的医院，还打趣我，"你的胃已经背弃渝城，只能跟我走了，可别想再回来了。"顺着医院旁的缓坡人行道往上走十几米，就是开了十几年的嘉兴菜市场。即便天晴了，菜市场里的地总还是湿漉漉的。周末人多，从菜市场踩出的湿脚印在市场门口深深浅浅地四散开去，像一朵永不凋谢的黑玫瑰。几个老人蹲在"黑玫瑰"边上卖土鸡蛋和草药。

　　如今超市普及了，李美娟他们还是喜欢逛菜市场，总说菜市场的菜才算新鲜。其实，也不过是菜市场才有讨价还价的可能。她会提着几袋砍价成功的战利品，继续顺着缓坡往前走，两侧日夜翻新的餐馆、理发店、服装店、小饰品店，都与她无关。她或许只会朝缓坡顶上的"春蕾茶庄"瞄上一眼，因为林建国下班后，总不先回家，而是到这里泡上一杯茶。林建国话不多，小茶馆却总不缺人讲

唐　糖 | 双眼沉降在后脑

话。他或许会坐在更靠里一些的位置，以防被路过的张美娟盯上。其实，张美娟盯上了也不会怎样，大不了剜他一眼，就继续往前走。前面堡坎上两棵硕大的泡桐树，泡桐树下一条近百步的台阶沿着堡坎壁延伸向下，张美娟需要小心翼翼地避开台阶上的青苔，走到底才算到了安置小区的后面的小路。高大的堡坎挡住了阳光，这条小路常年泥泞不堪，总洇着些断断续续的水流。泡桐春天的紫花、夏末的红色球果，大多也要陷入这片泥泞里，慢慢腐烂。张美娟需要沿着这条小路绕着小区走半圈，找到东侧小门。但凡走上这条路的人，鞋上、裤管上都免不了沾上些泥点子，鼻子底也永远散不开一股正在腐烂的气味。那次温阳的话，让我也在反思，或许我身上背弃了渝城的，不只是胃。

4

我用纸巾将脚踝上的泥点子尽量擦干净，才开了门。林建国正横躺在沙发上看中央三套，张美娟在厨房里炒菜。屋里黑漆漆的，全靠电视的灯光。显然，我这么早回来，他惊了一下，身子蜷了起来，"回来啦？也不说声，打开灯嘛，黑漆麻乌的。"

他这时候其实也不该在家闲躺着，奶奶赵成碧的丧事刚结束，后续还有一大堆事要处理，他现在理应和姑姑、伯伯们商量余下的事。

"下午吃多了，你们吃什么，我就随便吃点。"

"都没弄什么菜哈。"张美娟的声音从厨房传来。

我走到厨房门口，像是对他俩一起宣告，"今天和我同学聊了下，都说该趁早买新房。"

"买啊！钱呢？"林建国坐直了身体。这套老房子，是当年城郊老房子拆迁后的安置房,没有电梯,我们在第三层,阳台的小窗外就是三棵粗壮的黄桷树,几乎挡住了所有阳光,晴天还好,一旦阴天,家里正午也需要开灯。渝城热,小半年都是夏天,密密匝匝的蚊子嗡嗡飞。近年外面还修了几条快速路,整天整宿都安静不下来。

"卖房嘛,还能贷款嘛。"我尽量往轻松了说,"就可能买的地方,要离这里远一点了。"

"远点好!"张美娟正在炝锅。

"我还得在这边上班。"林建国盯着电视说。

"你上那个什么班?两三千块,还伟大得很?你不就想在这里喝茶打牌吗?"张美娟在厨房里还了一嘴,"就要买远点!"

"说得轻巧!你买啊?"林建国将遥控器往茶几上一摔。

"是嗦,要你妈像稀奇你妹儿那样稀奇你,不早就买了?"张美娟的声音变了形,从厨房里几步冲了出来,"我给你说林建国,钱和戒指你不给我完完全全要回来,我给你没完。"张美娟的眼睛,眼袋肿肿地往下掉,显然是哭过了,自然不是为了奶奶赵成碧。

"钱,我跟你说了,我们六个人一人三万,这两天就给。给别个点时间。"电视里,孙楠高亢的声音也没盖过林建国。

"凭什么六个人分,你那三个姐姐妹妹,生病的时候不平分摊,现在凭什么要来分钱?当初开发的时候也一样,凭什么要让他们来在宅基地上盖房子?"比起有外人在的场合,回到家里的张美娟卸下了面子,"反正娃儿今天也在,你自己看看,过的什么日子,你不替我想想,替她想想啊,都二十八了,还一个人在外面漂,家不像个家的……"说完张美娟瘫坐在塑料凳上,呜呜哭出了声。那是真正伤心的哭声,从鼻腔到喉咙,抽动着胸腔,让整个身体埋在暗影里。林建国

唐 糖 | 双眼沉降在后脑

缩在沙发一角,怔怔地盯着电视屏幕,脸上一道水痕印着电视里火红的光。那是上一年的春晚回放,孙楠刚刚唱完,穿着鲜艳的主持人带头鼓掌。

黄桷树不是秋天落叶的树木,但依然泛黄出夏末秋初的样子,风从它的叶子间灌了进来,吹开我眼前的白雾,滚烫地淌落在脖子里。我们仨在葬礼上没流的眼泪,都在这闷热的晚风中汩汩流出来了。

我坍缩在墙角,打开手机订了机票。我忽然想看明天早上的彗星了,从遥远星系出发,擦着地球而过的星体。我给峰发了信息,让他明天记得叫醒我。我又滑开领导的对话框:"青姐,我想到一个新的方向,第三版若还不行,我就去和甲方聊聊。"

这次领导竟然秒回了:"忘了和你说,第三版就不错,如果有更好的,也可以再发来看看。"

我眼前又浮起一团白雾,整个人软下来,一时间轻飘飘的如虚脱一般。我顺势蹲了下来,环抱住自己的小腿,像是将要再一次完成那套做过七八十遍的睡前瑜伽。

我隐约着意识到,我现在的样子,是倒数第二个动作:抱膝滚动。

语音指导的声音再次在我肿胀的脑袋里响了起来,依然温柔、舒缓:"曲双膝,双手抱紧小腿前侧,深陷入地板,感受自己腰背部的展宽。左右滚动按摩背部的皮肤,前后滚动按摩脊柱……"我闭上眼,将这套动作在脑海里重复了一遍又一遍,等着,等着那最后的温柔结语降临:"……双腿依次向下伸直,放松双肩、整个背部,闭紧双眼。双眼沉降在后脑。你有没有感觉到整个人比起初更加舒展、柔软……"

选自2021年《西湖》第9期

王晨蕾

王晨蕾,1996年生于河南,毕业于英国卡迪夫大学新闻学院,现居北京。作品见于《文学港》《雨花》《上海文学》等。

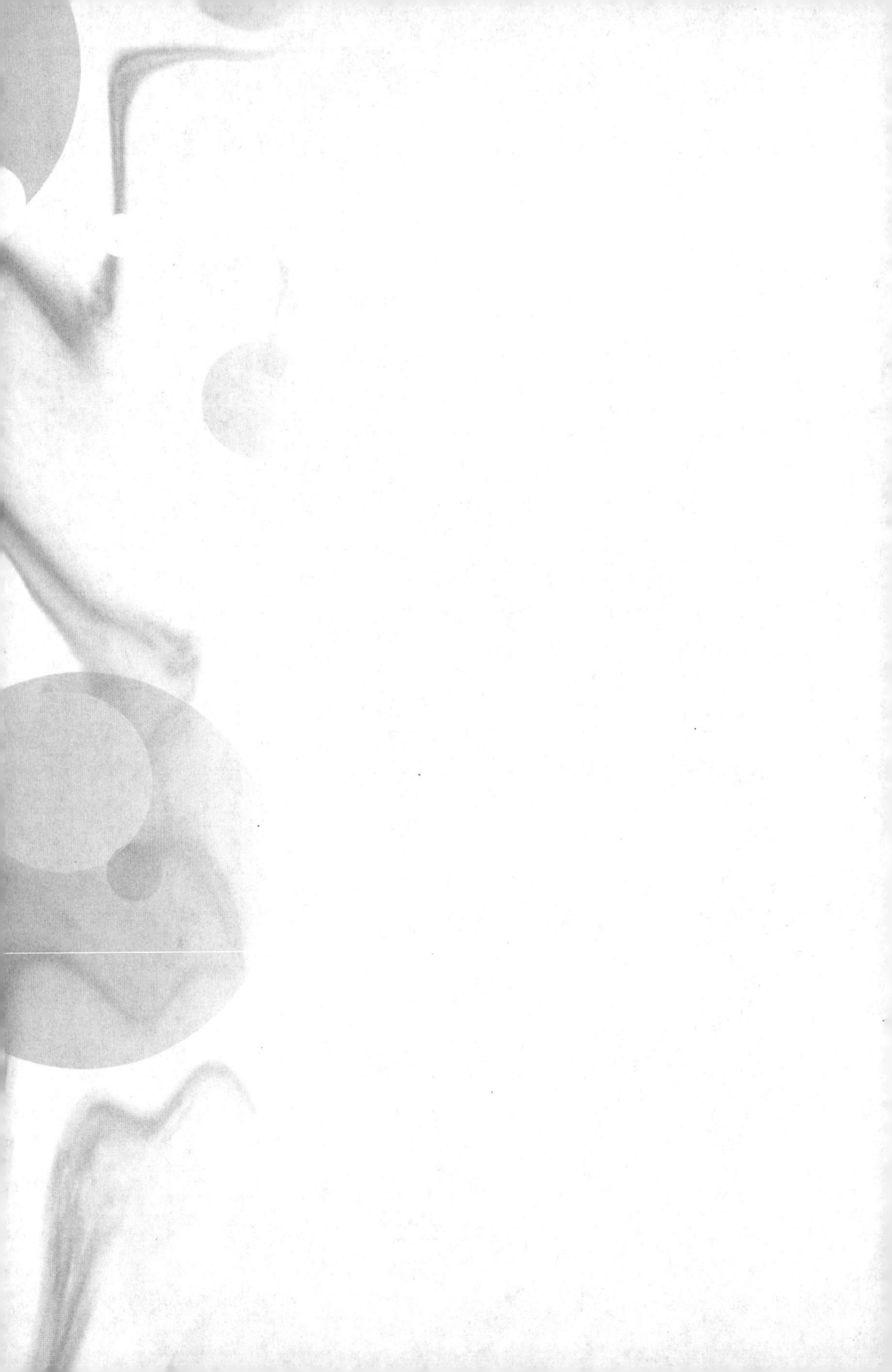

阳台上的布莱克

那天，他愁云惨淡地抱着个敞口的大纸箱子进了小区，街坊四邻都瞧见了。

一进屋，他就把钥匙撂下，将纸箱搁在了门口处。他先去卫生间洗了洗手，又到厨房转了一圈。冰箱里只有两根蔫掉的小葱和一颗西红柿。接着他坐在了客厅的沙发上。

墙上时钟秒针转动的声音格外清晰，同他每天下班回家后一样。通常，他喜欢在此时什么也不干，只坐着听秒针的声音，如同执行某种沐浴仪式，以清洗掉他一天结束时满心的灰尘。这天，仪式进行的时间比平时要长——他花了些时间思索该如何处置箱子里的东西。

黄昏经过阳台，悄无声息地溜进客厅，在牙白色的瓷砖上铺开，于是地面如曝光胶片般闪烁出虚幻的光泽。白墙上饱满的橘粉色余晖被切割，斜着划去钟表的三分之一，使这间装潢平庸的屋子变成了一个现代派艺术品。

他吸了口气，仿佛很吃力地起身走到门口。他蹲下来，两手直僵僵地搭在膝盖上，朝着箱子里头望去。门边的木质鞋柜将他和灿烂的黄昏隔开，于是他隐匿于这个晦暗的小空间，仔细辨认着箱子里这只小鸟的模样。它是一只鹩哥雏鸟，黑色的羽毛稀疏而潮湿，橘黄的嘴巴紧闭着，爪子泛着淡淡的粉红，藏在一起一伏的小肚子底下——它尚不能站立，眼睛也才半闭半睁，白色的眼皮像个老头似的皱着。打量了一番之后，他愈发无所适从了，实在不知道该如何处置这个丑陋的小东西。

这只小鸟来到他的鞋柜旁,本就不是他的意思。

他是土生土长的本市人,在某南方城市的建筑工程大学读了历史系。毕业后他回到老家,没费什么力气,在某家央企的一个当地分公司找到工作,如今已经在行政部门做到了小负责人的位置。

至于他工作之余的娱乐生活,主要就是同高中时期三五好友在周末的酒局。除了饭局,在这座没什么自然馈赠、仿佛总是浮着一层油污的北方小城里,对于他这个年龄的青年来说,实在没什么其他娱乐形式了。他不怎么光顾电影院,觉得院线上的那些片子大多是最没必要看的。简单重复的社交方式在某种程度上给他带来了最直接的舒适感。无奈隔三岔五,总还是会有意外因素出现。

两个月前,他去赴的一个饭局上出现了一位许久未联系的老同学,如今在花鸟市场当老板,他一边夹菜一边夸了一下这个营生,没想到这人竟当即豪迈许诺送他一只鸟玩儿。他当时只是随口敷衍了一下,绝没想到老同学竟会真的抱着一只纸箱子出现在自己的小区门口。而他现在正蹲在鞋柜旁为它犯愁。

他并不喜欢小动物,虽然算不上讨厌。如果去了朋友家,看到摇头摆尾的小狗或慵懒温顺的小猫,他也会心生欢喜地逗弄一下,摸摸头、握握手,却从未动过要将它们养在家里的心思。他习惯于力所能及地躲避一切耗费精力之事,觉得养宠物到底是个麻烦,仿佛同成家、养小孩是一个道理——你当然会得到一些快乐,或许可以说是许多快乐,但与此同时,大量的时间、心绪也被消耗了。在他进行价值衡量的那把秤上,前者总会高高翘起,不过他也怠于实践求证,索性把这问题丢在一边,不予理睬。

如今这个问题被莫名其妙地扔回他面前,逼着他进一步考察自己的论断。他顿时心烦意乱,恨不得直接向世界宣告他冷冰冰的真理。但这个想法也很快被他否决了,原因很简单:人们认为他和善可亲,甚至把"勤恳努力、沉默寡言"作为

王晨蕾 | 阳台上的布莱克

他长久单身的解释,他的单身汉身份不仅没引来侧目,还仿佛成了一个十分可贵却又令人惋惜的品质,他小心地维持着这个带着些悲剧色彩的人物形象,绝不敢冒险将自己冷漠的本质暴露在周围的温和目光下。既然如此,他不能因为这微不足道的鸟儿而改变其他人由来已久的"误解"。

这样盘算了一番之后,他抱起箱子走向阳台。此时黄昏已经退场,天空变成清澈的冰蓝色,一丝混沌都没有,平整而直白。他打开阳台的灯,将箱子放在地上,只是又站着瞧了一会儿,便转身回到客厅去了。

他用仅剩的西红柿和小葱炒了鸡蛋,对着电视吃完了。答题竞赛节目结束,即将播出都市生活剧集时,他按掉电视,拿着根烟和打火机来到了阳台上。

饭后的"阳台时间"是他的另一个仪式。这段时间主要用来抽烟,这样他觉得能解掉一天下来的疲乏,晚上也能睡得安稳点儿。而这天,一切又与惯例有偏差了。他日常所站的那一角正被大纸箱占据着,导致他不得不换到另外一边,而这一边的扶手栏杆处常年摆着几盆生命力顽强的吊兰,他无处支撑手臂,还被那四散的细叶子干扰了视线,瞬时情绪很差。

烟抽完时,他低头瞥见小鸟正垂着头,蜷缩在箱子的角落。他看了一会儿,突然想到了什么似的快步走回客厅,从鞋柜旁的衣架处取下一个包,在里面翻找起来。老同学下午给了他一小包鸟粮,他当时腾不开手,便随意塞进了包里。

这个丑陋的小东西距离上次进食或许已经很久了,所以才如此萎靡不振。他并不想在第一天就把它饿死,这样不道德。尽管总被逃避心态的阴影笼罩着,他仍然具备消极行动的能力,实际上,他几乎无时无刻不在运用这种能力,这已经成为他维持生活的某种条件反射般的机械行为。

他带着颗粒状的鸟粮来到阳台,朋友的嘱咐突然在耳边响起:雏鸟还不具备自主进食或吃硬食的能力,必须将鸟粮化在水里,捏成软软的长条喂给它。于是他又折回厨房，拿出一个平时闲置的小碗，接了点自来水，准备将鸟粮倒进去。然而，新的难题又来了，他不确定究竟应该倒多少才能既不饿着它，也不撑着它。他放下小碗和鸟粮，回到客厅，用手机搜索起来。好一通折腾之后，这位不速之客的食物终于就绪了。他捏着那鸟粮泥条的手悬在空中，不知道该如何进一步行动。不料它竟缓缓地昂起头来，他急忙将手凑近。小鸟的眼皮动了一下，毫不犹豫地张开了嘴。

当这丑陋的小东西吃完晚餐，再度缩起脖子，安逸地眯上眼睛时，原本如薄纱般清透的月色已经逐渐模糊，长出了一层毛茸茸的边儿，覆盖在夏夜的阳台。

他如释重负，轻轻关上了落地窗。

第二天，他下班后，正要登上回家的公车时，隐约觉得肠胃有些不舒服，便掉头一路溜达着来到了花鸟市场。他直奔老同学的店里，挑了一个接近人身高的大号鸟笼，里头一上一下、错落放着两根木横杠。笼子底下的四个小轮方便他把鸟放到阳台上——他是这么考虑的。热心肠的老同学不仅赠送水槽、食槽等一应必需品，还答应他将笼子用送货车给他送到家里。他付完钱，觉得身心舒畅，胃也不再难受了。

运货三轮到得很快，他和司机师傅合力将那足足有一米五高的笼子抬进家门时，天刚擦黑。尽管夏日暑气的余热还在地面上蒸腾，天幕已开始向下倾倒如水般的凉爽。他阳台所在的四层，就好像是当中的交界，正处于一种含混不清的状态中，既令人舒心，又有种摆脱不掉的烦闷。

"嘿，我给你买了个家。"这是他第一次开口对鸟讲话。

它看见他的到来，只是稍稍抬起头，并没有什么别的反应，仍然懒懒地缩着脑袋。不过他倒并不失望，他压根儿没指望它冲他眨眼睛，他对众人口中小动物所谓的"灵性"一向信心不足。

王晨蕾 | 阳台上的布莱克

"叫你'小黑'是不是太普通了?"

"要不你叫'黑豆'吧,或者'黑芝麻'。"

"还有个洋气点儿的选择:布莱克,Black。"

"嗯,布莱克不错。"

这天,他没顾上听时钟秒针,也没有抽太长时间的烟。之后的很多天都是如此。

就在他觉得夏天似乎要无休止地肆虐下去时,突然有天晚上落了场大雨。次日早晨,凉意透过他卧室的纱窗而来,带来秋天的消息。他觉得舒畅。

阳台上的布莱克也比平日更高亢地亮起嗓子 —— 它已经初步长成成年鹩哥的模样,眼睛如同两颗漆黑的小玻璃珠,两根淡黄色丝带般的肉垂顺着下眼皮向脑袋后伸去,像一条绕在颈上的领结,它的嘴巴不算长,因此并不会显出太强的攻击性。它的小腿一截截呈现出修长筋骨,爪子能够牢牢抓住笼里的横杠。至于它的饮食,再也用不着他亲自来喂了。他只需每日上班前将水槽、食槽添满即可。随着布莱克的独立性与日俱增,他渐渐体会到一种责任减免的松弛感,并开始怀着另一种态度来考量它的存在了。

但布莱克还缺乏作为鹩哥的一个重要特征 —— 它还不会说人话。这并非因为它笨,而是它的主人从来没有教它。

在这一点上,他有两重考虑:第一,他已经在这只鸟身上花费了大量的时间和精力,不论出于主动或是被动。如今好不容易等到了一个轻松的阶段,实在无须给自己增加不必要的负担。第二,布莱克到底是一只鸟,何必非要让鸟说人话?他觉得这种训鸟说人话的行为自私、夹带着一丝隐秘的强迫性,且建立在不平等基础之上。他不想滥用自己的权威。

终于,当烦热的夏季过去,在清净的秋天,他原先的生活回来了。

布莱克总是在早晨和黄昏开嗓，它的叫声时而像个婉转的小哨子，时而又像扯破了喉咙的乌鸦。时钟秒针的声音就被它这么每天在阳台聒噪着掩埋掉了。不过，但凡天有一丝要暗下来的意思，布莱克便安静下来，老老实实在横杠上坐卧下来，缩起颈子，全身的羽毛蓬松得像个圆球，准备入睡。他早已把笼子推到了摆放吊兰的那一侧，以便自己能照老规矩倚在舒适的一角抽烟。但还有一个无关痛痒的小变化——他抽烟时不再打开阳台的灯，只让客厅柔和的灯光渗出来，毕竟布莱克睡着了。

冷白的月光层层叠叠、随意地将居民楼这个巨大的发光体包裹起来，每个光点都源源不断地散发出温热，人间烟火在阳台上和清凉的月色相遇，然后被吞没。他和布莱克都处在这么一个交界地带，一个睡着，一个醒着。他对于自己所感受的那个温柔的边界有点儿不安，他想，生活原本是这样，似乎又不是这样。

这只鸟的到来使他原本轻飘飘的生活突然有了重心，一段时期内，仿佛事事都与布莱克相关，他会在超市选购水果时考虑布莱克的喜好，会根据布莱克的作息调整自己的外出计划，于是有牵挂反而成了件好事，为他省去许多抉择的烦扰。

而当秋天进行到银杏叶最灿烂时，发生了一件与布莱克无关的插曲。

他所在的公司新招聘了一批应届毕业生，作为人事主管之一，他被安排负责入职日的接待和引导。新员工中有位瘦瘦小小的女孩儿，入职岗位是技术部的"前端工程师"，当她打开包翻找笔来填写入职合同时，他瞥见她的包里放着一本他非常喜欢的诗集。

是的，他读诗，也曾写诗。

他过去一直认为写诗就像身体的某种自然惯性，不过是他生理机制的一部分，没想过它会给生活带来任何变化。但他曾有一任女友，错误地将他写诗这件事当成了神圣的特权。不惜花上数周整理他的诗稿，东奔西走帮他投稿、出版。

王晨蕾 | 阳台上的布莱克

她鼓励他专注于写诗,把他的工作称为"无意义、无休止的消磨"。她是一个全职插画师 —— 艺术家总喜欢把一切都浪漫化,对着一种再自然不过的事小题大做。

被置于生活戏剧的舞台中央,他竟发觉自己很受用。那段时间,他全身的神经仿佛都被刺激了,他总是充满希望地醒来,兴奋地奋笔疾书,没有心思工作。回想起来,那真是一种危险的状态,仿佛有股不明不白的力量把他的人生送到了一处虚幻的高地 —— 如同一幕独角戏的聚光灯柱,四周被透明的、触不到的边缘围起来,稍不留神就会失足,至于跌到何处去,谁也不清楚。

他很庆幸自己没被这股力量彻底操控 —— 他后来与那个女孩分了手,也没有辞职。他渐渐不再写诗了,也不和任何人谈论诗。

于是,那句"你喜欢诗?"被他咽了回去。没有必要,他提醒自己。

这位新入职的"工程师"慢条斯理填满了那张表格。他很好奇是否刚走出校门的年轻人都是这么写字的 —— 那些瘦弱的符号密密麻麻、局促不安地挤在每一个方框内。

她递出表格时说出"谢谢老师"这件事令他感到有些荒谬。首先,他什么也没做,只是看着她填好了这张条款烦琐的表格,然后伸手接过这张表格而已,实在没什么可谢的。其次,他和"老师"这个词没有任何关联,他不懂为何如今这个称呼如此泛滥。

接待新员工就是他这天全部的工作安排了。之后的整个下午,他的脑子里总是突然闪出那本诗集。

他无法解释那偶然的一瞥是怎么搅动了他的心态。但事实是,那天以后,他又开始伏在办公桌上写诗 —— 以一种从未有过的速度和热情。那天以后,他每天都能在工作时间写出三到四首,甚至七到八首诗,并在下班时把这一沓诗稿带回家，工整地抄录下来，读给布莱克。

它蹲在横杠上，懒怠地听他读诗，除了偶尔缓缓地眨下眼睛，没有其他回应。新的重心就这样被建立起来——写诗，以及读诗给小鸟儿听。

如果说夏天是被雨淋湿的，那么秋天就是被风吹走的。

干燥的大风挟卷着冬天自西北来。根据他手机搜索的结果，鹩哥来自亚热带，对北方的冬天或许无法适应，于是他把布莱克挪进了客厅。布莱克的身量和食量在同步增长，他之前网购的几袋鸟粮很快就见了底。

这天下班，和往常一样，他到家看见布莱克的食槽已经空空如也，而笼子底板铺好的报纸上堆着两座小山似的一条条浅灰色粪便。他拉开笼子的门，将最后一点鸟粮储备倒进食槽。他像往常一样慢吞吞地执行着这一过程，全然没注意到横杠上的布莱克正伸长脖子，呈下蹲姿势，打算"越狱"。随着"哗哗"的羽毛拍打的声音，布莱克落在了主人的肩膀上。他小心翼翼地偏过头，却看见一只截然不同的鸟。第一次出笼的布莱克脖子伸得长而直，羽毛也是密密实实地收起来，全然不似平日那么蓬松可爱。两个翅膀紧贴在身侧，它一改那懒怠、安适的宠物模样，变成了一只精神抖擞、身形健美的真正的小鸟。

他不知所措，很别扭地矮下身子，将布莱克所在的那侧肩膀倾斜到笼子门口，指望它能自己跳回去。可布莱克一见自己眼看要被塞进笼子，便急忙踩着小碎步后退，往他的脖子这边靠近，直到指甲嵌进了主人的皮肤。他毫无办法，只得起身，由着它去。

他站直后，布莱克像是放心了似的，先跳上了笼子的顶部，盯着电视机缭乱闪烁的光看了会，然后便失去兴趣般转到另一侧，朝餐厅方向那个未知的空间望去。由于只有客厅的灯开着，餐厅里除了玻璃餐桌边沿反射出的微弱光亮，整体就像一个无限凹陷、看不见边界的黑色口袋。随后——不过又是生命中一个无

王晨蕾 | 阳台上的布莱克

处不在的惊奇碎屑掉落——布莱克起飞了，在不过两米高的穹顶下吃力地扇动着翅膀，冲向那个不可名状的黑夜的窟窿眼。

尽管飞行姿势看起来并不轻盈，甚至有些滑稽，布莱克还是成功地在餐桌上着陆了，肚子剧烈地起伏，仿佛被这一趟不过几米距离的行程累坏了。

"这就飞不动了吗？"他揶揄道。

"飞不动了就回屋歇着吧。"他伸出一只手，放在它面前。

它低头看了看这只大手，不为所动。他于是又凑近了些："走吧，去喝口水。"

布莱克又一次突然起飞，欲往笼子方向飞回去，可还不过两米，它就撞上了客厅的玻璃玄关，摔在地上。它站在光滑的瓷砖地面，正剧烈喘气时，尾巴一翘，拉了泡屎。

他走过去，咧着嘴拿湿纸巾将那块地面擦干净，恼火地嘟囔着"真是太恶心了"。

布莱克不知所措，两脚打滑，一步一个大"八"字，像劈叉似的行走。这倒又把他逗开心了，他趁机又伸出手，放在它面前，说："撞傻了吧？"

布莱克依旧在那只大手前毫无动作。

"没事儿的，我送你回屋，来吧。"他的语气温和下来。

布莱克终于轻巧地跳进了他的手心。

他托着它走回笼子。

这个不过几两重的小东西，在他手里昂首挺胸，肚子一起一伏散发着热气。他将布莱克举到和自己视线齐平的位置，这才发现，它那红红的喙两侧顶部各有一个小孔，这么一瞧，这张嘴反而越来越像一个英气逼人的高鼻梁；浅黄色肉垂上，仿佛是脸蛋的部位，还穿插了一点黑色的皮毛，像一滴顺着眼睛流下的泪珠。

"你可是只鸟啊。"

"一只不会飞的鸟。笨鸟。"他开玩笑说。

这天他做了个噩梦。他梦见自己被关在笼子里,笼外站着比他身材还要高大的布莱克,以威严甚至有些凶狠的目光审视他。他被吓出了一身冷汗,急匆匆穿上睡衣来到客厅。天刚蒙蒙亮,客厅里充斥着幽蓝的、单调的光线。布莱克安然地卧在横杠上睡着,像个可爱的钥匙扣毛绒吊坠。

他长舒一口气,没有返回卧室,而是坐在了沙发上。

此时,秒针的声音尤其清晰。原来清晨比黄昏还要静得多,只是仿佛有说不上来的未知、冷酷的危险气息夹杂其中,全然没有一天即将收场时那万物休戚与共的安全感、回归感。每个嘈杂的日子竟都是在这样的寂静中到来的,这令他感到荒谬。被这个念头攫住后,他心神不宁,决定不去上班了——他突然很反感那些乱七八糟的关系和连接,仿佛整个生活的连续性被打断了。他一时慌乱起来,不知该如何重建一切。那个与布莱克有关的噩梦显然剥夺了他宁愿在浑浊中醒来拥抱世界的幸运。

而当浑浊初显时,布莱克醒了。它"吱吱呀呀"地叫喊,活像学话小孩学不会句子时气恼的语调。

"你好。"他盯着这只鸟看了很久,突然字正腔圆地对它说道。

他决定先和它建立联系。

"你——"布莱克拖着七弯八绕长音学道。

"你好。"他重新说了一遍,声音更浑厚了。

它仍旧是张大嘴巴、扯着嗓子含糊地喊出了一个字。

几乎整个上午,他都在间断性地重复着这同样的两个字。无论是吃饭时、看书时、看电视时、打扫卫生时,这两个字仿佛长了腿一样,总时不时从他嘴里蹿出来。然而布莱克一过了早上八点钟,就再也不吱声了。之后的大部分时间,它几乎都在用嘴巴顶、用爪子扒笼子门上那坚硬的弹簧锁，将铁皮摇晃得直响。他这才知道，布莱克鼻梁上那一道道白色的、凹陷的印子并非天生，而是抗争的痕迹。在每一个他向庸碌妥协的上午，布莱克都在这里不知疲倦地抗争着。

他陡然心生敬佩。

他来到布莱克的笼子旁边，蹲下看着它用爪子使劲地将锁头往后推而无果。

"你推不动的，别再白费力气了。"他语重心长地说。

布莱克只是抬头瞧了他一眼，便继续更加坚决地冲撞那扇门。他首先觉得这是在对自己示威，但随着布莱克发出"哼哼唧唧"的声音，他又转而觉得这更像求助，于是瞬时被怜悯和失落笼罩了。他心里说：对不起啊，布莱克，真对不起。

经历了一天的迷茫、愧疚的折磨，他这晚入睡很快，一直睡到第二天的阳光卷起尘埃。他起身时，坐在床上仔细听了会布莱克的吵闹、楼下赶赶匆匆的脚步声，以及远处隐约的车流声，随后他穿好衣服，拿上公文包，出门上班了。

然而，关于布莱克的烦恼并没有消失——他几乎整个上午都在想象着布莱克正拼命地拿嘴巴顶撞那个硬邦邦的金属锁头的一幕，他简直担心等他下班回家时，布莱克的鼻梁会整个被磨成白色。

这天他实在无心创作。

午饭过后，他倚在那把并不太舒服的老板椅上，试图回溯自己同布莱克相处一路以来的心境。他的确已经非常适应，甚至喜欢布莱克了。但唯一令他隐隐觉得有些荒谬、诡异的是：如今他竟在试图教一只不会飞的鸟说人话。

"老师？打扰了。"一个小心翼翼的声音打断了他。

是那个刚入职不久的"前端工程师"女孩。

他坐直问："哦，有什么事？"

"部门主管让我来找您提交离职申请书。"

"离职？"他有些惊讶。

"呃，嗯。"她有些难为情地笑了笑。

"哦，好。给我吧。"他似乎本想要问些什么，却本能似的给出了一个陈述应答。

她申请书上的字体仍然像入职时那样。

女孩离开他的办公室后，外头突然下起雨来。这是一场罕见的冬雨，雨滴从树杈滑落的声音透过浑浊的玻璃窗渗进来。温度接近零摄氏度，万物凝结成冰的细微动静进入他的耳朵。

这天下班，他多留了一会，为了完成那首上午写了一半而无法继续进行的诗。他离开时，天已经完全黑了。笔直的楼道在白光灯下一览无余，如山洞般寂静。在电梯口，他遇到了离职的女孩。

"你怎么也这个点才走？"他问。

"啊，我收拾了一下柜子，清理工位什么的。"

"怎么才工作几个月就离职啊？"他还是问出口了，为了打破尴尬。

"哦，我觉得……可能这份工作不太适合我。"她说话时显得有些迟疑。

电梯继续下降，没有在中间停顿，直达一层，门开了，他侧身让女孩先走。

"谢谢。"她说，"再见。"

"再见。"

"老师，您的诗写得真好！"她突然转身，有点儿激动地说。

"不好意思，我上午去找您交申请书，您不在，我不小心在您办公桌上看到的……"

"我也喜欢读诗，可不大会写，我很羡慕会写诗的人。"不等他做出回应，她便又急促地说道。

王晨蕾 | 阳台上的布莱克

"再见!"她说完后,奋力地挥了挥手。

"再见!"他说,觉得自己甚至是有些仓皇地逃离了大楼。

他思绪凌乱地回到家,开门进屋后,看到布莱克并没有在冲撞锁头,而是正安静地站在杠子上,似乎快乐满足。他走近些仔细查看,也并没有发现它鼻梁上的那些印痕与昨日有何变化,它们既没扩散,也没变深。

他不相信,开始怀疑起自己的观察结论,他坚信此刻布莱克的鼻梁一定伤得更重了,只是他没看出来。他站在笼子前和它说了好一会儿的话——这天没有诗可读。布莱克仍旧不过眨巴了几下它那黑墨水珠子似的眼睛。回到卧室,他将那本抄录了一段时间、已有小半本厚的诗集锁进了抽屉。

上班的时候,他经常会想布莱克是不是在用头顶笼门和那把锁。有一天,他做出决定——他要放了布莱克。

这天,布匹撕扯般的风声拖慢了他回家的脚步,而在他还未到家时,路灯便被点亮,这冬季的信号,也是一年的尾声。他转动钥匙时,听见布莱克正在练习"你好"。它发出千奇百怪的声音,有时像"你嗷",有时像"你吼",有时甚至只费劲地喊出一个洪亮的"你——"字。他放下钥匙,径直走到笼子前——他已经下定决心了。

他将笼子推到了阳台上。

"布莱克,"他对着它说:"你抬头看看天。"

北风没有放过他的阳台,吊兰的叶子随风胡乱摆动。布莱克并没有抬头,而是缩起脖子,眼睛也仿佛有点迷离。他凑近一些,看见它肚子上细碎的羽毛在颤抖。他摸了摸身上的毛衫,也觉得冷飕飕的。

"不行。"他改变主意了,"你在外面会冻着的。"

他于是照旧将笼底的粪便倒进花盆,拿小牙刷蘸水把底板刷了一遍,又把笼子推回了客厅。回到室内不过一会儿，布莱克的羽毛就慢慢服帖起来，脖子的线条也显露出来了。因此，他更加断定，布莱克怕冷。这就更意味着决不能在此时把它置于天寒地冻的险境，他决定等冬天过去，在春天还给它"自由"。

然而，等到杨絮漫天飘飞，春天将要结束的时候，布莱克依旧在他的阳台上。原因主要有两个，首先，他好像总是赶不上一个完美的时机：天气晴朗时，温度总是不尽如人意；下雨时，他担心布莱克无处躲避；假如天气、温度都达标时，他又总是有饭局，到家的时候已经天黑，这时固然是断不能放它出去的；要么就是突然碰上"倒春寒"的日子。他就这么一直等着，直到杨絮肆虐，他走在路上都被扑得睁不开眼睛，更何况是对外面完全不熟悉的家养小鸟，他这么想。放飞的计划就这么被一再搁浅，他必须要等到杨絮季节结束。

与此同时，布莱克已经把"你好"二字说得十分熟练、清晰了。每天，日光还是冰凉的时候，它便开始引吭"高歌"；每天黄昏他下班归来时它最兴奋，还未进门便总能听见布莱克正激动的嗓音。它仰着头，伸长脖子，嘹亮地重复着"你好"，仿佛在对天上掠过的同类展示自己掌握的另一门语言。

布莱克还成了啃苹果的专家。它总能把一个沙漏型的苹果核最后啃成细细一条——先从两头着手，把果肉最丰富的部分大口吃掉，待两头已经被啃得尖尖的，整个苹果核变成了椭圆形，再去吃中间富含纤维的地方，直到那深棕色的籽都被吞进肚子，它才肯罢休。他原本不喜欢吃苹果，觉得苹果的味道太普通，毫无新意，个头又总是太大，非得让人吃到肚子饱胀不可。但是在偶然发现了布莱克对苹果情有独钟后，他茶几上便时常出现这个水果。有时布莱克由于吃了太多苹果，连对食槽里混着小鱼小虾的鸟粮都不感兴趣了，甚至拉出的粪便都是一摊摊不成型的苹果泥。他见此又开始怀疑它是不是不适合吃苹果，于是立刻削减了供给量。果然，没有了苹果的诱惑，布莱克便恢复了正常进食，它整日把头扎进食槽里,像个无底洞似的、不知疲倦地吃着。

某天,他突然意识到,布莱克似乎很久都不再扒拉笼子的锁头,它鼻梁上的伤也不知什么时候痊愈了。它自在地在笼子里的高低杠上来回蹦蹦跳跳,当他偶尔拉开笼门,它会犹豫片刻,接着飞出来,绕着客厅的老路线玩上两个来回的样子,他一旦伸手到它面前时,便乖乖跳进掌心,准备好被运回笼子睡觉。

所以,等到杨絮终于被热浪融化,销声匿迹时,他又开始犹豫了。

这次,他思索的问题依旧有两个——布莱克从来没有觅食经历,如果离开他,会不会饿死;照近期的观察,布莱克已经不再渴望离开,反而很悠闲自得,那么还有必要塞给它一个所谓的"自由"吗?

不过,一切心理斗争最终都还是会以某个行为收场。

一个六月伊始的周六早晨,他下楼买早点,走在小区外的一段林荫路上,看见有几只麻雀站在枝头的影影绰绰中。夏日的阳光将大片大片的绿叶照得油光发亮,在微风中,扇动的叶片仿佛闪烁的梦境。他站在树下盯了一会,回过神来发觉手里的鸡蛋灌饼已经快要凉了。

马路对面,一个女孩从树下走过。他快步跟了上去。穿过路口的人行道,左转,数十米后,再左转,进入一条破旧的商业小街,这里到处都是卖肉夹馍、蒸包子、炸油条的摊贩,正在裹着食物气味上升的蒸汽中苏醒。

女孩的步伐很轻盈,但速度并不快。他在其身后,始终保持着十几米的距离。女孩身上穿的这条牛仔裤他还记得,是他们当初一起去旅行时买的,那种泛着黄调的蓝色跟她当时穿的棕色毛衣很搭。不过她如今是短发了,大概到脖子中间的长度,有一边发梢不听话地朝外翻着。她的头发看起来很柔顺,不再是以前像三毛似的从头顶倾泻而下的波浪卷了。

在商业街的尽头,她停下来,掏出钥匙打开了一扇临路的玻璃门,上面贴着

"小星美甲"四个大字。"星"是她的名字。他没有移动脚步,停在那里看着门面上方的广告牌。那是一块简单的白色底板,四个大字居中,占据了几乎整个版面。

他记得她曾说过想去国外读艺术硕士,最好是法国,那样就可以将美丽的塞纳河岸画下来寄回给他,他们就可以体会古典的跨国信件往来——"你写诗,我画画。爵士时代的爱情",这是她的原话。多年来,他总是想象着她坐在那些临街的精致小阳台上喝咖啡的样子。

小星美甲店隔壁的小卖部拉开了卷闸门,一个中年男人走出来,额前一绺翘起的头发在空中晃悠着,他好奇地看了一眼门前这位出神的陌生人,将一桶隔夜垃圾倒在他脚边不远处,顺手撸一把鼻涕后走回了门店。他低头发觉手里的塑料袋早已挂满水珠,蛋饼软塌塌地贴在袋子上。他陡然生出一阵怒意,将它丢进了身边的垃圾桶,随即转身快步往家走去。

他方才停留的那棵树下,麻雀们早已飞走了,留下空荡荡的枝丫摇晃着。

他就此将自己拽回到最初的道路上,决意将属于布莱克的生活还给它。来到阳台上,他将笼门的旋钮拧开,为布莱克打开了大门。

"布莱克,门开了,你看。"

它站在那,没动。

"布莱克,你想飞吗?"终于,他又开口了。

布莱克仍旧保持着刚才的姿势,懒懒地站在那儿。

于是他也没动,就那么过了几分钟,他发觉自己无法坚持。

"算了,布莱克。"他将笼门关上了。

但他并没有转动旋钮——他将门虚掩在那里,转身回到了客厅。他打算将决定权交给从不懦弱的上帝。

但这种逃避并未给他带来丝毫轻松。一整天,他都无法专心做任何事。客厅成了一间软禁室。他不放心离开，即便是去厨房倒水，也要回头向阳台那张望。眼看天要黑时，布莱克依旧待在笼里。他如遇大赦，急忙到阳台上将笼子上了锁。

"现在天黑了，你不能飞了，明天再说吧。"他对它说。

紧接着的周日依旧如此，布莱克还是没有去推那扇虚掩的门。经过了长达两天的对自己严酷的精神绑架，时间概念已在不知不觉中被无限拉扯到某种丧失属性的程度。到第三天时，他开始产生一种奇异的信仰，他隐隐觉得布莱克压根儿不会飞走，前两天的经验不可思议地显化出了某种真理般的坚固的形象。

他在周一早晨按时出了门，这又是个艳阳天。日落时分他回家，天空一半呈现出诡谲而艳丽的红，另一边则是凝滞而平淡的白。

他转动钥匙时没有听到布莱克那句"你好"。阳台上，笼子的门敞开一条窄窄的缝儿，布莱克不在里头。他良久地站在那里，直到那燃烧的炭块似的夕阳沉没在暗淡却笔直的居民楼线条后面，他才夺门而出，在小区的每棵树下徘徊、寻找。

很快，他走走停停的背影便消失在辨不出色泽的浓稠暮霭中。

选自2021年《文学港》第5期

付淇琳

付淇琳,暨南大学文学院学生。曾在广东出版集团和花城出版社联合举办的"感受岭南——粤港澳大湾区高校征文比赛"中获奖,作品见刊于《作品》《长江文艺·好小说》等。

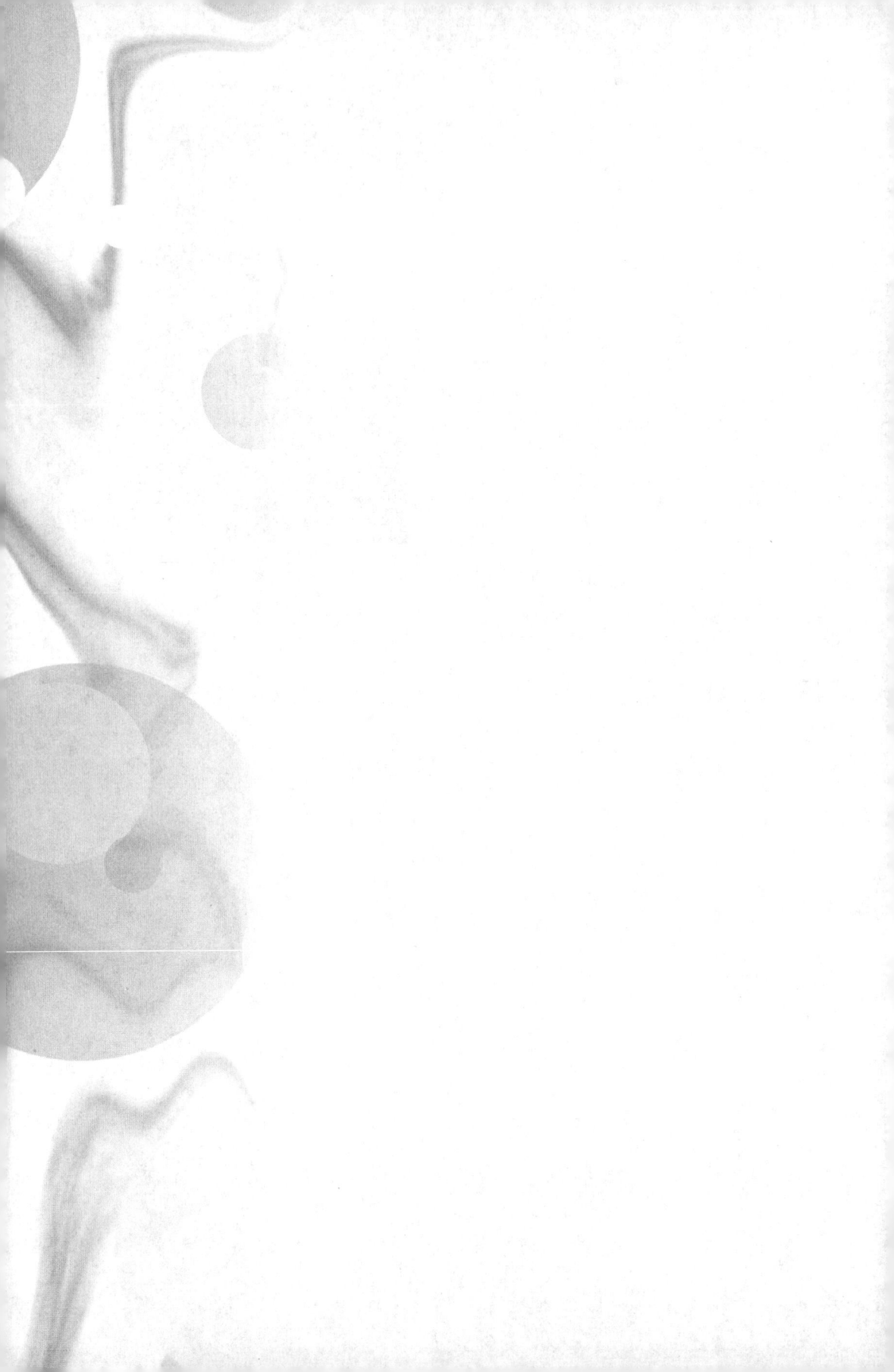

麒麟踏雾来

麟儿有个奶奶，一个会对着36楼的天空悠悠地唱山歌的奶奶。

"我还是个姑娘的时候，被寄在菁莪书院念书。有一天，突然来了一帮花花绿绿的人，敲锣打鼓地搬进了隔壁的大祠堂。我觉得好奇怪，忍不住跑出院门，胡乱扯住一个男生的袖子，问他们从哪里来，要干什么。后来打听清楚了，他们是耍麒麟舞的，下江逃难来的。刚问完就被先生拽回去了，叫我别乱跑。"

"然后呢，然后呢？"

然后，一座常年有云雾飘浮的岭南山城就顺着奶奶手指上缠绕的棉线被带出来了。

一

区芸川小时候住在乡下。

区芸川，就是麟儿的奶奶。蔡将军北上抗日的那一年，麟儿的太公，也就是区芸川的爹爹，卷了包袱别了妻女也跟着救亡去了。真男人！真丈夫！邻居们都是这样交口称赞的，那谁又来救孤女寡母的亡呢？邻居们都缄默了。

奶奶的娘也干脆卷了包袱，顺着进城的驴车回了娘家。所以奶奶芸川是在进城念书的第二年遇见爷爷的。

小姑娘嘛，在这种年纪碰上这样的人，心里的蒲公英早已散得漫天漫地。在书院念早课的时候，芸川总是念着念着《民族之演进》就走神了。墙内的琅琅书声盖不住墙外沸腾的声浪，那锣声、鼓声、笑声、喊声总是会隔着窗棂上覆着的白纸，在她心尖尖上挠痒痒，惹得她的思绪翻过白墙，在麒麟舞起的旋风上空荡漾。可飘忽的眼神总是过不了多久就要被先生的眼刀瞪回来，然后做贼心虚似的用书把脸遮住，主要是想遮住那淌着蜜的眼睛，怕被先生瞧见了，笑话又讨骂。

但小芸川自有办法去看陈轸。就像她费尽周章地去看门爷爷那儿打听他的名字一样，她又费尽周章地爬上书院的白墙，她早就看准了时机——书院先生中午是要休息的，她可不要！刚开始她还不太能在中午看见陈轸，只能百无聊赖地坐在白墙上，跟墙脊上的骑楼小兽说说话，可是小兽是石头做的，不解人语。她又干脆躺在瓦上，眯着眼看头顶榕树上的蝉和鸟，看久了又嫌它们吵，索性又坐起来，看远处的山。城是陷在山里的，云雾也多，从远处看，林中的每一片叶都托着一滴雾，轻轻的，嗡嗡的，看得人心里痒痒的。可云山过于平远，到底不能让小芸川满足，这白墙上也压根没什么能让她满意的。石兽吗？蝉和鸟吗？云和山吗？都做不到。

她心里烦，哪能怪这些呢？

二

到了月底，书院就要放假。芸川不再守墙头了，改回家守灶台去了。芸川的阿公是开茶楼的，原来地盘不大，后来这些锦衣玉食惯了的下江人到山城逃难来了，人挪地方了舌头还没换口味，阿公的茶楼也就越开越大了。

芸川是很喜欢看阿公和他的徒弟们做茶点的，蒸、炖、熬、煲、炙、烩，勾人的香气和氤氲的水汽混在一起，很是享受。阿公说，粤菜要讲究一个"鲜"字，

付淇琳 | 麒麟踏雾来

不仅是蔬菜碧绿,河鲜生猛,禽类纯种,而且要光鲜嫩滑,保持食物本味。"人嘞,也要这样! 要鲜活,民族才有生命力,可是,可是……"芸川知道阿公要说什么,就算是天天待在书院,小姑娘也能从先生紧锁的眉头和娘脸上的泪痕中感知别处的死寂和疮痍。战火什么时候会烧到云背后的这座城来呢,不好说。

这次回去阿公的茶楼承办了大酒席,开火时却发现冲破层层封锁运到大后方来的海鲜不新鲜了,阿公不想砸了自己的招牌,就喊识拣的女儿去鱼档买生鱼。等芸川跟着娘回来的时候,满身都是鱼溅起的水,小塘鲩还在手中的竹筐里突突突地撞呢,就和往外冲的陈轸撞了个满怀。陈轸吃了一惊:"你也在这里呀!"芸川抬头瞪圆了眼睛,抿着嘴角跑掉了。

芸川在阁楼上换衣服的时候,她娘问:"你怎么认识耍麒麟舞的小子?"

"他们那班子就在我们书院隔壁嘛。"

"哦,这样。话给你知,以前你阿公在佛山的时候就认识他们师傅了,这次特地请他们来开席助兴。你待会别乱跑,蔡将军回来了,知道吧?"

芸川瞧见娘眉梢上难掩的喜色,呼道:"那爹也回来了,是不是? 是不是?"

娘轻轻地点点头,笑着下楼去了。

三

"锵——"

一声锣锉开了筵席。

不知是谁喊了一声,一只神气毕现的麒麟踩着咚咚咚的音脚,左扭右摆地探着步子出来了。咚咚锵——绛红和明黄混杂的布条如团活火般,在空中翩旋翻舞,白绿彩带在秋日的暖风中猎猎作响,咚咚锵——胡须上的彩球随着动作晃荡，鳞片泛着金灿灿的甲光，阳光洒在上面折出眩晕的光。两只麒麟在那儿互相试探着，前面的舞者露出大半个身子，双手在里面紧拽着麒麟脖颈，那绿绸裤每向前探一步，麒麟的彩胡须就跟着摆动。红缎子绑的花球顶在麒麟的独角上，圆瞪着眼，大张着口，神气得不行，舞者的面庞也得意得不行。后面的舞者是看不见身子的，单单露出个脚来，只有借力跳起时才能看见麒麟底下究竟是哪位身手矫捷者在那转着尾巴。不一会儿，这雌麒麟俯下身来，仰着脑袋，眨巴眨巴着眼睛，尾巴在身后摆呀摆；雄麒麟却借着桩子腾了起来，在坪里穿梭，好不欢快。

不多时，换上了三只麒麟，逗引者也跟着上来了。逗引者有一老一小，老的戴着可怖的铜面具，甩着拂棍，闪在麒麟身后给它们助威；那小的转着小红球，像逗小猫似的逗着麒麟，那三只麒麟竟也被诱上了，亦步亦趋地被小红球勾着走，那小孩突然把球向高空一掷，三只麒麟均腾跃而起，攀着高去抢那红绣球，老的也配合着向后仰去。这一抢倒好，坐着的观众都看清了麒麟里面的光景。芸川"呀"了一声，随后一只高个麒麟抢下了球，芸川的话尾刚收，那麒麟就稳稳落了地，激动地转着身体，麒麟头带着麒麟尾满坪跑，神气极了。芸川像是自己抢到了球一样，心儿扑腾着，雀跃着，跟着麒麟满坪跑着。

小菜这时已经挨个上齐了，硬菜也陆陆续续地往桌子上布，麒麟舞仍在继续。蔡将军和左右商量着事情，小孩儿耳朵尖，隐隐约约听见什么香港啊军需啊，什么封锁啊突围啊的。芸川母女坐在一处，虽然耳朵都竖着，但一个眼神往主座上悄悄地跑，另一个眼神往坪里直直地绕，各有各的想法。

待菜上齐，阿公走出来对蔡将军作了个揖，说："将军辛苦了，眼下封锁得厉害，只有这些小菜，招待不周了，您请见谅。"

蔡将军也是个懂礼的人，连忙站起身对这位主厨说："何老莫要客气了，您这班子的手艺当时可是享誉全珠江的，我现在还记得，那些年还有不少人在您这吃了最后一餐才撤到港澳去的呢，您莫要谦虚了。况且手艺好的厨子这么多，像您这般有民族气节的可不多啊！"

老人像是想起了什么往事一样，被褶皱围住的眼眶有些泛红："不敢当，不敢当！"

"我是极敬重您的，没有您，我蔡某人早就命丧黄泉了。"蔡将军继续说着，"您，"蔡将军扭头看了看旁边的胳膊吊着绷带的区副官，"您满门忠烈啊！"

芸川默默地看着蔡将军和阿公，只觉得耳旁的唢呐吹得更得劲了。

四

在菁莪书院，芸川慢慢长成了高年级。白墙框住的天空时而阴云密布，时而甲光乍现，很多同学都休学回家了，跟着父母总好过寄身书院，人活着呢，保命要紧。人少了以后，先生就不大管这些高年级的女生了，所以出门上街成了她们的常态。芸川也常跟着她们去街上派发抗日传单，去查日货商店，甚至还顺船而下到广州游行去了。回来以后，先生把她们一通骂，但她们显然是更占理的，最后这位从香港来的女先生也只能以"注意安全"收场，又继续写她的文章了。

能自由出门以后，芸川也不用再偷偷摸摸地爬上白墙，跟墙脚的少年谈天说地了。光明正大地，两人坐在广场的榕树下。

"你知么，**麒麟**这种灵兽能压邪避害，有王者则至，无王者则不至。**舞麒麟**，就是要呼王者。"

"那你觉得谁是王者？"

"谁能赶跑日本鬼子，振兴中华，谁就是王者！"少年还特地扬了扬拳头。

"欸，话说，你知么，我们学的**麒麟舞**也有很多派别呢。在我没来这儿之前，我就已经学过这里的南江麒麟舞了，那些寻青采青、吃青醉青、游园吐玉的程式我都会，你说是不是一种缘分？"

"这哪跟哪呀，你可别乱点谱！"

"诶诶，别扭头呀。我跟你讲，我好叻的喔，我以后可是要接师傅的班的！"少年仰着脸说。

"那你可要加油了，你的师兄师弟都不衰的嘞！"芸川故意酸他。

"那我毕竟还是接了老祖宗的班呀！你呢，你就知念书！"

"哪有！我念书也是接老祖宗的班呀！而且我还会唱能古歌呢！这可是我们山城老祖宗的东西，你翻个岭，到北边去，想听都听不着呢！"

"那你唱一个！"

芸川也不扭捏，真就放开嗓子唱起来："山歌不唱心唔开，石磨唔推唔转来，酒不劝人人不醉，花不逢春不乱开。歌你话来至妙哉，花不逢春不乱开，人到青春思情意，人老风流何处来？"芸川唱着唱着又觉得这歌不太好，说："我给你换一个唱吧。"

"为什么呀？这唱得好好的呢！"

"我给你编一个别的吧，要不唱个麒麟，就用《诗经》唱！《诗经》上有麒麟。"

"好呀！"

"麟之趾，振振公子呀，仁爱讲义气；麟之定，振振公姓呀，宽厚守礼节；麟之角，振振公族呀，男子男子唔使怕，学个麒麟换太平呀啊呀哟……"

"怪文绉绉的。"陈轸摸了摸脑袋。

芸川想到蔡将军，想到阿公，想到上次被娘塞满行囊的爹，又想到了纷飞的战火，她看看眼前的少年，不知是该笑还是该怎样。

因了芸川老是去找陈轸，所以总是她一出书院门，步子往左扭，那麒麟舞队的看门阿伯就扯开了嗓子："阿妹又来啦，陈轸不在嘞。"芸川就回他："我找大师傅，不找陈轸哩！"然后两个人都笑了起来，一个捉弄小姑娘，一个口是心非，两个人都心知肚明。

不过，芸川确实是去找大师傅的。毕竟老是去围观他们练麒麟舞也不行，影响多不好呀。而且大师傅那里有很多下江过来的新闻，有新战况和老故事，尤其是阿公身上的往事，这些都是芸川爱听的。

在大师傅口里，芸川知道了为什么阿公会救过蔡将军的命，知道了阿公当年是如何在日军的刺刀下临危不乱，是如何冒险地在日军眼皮子底下对茶点动了手脚，如何把蔡将军从日本人堆里暗度陈仓地带出来，又是如何突破层层封锁和盘查隐退老家的。大师傅总爱不厌其烦地讲，芸川每次听得一层鸡皮疙瘩覆上一层鸡皮疙瘩，心底暗暗为阿公叫好。

"那大师傅也想去报国吗？"

"想啊！想啊！只要有机会，我也要去痛宰几个鬼子，给我爹娘和兄弟们报仇！"

五

快入冬了，前线胜了又败，败了又胜。虽说岭南常夏无冬，但冬天要真的来了，没件冬衣御寒还是受不住的。物资断了许久，眼看战火也要烧到云背后的这座城来了。

"大师傅，人们都说'盛世舞麒麟'，此等乱世凶年，如何舞麒麟？"

"我们舞麒麟，盼个太平盛世呀。炮弹无眼，世事无常，这样的日子，有个盼头够好过。"

盼着盼着，元宵节盼到了，日军却也终究在灰障中委头委脑地摸了过来，借暗把小政府给端了。等天一放明，日本军旗就在市政门口飘着了。旗杆，直直地，像尖刀一样，插在了山城人的心上。

在街上，日本兵趾高气扬地走着，和之前偷摸进城的模样可不同，大叫着，欢呼着，歪歪地笑着，东敲敲西踹踹。芸川坐在白墙上看着，不知道这里有什么好敲和好踹的，明明早已是一片萎靡了。

不久，日本军官贴了告示，说要走"亲民"路线，请了阿公和大师傅还有别家当家的去庆元宵，后面慢慢凑上去的老百姓都面面相觑。

元宵的前两晚，芸川待在家里，半夜突然听到叩门声，吓了全家一跳，以为是日本鬼子来抓人了。帮厨的小哥爬到芒果树上往外一看，发现是大师傅，连忙拉开了偏门把大师傅请了进来。

"大师傅，你怎么来了。陈轸呢？"芸川赶忙迎上去问。

"别急，他在队里呢。快带我去找你阿公。"

芸川把大师傅带上楼，大师傅一个箭步冲到阿公面前。

"何老，我和别些师傅商量过了，这次您可千万别再搞动作了，您全家老小都在这呢，现在的封锁可冲不破。我和醒狮团的师傅想好了，也和徒弟们安排好了，您就放心吧，一定让鬼子吃不了兜着走。"

阿公半张着嘴，半晌说不出话来。末了，重重地拍了拍大师傅的肩膀。

翌日，芸川偷偷溜去找陈轸。好多个问题都问了，连芸川都觉得自己吵了，陈轸还是一句话不肯说，暗暗咬着牙关，把手里的竹篾捆得咔咔作响。

六

元宵节在夜雾的拐角处候着。家家户户却被日本兵用刺刀逼着出门了，在家

付淇琳 | 麒麟踏雾来

门口放着所谓的爆竹。日本人想营造出与民同乐的氛围，想享受臣服的感觉，但人能逼出门，笑可逼不出口。往往是一对中年人拉扯着老小立在门前，静默地看着噼啪作响的爆竹，连平时哭闹的小孩都不作声了，街头巷尾死一般地诡异。

一个戴着瓜皮帽的汉奸站在丁字巷口的台子上，弓着腰说："日本军官知今日是元宵节，特地请大家来看戏嘞。这不，费了老大劲把有名的班子都请来了，大家平时看不着的，听不上的，今天都尽情看一看、听一听！"坐在太师椅上的军官点了点头，仰着脑袋睨着眼，把腿架了起来，刚才那顿粤菜可把他吃撑了。

咚咚锵，咚咚锵——

大红灯笼高高挂，幽幽的红光把夜点着了，但又半燃不燃，没精神得很。醒狮像是睁不开眼一样，变成了"困狮"晃晃悠悠地迈着步，汉奸朝他们啐了一口："这也能叫醒狮？都困成这样了，都给我精神点！"那嘹亮的山歌也唱得哀婉，空中悬浮的雾气都像是要滴出泪来……高高坐着的军官觉得腰很没劲儿，椅子都要托不住他的身体了，于是朝着台下狠狠地咒骂了几句。汉奸哈了哈腰，如聒噪的鹦鹉般，对那唱山歌的姑娘骂："哭丧呢！把我们大佐都搞眼困了。"骂完又换了一副嘴脸，细声细气地对日本军官说："大佐，下一个节目是麒麟舞，大大地好，绝对跟这不一样！"

咚咚锵，咚咚锵——

焰火在旁助兴，麒麟踩着噼里啪啦的爆竹尸体，舞动着，双眼圆瞪，嘴大张着，露出里面的尖牙。舞麒麟的人迎火而上，腾跃、低伏、摇晃、前冲、后倾，所有动作在火光中都显得影影绰绰，火气冲天，像海市蜃楼般，看得人眼里也晃晃地燃起小火苗来。火麒麟被爆竹烧得支离、烧得破碎，现在就等着"劏火麒麟"了。火麒麟一劏就表示又回到了太平盛世，人们可以安安稳稳地过节过年了，大家都目不转睛地注视着。那火麒麟往前如游龙般行进，突然那头在最后一刻向前扑去，尾巴里藏的人往一旁冲，旁边的人还能听到竹篾在火苗中的噼啪声呢，那看台上的日本军官就被压在了庞然大物下。火苗烧着两个人，两具身体都笼罩在麒麟的阴影下，遮掩着，扭曲、歪斜、殴打、挥舞、挣扎，旁边的兵好不容易摆脱了醒狮的纠缠，朝着火麒麟放了两枪，随即又被醒狮扑倒了。那麒麟里的两具身体，腿一蹬，都不动了，成了两具尸体。揭开一看，那军官胸口插着小刀，趴在他身上的背后有两个洞，深邃地暗红着，汩汩地涌着血。再一看，从尾巴里奔出的人和几个日本兵横在地上，与醒狮人一起，背上映着梅花。

七

"后来呢？后来呢？"麟儿摇着手中的笔。

"后来，陈轸没了师傅师兄，自然成了接班人。带着他的那个麒麟团啊，去过香港，去过澳门，甚至在最困难的时候跑到美国去，作为寻求国际支援的代表团表演过呢！我还记得香港有个富商捐了好多赈济金，一字一顿地说，老祖宗的，不能给杂碎占去了！"摇椅也跟着激动地晃了晃。

"那你们都跑那么远去了，怎么不干脆留在那儿呢？"

"麟儿，文化没了根，就像鱼失了水，活不了的。人也一样，只有抓牢了'根'才能活。你看我，一把岁数不能跑不能跳的，要是不唱唱歌，在这36楼，一下就被风吹走咯！"祖孙俩都笑了。

"可看看你们这代人，"奶奶的话锋一转，"成天搞些洋玩意儿。那些年那么苦的日子我们都能把老祖宗的东西守住了，你看看你爷爷！怎么你们现在吃好喝好，反而守不住了呢！"

"哪有，我们年轻人也兴汉服，传统文化的文创产品也是一波一波的好不好?"麟儿不服气地说,"我有很多同学都在保护传统文化呢,那些穿汉服的人,我觉得,可帅气了!"

"可是啊,这不是每个年轻人独有的'根'呀!不要那样肤浅,也不要那么人云亦云,保护不是披件衣服就能成的。而且,你说的那些汉服啊,文创啊,真当我老太婆不知道?它们好看嘛,容易学嘛,还有钱赚,没什么难度的。"奶奶缓了一口气,"但那些'根'却不同!不容易学,没钱捞,往往是吃力不讨好,谁愿意往里面钻呢?其实你们现在条件多好呀,政策有,高铁飞机也有,桥都帮你们架好了,还不去找吗?再没年轻人去找,'根'就真要烂在泥里了!"

"你也是啊!"奶奶低着头越过老花镜看着麟儿,"翻山越岭,你也要去找找你的根呀。"

选自2021年《作品》第8期

青春文学